Du même auteur chez le même éditeur :

Les Bannis et les Proscrits :
1. *Le Feu de la Sor'cière*
2. *Les Foudres de la Sor'cière*
3. *La Guerre de la Sor'cière*
4. *Le Portail de la Sor'cière*
5. *L'Étoile de la Sor'cière*

www.bragelonne.fr

James Clemens

L'Étoile de la Sor'cière

Les Bannis et les Proscrits – Livre cinq

Traduit de l'anglais (États-Unis) par Isabelle Troin

Bragelonne

Collection dirigée par Stéphane Marsan et Alain Névant

Titre original : Wit'ch Star

Illustration de couverture :
Anne-Claire Payet

ISBN : 978-2-35294-327-3

Bragelonne
35, rue de la Bienfaisance – 75008 Paris

E-mail : info@bragelonne.fr
Site Internet : http://www.bragelonne.fr

À Spencer Orey, pour avoir insufflé la magie
à une nouvelle génération…

Remerciements

Merci à tous les amis et membres de ma famille qui ont rendu possible ce voyage à travers Alaséa, et notamment à un groupe de dévoués collègues : Chris Crowe, Michael Gallowglas, Lee Garrett, Dennis Grayson, Penny Hill (merci pour les stylos !), Debbie Nelson, Dave Meek, Jane O'Riva, Chris Smith, Jude et Steve Prey, Carolyn McCray, Caroline Williams, Royale Adams et Jean Colgrove. Je tiens en outre à exprimer ma gratitude aux membres de l'équipe Del Rey, passés ou présents, grâce auxquels raconter l'histoire d'Elena fut un plaisir : Steve Saffel, Denise Fitzer, Kuo-Yu Liang, Colleen Lindsay, Kathleen O'Shea, Chris Schluep et tout particulièrement Veronica Chapman, qui a guidé chacun de mes pas durant ce périple. Enfin, merci à mes agents dévoués, ici et à l'étranger : Russ Galen et Danny Baror.

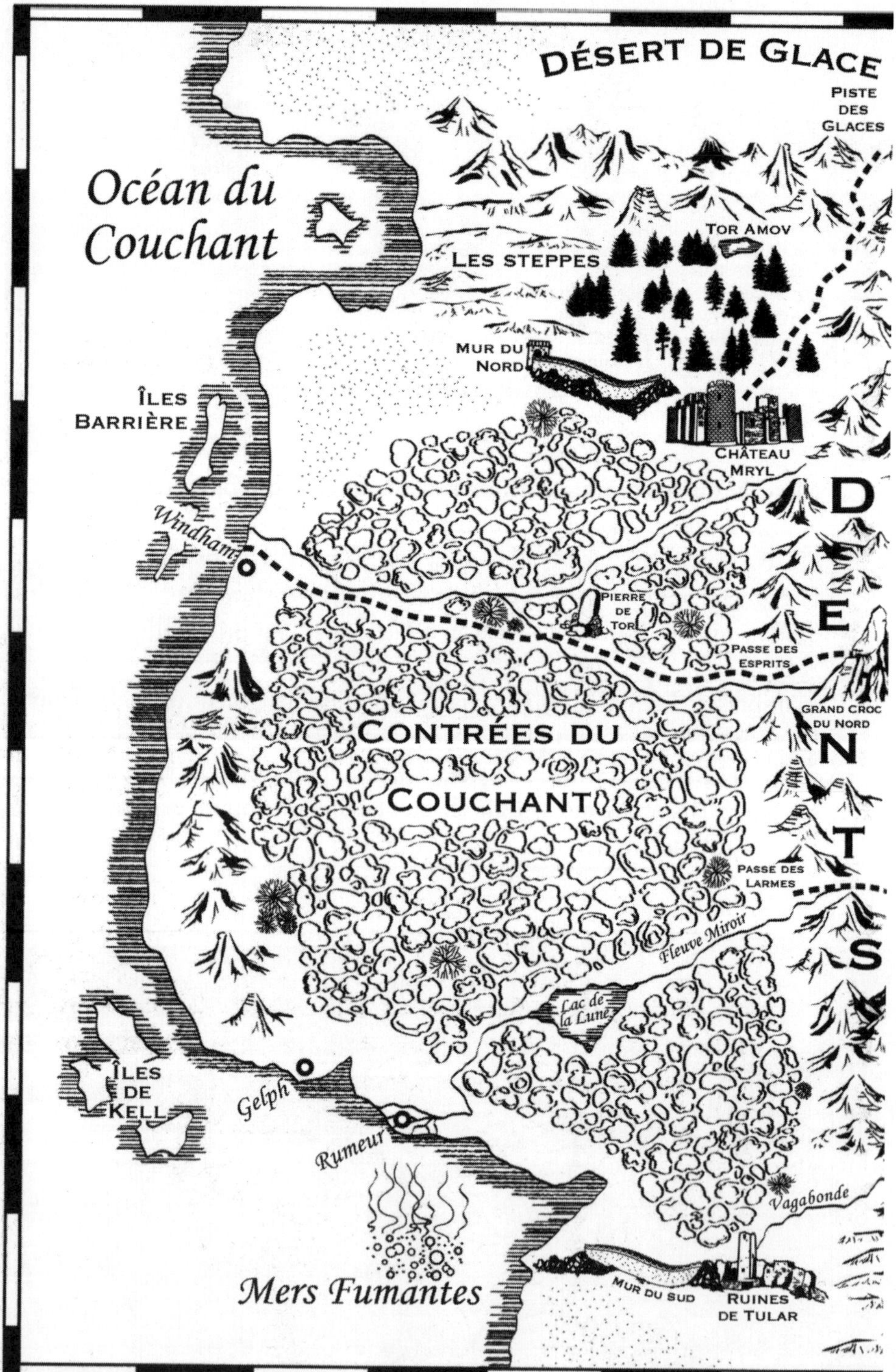
DÉSERT DE GLACE
PISTE DES GLACES
Océan du Couchant
TOR AMOV
LES STEPPES
MUR DU NORD
ÎLES BARRIÈRE
CHÂTEAU MRYL
D
Windham
PIERRE DE TOR
E
PASSE DES ESPRITS
GRAND CROC DU NORD
CONTRÉES DU COUCHANT
N
T
PASSE DES LARMES
Fleuve Miroir
S
Lac de la Lune
ÎLES DE KELL
Gelph
Rumeur
Vagabonde
Mers Fumantes
MUR DU SUD
RUINES DE TULAR

N
O
E
S
ÎLES SKREE
GUL'GOTHA
FORÊT DE PIERRE
NOIRCASTEL
Baie de T'lek
Grand Océan
Penryn
Casterville
PLAINES DE STANDI
Tourrune
Gelbourg
Boudumonde
Ruissombre
ARCHIPEL
HAUTS-BOIS
FAILLE
Port Rawl
GRAND CROC DU SUD
Lac Noyé
MARAIS
RÉCIFS RAVAGÉS
BOURBIER
COLLINES EFFRITÉES
DÉSERT DE SABLE

PRÉAMBULE À L'ÉTOILE DE LA SOR'CIÈRE

par Jir'rob Sordun, D.F.S., M. d'A.,
directeur des études universitaires – U.D.B.

Ainsi que j'ai préfacé le premier tome, je m'en vais préfacer le dernier.

Cette fois, je ne vous donnerai nul avertissement : ce serait tout à fait inutile. Dans vos mains, vous tenez le cinquième Parchemin Kelvish, les ultimes blasphèmes du fou des îles de Kell. Ou vous êtes préparés à affronter ce qui va suivre, ou vous ne l'êtes pas. Ou vous remporterez l'étole écarlate qui symbolisera la fin de vos études, ou vous vous balancerez aux potences d'Au'tree. Alors, pourquoi parler maintenant ?

La réponse est simple : Le moment est venu de révéler la vérité suprême.

La mort ou le salut attend chacun d'entre vous. Il est temps de mettre de côté les mensonges et les préjugés pour comprendre vraiment notre passé... et notre futur. Avant que vous rejoigniez le cercle intérieur des érudits du Marché Commun, une dernière révélation doit vous être faite : une vérité qu'il vous faudra assimiler avant d'entreprendre ce voyage final dans l'esprit d'un fou.

Quelle est donc cette vérité ?

L'auteur n'est *pas* un menteur.

Bien que cela puisse sembler contradictoire avec mes avertissements ultérieurs, ça ne l'est pas. Fondamentalement, et de beaucoup de façons, l'auteur peut être considéré comme un menteur – ainsi qu'on vous l'a enjoint dans les préambules précédents. Mais d'un point de vue historique, il dit la vérité. D'antiques textes proscrits corroborent son récit et détaillent le parcours de la sor'cière nommée Elena Morin'stal. Celle-ci exista réellement, et elle modela bel et bien notre monde. Le contenu des Parchemins n'est pas une invention mais une réalité : notre véritable passé.

C'est justement là que réside le danger. Le geste ultime de la sor'cière, ainsi que vous le découvrirez dans ces pages, menace notre société tout entière. Sa révélation pourrait propager la ruine et la démence dans les couloirs du Marché Commun. Aussi les Parchemins doivent-ils être dissimulés aux masses incultes.

Ce cursus a pour objectif de vous préparer à devenir les gardiens du Marché Commun. Certaines vérités sont trop venimeuses pour les non-initiés. Afin de protéger la société dans son ensemble, elles doivent être niées, discréditées et désavouées.

Telle est la raison pour laquelle, depuis quatre ans, on vous enseigne à douter de ce que vous lisez et étudiez. À partir d'ici, vous devrez marcher en équilibre sur un fil très mince entre la réalité et l'imaginaire.

La sor'cière a existé. Elle a modelé notre monde. Sur ce point, le fou de Kell n'a pas menti.

Toutefois, il reste un menteur à un niveau beaucoup plus global. Il est possible de croire à l'ultime geste de la sor'cière – à l'acte physique, mais pas à ses conséquences. Ici se tapit le mensonge suprême, le danger pour la société qu'impliquent les simples paroles prononcées au sommet de Nidiver. Car ces paroles ont effectivement été prononcées, mais étaient-elles véridiques ?

À cette question, je répondrai qu'au final, ça n'a pas d'importance. Mensonge ou vérité, ces paroles demeurent condamnables aux yeux du Marché Commun. Voilà pourquoi il nous faut nier l'existence même de la sor'cière : c'est plus sûr pour nous tous.

Par conséquent, tandis que vous lirez ce cinquième et dernier parchemin, vous devrez accepter deux vérités contradictoires.

L'auteur est un menteur.

L'auteur n'est pas un menteur.

Un véritable érudit doit apprendre à cheminer entre ces deux voies. Au-delà, seules la mort et la ruine l'attendent.

ASSIGNATION DE RESPONSABILITÉ

pour le cinquième Parchemin

Cet exemplaire vous a été personnellement attribué. Vous en êtes seul responsable. En cas de perte, de détérioration ou de destruction, vous ferez l'objet de sanctions sévères (telles que fixées par vos lois locales).

Toute transmission, copie ou lecture à voix haute en présence d'un non-initié est strictement interdite.

Par la présente, vous reconnaissez avoir été informé de vos obligations et dégagez l'université de toute responsabilité pour les dommages éventuels que la lecture du Parchemin pourrait occasionner – à vous ou à ceux qui vous entourent.

Signature Date

Apposez ici l'empreinte de votre majeur droit :

AVERTISSEMENT

Si vous êtes entré en possession de ce livre autrement que par les canaux universitaires officiels, veuillez le refermer sans attendre et alerter les autorités compétentes afin qu'elles le récupèrent. Toute désobéissance pourra entraîner votre arrestation et votre incarcération immédiate.

VOUS AUREZ ÉTÉ PRÉVENU.

L'ÉTOILE DE LA SOR'CIÈRE

Et tandis que s'écoule la longue nuit,
La magie darde ses ultimes rayons.

C'est étrange de rêver de mort par une belle journée printanière. Partout à travers les îles de Kell, la vie renaît dans la tiède chaleur du soleil. Depuis les plages côtières, le rire des enfants tinte gaiement dans la brise tandis que les jours s'allongent. Les collines se parent d'un vert scintillant, et les fleurs déploient leurs pétales tout neufs dans la lumière. Les gens ouvrent leurs volets et plantent des graines dans les jardinières sur le bord de leurs fenêtres. C'est le temps du renouveau.

Mais alors que j'observe tout cela depuis ma retraite, je sais que pour moi, la mort ne se trouve plus qu'à un trait de plume. Une dernière arabesque d'encre et je disparaîtrai. La promesse qu'a faite la sor'cière de me libérer de l'interminable marche des saisons ne m'a jamais semblé aussi réelle. Je la savoure à chaque instant.

Sur mon écritoire, j'ai rassemblé mes outils. Je n'ai reculé devant aucune dépense pour me les procurer, me débarrassant de mes richesses ainsi qu'un serpent de sa vieille peau. J'ai acheté le plus somptueux des parchemins de Windham, la plus pigmentée des encres vendues par les marchands de Da'bau, les plus fines plumes des aigrettes des neiges qui pataugent dans les canaux de la cité de Que-quay, par-delà les mers.

Tout mon matériel est prêt ; il attend de raconter ma dernière histoire. Tel un alchimiste, je vais conjurer la mort avec du papier et de l'encre.

Pourtant, je me surprends à temporiser. La poussière s'accumule sur les rouleaux de parchemin et les minuscules flacons d'encre. Pourquoi ? Non parce que je doute de la parole de la sor'cière ou que je crains de mourir en cette belle journée de printemps. Au début, j'ai cru que je me contentais de savourer ma fin toute proche, la maintenant à bout de bras en une exquise torture.

Mais je me trompais. La raison est beaucoup plus simple.

Elle m'est apparue ce matin alors que j'observais une branche de l'autre côté de la fenêtre de ma chambre, là où une petite femelle kak'ora a construit son nid. Son plumage d'un noir brillant s'orne, au niveau de la poitrine, d'une tache écarlate, comme si quelqu'un lui avait tranché la gorge. Elle passe ses journées à chasser des insectes ou à fouiller dans la poussière entre les pavés de la rue en contrebas. Ainsi, la plupart du temps son nid est vide, et ses trois œufs exposés à mon regard vacant.

Depuis plusieurs jours, j'étudie cette minuscule couvée, soupçonnant l'existence de quelque mystère à élucider dans les coquilles lisses, dans les petites taches brunes parsemées sur fond bleu. Mais quel mystère ?

Ce matin, j'ai compris que chaque œuf symbolise les possibilités infinies de la vie. Quel chemin s'étend devant ces oisillons ? Il se peut qu'ils meurent tous avant d'éclore, étouffés dans leur propre coquille. Ou que l'un d'eux se fasse capturer par un chat en maraude tandis qu'il apprend à voler ; qu'un autre succombe à une maladie ou à la faim – ou qu'il revienne ici au printemps prochain pour fonder sa propre famille et poursuivre le cycle. Tant de potentiel, tant de voies nichées dans des œufs à peine plus gros que mon pouce…

Les possibilités infinies de la vie: voilà ce que j'ai découvert ce matin.

Qu'est-ce que cela signifie pour moi ? Dois-je mettre de côté ma quête de mort et embrasser de nouveau la vie ?

Non, certainement pas.

Tandis que je détaillais ces œufs, j'ai compris que ce n'est pas le potentiel qui fait que la vie vaut la peine d'être vécue, mais la découverte par chacun du chemin unique qui, depuis le ventre maternel jusqu'à la tombe, donnera une signification à son existence.

Ce que j'ai supplié la sor'cière de me donner, ce qu'elle m'a accordé à titre de faveur autant que de malédiction – la vie éternelle – n'était qu'une farce. Quand les siècles s'étirent à perte de vue devant vous, les possibilités deviennent infinies. Quand tous les chemins s'offrent à vos pieds, vous *devenez* un potentiel, et rien qu'un potentiel jamais réalisé. Avec tant de voies grandes ouvertes, il devient facile de se perdre.

Je ne veux plus de ça. Ce matin, en observant ces œufs, j'ai compris que je m'étais lassé du potentiel et des possibilités, que je voulais voir ma vie de nouveau définie.

Par un commencement, un milieu et une *fin*.

La somme totale d'une existence. Je veux qu'elle me soit rendue.

Ainsi, une fois de plus, j'appose ma plume sur le papier, conjurant des mondes entiers grâce à l'alchimie de l'écriture. Chaque lettre me rapproche de la mort, me mène un peu plus près de rendre son sens à ma vie.

À l'époque, la sor'cière connaissait-elle déjà cette vérité ? M'a-t-elle offert à dessein cette ultime chance d'atteindre la grâce ?

Nous verrons.

Déjà, je dérive vers un autre temps et un autre lieu. Suivez-moi en direction du tintement de grelots tandis qu'un dernier joueur entre en scène, un arrivant tardif qui va néanmoins prendre part aux festivités. Le voyez-vous ? L'homme à la peau bleue – celui qui, vêtu de couleurs criardes, joue les bouffons. Observez-le bien…

LIVRE PREMIER

CONTRE-COURANT

1

Assise sur le Trône d'Épines, Elena étudiait l'énigme plantée devant elle.

Avec sa petite taille et son visage parfaitement lisse, l'étranger vêtu d'un patchwork de soie et de lin ressemblait à un jeune garçon. Mais, de toute évidence, il n'en était plus un depuis longtemps. Il soutenait avec trop de calme le regard de toutes les personnes présentes dans le Grand Hall. Ses propres yeux brillaient d'amusement sarcastique, amertume et expérience mêlées. Et le pli de ses lèvres, sur lesquelles planait l'ombre d'un sourire, demeurait froid et dur.

Malgré l'innocence illusoire qui émanait de cet étrange personnage, Elena se sentait mal à l'aise en sa présence.

L'inconnu mit un genou en terre devant elle, ôtant son chapeau extravagant pour la saluer. Des dizaines de grelots d'étain, d'argent, d'or ou de cuivre cousus dans ses vêtements tintèrent avec vigueur.

Une haute silhouette s'avança pour rejoindre le petit homme : le prince Tylamon Royston, seigneur de Château Mryl, une forteresse située dans le Nord. Le prince devenu pirate avait renoncé à ses beaux atours habituels pour enfiler des bottes éculées et une cape noire délavée par le sel. Ses joues étaient rouges, ses cheveux couleur de sable en bataille. Il avait débarqué sur l'île au soleil levant, et réclamé une audience immédiate avec Elena et le conseil de guerre.

Lui aussi mit un genou en terre avant de désigner l'inconnu.

— Puis-je vous présenter Harlequin Quail ? Il vient de loin, et il apporte des nouvelles dont vous devriez prendre connaissance.

Elena leur fit signe à tous deux.

— Relevez-vous, seigneur Tyrus, maître Quail. Soyez les bienvenus.

Elle étudia le compagnon du prince tandis qu'il se redressait dans un nouveau tintement de grelots. De fait, il devait venir de très loin : il avait le teint livide, d'une pâleur presque bleutée, comme s'il suffoquait perpétuellement. Mais, le plus étonnant, c'étaient ses yeux dorés, brillants et pleins de ruse.

— Je suis navré de vous déranger si tôt en ce matin d'été, entonna Tyrus sur un ton protocolaire, tout en tirant sur sa cape comme s'il remarquait pour la première fois l'inconvenance de sa mise.

Er'ril, l'homme-lige et époux d'Elena qui se tenait près du trône, prit alors la parole.

— De quelle urgence êtes-vous venu nous entretenir, seigneur Tyrus ? Nous n'avons pas de temps à perdre avec les fous et les bouffons.

Elena n'eut pas besoin de lui jeter un coup d'œil pour savoir que l'homme des plaines arborait son expression habituellement sévère et désapprobatrice. Elle l'avait vue assez souvent ces deux dernières lunes, tandis que les mauvaises nouvelles affluaient à Val'loa : les lignes de ravitaillement de l'île avaient été coupées par des monstres et par d'étranges phénomènes météorologiques ; des épidémies et des incendies ravageaient maintes cités d'Alaséa ; des créatures difformes arpentaient les campagnes.

Mais ce n'étaient pas là les plus sinistres des augures.

Les élémentaux, ces personnes ô combien rares harmonisées avec l'énergie de la Terre, succombaient à quelque mal mystérieux. Les mer'ai perdaient leurs perceptions aquatiques et le lien avec leurs dragons ; les vaisseaux el'phiques ne pouvaient plus voler aussi haut et aussi loin ; et Nee'lahn venait de rapporter que la voix de son luth faiblissait avec l'esprit de l'arbre qui habitait son bois. Visiblement, les dommages infligés par les portails du Weir continuaient à s'étendre. La magie élémentale s'estompait, s'enfuyait comme du sang par une plaie béante.

En conséquence, la nécessité d'agir vite pesait sur les compagnons. S'ils voulaient attaquer le Gul'gotha, ils devaient le faire de toute urgence, avant que leurs propres pouvoirs s'amoindrissent davantage, avant que les dons de la Terre s'évanouissent tout à fait. Mais leurs forces étaient dispersées. En l'état actuel des choses, la campagne contre la forteresse du Seigneur Noir, le volcanique Noircastel, ne pourrait être lancée avant le printemps suivant. Selon Er'ril, il leur faudrait jusqu'au milieu de l'hiver pour repositionner leurs troupes, et assaillir l'île en cette saison où de violentes tempêtes ravageaient les mers septentrionales donnerait l'avantage aux défenseurs.

Donc, ce serait au printemps suivant dans le meilleur des cas.

Mais, même alors, Elena commençait à douter qu'ils soient prêts. Tant de facteurs demeuraient inconnus ! Tol'chuk n'était pas encore rentré. Parti depuis deux lunes avec Fardale et une poignée d'autres, il voulait interroger les anciens de sa tribu og're au sujet du lien existant entre la sanguine et l'éb'ène. La plupart des vaisseaux éclaireurs el'phiques n'étaient pas revenus de leur mission de reconnaissance à l'aplomb de Noircastel. Wennar, le commandant de l'armée n'aine, avait envoyé des corbeaux messagers pour prévenir que ses forces n'avaient pas fini de se rassembler du côté de Penryn. Il réclamait plus de temps pour rallier son peuple. Mais le temps était compté.

Et maintenant, d'autres nouvelles urgentes arrivaient depuis de lointaines contrées.

Le seigneur Tyrus se tourna vers son compagnon.

— Harlequin, raconte-leur ce que tu as découvert.

Le petit homme acquiesça.

— J'apporte de bonnes et de mauvaises nouvelles.

Une pièce apparut dans ses mains, comme jaillie de nulle part. D'un geste du poignet, il la projeta très haut dans les airs. La lumière des torches jeta des éclats en se reflétant sur l'or.

Elena suivit du regard la pièce qui s'élevait jusqu'aux poutres, puis retombait. Elle sursauta sur son trône en découvrant l'étrange personnage planté devant elle, son nez à quelques pouces du sien. En un battement de cœur, il avait franchi la distance qui les séparait sans faire le moindre bruit malgré les centaines de grelots cousus sur ses vêtements.

Même Er'ril fut pris par surprise. Avec un rugissement, il dégaina son épée qu'il brandit entre la reine et le bouffon.

— Quel tour est-ce là ?

En guise de réponse, le dénommé Harlequin rattrapa la pièce dans sa paume tendue, adressa un clin d'œil égrillard à Elena et redescendit les deux marches qui conduisaient au trône dans un joyeux tintement.

Le seigneur Tyrus eut un sourire froid.

— Ne vous laissez pas abuser par l'apparence fantasque d'Harlequin. Voilà déjà dix hivers qu'il est le meilleur espion au service de la Guilde des Pirates de Port Rawl. Nul n'est plus doué que lui pour observer, écouter et surprendre autrui.

Elena se redressa dans son siège.

— C'est ce qu'il semblerait.

Er'ril baissa son épée mais ne la rengaina pas.

— Assez d'esbroufe. S'il apporte des informations, qu'il nous les révèle.

— Il en sera ainsi que le réclame l'homme de fer. (Harlequin brandit sa pièce d'or dans la lumière des torches.) D'abord, les bonnes nouvelles. En détruisant ses statues, vous avez porté au Seigneur Noir un coup plus cruel que vous le soupçonniez. Il a perdu sa précieuse armée n'aine, si bien qu'il ne lui reste que des hommes et des monstres pour défendre son antre volcanique.

— Harlequin a passé la moitié du dernier hiver à reconnaître les environs de Noircastel, intervint Tyrus. Il nous rapporte des plans et des listes des forces du Seigneur Noir.

— Où se les est-il procurés ? grommela Er'ril.

— Au nez et à la barbe du lieutenant du Seigneur Noir, répliqua Harlequin en soutenant insolemment son regard. Votre frère, je crois ?

Elena jeta un coup d'œil à Er'ril et vit la colère flamboyer dans ses prunelles.

— Ce n'est *pas* mon frère, cracha l'homme des plaines, glacial.

Elena brisa le silence tendu qui suivit.

— Vous avez pénétré à Noircastel même ?

Le masque amusé d'Harlequin se craquela. Dessous, Elena entrevit quelque chose de sombre et douloureux.

— Oui, chuchota-t-il. J'ai arpenté ses lugubres couloirs et ses chambres ténébreuses – et je prie pour ne jamais avoir à y retourner.

Elena se pencha en avant.

— Vous avez également mentionné de mauvaises nouvelles, maître Quail.

— Très mauvaises, même.

Harlequin leva le bras et ouvrit les doigts qu'il avait refermés sur la pièce d'or. Sur sa paume ne reposait plus qu'un petit morceau de charbon.

— Si vous souhaitez vaincre le Cœur Noir, vous devez le faire avant le solstice d'été.

Elena fronça les sourcils.

— Dans une lune ?

— Impossible, ricana Er'ril.

Harlequin fixa Elena de ses étranges yeux dorés.

— Si vous n'arrêtez pas la Bête Noire d'ici à la prochaine pleine lune, vous périrez tous.

Méric courait le long de l'*Aile des Tempêtes*. Ses pieds volaient sur les planches familières, bondissaient par-dessus les balustrades et avalaient les ponts tandis que son regard demeurait rivé au ciel. À travers la brume matinale, il distinguait, très haut au-dessus de sa tête, une tache noire qui dégringolait sans grâce aucune. C'était l'un des vaisseaux éclaireurs el'phiques, revenant de sa mission dans l'île volcanique de Noircastel.

Quelque chose clochait.

En atteignant la proue de son navire, Méric leva les deux bras et projeta son pouvoir. Un faisceau d'énergie jaillit de ses mains tendues et fusa dans le ciel pour se déverser dans le puits vide qu'était la quille métallique de l'autre bâtiment. Mais Méric eut beau l'alimenter de son pouvoir, celui-ci poursuivit son plongeon vers les eaux qui entouraient Val'loa.

Tandis qu'il s'efforçait d'empêcher l'inévitable, Méric sentit le poids de l'autre vaisseau peser sur ses épaules. Il dut mettre un genou à terre alors que l'*Aile des Tempêtes*, vidée de sa propre énergie magique, commençait à perdre de l'altitude et à descendre vers les quais.

L'effort le faisait haleter ; pourtant, Méric refusait d'abandonner. *Mère d'en haut, aide-moi !*

À présent, il voyait avec deux paires d'yeux : une qui regardait vers le haut et la seconde vers le bas. Partagé entre les deux bâtiments, il sentait le pouls faiblissant du capitaine de l'autre navire aérien, Frelisha, une cousine au deuxième degré de sa mère. Elle était encore en vie, mais tout juste. Amener son vaisseau jusque-là avait dû consumer l'intégralité de ses forces.

— Bats-toi, cousine, chuchota Méric dans le vent.

Et il fut entendu. À travers son lien magique, les derniers mots de Frelisha lui parvinrent.

— Nous avons été trahis !

Puis le pouls ténu que Méric tenait entre ses mains palpita encore une fois avant de s'éteindre à jamais.

— Non ! gémit l'el'phe en tombant sur son autre genou.

L'instant d'après, une ombre monstrueuse fila à la verticale sur bâbord. Ce fut tout juste si Méric entendit l'explosion de bois et perçut la gerbe d'eau qui suivirent tels des échos lointains. La tête ballante, il s'affaissa sur le pont. Tandis que des alarmes retentissaient à travers le port et que des cris de panique montaient vers lui, un souffle s'échappa de ses lèvres.

— Trahis...

Assise dans la Grande Cour du château, Nee'lahn vit les enfants interrompre leurs jeux tandis que des cloches sonnaient le long des quais, de l'autre côté des murs de pierre. Ses propres doigts se figèrent entre deux notes sur les cordes de son luth.

Il venait de se passer quelque chose.

Cinq pas plus loin, le petit Rodricko baissa le bâton qui lui servait d'épée et jeta un coup d'œil à sa mère. Son adversaire dans ce duel pour de rire, la petite Dre'rendi Sheeshon, pencha la tête sur le côté, oubliant sa propre arme factice.

Nee'lahn se dressa sur ses genoux et fit passer le luth par-dessus son épaule, heurtant le tronc mince du koa'kona auquel elle était adossée. Les feuilles tremblèrent au-dessus d'elle. Les branches fragiles du jeune arbre fléchissaient sous le poids de leur parure d'été – à l'image du petit garçon qui leur était lié.

— Rodricko, viens ici, appela Nee'lahn en tendant une main vers lui.

Rodricko était tout en jambes et en maladresse. *Que la Mère en soit remerciée, sa poussée de croissance initiale est presque finie.* Désormais, l'enfant comme l'arbre grandiraient à un rythme plus modéré.

— Toi aussi, Sheeshon, ajouta Nee'lahn. Allons voir aux cuisines si votre petit déjeuner est prêt.

Tout en se levant, la nyphai enfonça ses orteils nus dans la terre riche au pied du koa'kona et puisa à l'énergie qui émanait du sol. Elle se préparait à entrer dans les couloirs de pierre du château. Répugnant à quitter la Grande Cour, elle aspira la force des racines afin de s'en remplir.

Autour d'elle, les jardins resplendissaient de leur gloire estivale. De minuscules fleurs blanches festonnaient les murs incrustés de lierre. Les cornouillers se dressaient au milieu de tapis de pétales épars. Des baies rouges piquetaient les buissons soigneusement taillés qui bordaient les allées de gravier blanc. Mais la vision la plus réjouissante était celle des centaines de rosiers plantés à l'automne précédent, qui rivalisaient de vigueur et de couleur : roses poudrés, violets crépusculaires, jaunes mielleux… Leur doux parfum teintait même la brise marine.

Mais ce n'était pas seulement leur beauté qui retenait Nee'lahn dans la Grande Cour. Car celle-ci était le seul endroit où convergeaient le passé, le présent et le futur de la nyphai : le luth qui contenait le cœur de son bien-aimé, le jeune arbre né d'une des graines de ce dernier, et l'enfant qui représentait tout l'espoir de son peuple.

Soupirant, Nee'lahn ébouriffa les boucles blondes de Rodricko et lui prit la main. Tant d'espoir dans un si petit garçon…

Sheeshon saisit l'autre main de Rodricko. Les membranes qui reliaient ses doigts la désignaient comme un chaînon entre le peuple marin des Sanguinaires et celui des mer'ai qui vivait au fond de l'eau. Rodricko se laissa faire de bon cœur. Durant les dernières lunes, les deux enfants, uniques chacun à sa façon, étaient devenus inséparables.

— Allons voir aux cuisines, répéta Nee'lahn en se détournant.

Mais Rodricko semblait avoir pris racine.

— Et la chanson des bourgeons, maman ? Tu avais promis que je pourrais essayer.

Nee'lahn ouvrit la bouche pour protester. Elle avait hâte de découvrir ce qui s'était passé sur les quais, mais, déjà, les alarmes s'estompaient.

— Tu avais promis, insista Rodricko.

Nee'lahn fronça les sourcils et jeta un coup d'œil au koa'kona. Elle avait effectivement promis. Il était temps que Rodricko apprenne sa propre chanson, mais elle répugnait à le laisser se détacher d'elle ainsi.

— Je suis assez grand. Et cette nuit, la lune sera pleine !

Nee'lahn ne trouva pas d'objection à lui opposer. Selon la tradition des nyphai, c'était le soir de la première pleine lune d'été que les jeunes se liaient à leur bien-aimé, que bébés et graines devenaient femmes et arbres.

— Tu es sûr d'être prêt, Rodricko ?

— Il l'est, affirma Sheeshon, une certitude étonnante brillant dans ses petits yeux.

Nee'lahn avait entendu dire que la magie de la mer était puissante en elle, que la fillette possédait la capacité de percevoir les choses à venir par-delà les horizons. Les Dre'rendi appelaient ça le *rajor maga*.

— S'il te plaît, maman, supplia Rodricko.

Dans le port, les cloches s'étaient tues.

— Tu peux essayer la chanson des bourgeons, mais, ensuite, il faudra descendre avant que le cuisinier se fâche.

Le visage du petit garçon s'éclaira comme si le soleil venait de sortir de derrière les nuages. Il se tourna vers Sheeshon.

— Viens, je dois me préparer.

Sheeshon, qui avait toujours été la plus raisonnable des deux, fronça les sourcils.

— Il faut te dépêcher, si tu veux avoir fini avant la fermeture des cuisines.

Nee'lahn acquiesça.

— Vas-y, mais ne sois pas déçu si tu échoues. L'été prochain, peut-être...

Bien que visiblement sourd à ses avertissements, Rodricko hocha la tête. Il se dirigea vers le koa'kona et s'agenouilla. Ses jambes étaient presque aussi frêles que les branches de son jumeau.

À présent, les fils du destin allaient se réunir et se nouer ensemble ou s'éparpiller en désordre, car Rodricko était le premier nyphai mâle. Son arbre et lui étaient uniques, résultat de l'union du koa'kona de Nee'lahn avec Cecelia, le spectre du Sinistre. Qui pouvait savoir si les chansons et les rituels traditionnels fonctionneraient, si les phases de croissance habituelles se trouveraient respectées dans leur cas ?

Nee'lahn retint son souffle.

Rodricko toucha l'écorce de l'arbre, entaillant celle-ci avec un ongle. Une goutte de sève coula. La chanson sylvestre s'éleva d'une vibration profonde et tâtonna en quête de Rodricko. Nee'lahn l'écouta à la fois avec son cœur et ses oreilles. Ou bien l'enfant était en harmonie avec la chanson sylvestre, ou bien celle-ci le rejetterait. La nyphai ne savait pas ce qu'elle espérait. Une partie d'elle voulait que l'enfant échoue. Elle avait passé si peu de temps avec lui, pas même un hiver entier...

À l'aide d'une épine de rose, Rodricko se piqua un doigt. Une goutte de sang perla. Il tendit son doigt blessé vers l'entaille de l'écorce.

— Chante, chuchota Nee'lahn. Laisse l'arbre entendre ton cœur.

Le petit garçon la regarda par-dessus son épaule. Ses yeux brillaient de peur. Il percevait l'importance du moment.

Chante, lui intima silencieusement Nee'lahn.

Et Rodricko obéit. Ses lèvres s'entrouvrirent, et tandis qu'il exhalait, des notes d'une douceur suprême s'échappèrent de sa bouche. Sa voix était si éclatante que le soleil parut pâlir en comparaison. Le monde s'assombrit sur les bords, comme si la nuit était tombée en avance, mais, autour du koa'kona, une flaque de lumière s'intensifia.

En réaction, la chanson sylvestre enfla et se tendit ainsi qu'une fleur vers le soleil. De façon d'abord hésitante, puis plus assurée, enfant et arbre se laissèrent envelopper par leur mélodie.

À cet instant, Nee'lahn sut que Rodricko allait réussir. Des larmes de soulagement et de chagrin ruisselèrent sur ses joues. Il n'y aurait plus de retour en arrière. Elle sentait la magie élémentale jaillir de l'enfant et de l'arbre, les deux flots se nourrissant mutuellement et s'entremêlant jusqu'à ce qu'il soit impossible de dire où commençait l'un et où s'achevait l'autre.

Les deux chansons ne faisaient plus qu'une.

Nee'lahn se retrouva à genoux sans s'être aperçue qu'elle avait bougé. La chanson sylvestre emplissait le monde. Jamais la nyphai n'en avait entendu de semblable auparavant.

Elle se tordit le cou pour observer les minces branches du koa'kona, anticipant la suite. Les feuilles frémirent, comme agitées par une forte brise. Chaque membre végétal palpitait de chanson sylvestre et de magie élémentale. Et pendant ce temps, l'enfant et l'arbre continuaient à chanter en harmonie, d'une voix de plus en plus forte, de plus en plus tendue, de plus en plus belle, de plus en plus impatiente.

Le pouvoir prisonnier des branches n'avait nulle part ailleurs où se déverser. De chaque brindille jaillirent des bourgeons nés de la magie et du sang : une expression fleurie de la chanson sylvestre amenée à la vie par l'union de l'enfant et de l'arbre.

Rodricko avait réussi.

Il poussa un hoquet de joie et de douleur.

Lentement, la chanson sylvestre s'estompa comme si son flot était allé se jeter dans un puits. Le soleil estival revint dans la cour.

Rodricko pivota, son petit visage rayonnant de fierté.

—J'ai réussi, Maman !

Sa voix était plus grave à présent – presque une voix d'homme. Mais il n'était pas un homme. Nee'lahn entendait l'inflexion chantante de la magie dans sa voix. Il était un nyphai.

—Désormais, nous ne faisons plus qu'un, dit-il en se tournant vers son arbre.

Nee'lahn garda le silence, son regard rivé sur le koa'kona. *Qu'avons-nous fait ?* songea-t-elle. *Douce Mère, qu'avons-nous fait ?*

Les bourgeons de l'union nouvelle étaient bien suspendus au bout de chaque branche. Ils s'ouvriraient le soir même, lorsque se lèverait la première pleine lune de l'été. Mais leurs pétales n'étaient pas du même violet que les fleurs des nyphai, une couleur qui les faisait ressembler à des améthystes nichées dans un écrin de verdure. Ils avaient la teinte des caillots de sang et des ecchymoses, la teinte des spectres du Sinistre.

Nee'lahn se couvrit le visage et se mit à sangloter.

— Maman, s'étonna Rodricko près d'elle, qu'est-ce que tu as ?

Dans les profondeurs du château, loin en dessous de la Grande Cour, Joach se traînait le long d'un étroit tunnel. Il lui avait fallu une lune entière pour découvrir ce passage. Une grande partie du réseau souterrain de l'Édifice gisait en ruine ; elle s'était effondrée lorsque Ragnar'k s'était réveillé de son sommeil minéral.

Joach se souvenait bien de ce jour : la difficulté qu'il avait eue à s'arracher à la transe dans laquelle Greshym le maintenait, sa fuite avec frère Moris, la bataille au cœur de l'île... Moins de deux hivers s'étaient écoulés depuis lors, mais il lui semblait que ça faisait une éternité. À présent, il était un vieillard auquel on avait dérobé sa jeunesse.

Il fit une pause en s'appuyant lourdement sur son bâton de pierre, un morceau de bois pétrifié incrusté de cristaux verts. Son extrémité répandait une lumière malsaine qui éclairait le chemin de son porteur. Il ne restait pas d'autre magie en lui.

Les doigts de Joach se crispèrent sur le bâton comme pour mieux sentir le maigre filet de pouvoir qui y coulait. Afin d'obtenir cet instrument, il avait conclu avec Greshym un marché qui lui avait coûté sa jeunesse. Ainsi était-il devenu une version ridée et décrépite de lui-même. Dans ces profondeurs souterraines, il avait l'impression que la pierre qui le surplombait pesait sur ses frêles épaules. Les battements de son cœur résonnaient à ses oreilles. Il lui avait fallu toute la matinée pour descendre l'escalier dissimulé qui conduisait jusque-là.

— J'y suis presque, se promit-il.

Aiguillonné par sa détermination, Joach poursuivit son chemin, priant pour que la salle qu'il cherchait soit toujours intacte. Lorsqu'il atteignit le bout du tunnel, il utilisa le moignon de son poignet droit pour écarter une masse de racines desséchées qui barrait le seuil. À son contact, les racines tombèrent en poussière.

Joach leva son bâton. Une grotte caverneuse s'ouvrait devant lui.

Avec un sifflement soulagé, il entra. Au-dessus de sa tête, des plantes fibreuses pendaient comme de la mousse de marécage, jaune et friable. L'arbre de Rodricko n'avait pas encore enfoncé ses racines jusque dans cette tombe. Ici, la mort régnait toujours en maîtresse.

D'une certaine façon, cette pensée réconfortait Joach. Hors des murs du château, les jours d'été étaient trop lumineux, trop verts, trop pleins de vie. Il préférait les ombres.

Épuisé, les genoux flageolants, il continua à avancer. Le sol de la caverne était jonché de rochers et de cadavres pourrissants. De petites créatures à poils ou à écailles détalaient devant la lumière malsaine du bâton.

Joach ignora ces charognards et leva l'artefact. De vieilles cicatrices marquaient les murs : les traînées de feu incendiaire projetées par Shorkan et Greshym durant la bataille. Elles ressemblaient à des runes antiques tracées avec du charbon.

Si seulement il avait pu les comprendre...

Joach soupira. Tant de choses lui demeuraient obscures ! Il avait passé les deux dernières lunes terré à la bibliothèque de l'Édifice, déchiffrant des centaines de parchemins et des manuscrits. Pour avoir la moindre chance de retrouver sa jeunesse, il devait comprendre la magie qui l'en avait privé. Mais il n'était encore qu'un apprenti des Arts Ténébreux, très loin de la véritable compréhension. Jusqu'ici, il n'avait découvert qu'un seul indice : *Ragnar'k.*

Avant de se lier à Kast, le dragon avait dormi dans la pierre au cœur de l'île pendant des siècles innombrables, s'imprégnant de la magie élémentale du rêve et imprégnant du même coup la roche alentour avec son énergie. Tous ses espoirs résidaient en le mystère de la magie onirique, Joach en avait la conviction. Après tout, c'était dans le désert onirique qu'il avait perdu sa jeunesse... et une autre chose très importante pour lui.

Il ferma les yeux, sentant de nouveau le sang couler sur sa main, entendant de nouveau un léger hoquet près de son oreille.

— Kesla, chuchota-t-il dans la caverne des morts.

Comme Ragnar'k, sa bien-aimée était une créature issue des rêves.

Puisque toute sa douleur provenait du paysage onirique, c'était sûrement là-bas qu'il y trouverait un remède. Tel était le raisonnement qui avait poussé Joach à descendre dans les boyaux de l'île.

Il avait un plan.

Utilisant son bâton comme une béquille, il enjamba des ossements et contourna des rochers. Même si Ragnar'k était parti depuis belle lurette, il avait dormi dans cette salle si longtemps que chaque fragment de cristal était imprégné de sa magie. Joach avait l'intention de puiser à cette source de pouvoir élémental.

Comme Greshym, le frère d'Elena était un Tisse-Rêves. Mais contrairement au mage noir, il était aussi un sculpteur de rêves : autrement dit, il avait la capacité de donner de la substance à ces derniers. Pour affronter Greshym et avoir une chance de récupérer sa jeunesse, il devait développer ce talent. Et pour cela, il avait besoin d'énergie. Il avait besoin du pouvoir des rêves.

Joach se dirigea vers le centre de la grotte à demi effondrée et tourna lentement sur lui-même. Il percevait l'abondance d'énergie autour de lui. Satisfait, il fit passer son bâton dans le creux de son coude droit et sortit une dague. Tenant le manche entre ses dents, il s'entailla la paume gauche. Lorsque le sang jaillit, il cracha l'arme et leva sa main blessée. Serrant le poing, il fit couler son sang par terre. Quelques gouttes s'écrasèrent à ses pieds.

Ainsi prêt, Joach laissa ses paupières se fermer à demi et se plongea en état onirique. La caverne sombre se remplit d'une lumière éclatante tandis que ses murs et ses débris exhalaient leur énergie résiduelle – écho du rêve de Ragnar'k.

Un sourire se forma sur les lèvres flétries de Joach.

Projetant la magie qui coulait dans son propre sang, il lia l'énergie onirique à lui, tissant ses fils ainsi qu'il en avait reçu le don à la naissance. Lorsque les nœuds furent assez solides, il reprit son bâton dans sa main gauche ensanglantée. Il leva l'instrument et pivota de nouveau pour lui permettre d'absorber toute la magie de la chambre souterraine. Il continua à tourner sur lui-même jusqu'à en avoir le vertige, mais ne s'arrêta pas avant que le bois pétrifié ait siphonné la dernière goutte de magie.

Tandis que Joach se concentrait sur sa tâche, le bâton devint glacial et se mit à trembler d'énergie contenue. Au fur et à mesure que la caverne s'assombrissait, les cristaux sertis dans sa surface brillaient d'un éclat de plus en plus vif.

Bientôt, il ne resta que des ténèbres autour de Joach.

Satisfait, celui-ci baissa son bâton et s'appuya dessus, les jambes tremblantes. Il détailla sa béquille. Les cristaux verts irradiaient. Joach frissonna de soulagement. Il avait réussi ! Il avait lié l'énergie au bâton.

Il ne lui restait plus qu'à lier le bâton à lui, pour être capable de l'utiliser au maximum de ses capacités. Le tissage seul ne le lui permettrait pas. Une connexion plus profonde était nécessaire, et Joach connaissait un moyen de l'obtenir : un sort antique au prix très élevé, comme toute magie puissante en ce monde. Mais que lui importaient quelques hivers perdus quand on lui en avait déjà dérobé tellement plus ? Et puis, il avait été impliqué dans un sort identique lancé par Elena sur l'ancien bâton de Greshym. Pourquoi ne pas le lancer lui-même cette fois ? Pourquoi ne pas l'utiliser pour forger son nouveau bâton gorgé d'énergie onirique ?

Afin de défier Greshym, Joach avait besoin d'une arme puissante et des compétences nécessaires pour la manier. Il n'existait qu'un moyen de les acquérir rapidement.

Il devait faire de son bâton une arme de sang.

Joach se prépara, se concentrant sur le liquide rouge qui coulait à la surface du bâton. Ce n'était pas un sort particulièrement difficile – en vérité, il était beaucoup plus simple que de conjurer du feu incendiaire, par exemple. Seul son prix faisait hésiter Joach comme celui-ci se remémorait le brusque vieillissement d'Elena.

Mais il était trop tard pour reculer. Avant de pouvoir changer d'avis, Joach libéra son sort dans un flot de paroles et de volonté.

L'effet fut immédiat. Il sentit quelque chose de vital s'arracher à lui et passer dans le bâton par l'intermédiaire de son sang.

Haletant, il tomba à genoux. Sa vision se brouilla, mais il refusa de s'abandonner aux ténèbres. Il inspira profondément, se remplissant les poumons d'air ainsi qu'un homme en train de se noyer. Enfin, sa vision s'éclaircit. La pièce cessa de tourner autour de lui.

Joach posa le bâton en travers de ses genoux et observa la main qui tenait le bois pétrifié. Comme sa sœur avant lui, le sort l'avait vieilli instantanément. Ses ongles avaient poussé et s'étaient recourbés ; sa peau s'était effritée. Le résultat valait-il ce sacrifice d'hivers ?

Avec une pointe d'anxiété, Joach leva son bâton. Le bois gris était désormais blanc comme neige. Les cristaux verts brillant d'énergie onirique se détachaient crûment à sa surface, tout comme les traînées écarlates coulant de la main décrépite qui agrippait l'artefact. À chaque battement du cœur de Joach, celles-ci se répandaient un peu plus le long du bâton, faisant fusionner l'instrument et son porteur.

Joach se redressa péniblement. Après qu'Elena avait forgé l'ancien bâton de Greshym, il était devenu expert dans le maniement de ce dernier. Le même phénomène se reproduirait-il ici ? La fusion lui avait-elle accordé, comme il l'espérait, la capacité d'utiliser la magie onirique désormais liée au bâton ?

Secouant son bras droit pour remonter sa manche, Joach exposa le moignon qui le terminait. Le familier de Greshym, une immonde créature assoiffée de sang, lui avait dévoré la main. S'il parvenait à guérir cette blessure, peut-être y aurait-il de l'espoir – non seulement pour lui, mais pour eux tous. Une guerre terrible se préparait, et Joach ne voulait pas rester en arrière avec les enfants et les infirmes.

Il tendit le bras vers son bâton. À l'instant où son poignet tranché toucha le bois pétrifié, il se concentra afin de modeler sa magie : non pour tisser, cette fois, mais pour sculpter.

Depuis son moignon, une main spectrale s'épanouit sous forme de volutes et de tentacules impalpables. Des doigts fantomatiques se déplièrent et agrippèrent le bâton.

Les jambes de Joach tremblaient, mais son lien de sang avec le bâton lui permettait de puiser de l'énergie onirique pour compenser ses forces défaillantes. Lentement, sa main se solidifia, tirant substance de son attention et de sa concentration. L'image transparente de ses doigts devint réalité tangible. Joach sentit le grain du bois pétrifié, les bords coupants des cristaux verts contre sa paume.

De la main qu'il venait de conjurer et de sculpter, il brandit son bâton. Le sang de son autre main continuait à nourrir l'artefact.

Il avait bel et bien donné substance au rêve.

Le pouvoir chantait en lui. Désormais, Joach commandait à la magie noire et à la magie onirique fusionnées. Il se représenta une fille aux yeux crépusculaires, et ses lèvres prononcèrent en silence un vœu de vengeance. Il trouverait Greshym et lui ferait payer ce que le mage noir lui avait volé, lui ferait payer tout ce qu'il avait perdu dans le Désert de Sable.

Joach cala le bâton dans le creux de son bras droit, puis enfila un gant à sa main gauche et reprit l'artefact de celle-ci, rompant la connexion entre chair et bois pétrifié. Comme le bois blanc se vidait de son sang, il redevint gris sur toute sa longueur. Pour l'instant, Joach allait garder le secret sur sa création.

Levant son bras droit, il observa sa main sculptée, formée d'énergie élémentale. Il ne fallait pas qu'on la voie non plus. Les gens poseraient trop de questions, et puis, elle consumait sa précieuse énergie. Agitant la main devant lui, Joach dénoua sa trame onirique, et elle disparut telle la flamme d'une bougie qu'on vient de souffler.

Puis, s'appuyant sur son bâton comme sur une béquille, il sortit de la caverne.

Le moment viendrait de révéler son secret. Mais, pour l'instant, il garderait celui-ci tout contre son cœur douloureux, près du souvenir d'une fille aux cheveux fauves et aux lèvres douces.

Elena s'assit dans un fauteuil devant les braises du feu qui, ce matin-là, avait réchauffé ses appartements. Les autres s'installèrent dans les sièges restants ou restèrent debout près de la cheminée. Trois servantes distribuèrent des chopes de kafé et déposèrent des assiettes de biscuits encore tièdes, de pommes en tranches, de fromage et de cubes de porc épicé.

Er'ril se posta près de l'épaule d'Elena. La jeune femme n'aurait eu qu'à tourner la tête pour que sa joue touche la main qui agrippait le dossier de son fauteuil. Mais ce n'était pas le moment de s'appuyer sur son époux. Aussi demeura-t-elle assise le dos très droit, ses mains gantées croisées dans son giron, en s'efforçant de ne pas laisser transparaître son anxiété. *Une seule lune...*

Harlequin Quail se tenait près du feu, fixant les braises comme s'il pouvait lire quelque message dans leur ultime rougeoiement. Il tripotait un grelot argenté sur son pourpoint en attendant que les servantes se retirent.

La clameur générale après l'annonce faite par l'étranger avait empêché la poursuite du conseil. Entre cris de colère et exclamations incrédules, l'assemblée serait restée sourde à toute raison jusqu'à ce que le choc s'estompe.

Puis une alarme avait momentanément distrait les participants. Très vite, la nouvelle leur était parvenue qu'un vaisseau éclaireur el'phique venait de s'écraser dans le port. Elena avait levé la séance.

— Où est Méric ? marmonna Er'ril près d'elle.

— Il va arriver.

Comme pour lui donner raison, quelqu'un frappa à la porte de ses appartements. Une servante qui s'en allait ouvrit et s'effaça pour laisser entrer le prince el'phe. Méric s'inclina tout en promenant un rapide regard à la ronde.

Le haut maître de quille de la flotte dre'rendi était assis face à Elena, sa longue tresse noire saupoudrée de gris pendant sur une de ses épaules. Son fils Hunt se tenait à ses côtés, le dos très raide, le faucon tatoué dans son cou rougeoyant dans la lueur des braises.

Le troisième fauteuil, le plus proche de la cheminée, était occupé par maître Edyll des mer'ai. Une chope fumait entre les mains palmées de l'ancien à la silhouette mince et aux cheveux blancs.

Du menton, Méric salua chacun des dignitaires. Puis son regard se posa brièvement sur l'étranger à la tenue chamarrée qui se tenait près du seigneur Tyrus. Levant un sourcil, il se tourna vers Elena.

— Désolé pour ce retard, dit-il avec une raideur toute protocolaire. Il m'a fallu un moment pour tout régler au port.

Elena acquiesça.

— Que s'est-il passé ? Nous avons entendu dire qu'un de vos navires s'était écrasé.

— Un vaisseau éclaireur qui revenait depuis le Nord, et dont le capitaine était une de mes cousines, confirma Méric.

Même si l'el'phe arborait son habituelle contenance stoïque, Elena remarqua la lassitude dans ses yeux et le pli chagriné de sa bouche. Encore un membre de sa famille disparu. D'abord, son frère était mort dans le désert ; puis sa mère s'était sacrifiée pour sauver les derniers réfugiés de leur cité dans les nuages.

À présent, son peuple était éparpillé aux quatre vents, et en tant que dernier représentant de la lignée royale, Méric devait assumer la responsabilité des el'phes qui l'entouraient. Dans son dos, on chuchotait le mot « roi », mais il refusait d'assumer ce titre. « Pas avant que notre peuple soit réuni », répondait-il à tous ceux qui le pressaient. Et maintenant, un nouveau décès…

Elena soupira.

— Je suis désolée, Méric. Cette guerre saigne tout Alaséa.

Le haut maître de quille grommela dans son siège.

— Dans ce cas, peut-être devrions-nous porter le combat à Noircastel avant de nous être vidés de notre sang.

Elena savait que les Dre'rendi étaient impatients de tourner la proue de leurs puissants navires de guerre vers le Gul'gotha. Mais pour l'heure, elle ignora le défi contenu dans les paroles de leur chef et poursuivit sa conversation avec Méric.

— Qu'est-il arrivé au vaisseau de ta cousine ?

L'el'phe fronça les sourcils et fixa le bout de ses chaussures.

— Sy-wen est partie inspecter l'épave avec Ragnar'k.

Elena sentit que quelque chose le perturbait, quelque chose qu'il n'avait pas encore mentionné.

— Quel est le problème ?

Sous sa chevelure argentée, les yeux bleus de Méric étincelèrent.

— J'ai parlé à Frelisha pendant que son vaisseau dégringolait. Ma cousine est morte en nous rapportant un avertissement. Nous avons été trahis.

— Trahis ? répéta Er'ril. (Elena sentit les doigts de l'homme des plaines se crisper sur le dossier de son fauteuil.) Qu'est-ce que ça signifie ?

Méric secoua la tête.

— Je l'ignore. Frelisha est morte sans avoir pu m'en dire davantage.

Elena jeta un coup d'œil à Er'ril. Une tempête couvait dans ses yeux gris, mais sa raideur métallique s'adoucit suffisamment pour lui permettre d'adresser un signe de tête rassurant à la jeune femme.

Maître Edyll prit la parole.

— Le message de votre cousine suggère qu'il se trouve parmi nous une personne indigne de notre confiance.

Instinctivement, Elena tourna son attention vers l'inconnu aux grelots. Elle ne fut pas la seule. Occupé à fixer les braises, Harlequin tournait le dos au reste de l'assemblée, mais le seigneur Tyrus perçut la suspicion générale.

— Je me porte garant d'Harlequin Quail sur mon propre sang, déclara-t-il en levant le menton.

Maître Edyll ne parut pas entendre les paroles du pirate. Il fixa les profondeurs de sa chope.

— Deux messages venus du Nord en une seule journée : l'un nous poussant à agir de toute urgence, l'autre nous enjoignant la méfiance et la circonspection. Lequel des deux faut-il croire ? Peut-être…

Un tintement de grelots interrompit l'ancien. Harlequin avait fait volte-face. Son visage blême avait rougi ; ses yeux dorés étincelaient.

— Vous n'avez pas le choix ! Ou vous lancez vos forces contre la Bête Noire d'ici au solstice d'été, ou tout sera perdu !

Choqué par cet éclat, maître Edyll écarquilla les yeux. Mais le haut maître de quille éclata d'un rire pareil à un grondement de tonnerre.

— Il y a du feu dans le cœur de cet étranger. Ça me plaît.

Le seigneur Tyrus se rapprocha d'Harlequin, qu'il dominait de deux têtes.

— Ne jugez pas les gens à leur apparence. En doutant de la parole d'Harlequin, vous blessez un grand homme. Du temps où je venais d'arriver à Port Rawl et gravissais lentement la hiérarchie de la guilde, je n'avais foi qu'en la parole et en le cœur d'une seule personne. (Il posa une main sur l'épaule d'Harlequin.) Il a pris d'énormes risques pour découvrir les défenses que le Seigneur Noir compte vous opposer. Vous pouvez douter de lui parce qu'il est étranger et vêtu comme un bouffon, mais doutez-vous de moi ?

— Je ne voulais offenser personne, déclara maître Edyll. Mais en ces temps ténébreux, nous ne pouvons plus nous fier à nos propres frères.

— Dans ce cas, nous sommes battus avant d'avoir attaqué, s'enflamma Tyrus. Si nous ne pouvons pas nous reposer entièrement sur ceux qui nous entourent, quel espoir de vaincre nous reste-t-il ? Même les pirates font confiance à leurs camarades.

— Et l'avertissement de la cousine de Méric ? intervint Elena.

Tyrus jeta un coup d'œil à l'el'phe.

— Sans vouloir vous offenser, prince Méric, cet avertissement ne signifie rien pour moi. (Il reporta son attention sur Elena.) Tant que nous ne disposerons d'aucun autre élément, je me refuse à soupçonner mon entourage.

Curieusement, Méric approuva.

— Lorsque j'ai débarqué sur ces rivages, je me méfiais de tout et de tous. (L'ombre d'un sourire triste passa sur son visage.) Mais j'ai beaucoup appris depuis. J'ai vu un ami se changer malgré lui en ennemi et se réapproprier son nom grâce à sa force d'âme.

Elena opina.

— Kral.

Méric inclina la tête.

— Je suis d'accord avec le seigneur Tyrus. Jusqu'à ce que nous en découvrions davantage, gardons le cœur et l'esprit ouverts. Si nous perdons la confiance qui nous lie, nous aurons tout perdu.

Elena se surprit à plonger son regard dans celui de l'étranger.

— Très bien. Maître Quail, racontez-nous donc ce que vous avez découvert.

Toutes les têtes se tournèrent vers le petit homme.

— Pendant que vous restiez ici à lécher vos blessures, commença-t-il lentement, la Bête Noire n'a pas perdu de temps dans son antre volcanique.

Bien que vous ayez contré ses ambitions en brisant ses portails, ne pensez pas l'avoir détournée de son objectif.

—Et quel est donc cet objectif ? s'enquit Er'ril.

—Ah ! Enfin, vous réfléchissez avec votre tête, chevalier, grimaça Harlequin. Depuis que le Seigneur Noir a débarqué sur vos rivages, jaillissant de l'écorce terrestre dans le brasier de son volcan, vous avez tenté de le chasser tel un envahisseur.

—Et alors ? ricana Er'ril. Qu'aurions-nous dû faire d'autre, selon vous ? L'accueillir à bras ouverts ? L'inviter à prendre le thé ?

Harlequin éclata d'un rire pareil à un aboiement.

—J'aurais bien voulu voir ça ! (Il saisit une chope de kafé, qu'il tint le petit doigt en l'air. Puis il s'inclina et dit sur un ton obséquieux :) Encore un biscuit, maître Cœur Noir ? Ou peut-être un peu de crème ? (Il se redressa, les yeux pétillants de gaieté.) Quelques gâteaux secs auraient peut-être suffi à mettre un terme à des siècles de carnage.

Elena sentit Er'ril se raidir près d'elle. Elle prit la parole avant qu'il éclate.

—Maître Quail, je vous en prie. Où voulez-vous en venir ?

—À ceci : jamais vous ne parviendrez à chasser la Bête Noire du Gul'gotha de ces contrées. (Harlequin posa la chope sur le linteau de la cheminée.) Jamais.

—Nos forces l'ont déjà chassé de Val'loa, grommela le haut maître de quille.

Harlequin fit face au colosse qui devait peser le double de son poids.

—Vous avez chassé ses lieutenants, des mauviettes animées par des illusions de grandeur – pas la Bête Noire. Et vous y avez quand même laissé la moitié de vos gens.

Elena eut l'impression qu'une pierre glacée tombait dans le fond de son estomac. L'étranger avait raison.

—Et à côté de Noircastel, cette île n'est qu'un bouchon de liège dans une baignoire, poursuivit Harlequin. (Il regarda autour de lui.) Certains d'entre vous se sont-ils déjà rendus à la forteresse du Gul'gotha ?

—Je l'ai observée avec un scope depuis la lisière de la Forêt Pétrifiée, répondit Er'ril.

—Et nous disposons de plans, de cartes terrestres et maritimes, ajouta Hunt.

—Des cartes maritimes ?

Harlequin secoua la tête et jeta un coup d'œil au seigneur Tyrus comme s'il n'arrivait pas à en croire ses oreilles : tant de stupidité…

—Moi, j'ai arpenté les couloirs de Noircastel, dit-il en reportant son attention sur les autres. J'y ai été invité en tant que bouffon, qu'amuseur pour les occupants des niveaux supérieurs de cette montagne creuse. Elle abrite plus de cinq mille pièces et des dizaines de lieues de couloirs où des visions monstrueuses vous assaillent à chaque croisement. Alors, écoutez-moi bien. Ce que vous, Er'ril de Standi, avez vu à travers votre scope... Ce que vous, capitaine Hunt, avez cartographié... Ce n'est rien.

Harlequin agita son chapeau ridicule dans les airs.

— Ce n'est que le sommet du véritable Noircastel. Car autant que vous puissiez voir au-dessus des vagues... il y en a trois – non, quatre fois autant sous la mer. (Il balaya l'assemblée du regard.) Ce n'est pas une île que vous comptez assiéger. C'est un pays entier, une nation d'hommes corrompus, de créatures effrayantes et de magie noire. Voilà ce qui vous attend.

Le silence plana quelques instants dans la pièce. Puis, parmi les centaines de grelots qui ornaient la tenue d'Harlequin, l'un d'eux émit une note argentée.

— Je vous ai rapporté tout ce que je pouvais pour vous aider. Des cartes plus détaillées, des schémas de leur système défensif. Car dans un lieu aussi monstrueux que Noircastel, un minus dans mon genre n'a guère de mal à passer inaperçu, surtout s'il joue les bouffons. Mais, malgré toutes mes compétences, je n'ai pu explorer que les niveaux supérieurs de la forteresse, ainsi qu'une hirondelle qui se contenterait de gratter les tuiles d'un toit. (De nouveau, il regarda autour de lui.) Si vous ne devez croire qu'une chose, que ce soit celle-là : jamais vous ne prendrez Noircastel.

Elena sentit le monde s'assombrir autour d'elle.

— Dans ce cas, pourquoi vouloir nous envoyer à notre perte d'ici à la prochaine lune ? interrogea maître Edyll.

Harlequin soupira tristement.

— Parce que, parfois, perdre une bataille n'est pas ce qui peut arriver de pire.

— Et qu'y a-t-il donc de pire ? s'enquit le haut maître de quille.

Harlequin le fixa comme si le Dre'rendi était un enfant un peu simple d'esprit.

— Perdre le monde.

Des exclamations choquées s'élevèrent, mais le seigneur Tyrus y coupa court.

— Écoutez ce qu'il a à dire.

Harlequin ne semblait guère affecté par la réaction de ses auditeurs.

— Depuis cinq siècles, poursuivit-il, Alaséa lutte pour chasser la Bête Noire de ces contrées. Vos mages chyriques ont consumé les dernières gouttes de leur magie sanglante en essayant. Des armées sont venues mourir sur ces rivages jusqu'à ce que le sol vire au rouge. Et depuis cinq siècles, le poing ténébreux du Gul'gotha écrase toutes les rébellions. Dans quelle intention ?

— Reprendre le contrôle de nos terres, grogna Er'ril. Nous libérer du joug de l'oppression.

Harlequin secoua la tête.

— Vous parlez de *votre* but. Mais l'un de vous s'est-il jamais demandé quel était celui de la Bête Noire ?

Un pli de perplexité barra le front d'Er'ril.

— Que voulez-vous dire ?

Harlequin s'adossa au manteau de la cheminée.

— À votre avis, pourquoi le Cœur Noir est-il venu ici ?

Er'ril se rembrunit encore.

— Il vous a fallu cinq cents hivers pour découvrir qu'il n'était pas originaire du Gul'gotha – que c'était un og're, et l'ancêtre de votre ami Tol'chuk.

— Où voulez-vous en venir ?

— Vous ne connaissez pas votre ennemi. Vous croyez que Noircastel est une île, et vous ne soupçonnez pas ses profondeurs cachées. Il en va de même avec son maître. Vous ne savez rien de lui. Pourquoi cet og're a-t-il quitté ces contrées jadis ? Pourquoi est-il apparu parmi les n'ains ? Pourquoi est-il revenu avec de la magie à la tête d'armées conquérantes ? Pourquoi tient-il Alaséa depuis si longtemps ? Pourquoi a-t-il positionné les portails du Weir sur des nexus de pouvoir élémental ? (De ses yeux dorés, Harlequin fixa durement chacune des personnes présentes.) Que fait-il ici ?

Après un instant de silence abasourdi, Er'ril répéta :

— Que fait-il ici ?

Avec un tintement de grelots, Harlequin fit la roue et se redressa face à l'homme des plaines, un index pointé sur le nez de celui-ci.

— Enfin ! Au bout de cinq siècles, quelqu'un se décide à poser la question !

Er'ril eut un mouvement de recul.

— Alors, que fait-il ici ? s'impatienta Elena.

Harlequin baissa le bras et haussa les épaules.

— Que la Mère d'en haut me patafiole si je le sais. (Il retourna vers la cheminée pour fixer les braises mourantes.) Je pensais juste qu'il était important de se le demander.

Elena fronça les sourcils.

— Je ne comprends pas.

— Aucun de vous ne comprend. Et tant que ça ne changera pas, le Cœur Noir aura le dessus.

Maître Edyll se redressa dans son fauteuil.

— À présent que vous nous avez gourmandés pour notre aveuglement, peut-être pourriez-vous nous expliquer pourquoi nous devons agir de toute urgence ?

Harlequin lui jeta un coup d'œil par-dessus son épaule.

—Sous la pleine lune du solstice d'été, le Cœur Noir accomplira ce qu'il cherche à faire depuis un demi-millénaire. La neutralisation des portails l'a ralenti, mais il lui en reste un, et il compte bien s'en servir pour finir ce qu'il a commencé.

Elena repensa au temps qu'elle avait passé prisonnière du Weir, à regarder les quatre portails aspirer l'énergie du monde même.

—Il veut drainer le pouvoir élémental du cœur de la Terre. Mais pourquoi ?

—Pourquoi, pourquoi, pourquoi… (Harlequin pivota vers la jeune femme et tira son chapeau plus bas sur son front.) C'est une bonne question. Vous apprenez vite, bel oiseau. De fait, pourquoi ? (Il haussa les épaules et fit un clin d'œil à Elena.) Je n'en ai pas la moindre idée. Mais je connais la réponse à une autre question que vous ne m'avez pas posée.

—Laquelle ?

Harlequin agita un index.

—Non, pas laquelle, mais où.

Confuse, Elena cligna des yeux.

—Je vous demande pardon ?

—Je sais où le Cœur Noir a l'intention d'agir. Voilà pourquoi je me suis tiré de cette forteresse maudite aussi vite que j'ai pu. Je sais quand il a l'intention de frapper – à la prochaine pleine lune –, et je sais à quel endroit.

Er'ril se redressa.

—Où ?

Le regard d'Harlequin fit la navette entre Elena et l'homme des plaines.

—Vous ne devinez pas ?

Er'ril porta la main à son épée.

—Assez de questions.

—Ça, c'est parlé en véritable guerrier, soupira Harlequin. C'est le genre de raisonnement qui nous a menés où nous en sommes. Ne m'avez-vous donc pas écouté ? On ne pose jamais assez de questions.

Elena était figée dans son fauteuil. Il ne restait qu'un seul portail, la statue d'éb'ène qui représentait une wyverne. La dernière fois qu'elle l'avait vue, cette statue se trouvait dans la cale d'un navire faisant voile vers…

—Douce Mère ! hoqueta la jeune femme en comprenant soudain. Le portail de la wyverne est en route pour ma ville natale – pour Gelbourg !

Harlequin secoua tristement la tête.

—Je crains que les nouvelles soient pires encore. Le Cœur Noir n'est pas resté inactif pendant que vous complotiez contre lui et dressiez vos cartes.

— Que voulez-vous dire ? interrogea Er'ril, posant une main protectrice sur l'épaule d'Elena.

— J'ai pu jeter un coup d'œil à une missive envoyée depuis le terrain par le lieutenant du Seigneur Noir, Shorkan. (Un tintement lugubre accompagna les paroles suivantes d'Harlequin.) Le portail ne se dirige pas vers Gelbourg. Il s'y trouve déjà.

2

Sy-wen se pencha sur le cou du dragon noir tandis que celui-ci virait sur l'une de ses ailes écailleuses et décrivait une large courbe sous l'eau.

Les cheveux vert foncé de la mer'ai flottaient derrière elle ; ils avaient la même couleur que la forêt d'algues qui les entourait. Aux abords de l'île de Val'loa, le fond de l'océan était encombré de récifs de corail, d'anémones ondulantes et de tapis d'algues drues. Des bancs de krills phosphorescents et de virettes vives comme l'éclair s'écartaient devant l'énorme dragon. Sy-wen cligna de ses paupières internes translucides pour éclaircir sa vision.

— *Sur ta droite, Ragnar'k*, ordonna-t-elle mentalement à sa monture.

— *J'avais vu, ma Liée... Accroche-toi.*

Elle sentit les replis de peau qui la maintenaient sur l'échine de Ragnar'k se contracter autour de ses pieds ; puis le dragon plongea vers la droite, se retournant presque sur le dos pour réussir sa délicate manœuvre.

Le cœur de Sy-wen se gonfla de joie au contact de l'eau qui déferlait contre sa peau nue, des muscles qui se tendaient entre ses jambes tandis que l'océan se brouillait devant ses yeux. Son allégresse se communiqua au dragon et lui revint teintée par les propres perceptions de la créature : l'odeur des algues, la trace de sang récemment laissée dans l'eau par la proie d'un requin, l'écho sonore des autres dragons qui nageaient dans les profondeurs où patrouillaient les Léviathans.

Sy-wen se concentra sur leur objectif. Devant eux, un gros nuage de limon obscurcissait les eaux claires. Le vaisseau éclaireur piloté par la cousine de Méric avait dû frapper la surface avec une force considérable pour soulever une telle quantité de sable et de débris. En silence, Sy-wen demanda à Ragnar'k de contourner la zone avant d'y pénétrer.

Le dragon descendit en décrivant une spirale de plus en plus large. Le navire el'phique s'était écrasé dans une tranchée après que sa quille métallique l'eut fait couler par le fond. À la surface de l'océan ne flottaient plus que quelques caisses, un morceau de mât brisé et des planches éparses. Le gros de l'épave s'était abîmé dans les flots.

Méric avait envoyé un message à la mer'ai pour solliciter son aide. Sy-wen avait immédiatement quitté le Léviathan de sa mère, où Kast et elle étaient en visite. Elle ne savait pas trop ce que Méric espérait qu'elle trouverait, mais elle pouvait au moins chercher le corps de sa cousine et le ramener à sa famille. C'était une mission macabre, mais à laquelle elle ne se déroberait pas.

Comme Ragnar'k atteignait le côté opposé du nuage de limon, Sy-wen put apercevoir la poupe du navire aérien. À cet endroit, le courant emportait lentement le sable en suspension dans l'eau. Le vaisseau gisait sur son flanc bâbord. Sa quille forgée par la foudre luisait doucement dans la pénombre sous-marine. Quand les navires aériens volaient dans les airs, leur quille émettait une lueur cuivrée, couleur de soleil couchant. Celle-ci n'était plus que métal mort et terne.

Ragnar'k replia ses ailes et utilisa le mouvement sinueux de son corps pour se propulser au-dessus de l'épave. Un gros requin des roches gris qui tournait autour de cette dernière fila sans demander son reste quand il aperçut l'ombre du dragon.

Ignorant le prédateur, Sy-wen se concentra sur le navire. L'impact avait fendu la coque en deux. Les mâts s'étaient brisés à la base, mais les voiles demeuraient rattachées à l'épave par leurs haubans ; elles ondulaient dans le courant tels des fantômes. *Que s'est-il passé ?* se demanda la mer'ai.

Mais quelqu'un d'autre entendait ses pensées.

— *Ça sent bizarre*, chuchota Ragnar'k. *Mauvais. Partons.*

— *Non, mon doux géant. Nous devons fouiller.*

Sy-wen perçut la légère inquiétude du dragon, mais aussi son acquiescement.

— *Je dois me rapprocher. Peux-tu m'emmener jusqu'à la brèche de la coque ?*

En réponse, Ragnar'k se ramassa sur lui-même et piqua vers l'endroit où l'eau s'engouffrait à l'intérieur de l'épave. Le nuage de limon bouillonna comme son ventre et ses pattes effleuraient le fond sablonneux.

— *Tu vas y aller sans moi ?* demanda-t-il, chagrin.

— *Il le faut. Tu sais bien.*

— *Oui, je sais. Mais tu me manqueras.*

Sy-wen vérifia les deux capsules à air et les courtes lances qu'elle portait sur le dos. Satisfaite, elle dégagea ses pieds des replis de peau de Ragnar'k.

— *N'aie crainte, mon bien-aimé. Tu es toujours dans mon cœur.*

Une douce chaleur envoyée par le dragon lui traversa tout le corps.

—*Je reviens très vite*, promit-elle.

Crachant le siphon qui lui permettait de partager les réserves d'air du dragon, elle laissa sa flottabilité naturelle la soulever. Dès qu'elle perdit contact avec Ragnar'k, une explosion silencieuse souleva le sable et le limon. Une ombre noire tourbillonna derrière Sy-wen et se condensa. La mer'ai rua et battit des bras pour se maintenir en place au milieu de l'agitation. Et elle attendit.

La deuxième raison pour laquelle Méric avait demandé à Sy-wen d'examiner l'épave, c'est qu'elle disposait de son expert personnel en affaires maritimes.

Soudain, Kast émergea du nuage En dessous d'elle, nu et jetant des regards frénétiques à la ronde. Sy-wen plongea vers lui en souriant. Les cheveux noirs du Sanguinaire, qu'il portait d'ordinaire attachés en une longue tresse, flottaient autour de son visage. Le dragon tatoué sur sa joue et dans son cou se détachait nettement contre sa peau bronzée. Quand il aperçut Sy-wen, et bien que leurs cœurs ne puissent communiquer directement, la même douce chaleur que celle envoyée par Ragnar'k envahit la mer'ai. Le lien qui les unissait relevait d'une magie bien plus ancienne encore.

Kast nagea jusqu'à Sy-wen, glissa ses bras musclés autour de la taille de la jeune fille et plongea son regard dans le sien. Depuis qu'il la connaissait, il avait passé tant de temps dans l'eau qu'il commençait à s'y sentir presque aussi à l'aise qu'elle. Sy-wen voulut saisir une des capsules à air fixées sur sa hanche ; au lieu de ça, les lèvres de Kast se posèrent sur les siennes, et le Sanguinaire lui donna un baiser profond.

Bien trop tôt à son goût, il s'écarta d'elle. Il n'était toujours pas capable de retenir son souffle aussi longtemps qu'un mer'ai.

Sy-wen lui fit passer la capsule, et il mordit l'extrémité collée de la tige. Elle le regarda prendre deux inspirations. Quand il lui fit signe que tout allait bien, elle libéra la seconde capsule et l'imita, puis tendit un doigt vers la coque fendue du vaisseau el'phique.

Kast et elle avaient dérivé de quelques brasses ; ils durent replonger vers les profondeurs ténébreuses de l'épave. Kast tenait une des mains de Sy-wen. Dans l'eau froide, sa paume était comme un charbon encore tiède contre celle de la mer'ai.

Ensemble, ils se faufilèrent entre les mâchoires béantes de la coque brisée. Le vaisseau éclaireur était une embarcation de petite taille, d'une longueur inférieure à celle de deux dragons. Sa proue n'abritait guère que trois cabines et une petite cambuse, tandis que sa poupe recélait une cale de dimensions modestes.

Kast fit signe qu'il allait fouiller l'avant du bateau. Sy-wen acquiesça. Avant de quitter le Léviathan, ils s'étaient réparti le travail. Puisque le corps de la cousine de Méric n'était pas remonté à la surface, peut-être se trouvait-il encore prisonnier de l'épave.

Sy-wen se souvint du requin des roches aperçu un peu plus tôt. Par-dessus son épaule, elle saisit une des lances qu'elle portait dans le dos et la fit passer à Kast. Puis elle empoigna l'autre arme et secoua les deux globes lumineux gros comme un poing qui pendaient au bout de la hampe. Les algues prisonnières des globes s'activèrent, baignant de leur lueur verte l'armature en bois semblable à une cage thoracique géante.

Kast suivit l'exemple de Sy-wen, puis leva sa lance pour saluer la mer'ai et s'éloigna. Comme prévu, il allait inspecter la partie avant du vaisseau tandis que Sy-wen fouillerait l'arrière.

Pivotant, la mer'ai détailla l'amas de caisses et de tonneaux qui emplissait la cale. Certains flottaient sous le plafond ; d'autres étaient assez lourds pour rester cloués aux planches. Sy-wen voulut scruter le fond de l'espace clos, mais l'éclat de ses globes lumineux ne portait pas aussi loin.

Jetant un coup d'œil par-dessus son épaule, la jeune fille vit les pieds de Kast disparaître par une écoutille. Elle reporta son attention sur la pénombre lugubre de la cale. Sa lance tendue devant elle, elle se propulsa parmi les débris entassés. Y trouverait-elle un indice sur ce qui était arrivé au vaisseau éclaireur ?

Sy-wen nageait lentement, cherchant quelque chose de louche ou de déplacé. Sa lance heurta une caisse flottante, dérangeant une grosse tortue de mer. La créature lui jeta un coup d'œil agacé et s'éloigna en agitant maladroitement ses grottes pattes. Sy-wen continua à s'enfoncer dans la cale.

Bientôt, elle aperçut en dessous d'elle un nid de petits tonneaux à la forme étrange. Chacun d'eux était parfaitement ovale et pas plus gros qu'une tête humaine. On aurait dit des œufs. Mais le plus bizarre, c'était leur couleur : si noire qu'ils semblaient aspirer la lumière au lieu de la refléter. Intriguée, Sy-wen se rapprocha et distingua des traînées argentées qui zébraient le noir telles des craquelures dans une coquille.

Elle approcha encore son visage de son étrange découverte, et, soudain, elle comprit.

Douce Mère d'en haut !

Suffoquant presque de panique, elle recula précipitamment. Elle prit appui sur sa lance pour se propulser vers le haut, mais son dos heurta une des poutres du bateau juste au-dessus de l'abomination. Elle fixa cette dernière, le cœur au bord des lèvres et le froid de l'océan la glaçant jusqu'à la moelle. Puis elle décrivit un cercle à son aplomb. Les objets étaient éparpillés partout dans la cale. Il devait y en avoir plus d'une centaine.

La peur écarquillait les yeux de Sy-wen. Ils étaient en éb'ène. Des œufs d'éb'ène.

La mer'ai s'écarta du nid, décochant des coups de pied aux caisses qui flottaient juste sous le plafond de la cale pour se frayer un passage parmi elles. Elle nagea jusqu'à la brèche de la coque et leva les yeux vers le soleil qui brillait à la surface de l'océan. Même flou, son éclat lui redonna courage, comme si sa pureté pouvait nettoyer la vision immonde qui venait de lui brûler les yeux.

Quelque chose effleura son épaule. Sy-wen hurla de terreur, crachant l'embout de sa capsule et avalant une gorgée d'eau salée. Des bras l'empoignèrent et la firent pivoter. Ce n'était que Kast, qui la dévisageait avec inquiétude. Son visage était plus réconfortant que n'importe quel soleil.

Le Sanguinaire lâcha sa lance, rattrapa l'embout de la capsule de Sy-wen et le porta de nouveau aux lèvres de la mer'ai. Celle-ci le prit avec reconnaissance et expulsa l'eau de sa bouche avant d'inspirer. Sanglotant à demi, elle s'accrocha à son bien-aimé et enfouit son visage contre sa poitrine. Kast la tint contre lui jusqu'à ce qu'elle se calme.

Au bout de quelques instants, Sy-wen se sentit suffisamment remise pour s'écarter de lui. Elle lui jeta un regard interrogateur. Kast secoua la tête. Il n'avait pas réussi à trouver le corps de la capitaine. Mais il leva son bras libre : dans sa main, il tenait un livre qui ressemblait à un journal de bord. Sy-wen opina. Si l'eau ne l'avait pas trop endommagé, peut-être y trouveraient-ils une indication sur ce qui s'était passé… ou sur l'endroit où le navire avait embarqué une si abominable cargaison.

Se mordant la lèvre, Sy-wen entraîna Kast vers la poupe. Il fallait qu'il voie ce qu'elle avait découvert. Le Sanguinaire récupéra sa lance, et, ensemble, ils s'aventurèrent de nouveau parmi le dédale de caisses et de tonneaux flottants.

Sy-wen ne tarda pas à retrouver les œufs d'éb'ène. Elle tendit un doigt.

Au début, Kast parut aussi perplexe qu'elle. Il voulut descendre pour mieux voir, mais Sy-wen le retint : elle ne voulait pas qu'il s'approche trop. Elle tendit ses globes lumineux au-dessus du nid. Alors, elle sentit son compagnon se raidir à ses côtés. Il lui jeta un coup d'œil, les yeux brillants de stupéfaction et de frayeur.

Sy-wen voulut l'entraîner hors de la cale, mais le Sanguinaire tendit une main vers sa taille et se saisit du petit filet d'algues tressées qu'elle utilisait d'ordinaire pour ramasser des plantes aquatiques comestibles. Il lui remit sa lance et le carnet de bord, puis déplia le filet. Sy-wen comprit ce qu'il voulait faire. Elle lui agrippa le poignet pour l'en empêcher, mais elle savait qu'il avait raison. Ils devaient ramener un de ces œufs répugnants. D'autres voudraient les voir, les étudier, tenter d'évaluer le danger qu'ils constituaient.

Sy-wen planta son regard dans celui de Kast et, en silence, l'exhorta à la prudence. Le Sanguinaire hocha la tête : il avait compris le message.

En douceur, il se dégagea et, d'une ruade, se propulsa vers l'endroit où un œuf solitaire gisait à l'écart des autres. Il laissa tomber le filet dessus et le ramassa en prenant bien garde à ne pas le toucher. Puis il fit signe à Sy-wen d'ouvrir la voie. Serrant le carnet de bord contre sa poitrine, la mer'ai nagea rapidement jusqu'à la brèche de la coque et jaillit dans l'eau redevenue claire qui entourait l'épave.

Elle pivota et, d'un geste, invita Kast à la rejoindre. Glissant de nouveau les lances dans son dos, elle croisa ses pouces et agita les doigts pour imiter un oiseau en vol. Le Sanguinaire comprit. Ils devaient ramener leurs découvertes au château le plus vite possible.

Kast s'approcha de Sy-wen et lui remit son butin. La mer'ai répugnait à l'accepter, mais elle n'avait pas le choix. Elle prit le filet dans la même main que le carnet de bord. Puis elle tendit sa main libre à l'homme qu'elle aimait. Celui-ci la porta à ses lèvres. La chaleur de son baiser brûla les doigts de Sy-wen.

Le Sanguinaire enveloppa la mer'ai de ses bras, se colla contre elle et glissa une jambe entre les siennes, broyant la peur qui l'habitait dans son étreinte puissante. Hoquetant, Sy-wen leva les yeux vers lui et y lut tout son amour.

Sans se laisser l'occasion d'hésiter, elle leva sa main libre et toucha le dragon tatoué sur la joue de Kast. Le corps du Sanguinaire s'arc-bouta contre le sien en un spasme de douleur et de plaisir mêlés.

—*J'ai besoin de toi*, articula Sy-wen.

Le monde explosa autour d'elle. Le sable dansa follement. Des muscles et de la magie lui écartèrent les jambes de force tandis que sous elle, un dragon prenait forme, les ailes déployées, l'esprit rugissant. Sy-wen agrippa leurs trouvailles d'une poigne de fer.

—*Au château, Ragnar'k*, ordonna-t-elle. *Vite.*

Des pensées et des sensations draconiques se mélangèrent aux siennes.

— *Comme tu voudras, ma Liée.*

Sy-wen glissa ses pieds dans les replis de peau tiède qui se contractèrent aussitôt pour la maintenir en place. Puis elle se pencha sur l'échine du dragon.

— *Va, mon doux géant.*

Dans une explosion de muscles et d'énergie, Ragnar'k fusa vers le soleil dilué. Sy-wen s'accrocha à son butin, mais, en elle, quelque chose se demandait si elle n'aurait pas mieux fait d'abandonner toutes leurs trouvailles au fond de l'océan.

Puis dragon et cavalière crevèrent la surface. Au loin, Sy-wen aperçut des navires sur la mer et dans le ciel. Plus loin encore, des Léviathans crachaient des jets d'écume tout en reconstituant leurs monstrueuses réserves d'air. Le monde attendait la mer'ai, et les dangers à venir devaient être affrontés.

Ragnar'k vira sur la pointe d'une aile et se dirigea vers l'île de Val'loa, dernier bastion libre d'Alaséa.

Sy-wen baissa les yeux vers ce qu'elle ramenait dans son filet, se demandant une fois de plus quelle horreur elle avait arrachée à sa tombe sous-marine. Elle se remémora le nid ténébreux dans la cale et frissonna.

Quelque mal qu'il représente, celui-ci devait être arrêté.

— Gelbourg, chuchota Elena.

Er'ril fixa la jeune femme consternée. Comme il aurait voulu la prendre dans ses bras pour la réconforter ! Elena semblait se recroqueviller sur elle-même, submergée par les souvenirs d'une enfance trop tôt perdue. Ses yeux d'ordinaire vert vif s'étaient voilés ; elle avait le regard lointain, comme si elle fouillait les profondeurs de sa mémoire pour en exhumer des images. Er'ril tenta de se remémorer l'adolescente qu'il avait rencontrée pour la première fois dans les rues pavées de Gelbourg. Il lui semblait aussi que ça faisait une éternité.

Soudain, il s'aperçut qu'Elena s'était arrachée à sa rêverie et le fixait. Que voyait-elle ? Un vieillard portant le visage d'un jeune homme ? Qu'avait-il d'autre à lui offrir ? Il avait renoncé à sa propre immortalité pour cette femme, plaçant tous ses espoirs d'avenir sur ses frêles épaules. Soudain, il fut pris d'un besoin pressant de tomber à genoux devant elle et d'implorer son pardon.

Au lieu de ça, il demeura à son poste : chevalier, homme-lige, protecteur… et dans une bien moindre mesure, époux.

Depuis quelques lunes, Elena et lui avaient cessé de nier leurs sentiments. Selon la loi el'phique, ils étaient mari et femme. Pourtant, leur corps avait du mal à concéder ce que leur cœur venait d'admettre. Er'ril désirait Elena, mais le gouffre des ans les séparait toujours. Elle était une enfant dans un corps de femme ; il était un vieillard à l'apparence jeune et vigoureuse. Tous leurs regards énamourés, leurs tendres caresses et leurs baisers rapides n'avaient pas encore résolu ce problème.

— Er'ril, dit Elena, le ramenant au dilemme présenté par le clown acerbe à la tenue criarde et aux grelots tintinnabulants. Nous ne pouvons pas ignorer ce que vient de nous dire maître Quail. Ses paroles ont l'accent de la vérité. Nous savons que le portail de la wyverne se dirigeait vers Gelbourg lorsque nous l'avons découvert. Je ne vois pas ce que cet og're maléfique espère accomplir avec un seul portail, mais il faut l'arrêter.

Er'ril acquiesça.

— Sans aucun doute. Mais comment ?

— Nous avons détruit les autres, répondit Elena. Nous détruirons celui-ci. Le portail de la wyverne est le dernier pieu qui retient Chi prisonnier. Si nous le brisons, Chi sera libre, et le Seigneur Noir se retrouvera privé de son pouvoir.

Er'ril grimaça.

— C'est ce qu'ont dit les esprits.

Lui-même n'en était pas si certain. Durant la dernière lune, Elena et lui avaient beaucoup discuté avec les esprits du Journal Sanglant : le spectre de tante Fila et l'entité Cho. Cinq siècles auparavant, le frère de Cho, Chi, avait été fait prisonnier des quatre portails. Trois de ceux-ci étant déjà brisés, nul ne savait pourquoi Chi demeurait captif du dernier. Er'ril doutait que le portail de la wyverne soit la seule réponse à leur problème.

— Mais nous ne pouvons pas placer tous nos espoirs dans leurs paroles. Et s'ils se trompaient ?

— Esprits, catins ou bouffons : qu'importe ? lança Harlequin près de la cheminée. J'ai lu le message de Shorkan à ses sous-fifres. D'ici au solstice d'été, déclarait-il, la guerre serait terminée. Je peux vous réciter sa dernière phrase de mémoire : « Quand viendra le solstice, la sor'cière et le monde se consumeront sur le brasier du Maître. » (Haussant les épaules, il s'arracha une cuticule.) Je ne sais pas ce que vous en pensez, mais j'ai trouvé ça assez radical.

Méric se racla la gorge.

— Clairement.

— Ça pourrait être un piège destiné à faire sortir Elena de sa tanière, objecta Er'ril, ou à nous forcer à agir avant que nous soyons prêts.

Le haut maître de quille grimaça comme s'il venait de goûter un aliment avarié.

— Ou une feinte conçue pour diviser nos forces.

Pendant quelques instants, personne ne dit rien. Tous envisageaient les différentes possibilités.

— Je ne peux ignorer la menace de Gelbourg, déclara enfin Elena. Piège ou pas, nous devons tenter de détruire le dernier portail.

Er'ril soupira. Il avait appris à reconnaître chez elle les signes d'une inébranlable détermination.

— Et l'attaque sur Noircastel ? Devons-nous attendre d'en avoir terminé avec le portail ?

Elena baissa les yeux vers ses mains gantées.

— Je n'ose pas. Avant que les pouvoirs élémentaux de nos alliés s'estompent davantage, nous allons les lancer à l'assaut de la forteresse volcanique. Pour réussir, nous aurons besoin de ma magie. Nous partirons avec l'un des vaisseaux el'phiques ; une fois le portail détruit, nous reviendrons prêter main-forte aux assiégeants de Noircastel.

— Vous pouvez prendre mon navire, offrit Méric. L'*Aile des Tempêtes* est le plus rapide de nos bâtiments, et mon pouvoir n'a pas d'égal au sein de notre peuple. Je vous conduirai dans les montagnes et je vous en ramènerai.

— Ton peuple aura besoin de toi pour le guider, contra Elena.

Méric eut un geste insouciant.

— Le capitaine des Nuages Orageux, nos vaisseaux de guerre, pourra s'acquitter de cette tâche tout aussi bien que moi. Il est meilleur guerrier et tacticien. Si le portail de la wyverne est aussi important que le suggère l'ami du seigneur Tyrus, mes compétences seront mieux employées à vous aider.

À cet instant, un choc sourd résonna au-dessus de leur tête, accompagné par un crissement minéral. Tous les regards se tournèrent vers le plafond comme un rugissement familier résonnait sur le toit du bâtiment.

— Ragnar'k, dit maître Edyll.

Méric se redressa.

— Sy-wen et lui nous apportent peut-être des nouvelles du navire de ma cousine.

Le seigneur Tyrus s'écarta de la cheminée.

— Je vais voir.

Il se dirigea d'un pas vif vers la petite porte de la tour. Quand il l'ouvrit, une bouffée d'air iodé s'engouffra dans la pièce.

Elena et les autres entendirent des voix. Puis Tyrus revint sans sa cape. Kast le suivait, pieds nus et enveloppé dans le vêtement du prince, flanqué par Sy-wen. Les nouveaux venus frissonnaient et affichaient une expression lugubre.

— Il y a du kafé chaud sur la cheminée, leur dit Er'ril.

Attiré par la chaleur de l'âtre, Kast et Sy-wen s'approchèrent. Ils reçurent des chopes fumantes et furent rapidement informés des dernières nouvelles.

Kast fixa Méric.

— Je crains malheureusement d'en apporter de tout aussi funestes.

— Bien entendu, acquiesça Harlequin avec une bonhomie feinte.

Méric se renfrogna.

— Ça concerne le vaisseau de ma cousine ?

Kast hocha la tête.

— Nous n'avons pas trouvé son corps, mais nous avons trouvé ceci. (De l'intérieur de la cape de Tyrus, il sortit un gros volume relié de cuir.) Le carnet de bord du capitaine.

Méric le prit et posa une paume dessus.

— Merci. Je prie pour qu'il contienne quelque réponse.

— Prie avec ferveur, alors. (Kast fit un signe de tête à Sy-wen.) Parce que le carnet de bord n'est pas notre seule découverte.

La mer'ai souleva le filet d'algues qu'elle tenait à la main, le posa sur la table et déballa le gros objet sombre qu'il contenait.

— Un œuf? s'étonna maître Edyll.

— Quelle bizarrerie est-ce là ? s'enquit le haut maître de quille.

Er'ril fixa l'objet, incrédule. Le choc l'étranglait et le privait de sa voix. Chez les autres occupants de la pièce, la réaction fut similaire.

— De l'éb'ène ! parvint-il enfin à hoqueter.

— C'est bien ce qu'il nous semblait, acquiesça Kast.

— Pourquoi avez-vous apporté ça ici ?

— Nous pensions qu'il valait mieux que vous le voyiez par vous-même. (La voix du Sanguinaire se fit encore plus lugubre.) Il y en a une bonne centaine dans la cale du navire coulé.

— Une centaine ?

— Au moins, ajouta Sy-wen à voix basse.

Elena tendit un doigt vers l'œuf.

— Mais qu'est-ce que c'est ? À quoi sont-ils censés servir ?

Méric plissa ses yeux bleu glacier.

— Plus important, pourquoi ma cousine les a-t-elle convoyés jusqu'ici ?

— Peut-être y a-t-elle été forcée, suggéra maître Edyll.

Méfiants, ils se rassemblèrent autour de la table.

— Quelque menace qu'ils constituent, j'ai pensé que nous devions nous préparer, dit Kast. Découvrir le danger que pose celui-ci et décider ce que nous voulions faire du reste.

Er'ril remarqua qu'un des membres du groupe, qui avait d'ordinaire la langue bien pendue, observait un silence fort inhabituel. Harlequin Quail fixait l'œuf d'éb'ène avec une lueur indéchiffrable dans ses yeux dorés. Pour une fois, il s'abstenait de tout commentaire mordant et de tout sarcasme.

S'écartant d'Elena, Er'ril contourna la table comme pour examiner l'œuf sous tous les angles. Au moment où il passait derrière l'espion des pirates, il tira silencieusement son épée du fourreau et en pressa la pointe sur la nuque du petit homme.

— Que savez-vous de ces œufs ?

Harlequin ne frémit même pas.

— Que fais-tu, homme des plaines ? s'indigna le seigneur Tyrus.

— Ne vous mêlez pas de ça, gronda Er'ril. Cet étranger revient de Noircastel, tout comme le vaisseau de la cousine de Méric. Peut-être sait-il quelque chose sur cette menace.

Harlequin soupira et, lentement, se retourna pour faire face à Er'ril.

— J'ignore tout de ces pierres noires.

Er'ril plissa les yeux.

— Vous mentez.

— Encore ?

— Er'ril, intervint Elena sur le ton d'un avertissement.

— J'ai vécu plus de cinq siècles, se défendit l'homme des plaines. Quand quelqu'un dissimule quelque chose, je le sens.

— Je ne dissimule rien du tout. (Ignorant l'épée braquée sur lui, Harlequin se tourna de nouveau vers la table.) Et je dis la vérité : c'est la première fois que je contemple un tel œuf. (Par-dessus la table, il planta son regard dans celui d'Elena.) Mais j'ai déjà été confronté à leur version lumineuse.

— Expliquez-vous, exigea Er'ril.

Harlequin fit un pas en avant, les bras le long des flancs.

— Comme je l'ai dit tout à l'heure, durant mon séjour à Noircastel, j'ai été témoin de bien des abominations : certaines perpétrées à l'encontre de criminels et d'autres, d'innocents. C'est un dédale de torture et de massacre, où les cris et les gémissements ne s'arrêtent jamais. Au bout d'un moment, je m'y suis habitué comme à la chanson des oiseaux dans les bois – ces bruits qu'on finit par ne plus entendre tant ils sont omniprésents.

Il fixa l'œuf d'éb'ène.

— Et puis un jour, j'ai découvert une salle dans le niveau le plus bas que j'aie réussi à atteindre. C'était une sorte de couloir qui s'étendait sur toute la longueur de la montagne. Des alcôves s'ouvraient des deux côtés. Dans chacune d'elles se dressait un pilier de basalte volcanique sur lequel était perché un œuf parfaitement symétrique, de la même taille et de la même forme que celui-ci. Ces œufs-là, toutefois, n'avaient pas la noirceur des ténèbres mais le rouge rosé de l'aube naissante. Ils étaient sculptés dans de la sanguine.

— De la sanguine ? chuchota Elena.

Harlequin acquiesça.

— C'était magnifique. Le couloir s'étendait à perte de vue ; chaque œuf irradiait un éclat qui me transperçait jusqu'à la moelle, me donnait la sensation d'être pur et indemne. Ce fut la première fois que je pleurai en ce sinistre lieu – des larmes, non d'horreur ou de douleur, mais de joie devant tant de beauté. D'une certaine façon, c'était une vision épouvantable : tant de splendeur dans ce puits de ténèbres…

— Des œufs de sanguine à Noircastel. (Er'ril baissa son épée.) Des œufs d'éb'ène à Val'loa. Ça n'a pas de sens.

Elena fronça les sourcils.

—Peut-être que si. Quand nous avons brisé les portails, l'ébène s'est transformée en sanguine. Cela est une nouvelle preuve qu'il existe un lien entre les deux pierres.

Er'ril se rembrunit encore.

—Lien ou pas, intervint maître Edyll, la présence d'une centaine de ces objets grotesques à portée de nos rivages demeure une source de grande inquiétude.

—Je suis d'accord, acquiesça Sy-wen. Ils vont sûrement empoisonner les eaux alentour.

Elena hocha la tête.

—Nous trouverons un moyen de transporter l'épave et sa cargaison loin d'ici. Entre-temps, nous examinerons le carnet de bord du capitaine et demanderons à nos érudits de chercher des informations sur ces œufs.

Elle recula lentement vers son siège.

—Le temps presse, et je n'ose le gaspiller à nous acharner sur des mystères que nous ne pouvons pas résoudre pour le moment. Nous devons concentrer nos ressources et nos compétences sur la guerre à venir.

Er'ril fit le tour de la pièce pour regagner sa place auprès de la jeune femme tandis qu'elle poursuivait :

—Durant les trois jours prochains, je vais réunir les quatre chefs de nos différentes forces. Le haut maître de quille des Dre'rendi représentera nos flottes maritimes combinées. Maître Edyll des mer'ai coordonnera nos forces sous-marines. Le seigneur Tyrus de la Guilde des Pirates continuera à superviser nos éclaireurs et nos espions. Enfin, Méric, je te charge d'alerter le commandant des Nuages Orageux pour qu'il vienne discuter avec les autres avant de préparer les vaisseaux de guerre el'phiques.

—J'y vais de ce pas, promit Méric.

—Nous devons également prévenir Wennar et les légions n'aines, ajouta Er'ril. Lui demander de déplacer ses troupes depuis Penryn vers la Forêt Pétrifiée.

Elena acquiesça.

—Je laisse au chef de chaque armée le soin de régler les détails qui le concernent spécifiquement. Er'ril me servira d'intermédiaire durant les jours à venir. Je veux que nous soyons prêts à faire voile vers Noircastel d'ici à sept jours.

Le haut maître de quille tapa du poing sur l'accoudoir de son fauteuil.

—Et parbleu, nous le serons !

—Et le danger dans les montagnes ? interrogea Harlequin.

—Je m'en charge personnellement, dit Elena en fixant l'œuf.

Harlequin jeta un coup d'œil au seigneur Tyrus, puis reporta son attention sur la jeune femme.

— En échange de mes services, je réclame une seule chose : être autorisé à vous accompagner dans cette mission.

Elena fronça les sourcils, mais ce fut Er'ril qui demanda :

— Pourquoi ?

Harlequin leva les bras dans un tintement de grelots.

— Ai-je l'air d'un guerrier ? Je suis un voleur, un tire-gousset, une créature des ombres. Je ne sers à rien quand les épées sont dégainées et que résonnent les tambours de guerre. Mais j'aimerais exercer mes talents là où ils seront le plus utiles, et suivre jusqu'au bout le chemin sur lequel je me suis engagé.

Avant qu'Elena puisse répondre, Er'ril lui posa une main sur l'épaule.

— Si elle entreprend une telle mission, Elena devra être entourée par des gens de confiance. Elle a peut-être décidé d'ignorer les rumeurs de trahison, mais moi pas.

Elena ouvrit la bouche pour protester. D'un regard sévère, Er'ril l'en empêcha.

— Suis-je encore ton homme-lige ? demanda-t-il froidement. Ton protecteur et ton conseiller ? Ou veux-tu me retirer ce rôle ?

— Bien sûr que non, répondit la jeune femme tout bas.

Er'ril vit dans ses yeux qu'elle était blessée. Peut-être s'était-il montré trop dur, mais Elena avait tendance à ouvrir trop facilement son cœur. Même si elle avait survécu à bien des épreuves durant les derniers hivers, dans le fond, elle était encore sensible et vulnérable. Il la protégerait malgré elle. Quand elle flancherait, il serait implacable. Cela justifierait les siècles qu'il avait passés sur la route.

— Je ne vous connais pas, maître Quail. Aussi, malgré les garanties du seigneur Tyrus, je ne vous fais pas confiance. Et puisque je ne vous fais pas confiance, je ne puis vous autoriser à nous accompagner. J'apprécie votre aide et les risques que vous avez pris. Vous serez richement rétribué en pièces d'or.

Harlequin donna une pichenette à un grelot doré, qui tinta doucement.

— J'ai déjà bien assez d'or.

Tournant les talons, il se dirigea rapidement vers la porte.

Le seigneur Tyrus secoua la tête comme il sortait.

— Vous ne connaissez pas l'homme dont vous avez si négligemment rejeté l'offre.

— C'est bien ce que je dis, répliqua Er'ril, inflexible.

Elena prit la parole.

—Il est presque midi. Peut-être vaudrait-il mieux lever cette réunion et nous lancer dans nos longs préparatifs pour la guerre à venir.

Maître Edyll se leva avec l'aide de Sy-wen.

—Je vais retrouver le conseil. Mes chers collègues doivent s'arracher les cheveux.

Les autres occupants de la pièce se dirigèrent tous vers la porte, discutant déjà de stratégie entre eux. Elena les raccompagna. Elle salua chacun d'eux en l'assurant de sa confiance et en lui serrant la main avec chaleur.

Er'ril l'observa. Ses boucles rousses, qui avaient suffisamment repoussé pour se répandre sur ses épaules, encadraient un visage dont l'ossature délicate trahissait son héritage el'phique. Mais là où les el'phes étaient tout en membres déliés, Elena n'était que courbes gracieuses, une fleur solidement enracinée dans la terre plutôt qu'un duvet de pissenlit soufflé par le vent. La respiration d'Er'ril se fit rauque.

Bientôt, ils se retrouvèrent seuls dans la pièce, et la jeune femme revint vers lui. Er'ril se prépara à recevoir des remontrances pour la manière dont il avait traité Harlequin. Au lieu de ça, Elena se blottit contre lui et appuya sa joue contre sa poitrine.

—Elena?

—Serre-moi et ne dis rien.

Il obtempéra. Soudain, ce n'était plus si difficile de se souvenir de la fillette de Gelbourg.

—J'ai peur de rentrer chez moi, avoua Elena.

—Je sais.

À demi hébété, Méric descendit le long escalier en colimaçon en serrant le carnet de bord détrempé sous son bras. Parce qu'il pensait à sa cousine et à la fin malheureuse de celle-ci, ce fut à peine s'il entendit une dispute éclater entre Hunt et Tyrus derrière lui.

Le Dre'rendi et le seigneur des pirates avaient beaucoup de mal à se supporter mutuellement. Avant de devenir les alliés de la sor'cière, leurs peuples étaient des ennemis jurés: deux requins des mers du Sud qui avaient pour proie les mêmes navires marchands et ne cessaient de s'affronter sur le même terrain. Les vieilles animosités étaient dures à oublier.

—Vos bateaux sont peut-être plus rapides, gronda Hunt, mais ils se brisent comme des brindilles contre le premier obstacle.

—Du moins sommes-nous des hommes libres à leur bord – pas des esclaves! répliqua Tyrus.

— C'est un serment ancestral ! Une dette d'honneur. Évidemment, l'honneur est un concept qui dépasse les gens comme vous.

Le bas des marches apparut devant Méric. L'el'phe pressa le pas pour se soustraire à la querelle des deux marins, et faillit rentrer tête baissée dans Nee'lahn.

La nyphai recula, les yeux écarquillés, surprise de trouver autant de monde dans l'escalier de la tour. Comme elle trébuchait, Méric tendit la main pour la retenir.

— Méric ! s'exclama Nee'lahn en reprenant son équilibre.

— Papa Hunt ! s'écria une voix aiguë.

Une petite silhouette jaillit de derrière la cape de la nyphai et se précipita vers le Dre'rendi, ses cheveux noirs flottant derrière elle. Le colosse plia les genoux pour la saisir au vol et la hisser sur son épaule.

— Sheeshon, que fais-tu ici ?

— On était dans l'endroit plein de fleurs, répondit très vite l'enfant. Et Rodricko en a fait venir plein d'autres avec sa chanson !

Elle désigna le petit garçon qui flanquait Nee'lahn et, apeuré, tentait vainement de se dissimuler dans les plis de sa cape.

— Oh, et j'ai mangé un scarabée, acheva fièrement Sheeshon.

— Tu as fait quoi ?

— Il a volé dans ma bouche, dit-elle sur un ton sans appel, comme si c'était une explication suffisante.

Le haut maître de quille dépassa son fils en grommelant que cet escalier finirait par le tuer. Maître Edyll renchérit :

— Pourquoi ces maudites tours sont-elles si hautes ?

Les deux anciens s'éloignèrent dans le couloir. Hunt remercia Nee'lahn d'un signe de tête et suivit son père.

Méric se retrouva seul avec la nyphai et le seigneur Tyrus, qui portait le filet contenant l'œuf d'éb'ène. Ils devaient emporter l'œuf et le carnet de bord à la bibliothèque de l'Édifice.

— Où vas-tu ? demanda Méric à Nee'lahn.

— Il faut que je parle à Elena.

L'el'phe leva les yeux vers l'escalier en colimaçon.

— Le moment est mal choisi. Elle a déjà bien assez de sujets de préoccupation. (Il se tourna vers Nee'lahn et vit enfin que ses yeux étaient bouffis, son expression pleine de détresse.) Qu'est-ce qui ne va pas ?

La nyphai fixa les marches. Visiblement, elle hésitait. Quelque chose l'avait ébranlée jusqu'aux racines. Elle jeta un coup d'œil à l'enfant qui se pressait contre ses jambes.

— C'est… c'est Rodricko.

Méric étudia le petit garçon.

—Il est malade ? Il ne va pas bien ?

—Je n'en suis pas sûre. (Nee'lahn était proche des larmes.) Ce matin, il a chanté pour son arbre afin de s'unir à lui. (Sa voix se brisa.) Mais ça ne s'est pas passé comme prévu.

Méric se rapprocha d'elle et passa un bras autour de ses épaules. Nee'lahn tremblait de tout son corps.

—L'arbre a bourgeonné, poursuivit-elle dans un chuchotement. Il a accepté Rodricko, mais... ses nouvelles fleurs... Elles sont toutes sombres. Aussi noires qu'un Sinistreur.

Par-dessus la tête de la nyphai, Méric croisa le regard du seigneur Tyrus. Tous deux étaient familiers avec les Sinistreurs de la Forêt Noire, les esprits corrompus des sœurs de Nee'lahn.

—Elles sont abominables. (Des larmes se mirent à couler sur les joues de la nyphai.) Maléfiques, pour sûr.

—Tu ne peux pas en être certaine, contra Méric.

Mais il savait que cet arbre était le dernier espoir de Nee'lahn, né de l'union entre l'esprit de son propre koa'kona et l'un des spectres du Sinistre. Celui-ci avait-il contaminé la graine ?

De toute évidence, Nee'lahn le pensait. Elle leva un regard blessé vers Méric.

—Les bourgeons s'ouvriront pour la première fois ce soir, libérant leur magie unique. Mais étant donné qu'ils portent la marque du Sinistre, j'ignore quel mal ils sont susceptibles de répandre. (Elle se couvrit le visage d'une main et, de l'autre, serra Rodricko plus fort contre elle en s'efforçant de lui couvrir les oreilles.) Je n'ose laisser mes espoirs mettre Val'loa en danger. Il faut abattre cet arbre.

À cette pensée, Méric se raidit. De beaucoup de façons, le jeune koa'kona représentait aussi les espoirs d'Alaséa. Planté sur le site du vieux koa'kona qui avait étendu ses branches sur l'Édifice pendant des siècles, il symbolisait un nouveau commencement.

—Mais... et Rodricko ? intervint le seigneur Tyrus, perché une marche au-dessus. Que deviendra-t-il ?

—L'arbre a accepté sa chanson. (Nee'lahn ravala un sanglot.) Ils sont liés. Si l'arbre meurt, il mourra aussi.

Méric baissa les yeux vers l'enfant. Il était avec Nee'lahn quand celle-ci avait découvert Rodricko. Ensemble, ils avaient combattu le Sinistre et les séides du Seigneur Noir pour conduire le bébé en sécurité sur Val'loa. L'expression de l'el'phe se durcit.

—Dans ce cas, je ne permettrai pas qu'il soit fait le moindre mal à cet arbre.

Nee'lahn lui agrippa le bras.

— Tu es pourtant mieux placé pour comprendre que n'importe qui. C'est sûrement un symptôme de la Pourriture. Je préfère que Rodricko meure plutôt que d'être corrompu par le mal qui souille son arbre. Tu as vu ce qui est arrivé à mes sœurs. Je refuse que ça arrive à mon fils. J'abattrai le koa'kona moi-même s'il le faut.

Et elle éclata en sanglots.

Sonné, Méric s'agenouilla près du petit garçon. Rodricko enfouit son visage dans les plis de la cape de Nee'lahn. Il ne comprenait peut-être pas ce que les adultes venaient de dire à voix basse, mais il percevait la détresse de sa mère.

Levant les yeux vers Nee'lahn, Méric vit du désespoir dans ses prunelles. Depuis leur voyage dans le Nord, tous deux étaient devenus amis, rapprochés par l'histoire partagée de leurs peuples respectifs et par les épreuves qu'eux-mêmes avaient endurées. De beaucoup de façons, Nee'lahn faisait désormais partie de la famille de Méric, et après la mort de son frère et de sa mère, celui-ci ne tolérerait pas de perdre un autre proche.

Derrière eux, Tyrus chuchota :

— Peut-être devrions-nous y réfléchir plus tard, quand nous nous serons calmés et aurons les idées plus claires.

Méric se leva, sa cape ondulant autour de ses chevilles.

— Non, ma décision est prise. Nul mal ne sera fait à cet arbre si cela doit se répercuter sur Rodricko. (Avec beaucoup de douceur, il toucha la joue de Nee'lahn.) Je ne te laisserai pas agir impulsivement et frapper par crainte d'une possibilité parmi tant d'autres. Autrefois, Mycelle des Dro empoisonnait les élémentaux pour les empêcher de devenir des malegardes. Mais, ce faisant, elle détruisait tous les chemins possibles de leur avenir parce que l'un d'entre eux était susceptible de mener à la corruption. Je ne te laisserai pas suivre ses traces.

— Méric a raison, intervint Tyrus d'une voix enrouée. Mycelle ne souhaiterait pas ça.

Nee'lahn jeta un coup d'œil au prince pirate, puis reporta son attention sur Méric.

— Alors, qu'allons-nous faire ?

L'el'phe posa son autre main sur la tête de Rodricko.

— Affronter l'avenir. À la tombée de la nuit, nous verrons bien ce que la destinée garde en réserve pour cet enfant et pour son arbre.

À un demi-continent de là, Greshym tapait du poing sur la table au rythme du tambour.

— Encore une ! Encore une ! scandait-il d'une voix avinée avec les autres clients de l'auberge du Lac de la Lune.

Le jongleur saisit une cinquième torche enflammée et la projeta très haut dans les airs avec les quatre autres. Ruisselant de sueur, il se déplaçait avec agilité sur l'estrade de planches dressée dans la salle commune pour empêcher ses brandons de s'écraser sur le sol jonché de paille. Deux autres saltimbanques se tenaient en retrait avec des seaux d'eau.

Greshym observait le spectacle d'un air blasé. Tout autour du Lac de la Lune, la fête de la Première Lune battait son plein : ménestrels, animaux dressés, gens de cirque exécutant des tours de force… Elle culminerait ce soir même au bord de l'eau, quand la première pleine lune de l'été éclairerait la surface immobile du plus grand lac des Contrées du Couchant. Selon la légende, les esprits sylvestres exauceraient les vœux de ceux qui s'y baigneraient.

Ces histoires de bonne femme n'intéressaient nullement Greshym. Il avait tout ce qu'il lui fallait : une chope de bière, un estomac plein, et l'énergie nécessaire pour profiter des plaisirs de la vie. Une serveuse vint remplir sa chope. À pleines mains, il lui saisit une fesse – qu'elle avait fort rebondie. La fille couina.

— Maître Dismarum ! le rabroua-t-elle, non sans lui adresser un clin d'œil avant de se détourner.

Greshym avait passé les nuits précédentes dans sa chambre. Une poignée de pièces de cuivre avait suffi à lui ouvrir sa porte et ses jambes. Le souvenir des longues heures passées dans les bras de cette donzelle émoussait son intérêt pour les jongleurs et autres saltimbanques.

Il aperçut son reflet dans le miroir crasseux au-dessus du comptoir. Ses cheveux brillaient comme des fils d'or dans la lumière des torches ; ses yeux pétillaient d'énergie ; son dos était droit, ses épaules larges et robustes. La serveuse l'aurait peut-être invité à partager son lit pour rien. Mais il n'avait pas eu envie d'attendre que son intérêt se change en désir – pas quand il pouvait obtenir le même résultat beaucoup plus vite au prix de quelques pièces.

La patience n'était pas la prime vertu de la jeunesse.

Greshym avait l'intention d'expérimenter toutes les multiples sensations que la vie avait à lui offrir. À présent qu'il n'était plus prisonnier de son corps décrépit, il entendait profiter au maximum de sa vigueur retrouvée. Aussi se leva-t-il en tendant la main pour saisir le bâton appuyé contre sa table. Il n'en avait plus besoin comme béquille, seulement comme focus pour son pouvoir.

Il caressa la surface de l'instrument : le fémur d'un wybog, un prédateur sylvestre aux longues pattes. L'os creux, coiffé aux deux extrémités par un bouchon d'argile séchée, était rempli avec le sang du fils nouveau-né d'un bûcheron. Liée par un sort très ancien, l'énergie vitale du bébé avait permis à Greshym de charger son bâton.

Tournant le dos à la scène, il pointa discrètement l'artefact vers le jongleur. Celui-ci trébucha. Ses torches culbutèrent dans les airs et s'écrasèrent sur le plancher. Ses deux acolytes se précipitèrent pour arroser les flammes avant qu'elles se communiquent à la paille.

Greshym sourit tandis que la lumière s'intensifiait brusquement derrière lui et que les clients poussaient des cris apeurés. Il gloussa sous cape. Changer de l'eau en huile était un jeu d'enfant.

L'incendie se propagea rapidement à travers la salle commune. Les appels à l'aide des serveuses suivirent Greshym au-dehors.

Face à l'auberge s'étendait le Lac de la Lune aux eaux teintées de cuivre par le soleil couchant. Les érables et les pins qui poussaient sur ses berges se succédaient jusqu'à l'horizon. Parmi les arbres, des tentes de couleurs vives avaient poussé ces derniers jours, ainsi que des fleurs estivales. Des gens étaient venus des quatre coins d'Alaséa en prévision du soir où un millier de baigneurs chuchoteraient leur vœu le plus cher sous la pleine lune.

Greshym lui-même était arrivé au Lac de la Lune quinze jours plus tôt, et il avait décidé de rester pendant tout le festival afin d'utiliser cette nuit sacrée à ses propres fins. Il balaya du regard les centaines de pèlerins qui arpentaient les rues du petit village ou bavardaient avec les marchands d'épices. Tant de vie à explorer une nouvelle fois...

D'un pas guilleret, il se dirigea vers la forêt plus profonde qui s'étendait au-delà du village. C'était tout juste s'il pouvait se retenir de faire tournoyer son bâton. Les muscles de ses jambes gonflaient à chacun de ses pas ; ses poumons se remplissaient d'air sans le moindre sifflement. Le simple fait de marcher le mettait en joie.

Il était de si bonne humeur qu'il pointa son bâton vers un homme occupé à provoquer un renifleur enchaîné. Le prédateur à la peau violette fit soudain éclater sa muselière et, d'un coup de crocs acérés, emporta trois des doigts de l'impudent. Greshym passa devant eux comme des fouets claquaient, forçant la bête à s'écarter du blessé.

— Vous feriez bien de souhaiter des doigts de remplacement ce soir, marmonna-t-il entre ses dents.

Puis il s'enfonça dans les bois.

Il pressa le pas, savourant la flexibilité de ses muscles et le mouvement bien huilé de ses articulations. Après avoir été prisonnier d'un corps pourrissant pendant des siècles, sa nouvelle enveloppe charnelle lui était une source intarissable d'émerveillement. On avait bien raison de dire que les jeunes étaient incapables d'apprécier leur jeunesse à sa juste valeur !

Autour de Greshym, la lumière déclinait et les ombres s'allongeaient tandis que les arbres se faisaient plus hauts et plus denses.

Dans la pénombre grandissante, l'odeur lui parvint avant la vision : une puanteur de bouc mouillé et de boyaux répandus. En pénétrant dans la clairière, il trouva son serviteur, Rukh, accroupi au milieu d'un charnier. Les carcasses d'innombrables créatures sylvestres jonchaient le sol autour du gnome des souches. Celui-ci avait le museau enfoui dans le ventre d'une biche, dont il se repaissait avec des grognements de satisfaction.

— Rukh ! aboya Greshym.

La créature se redressa d'un bond, comme si elle avait été frappée par la foudre. Elle poussa un couinement de cochon tandis que ses petites oreilles pointues se mettaient à trembler.

— M-maître !

Greshym regarda autour de lui. La plupart des carcasses n'étaient qu'à demi dévorées. Il n'avait pas été le seul à goûter à toutes les saveurs offertes par cette soirée.

— Je vois que tu as su t'occuper en mon absence, commenta-t-il.

Rukh se laissa retomber sur le sol, tremblant de tout son corps.

— Bonne viande, marmonna-t-il.

Il tendit une patte vers la biche et, à l'aide de ses griffes, arracha un des cuissots de cette dernière.

— Le m-maître veut manger ? demanda-t-il en tendant le morceau de viande ensanglantée au mage.

Greshym était trop content de lui pour se mettre en colère. Du moins le gnome des souches était-il resté là où il l'avait laissé, incertain que son sort de compulsion durerait aussi longtemps sans être renouvelé.

— Lave-toi, ordonna-t-il en désignant un ruisseau tout proche. Sinon, les villageois te sentiront approcher à une lieue.

— Oui, maître.

La créature se traîna vers le ruisseau et sauta dedans.

Greshym se détourna de ses ablutions pour regarder dans la direction dont il était arrivé. Les festivités de ce soir s'annonçaient particulièrement mémorables. Mais, d'abord, il avait quelques préparatifs à faire. Rien ne devait interférer avec ses plans.

Greshym planta son bâton d'os dans la terre meuble de la forêt. Puis il agita sa main gauche au-dessus en remuant les lèvres. Un vagissement de nouveau-né s'échappa de l'instrument.

— Chut, lui intima Greshym.

Il tendit le moignon de sa main droite. Des ténèbres pareilles à de la fumée grasse s'échappèrent du bouchon d'argile séchée. Greshym enfonça son poignet dans cette brume couleur d'encre tout en psalmodiant à voix basse le sort qu'il comptait utiliser plus tard.

Tandis qu'il travaillait, le vagissement du bâton se changea soudain en une voix qui n'était absolument pas celle d'un nouveau-né.

— Je t'ai trouvé !

Greshym reconnut aussitôt ces intonations rauques.

— Shorkan ! siffla-t-il en reculant d'un pas.

Au-dessus de son bâton, la fumée modela un visage d'homme aux yeux rouges et brillants. Malgré l'imprécision des traits, ses origines standi étaient évidentes.

Ses lèvres noires remuèrent.

— Ainsi, tu tentes d'échapper au courroux du Maître en te cachant dans les bois.

— Je ne tente pas : j'ai *réussi* à m'échapper, cracha Greshym, décryptant le sort à l'origine de l'apparition. (C'était un simple sort de recherche. Il n'avait rien à craindre.) Et je recommencerai. Avant que cette nuit s'achève, j'aurai le pouvoir de me dissimuler aux yeux du Cœur Noir en personne.

— Ça, c'est que tu crois. (Il y eut une pause, puis un éclat de rire lointain.) Tu es au Lac de la Lune – bien sûr.

Les sourcils froncés, Greshym leva son moignon et altéra le sort de Shorkan, le retournant contre celui qui l'avait lancé. L'espace d'un bref instant, il vit à travers les yeux de l'autre mage. Celui-ci se trouvait loin de là, mais pas à Noircastel.

Soulagé, Greshym s'immergea plus profondément dans le sort. Mais, soudain, il fut repoussé avec une telle force qu'il tituba en arrière.

— Ne t'aventure pas là où tu n'es pas le bienvenu, Greshym.

Le sort se rompit, et le visage de fumée se délita.

— C'est également valable pour toi, petit salopard, marmonna Greshym.

Mais il savait que Shorkan n'était déjà plus là. Très vite, il dressa des protections magiques pour prévenir une nouvelle violation de son intimité, foudroyant son bâton du regard comme si tout était la faute de l'artefact. Lancer un sort aussi puissant, aussi facile à localiser, était une entreprise risquée. Les yeux plissés, il tourna la tête vers l'est comme s'il pouvait voir au travers des montagnes des Dents.

— Que fiches-tu à Gelbourg ?

Même si sa némésis se trouvait de l'autre côté de la cordillère, Greshym sentit un soupçon d'anxiété entacher son assurance. Il avait perçu chez l'autre mage une certitude écrasante, une absence totale d'inquiétude – de l'amusement, même ! – quand il avait compris ce que préparait son confrère.

— Et que mijotes-tu ?

Faute de réponse, Greshym tendit la main pour récupérer son bâton, mais vit qu'une légère trace du sort de recherche subsistait. Il hésita. Il détestait gaspiller de la magie. Utilisant l'énergie résiduelle que Shorkan avait laissée derrière lui, il tissa de nouveau le sort et agita son moignon.

De la fumée s'échappa du bouchon d'argile. Un autre visage se forma, vieux et ridé, encadré par de rares cheveux blancs. Greshym caressa sa joue décrépite, parcheminée, pourrissante.

Il ne restait que peu d'énergie dans le sort, mais le mage se concentra pour percevoir l'homme derrière la brume noire.

— Joach, chuchota-t-il. Comment te sens-tu, mon garçon, dans ton nouveau costume de chair flétrie et d'os grinçants ?

Il sentit que l'autre homme dormait, qu'il faisait la sieste en cette fin d'après-midi sur l'île de Val'loa. Sa respiration était sifflante et laborieuse ; son cœur battait selon un rythme syncopé.

Greshym sourit et se retira. Il n'osait pas aller plus loin. Le gamin – ou plutôt le vieillard, maintenant – disposait d'une magie onirique puissante. Mieux valait ne pas s'aventurer dans ses rêves.

Une fois libre, Greshym mit fin au sort et contempla son propre corps vigoureux. Il prit une grande inspiration et expira lentement. C'était bon d'être de nouveau jeune… Jeune, et plein de pouvoir !

Joach se réveilla en sursaut, tremblant de tout son corps. Ses draps trempés de sueur lui collaient à la peau. Son cauchemar subsistait en lui, vivace et troublant. Au fond de son cœur, Joach savait qu'il ne s'agissait pas d'un songe ordinaire.

Il tâtonna à la lisière de ses souvenirs. Ce n'était pas aussi marquant qu'un augure. On aurait plutôt dit un événement réel.

— Greshym, marmonna-t-il dans la pièce vide.

La transpiration refroidissait rapidement sur sa chair flétrie, lui donnant des frissons. Il jeta un coup d'œil à la fenêtre. Une douce brise agitait les rideaux. Le soleil se couchait déjà.

Avec un grognement, il balança ses jambes par-dessus le bord du lit et posa les pieds par terre. Ses efforts de la nuit et du jour précédent l'avaient épuisé. Ses muscles et ses articulations protestaient contre chacun de ses mouvements. Mais il savait que seule la compagnie d'autrui parviendrait à dissiper les lambeaux de son cauchemar.

Joach tendit la main vers son bâton. Dès que sa paume toucha le bois pétrifié, une douleur brûlante remonta le long de son bras jusqu'à son cœur. Il se plia en deux, haletant, et jeta un coup d'œil en biais à l'artefact.

Sa surface grise avait viré au blanc d'os. Des traînées de sang alimentaient le bois pétrifié, coulant depuis la main qui le tenait toujours.

Distrait, Joach avait oublié d'enfiler son gant et accidentellement activé l'arme de sang. Comme la douleur initiale s'estompait, il se força à se mettre debout et leva son bâton. Celui-ci était plus léger, plus facile à manipuler – un effet secondaire du lien magique qui le rattachait désormais à son porteur. Joach percevait également l'énergie onirique qui coulait à l'intérieur, attendant d'être invoquée. Comme l'artefact, elle semblait faire partie de lui.

Tendant son bâton devant lui, Joach projeta une volute de magie. Une petite rose se forma dans la cuvette de toilette à moitié remplie. Il se souvint de la dernière fois où il avait créé une fleur semblable – dans la nuit du désert, pour apaiser l'enfant effrayée blottie entre Kesla et lui.

Baissant son bâton, il dénoua le sort, et la rose retourna au néant. Il n'en resta pas même une ondulation à la surface de l'eau.

Après tout, ce n'était qu'un rêve.

Le souvenir de Kesla avait plongé Joach dans une sombre mélancolie. Calant le bâton dans le creux de son bras, il en ôta sa main. Pour l'instant, il ne voulait rien avoir à faire avec le monde onirique.

La connexion ainsi rompue, le bâton reprit sa teinte grisâtre habituelle. Joach enfila un gant et saisit de nouveau l'artefact. Puis il se dirigea vers sa penderie. Il en avait fini avec les rêves ; il n'aspirait plus qu'à la compagnie de gens réels.

Pourtant, tandis qu'il s'habillait, il sentit que des lambeaux de son cauchemar s'attardaient en lui. Il revit Greshym debout dans une clairière, entouré par des tripes, des boyaux et des corps déchiquetés. Un bâton blanc surmonté d'un nuage de fumée noire était planté devant lui. Puis le mage avait tourné vers lui un regard à la fois plein de jubilation et de mépris. Mais le pire, ça avait été son apparence : ses cheveux dorés, sa peau lisse, ses bras vigoureux, son dos droit, ses yeux brillants. Joach avait cru voir sa propre jeunesse se rire de lui – si proche et pourtant inaccessible.

Soupirant, il ferma l'agrafe de sa cape et se dirigea vers la porte, martelant le sol de pierre avec son bâton. Il serra ses doigts gantés un peu plus fort sur le bois pétrifié et sentit la magie qui coulait à l'intérieur ; cela l'aida à centrer son esprit. Un jour, il trouverait Greshym et reprendrait ce qui lui appartenait.

Comme il atteignait la porte, quelqu'un frappa de l'autre côté. Les sourcils froncés, Joach ouvrit. Un page s'inclina devant lui.

— Maître Joach, votre sœur vous demande de la rejoindre dans la Grande Cour.

— Pourquoi ?

Sa question parut affoler le jeune garçon, qui écarquilla les yeux.

— E-elle ne me l'a pas dit, monsieur.

— Très bien. Dois-je te suivre ?

— Oui, monsieur. Certainement, monsieur.

Et le page détala tel un lapin effrayé.

Joach lui emboîta le pas sans se presser. Il connaissait le chemin de la Grande Cour.

Le page s'arrêta en haut de l'escalier qui descendait vers la partie centrale de la forteresse et jeta un coup d'œil par-dessus son épaule. Joach lut de l'impatience dans sa posture… et décela une lueur apeurée dans ses yeux. Il savait ce que le jeune garçon voyait. Lui aussi avait jadis arpenté ses couloirs en tant que serviteur d'un mage décrépit. À présent, les rôles étaient inversés.

Des deux, Joach n'était plus le gamin.

Le page disparut dans l'escalier.

Désormais, Joach était le vieillard amer qui ruminait de sombres pensées.

— Un jour, j'aurai ma revanche, jura-t-il au couloir désert.

3

Tandis que les derniers rayons du couchant cédaient la place au crépuscule, Elena se tenait dans la Grande Cour avec ses compagnons, étudiant le jeune koa'kona. L'arbre semblait bien petit et bien frêle à côté des immenses tours et des murs vertigineux de l'Édifice. Mais ses bourgeons étaient noirs comme de l'encre ; on aurait dit qu'ils dégoulinaient de leur tige. Elena resserra sa cape sur ses épaules.

— Il aspire la chaleur, chuchota Nee'lahn quelques pas sur sa droite. Comme les Sinistreurs.

Elena avait entendu parler des spectres de la Forêt Noire, ces esprits ténébreux qui aspiraient les forces vitales de tout ce qu'ils touchaient.

— Mais non, dit Méric à la nyphai. Ce n'est que la brise, rien de plus.

Il fit un signe de tête à Elena.

Quand le prince el'phe lui avait annoncé que le koa'kona avait donné des bourgeons noirs, la jeune femme s'était promptement rangée de son côté : aucun mal ne devait être fait à l'arbre jusqu'à ce qu'on puisse cerner sa véritable nature – et ce, d'autant plus que la vie de Rodricko était en jeu.

Tous ne partageaient pas cet avis.

— Nous prenons beaucoup de risques pour épargner une seule vie, avait argumenté Er'ril.

Mais Elena avait refusé d'agir précipitamment, et Er'ril s'était plié à sa volonté. Néanmoins, il se tenait près d'elle une hache à la main. Derrière lui, deux gardes étaient venus avec des seaux de poix et des torches allumées. Si quelque maléfice se produisait à l'ouverture des fleurs, il ne voulait pas compter sur la magie seule pour le contrer.

Elena partageait sa prudence. Elle avait amené le Journal Sanglant dans la sacoche qui pendait à son épaule. C'était la première nuit de la pleine lune. À la lueur de celle-ci, le Grimoire s'ouvrirait sur le Vide, permettant à la jeune femme d'invoquer les pouvoirs insondables des esprits qui l'habitaient.

Elena frissonna dans la fraîcheur grandissante du soir. Elle ne ferait appel à cette magie qu'en cas de nécessité.

—La lune se lève, lança une voix derrière elle.

Arrachée à ses pensées, Elena pivota et découvrit Harlequin Quail planté dans l'allée de gravier. Des centaines de grelots qu'il portait, pas un seul n'avait tinté à son approche. Il se tenait les mains enfoncées dans ses poches. Sa peau bleuâtre brillait dans la lumière des torches.

—Que faites-vous ici ? aboya Er'ril.

Harlequin haussa les épaules, tira une pipe de sa poche et entreprit d'allumer le tabac tassé dans le fourneau.

—J'ai entendu parler du gamin et de son arbre. Je suis venu vous offrir mon soutien.

—Du soutien, nous en avons déjà plus qu'assez, le rabroua Er'ril.

—Dans ce cas, peut-être suis-je juste sorti me promener au clair de lune.

Le tabac s'enflamma. Harlequin se détourna légèrement, présentant son dos à Er'ril.

Mécontente de l'attitude de l'homme des plaines, Elena toucha le coude d'Harlequin. Après la réunion dans ses appartements, l'espion du seigneur Tyrus était parti si vite qu'elle n'avait pu lui dire combien elle appréciait les risques qu'il avait pris pour leur porter cette terrible nouvelle. Du moins pouvait-elle y remédier maintenant.

—Merci, dit-elle avec chaleur.

Harlequin hocha la tête. Ses yeux dorés brillaient, et son expression était indéchiffrable.

Derrière lui, la large porte qui donnait sur la cour s'ouvrit à la volée, et une ombre noire émergea de l'Édifice. Une étincelle de peur jaillit brièvement dans le cœur d'Elena.

Harlequin jeta un coup d'œil par-dessus son épaule.

—C'est votre frère, n'est-ce pas ?

Elena vit qu'il avait raison. Elle avait envoyé un page chercher Joach. De tous les compagnons, son frère était le plus familier avec la magie noire. Si quelque maléfice se tramait là, son avis pourrait s'avérer utile.

Joach s'approcha en s'appuyant lourdement sur son bâton.

—À le voir, on pourrait le prendre pour votre grand-père, marmonna Harlequin, les dents serrées sur le tuyau de sa pipe.

Joach n'avait pas entendu la remarque du petit homme. Elena se força à conserver une expression neutre. Malgré les lunes écoulées depuis la transformation, la vision de son frère si décrépit la secouait toujours autant.

— Merci d'être venu, Joach.

Elle lui présenta Harlequin Quail. Joach le salua du chef en le détaillant d'un air soupçonneux. Difficile de dire qui, d'Er'ril et de lui, était devenu le plus dur et le plus méfiant.

— Alors, El, qu'est-ce qui ne va pas? s'enquit-il en reportant son attention sur sa sœur.

La jeune femme le lui expliqua rapidement. Joach tourna son regard vers l'arbre, qu'il étudia les yeux plissés.

— C'est bien que tu m'aies fait appeler, dit-il quand Elena eut terminé. Quelque magie qui couve dans ces bourgeons ténébreux, mieux vaut nous en méfier.

Elena pivota vers le koa'kona.

— Nous disposons de plusieurs armes, magiques ou non.

Joach avisa les haches et les seaux de poix.

— C'est bien.

Comme il faisait aller et venir sa main le long de son bâton, Elena remarqua qu'il portait un gant en peau. Il devenait de plus en plus frileux, se dit-elle. Peut-être était-ce l'un des effets secondaires de son vieillissement prématuré.

Nee'lahn s'avança, flanquée de Rodricko.

— Il est l'heure. La première pleine lune de l'été est sur le point de se lever.

Elena jeta un coup d'œil par-delà l'enceinte de la forteresse. La moitié d'un disque argenté se découpait au-dessus de l'horizon. Il n'y en avait plus pour longtemps.

La jeune femme ôta ses propres gants, exposant la rose écarlate de son pouvoir. Depuis le poignet jusqu'au bout des doigts, chacune de ses mains était couverte de motifs rouges tourbillonnants. Serrant les poings, Elena se concentra pour y faire affluer la magie impétueuse qui coulait dans ses veines. Au plus profond d'elle, un chœur de pouvoir enfla; elle le maîtrisa et le plia à sa volonté. Son poing droit se mit à briller plus fort, imitant le soleil levant tandis que le gauche adoptait la teinte azur de la lune elle-même: feu sor'cier et feu glacial.

À sa taille, la jeune femme saisit sa dague d'argent sur le manche de laquelle était sculptée une rose. Elle prépara le tranchant à libérer sa magie afin de canaliser l'immense énergie du Vide en ce monde.

Mais, d'abord, elle se piqua le bout d'un doigt, ferma les yeux et barbouilla ses paupières avec son propre sang. Un éclair de feu dansa à travers sa vision, accompagné par une brûlure familière. Elena rouvrit les yeux et découvrit un monde nouveau. Tout y était comme avant, à ceci près que désormais, elle percevait les traces de magie invisibles au regard humain.

Elle remarqua l'étincelle argentée de feu élémental en Nee'lahn, en Méric et même en Rodricko.

Mais ce fut l'arbre qui retint son attention.

À la place du bois et des feuilles, elle ne voyait plus qu'un brasier ardent. Des canaux de pouvoir grimpaient le long du tronc, se divisaient entre les branches et se poursuivaient jusqu'à la tige des bourgeons. De l'énergie élémentale à l'état pur – la magie des racines – jaillissait de la terre même pour alimenter le koa'kona.

Jamais Elena n'aurait imaginé que ce si petit arbre contienne tant de pouvoir. Chacun de ses bourgeons était pareil à une torche de magie, plus brillante que n'importe quelle étoile. Elle commença à regretter sa décision de l'épargner.

Er'ril perçut sa détresse.

—Ça va ?

Elena acquiesça, ravalant son inquiétude. Si elle formulait ses doutes à voix haute, Er'ril réclamerait sûrement la destruction immédiate de l'arbre. Aussi se contenta-t-elle de faire signe aux autres qu'ils pouvaient y aller.

Nee'lahn s'agenouilla près de Rodricko et lui chuchota quelque chose à l'oreille. L'enfant acquiesça et, sans quitter le koa'kona des yeux, ôta ses bottes l'une après l'autre.

Elena l'étudia. Une flamme ardente de feu élémental brûlait dans sa poitrine. Mais, plus étrange encore, la jeune femme pouvait voir le lien entre son arbre et lui : les filaments argentés entre la monstrueuse énergie du végétal et la flamme dans le cœur du petit garçon. Elle comprit que Nee'lahn avait raison. Si le koa'kona mourait, Rodricko ne lui survivrait pas.

Une fois pieds nus, l'enfant se redressa. Nee'lahn leva la tête vers le ciel et se balança sur ses talons. Son visage n'était plus qu'un masque d'inquiétude. La lune poursuivait son ascension vers les étoiles. C'était une nuit parfaitement claire ; seul un peu de brume maritime floutait l'horizon.

—Vas-y, Rodricko, dit Nee'lahn en désignant le koa'kona de son luth. Éveille ton arbre.

L'enfant s'avança, ses orteils s'enfonçant dans la terre molle. Une fois sous les branches, il leva les mains vers un bourgeon fermé. Il ne toucha pas ses pétales noirs, se contentant de disposer ses petites paumes en coupe autour de lui. Le bourgeon se mit à briller tandis que la lueur argentée de la lune emplissait la cour.

—Chante, chuchota Nee'lahn. La pleine lune est levée.

Rodricko se tordit le cou, ses traits enfantins découpés par les ombres et par le clair de lune. Ses lèvres ne remuèrent pas ; pourtant, un son très doux s'échappa de lui. On aurait dit le sifflement du vent à travers une végétation épaisse, le doux soupir de la chute des feuilles en automne.

Effrayée mais fière de son fils, Nee'lahn porta les deux mains à sa gorge.

Elena était certaine que la mélodie qu'elle captait n'était qu'une note ténue comparée à ce que la nyphai devait entendre. Le bouillonnement de la magie faisait briller l'arbre de mille feux. Le pouvoir s'intensifiait à l'intérieur du koa'kona et de l'enfant. Les filaments argentés qui reliaient ceux-ci gagnèrent en substance tandis que d'autres jaillissaient du tronc de l'arbre et filaient gracieusement vers Rodricko.

La mélodie du petit garçon se fit plus forte, plus riche, plus profonde.

— Ça vient, dit Nee'lahn.

Près d'elle, Er'ril s'agita et brandit sa hache. Elena ne doutait pas qu'il soit capable d'abattre l'arbre d'un seul coup.

Une étincelle de feu élémental détourna temporairement son attention. Les yeux plissés, Joach s'était approché en traînant les pieds pour mieux voir. Mais le bâton sur lequel il s'appuyait était un instrument de feu pur, une puissante source d'énergie élémentale.

Elena fixa son frère sans comprendre. En tant qu'élémental lié à la magie onirique, Joach portait lui aussi une petite flamme argentée au niveau du cœur. Pourtant, Elena voyait les filaments ardents qui le reliaient à son bâton.

Elle voulut exprimer sa surprise, mais Nee'lahn l'en empêcha en s'écriant :

— Les fleurs s'ouvrent !

Elena reporta son attention sur l'arbre. Elle interrogerait Joach plus tard.

Une transformation miraculeuse était en cours. Du feu élémental flamboyait entre Rodricko et le koa'kona. Le petit garçon semblait consumé par ce brasier aveuglant. Mais à l'absence de réaction de ses compagnons, Elena devina qu'elle seule voyait ce flot de magie. Même Nee'lahn demeurait agenouillée dans l'ombre de son fils, tendue et apeurée.

Rodricko continuait à chanter, les mains en coupe autour du bourgeon. Entre ses paumes, les pétales se dépliaient un par un dans la lueur argentée de la lune.

Toutes les autres fleurs du koa'kona ne tardèrent pas à imiter la première. Des volutes d'énergie élémentale s'écoulèrent de leur cœur, vibrant au rythme de la mélodie de Rodricko. *C'est ce qu'on appelle la chanson sylvestre*, se rendit compte Elena, émerveillée.

— Les fleurs brillent, murmura Er'ril près d'elle.

Elena força sa propre vision à regarder par-delà les flammes d'énergie argentée. De fait, les fleurs ténébreuses luisaient dans l'obscurité. En s'ouvrant, leurs pétales noirs avaient révélé un cœur ardent, aussi rouge que de la lave en fusion.

Des cris, d'abord étouffés, puis plus forts, s'élevèrent du koa'kona. Des cris qui n'exprimaient pas la douleur, mais la libération et la joie.

— Que se passe-t-il ? demanda Er'ril tandis que derrière lui, les gardes armés de poix et de torches se tenaient prêts à intervenir.

Grâce à sa vision enchantée, Elena vit des décharges d'énergie jaillir de chaque fleur, des sphères bleu azur très différentes de l'énergie élémentale argentée produite par les racines et la terre. C'était de ces orbes radieux que provenaient les cris.

Nee'lahn répondit à la question de l'homme des plaines.

— Les fleurs projettent des éclats de force vitale. J'entends la chanson des esprits libérés.

— Je l'entends aussi – et je la vois, déclara Elena. Elle monte vers la pleine lune.

Elle regarda les sphères flotter vers l'astre argenté telle une rivière d'énergie.

— Ça vient du Sinistre, chuchota Nee'lahn, impressionnée. (Le ton de sa voix n'exprimait pas l'horreur, mais plutôt l'émerveillement.) Ce sont toutes les vies que mes sœurs ont consumées, enfin rendues à la nature. Pas étonnant que Cecelia se soit tant battue pour son fils. Elle devait savoir. C'était un moyen de compenser partiellement le mal fait par les spectres.

Le flot d'orbes brillants continuait à s'élever vers les cieux nocturnes.

Méric aida Nee'lahn à se redresser. Tous deux se rapprochèrent.

Elena les rejoignit pour observer le spectacle dans un silence respectueux. Elle le voyait à deux niveaux superposés. Au premier, l'arbre en fleurs émettait une lumière radieuse. Au second, il était relié à Rodricko et flamboyait d'énergie tandis qu'une rivière de pouvoir spirituel jaillissait de sa ramure.

— Les fleurs changent, constata Er'ril près d'Elena.

Après que chacune d'elles eut projeté ses derniers vestiges d'énergie bleue vers la lune, la couleur de ses pétales s'adoucissait, passant du noir d'encre au violet : la couleur normale des bourgeons de koa'kona. Seul son cœur demeurait rouge vif, comme un rappel de la pénitence qui venait d'être accomplie en ce lieu et en cette heure.

Soulagée, Elena regarda le flot azur disparaître dans les cieux, propulsé par la mélodie de Rodricko.

D'une voix tranchante, Harlequin brisa l'enchantement.

— La lune ! Qu'arrive-t-il à la lune ?

Sy-wen et frère Ryn avaient pris place autour d'une des tables de la bibliothèque. Penché sur l'œuf d'éb'ène, le moine en robe blanche observait celui-ci. De minuscules bésicles étaient perchées sur le bout de son nez ;

malgré cela, il plissait les yeux pour mieux voir à travers la loupe qu'il tenait dans sa main.

— Très étrange, marmonna-t-il. Viens voir ça, petite.

Sy-wen, qui était assise face à lui, le rejoignit de l'autre côté de la table.

Tous deux avaient passé l'après-midi dans la bibliothèque principale de l'Édifice, fouillant les parchemins poussiéreux et les ouvrages rongés par les rats en quête d'une mention de pierres semblables. Mais ils n'avaient pas découvert grand-chose qu'ils ne sachent déjà. L'éb'ène se nourrissait de sang, qui alimentait une magie antique et méconnue : une énergie qui n'était pas élémentale, mais pas non plus chyrique, comme celle du Weir.

Au bout de quelques heures, ils avaient décidé de concentrer leur attention sur l'œuf lui-même. Le carnet de bord du capitaine reposait toujours près de la cheminée, dans la chaleur des flammes. Le bibliothécaire en chef avait fortement déconseillé de l'ouvrir tant qu'il serait mouillé.

— L'encre bavera à coup sûr. Avant de le lire, vous devez le sécher d'une couverture à l'autre.

Sy-wen jeta un coup d'œil au carnet de bord. Celui-ci avait été placé sur un présentoir, assez près pour bénéficier de la chaleur des flammes, mais assez loin pour ne pas risquer de prendre feu accidentellement.

— Demain matin au plus tôt, avait estimé le bibliothécaire en chef avant de prendre congé. Et peut-être beaucoup plus tard.

Ce qui ne laissait que l'œuf comme source d'information potentielle.

Frère Ryn passa une main sur son crâne rasé.

— Nous ignorons encore beaucoup de choses sur la nature de l'éb'ène. Mais regarde, dit-il en lui passant son cristal grossissant et en tendant un index vers l'œuf. Ici. Regarde bien.

Sy-wen se pencha pour mieux voir.

— Je cherche quoi, exactement ?

Du doigt, frère Ryn suivit le tracé d'une veine argentée sans toucher la pierre elle-même – ni Sy-wen ni lui n'osaient le faire. Durant les phases préliminaires de leur examen, ils l'avaient manipulée à l'aide de pinces en cuivre prises près de la cheminée.

— Tu vois cette ligne argentée ?

— Oui, et alors ?

Sy-wen ne comprenait pas où le moine voulait en venir. L'œuf était couvert de veines qui zigzaguaient sur sa surface lisse ainsi que des éclairs dans un ciel nocturne.

— Elle ressemble à toutes les autres.

— Mmmh. Regarde de plus près, petite. De côté, si tu préfères.

Sy-wen se déplaça légèrement pour observer l'œuf selon un autre angle. Un hoquet de surprise lui échappa. Contrairement aux autres, cette veine-là n'était pas au niveau de la surface minérale, mais légèrement enfoncée.

— Qu'est-ce que ça signifie ?

Frère Ryn se pencha plus en avant.

— Observe son tracé. Les autres lignes dardent en tous sens comme pour tromper l'œil. Mais cette ligne principale décrit tout le tour de l'œuf en un cercle ininterrompu.

Sy-wen fronça les sourcils. Le moine avait raison.

— À votre avis, qu'est-ce que c'est ?

Frère Ryn se redressa et reprit la loupe qu'elle lui tendait.

— Je dirais qu'il s'agit d'un moyen d'ouvrir l'œuf : une fissure dans sa coquille.

Sy-wen eut un mouvement de recul.

— Un moyen de l'ouvrir ?

Elle ne pouvait même pas imaginer le genre d'horreur tapie là-dedans, l'immonde maléfice qui se développait au cœur de l'éb'ène. Soudain, elle regretta que Kast ne soit pas là. Mais il était parti avec Hunt et le haut maître de quille préparer l'assaut à venir.

Frère Ryn jeta un coup d'œil au carnet de bord qui séchait près de l'âtre.

— Si seulement nous en savions plus sur cet objet maudit !

Sy-wen acquiesça.

— Comment le détruire, par exemple.

Le vieil érudit reporta son attention sur l'œuf.

— Ou évaluer la menace qu'il constitue.

— Le seul moyen de le faire, ce serait de l'ouvrir – et nous n'osons pas.

Frère Ryn dévisagea Sy-wen avec des yeux brûlants de curiosité.

— Nous ne pouvons pas affronter ce que nous ne connaissons pas, fit-il valoir.

Sy-wen se mordit la lèvre. Une centaine de ces horreurs reposaient encore par le fond, non loin du port de Val'loa. Ils ne pouvaient pas déplacer l'épave tant qu'ils ne mesureraient pas le risque encouru.

— Mais nous ne savons pas comment l'ouvrir, objecta-t-elle.

— La pierre se nourrit de sang. Le sang doit être la clé, avança frère Ryn.

Tandis qu'elle fixait la pierre noire, Sy-wen perçut la vérité dans les paroles de l'érudit.

— Mais la clé qui libérera quoi ?

Greshym se tenait sous un érable près du bord de l'eau. Devant lui, le Lac de la Lune s'étendait jusqu'à l'horizon, sa surface noire et miroitante reflétant l'ascension de la pleine lune. Déjà, des centaines de célébrants s'alignaient sur les berges, attendant le moment où l'astre atteindrait son apogée et brillerait en plein centre du lac.

Aussi loin que remontaient les souvenirs de Greshym, on avait toujours effectué le rituel de la Première Lune à cet endroit. C'était une coutume datant du passé ancestral d'Alaséa. Personne ne savait au juste comment ou pourquoi elle s'était développée. Les théories sur ses origines étaient aussi nombreuses que variées. Mais elles présentaient toutes un point commun : le soir de la première pleine lune d'été, le visage de la Mère d'en haut était censé apparaître dans l'eau et exaucer les souhaits de tous les baigneurs au cœur pur.

C'est bien le problème, songea amèrement Greshym : *il faut avoir le cœur pur.*

Chaque année, des dizaines de participants au rituel se frappaient la poitrine et tombaient à genoux en déclarant qu'on avait accédé à leur désir le plus cher. Mais Greshym les soupçonnait de mentir ou de se faire de grosses illusions. Qui serait assez fou pour affirmer que son vœu n'avait pas été exaucé ? Aussi, chaque année, les visiteurs affluaient avec leurs articulations coincées, leur conjoint malade, leurs amours illicites… tout ça pour sauter dans un lac glacé envahi par la mousse.

— Tant de stupidité, ça fait presque peur, marmonna Greshym.

Car lui seul connaissait le secret du lac. Et il avait bien l'intention de voir son vœu exaucé, même si ça devait entraîner la mort de toutes les personnes présentes.

Derrière lui, il entendit Rukh s'agiter dans le buisson de grattebaie qui lui servait de cachette. Le gnome des souches s'impatientait tout autant que son maître.

Un léger carillon résonna à la surface de l'eau comme une flottille toutes voiles dehors glissait vers le centre du lac, emportant les rares célébrants dont la bourse était gonflée d'or. Greshym vit passer devant lui une des plus grosses barges : coque ornée de motifs sculptés, voiles de soie et lanternes en forme de lune dans ses différentes phases. Apparemment, seuls les riches avaient le droit de communier de près avec la mystérieuse Dame du Lac.

Mais cette nuit n'était pas réservée à ceux qui avaient de l'argent. Tout autour du lac, des torches et des lanternes colorées illuminaient les berges, éclairant la voie pour les autres célébrants. Quelques enfants surexcités pataugeaient déjà dans l'eau peu profonde du bord. Leurs cris résonnaient telles des cloches aiguës, au tintement plein de joie et de délice. L'odeur des centaines de feux de cuisine emplissait la nuit estivale d'arômes de viande grillée et de ragoûts parfumés.

Greshym se redressa. Sa longue attente touchait à sa fin. La lune approchait de son apogée.

—Rukh!

Le gnome des souches rampa hors de sa cachette en se traînant sur le ventre.

Ils franchirent la courte distance qui les séparait de leur morceau de grève solitaire. Greshym s'était assuré l'intimité nécessaire à l'exécution de son plan grâce à un sort de répulsion triangulaire couvrant à la fois la berge et une portion de lac.

À l'aide d'une petite dague, il fit sauter le bouchon d'argile séchée qui scellait une des extrémités de son bâton d'os. Ses lèvres remuaient en silence, récitant un sort. Il effleura la magie contenue dans le sang du nouveau-né, les forces vitales d'un enfançon auxquelles il lui appartenait de commander.

Autour du lac, la foule se tut. Quelque part dans le lointain, un bébé vagit. Avait-il senti le sang de son frère assassiné?

Greshym tendit son bâton, dirigeant l'extrémité ouverte vers le lac. À la surface de l'eau, le reflet de la lune continua à scintiller, mais comme l'astre atteignait son apogée, la magie de cette nuit très particulière prit effet. Le reflet de la lune se mit à briller plus fort, devenant presque aveuglant et impossible à regarder en face. Son éclat s'étendit à tout le lac, dont les eaux noires virèrent à l'argenté.

Un cri s'éleva de la foule. Comme un seul homme, les célébrants se jetèrent à l'eau: certains nus, d'autres tout habillés, jeunes et vieux ensemble. Certains procédèrent en silence, d'autres en hurlant leur prière à la face des cieux.

Greshym se contenta de sourire – et de prononcer la dernière partie de son sort.

Baissant l'extrémité de son bâton, il laissa couler le sang enchanté dans l'eau étincelante. La tache se répandit depuis sa portion isolée du rivage. Nul ne remarqua le blasphème qu'il venait de commettre: tous étaient trop concentrés sur leurs vœux.

La souillure d'un rouge sombre, presque noir, poursuivit sa progression vers le centre du lac.

Ce que personne ici ne savait, à part Greshym, c'est que les eaux du Lac de la Lune étaient imprégnées du pouvoir élémental de la lumière pure. Celle-ci en faisait un immense calice qui ne se remplissait qu'une fois par an, quand la lune était dans la position idéale pour que les flots absorbent sa magie argentée. Le lac devenait alors un puits d'énergie provenant du Vide même. L'intense satisfaction ressentie par les baigneurs n'était rien d'autre que la caresse intime de cette énergie sur leur corps, mélangeant leurs forces vitales aux émanations du Vide.

Mais, à l'aube, les effets s'estomperaient rapidement. L'énergie lunaire ne supportait pas la brûlure du soleil. Et Greshym ne laisserait pas une telle quantité de pouvoir se perdre – pas alors que ses ennemis étaient si redoutables et si nombreux.

Du bout de son bâton, il toucha la tache rouge sombre, prononçant l'incantation nécessaire pour aspirer le pouvoir du lac à l'intérieur de l'os creux. Comme son bâton s'emplissait d'une force démultipliée, la souillure continua à se répandre à la surface de l'eau. Il lui faudrait une grande partie de la nuit pour siphonner toute l'énergie à sa disposition.

Greshym poursuivit son travail, un sourire dur aux lèvres.

Sur sa gauche, quelques baigneurs bruyants, trop occupés à s'ébattre dans l'eau, ne virent pas approcher la tache. Tandis que les flots argentés viraient au noir autour d'eux, leurs chants et leurs rires se changèrent en hurlements.

Greshym regarda ces gens immergés dans le pouvoir élémental de l'eau se faire arracher leurs forces vitales. L'espace d'un bref instant, il vit leur énergie tenter de s'échapper. Des fantômes couleur d'azur glissèrent sur la surface noire avant d'être aspirés, noyés dans les flots enchantés.

Comme Greshym continuait à drainer le pouvoir du lac, d'autres baigneurs furent pris par les ténèbres étales. La souillure atteignit la barge aux lanternes en forme de lune. Le capitaine du bateau condamné poussa un cri de détresse. Ses clients, qui avaient déjà plongé, restèrent sourds à ses appels. Eux aussi furent consumés par la tache sombre. Puis même la barge se mit à couler : sa coque ne flottait plus sur de l'eau ordinaire ; elle était avalée par une mer de magie noire.

Un rire grave monta de la gorge de Greshym. Il apprécia le son enjoué de sa propre allégresse. Grâce au pouvoir qu'il était en train de s'approprier, plus personne ne pourrait s'opposer à lui.

Ce fut alors qu'une vive exclamation résonna un peu plus loin sur la berge.

— Regardez la lune !

Greshym leva les yeux vers le ciel nocturne, et les coins de sa bouche s'abaissèrent en une grimace perplexe. La pleine lune brillait toujours aussi fort, mais, à présent, une balafre écarlate se détachait en son centre et semblait goutter depuis le firmament.

— La lune saigne ! cria quelqu'un.

Greshym regarda l'étrange flot couler vers le lac.

— Quelle est cette magie ? marmonna-t-il.

Il ne s'agissait pas d'un effet de son sort. Du sort de qui, dans ce cas ? Puis il se souvint de l'insouciance de Shorkan.

— Le salopard...

Retirant son bâton de l'eau, il s'apprêta à se battre ou à s'enfuir.

Tout autour du lac s'élevaient des voix de plus en plus nombreuses.

— La lune ! La lune !

— Qu'arrive-t-il à la lune ? demanda Er'ril.

Il se rapprocha d'Elena qui, les sourcils froncés, scrutait le ciel crépusculaire. La jeune femme secoua la tête.

— Je n'en sais rien.

Au-dessus d'eux, la pleine lune saignait des torrents écarlates qui semblaient couler vers eux.

— On dirait que la corruption remonte le courant d'énergie spirituelle libéré par l'arbre, fit remarquer Elena.

Méric se tenait près de Nee'lahn. La nyphai serrait son luth contre sa poitrine, le visage levé vers le firmament et l'expression horrifiée. Harlequin et Joach les rejoignirent, l'air inquiet.

Seul le petit Rodricko semblait indifférent au spectacle céleste. Il continuait à chanter pour son arbre, dont les fleurs finissaient de se purger de leur noirceur pour virer au violet profond.

— C'est à cause de ce qu'il fait ? interrogea Er'ril en le désignant du menton. Faut-il l'arrêter ?

Nee'lahn entendit la question.

— Non. Il doit achever le rituel.

— Ça ne peut pas être la faute du petit, renchérit Méric. Le problème vient d'ailleurs.

— Mais d'où ? insista Er'ril.

— Je connais un moyen de le découvrir, dit Elena en saisissant la bandoulière de sa sacoche. Le Journal Sanglant.

Elle sortit l'ouvrage de son sac. La rose embossée dans la couverture de cuir brillait d'une lueur argentée semblable à celle de la lune.

Elena s'apprêtait à ouvrir le Grimoire quand Er'ril posa une main sur celui-ci.

— Le Journal Sanglant est lié à la lune, et voici que la lune saigne. Peut-être devrions-nous réfléchir avant d'ouvrir le chemin du Vide.

Elena le fixa droit dans les yeux.

— Quel que soit le mal à l'œuvre ici, il a un rapport avec la lune. Cho sera peut-être la seule capable de nous fournir des réponses.

Lentement, Er'ril acquiesça.

— Sois prudente.

Depuis que Cho avait possédé Elena durant leur expédition au Gul'gotha, l'homme des plaines se méfiait d'elle. Il craignait que les intérêts d'Elena et d'Alaséa ne soient pas sa priorité : de toute évidence, sa poursuite obsessionnelle de Chi, son jumeau spirituel, prenait le pas sur tout le reste.

Elena pressa la main d'Er'ril, le remerciant silencieusement de s'inquiéter pour elle. L'espace d'une seconde, l'homme des plaines sentit le pouvoir couler sous la peau écarlate de sa paume : une énergie qui lui venait de Cho. Puis Elena rompit le contact et se détourna. Soulevant le livre, elle prit une grande inspiration et ouvrit la couverture de cuir.

Aucun d'eux n'était préparé à l'explosion de lumière qui suivit. Elena bascula en arrière, mais Er'ril la rattrapa. Ce faisant, il aperçut l'intérieur du Grimoire. Celui-ci ne contenait pas de pages blanches, mais une fenêtre vers un autre plan d'existence. Au-delà du Journal Sanglant, des étoiles étincelaient dans des ténèbres couleur d'encre. Des nuages de brume radieuse orbitaient autour d'astres bouillonnant de l'énergie infinie du Vide.

Elena se redressa. Le faisceau de lumière jailli du livre s'éleva très haut dans les airs, puis décrivit une courbe et retomba dans l'allée de la Grande Cour, tout près d'eux. Une silhouette de femme sculptée dans la lumière et l'énergie pure se forma rapidement. Vêtue de pierre de lune scintillante et totalement étrangère à ce monde, elle pivota vers Elena. Des soleils ardents brûlaient dans ses yeux.

— Quelle est cette profanation ? hurla-t-elle.

— Nous l'ignorons, répondit Er'ril sur un ton sévère.

— C'est pour ça que nous t'avons appelée, ajouta Elena.

Cho leva les yeux vers le ciel avant de les baisser vers l'arbre.

— Un pont, dit-elle, fulminant de colère. Un nouveau Pont aux Esprits vient de s'ouvrir.

Le reste des compagnons se rapprocha en silence.

— Un Pont aux Esprits ? répéta Er'ril.

Elena se dégagea de son étreinte.

— Peut-être faudrait-il parler à Fila, suggéra-t-elle, faisant allusion à sa tante défunte.

Er'ril comprit sa requête : le fantôme de Fila était, lui aussi, un pont entre les dimensions.

Cho jeta un nouveau coup d'œil à la lune. Puis, sans même bouger, elle parut fondre sur place. Ses épaules se détendirent, et son mouvement comme elle pivotait de nouveau vers Elena parut plus naturel. L'éclat du Vide avait disparu de ses yeux.

— Mon enfant, dit-elle avec chaleur. Comment te portes-tu ?

— Tante Fila…

La voix d'Elena s'étrangla dans sa gorge. Er'ril posa une main sur son épaule pour la soutenir.

— Qu'arrive-t-il à la lune ?

La silhouette spectrale tourna la tête vers le centre de la cour.

—Cho avait raison. La libération des esprits emprisonnés dans l'arbre a créé un lien temporaire entre ce monde et le Vide. Une connexion interdimensionnelle de la même nature que moi. (Elle reporta son attention sur sa nièce.) Mais, dans ce cas précis, le lien n'est pas ancré comme je le suis à la magie du Journal Sanglant. Lorsque le flot spirituel venu du koa'kona s'interrompra, le pont disparaîtra.

—Et la lune ? interrogea Elena.

Au-dessus d'eux, le disque argenté avait presque entièrement viré à l'écarlate et continuait à faire pleuvoir des traînées sanglantes vers eux.

Tante Fila se rembrunit et fit signe à Elena de lever une main. La teinte de sa Rose était identique à celle de la lune.

—À cause de l'ouverture du pont, l'énergie du Vide se déverse en ce monde.

—Mais pourquoi ? demanda Elena. Je ne comprends pas.

—Moi non plus. Et Cho non plus. Ça ne devrait pas se passer ainsi. Cho est paniquée. C'est comme si quelque chose avait déchiré la trame de sa dimension et fait saigner ses forces vives dans la nôtre.

—Quel danger cela représente-t-il ? voulut savoir Er'ril.

Le fantôme de tante Fila secoua la tête.

—Si cette énergie nous atteint, elle risque de calciner notre monde ou de déformer le tissu de notre existence. (Elle jeta un coup d'œil à l'arbre.) Le pont doit être détruit.

—Mais c'est presque terminé, protesta Nee'lahn en faisant un pas vers l'apparition. Les derniers bourgeons sont en train de changer de couleur.

Er'ril vit qu'elle avait raison. Seule une poignée de fleurs sombres continuaient à darder les rayons ardents de leur cœur vers le ciel. Mais si le sort du monde en dépendait…

La main de l'homme des plaines se crispa sur le manche de sa hache.

—Pouvons-nous bloquer l'énergie du Vide ? demanda Elena, cherchant une autre solution qui préserverait Rodricko.

—Pas sans savoir pourquoi cette rupture s'est produite.

—Mais puisque nous ignorons sa cause, comment pouvons-nous être certain que la destruction du pont permettra d'y remédier ?

Tante Fila fronça les sourcils. Visiblement, la question d'Elena la perturbait.

—Tu as peut-être raison. Il faut d'abord nous en assurer. Je vais consulter Cho.

Elle se détourna.

Elena jeta un coup d'œil à Er'ril. L'homme des plaines lui prit la main sans lâcher sa hache pour autant. Quelques pas plus loin, Méric réconfortait Nee'lahn. Et derrière eux, un petit garçon solitaire chantait pour son arbre.

L'espace d'un instant, alors qu'il contemplait le tableau des protagonistes rassemblés et le flux de pouvoir, Er'ril sentit que ce moment était écrit depuis la création du Journal Sanglant, des siècles plus tôt. Mais quelle direction l'avenir prendrait-il ensuite ?

Après un long silence, tante Fila pivota de nouveau vers sa nièce. Dans ses yeux brûlait de nouveau le feu glacial du Vide : Cho était de retour. Son regard effrayant se posa sur Elena.

— J'ai lu l'éther. De l'énergie se déverse dans le Vide. (Elle désigna l'arbre, puis leva la tête vers la lune sanglante.) Mais quelque chose aspire de l'énergie ici en retour.

Elena fronça les sourcils.

— Aspire en retour ?

Le visage sculptural de l'apparition menaçait de se craqueler. Ses mains spectrales s'agitèrent, tentant de définir quelque chose pour lequel il n'existait pas de mots.

— Il y a deux flux. L'un qui part d'ici et l'autre qui y arrive. Précisément au même endroit. (De nouveau, elle leva les yeux vers la lune.) C'est comme… un échange d'énergie.

— Un contre-courant ? suggéra Er'ril.

Cho pencha la tête sur le côté comme si elle écoutait une voix intérieure.

— Marées… Lune… Contre-courant… Fila comprend. Oui, c'est le mot juste.

Elena secoua la tête.

— Mais pourquoi ? Si l'énergie spirituelle se déverse dans le Vide, qu'est-ce qui peut bien aspirer l'énergie du Vide en retour ?

La silhouette de Cho ondula, et ses traits se brouillèrent. Er'ril connaissait assez bien l'esprit pour déceler les signes de sa rage grandissante.

— Je l'ignore, gronda Cho. Mais je le découvrirai.

— Comment ? insista Elena.

De nouveau, Cho pencha la tête sur le côté – mais, cette fois, comme si la question n'avait pas de sens pour elle, ou que sa réponse était ridiculement évidente.

— Je regagne le Vide, annonça-t-elle.

Et elle se mit à tourbillonner vers le haut.

— Attends ! protesta Elena. Que veux-tu dire ?

Cho pivota à demi vers elle, scintillant entre substance et énergie pure.

— Cette profanation met l'univers en danger… Mon frère, moi, votre monde et le nôtre… Je dois y aller.

Dans un tourbillon de lumière, elle fila vers l'arbre telle une comète en forme de femme. Arrivée à sa hauteur, elle infléchit sa trajectoire à la verticale et fila à travers les branches dans le ciel au-dessus.

— Elle flotte dans la rivière d'esprits, constata Elena, le nez en l'air.

Sous les yeux d'Er'ril, la luminescence de Cho s'étira entre l'arbre et la lune ainsi qu'un cordon scintillant. Celui-ci parut demeurer en suspens une éternité, tremblant et menaçant de se rompre.

Puis, avec un bruit inaudible pour les oreilles humaines mais qui fit vibrer les poils sur les bras d'Er'ril, ce cordon céda – et Cho disparut.

Dans son sillage, elle laissa un silence qui plana dans la cour comme un épais brouillard.

Joach fut le premier à parler.

— Le koa'kona est vidé.

Tous les regards se tournèrent vers l'arbre. Er'ril se rendit compte que le silence de quelques secondes auparavant avait été complet. Rodricko avait cessé de chanter et était tombé à genoux. Er'ril étudia le koa'kona. Chacune de ses fleurs avait viré au violet, piquetant le feuillage vert foncé telle une nuée d'améthystes. Il n'en restait pas une seule de noire.

— C'est fini, annonça Nee'lahn en tremblant de soulagement. Tous les esprits emprisonnés ont été libérés.

— Mais la lune saigne toujours, fit remarquer Harlequin.

Er'ril leva les yeux. En effet, la lune demeurait écarlate, et la déchirure du Vide ouverte. Elena avait vu juste. La disparition du pont n'avait pas remédié au problème.

Soudain, la jeune femme hoqueta derrière Er'ril.

Il se tourna vers elle. Contrairement aux autres, Elena ne fixait pas la lune, mais le Journal Sanglant qu'elle tenait ouvert dans ses mains tremblantes.

— Les pages, marmonna-t-elle en le tendant vers l'homme des plaines.

Er'ril écarquilla des yeux stupéfaits. La lumière des torches éclairait du simple parchemin blanc.

Le Vide avait disparu du Grimoire.

4

Dans les profondeurs du château, Kast enfilait les couloirs d'un pas vif, flanqué par le prince Tyrus. Il avait été appelé d'urgence pendant sa réunion avec les maîtres de quille dre'rendi. Le message de Sy-wen l'informait que frère Ryn avait découvert quelque chose sur l'œuf d'éb'ène, et qu'ils avaient besoin de son aide immédiatement. Tyrus avait également participé à la réunion, car il devait coordonner les déplacements de sa flotte pirate avec ceux des Sanguinaires. S'il avait suivi Kast, c'était à cause de l'homme qui les accompagnait tous deux.

— Tu es sûr de toi, Xin ? demanda Tyrus une nouvelle fois.

Le Zo'ol acquiesça.

— J'ai senti une noirceur, un puits de ténèbres. Une étincelle, comme la flamme d'une chandelle de feu obscur. Et puis elle a disparu. Mais je ne l'ai pas imaginée. C'était bien réel.

Les sourcils froncés, Kast jeta un coup d'œil au shaman.

Le petit homme était torse nu. Une tresse ornée de plumes et de morceaux de coquillages pendait sur une de ses épaules. Sa peau noire luisait dans la pénombre des couloirs, si bien que la cicatrice pâle en forme de soleil levant qui se détachait sur son front semblait exsuder sa propre lumière intérieure. Kast savait que Xin était capable de lire dans le cœur d'autrui ; même à distance, son empathie ouvrait des chemins à ses compagnons.

Tyrus désigna l'escalier qui montait devant eux.

— Nous devons prévenir Elena et Er'ril.

Kast se rembrunit.

— Je vais voir ce que Sy-wen a découvert, et je vous rejoins dans la cour. Ces fameuses ténèbres ont peut-être un rapport avec l'arbre.

Tyrus poursuivit son chemin vers l'escalier en faisant signe à Xin de le suivre. Kast allait prendre la direction opposée – celle de la bibliothèque de l'Édifice – lorsqu'un cri résonna derrière lui. Il pivota juste à temps pour voir le shaman zo'ol s'effondrer. Tyrus et lui se portèrent immédiatement à son secours.

— Qu'y a-t-il ? s'enquit le prince pirate.

Le visage tordu par la douleur, Xin haletait.

— Les ténèbres… de plus en plus fortes… (Il souleva faiblement un bras.) Elles viennent de par là.

Il ne désignait pas l'escalier, mais le couloir dans lequel Kast avait été sur le point de s'engager.

Tyrus planta son regard dans celui du Sanguinaire.

— Tu crois que c'est l'œuf ?

— C'est forcément ça. (À la pensée que Sy-wen était peut-être en danger, le sang de Kast s'embrasa. Il confia le shaman à la garde du prince.) Allez prévenir Elena.

Tyrus acquiesça. Mais Xin secoua la tête comme pour chasser des toiles d'araignée.

— C'est reparti. Mais…

Kast hésita.

— Mais quoi ?

Xin fixa tour à tour les deux autres hommes.

— C'était… quelque chose de familier. Je… je n'arrive pas à le replacer.

— Et moi, je n'ai pas de temps à perdre, répliqua Kast sur un ton tranchant.

Sans plus attendre, il se redressa et s'éloigna. La bibliothèque se trouvait de l'autre côté de l'Édifice, sous la tour de l'observatoire. Si Sy-wen était en danger…

— Sois prudent, lança Tyrus derrière lui.

Kast allongea le pas, puis se mit à courir. Il enfila les couloirs en trombe, faisant des embardées dans les virages, manquant de renverser une servante encombrée par une pile de draps propres. Il ne prit pas le temps de s'excuser. Il gravit une courte volée de marches d'un bond, comme porté par les ailes du dragon tapi en lui. Enfin, les lourdes portes en chêne de la bibliothèque apparurent devant lui.

Kast voulut les ouvrir, mais les battants résistèrent. Fermés à clé. Paniqué par les terreurs que conjurait son imagination, il frappa violemment du poing.

— Sy-wen !

Pas de réponse.

Kast martela de nouveau la porte, cherchant déjà du regard quelque chose avec quoi l'enfoncer.

— Kast ?

La voix de Sy-wen lui parvint à travers les épais battants. Comme il entendait la jeune fille tirer le verrou, les genoux de Kast mollirent de soulagement. La porte s'ouvrit.

— Pourquoi t'acharnes-tu… ? s'étonna Sy-wen. (Puis elle remarqua qu'il était blême et qu'il avait le souffle court.) Qu'est-ce qui ne va pas ?

Kast l'écarta pour entrer dans la bibliothèque et, toujours haletant, promena un regard scrutateur à la ronde.

— Il s'est passé quelque chose ? demanda Sy-wen en refermant la porte derrière lui.

Au bout d'une allée entre les nombreuses rangées d'étagères, plusieurs érudits en robe blanche se massaient autour d'une table devant la cheminée. Tout le personnel de la bibliothèque avait dû être appelé en renfort. Un des hommes tourna la tête vers le nouveau venu et lui fit signe d'approcher – frère Ryn. Kast poussa un énorme soupir de soulagement. Rien ne semblait clocher.

Sy-wen lui toucha l'épaule.

— Kast, dis-moi. Qu'y a-t-il ?

Le Sanguinaire secoua la tête.

— Je… je croyais qu'il était arrivé malheur.

Sy-wen fronça les sourcils et lui emboîta le pas tandis qu'il traversait l'immense salle.

— Pourquoi ?

— Ton message et… quelque chose que le shaman Xin a senti. (Kast attira Sy-wen contre lui et déposa un baiser dans ses cheveux.) Je suis juste content que tu sois indemne.

La jeune fille passa un bras autour de la taille de son compagnon comme ils atteignaient le rassemblement d'érudits.

Frère Ryn fit signe à Kast d'approcher de la table, poussant ses collègues pour faire de la place au robuste Sanguinaire.

— Il faut que vous voyiez ça ! C'est extraordinaire, vraiment, dit-il en remontant ses bésicles sur son nez.

Kast obtempéra, mais il lui fallut l'espace d'une demi-inspiration choquée pour comprendre ce qu'il voyait. Deux bols ovales reposaient sur la table. Chacun d'eux avait des bords dentelés et était sculpté dans de l'éb'ène. Puis le Sanguinaire se rendit compte qu'il ne s'agissait pas de récipients, mais des deux moitiés d'une même coquille.

— Vous l'avez ouvert ! hoqueta-t-il.

— Ça n'a pas été très difficile, dit Sy-wen au niveau de son épaule, le bras toujours passé autour de sa taille. Il n'a fallu qu'un peu de sang.

Elle désigna un des érudits, un jeune acolyte à en juger sa ceinture jaune, qui gisait affaissé contre le mur. Sa robe blanche était toute tachée sur le devant. On lui avait tranché la gorge.

— En fait, plus qu'un petit peu, admit Sy-wen.

Kast eut un mouvement de recul, mais le bras de la jeune fille le retint avec une force incroyable. Il voulut se dégager. D'autres mains le saisirent par-derrière et le maintinrent avec une poigne de fer.

— Que… ? parvint-il à articuler.

Frère Ryn fit un pas vers Sy-wen.

— Un dragon à nos ordres. Tu t'es bien débrouillée, petite.

Alors, Sy-wen lâcha Kast et lui fit face tandis que les érudits continuaient à le tenir.

Frère Ryn leva sa main. Une créature gélatineuse reposait dans sa paume. Ses tentacules ondulaient sur le poignet et le long de l'avant-bras du moine. L'un d'eux se tendit vers Kast en tâtonnant à l'aveuglette. La minuscule bouche qui le terminait s'ouvrit avidement.

Kast blêmit.

— Tu connais ce petit monstre ? interrogea frère Ryn.

Kast en avait entendu parler. Bien des lunes auparavant, ses semblables avaient possédé l'esprit de tout l'équipage d'un bateau pirate en provenance de Port Rawl. Elena et ses alliés en avaient tout juste réchappé vivants.

— Récemment, le maître a procédé à quelques petites améliorations, roucoula frère Ryn. Celui que tu vois appartient à la nouvelle génération.

— C'est le dernier. Nous l'avons gardé pour toi, ajouta Sy-wen.

Kast lutta pour se dégager.

— Mais il reste une centaine d'autres œufs au fond de la mer, reprit frère Ryn. Chacun d'eux abrite une vingtaine de ces merveilleuses créatures.

— Et nous allons les repêcher pour notre maître, se réjouit Sy-wen. Toi et moi.

— Jamais, cracha Kast.

— Tu n'as pas le choix, mon amour. (Sy-wen tendit la main vers la joue de son compagnon et, dans un murmure moqueur, articula :) J'ai besoin de toi.

Greshym fixait la lune sanglante et les flots écarlates qui s'en échappaient.

Dans sa lueur malsaine, des cris s'élevèrent tout autour du lac. Les baigneurs regagnèrent précipitamment la terre ferme. Parmi les arbres, les torches des campements brillèrent plus fort, et la joyeuse musique se tut. Les voiles reprirent la direction de la berge tandis que les célébrants abandonnaient les eaux magiques.

Même Rukh était perturbé par l'apparence de la lune. Le gnome des souches tremblait et gémissait, creusant des sillons dans la boue avec ses griffes et ses sabots.

Greshym leva son bâton d'os pour déterminer s'il était personnellement menacé. Son sort poursuivait sa trajectoire à travers les eaux argentées, continuant à absorber la lumière de lune qui en était prisonnière. À un moment ou à un autre, le mage devrait s'approprier cette énergie. Mais, pour l'instant, il restait juste sur ses gardes.

Au centre du lac, le reflet de la lune brillait plus vivement que le reste de la surface. Même lui était souillé de rouge sombre.

Retenant son souffle, Greshym regarda la tache de sa magie noire se diriger vers ce reflet vicié. Il ne savait pas à quoi s'attendre quand les deux se mélangeraient. Dans ces eaux corrompues, il percevait un immense pouvoir. Les propriétés élémentales du Lac de la Lune lui faisaient absorber jusqu'à l'énergie de cet étrange phénomène.

Tandis que son sort continuait à polluer les eaux argentées et à se rapprocher de la tache rouge, un scintillement spectral s'éleva de la surface du lac – une brume couleur d'azur. Greshym fronça les sourcils. *Qu'est-ce que c'est?*

L'espace d'un instant, la brume tourbillonna comme sous l'effet de vents invisibles. Puis elle se condensa, et une silhouette féminine se forma en son cœur. L'apparition se tenait au centre du reflet de la lune, au milieu de la tache écarlate. Elle pivota lentement sur elle-même, scrutant les berges du lac.

Greshym ne fut pas le seul à la remarquer.

— C'est la Dame du Lac! s'écria quelqu'un.

Des cris de surprise se succédèrent. Des regards se tournèrent vers ce miracle. La panique des célébrants céda la place à de la stupeur émerveillée. Un silence fébrile se fit sur les berges.

C'est vraiment la Dame du Lac? Greshym l'étudia tandis que sa propre magie continuait à se rapprocher des eaux écarlates.

La silhouette spectrale pivota dans sa direction, et, malgré la distance qui les séparait, Greshym sentit son regard se poser sur lui. Un bras se leva lentement, tendant un index accusateur.

Greshym brandit son bâton et le fit tournoyer une fois dans sa main, jetant un sort de bouclier qui englobait aussi Rukh. Il se réjouit d'avoir pris cette précaution: un instant plus tard, sa magie sanglante atteignit le bord de la souillure écarlate, provoquant une aveuglante détonation.

Une tempête de pouvoir souffla dans toutes les directions. À l'intérieur de sa bulle protectrice, Greshym rentra instinctivement la tête dans les épaules. Il regarda l'onde d'énergie déraciner des arbres et les faire chuter les uns à la suite des autres ainsi que des dominos. Un bateau à voile fila au-dessus de lui en culbutant, suivi par un mur d'eau deux fois plus haut que tous les arbres alentour.

Greshym continua à alimenter son bouclier tandis que l'onde ravageuse déferlait sur lui sans le toucher. *Tant de pouvoir…* Il pria pour que sa magie suffise à le protéger jusqu'à ce que le calme revienne.

Puis, à travers le champ de force de sa bulle, il entendit un son à nul autre pareil : le hurlement de vents qui n'avaient pas leur place en ce monde.

Tandis qu'il en cherchait la source, des ténèbres impénétrables s'abattirent sur lui et l'engloutirent. En l'espace d'un battement de cœur, Greshym sentit le monde disparaître.

La terreur lui glaça le sang.

Il avait été projeté dans le Vide.

Elena perçut l'explosion magique quelques instants avant l'arrivée de l'onde de choc. Elle s'arracha à la contemplation des pages blanches du Grimoire et leva les yeux vers la lune. Les flots de corruption écarlates s'étaient soudain figés, comme congelés dans leur chute. Et elle sentait que ce n'était pas une bonne chose, bien au contraire.

— Er'ril, dit-elle sur un ton d'avertissement.

— Oui, qu'y a-t-il ?

Elle ouvrit la bouche pour répondre mais ne trouva pas de mots adéquats. Aussi se contenta-t-elle de tendre un doigt vers le ciel.

La souillure écarlate sur la face de la lune commença à s'assombrir, puis à s'élever telle une bulle remontant de profondeurs impossibles.

— Il faut fuir, chuchota Elena.

Er'ril lui saisit le bras.

— Où ça ? Pourquoi ?

Elena se dégagea brutalement. Elle lui fourra le Journal Sanglant dans les mains et saisit sa dague de sor'cière. D'un geste vif, elle s'entailla profondément une paume, puis l'autre. Elle n'éprouvait pas de douleur, juste une panique grandissante.

Er'ril fit disparaître le Grimoire sous sa cape et tendit un bras vers la jeune femme.

— Elena…

Celle-ci l'ignora et leva les deux mains. Mais elle savait qu'il était déjà trop tard.

Sans le moindre son, la bulle rouge foncé explosa. Grâce à sa vision enchantée, Elena vit une décharge flamboyante s'abattre vers les compagnons en suivant le sillage d'énergie spirituelle qui s'était échappée du koa'kona.

— Courez ! s'époumona-t-elle.

Avant que quiconque puisse faire un pas, l'onde de choc frappa la Grande Cour tel un océan dont on aurait vidé le contenu sur l'Édifice.

Elena projeta la magie de ses deux mains, mais l'énergie venue d'en haut étouffa son pouvoir et la balaya tel un fétu de paille. Le monde disparut autour d'elle. Des ténèbres insondables l'engloutirent.

Puis, avant qu'une seule pensée ait le temps de se former dans son esprit abasourdi, une minuscule étincelle troua l'obscurité, éclatant soudain en un réseau de fils scintillants. Cette toile lumineuse se propagea autour et au travers même d'Elena. L'esprit de la jeune femme se propagea le long de sa myriade de filaments. Elle reconnut ce phénomène. Elle en faisait l'expérience chaque fois qu'elle touchait sa magie dans ses profondeurs les plus intimes.

C'était la toile de la vie, le réseau infini de connexions qui reliait entre elles toutes les choses du monde. Des voix emplirent l'esprit d'Elena. Des images se succédèrent à toute vitesse. Des désirs, des sensations, des rêves qui n'étaient pas les siens la submergèrent. La jeune femme lutta pour se maintenir à flot, pour ne pas se perdre dans ce grouillement étincelant.

Et elle échoua.

Elena dégringola vers le milieu de la toile, l'étincelle au centre du maelström. Elle n'avait pas de point d'ancrage. Tout en tombant, elle sentit une présence supérieure emplir sa tête, quelque chose qui était la vie et qui, en même temps, ne l'était pas.

Brusquement, elle comprit qu'elle n'était pas seule en ce lieu. Quelque chose existait au cœur de cet enchevêtrement de liens. Elena sentit son attention se tourner lentement vers elle.

L'entité était immense, immuable et éternelle. C'était l'araignée de cette toile, la tisseuse. Elena savait qu'elle ne survivrait pas à son regard. Elle lutta pour se dégager.

Soudain, des mains la saisirent et l'entraînèrent au loin. Des mots se formèrent dans sa tête. *Tu ne dois pas aller là-bas !*

Le soulagement envahit Elena. C'était Cho.

Puis la jeune femme se sentit projetée avec la force d'un millier de soleils. La douleur la foudroya.

Tu ne dois jamais aller là-bas !

Tyrus atteignit la porte qui donnait sur la Grande Cour au moment où la détonation retentissait. L'explosion le fit tomber à genoux. Le château tout entier trembla. Face à lui, l'épais battant de ferréol frissonna et se fendit.

— Douce Mère ! hoqueta Tyrus.

La foudre avait-elle frappé de l'autre côté du seuil ? Secouant la tête pour se déboucher les oreilles, il saisit la poignée de la porte et poussa un cri de surprise autant que de douleur. Le métal était si froid qu'il brûlait, et que sa main y avait adhéré instantanément. Tyrus la retira d'un geste vif, non sans laisser un bon morceau de peau sur le métal.

Xin se tenait juste derrière lui.

— Il s'est passé quelque chose.

— J'avais remarqué, aboya Tyrus.

Il enveloppa sa main blessée dans sa cape et saisit de nouveau la poignée, mais la porte refusa de s'ouvrir. Grondant sa frustration, il donna des coups de pied dans le battant et réussit à forcer le passage à travers la couche de glace qui s'était formée dans les interstices du chambranle.

Au-delà, les jardins de la Grande Cour paraissaient intacts. Il n'y avait pas la moindre trace de brûlure sur le sol, pas le moindre signe de tempête dans le ciel. Comme Tyrus pivotait en regardant autour de lui, le bord de sa cape effleura une rose blanche. Celle-ci tomba instantanément en poussière de cristal.

Choqué, Tyrus fixa le massif.

Xin tendit la main vers la branche d'un cornouiller en fleurs. À son contact, cette dernière se rompit et s'écrasa sur le sol, où elle se brisa en mille morceaux avec un léger tintement.

— Toutes les plantes ont gelé, souffla Tyrus.

Dans la lumière de la pleine lune, les jardins brillaient d'un éclat peu naturel. Chacune de leurs surfaces était recouverte de glace – morte.

Un mouvement attira l'œil du prince. Une petite silhouette rampa hors de l'abri offert par les branches du koa'kona : le jeune Rodricko. Il se redressa et tendit la main vers une fleur violette comme pour la réconforter. Ses pétales demeuraient souples, épargnés par le gel. L'arbre émettait une douce lueur, une radiance qui émanait de ses centaines de bourgeons ouverts. À l'exception de l'enfant, c'était la seule chose vivante dans la cour.

— Où sont les autres ? demanda Xin derrière Tyrus.

Le prince secoua la tête. Il n'en avait pas la moindre idée.

Les jardins étaient déserts.

Kast fut le premier à réagir après l'explosion qui ébranla tout le château.

Profitant de la confusion qui avait momentanément paralysé les érudits, il plongea et parvint à se dégager. Frère Ryn trébucha en avant, mais sans lâcher la masse de tentacules gélatineux qu'il tenait dans sa main. Avec un rugissement, Kast empoigna le bord de la table et souleva celle-ci avec toute la force que lui inspiraient sa douleur et sa colère. Le lourd meuble de chêne vola dans les airs, renversant les moines au passage avant de s'écraser contre la cheminée. Des charbons ardents s'éparpillèrent, et les deux morceaux de la coquille d'éb'ène tombèrent sur le sol.

Des doigts agrippèrent la manche du Sanguinaire. Il fit volte-face. C'était Sy-wen.

— Kast, haleta-t-elle.

La mer'ai semblait redevenue elle-même.

— Sy-wen ?

Elle le fixa de ses grands yeux effrayés.

Le poing de Kast s'écrasa sur sa figure. Il sentit son nez se briser sous ses phalanges. Sans hésiter, il la saisit par le poignet et la jeta sur son épaule.

— Attrapez-le ! glapit frère Ryn.

Kast pivota avec tout l'équilibre d'un homme qui a passé sa vie sur le pont instable d'un navire. La frêle silhouette de Sy-wen ne l'encombrait guère. Il s'élança vers la porte. Ici, les adversaires à combattre étaient trop nombreux, et les créatures démoniaques qui les possédaient leur prêtaient trop de force. Il allait rassembler d'autres défenseurs, puis revenir purger la bibliothèque de cette corruption.

En atteignant la porte, Kast eut une idée. De l'épaule, il poussa l'étagère la plus proche. Le grand meuble de bois vacilla. Il était plein à craquer de volumes reliés et de rouleaux de parchemin.

Les poursuivants de Kast étaient presque sur lui.

Avec un grondement de fureur, le Sanguinaire s'arc-bouta et poussa de plus belle. Sy-wen se tortilla sur son autre épaule, mais, cette fois, l'étagère bascula en avant et s'écrasa sur la suivante, qu'elle fit renversa à son tour. L'un après l'autre, les rayonnages de la bibliothèque s'écroulèrent dans un nuage de poussière et une avalanche de textes antiques.

Kast bondit dans le couloir mais ne fit pas plus de quatre pas. Il laissa tomber Sy-wen par terre, puis empoigna une torche et une lampe posée sur une console.

Faisant demi-tour, il projeta la lampe vers le premier de ses poursuivants, qu'il atteignit en pleine poitrine. Le verre se brisa, et l'huile éclaboussa la robe de l'homme. De ses bras tendus, Kast lui donna une bourrade pour le repousser à l'intérieur de la bibliothèque. Puis il approcha la torche de sa robe.

— Désolé, mon frère.

Le tissu imprégné d'huile s'enflamma aussitôt. D'un coup de pied, Kast propulsa l'homme hurlant dans une pile de bois vermoulu et d'ouvrages poussiéreux – du combustible qui ne demandait qu'à brûler. Les flammes bondirent vers le plafond avec un rugissement affamé. Kast recula précipitamment, lança sa torche à l'intérieur de la pièce, puis tourna les talons et ressortit en courant.

Il claqua la lourde porte et la bloqua en coinçant sa dague entre battant et chambranle avant d'attacher la poignée à l'aide de sa ceinture. Alors qu'il s'affairait, il entendit des hurlements à l'intérieur. Quelqu'un martela la porte de ses poings. La bibliothèque ne comportait pas d'autre issue, à l'exception d'un escalier en colimaçon qui montait jusqu'à l'observatoire, et une chute mortelle attendait quiconque tenterait de s'enfuir par là.

Kast se détourna des cris de douleur et de rage. Il devait aller chercher de l'aide pour s'assurer que ce nid soit bien éradiqué. Il se hâta de retourner à l'endroit où il avait laissé Sy-wen.

Comme il avait utilisé la torche pour allumer le feu, le couloir était plongé dans une pénombre épaisse. Mais Kast y voyait encore assez pour constater que qu'il n'y avait plus personne.

Il scruta le passage sombre et désert.

— Sy-wen…

Greshym s'efforçait vainement de percer du regard le Vide qui l'entourait. Où était-il ? Un instant, il aperçut un trait de lumière très loin dans l'obscurité, un bref éclair couleur d'azur. Puis plus rien.

Il continua à alimenter son sort de protection, consommant les derniers vestiges de l'énergie contenue dans son bâton d'os. Le désespoir l'imprégnait jusqu'à la moelle. Derrière lui, Rukh gémissait toujours. Le gnome des souches sentait-il que sa fin était proche ?

Résigné, Greshym baissa son bâton. Du moins avait-il goûté de nouveau l'élixir de la jeunesse – même s'il n'avait eu le temps d'en boire qu'une petite gorgée.

Puis, telle une bulle qui éclate, le Vide s'évanouit, et le monde réapparut autour de Greshym. Le brusque retour de la lumière et de la matière le fit tomber à genoux. Rukh enfouit son museau dans la boue en ululant. Il lui donna un coup de coude.

— Silence, chien !

Mais son ordre ne contenait nul venin. Il était trop choqué par la vision qui s'offrait à lui.

Greshym et son serviteur se trouvaient de nouveau sur la berge du Lac de la Lune, mais devant eux ne béait plus qu'une cuvette vide. Alentour, en revanche, le paysage était une ruine détrempée. Une forêt renversée s'étendait aussi loin que portait le regard. Une lune vivace planait au-dessus de cette dévastation, sourde et aveugle aux ravages de la terre.

La nuit était étrangement silencieuse : pas de voix, pas de cris, pas même de chants d'oiseaux. Greshym tendit l'oreille, guettant des signes d'autres survivants. Rien.

Il regarda autour de lui. Ce fut alors qu'un scintillement ramena son attention vers le centre du lac. Quelques flaques s'attardaient dans des creux de la cuvette sablonneuse ; au début, Greshym crut que c'était simplement le reflet de la lune à la surface de l'une d'elles. Mais le trait de lumière grandit, pareil à un rayon de soleil perçant entre deux nuages orageux : une lance de clair de lune reliant le lac au ciel.

— Qu'est-ce que c'est ? murmura Greshym, une main en visière pour se protéger contre sa brillance.

Il sentait le flux de magie qui palpitait au cœur du faisceau aveuglant. Il leva son bâton creux. Si seulement il pouvait puiser à cette source d'énergie…

Greshym fit un pas vers le lac. Avant qu'il puisse en faire un second, le faisceau de lumière explosa en une nuée de fragments que le souffle envoya se planter dans la boue sablonneuse.

De la glace ? Greshym en toucha un avec le bout de son bâton. L'énergie qui lui répondit était de nature lunaire. Autrement dit, ces éclats étaient des morceaux de lac gelés. Greshym aspira dans la moelle de son instrument la petite quantité de magie qui gisait à ses pieds. Puis il balaya du regard les milliers d'autres fragments et sourit. Ce n'était pas autant de pouvoir qu'il l'avait espéré, mais ça lui suffirait pour le moment.

Tandis qu'il scrutait les profondeurs de la cuvette vide, il vit des silhouettes émerger de la boue et du sable au centre de celle-ci. Méfiant, il fit un pas en arrière. Des exclamations choquées et désorientées parvinrent à ses oreilles.

— Où sommes-nous ? demanda faiblement quelqu'un.

— Je ne sais pas, répondit un homme avec plus de force.

Un homme dont la voix était familière à Greshym.

— Impossible, chuchota le mage en se baissant pour ne pas être vu.

Il utilisa le peu de magie contenue dans son bâton pour affûter sa vision et son ouïe. Les silhouettes dégoulinantes de boue se rassemblèrent au centre du lac. Il réprima un grognement. La chance n'était décidément pas de son côté cette nuit.

Er'ril pataugea dans la boue pour rejoindre Elena. À chacun de ses pas, la vase sablonneuse menaçait de lui arracher ses bottes.

— J'ignore où nous sommes, mais, d'après la position des étoiles, assez loin de Val'loa.

Elena, qui jusque-là avait observé ses mains redevenues blanches et pâles, leva les yeux vers le ciel.

— Oui, mais où exactement ?

— Quelque part dans les forêts des Contrées du Couchant, répondit Nee'lahn.

Par-dessus son épaule, Er'ril jeta un coup d'œil à la nyphai. Méric et un des gardes du château l'aidaient à se relever.

Harlequin Quail restait assis dans la boue, l'air exaspéré.

— Les Contrées du Couchant... Merveilleux, grinça-t-il.

— Tu en es sûre ? demanda Joach à la nyphai tandis que l'autre garde le remettait debout.

Il s'appuya sur son bâton, grimaçant de dégoût à la vue de la vase qui lui montait jusqu'aux chevilles.

Nee'lahn balaya du regard la forêt abattue.

— J'entends la chanson sylvestre au-delà de l'horizon. (Ses doigts essuyaient machinalement son luth.) Mais, ici, les arbres sont morts.

— Nous le voyons tous, acquiesça Méric.

— Non, vous ne comprenez pas. (La voix de Nee'lahn se brisa.) Ils ne sont pas seulement morts – ils sont privés de vie. Tout comme la terre sur laquelle ils sont tombés. (Elle se tourna vers les autres.) Vous ne le sentez pas ?

Er'ril scruta le paysage ravagé. De fait, il lui semblait étrangement calme.

— Même les arbres morts font partie du cycle des racines, expliqua Nee'lahn. En se décomposant, ils restituent leur énergie et leur magie à la terre qui les entoure. Mais, ici, la terre est vide. Quelque phénomène qui ait dévasté cette région, il a détruit la magie élémentale qui habitait les arbres et le sol.

Personne ne fit de commentaire, mais le silence et la pénombre de la forêt alentour parurent s'épaissir, devenir plus sinistres.

Finalement, Harlequin s'arracha à la boue avec un bruit de succion.

— Mais comment sommes-nous arrivés ici, et comment pouvons-nous retourner où nous étions ?

— C'est Cho, soupira Elena. Je l'ai sentie quand l'onde magique a frappé la cour. Nous avons dû être aspirés le long du pont, d'un sort à un autre.

— Que veux-tu dire ? demanda Er'ril.

— Cho a parlé de deux flux opposés liés à la pleine lune. (Elena tendit un doigt vers l'orbe qui avait entamé sa descente vers l'horizon.) Un Pont aux Esprits qui montait vers elle, et une force mystérieuse qui aspirait son énergie vers le bas... vers cet endroit précis, j'imagine. (Elle balaya du regard le paysage désolé.) Nous avons été entraînés par le contrecoup de l'explosion, montant d'abord le long du Pont aux Esprits avant de redescendre jusqu'ici, comme du bois flotté emporté par le courant.

—Pas tous. (Effrayé, Méric baissa la voix en se tournant vers Nee'lahn.) Rodricko...

La nyphai secoua la tête.

—N'aie crainte. Je le regardais au moment où la vague a frappé. Les branches du koa'kona le protégeaient. Il avait fini sa chanson. Il était lié à l'arbre, et aussi fermement enraciné que lui dans la cour.

—Alors, il est indemne? demanda Méric avec un soulagement visible.

L'expression de Nee'lahn se durcit.

—C'est ce que je veux croire. S'il en allait autrement, je suis sûre que je le sentirais.

Er'ril soupira.

—Nous ferions mieux de trouver un abri, d'allumer un feu et d'enlever ces vêtements trempés. Puis nous chercherons un moyen de rentrer chez nous.

Près de lui, Joach frissonnait.

—Un feu, c'est une bonne idée, approuva-t-il. Une fois reposé, je tenterai de contacter Xin par l'intermédiaire de ma perle noire.

Il tapota sa poche.

Er'ril acquiesça. Il savait que, grâce à un échange de noms et de présents, Joach et le shaman zo'ol avaient tissé un lien qui leur permettait de communiquer par-delà de vastes distances. Aussi vastes que celle qui les séparait désormais de Val'loa? Cette question resterait en suspens jusqu'au lendemain. Pour l'instant, leur priorité consistait à dresser un camp sécurisé.

Ils se dirigèrent vers la forêt, contournant les flaques boueuses. Er'ril envoya les gardes en éclaireurs pour reconnaître le terrain et secourir d'éventuels survivants. Il inventoria mentalement les armes dont le groupe disposait. Méric et lui avaient leur épée. Joach avait son bâton, mais avait-il la force de le manier?

Les sourcils froncés, Er'ril se dirigea vers Elena, qui conversait à voix basse avec Harlequin. Le petit homme parlait en agitant les mains et en faisant tinter ses grelots. Quoi qu'il puisse raconter, il avait réussi à faire apparaître un sourire sur les lèvres d'Elena. Pour cette petite bénédiction, Er'ril l'aurait volontiers embrassé.

Au lieu de ça, il entraîna Elena à l'écart.

—Qu'y a-t-il? demanda la jeune femme.

Er'ril prit ses mains dans les siennes, et sa gorge se serra. C'était rare qu'Elena ne soit pas imprégnée de la magie de la Rose et obligée de porter ses gants en peau. Il avait presque oublié la douceur de sa peau, la tiédeur de ses paumes.

— Er'ril ?

Il planta son regard dans celui de la jeune femme.

— Nous ignorons quels dangers nous guettent ici. Mieux vaut que tu régénères ton feu glacial pendant que la lune est encore visible.

Le sourire d'Elena s'estompa, et ses épaules parurent s'affaisser.

— Évidemment.

Elle se dégagea et fit un pas sur le côté. Er'ril fit un geste pour la retenir mais se ravisa. Il était certains chemins sur lesquels il ne pouvait pas la suivre.

Elena leva sa main gauche vers la lune. Ses paupières se fermèrent à demi comme elle appelait la magie à elle.

Er'ril ne regardait que le visage de sa bien-aimée. Le clair de lune la changeait en une statue d'argent et d'ombres. Au bout d'un moment, il la vit pincer les lèvres et froncer les sourcils. Elle baissa le bras et se tourna vers lui, lui présentant sa main toujours blanche et pâle.

— Ça… ça ne marche pas.

Er'ril la rejoignit.

— Tu en es sûre ? Tu as fait comme il faut ?

Elena lui jeta un regard exaspéré, puis leva les yeux vers le ciel.

— Qu'est-ce qui peut bien clocher ? s'interrogea Er'ril à voix haute.

La jeune femme se laissa aller contre lui.

— Je n'en ai aucune idée. Peut-être a-t-on déjà trop abusé de la magie de la lune cette nuit. Ou peut-être est-ce parce que Cho a disparu. C'est son pouvoir qui me remplit.

— Nous trouverons la réponse, lui assura Er'ril. Si le problème vient de la lune, nous le saurons dès demain matin : à l'aube, tu pourras régénérer ton feu sor'cier.

Elena baissa la voix.

— Et si ça ne marche pas non plus ?

Er'ril entendit la peur dans sa voix, mais aussi une pointe de soulagement. Il la serra plus fort. Comme la douceur de sa peau, il oubliait parfois la lourdeur du fardeau qui pesait sur ses épaules. Alors, il l'enveloppa de sa chaleur sans rien dire. Il était toujours son homme-lige, mais, dans des moments comme celui-là, il pouvait aussi être son époux.

Ils restèrent enlacés assez longtemps pour se faire distancer par le reste du groupe.

Finalement, Elena glissa une main sous la cape d'Er'ril et sortit le Journal Sanglant de la poche intérieure dans laquelle l'homme des plaines l'avait rangé. Elle fit courir ses doigts pâles sur la couverture. La rose embossée brillait toujours faiblement avec l'éclat de la lune. Elena prit une inspiration tremblante.

— Si le problème ne vient pas de la lune, nous devrons nous mettre à la recherche de Cho. Nous ne gagnerons pas cette guerre sans son pouvoir.

Er'ril se contenta d'opiner.

Elena ouvrit le Journal Sanglant. Un petit cri lui échappa. Elle tendit le Grimoire à Er'ril qui vit qu'une fois de plus, les pages ouvraient sur un monde obscur balafré de traînées de gaz écarlate ou azur et d'étoiles massées trop près les unes des autres.

Le Vide était revenu.

Elena promena un regard inquisiteur autour d'elle. Mais il n'y eut ni éclair ni tourbillon de lumière. Tandis qu'Er'ril et elle attendaient, la jeune femme fit la moue et secoua légèrement le grimoire, comme si elle pouvait faire tomber l'esprit de ses pages.

Les sourcils froncés, elle se tourna vers Er'ril.

— Où est Cho ?

Accroupi au bord du Lac de la Lune, les oreilles et les yeux grands ouverts, Greshym espionnait ceux qui pataugeaient dans le fond de la cuvette boueuse. Il avait tout entendu.

Ainsi, la sor'cière a perdu son pouvoir…

Il grimaça. Shorkan et le maître de Noircastel pourraient bien lui pardonner ses incartades passées s'il leur livrait Elena Morin'stal. Néanmoins, sa capture présentait beaucoup de risques. D'autant que lui-même ne disposait que d'une quantité minuscule de magie.

Greshym se concentra sur la silhouette voûtée qui se traînait avec l'aide du prince el'phe et de la nyphai. *Joach…* Ce gamin empestait la magie, tout comme le bâton familier sur lequel il s'appuyait.

— Si je pouvais reprendre ce qui m'appartenait autrefois…, chuchota Greshym sans savoir exactement s'il parlait de l'artefact ou du jeune homme lui-même.

Il lui faudrait du temps pour planifier son intervention, mais la manœuvre initiale devait être effectuée rapidement. Greshym n'osait pas laisser passer cette occasion.

Il se pencha sur le côté et aboya quelques ordres à Rukh. Le gnome des souches se prosterna, puis recula parmi la végétation déracinée et disparut. Alors, Greshym reporta son attention sur le groupe et réfléchit à son mouvement suivant. Il était si concentré qu'il ne remarqua pas que quelqu'un l'espionnait et s'approchait de lui en silence.

Le mage noir était toujours accroupi quand les poils de ses bras et de sa nuque se hérissèrent brusquement. Il pivota à l'instant où une lumière éblouissante éclatait derrière lui, pareille à une torche qui trahit sa position et le rendit visible à plusieurs lieues à la ronde.

Greshym poussa un cri et leva un bras pour se protéger les yeux.

La lumière dessinait la silhouette d'une femme au visage rayonnant d'une colère glaciale : la Dame du Lac.

Sa voix grondante résonna comme un coup de tonnerre, aussi assourdissante que son éclat était aveuglant.

— Tu es découvert ! Tu seras jugé !

Greshym se recroquevilla sur lui-même et leva son bâton vide. Il savait que ce serait une arme insuffisante contre son adversaire. Un feu étrange brûlait dans les yeux vides de celle-ci.

Son identité fut confirmée par le cri de la sor'cière dans le lointain.

— Cho !

LIVRE DEUX

RETOUR AU FOYER

5

Tol'chuk se tenait accroupi sous la pluie tel un rocher dans la tempête, l'eau dégoulinant sur ses traits abrupts. Il s'était perché sur un promontoire de granit depuis lequel il jouissait d'une vue dégagée sur la vallée en contrebas et les hautes terres qui s'étendaient plus loin, à demi dissimulées par de gros nuages et d'épais rideaux de pluie. L'aube se levait, mais difficile de dire où s'achevait la nuit et où commençait le jour : depuis trois jours, les compagnons n'avaient vu ni la lune ni le soleil, juste un ciel d'ardoise et une lumière falote.

— Cette région est atrocement humide, lança une voix derrière Tol'chuk.

L'og're n'eut pas besoin de se retourner pour reconnaître Magnam au ton sarcastique de sa voix.

— Ici, c'est la saison estivale des pluies, expliqua-t-il. D'ici au milieu de l'été, la sécheresse s'installera jusqu'au début des tempêtes d'hiver.

— Quel climat délicieux. Si j'avais une tendre épouse et de joyeux bambins, je les amènerais ici en vacances.

— Tu aurais pu partir avec Wennar et les autres.

Magnam émit un bruit grossier et sortit de sa poche une pipe qu'il agita comme pour rejeter cette idée.

— Je ne suis pas un guerrier. Juste un cuisinier de campagne. Je me suis dit qu'il valait mieux t'accompagner dans tes fameuses contrées natales. (Il se hissa sur la pierre glissante et détailla les hautes terres floutées par la pluie.) Ouais, c'est un sacré territoire que vous occupez là.

Tol'chuk lui jeta un coup d'œil.

— Au moins, on ne marche pas sur de l'herbefeu tous les cinq pas, et on ne risque pas de tomber dans des soufrières, répliqua-t-il, faisant allusion aux contrées n'aines du Gul'gotha – un endroit ravagé, infernal.

Mais quand il vit l'expression blessée de Magnam, il regretta ses paroles.

Son ami ne dit rien pendant un long moment.

Le moral de tous les compagnons avait été mis à rude épreuve ces dernières lunes, d'où une multiplication des disputes et des silences rancuniers. Le vol avait pris plus longtemps que prévu. Obligé de se colleter avec un temps orageux, le capitaine el'phe Jerrick se fatiguait vite – et ce, d'autant qu'un mal grandissant sapait ses capacités élémentales. Il était forcé de se poser fréquemment, et, chaque fois, il lui fallait un peu plus de temps pour récupérer. Sur la fin, chacune de ses pauses durait plusieurs jours. Seuls les toniques de Mama Freda avaient permis au navire aérien d'atteindre les montagnes au début de l'été.

Magnam rentra la tête dans les épaules pour se protéger contre le vent humide et tenta d'allumer sa pipe avec un charbon ardent partiellement enveloppé d'un tissu. Il finit par renoncer et par jeter le charbon dans le vide avec un gros soupir.

—Au moins, nous sommes enfin arrivés. (Tendant la main, il tapota le genou plié de Tol'chuk.) Bienvenue chez toi.

L'og're fixa l'autre côté de la vallée. Le Grand Croc du Nord se dressait à l'horizon, le haut de ses pentes blanchi par une croûte de neige éternelle. Même les nuages orageux ne parvenaient pas à dissimuler la majesté du pic qui surplombait le reste de la cordillère. Seul son jumeau, le lointain Grand Croc du Sud, pouvait rivaliser avec lui en hauteur.

Plissant ses yeux ambrés, Tol'chuk tenta de percer le brouillard pour distinguer ses terres natales. En vain. Au-delà de la vallée suivante s'étendait le cœur du territoire des og'res – son peuple. Pourquoi la peur lui serrait-elle le cœur à cette pensée ?

Il porta une main à la sacoche fixée sur sa cuisse. Le cuir était gonflé par son trésor : un morceau de sanguine plus gros que la tête d'une chèvre, le nexus spirituel de sa tribu. Tol'chuk avait réussi à lever la malédiction qui pesait sur le cristal sacré, rendant à celui-ci sa beauté et son pouvoir originels. Pour achever sa mission, il devait maintenant le restituer aux anciens de sa tribu, les trois og'res qui composaient la Triade. Alors pourquoi, après un si long voyage, avait-il juste envie de fuir très loin d'ici ?

Magnam parut sentir sa détresse.

—Rentrer chez soi, ce n'est pas toujours facile.

Tol'chuk garda le silence encore quelques instants.

—Ce n'est pas seulement le fait de rentrer chez moi qui me préoccupe.

—Quoi, alors ?

Il secoua la tête. Quand il était parti, il n'était qu'un meurtrier, un paria, le dernier descendant du Parjure. Aujourd'hui, il revenait avec un cristal purifié, mais son propre cœur était plus lourd que jamais. Il devrait affronter la Triade et lui révéler que son ancêtre maudit vivait toujours.

Car le Parjure était devenu le Seigneur Noir, ravageur des contrées d'Alaséa. Certains le surnommaient Bête Noire ou Cœur Noir. Pour les n'ains, il était l'Innommable. Apparemment, ses méfaits n'avaient épargné aucun peuple.

Tel était le fardeau que Tol'chuk portait en son cœur. Pourtant, il ne pouvait se soustraire à son devoir. Il troquerait sa honte contre des informations supplémentaires sur son ancêtre et sur le lien existant entre sanguine et éb'ène.

—Je dois le faire, chuchota-t-il au Croc du Nord.

Le craquement d'une brindille annonça qu'une seconde personne venait interrompre ses réflexions matinales. Un petit homme pareil à une souris détrempée émergea des branches lourdes de pluie. Ses cheveux d'un brun terne, dégoulinants, étaient plaqués sur son visage qu'ils dissimulaient à moitié. Il s'avança nu sur le promontoire de granit, sans manifester la moindre gêne pour son absence de vêtements. D'une démarche gracieuse, il rejoignit Tol'chuk et Magnam.

—Le soleil est levé, dit-il.

—Fardale ? interrogea Magnam.

Le nouveau venu acquiesça. Même s'il portait l'apparence de son frère Mogweed, de toute évidence, il s'agissait bien de Fardale. Jadis identiques, les jumeaux se partageaient désormais un seul corps : Mogweed l'occupait durant la nuit et Fardale pendant la journée. L'unique avantage de cette étrange situation, c'est qu'ils avaient récupéré leurs capacités de métamorphes.

—Je pars reconnaître la route, annonça Fardale.

Les yeux plissés, il étudia les hautes terres, penchant la tête sur le côté et levant le nez pour humer les rafales orageuses.

Puis, dans un spasme qui fit frissonner tout son corps, il tomba à quatre pattes. Ses bras et ses jambes se tordirent comme s'ils ne contenaient pas d'os avant de se figer dans une nouvelle forme pour soutenir son poids. Simultanément, sa peau nue ondula et se couvrit d'une épaisse fourrure noire. Un grondement animal monta de sa gorge. Il rejeta la tête en arrière tandis que le bas de son visage s'allongeait et se changeait en un museau garni de crocs redoutables. Bientôt, Fardale l'homme disparut, remplacé par un énorme loup sylvain. Un seul de ses traits demeura identique : ses yeux ambrés qui brillaient dans la lueur grisâtre de l'aube.

Tol'chuk avait les mêmes yeux, hérités de sa mère qui était une si'lura comme Fardale et Mogweed. Alors que son regard croisait celui du loup, des images défilèrent dans son esprit. Contrairement aux jumeaux, il était incapable de se métamorphoser, mais il pouvait communiquer mentalement avec les si'lura.

Une route dégagée, obscure dans le lointain... Un loup solitaire qui s'avance, le museau reniflant le sol.

Tol'chuk acquiesça pour montrer qu'il avait compris.

Telle une ombre filante, le loup disparut dans les bois. Une fois de plus, Fardale leur ouvrirait la voie en reconnaissant le terrain.

— Il pourrait changer un peu, de temps en temps, grommela Magnam. Le loup, ça finit par lasser à la longue. Pourquoi pas un blaireau ?

Tol'chuk lui jeta un coup d'œil dubitatif.

— Un gros blaireau féroce. (Magnam rempocha sa pipe.) En tout cas, j'aimerais bien voir ça.

Avec une moue désapprobatrice, Tol'chuk se redressa.

— Ne juge pas Fardale. Le loup est une forme qu'il connaît. (Il fixa l'endroit où le si'lura avait disparu.) Je pense qu'elle lui procure une certaine... sérénité.

Magnam haussa les épaules.

— Je réagirais sûrement comme lui si j'étais forcé de partager mon corps avec quelqu'un d'autre... surtout son frère.

Le n'ain secoua la tête.

— Le fardeau de Mogweed n'est pas moins lourd.

— Pas d'accord. Il n'est pas obligé de s'écouter geindre nuit après nuit.

Tol'chuk redescendit du rocher de granit. Il n'avait pas la patience d'expliquer pourquoi Mogweed était aussi irascible – sans compter qu'il n'était pas certain de le savoir. Au lieu de ça, il tendit un doigt vers la forêt.

— Il faut aider les autres à lever le camp.

Ensemble, Magnam et lui s'enfoncèrent entre les arbres.

Au-dessus de leur tête, les aiguilles de pin gouttaient. À peine avaient-ils fait quelques pas qu'ils aperçurent une vive lumière devant eux. Ils laissèrent son éclat les guider jusqu'à une saillie rocheuse sous laquelle un feu crépitait encore joyeusement, de manière plutôt incongrue dans le brouillard humide et maussade. Magnam rejoignit les autres membres de leur petit groupe – le capitaine el'phe Jerrick et la guérisseuse aveugle Mama Freda – pour les aider à rempaqueter les couvertures et les gamelles.

Ils avaient abandonné le plus gros de leurs provisions à bord du navire aérien, laissé en sécurité dans une lande paisible à une journée de marche de là. Par ce temps orageux, ils n'avaient pas osé s'en remettre au vent pour approcher davantage de leur destination. En outre, Tol'chuk craignait la réaction de ses frères de tribu s'ils voyaient cet étrange vaisseau se poser sur leur territoire. Les og're avaient tendance à attaquer d'abord et à poser des questions ensuite. La prudence commandait donc aux compagnons de couvrir les dernières lieues à pied.

Tol'chuk regarda les autres lever le camp et secoua la tête.

— J'aurais préféré que vous restiez à bord.

Il craignait d'introduire fût-ce un si petit groupe d'étrangers parmi les siens. Fardale sous sa forme de loup, passe encore. Mais amener un n'ain, une vieille femme et un el'phe en territoire og're, c'était risquer leur vie à tous.

— Rester à bord ? (Mama Freda se redressa, tenant le petit paquetage qui contenait ses herbes et ses élixirs.) Le sort d'Alaséa dépend peut-être de ce que nous allons découvrir ici. Et puis, ces landes ne sont pas plus sûres que le territoire de ta tribu.

Tol'chuk ne pouvait pas prétendre le contraire. Durant le vol aller, les compagnons avaient aperçu des villages entièrement rasés en contrebas, et ils avaient entendu des rumeurs selon lesquelles de monstrueux prédateurs rôderaient la nuit dans la région. Lorsqu'ils avaient atteint les contreforts des montagnes, plusieurs bandes de villageois armés les avaient empêchés d'approcher de sites infestés par des épidémies et mis en quarantaine.

Puis, une nuit, le navire aérien avait survolé une ville en flammes. Une colonne éclairée par des torches s'en éloignait telle une colonie de fourmis de feu. Jerrick l'avait observée à travers sa longue-vue.

— Ce ne sont pas des hommes, avait-il conclu en baissant son instrument.

Après s'être posés, les compagnons avaient décidé de poursuivre leur route ensemble. Peu de gens oseraient s'en prendre à un groupe qui comptait un og're dans ses rangs.

À l'aide d'une pelle, Jerrick recouvrit leur feu de terre pour l'éteindre. Puis il s'épousseta les mains. Il semblait plus pâle que jamais, un effet accentué par ses longs cheveux blancs.

— Nous sommes prêts.

Une créature fauve, de la taille d'un petit chat, jaillit des branches au-dessus de leur tête. Elle secoua sa fourrure trempée en babillant. Son minuscule visage à la peau lisse, encadré par une crinière de fourrure flamboyante, exprimait une vive désapprobation.

— Méchante humidité, méchante... Glacé jusqu'à la moelle, se plaignit le tamrink, imitant le ton geignard et les paroles de Mogweed.

Mama Freda l'appela.

— Ici, Tikal.

La guérisseuse aux cheveux gris tapota son épaule. Son familier se laissa tomber sur le perchoir qu'elle lui offrait et lui serra le cou très fort.

Tous deux étaient liés d'une étrange façon : ils partageaient leurs perceptions, ce qui permettait à Mama Freda de voir à travers les yeux du tamrink.

Jerrick hissa son paquetage sur son dos puis vérifia que Mama Freda pourrait porter le sien. Une de ses mains s'attarda sur l'épaule de la vieille femme. Celle-ci appuya sa joue contre les doigts de l'el'phe en un geste affectueux. Elle avait insisté pour l'accompagner dans ce voyage. « Pour vous aider à reconstituer vos forces défaillantes avec mes remèdes », avait-elle affirmé devant le reste du groupe. Mais à en juger par la façon dont ils se comportaient, les deux anciens étaient clairement très attachés l'un à l'autre.

Magnam s'approcha en roulant des épaules pour ajuster les bretelles de son propre paquetage. Avec une moue confiante, il tapota la hache passée à sa ceinture.

—Allons visiter ces fameuses terres og'res.

Tol'chuk se saisit du plus gros paquetage, lourdement chargé de provisions et d'équipement. Après avoir vérifié une dernière fois qu'ils ne laissaient rien derrière eux, les compagnons se mirent en route.

Tol'chuk prit la tête du groupe. D'ici au milieu de la journée, il franchirait la frontière du territoire de sa tribu. Et à la tombée de la nuit, il devrait apercevoir ses cavernes natales. Il s'enfonça dans la forêt larmoyante tandis qu'un grondement de tonnerre résonnait dans le lointain – la voix des montagnes qui le rappelait au foyer.

Magnam piétinait près de lui.

—Tu n'es pas seul, lui dit-il doucement.

Tol'chuk garda le silence. À sa grande surprise, ces simples mots le réconfortaient plus qu'il aurait su le dire. Danger ou pas, il se réjouissait que ses compagnons aient décidé de rester avec lui.

Bientôt, il découvrit une piste tracée par des daims qui filait dans la bonne direction. Il s'y engagea. La piste descendait une pente abrupte, rendue glissante par la boue et les aiguilles de pin qui jonchaient le sol. Les compagnons ralentirent, se raccrochant aux branches et aux buissons pour ne pas perdre l'équilibre.

—Je me demande bien ce que fiche Fardale, finit par grommeler Jerrick derrière l'og're.

Tol'chuk se rembrunit. D'habitude, le loup revenait périodiquement vers eux pour les mettre en garde contre les obstacles ou leur indiquer le meilleur endroit pour traverser une rivière. Mais, depuis leur départ du camp, il n'avait donné aucun signe de vie. Et midi approchait. Jamais le loup ne s'était absenté si longtemps.

—Il a dû trouver un lapin à poursuivre et nous oublier, suggéra Magnam.

Mais, malgré le ton léger qu'il avait employé, Tol'chuk entendit de l'inquiétude dans sa voix.

Les compagnons atteignirent le fond de la vallée. Un ruisseau gonflé par la pluie filait à travers cette dernière. Tol'chuk désigna un arbre déraciné qui s'était couché en travers du courant vif.

—Nous pourrons traverser là. Fardale nous attend peut-être de l'autre côté.

Quelques minutes plus tard, les compagnons pénétraient dans une forêt plus dense, où les aiguilles de pin étaient plus foncées et les ombres plus profondes. À partir de là, le terrain montait en pente raide, et au-delà de cette dernière crête s'étendaient les terres og'res.

Tol'chuk pria pour que Fardale ne s'y soit pas aventuré seul. La viande de loup était considérée comme une friandise chez son peuple, et la chaude fourrure de ces animaux se négociait un bon prix. Mais il doutait que beaucoup de ses frères soient dehors : par un temps pareil, la plupart d'entre eux préféraient rester dans leurs cavernes agréablement sèches et tièdes. Néanmoins, ça ne lui disait pas où se trouvait Fardale.

Un éclair déchira la pénombre de ce milieu de journée ; ses fourches se déployèrent au-dessus des compagnons ainsi que les mailles d'un filet. Le tonnerre lui succéda aussitôt, dévalant la pente avec un rugissement qui enfla et se mua en un hurlement coléreux. Tol'chuk se figea. Il avait reconnu l'appel de leur compagnon.

—Fardale, dit Mama Freda.

Tikal enroula sa queue autour du cou de la vieille femme en frémissant.

Comme le tonnerre s'éloignait, le hurlement monta dans les aigus d'une fureur brûlante. Plus qu'un simple cri animal, c'était un défi.

Défi qui fut accueilli par une série de grondements rauques, pareils à celui d'une avalanche.

Magnam jeta un coup d'œil à Tol'chuk.

—Des og'res, répondit Tol'chuk à la question muette dans les yeux du n'ain. Un groupe de chasseurs.

Un millier de lieues plus loin, dans la jungle étouffante qui s'étendait au pied du Grand Croc du Sud, Jaston entendit le hurlement d'un animal enragé. Le cri recouvrit le coassement des grenouilles et le bourdonnement des moustiques assoiffés de sang. Jaston se figea sur la piste et regarda autour de lui. L'appel avait une tonalité distante ; pourtant, il lui semblait aussi proche que son propre cœur.

Jaston plissa les yeux. Depuis cette crête, il distinguait les marécages dans le lointain, sous leur couverture de brume familière. C'étaient les

Terres Inondées, sa région natale. Jaston était un maraîchin, un chasseur des bourbiers et des fondrières. Il portait un pantalon de cuir gris et une cape assortie en peau de kroc'an. Son envie était grande de rentrer chez lui – mais il avait une mission à accomplir.

Comme il reportait son attention sur le Croc, l'étrange hurlement monta dans les aigus, se répercutant autour de lui. Même les sons de la jungle s'éteignirent. Et malgré sa clarté, l'appel semblait toujours provenir de très loin. *Bizarre.* Nerveux, Jaston tripota machinalement les cicatrices de la moitié gauche de son visage.

—Il y a un gros chien en liberté, dit une voix au niveau de sa hanche.

Jaston baissa les yeux vers le petit garçon qui l'accompagnait et lui tapota la tête.

—Ce n'est qu'un écho. Le Croc joue des tours aux voyageurs.

—Le gros chien est perdu ?

—Il s'en sortira.

Apparemment satisfait, l'enfant aux cheveux noirs remit son pouce dans sa bouche. Vêtu d'une tunique grossière, il semblait âgé de cinq hivers. En réalité, il n'avait pas plus d'une quinzaine de jours. C'était un construct de mousse, de lichen et d'algues des marais : un golem auquel la sor'cière Cassa Dar avait insufflé la vie.

Jaston continua à avancer sur la piste, rajustant son paquetage sur ses épaules. Le hurlement parut le suivre, s'accrochant à lui, mordillant ses talons. Il s'arrêta de nouveau. Quel était ce tour de magie ?

Il se tourna vers le petit garçon.

—Cassa, tu m'entends ?

L'enfant fronça les sourcils, puis enfonça un index dans son oreille comme pour chasser un insecte qui s'y serait introduit.

—Cassa ? insista Jaston.

Quand le petit garçon parla de nouveau, ce fut avec une voix tout à fait différente.

—Je t'entends, mon amour.

Le son de sa voix réchauffa Jaston. En fermant les yeux, il pouvait imaginer qu'elle était près de lui. Même son odeur semblait pénétrer l'humidité de la jungle. Cassa Dar sentait la noctule, au parfum sucré et entêtant. Comme cette fleur, elle était aussi dangereuse que douce – une puissante sor'cière élémentale.

—Qu'y a-t-il ? demanda-t-elle en s'exprimant à travers le petit garçon.

Jadis, Cassa Dar avait été une apprentie de la redoutable Guilde des Assassins, envoyée à Château Drakk depuis les contrées n'aines dont elle était originaire. Mais une attaque du Seigneur Noir l'avait fait fusionner avec les terres qui entouraient la forteresse, lui accordant à la fois une longévité exceptionnelle et une magie empoisonnée. Liée aux marais, elle n'avait pu accompagner Jaston durant ce voyage. Aussi avaient-ils été forcés de se séparer. Cassa n'avait pu fournir à son amant qu'un peu de sa magie pour lui tenir compagnie sous la forme d'un petit garçon.

— Tu entends ce hurlement ? demanda le maraîchin.

L'enfant pencha la tête sur le côté pour écouter. Puis il tendit un bras, poignet fléchi et paume en avant, et pivota lentement sur lui-même.

— Un loup sylvain, conclut Cassa Dar.

— Ici ? s'étonna Jaston. Dans la jungle ?

— Non. (L'enfant s'immobilisa et leva les yeux vers la pente.) Tu as eu raison de me contacter.

— Je ne comprends pas, avoua Jaston.

Le petit garçon lui jeta un coup d'œil, mais, derrière ses prunelles, le maraîchin sentit le regard de Cassa Dar.

— Son cri se répercute depuis le Grand Croc du Nord.

— C'est à mille lieues d'ici !

— Oui. Mais tu reconnais cette voix, n'est-ce pas ?

Perplexe, Jaston fixa l'enfant sans répondre.

— Écoute, lui enjoignit Cassa Dar. Pas seulement avec tes oreilles, mais avec ton cœur.

Les sourcils froncés, Jaston obéit à la sor'cière qu'il aimait. Il laissa ses paupières se fermer et inspira profondément. Le hurlement l'enveloppa, saturant ses perceptions.

— Il te cherche…

Soudain, Jaston comprit. Il le sentit dans la moelle de ses os.

— Fardale, souffla-t-il. Le métamorphe…

Il rouvrit les yeux. Plus aucun doute ne subsistait. Il avait voyagé avec ce loup ; il lui avait même sauvé la vie une fois où un monstre pourvu d'ailes et de tentacules avait failli le tuer.

— C'est votre lien passé qui ouvre cette voie. Telle est la magie des pics jumeaux.

— Les Crocs, marmonna Jaston.

Cassa Dar lui avait expliqué que les deux sommets étaient des sources de pouvoir élémental à l'état pur. C'était un ruisseau d'énergie issu du Grand Croc du Sud qui alimentait la sor'cière et son marais. Une lune auparavant, son flot s'était soudain amenuisé, affaiblissant Cassa Dar de manière beaucoup plus brusque et prononcée que le malaise général dont souffraient les élémentaux depuis quelque temps. Or, la vie même de Cassa Dar dépendait de cette énergie. Si celle-ci se tarissait complètement, la sor'cière mourrait.

Jaston ne pouvait pas rester sans rien faire. Aussi, une quinzaine de jours auparavant, il était parti investiguer sur les raisons de ce changement soudain – et, si cela était en son pouvoir, briser le barrage qui empêchait l'énergie élémentale de parvenir jusqu'à sa bien-aimée.

Il leva les yeux vers la montagne.

— Dans ce cas, Fardale doit se trouver près du Croc du Nord.

L'enfant des marais acquiesça.

— Elena m'a dit que le métamorphe, l'og're et quelques autres se dirigeaient vers le territoire des tribus og'res.

Le hurlement se fit plus aigu encore.

— Apparemment, ils ont des ennuis, marmonna Jaston en serrant la main de l'enfant plus fort.

— Suis le hurlement, lui ordonna Cassa Dar à travers le petit garçon. Trouve la source. Nous ne devons pas perdre la connexion. Seules des émotions très fortes maintiennent le lien entre les pics. (L'enfant entreprit de remonter la piste, traînant Jaston derrière lui.) Une fois sur place, peut-être pourrons-nous ouvrir une porte.

— Ouvrir une porte ? Comment ?

— Pendant des siècles, j'ai vécu à l'ombre du Croc du Sud. Et les archives de Château Drakk remontent plus loin encore. Depuis toujours, les gens croient que ces montagnes sont hantées. Quantité de récits et de mythes évoquent des voix désincarnées, des apparitions spectrales, des disparitions inexpliquées. Mais les mages d'Alaséa connaissaient la vérité. Des liens solides et un besoin extrême peuvent ouvrir un portail entre les deux pics.

— Et tu sais comment faire ?

— Non. (Cassa Dar s'essoufflait.) Je suis en train de descendre à la bibliothèque pour faire des recherches, mais j'ai du mal à te parler en marchant. Emmène l'enfant le plus près possible de la source du hurlement, puis recontacte-moi.

— Attends ! protesta Jaston. Ma mission actuelle, c'est de trouver ce qui affaiblit le flot de ta magie.

— Le métamorphe court un danger plus immédiat que moi.

— Mais...

L'enfant baissa la voix.

— Et je ne pense pas que ce soit une coïncidence si tu as entendu son cri.

Jaston fronça les sourcils.

— Que veux-tu dire ?

Le ton de Cassa Dar se fit exaspéré.

— D'après ce que j'ai lu sur les Crocs, le besoin des deux parties doit être mutuel. Tu ne pouvais pas savoir que Fardale était en danger. Mais, toi aussi, tu éprouvais un besoin profond. Peut-être vos désirs peuvent-ils se satisfaire l'un l'autre. Il se peut que Fardale connaisse un moyen d'accéder à ce que tu cherches. Tu dois suivre ce chemin : pour sauver le métamorphe, mais aussi pour me sauver, moi.

Jaston en resta muet de stupéfaction.

— Maintenant, dépêche-toi avant que la connexion s'évanouisse ! le pressa Cassa. Trouve le loup !

— Je vais essayer.

Jaston pivota et tendit l'oreille. Le hurlement semblait provenir de tous les côtés à la fois.

Le maraîchin se concentra pour étudier la jungle, dont la chaleur en ce milieu de journée pesait sur lui ainsi qu'une couverture mouillée. Les rayons du soleil transperçaient la canopée, parant la végétation d'une lueur vert émeraude.

Trouve le loup ! Mais où devait-il le chercher ?

Le petit garçon n'avait pas lâché sa main.

— Je veux caresser le gros chien, dit-il en tirant sur le bras de Jaston.

Celui-ci le suivit docilement. Les créations de Cassa Dar possédaient une certaine autonomie, mais leurs désirs restaient ceux de la sor'cière des marais. L'esprit rudimentaire de l'enfant exécutait la volonté de sa maîtresse en la traduisant en envies propres à un petit garçon.

— J'adore les chiens. Et lui, il a peur. Je veux le caresser.

L'enfant s'enfonça à travers un rideau de lianes.

Jaston n'avait pas d'autre choix que de s'en remettre à la finesse de son ouïe. Après tout, c'était un construct magique. Cela lui permettrait peut-être de découvrir la source du hurlement.

Ils gravirent une pente abrupte, empoignant des branches et des plantes rampantes pour se hisser toujours plus haut. Le petit garçon se faufilait avec agilité à travers les broussailles.

— Gentil chien-chien ! Ici, gentil chien-chien, chantonnait-il, le souffle court.

Jaston et lui atteignirent une nouvelle crête. Dans la cuvette en contrebas, une mare d'eau stagnante scintillait au soleil. Quelques grenouilles s'y jetaient depuis la rive boueuse et retombaient en projetant des cercles concentriques à sa surface.

Le petit garçon tendit un doigt.

— Le gros chien a soif !

Jaston tendit l'oreille. Le hurlement s'était changé en grondements et en aboiements furieux, mais l'enfant ne s'était pas trompé. L'appel résonnait bien depuis cette cuvette.

— Montre-moi, réclama Jaston.

Le petit garçon acquiesça avec un enthousiasme juvénile.

— Je vais caresser le gros chien.

Puis il entreprit de dévaler la pente, bondissant et glissant tour à tour tandis qu'il entraînait Jaston dans son sillage.

Très vite, ils atteignirent la mare bordée d'une écume d'algues. Quelques poissons nageaient sous sa surface placide. Les grenouilles coassèrent de plus belle pour protester contre cette intrusion. Le soleil se trouvait juste à l'aplomb de la cuvette, dardant ses rayons sur l'eau limpide.

Le reflet de Jaston lui rendit son regard, les sourcils froncés. *Et maintenant ?* La voix de Fardale s'éleva de la mare tel un nuage de brume, puis retomba et mourut.

— Cassa ? s'exclama Jaston, paniqué.

Non loin de lui, le petit garçon fouillait les buissons en quête du gentil chien-chien. Il se redressa brusquement comme une marionnette dont on vient de tirer les ficelles.

— Jaston, dit-il avec la voix de Cassa Dar. (La sor'cière semblait à bout de forces.) Du sang.

— Du sang ?

L'enfant opina.

— Selon un vieux texte… (Cassa Dar marqua une pause et reprit sur un ton monocorde, comme si elle lisait :) « Ceux qui sont jumelés pourront ouvrir un chemin entre les Crocs par leur désir, leur besoin impérieux et au prix d'une mesure de sang. »

— Qu'est-ce que ça signifie ?

— Fardale et toi partagez un lien. Tu as sauvé la vie du métamorphe, et cela a créé une connexion spirituelle entre vous. Voilà pourquoi son cri te parvient. Mais ouvrir un chemin pour le rejoindre physiquement nécessite de la substance vivante pour alimenter le sort. Cette substance, c'est ton sang.

Jaston fixa la mare immobile.

— Mais le hurlement s'est tu.

— Essaie quand même. La connexion peut subsister un petit moment.

Les sourcils froncés, il tira une dague de sa ceinture.

— Combien de sang ?

Le petit garçon garda le silence, mais son visage se plissa comme s'il se concentrait.

— Combien ? répéta Jaston en positionnant la lame du couteau contre son avant-bras.

L'enfant secoua la tête.

— Je l'ignore, avoua Cassa Dar. Une mesure, c'est tout ce que dit le livre.

Jaston soupira. Ça pouvait aussi bien être une goutte qu'un seau entier. Il s'entailla fermement la chair. Une lance de douleur lui transperça le bras, mais son sang dégoulina et s'écrasa à la surface de la mare, où il se répandit telle une fine pellicule.

Intrigués, des poissons s'approchèrent.

— Il ne se passe rien, chuchota Jaston.

L'enfant des marais s'agenouilla au bord de l'eau.

— Ça doit être ça, le portail. Les surfaces réfléchissantes ont du pouvoir. (Il tourna la tête vers Jaston.) Mais le canal enchanté a dû se refermer. Nous sommes arrivés trop tard.

Refusant d'abandonner, Jaston tendit son bras un peu plus loin au-dessus de l'eau.

— Il faut peut-être plus de sang, dit-il en serrant le poing pour accélérer le flux écarlate qui coulait de sa plaie.

— Jaston, ne gaspille pas...

Quelque part au-delà de la crête, un nouveau hurlement s'éleva soudain. Cette fois, ce n'était pas un loup.

D'autres voix répondirent à ce premier cri perçant. Bientôt, ce fut tout un chœur qui résonna autour de la cuvette.

L'enfant se redressa.

— Des renifleurs. Ils ont dû être attirés par le hurlement du loup.

Jaston déglutit. *Et maintenant, ils ont capté l'odeur de mon sang.* Tous les chasseurs connaissaient les énormes prédateurs à la peau violette qui arpentaient les forêts profondes : tout en muscles, en crocs acérés et en faim dévorante, ils étaient l'équivalent terrestre des requins.

Renonçant à sa tentative pour aider Fardale, Jaston baissa le bras. Il avait sa propre bataille à livrer. De son bras indemne, il dégaina son épée. Le petit garçon se rapprocha de lui.

Les hurlements de la meute se changèrent en cacophonie. Les renifleurs se servaient de leur cri pour terrifier leurs proies – et dans ce cas précis, ça fonctionnait.

— Jaston, enduis ta lame de mon poison. (L'enfant fit un pas en arrière et ouvrit sa tunique.) Frappe là.

Choqué, le maraîchin haussa les sourcils.

— Je ne peux pas.

— L'enfant ne sentira rien. Souviens-toi, ce n'est que de la mousse et des algues.

Mais Jaston ne pouvait s'y résoudre.

— Il est imprégné de mon essence, plaida Cassa Dar. Poison et venin. Utilise-le pour rendre ta lame plus meurtrière.

Les cris se rapprochaient. Derrière Jaston, un bruissement de lianes et des craquements de branches l'avertirent que quelque chose tentait de le prendre à revers. Il pointa son épée sur la poitrine de l'enfant.

Celui-ci effleura la lame avec une curiosité dénuée d'inquiétude.

— Ça coupe, marmonna-t-il de sa propre voix.

Tandis que Jaston hésitait, scrutant ses yeux bleus pleins de confiance, un grondement s'éleva dans son dos et se changea très vite en hurlement furieux. Il tourna la tête vers la mare. L'appel venait de là. Pas d'un renifleur, mais du loup.

La surface de la mare scintilla. Puis les poissons curieux disparurent, remplacés par une vision improbable : celle d'un loup sylvain ramassé sur lui-même, prêt à bondir.

Fardale !

Au-delà du loup, la menace était claire : un groupe d'og'res armés de massues et de très longs os tordus. La soif de sang faisait briller leurs yeux.

— Jaston ! cria soudain le petit garçon avec la voix de Cassa Dar.

Le maraîchin fit volte-face à l'instant où le premier monstre apparaissait sur la piste. Sa peau avait la couleur violacée d'une ecchymose. Ses larges narines dilatées aspiraient l'odeur du sang et de la peur de sa proie. Ses yeux noirs, froids et impitoyables, détaillaient Jaston. Ses babines charnues se retroussèrent lentement, révélant plusieurs rangées de crocs acérés.

Dans un bruissement sinistre, d'autres renifleurs émergèrent de la végétation tout autour du maraîchin, suivis par les cris affamés de leurs congénères plus lents à arriver sur les lieux. Mais le premier était le chef de la meute, celui qui aurait le privilège d'abattre leur proie.

Sans crier gare ni frémir au préalable, le monstre bondit soudain, avec une rapidité incroyable pour une créature aussi massive.

Jaston leva la pointe de son épée. Il n'avait pas eu le temps d'empoisonner sa lame. Alors qu'il reculait, l'enfant toujours accroché à sa jambe, son pied glissa dans la vase qui entourait la mare. Le bras qui tenait son arme s'abaissa.

La masse du renifleur le percuta en pleine poitrine. Des griffes affûtées comme des lames de rasoir se plantèrent dans son épaule. Alors qu'il basculait en arrière, le chef de la meute poussa un hurlement de triomphe et de mort.

Tol'chuk, qui courait devant les autres, fut le premier à atteindre le sommet de la crête. Pour avoir la moindre chance de sauver Fardale, il devrait faire vite.

S'immobilisant, il scruta les hautes terres qui s'étendaient face à lui. Le loup s'était tu ; ça ne présageait rien de bon. Avait-il fui ? S'était-il métamorphosé ? Tol'chuk en doutait. Fardale avait toujours préféré sa forme lupine ; il s'y sentait mieux que dans toute autre.

Retenant son souffle, Tol'chuk tendit l'oreille. Il avait confiance en la rapidité et la ruse du si'lura, mais il connaissait les capacités des og'res. Une fois que ceux-ci avaient capté une odeur, il était difficile de les semer ; en outre, ces chasseurs expérimentés étaient très doués pour rabattre leurs proies vers les pièges tendus à leur intention.

Et maintenant, ce silence...

— Tu le vois ? rugit Magnam en contrebas.

Flanqué de Mama Freda et de Jerrick, le n'ain entreprit de gravir la pente traîtresse le plus vite possible.

Tol'chuk commençait à désespérer. Alors qu'il ouvrait la bouche pour appeler le si'lura, un hurlement sauvage déchira la lande.

Fardale !

Le cri provenait de derrière une butte voisine. Tol'chuk n'osait pas attendre le reste du groupe. Il s'élança le long de la crête, bondissant pardessus un rocher de granit qui lui barrait la route.

La pluie fine mais persistante avait détrempé la pierre. En se recevant de l'autre côté, Tol'chuk perdit l'équilibre et glissa le long d'une courte pente lisse. Un cri de surprise et de colère lui échappa comme il basculait par-dessus le bord d'une falaise.

Il dégringola dans les airs et s'écrasa au milieu d'une crique gonflée par la pluie avec une immense gerbe d'éclaboussures. Alors qu'il se redressait, crachant et pestant, il vit qu'il avait atterri au beau milieu d'une rixe... ou de ce qui menaçait d'en devenir une incessamment.

Six og'res se tenaient d'un côté de la crique ; de l'autre, Fardale était ramassé sur lui-même – acculé contre la falaise sans aucun moyen de s'enfuir.

Comme les og'res sursautaient, abasourdis par l'apparition de cet intrus tombé du ciel, Tol'chuk recula vers Fardale et lança dans la langue de son peuple :

— Laissez-moi ce loup !

Un des og'res s'avança pesamment. Même pour un représentant de son espèce, c'était un géant. Il s'appuyait sur les jointures de sa main gauche ; dans la droite, il brandissait un tronc d'arbre en guise de massue. Ses bras étaient plus épais que son arme improvisée. Une grimace découvrit ses crocs jaunes et ébréchés.

— Va chasser ta propre viande !

Et pour plus d'emphase, il donna un coup de massue sur le sol tandis que ses compagnons grognaient leur assentiment.

Tol'chuk ne connaissait pas cet og're géant, mais il reconnaissait le motif scarifié sur son avant-bras massif. C'était celui de la tribu Ku'ukla, une des plus bestiales et des plus sauvages. Son père avait été tué au cours d'une bataille entre leur propre tribu et les Ku'ukla.

Les compagnons de la brute se rapprochèrent en resserrant les rangs. Ils avaient tous l'air dur et le visage couturé de cicatrices. La soif de sang brillait dans leurs yeux.

—Casse-toi ou crève ! gronda leur chef.

Tol'chuk rejoignit Fardale et se redressa de toute sa hauteur. À la vue de sa colonne vertébrale droite, les autres og'res eurent un mouvement de recul. Depuis son départ des cavernes de sa tribu, Tol'chuk avait oublié cette expression très particulière, mélange de haine et de dégoût.

Seul le géant conserva sa position. Il n'était pas impressionné, mais une lueur de compréhension passa dans son regard.

—Celui qui marche comme un homme, grogna-t-il enfin. Tol'chuk le Banni, fils de Len'chuk de la tribu Toktala.

Il cracha dans la crique comme si le seul fait de prononcer ce nom lui avait laissé un sale goût dans la bouche.

Tol'chuk frémit. Il ne pensait pas qu'on l'identifierait aussi vite.

Les muscles du géant se tendirent. Ses épaules roulèrent en une attitude de défi, et il tonna :

—En revenant ici, tu t'es condamné ! D'ici à ce soir, ta tête ornera nos cavernes !

Avec un rugissement, il s'avança dans l'eau, faisant signe à ses compagnons de protéger ses flancs. Les Ku'ukla se rapprochèrent de leurs proies en formant un demi-cercle serré.

Faute d'arme, Tol'chuk se rabattit sur la seule protection dont il disposait. Il ouvrit rapidement sa sacoche et en sortit la sanguine, qu'il brandit très haut.

Six paires d'yeux se levèrent vers le cristal.

—Une sanguine ! s'exclama l'un des og'res.

—Le Cœur de notre peuple, gronda Tol'chuk. (Une fois déjà, la pierre lui avait permis d'échapper à la vindicte des Ku'ukla. Il pria la Mère pour qu'il en aille de même aujourd'hui.) Je la rapporte à la Triade. Ne me barrez pas le chemin !

Les Ku'ukla hésitèrent, mais leur chef continua à avancer.

—C'est une ruse… À moins qu'il l'ait volée, marmonna-t-il.

Mais à l'instant où il bondissait hors de la crique, un nouveau cri déchira les hautes terres – le gémissement perçant d'un autre prédateur.

L'espace d'un instant, Tol'chuk et les autres og'res se figèrent, partagés entre perplexité et méfiance. Le géant se redressa, trempé.

Puis des corps jaillirent de l'eau.

Tol'chuk sursauta comme une bête monstrueuse roulait dans la boue de la rive d'en face et s'immobilisait au milieu des Ku'ukla. Elle se releva aussitôt, grognant et crachant sa fureur aveugle. Un renifleur ! La créature se jeta sur l'og're le plus proche, visant la gorge.

Mais deux autres silhouettes avaient atterri côté falaise, quasiment au pied du chef des og'res : un homme et un petit garçon. Le premier saignait abondamment. Il se releva tant bien que mal, tirant l'enfant en sécurité à l'instant où une massue s'abattait sur eux et les manquait d'un cheveu. Des éclats de bois volèrent comme la force de l'impact brisait le tronc en deux.

— Des démons ! rugit le géant.

Fardale se précipita au secours des nouveaux venus. L'homme le salua du menton sans témoigner la moindre crainte.

— Salut, Fardale.

Ensemble, ils battirent en retraite.

Tol'chuk ne comprenait ni d'où sortaient ces gens, ni comment ils connaissaient Fardale. Quelle magie était-ce donc ?

L'enfant dénuda sa poitrine et la présenta à l'homme.

— Vite, pendant que la voie est ouverte. Je la sens déjà se refermer.

Tol'chuk écarquilla des yeux horrifiés en voyant l'homme transpercer le petit garçon de son épée. Mais, au contact de la lame, l'enfant se décomposa en un enchevêtrement d'algues humides. Comme celles-ci s'affaissaient, un chuchotement s'en éleva.

— Reviens-moi…

— C'est promis, mon amour, répondit l'homme.

À présent, Tol'chuk reconnaissait les cicatrices qui déformaient tout un côté de son visage. *Jaston, le maraîchin.* Mais comment était-ce possible ?

De nouveau, le géant marcha sur l'homme et le loup. Tol'chuk s'arracha à son ébahissement pour leur venir en aide. Mais Jaston se faufila souplement à l'intérieur de la garde de son agresseur et lui planta son épée dans le coude. L'og're poussa un rugissement furieux et lui décocha un revers avec l'extrémité brisée de sa massue. Le maraîchin vola en arrière et s'écrasa contre la falaise.

Fardale s'interposa pour le protéger. Tol'chuk s'élança lui aussi. Mais ces renforts ne furent pas nécessaires. L'og're vacilla un instant, puis bascula et s'écrasa dans la crique au milieu d'une gerbe d'éclaboussures. Autour de la plaie de son coude, sa chair noircissait et fumait. Il ne fit pas d'autre mouvement.

— Du poison, expliqua Jaston, qui gisait toujours au pied de la falaise.

De l'autre côté de la crique, les Ku'ukla avaient fini par venir à bout du renifleur, mais deux d'entre eux y avaient laissé la vie. Les chasseurs restants battirent en retraite vers les bois.

— Drag'nock, gémit l'un d'eux avant de s'enfuir.

Tol'chuk fixa le géant mort en frémissant. Drag'nock. Cet og're était le chef de toute la tribu Ku'ukla. Sa mort ne resterait pas impunie, songea Tol'chuk en sentant le désespoir le gagner. Les rescapés de l'affrontement parleraient, et, bientôt, le grondement des tambours résonnerait à travers les hautes terres.

Non loin de là, Fardale rejoignit Jaston et le poussa affectueusement du museau. Le maraîchin gratta le loup derrière une oreille.

— Moi aussi, je suis content de te revoir, Fardale.

Tol'chuk pivota en direction des cavernes de sa tribu, serrant le cristal entre ses griffes. Il était rentré chez lui pour ramener le Cœur guéri à son peuple, pour lui offrir l'espoir et la paix. Au lieu de ça, il ouvrait la voie à la guerre et au carnage.

Comme celui du Parjure, son nom semblait destiné à devenir une malédiction.

6

Mogweed hurla en se sentant brutalement ramené à la conscience. Des odeurs de pin et de pluie assaillaient son nez sensible ; des voix résonnaient fortement à ses oreilles ; des lumières vives lui piquaient les yeux comme des aiguilles de feu ; le goût du sang sur sa langue lui donnait envie de vomir. Il leva son visage – non, son museau – jusque-là enfoui dans les entrailles d'un lapin à demi dévoré.

Dégoûté, il bondit en arrière pour s'écarter de la carcasse sanguinolente. Les derniers rayons du soleil brillaient faiblement dans le ciel gris. Mogweed secoua la tête afin de chasser les toiles d'araignée de sa désorientation. Comme il fixait les restes du dîner de Fardale, une de ses babines se retroussa en un grondement silencieux. Son frère savait qu'il le remplacerait au coucher du soleil. Il avait fait ça à dessein, à titre de message et de rappel pour son jumeau.

Maudit sois-tu, mon frère ! Ce qui nous arrive n'est pas entièrement ma faute !

Mogweed s'ouvrit à ses capacités de métamorphe, touchant cette braise en son cœur pour l'enflammer. Ses os, ses muscles et sa peau se soumirent à sa volonté. Il émergea de la silhouette du loup, laissant son corps reprendre une configuration plus familière. Les odeurs s'atténuèrent ; les lumières pâlirent. Les voix retrouvèrent un niveau normal.

— Apparemment, Mogweed est revenu, dit Magnam, agenouillé devant l'amas de brindilles à partir duquel il comptait sans doute allumer un feu. La sieste a été bonne ?

Mogweed mit un moment à retrouver l'usage de ses cordes vocales. Son grondement initial s'adoucit, puis sa langue parvint à articuler :

— Ce… ce n'est pas un sommeil naturel.

Il sentait Fardale quelque part tout au fond de lui, le remplaçant dans cette prison obscure. Chaque fois que la nuit tombait, c'était au tour de son frère de se retrouver enfermé dans une cellule sans barreaux, capable d'observer ce qui se passait autour de lui mais pas d'intervenir. Dans cet autre monde, le sommeil était sans rêves ni repos, et le retour à la conscience aussi brutal qu'une décharge électrique.

Mogweed regarda autour de lui pour s'orienter. Ses compagnons dressaient leur camp dans une caverne peu profonde. Il fronça les sourcils. Cela ne les abriterait guère contre le vent et la pluie.

Mama Freda lui passa des vêtements.

— Fardale te les a laissés ce matin.

Mogweed baissa les yeux vers son corps nu et se détourna à demi, embarrassé.

— Tu n'as rien que je n'aie déjà vu, le rassura la vieille guérisseuse en retournant à ses corvées.

Tandis que Mogweed s'habillait en frissonnant, Magnam réussit enfin à faire partir le feu. Le métamorphe s'approcha pour réchauffer ses mains nues. Même si l'été était arrivé, dans les hautes terres, les nuits demeuraient presque aussi glaciales qu'en hiver. Le vent ne cessait apparemment jamais de souffler, et de brèves averses frappaient les voyageurs ainsi que des gifles coléreuses. D'après le grondement du tonnerre dans le lointain, Mogweed estima que cette nuit ne serait pas différente des autres.

Son regard se posa sur le nouveau membre du groupe. Bouche bée, Jaston le fixait depuis l'autre côté du feu. La lumière des flammes soulignait le rouge vif de ses cicatrices. Le maraîchin baissa les yeux et secoua la tête.

— Je... Désolé. C'est juste que... je n'avais jamais vu un métamorphe se transformer. Quand j'étais avec Mycelle, elle ne faisait pas ça.

Il agita la main devant son visage.

Mogweed se renfrogna. Ses compagnons avaient eu le temps de s'habituer à voir des si'lura exercer leurs talents, mais ce n'était pas le cas de Jaston, et la réaction du maraîchin l'irritait. Pourtant, il ne fit pas de commentaire. Il devait sa vie à la soudaine apparition de cet homme.

— C'est quand même bizarre, non ? insista Jaston. Avec tout le temps qu'on a passé ensemble, jamais je ne l'ai vue se transformer.

Lassé par le bavardage du maraîchin, Mogweed soupira et se décida à éclairer sa lanterne.

— C'est parce qu'à l'époque où tu la connaissais, elle s'était figée sous son apparence humaine et avait renoncé à sa nature de si'lura. (Baissant la voix, il marmonna amèrement :) Puis elle est morte, et elle a été ressuscitée par ce fichu serpent qui lui a rendu son pouvoir de métamorphose.

Mogweed se détourna du feu. Pour la millième fois, il souhaita ne pas s'être emparé de la vipère aux couleurs de l'arc-en-ciel. Sa tentative de briser la malédiction qui pesait sur lui et sur son frère s'était soldée par la création de liens encore plus étroits.

Il dépassa Mama Freda et Jerrick qui étendaient leurs couvertures côte à côte. Les deux vieillards se mouvaient comme des somnambules.

Mogweed se dirigea vers l'entrée de la caverne, où il rejoignit Tol'chuk. Le plus massif de ses compagnons était peu loquace, mais sa camaraderie silencieuse était un baume sur la douleur et la frustration de Mogweed. Ce dernier ne voulait pas entreprendre un voyage aussi dangereux. Il aurait préféré rester en sécurité à Val'loa ; mais Fardale s'était porté volontaire pour eux deux. Et dans la mesure où il avait été forcé de suivre, Mogweed se réjouissait que l'og're se trouve à ses côtés.

Il monta la garde avec lui, guettant d'éventuels maraudeurs.

—Je croyais que nous étions censés atteindre tes cavernes natales avant la nuit, fit-il remarquer.

Tol'chuk haussa les épaules.

Mogweed devinait la raison de ce délai. Après l'attaque contre Fardale, le groupe avait redoublé de prudence, progressant en rangs serrés. Son allure s'en était trouvée si fort ralentie que Mogweed avait fini par s'assoupir au fond du crâne de Fardale, ne se réveillant que quand la malédiction l'avait de nouveau propulsé aux commandes de leur corps, la gueule pleine de lapin cru.

Il était certain que Fardale riait son rire de loup quelque part dans sa tête. *Profites-en bien maintenant, mon frère*, songea Mogweed. *Je te jure que c'est moi qui rirai le dernier.*

Au bout d'un moment, Magnam leur apporta une écuelle de ragoût chacun. Perdu dans ses propres pensées, Tol'chuk accepta la sienne sans un mot. Mais Mogweed renifla la nourriture fumante et plissa le nez.

—Du lapin !

Magnam gloussa.

—Fardale en a attrapé deux. Il est partageur.

Mogweed fourra brutalement sa gamelle dans les mains du n'ain.

—Je n'ai pas faim, marmonna-t-il d'un air boudeur.

—Alors, ça en fera plus pour moi. (Magnam transvasa le ragoût dans sa propre écuelle, puis rendit la gamelle vide à Mogweed.) La bouilloire refroidit près du feu.

—Et alors ?

Le n'ain tendit un doigt vers l'obscurité du dehors.

—Il y a un ruisseau juste là-bas. Idéal pour nettoyer la vaisselle. Bien froid, comme tu l'aimes.

Mogweed ouvrit la bouche et la referma. À quoi bon discuter ? Qu'il ait mangé son dîner ou non, il connaissait son devoir. Et puis, cette corvée l'occuperait pendant sa veille solitaire. Chaque soir, il ne reprenait le contrôle de son corps que pour voir les autres se fourrer sous leurs couvertures, l'abandonnant à sa solitude toute la nuit. Ça lui laissait trop de temps libre pour réfléchir et maudire sa situation.

— Je vais au lit, annonça Magnam en essuyant la sauce du ragoût avec ses doigts avant de lancer son écuelle vide à Mogweed.

Les autres ne tardèrent pas à l'imiter. Seul Tol'chuk demeura immobile, accroupi près de l'entrée, ses yeux ambrés brillant dans le noir.

Mogweed ramassa la vaisselle sale et la fourra dans un sac, puis empoigna son paquetage et revint vers l'og're.

— Où est ce fameux ruisseau ?

Tol'chuk tendit un doigt.

— Derrière ce rocher. Il n'est pas profond du tout.

Mogweed hésita. À cause des nuages qui masquaient la lune et les étoiles, l'obscurité était épaisse à l'extérieur de la caverne.

— Des og'res dans le coin ? demanda-t-il en promenant un regard méfiant à la ronde.

— Seulement la moitié d'un, marmonna Tol'chuk, faisant allusion à lui-même.

Mogweed lui tapota le bras.

— Tu n'as pas de raison d'avoir honte, se surprit-il à dire gentiment à son énorme compagnon. Et moi non plus, ajouta-t-il dans un murmure destiné autant à lui-même qu'au loup tapi en lui.

Ce n'était pas entièrement ma faute.

— Je veillerai sur toi, promit Tol'chuk.

Mogweed acquiesça et descendit la pente de terre et d'argile glissante. Il jeta le sac qui contenait la vaisselle sale par-dessus une de ses épaules et son petit paquetage sur l'autre. Pour mieux répartir le poids, il fit jouer les muscles de ses bras et de son dos. Le tiède gonflement des tissus le rassura.

Malgré sa situation inconfortable, c'était merveilleux d'avoir recouvré ses capacités de métamorphe. Les transformations intégrales – loup en homme ou l'inverse, par exemple – restaient très fatigantes, mais les petits ajustements ne lui coûtaient presque aucun effort.

Tout en descendant la courte pente, Mogweed apprécia le corps qu'il portait – un corps aussi confortable désormais qu'une vieille paire de bottes. Il l'utilisait depuis si longtemps que c'était comme un sillon creusé dans un chemin poussiéreux : il était facile de s'y glisser, facile de se laisser guider par lui. Mais grâce au retour de ses capacités, Mogweed pouvait y apporter quelques améliorations. Il fit jaillir une couche de fourrure isolante sur ses joues glacées et affûta sa vision pour mieux voir dans l'obscurité. *Cette malédiction n'est peut-être pas aussi terrible qu'elle en a l'air…*

Contournant le rocher indiqué par Tol'chuk, il aperçut le ruisseau. Celui-ci ne faisait qu'un pas de large, et il gargouillait dans un lit minéral peu profond. Mogweed roula des épaules pour se débarrasser de son fardeau ; il laissa tomber par terre le sac qui contenait la vaisselle et posa son paquetage avec beaucoup plus de soin. Puis il s'accroupit, jetant un coup d'œil derrière lui pour s'assurer que le rocher le dissimulait à la vue de l'og're.

Satisfait, il laissa ses paupières se fermer et tâtonna en quête de ses yeux cachés – les yeux de Fardale. Maintes lunes s'étaient écoulées depuis leur fusion, et Mogweed avait appris à sentir quand son frère était éveillé en lui. Il le reconnaissait à un picotement particulier, l'impression qu'un regard étranger pesait sur sa nuque. Mais, pour l'heure, il ne sentait rien de tel. Il s'autorisa un sourire. Comme d'habitude, Fardale n'avait pas tardé à s'endormir. Après sa longue marche de la journée, il devait être aussi épuisé que les autres, et pas particulièrement intéressé par le spectacle de son frère récurant des gamelles sales.

Seul pour le moment, Mogweed défit les lanières de cuir de son paquetage, non sans s'être assuré que le nœud était toujours identique. Apparemment, personne n'avait fouillé dans ses affaires.

Il sourit de nouveau. Fardale passant tout son temps sous sa forme de loup, il ne touchait jamais au paquetage de son frère… et le reste de leurs compagnons non plus. Le contenu de cette besace – des objets ramassés au fil de son long périple à travers Alaséa – appartenait à Mogweed, et à Mogweed seul.

Le si'lura fouilla à l'intérieur, écartant ses vêtements propres et la chaîne brisée du renifleur que Tol'chuk avait tué dans ces mêmes collines si longtemps auparavant. Une petite bourse en peau de chèvre, gonflée par quelques mèches des cheveux d'Elena, voisinait avec une noix couverte de moisissure. Mogweed les ignora.

Tout au fond de son paquetage, ses doigts rencontrèrent enfin ce qu'il cherchait : une pierre enveloppée d'un chiffon de lin. Il la sortit, la posa devant lui et déplia le tissu. Le bol d'éb'ène aspira aussitôt le peu de lumière qui éclairait sa cachette. De nouveau, Mogweed regarda derrière lui pour s'assurer que personne ne l'espionnait.

Il étudia son trésor. Celui-ci avait jadis appartenu à la sor'cière araignée, Vira'ni. Il fit courir un index le long de son bord. Grasse et étrangement froide, la surface de l'éb'ène lui rappelait la peau gluante de sueur d'un mourant.

Mogweed se mordit la lèvre. Presque tous les soirs, il contemplait ce bol en se mettant au défi de franchir le pas. Et presque tous les soirs, il repliait le chiffon de lin sur son secret sans avoir rien fait.

Après l'échec de sa tentative pour se libérer de son jumeau – échec qui avait entraîné l'étrange fusion des deux métamorphes –, Mogweed savait qu'il n'existait qu'une seule façon de briser la malédiction qui les attachait l'un à l'autre. Cela nécessiterait une magie plus puissante que celle d'Elena, et une seule personne au monde disposait d'une telle magie : le Seigneur Noir du Gul'gotha, l'ancêtre de Tol'chuk.

Longtemps auparavant, dans la forteresse de Ruissombre, Mogweed avait parlé au Seigneur Noir. Le monstre s'était adressé à lui avec la bouche minérale d'un garde noir, d'une voix aussi vide et morte qu'une crypte abandonnée. « J'attends donc de toi que tu restes avec ceux qui aident la sor'cière. Un jour viendra peut-être où je t'en demanderai davantage. »

Mogweed savait que pour que la malédiction soit levée, il devrait de nouveau affronter ce démon. Et les seigneurs jumeaux de Ruissombre, ces inquiétants albinos, lui avaient appris que le sang d'un élémental offert en sacrifice au bol permettait d'appeler la Bête Noire.

Il fixa le récipient d'éb'ène. La pensée de ce qu'il devrait faire le tourmentait depuis plusieurs nuits. *Que me demandera-t-il en échange ?*

Par-dessus son épaule, Mogweed jeta un coup d'œil vers la caverne. Il avait mis des centaines de lieues entre lui et la sor'cière, la némésis du Seigneur Noir. Mais son rôle au sein de ce groupe n'était pas insignifiant. Ses compagnons et lui avaient pénétré sur le territoire og're pour chercher une réponse au mystère de l'éb'ène, la fondation sur laquelle le Seigneur Noir avait bâti sa puissance. S'ils découvraient cette réponse, les alliés de la sor'cière en retireraient un avantage peut-être décisif.

Mogweed frissonna. Oserait-il jouer avec le pouvoir à l'œuvre ici ? D'un autre côté, oserait-il s'en abstenir ? Serait-il condamné à marcher pour toujours dans les ténèbres, sans revoir la lumière du jour ? Il avait encore le goût du lapin cru sur la langue. Serait-il à jamais enchaîné à son jumeau ?

De la bile lui brûlait l'estomac. Ses poings se serrèrent. Il devait lever la malédiction, quel qu'en soit le prix.

Se tournant vers son paquetage, il fouilla dedans et en sortit un morceau de tissu déchiré, raidi par du sang séché : un bandage que le montagnard Kral avait porté après l'attaque des n'ains près de Château Mryl. Kral était un élémental imprégné de la magie des racines granitiques de ses pics natals. Mogweed avait conservé ce bandage pour le cas où il oserait recontacter le Seigneur Noir. Il ne savait pas si le sang séché déclencherait la magie du bol, mais, cette fois, il était décidé à essayer. Le temps pressait. Les compagnons venaient d'entrer en territoire og're. C'était maintenant ou jamais – et jamais lui paraissait inacceptable.

D'une main tremblante, Mogweed fit tomber le bandage rouge-brun dans le fond du bol. Puis il retint son souffle et attendit.

Rien ne se passa. Le récipient continua à aspirer le peu de lumière alentour tandis que le morceau de tissu souillé reposait inerte à l'intérieur.

Mogweed poussa un gros soupir.

— Il doit falloir du sang frais, chuchota-t-il, frustré.

Il envisagea les options qui s'offraient à lui. Jerrick et Mama Freda possédaient tous deux des dons élémentaux. Mais comment pourrait-il se procurer leur sang ?

Tandis que Mogweed réfléchissait, une puanteur terrible enfla soudain autour de lui, comme si une carcasse était en train de se décomposer en accéléré sous ses pieds. Le si'lura se tendit, craignant que quelqu'un ou quelque chose se soit approché de lui furtivement. Il se souvint de l'odeur des og'res à travers le nez de Fardale. Ces créatures empestaient le bouc et le sang. Mais cette odeur-là était dix fois pire.

Mogweed scruta la forêt obscure de l'autre côté du ruisseau, redoutant de bouger et de trahir sa présence. Puis un mouvement attira son attention – un mouvement venu non pas des arbres, mais du bol posé près de ses genoux.

Le bandage souillé se tortillait ainsi qu'un ver aveugle. Et la puanteur continuait à s'amplifier.

Le sang glacé par sa terreur, Mogweed regarda la tache brune disparaître du tissu, aspirée par la pierre du bol. En l'espace de quelques battements de cœur, le bandage redevint d'un blanc immaculé et s'immobilisa au fond du récipient.

Mogweed déglutit avec difficulté. À présent, la puanteur était suffocante. De la bile monta dans sa gorge. Tol'chuk allait sûrement sentir cette corruption et venir voir de quoi il retournait !

Craignant d'être découvert, Mogweed tendit la main vers le chiffon dont il se servait pour envelopper son trésor. Il voulait recouvrir ce dernier. Mais alors que ses doigts tremblants approchaient de l'éb'ène, le bandage s'embrasa brusquement. Les flammes qui se propagèrent à sa surface n'étaient pas rouges comme celles du feu ordinaire, mais noires et ténébreuses – du feu obscur.

Affamées, elles dévorèrent toute la lumière et la chaleur de l'abri de Mogweed. Et lorsqu'elles eurent consumé le tissu, elles refusèrent de mourir. Elles continuèrent à danser au fond du bol, s'élevant plus haut que le bord de celui-ci.

Mogweed retira vivement sa main aux doigts gelés par le froid. *Qu'ai-je fait ?* Un instant plus tôt, il avait craint d'être découvert ; à présent, il espérait que Tol'chuk surgisse pour le sauver. L'og're avait sûrement remarqué quelque chose de bizarre : l'odeur, la brusque chute de température…

Une voix rampa hors des flammes, pareille à une araignée se promenant sur les fils de sa toile.

—Ainsi, la petite souris a rugi…

Sans tourner la tête, Mogweed jeta un coup d'œil vers la caverne, souhaitant de tout son cœur que Tol'chuk entende la voix glaciale du démon. Il était trop effrayé pour s'enfuir ou même pour se métamorphoser. Une fois de plus, il se retrouvait figé dans cette forme.

—Personne ne t'entendra. Personne ne sentira le chemin ouvert – pas même le loup qui sommeille en toi. Tu es seul.

Mogweed frémit comme le brouillard glacé de la voix l'enveloppait. Son souffle haletant fumait devant sa bouche. Non loin de lui, la surface du ruisseau commença à geler.

—Nous humons ton cœur, métamorphe. Tu empestes le désir.

Mogweed força sa langue à remuer.

—Je… je veux être libéré de mon frère.

Les flammes noires se tordirent comme des serpents.

—Tu réclames notre aide, mais tu ne fais rien pour la mériter.

—Je… tout ce que vous voudrez.

—Nous verrons. Fais ce que nous te demanderons quand nous te le demanderons, et nous te libérerons.

Mogweed serra les poings, faisant affluer du sang dans ses doigts gourds. Être séparé de son frère… sortir enfin de l'ombre de Fardale…

—Nous brûlerons le loup dans ton cœur, chuchota la voix ourlée de givre. Ton corps n'appartiendra plus qu'à toi.

—Brûler le loup…, marmonna Mogweed, qui n'aimait pas beaucoup ça. Vous voulez dire, le tuer ?

—Il n'y a qu'un corps accroupi devant nous. Et ce corps ne peut avoir qu'un seul maître.

Mogweed eut un mouvement de recul. Comme il aspirait à être libéré du joug de Fardale ! En fait, il serait ravi de ne plus jamais le revoir. Mais tuer son propre frère ? Pourrait-il aller jusque-là ?

—Que comptez-vous me demander ? bredouilla-t-il.

La voix se fit encore plus glaciale.

—Tu dois détruire la Porte des Esprits.

Mogweed fronça les sourcils sans comprendre.

—De quelle porte… ?

Puis il se souvint : l'arche de sanguine sous le Croc. Le portail magique à travers lequel Tol'chuk avait été exilé et envoyé en mission pour guérir le Cœur des Og'res.

—La Porte des Esprits, répéta-t-il. Comment dois-je m'y prendre pour la détruire ?

La voix enfla, emplissant sa tête.

— Elle doit être brisée avec le sang de mon ultime descendant.

Mogweed blêmit. Le Seigneur Noir parlait de Tol'chuk !

— Et pas un simple filet, métamorphe, ajouta la voix. Pas comme ce que tu viens d'offrir à la pierre. Du sang jaillit du cœur même de mon descendant. Ses dernières gouttes.

Mogweed frissonna, et, cette fois, le froid surnaturel n'y était pour rien. Son pouls lui martelait les tempes, et il avait le cœur dans la gorge.

Les flammes qui dansaient dans le bol moururent comme le sort touchait à sa fin.

— Tue l'og're près de la Porte, et tu seras libre. (La voix s'estompa. Puis un dernier murmure parvint à Mogweed alors que le feu obscur s'éteignait :) Mais déçois-nous, et tes hurlements résonneront jusqu'à la fin de l'éternité.

Puis la forêt redevint moins sombre et moins glaciale. La puanteur se dissipa. Mogweed eut l'impression de se réveiller après un cauchemar. Mais il savait qu'il n'avait pas rêvé. Lentement, il replia le chiffon de lin sur le bol d'éb'ène, souhaitant par-devers lui n'avoir jamais touché cet artefact maudit.

Pourtant, tout au fond de lui brûlait une étincelle d'espoir. *Être libre…*

Il fourra le bol dans son paquetage, serra les lanières de cuir et refit son nœud spécial. Puis il se leva. Ses jambes étaient gourdes, son esprit hébété. Il contourna le rocher en titubant et leva les yeux vers la minuscule lueur du feu de camp allumé par ses compagnons. L'éclat orangé des flammes découpait une silhouette massive.

Tol'chuk.

Mogweed grimpa vers la lumière, trébuchant dans la pente peu abrupte mais glissante. Les yeux ambrés de l'og're observèrent son ascension. Il ne put se résoudre à lever la tête pour soutenir leur regard.

Lorsqu'il arriva à son niveau, Tol'chuk fronça les sourcils.

— Où sont les bols ?

Mogweed frémit, croyant que l'og're parlait du talisman d'éb'ène. Puis il se rendit compte qu'il avait oublié la vaisselle sale. Il tendit un doigt vers le ruisseau.

— Je les ai laissés là-bas, en train de tremper. Je les frotterai plus tard. Il fait trop froid.

Il voulut dépasser l'og're et se faufiler dans la caverne tiède, mais Tol'chuk l'arrêta.

— Quelque chose ne va pas, Mogweed ?

Le si'lura leva la tête vers l'og're et soutint son regard en brûlant intérieurement de honte.

— Non, marmonna-t-il. Non, tout va bien.

Tol'chuk lui tapota l'épaule. Au loin, le tonnerre gronda.

— C'est une sale nuit. Reste près du feu.

Mogweed ne se le fit pas dire deux fois. Il s'esquiva avec soulagement.

En atteignant le feu, il jeta un coup d'œil derrière lui. Tol'chuk était accroupi près de l'entrée. Il scrutait la nuit, protégeant ses compagnons, guettant tout danger extérieur sans se douter qu'une menace beaucoup plus proche pesait sur lui.

Des paroles glaciales résonnèrent dans la tête de Mogweed. « Tue l'og're près de la Porte, et tu seras libre. » Tournant le dos à Tol'chuk, le si'lura fit face aux flammes.

Il n'avait pas le choix.

7

Tol'chuk marchait sous la bruine matinale. Au-dessus de sa tête, le ciel était d'un gris uniforme. Ses compagnons traînaient derrière lui, trempés, pataugeant dans la boue, déjà épuisés. Le temps déprimant sapait la force de leurs jambes comme celle de leur cœur. Ils gravissaient le dernier lacet de la route qui conduisait à une crête.

Arrivé au sommet, Tol'chuk s'arrêta. Fardale, qui protégeait les arrières de la petite colonne, le rejoignit en quelques bonds. Devant eux, la vallée était un mélange d'arbres rabougris, de buissons, de rochers et d'épineux. Le sol était recouvert d'herbe piétinée, à travers laquelle on distinguait plusieurs chemins. Tol'chuk avait oublié combien la vallée était verte au printemps. Des fleurs sauvages formaient des taches éclatantes : jaune pour le chèvrefeuille des montagnes, bleu pour les iris, rouge pour les coquelicots. Des souvenirs gonflèrent le cœur de l'og're.

À l'autre extrémité de la vallée, une falaise abrupte barrait la route – une racine du Grand Croc. Une ouverture sombre béait à sa base.

— Je suis chez moi, marmonna Tol'chuk dans un soupir.

Puis Fardale grogna.

Un mouvement attira le regard de Tol'chuk. Des masses grises qu'il avait prises pour des rochers de granit se déplièrent tout à coup et s'éloignèrent en hurlant pour donner l'alarme. Malgré la pluie, Tol'chuk sentit le musc des femelles effrayées. Plus petites que les mâles, elles devaient être sorties pour chercher des plantes et des racines comestibles. Elles s'enfuirent vers les cavernes, faisant détaler un troupeau de chèvres sur leur passage.

Tol'chuk entama la descente en faisant signe aux autres de se rapprocher. Près de l'entrée des souterrains, il aperçut du mouvement. Il s'arrêta.

— Ne vous éloignez surtout pas de moi, et ne faites pas de gestes menaçants, recommanda-t-il à ses compagnons.

Ce fut alors qu'un groupe d'og'res chargea hors des cavernes – des mâles, les chasseurs et les guerriers de la tribu. Ils se précipitèrent vers les intrus en prenant appui sur leurs phalanges. Le sol tremblait sous leurs pieds. La plupart d'entre eux brandissaient une massue ou une grosse pierre dans leur main libre.

— Laissez-moi parler, chuchota bien inutilement Tol'chuk.

Magnam vint se placer sur sa droite, un peu en retrait.

— Tu es le seul qui connais leur langue, lui rappela-t-il.

Jaston se planta de l'autre côté de l'og're.

— Mais vont-ils t'écouter ?

Tol'chuk entendit la frayeur dans la voix de ses compagnons. Le reste du groupe se rassembla dans son ombre tandis que la horde leur fonçait dessus.

Le tamrink apprivoisé de Mama Freda gémit sur son épaule.

— Gros, grands, méchants, gémit-il.

Jerrick prit la main de la vieille femme.

Le grondement de la charge se répercuta sur la falaise, donnant l'impression que toute une armée approchait. Tol'chuk fit un pas en avant. Il plongea la main dans la sacoche qu'il portait sur sa cuisse et en sortit le morceau de sanguine. Redressant le dos pour paraître plus grand, il brandit le cristal au-dessus de sa tête.

— Je suis Tol'chuk, fils de Len'chuk de la tribu Toktala ! tonna-t-il dans la langue des og'res, défiant l'écho de la charge avec sa propre voix. Je viens à la demande de la Triade !

Ses paroles semblèrent n'avoir que peu d'impact sur l'avalanche qui leur fondait dessus. Tol'chuk sentit ses compagnons se rapprocher derrière lui. Il tint sa position, solide et inébranlable comme un rocher face à l'assaut.

— Ne bougez pas, murmura-t-il à ses amis dans la langue commune.

La marée og're les atteignit et se sépara en deux pour les encercler. Le silence qui suivit fut encore plus intimidant que le tonnerre qui avait précédé.

Tol'chuk se retrouva face à un mâle couvert de cicatrices. La crête de poils qui courait le long de son dos voûté était hérissée, et une menace palpable brillait dans ses yeux en amande. Tol'chuk connaissait cet og're – et cet og're connaissait Tol'chuk.

— Tu as assassiné mon fils, gronda-t-il, les prunelles flamboyantes de fureur.

C'était Hun'shwa, le père de Fen'shwa, une jeune brute que Tol'chuk avait accidentellement tuée la veille de sa magra. La dernière fois que Tol'chuk l'avait vu, il était encore sous le coup du désespoir. Mais, à présent, il s'exprimait comme un guerrier. Nul chagrin ne perçait dans sa voix : chez les og'res, il était honteux de pleurer ouvertement les morts. Mais sa colère résonnait aussi bruyamment qu'un coup de tonnerre.

— C'est vrai, admit Tol'chuk.

Il n'essaya pas de préciser qu'il n'avait fait que se défendre contre une attaque ignominieuse de Fen'swha. Un père affligé n'avait pas besoin d'entendre ces mots – qui, de toute façon, ne constituaient pas une excuse suffisante pour ce que Tol'chuk avait fait.

— Donne-moi une seule raison de ne pas t'écorcher vif et réduire tes os en poussière.

La réponse ne vint pas de Tol'chuk, mais des cieux qui les surplombaient. L'épaisse couverture des nuages se fendit, et un rayon de soleil darda à travers l'ouverture, illuminant la vallée, faisant étinceler l'herbe et projetant un arc-en-ciel dans la brume qui s'attardait au sud.

Mais rien ne fut aussi éblouissant que l'éclat de la sanguine tenue à bout de bras par Tol'chuk. Au contact du soleil, un feu intérieur embrasa le Cœur des og'res. Une riche lueur dissipa le froid matinal et ouvrit les yeux de tous les spectateurs à la majesté de la vie qui les entourait. Un instant, chaque chose vivante dans la vallée parut émettre sa propre radiance.

Les guerriers og'res endurcis ne purent retenir un hoquet de stupéfaction. Ils baissèrent leurs armes. Certains tombèrent à genoux.

Tol'chuk s'avança, prenant bien garde à maintenir la sanguine dans la lumière du soleil. Il tendit le cristal radieux vers Hun'shwa. C'était bien le Cœur des og'res ; même un père assoiffé de vengeance ne pouvait nier cette vérité.

— Voilà pourquoi je suis revenu, déclara Tol'chuk. Pour m'assurer que ton fils et tous les autres esprits de notre peuple puissent poursuivre leur chemin dans l'au-delà. Je ne fais qu'accomplir la volonté de la Triade. Je te demande de me laisser passer.

Le vieil og're fixa le cristal. Une de ses mains griffues se tendit vers les facettes qui brillaient de mille feux.

— Fen'shwa, articula-t-il d'une voix enrouée.

Quelques-uns des chasseurs détournèrent les yeux. *On ne regarde pas les éplorés.* Mais Tol'chuk fixa son interlocuteur sans ciller.

— Il est dans l'autre monde, désormais.

Hun'shwa tendit sa main au-dessus de la pierre comme pour se réchauffer à sa chaleur.

— Je le sens. (Des larmes coulèrent le long de ses joues ravinées.) Fen'shwa...

Tol'chuk garda le silence, autorisant le père en deuil à communier avec son fils. Personne ne parla ; personne ne bougea.

Quand Hun'shwa retira son bras, la fureur qui faisait flamboyer ses yeux avait disparu. Il se détourna avec un grognement. Il n'avait pas pardonné à Tol'chuk : il avait seulement reconnu son droit à vivre. Les autres chasseurs l'imitèrent et rebroussèrent chemin vers les cavernes.

—Serons-nous en sécurité si nous les suivons ? s'enquit Jaston, livide.

Tol'chuk acquiesça.

—Nous avons été acceptés. Mais restez prudents, et ne vous éloignez pas de moi.

—Je vais te coller comme une sangsue, promit Magnam.

Les compagnons jetèrent un regard nerveux aux géants qui les entouraient, mais ils traversèrent la vallée sans qu'aucun d'eux les ait molestés.

Arrivé près de l'entrée des cavernes, Fardale renifla. Tol'chuk aussi avait remarqué l'odeur : feux de cuisine, bouillie chaude et musc d'og're. Cela le ramena de nombreuses lunes en arrière. Il se souvint des jours heureux avec son père et avec ses rares amis, de leurs parties de fléchettes le soir au coin du feu. Mais il se remémora aussi des choses moins plaisantes : les moqueries cruelles de ses pairs, le sentiment d'être différent et hideux, et, pire que tout, le jour où il avait vu des chasseurs ramener le corps inerte et ensanglanté de son père. Jamais il ne s'était senti aussi seul.

Comme il s'approchait du seuil sombre, ses pieds ralentirent. La lumière des feux brillait à l'intérieur des cavernes, mais, après toute la distance qu'il avait parcourue pour revenir chez lui, Tol'chuk craignait de faire ces derniers pas.

Il sentit quelqu'un lui toucher le coude. Tout en regardant droit devant lui, Magnam chuchota pour la deuxième fois :

—Tu n'es pas seul.

Tol'chuk regarda autour de lui et comprit que le n'ain avait raison. Pendant ses pérégrinations à travers Alaséa, dans un monde infiniment plus vaste que les cavernes de sa tribu, il s'était constitué une nouvelle famille. Tirant force et courage de la présence de ses compagnons, Tol'chuk mit fin à son exil.

Il passa sous l'arche de granit.

L'entrée une fois franchie, ses yeux mirent un instant à s'accoutumer à la pénombre de l'immense caverne. De petits feux indiquaient le foyer de chaque famille, délimité par des rochers empilés et décorés à l'aide d'os sculptés. Plus loin, des tunnels et des grottes de taille plus modeste abritaient les habitations proprement dites.

Presque tous les foyers étaient déserts. Tol'chuk devina que les jeunes et les femelles se terraient dans leur tanière pour échapper aux étrangers. Seuls quelques anciens au dos voûté, les vieux chasseurs qui ne craignaient plus rien, gardaient leur foyer avec des bûches taillées en pointe et observaient les visiteurs d'un air soupçonneux.

Hun'shwa les entraîna dans les profondeurs de la caverne principale. Tol'chuk repéra la grotte de sa propre famille : noire, froide et vide. L'étincelle qui s'était allumée en lui quelques instants plus tôt vacilla à la vue de deux andouillers croisés en travers du seuil de sa tanière, au-dessus de l'ouverture dans le muret de pierre qui en barrait l'accès. Il savait ce que signifiaient les minuscules crânes de rats qui y étaient accrochés : « maudite ».

Les grottes voisines semblaient également à l'abandon. Les og'res étaient un peuple superstitieux. Tol'chuk ne pouvait pas les blâmer pour leur prudence. Sa lignée familiale remontait jusqu'au Parjure. Rien de surprenant à ce qu'elle n'ait engendré que malheur et échec.

Depuis une bonne distance, Hun'shwa désigna l'entrée de la tanière obscure.

— Restez ici.

Tol'chuk acquiesça. Il s'avança et écarta les deux andouillers, faisant cliqueter les crânes de rats qui y étaient suspendus. Du coin de l'œil, il vit les chasseurs les plus proches reculer. Il les ignora et fit signe à ses amis.

— Ils nous donnent cette grotte pour y loger, expliqua-t-il dans la langue commune. Nous pouvons camper ici.

— Nous allons vous apporter du bois pour votre feu, grommela Hun'shwa tandis que les autres og'res se dispersaient.

Lorsqu'ils se furent éloignés, Hun'shwa s'approcha du muret qui lui arrivait à la taille. Tol'chuk se prépara à se faire agresser ou insulter. Au lieu de ça, Hun'shwa tendit sa main griffue et la posa sur la pierre du dessus. Tol'chuk écarquilla les yeux. Toucher une tanière maudite était un acte courageux.

— Fen'shwa est passé dans l'au-delà, dit Hun'shwa dans un murmure rocailleux. Tu as libéré son esprit. Un père sent ces choses-là.

Tol'chuk inclina la tête.

— Et bien que je ne puisse te pardonner de m'avoir enlevé mon fils et d'avoir amoindri la joie de mon foyer, je te remercie de nous rapporter un peu de paix.

Tol'chuk entendit la tension dans la voix de Hun'shwa. Ce n'étaient pas des paroles faciles à prononcer. Les suivantes le furent encore moins.

— Sois le bienvenu chez toi, Tol'chuk, fils de Len'chuk.

Hun'shwa grogna et se détourna. Il s'éloigna en prenant appui sur les jointures de son bras gauche, et la pénombre l'engloutit.

Tol'chuk le suivit des yeux. Pour la première fois, il se sentait vaguement accepté parmi les siens.

Magnam se rapprocha de lui.

— Pourquoi a-t-il fait ça ?

Tol'chuk secoua la tête.

— Pour permettre aux fantômes de trouver le repos, marmonna-t-il.

Et il s'attela à dresser le camp et à ramener la vie dans la tanière glacée. Ce n'était pas comme si on lui avait restitué son héritage, mais peut-être la famille de cœur qu'il avait créée avec ses compagnons l'aiderait-elle à lever la malédiction qui pesait sur sa famille de sang.

Tout autour de la caverne principale, des og'res ressortirent de leur tanière, regagnant leur foyer pour alimenter leur feu ou touiller le contenu de leur marmite. Deux femelles s'approchèrent avec une brassée de bois qu'elles jetèrent par-dessus le muret, craignant d'aller plus loin.

Alors que Tol'chuk ramassait les branches éparses, il sentit sa peau le picoter, ses poils se hérisser le long de son cou et de ses bras en un avertissement muet. Puis un tintement grave se répercuta à travers la caverne, se réverbérant sous le plafond en forme de dôme et faisant vibrer ses os mêmes. L'éclat des feux diminua, comme étouffé par le son.

Tout autour de la caverne, les og'res se figèrent.

Mama Freda se tenait près de Tol'chuk. Tikal, jusque-là occupé à explorer un tas d'os, revint vers elle en courant et bondit sur son épaule.

— Qu'est-ce que c'est ? interrogea la vieille femme tandis que le carillon résonnait toujours.

— Un appel, chuchota Tol'chuk.

Le bruit semblait ébranler la pierre sous ses pieds. C'était comme si quelqu'un avait frappé le cœur granitique de la montagne avec un monstrueux marteau de cristal.

Mama Freda caressa son familier apeuré.

— Un appel ? De qui ? Pourquoi ?

— La Triade demande à tous les og'res de se rassembler.

Jaston et le capitaine el'phe se rapprochèrent.

— Mais pourquoi ? s'étonna le maraîchin en balayant la caverne du regard. La plupart d'entre vous sont déjà là.

— Non. Tu ne comprends pas. C'est un appel destiné aux og'res de toutes les tribus. Jeunes ou vieux, mâles ou femelles.

— Ça arrive souvent ? voulut savoir Mama Freda.

Tol'chuk secoua la tête.

— À ma connaissance, ça ne s'est produit qu'une seule autre fois depuis ma naissance, quand j'étais petit – durant la dernière guerre og're, à l'époque où les tribus se battaient entre elles. La Triade avait réclamé un rassemblement pour négocier la paix.

— Et aujourd'hui ?

— Je ne sais pas.

Tol'chuk repensa à l'affrontement avec les Ku'ukla, à la mort de leur chef. La Triade était-elle déjà au courant ?

Lentement, le carillon ralentit et s'arrêta. Autour des foyers, pas un og're ne bougea. Quelques murmures furent échangés.

— Regardez, dit Magnam en tendant un doigt vers les profondeurs les plus obscures de la caverne centrale.

Une lumière bleuâtre et vacillante soulignait une longue fissure dans le mur du fond. Sous les yeux des compagnons, elle s'intensifia comme quelqu'un approchait.

Tol'chuk et ses amis n'étaient pas les seuls à l'avoir remarquée. Les murmures s'éteignirent, et même les cris apeurés des femelles se turent.

Découpée par une flamme bleue, une silhouette émergea de la fissure, puis une autre, et encore une autre : trois vieillards og'res nus et décharnés. Dans l'obscurité, leurs yeux brillaient d'une lueur verte.

— La Triade, souffla Tol'chuk.

Les fantômes squelettiques s'avancèrent en traînant les pieds sur le sol de granit. Devant eux, les og'res tombaient à genoux, inclinaient la tête et se cachaient les yeux. Ces trois anciens étaient les gardiens spirituels des tribus og'res, ceux qui arpentaient les chemins des morts. Ils quittaient rarement leurs tunnels, mais, pour une fois, ils descendaient l'allée centrale de la caverne aux foyers avec une détermination évidente.

Tol'chuk les regarda approcher et resta debout. Il avait suivi le chemin des morts jusqu'à la Porte des Esprits. Même s'il respectait toujours la Triade, il n'avait plus peur d'elle. Il avait fait son devoir et libéré le Cœur de son peuple. Une étincelle de colère s'alluma dans sa poitrine. Les trois anciens lui avaient caché tant de choses ! Ils l'avaient envoyé dans le monde aveugle et ignorant. Ils savaient qu'il découvrirait la vérité ; pourtant, ils ne l'y avaient nullement préparé.

Les trois vieillards s'arrêtèrent devant la porte de sa tanière et parlèrent sans que Tol'chuk puisse dire lequel prononçait ces mots.

— À présent, tu connais la vérité.

Tol'chuk plissa les yeux. Dans sa poitrine, la flamme brûla un peu plus fort.

— Vous auriez dû me prévenir.

— Tel n'était pas notre rôle. (Les paroles de la Triade s'élevaient dans l'air telle de la brume.) Il fallait que tu sois guidé par le Cœur de notre peuple, et pas seulement par le tien.

— Et maintenant ? J'ai débarrassé la pierre du Fléau. Mais que dois-je faire au sujet du Parjure ?

L'ancien qui se tenait devant les autres tendit un bras frêle. Il n'eut pas besoin de parler pour se faire comprendre.

Tol'chuk sortit la sanguine de sa sacoche. Même dans la pénombre de la caverne, le cristal irradiait. Tol'chuk le remit au vieillard, dont les griffes se refermèrent dessus.

— Enfin.

Avec un soupir de soulagement, l'ancien de tête tourna le dos à Tol'chuk pour montrer la pierre aux deux autres. Les vieillards frémissants se rapprochèrent. Entre eux, la radiance de la sanguine s'intensifia momentanément.

— Nous avons attendu si longtemps, dit la Triade d'une voix lasse et chagrinée. Finissons-en.

La lumière écarlate flamboya soudain, éblouissant les spectateurs et changeant les trois anciens en simples ombres.

À travers les cavernes, des exclamations alarmées s'élevèrent.

— Que se passe-t-il ? hoqueta Jaston.

Tol'chuk se contenta de fixer la lumière radieuse qui l'enveloppait lui aussi et l'imprégnait de la beauté de toute chose vivante – lui y compris. Il se redressa de toute sa hauteur. Il n'avait plus honte.

Puis la lumière vacilla et s'éteignit. Les ténèbres retombèrent. Tol'chuk sentit le vide se faire dans son cœur. Un silence de mort s'abattit sur la caverne.

La faible lueur des feux révélait que la Triade était toujours massée autour du Cœur des og'res. Depuis les profondeurs de la montagne, le carillon lugubre résonna une seconde fois – une note unique qui se réverbéra telle une lamentation. Sur le seuil de la tanière de Tol'chuk, trois corps s'effondrèrent dans un cliquetis d'os. La sanguine tomba parmi leurs membres enchevêtrés.

Tol'chuk plongea, mais, avant même de les examiner, il savait déjà que les trois anciens étaient morts.

Comme il s'agenouillait sur le sol de granit, d'autres og'res se précipitèrent vers lui. Hun'shwa se trouvait parmi eux. Par-dessus les corps des anciens, il fixa Tol'chuk d'un regard flamboyant.

— Tu as assassiné la Triade !

Cassa Dar était assise dans la bibliothèque de Château Drakk. Au fond de son cœur, elle percevait le danger qui menaçait Jaston et les autres. Même si sa magie ne portait pas jusqu'au Croc du Nord, il existait des liens plus puissants encore entre elle et l'homme qu'elle aimait.

Craignant pour la vie de Jaston, elle se pencha vers la table jonchée de livres. Parce que personne d'autre ne pouvait la voir, elle ne s'encombrait pas de l'illusion qu'elle revêtait d'habitude et travaillait sous sa forme véritable : celle d'une n'aine ridée et voûtée par les siècles. Elle posa un index sur la page du texte très ancien qu'elle était en train de parcourir, un texte qui parlait longuement de la connexion entre les deux Crocs. Une angoisse nouvelle emplit sa poitrine et accéléra les battements de son cœur.

Se redressant, elle fit signe à l'un de ses enfants des marais.

— Apporte-moi la carte !

Le petit garçon posté près de la table s'éloigna prestement. Quelques secondes plus tard, il revint avec un encombrant rouleau de parchemin. Cassa Dar le lui arracha et le déroula rapidement, déployant tout Alaséa devant elle. Elle relut le passage qui l'intéressait, parcourut les calculs gribouillés dans les marges et les chemins de pouvoir indiqués en pattes de mouche.

Puis elle se radossa à sa chaise et ferma les yeux.

Les deux Crocs étaient des sources du pouvoir élémental de la Terre ; depuis leurs pentes, des veines d'énergie s'écoulaient vers le reste d'Alaséa ainsi que de la neige fondue. C'était l'une de ces veines argentées que le Seigneur Noir avait pour ambition de sectionner en envahissant ces contrées. Son intervention avait provoqué une inondation gigantesque, changeant des plaines en marécages et noyant à demi l'île de Val'loa.

Pour l'heure, l'objet de l'inquiétude de Cassa Dar n'était pas la veine qui traversait son territoire, mais celles qui passaient entre les deux pics. La n'aine suivit leur tracé du doigt tout en répétant ce qui était marqué dans le livre.

— À la confluence des veines du Croc du Sud qui remontent vers le nord et des veines du Croc du Nord qui descendent vers le sud, il existe un nexus de pouvoir, un nœud complexe situé à équidistance des deux pics.

Les calculs conduisirent son index jusqu'à un point marqué « Nidiver ». Une petite ville se dressait dans son ombre : Gelbourg, où avait grandi Elena Morin'stal la sor'cière.

Plus profondément encore qu'à Jaston, Cassa Dar était liée à la Terre. Elle savait que le mal mystérieux qui l'affectait depuis de nombreuses lunes venait de là. En touchant la carte, elle sentait presque la corruption à l'œuvre en cet endroit.

— Nidiver, chuchota-t-elle.

La n'aine repoussa sa chaise. Elle devait faire savoir à l'autre sor'cière que quelque chose de sinistre se tramait. Aussi se dirigea-t-elle vers la volière située au sommet de la tour, afin d'envoyer un corbeau à Val'loa.

Tandis qu'elle gravissait l'escalier, priant pour que son message arrive à temps, la peur qu'elle éprouvait pour Jaston grandit dans son cœur. Elle pressa un poing sur sa poitrine.

— Sois prudent, mon amour.

Jaston et les autres se tenaient massés derrière Tol'chuk, toujours agenouillé près des corps du trio d'anciens. Le morceau de sanguine reposait parmi leurs membres inertes ainsi qu'un œuf brillant au milieu d'un nid macabre.

De l'autre côté des cadavres s'était formé un mur d'og'res, à la tête duquel se tenait le mâle menaçant qui avait failli les agresser un peu plus tôt. Ses paroles étaient inintelligibles pour Jaston, qui n'entendait que des grognements indistincts. Mais la fureur du colosse était évidente, tout comme l'accusation qu'il portait. Soufflé par cette tirade écumante, Tol'chuk restait silencieux et immobile, le regard baissé.

Fardale effleura la jambe de Jaston. Celui-ci sentit trembler l'énorme loup sylvain et devina qu'il se préparait à se battre. De l'autre côté de Fardale, Jerrick avait passé un bras autour des épaules de Mama Freda, et des étincelles dansaient au bout des doigts de sa main libre. Magnam avait saisi sa hache. Tous étaient prêts à défendre leur ami.

L'og're furieux s'avança vers Tol'chuk. De toute évidence, sa fureur avait enflé au point de dépasser la crainte que lui inspiraient les corps de la Triade. Mais avant qu'il atteigne ces derniers, la sanguine tombée parmi eux flamboya brusquement, comme pour le repousser. Une brume sombre s'échappa du cristal.

Tous reculèrent, à l'exception de Tol'chuk qui se contenta de fixer cet étrange phénomène.

Le brouillard s'éleva vers le plafond en tourbillonnant, puis se sépara en trois volutes qui regagnèrent promptement le sol. Chaque nuage se condensa, modelant la silhouette décharnée d'un vieil og're. Même Jaston reconnut les anciens de la Triade. C'était comme si leur ombre venait de prendre vie.

À cette vue, les og'res tombèrent à genoux avec des cris de surprise. Même leur chef ne put s'en empêcher.

Des mots s'élevèrent des silhouettes de brume, mais personne n'aurait pu dire laquelle des trois avait parlé. Plus étonnant encore, même si l'ombre s'exprimait en langage og're, Jaston comprit ce qu'elle disait.

— Nous sommes enfin libres, entonna-t-elle, sa voix produisant un écho comme si elle provenait de très loin. Pendant des siècles, nous avons repoussé le moment de notre passage jusqu'à ce que le Cœur soit purifié et qu'il ouvre la voie vers l'au-delà. À présent, nous pouvons nous défaire de nos corps affaiblis. Il est temps qu'un nouveau chef spirituel veille sur les tribus. Temps que trois deviennent un.

Un bras brumeux se tendit vers Tol'chuk.

— Relève-toi et prends le Cœur. Désormais, ce fardeau est tien.

Tol'chuk écarquilla les yeux et protesta en og're.

— Demi-sang ou non, tu es des nôtres, répliquèrent les apparitions. Ramasse le Cœur et n'aie crainte. Nous resterons dans la pierre entre les deux mondes pour te guider quand nous le pourrons.

Mais Tol'chuk continua à secouer la tête en signe de refus.

La voix des spectres se fit cinglante.

— Vas-tu te dérober à ton devoir, comme ton ancêtre ?

Tol'chuk sursauta.

La voix s'adoucit.

— C'est vrai. En son temps, le Parjure refusa le fardeau de la responsabilité. Suivras-tu son chemin ou le tien ?

De nouveau, le silence s'abattit dans la caverne telle une chape de plomb. Puis Tol'chuk se redressa. Tendant la main par-dessus les corps des anciens, il saisit le joyau posé dans le nid de leurs membres. Le Cœur brilla plus fort, comme s'il le reconnaissait.

— Notre peuple a été appelé à se rassembler ce soir, reprit la voix. Profites-en pour prendre ta place de chef spirituel. Des temps sombres attendent les og'res. Même nous ne pouvons voir ce que leurs chemins sinueux nous réservent. Laisse le Cœur te montrer la bonne voie.

Puis les trois silhouettes se délitèrent, redevenant brume, et la pierre les aspira. Quelques mots résonnèrent encore :

— Comme pour ton voyage précédent, tu sais en quoi consiste ton premier pas. Tu sais où tu dois aller.

Les traits de Tol'chuk se crispèrent.

Dans ses yeux ambrés, Jaston lut de la compréhension – et de la peur.

Tol'chuk scruta les facettes cristallines de la pierre tandis que la Triade disparaissait. Déjà, il sentait des crochets familiers se planter profondément dans son cœur. Au fil de nombreuses lunes, la sanguine l'avait guidé à travers Alaséa et jusqu'à la montagne sculptée du Gul'gotha. Mais, cette fois, il n'éprouvait aucune compulsion, aucune obligation de suivre une direction donnée. À partir de maintenant, bien que lié au Cœur des og'res, il devrait choisir son chemin lui-même.

Le sort de son peuple dépendait désormais de lui. « Des temps sombres attendent les og'res. » Tol'chuk n'en doutait pas. Le Parjure vivait toujours. Il n'ignorerait pas éternellement son peuple, surtout si son propre descendant complotait contre lui.

Tol'chuk baissa la pierre et, par-dessus les corps de la Triade, regarda les og'res agenouillés devant lui : mâles et femelles, jeunes et vieux, robustes et infirmes. Ils ignoraient tout du monde qui s'étendait au-delà de leur territoire et du danger tapi sur le seuil de leurs cavernes.

Tol'chuk se redressa de toute sa hauteur. Il en avait fini de cacher son statut de demi-sang. Ce dont il avait jadis eu tellement honte lui paraissait désormais insignifiant. Après les horreurs et les actes de bravoure dont il avait été témoin durant son long périple – des horreurs et des actes de bravoure commis par des gens de toutes les origines raciales –, la question des origines n'avait plus aucune importance à ses yeux.

La Triade l'avait bien dit : il était un og're. Ces gens étaient son peuple. Et il était temps pour lui de les réveiller.

Son regard se posa sur Hun'shwa. Le chef des guerriers avait toujours la tête inclinée.

— Hun'shwa, relève-toi, dit Tol'chuk.

L'interpellé obéit sans le regarder en face.

— Que trois de tes chasseurs emportent nos défunts dans la chambre des esprits.

Hun'shwa grogna quelque chose aux og'res qui le flanquaient. Ceux-ci obtempérèrent avec maintes précautions. Alors, Hun'shwa s'adressa à Tol'chuk.

— Et l'appel ?

Tol'chuk fronça les sourcils. Le guerrier avait raison. Les autres tribus allaient converger vers le Crâne du Dragon sans savoir ce qui s'était passé ici. Les Toktala devaient se rendre là-bas eux aussi.

— Rassemble les nôtres. Nous nous mettrons en route au coucher du soleil.

Hun'shwa leva la tête, les yeux étincelants.

— Mais c'est la Triade qui a lancé l'appel. Et à présent, elle n'est plus. Qui prendra la parole ?

Tol'chuk n'avait pas poussé la réflexion si loin.

Hun'shwa tendit un doigt vers lui et répondit à sa propre question.

— Les anciens t'ont désigné pour être notre chef spirituel. C'est à toi de diriger le rassemblement.

Tol'chuk voulut protester, mais il n'avait pas d'argument à opposer à son interlocuteur. De toute évidence, la Triade s'était arrangée pour ne lui laisser aucune possibilité de se dérober à son devoir. Cette nuit même, devant toutes les tribus réunies, il lui faudrait s'approprier le titre de chef spirituel de son peuple.

Sa main se crispa sur la sanguine.

— Si je dois prendre la parole, j'aurai besoin de temps pour me préparer.

Il regarda les chasseurs emporter les corps des anciens vers la fissure dans le mur du fond et se souvint des derniers mots de la Triade : « Tu sais en quoi consiste ton premier pas. Tu sais où tu dois aller. »

Tol'chuk soupira. Très longtemps auparavant, il avait charrié le corps inerte de Fen'shwa dans la chambre des esprits qui s'ouvrait au-delà de cette fissure. C'était là qu'il avait pour la première fois affronté la Triade, là qu'il s'était engagé sur le long chemin qui avait fini par le ramener à son point de départ.

Serrant la pierre contre sa poitrine, Tol'chuk franchit la porte maudite de sa tanière et s'éloigna.

— Où vas-tu ? s'enquit Magnam derrière lui.

Tol'chuk désigna les flammes bleues qui découpaient toujours l'ouverture dans la roche. Il parla sans s'arrêter ni se retourner.

— Je dois suivre le chemin des morts.

À travers les yeux de son familier, Mama Freda regarda Tol'chuk s'éloigner. Les autres og'res s'écartèrent précipitamment devant lui, leur musc trahissant un mélange de crainte et de respect. L'odeur fit couiner Tikal, dont les perceptions étaient beaucoup plus développées que celles d'un humain. Mama Freda attendit que le plus massif de leurs compagnons ait disparu dans la fissure ; puis, dirigeant Tikal avec sa propre volonté, elle étudia le reste du groupe.

Ses amis n'avaient probablement capté qu'une fraction de ce qui s'était dit, alors qu'elle-même n'en avait pas raté un seul mot. La langue gutturale des og'res ne lui était pas inconnue – un fait qu'elle avait toujours gardé pour elle-même. Pour bien comprendre ce mélange de gestes, de postures et de grognements, il fallait avoir l'oreille et l'œil vifs. Ce qui était le cas de Tikal.

— Freda, vous voulez vous reposer ? demanda Jerrick en lui offrant son bras pour la guider vers un siège de pierre, près de la pile de bois.

Le n'ain Magnam entreprit d'allumer un feu. Jaston lui prêta main-forte, débitant une petite branche en copeaux pour permettre à la flamme du silex de prendre.

Mama Freda tapota la main du capitaine el'phe.

— Je vais bien, Jerrick. Allez plutôt nous chercher un peu de pain et de fromage dur. Les autres doivent avoir faim.

Jerrick ne bougea pas. Le souci qu'il se faisait pour elle brillait dans ses yeux bleus.

— Freda ?

— Je vais bien, répéta la vieille femme avec plus de force.

Elle vit qu'il n'était pas convaincu et soupira. Jamais elle n'aurait dû lui parler de sa faiblesse cardiaque. Mais la douleur qui l'avait réveillée quelques nuits auparavant avait été impossible à dissimuler. Elle avait été forcée de révéler son secret. Même ses herbes ne parvenaient plus à maintenir la douleur à distance ; du moins continuaient-elles à faciliter sa respiration.

Après avoir appris de quel mal elle souffrait, Jerrick avait été furieux contre elle. Pourquoi s'était-elle lancée dans un voyage aussi éprouvant ? Mais, tout au fond d'elle, Mama Freda savait qu'elle n'avait pas le choix. Pendant d'innombrables hivers, elle avait été seule – aveugle, défigurée, une étrangère parmi des étrangers. Ce n'était que maintenant, au crépuscule de sa vie, qu'elle avait trouvé quelqu'un pour partager son cœur comme Tikal partageait ses perceptions. Un lien très fort l'unissait à Jerrick. Ils se connaissaient l'un l'autre. La vieille femme refusait de passer le peu de temps qui lui restait loin de lui.

Elle lui pressa la main en un geste rassurant.

— Allez aider les autres.

Jerrick acquiesça et la lâcha. Elle le regarda s'éloigner, détaillant ses cheveux blancs attachés dans sa nuque, sa silhouette toujours mince et robuste malgré son âge. Un sourire effleura ses lèvres comme elle se détournait. Jerrick veillait sur elle ainsi qu'une mère louve sur ses petits. Après avoir passé toute sa vie à soigner les autres, Mama Freda trouvait agréable que quelqu'un s'occupe d'elle, pour une fois.

Elle se dirigea vers les pierres empilées qui délimitaient la tanière de Tol'chuk. Fardale montait la garde à l'entrée, mais ce n'était pas lui qui intéressait Mama Freda. S'appuyant sur sa canne pour avoir l'air encore plus faible et nullement menaçant, la vieille femme s'approcha d'un groupe d'og'res.

Le guerrier nommé Hun'shwa se tenait là avec d'autres mâles musclés et couturés de cicatrices. Il lui jeta un coup d'œil désinvolte. Après tout, elle n'était qu'une femelle – humaine, vieille et infirme de surcroît.

Mama Freda s'arrêta à quelques pas d'eux pour écouter leur conversation.

— Tu te défiles ? grogna l'un des chasseurs à Hun'shwa.

C'était l'og're le plus voûté et le plus tordu que Freda ait jamais rencontré. Il ressemblait à un tronc d'arbre torturé. Une peau de loup pendait sur une de ses épaules telle une demi-cape.

— Ne me mets pas la pression, Cray'nock, gronda Hun'shwa.

— Tu as donné ta parole aux Ku'ukla, insista l'autre og're. (Du menton, il désigna la fissure éclairée par des flammes bleues.) Ce bâtard a tué mon frère.

Soulevant le bord de sa peau de loup, il révéla une cicatrice de brûlure sur son avant-bras. Freda constata que le motif ne correspondait pas au symbole de la tribu de Tol'chuk.

— Je sais très bien ce que j'ai promis aux Ku'ukla, aboya Hun'shwa sur un ton coléreux.

Cray'nock cracha par terre.

— Ne te laisse pas berner par cette magie. Il t'appâte avec des illusions ; il affaiblit ton cœur en te montrant le spectre de ton fils.

Hun'shwa foudroya l'og're difforme du regard.

— Ne parle plus jamais de mon fils.

Cray'nock plissa le nez, ignorant la menace.

— Et la Triade ? Tu crois vraiment que la mort des anciens était naturelle ?

Hun'shwa baissa la voix.

— Leurs fantômes ont dit...

Cray'nock cracha de nouveau.

— Encore un tour de passe-passe. Les chasseurs qui accompagnaient mon frère ont rapporté que le bâtard avait conjuré des démons qui étaient tombés du ciel. S'il est capable d'une chose pareille, créer un peu de fumée et faire entendre des voix ne doit pas être bien difficile pour lui. Tout ça n'est qu'un maléfice, je te le dis.

Le doute crispa le visage rocailleux de Hun'shwa.

— Il a tué ton fils, insista Cray'nock. Il a assassiné Fen'shwa.

Hun'shwa fit volte-face avec un grondement furieux, mais l'autre og're avait déjà battu en retraite au milieu du groupe des chasseurs vêtus de peaux de loup.

— Ne prononce pas le nom de mon fils ! gronda Hun'shwa. C'est la dernière fois que je te le répète. Ne t'avise surtout pas de déranger son esprit !

Bien à l'abri parmi les autres og'res, Cray'nock répliqua :

— Tu avais promis d'apporter la tête de ce bâtard au nouveau chef des Ku'ukla. Alors, tu te défiles ?

— Je vais réfléchir, grogna Hun'shwa.

Cray'nock ricana.

— Réfléchis vite, Hun'shwa. Sinon, ce sera la guerre. Le sang de ta tribu rougira le flanc de ces montagnes. J'en fais le serment ! (Il se détourna avec le reste de son groupe, mais non sans avoir lancé une dernière pique :) Et les Ku'ukla ne se défilent jamais, eux !

Comme ils s'éloignaient, Hun'shwa resta seul avec un trio de ses propres guerriers.

— Que comptes-tu faire ? demanda l'un d'eux.

Hun'shwa jeta un coup d'œil vers la fissure dans le mur du fond et soupira.

— Je prendrai ma décision pendant le rassemblement. Si la Triade a dit vrai, Tol'chuk doit être protégé.

— Et si ce n'était qu'une illusion ?

Les yeux de Hun'shwa lancèrent des éclairs.

—Alors, je tuerai Tol'chuk sur les marches du Dragon. (D'un large geste, il désigna les chasseurs qui avaient presque atteint l'entrée de la caverne.) Surveillez-les.

Appuyée sur sa canne, Mama Freda réfléchit aux dernières paroles de l'og're. C'était une sage précaution. À travers son lien avec Tikal, elle regarda s'en aller les chasseurs Ku'ukla. De fait, mieux valait garder un œil sur eux. Il se passait quelque chose de plus grave que la mort d'un chef de tribu. Sans ça, pourquoi mettre en doute la véracité de la scène dont ils venaient d'être témoins ? L'énergie spirituelle de la sanguine avait touché le cœur de toutes les personnes présentes, og'res ou non.

Au fond de lui, Hun'shwa connaissait la vérité. Même s'il hésitait à revenir sur sa parole, Mama Freda sentait qu'il croyait à tout ce qui s'était passé. Mais en tant que chef de sa tribu, il devait également tenir compte de la menace posée par les Ku'ukla.

Mama Freda étudia le groupe de chasseurs hostiles qui sortait de la caverne. Eux aussi avaient assisté au miracle de la disparition de la Triade et au choix du nouveau chef spirituel. Pourtant, ils niaient la vérité. Pourquoi ? Il y avait là quelque chose qui échappait à la vieille femme. Quelque chose qui méritait d'être examiné de plus près.

Portant une main à son épaule, Mama Freda toucha Tikal.

—Va, chuchota-t-elle, projetant son désir à travers le lien sensoriel qui l'unissait à son petit compagnon. Suis-les. Et ne te fais pas voir.

Tikal frissonna. S'éloigner d'elle lui faisait peur. Son anxiété se communiqua à Freda, qui caressa sa crinière flamboyante.

—Suis-les, répéta-t-elle. Et reste bien caché.

Le tamrink écarquilla de grands yeux.

—Gros pue-le-bouc malins-malins.

—Oui, c'est pour ça que tu devras être prudent. (Freda posa un doigt sur les lèvres de Tikal.) Et ne pas faire de bruit.

La petite créature continua à trembler sur l'épaule de sa maîtresse tout en suivant les Ku'ukla du regard. Puis sa queue se contracta autour du cou de Mama Freda en une tendre étreinte. Sur ce bref adieu, le tamrink se laissa tomber par terre et bondit par-dessus le muret qui fermait la tanière de Tol'chuk. Un instant plus tard, les ombres l'engloutirent. Mais Mama Freda resta avec lui, voyant à travers ses yeux tandis qu'il filait vers la sortie en rasant les murs pour ne pas se faire repérer.

Quelque chose toucha l'épaule de la vieille femme. Elle sursauta.

—Le feu est prêt, annonça Jerrick derrière elle. Venez vous réchauffer.

Cette fois, Mama Freda ne résista pas. Elle se laissa aller contre le capitaine el'phe et laissa celui-ci la guider en feignant l'épuisement plutôt que la cécité. Tandis qu'ils se dirigeaient vers un feu qu'elle ne pouvait pas voir, le sol de la caverne défila à toute allure dans son esprit. Elle ne parla pas à Jerrick de la mission qu'elle venait de confier à Tikal. Dans ces souterrains, les murs avaient des oreilles, et l'acoustique pouvait jouer de vilains tours aux imprudents. Mama Freda préférait attendre que son tamrink découvre quelque chose.

Lorsqu'elle sentit la tiédeur des flammes, elle se fia à cette dernière pour gagner un siège de granit en s'aidant de sa canne. Jerrick s'assit près d'elle. Personne ne commenta la disparition du tamrink. Il n'était pas inhabituel que Tikal quitte son perchoir pour aller fouiller dans les coins sombres.

Freda fit face au feu et feignit de savourer sa chaleur. En réalité, son esprit et ses perceptions pourchassaient un groupe d'og're sous la pluie. Son regard était vif, ses oreilles frémissaient, et ses narines humaient le musc des Ku'ukla. Bientôt, Tikal fut suffisamment proche de ceux-ci pour qu'elle puisse entendre leurs grommellements.

— Tout est prêt ? demanda Cray'nock.

— Les pièges sont posés, répondit un autre og're.

— Parfait.

Cray'nock jeta un coup d'œil par-dessus son épaule. Tikal plongea derrière un buisson de grattebaie. L'og're renifla l'air, détaillant l'entrée de la caverne des Toktala d'un air soupçonneux.

— D'ici à la tombée de la nuit, tout le Croc nous appartiendra.

8

Tol'chuk attendit que les derniers og'res quittent la chambre des esprits. Les chasseurs désignés pour cette tâche placèrent le dernier cadavre à côté des deux autres, positionnant ses paumes froides sur ses yeux. Traditionnellement, c'était censé empêcher l'esprit d'un défunt de regagner son corps. Mais Tol'chuk savait que dans ce cas précis, cette précaution n'était pas nécessaire. Les trois anciens avaient paru ravis de se débarrasser enfin de leur fardeau de chair.

Leur devoir accompli, les porteurs s'en allèrent, laissant Tol'chuk seul avec les morts. L'og're regarda autour de lui. Il n'était venu là que deux fois : la première, pour sa cérémonie de baptême, la seconde, quand il avait apporté le corps inerte de Fen'shwa.

Il pivota lentement sur lui-même. La caverne sacrée était de forme ovale avec un sol concave, pareille à une bulle dans le granit. Une douzaine de torches aux flammes bleues et sifflantes éclairaient les murs. Les ombres dansantes qu'elles projetaient faisaient penser à des fantômes.

Ignorant ce spectacle, Tol'chuk fit face au tunnel obscur qui s'ouvrait dans le mur du fond.

— Le chemin des morts, chuchota-t-il.

Celui-ci menait aux catacombes dans lesquelles la Triade avait vécu durant des siècles innombrables. Le grand-père du grand-père de Tol'chuk s'était incliné devant les trois anciens. Mais, à présent, ces derniers avaient disparu – non sans transmettre le flambeau à quelqu'un d'autre.

Soupirant, Tol'chuk se dirigea vers le mur le plus proche et s'empara d'une des torches enflammées. Il savait ce qu'il devait faire : suivre le chemin des morts jusqu'à son terme, l'endroit où son voyage avait commencé. Une fois de plus, il allait affronter la Porte des Esprits, le cœur cristallin de la montagne.

Ravalant la peur qui lui comprimait la poitrine, Tol'chuk franchit l'arche du tunnel et s'enfonça dans l'obscurité. Il s'efforça de faire le vide dans sa tête, d'oublier ses angoisses, de se contenter de mettre un pied devant l'autre pour descendre dans les profondeurs silencieuses du territoire og're.

Ces souterrains ne lui étaient pas étrangers ; aussi ne fut-il pas surpris lorsque le plafond s'abaissa, l'obligeant à courber le dos. L'air se chargea d'une odeur âcre de sel de roche et de moisissure pétrifiée. Tol'chuk continua à avancer.

Devant lui, le passage formait une fourche. *À droite ou à gauche ?* La réponse lui apparut comme une évidence. De sa main libre, il sortit la sanguine et la tendit à bout de bras tandis qu'il approchait de l'embranchement. Il la présenta successivement devant les deux tunnels, et la pierre brilla plus fort devant celui de gauche. Tol'chuk s'y engagea donc, faisant confiance au Cœur de son peuple pour le conduire jusqu'à la Porte des Esprits.

Il marchait depuis une éternité dans un dédale de croisements quand il remarqua une nouvelle lueur dans le lointain. Une lueur qui n'était pas rouge comme celle de la sanguine, mais verte comme celle de certaines algues phosphorescentes.

D'un pas résolu, Tol'chuk se dirigea vers sa source. Ici, les parois, le sol et le plafond grouillaient de lumivers aveugles et longs comme le pouce qui se tortillaient en laissant des traces brillantes sur la roche nue.

Tol'chuk grimaça. Il avait oublié ces citoyens des profondeurs minérales qu'il écrasait par dizaines à chacun de ses pas. Il se souvint de la description que Magnam lui en avait faite. Selon le n'ain, les lumivers apparaissaient toujours aux endroits où l'on exploitait des veines ou des dépôts de sanguine. En revanche, personne ne savait pourquoi.

Brandissant le Cœur des og'res devant lui, Tol'chuk poursuivit son chemin. Bientôt, les lumivers furent si nombreux qu'il n'eut plus besoin de sa torche. Il l'abandonna à un croisement.

À présent, sa peau luisait de sueur et de bave de lumivers. Il commençait à croire qu'il s'était perdu dans ce labyrinthe quand le tunnel qu'il suivait déboucha subitement sur une gigantesque salle.

Tol'chuk s'arrêta sur le seuil et se redressa en balayant la caverne du regard. La flamme intérieure du Cœur des og'res se mit à briller plus fort, comme si l'air était plus frais ici. Sa radiance se propagea à tous les coins de l'immense chambre souterraine. Elle éclaboussa le mur du fond, révélant ce qui se tapissait dans l'ombre : une arche de sanguine pure. Ses deux piliers scintillaient dans la phosphorescence des lumivers comme si chacune de leurs facettes cristallines était en feu.

Tol'chuk se recroquevilla sur lui-même face à tant de majesté. Pourtant, il s'avança en brandissant sa pierre et en se protégeant les yeux de son autre main. Baigné par la radiance écarlate, il sentit une sérénité familière le gagner – ce sentiment de ne faire qu'un avec toute chose vivante. Il la savoura un long moment.

— Tol'chuk...

Il sursauta dans la caverne déserte.

— Tol'chuk, écoute-nous.

Ramenant ses pensées vers le monde des lumivers et de la pierre, l'og're se rendit compte que les mots provenaient du cristal qu'il tenait entre ses griffes. De nouveau, une brume noire s'éleva de la sanguine et monta très haut dans les airs, en direction de la Porte des Esprits. Puis elle s'immobilisa et se mit à tourbillonner devant l'arche massive.

— Nous n'osons pas encore traverser, chuchotèrent les spectres des anciens. (Tol'chuk entendit le désir et le regret dans leur voix.) D'abord, nous avons quelque chose à te montrer.

Comme précédemment, la brume se scinda en trois. Chacune de ses volutes redescendit vers le sol, où elle prit la forme d'un vieil og're voûté.

— Approche-toi de la Porte des Esprits.

Tol'chuk hésita. Il avait franchi l'arche une fois et répugnait à recommencer.

L'ombre la plus proche se tourna vers lui. Des yeux verts phosphorescents le fixèrent, et Tol'chuk reconnut la lueur qu'irradiaient les lumivers. Magnam n'avait-il pas mentionné ce phénomène ? Tol'chuk se souvint des paroles du n'ain : « Si tu traînes trop longtemps dans les parages des lumivers, leur phosphorescence finit par imprégner tes yeux. Il paraît que ça te permet de voir non seulement dans ce monde, mais aussi dans l'au-delà... Dans l'avenir. »

À présent qu'il voyait les yeux du spectre, Tol'chuk n'en doutait pas.

— Viens, chuchota l'apparition. (Pour la première fois, ces mots semblaient provenir d'un seul individu plutôt que de toute la Triade.) Il est temps que tu apprennes la vérité.

Les deux autres esprits flottèrent vers l'arche, un en direction de chaque pilier. Lorsqu'ils les atteignirent, ils disparurent à l'intérieur comme ils avaient disparu à l'intérieur du Cœur des og'res un peu plus tôt.

Tol'chuk resta seul avec le dernier membre de la Triade.

À travers la chambre souterraine, un bourdonnement sourd s'éleva de l'arche. Comme il s'amplifiait, Tol'chuk commença à distinguer des mots – des mots chantés dans une langue très ancienne qu'il ne comprenait pas. La psalmodie remonta le long des piliers, et un nouveau son se réverbéra vers l'extérieur, comme si quelque chose d'antérieur à tout langage répondait à la prière originelle. Toute la caverne se mit à vibrer à l'unisson, et les os de Tol'chuk avec.

L'esprit solitaire parla près de son épaule.

— C'est la Voix du Croc.

Tol'chuk jeta un coup d'œil au spectre. La silhouette brumeuse était devenue plus dense, plus compacte, comme si le son lui prêtait de la substance.

— La Terre parle à travers la montagne.

De nouveau, le spectre désigna l'arche.

Tandis que la vibration enflait, la paroi de granit encadrée par les piliers de sanguine se mit à scintiller en harmonie avec la Voix du Croc. Ce qui, une minute plus tôt, apparaissait encore comme un mur infranchissable ressemblait désormais à un simple reflet à la surface frémissante d'une mare.

Même l'air de la caverne se fit plus respirable, comme si un vent imperceptible soufflait depuis l'arche. Tol'chuk inspira profondément pour s'en remplir les poumons. Il sentit de l'énergie se répandre dans toutes les fibres de son être. Lorsque celle-ci atteignit la main qui tenait le Cœur des og'res, le cristal flamboya de plus belle, vibrant en harmonie avec la Voix du Croc.

Le bras de Tol'chuk se leva de son propre chef, et l'og're sentit la traction désormais familière sur son cœur. Malgré lui, il fit un pas vers la Porte des Esprits. La panique glaça son sang dans ses veines. Était-il de nouveau condamné à franchir l'arche et à se trouver transporté ailleurs ? Il résista, luttant pour contrôler ses membres.

— Ne lutte pas, chuchota l'esprit qui flottait derrière lui.

— Que se passe-t-il ? s'étrangla Tol'chuk.

— Le Croc t'appelle. Tu ne peux pas l'en empêcher.

Le spectre avait raison. Tol'chuk était tiré vers l'avant – non sous l'arche et au-delà de cette dernière, comme la fois précédente, mais vers l'un des deux piliers. Et à chacun de ses pas, le Cœur des og'res brillait plus fort, se changeant en une aveuglante étoile dans sa main.

Ébloui, Tol'chuk remarqua à peine qu'il s'était arrêté. Son bras se leva très haut, l'obligeant à redresser sa colonne vertébrale. Il sentit le Cœur toucher l'arche et s'y loger avec un cliquetis. Alors, le sort qui le tenait sous son emprise s'évanouit, et Tol'chuk tituba en arrière.

Tout en se frottant le bras, il vit que le Cœur reposait désormais dans une cavité cristalline, comme une clé dans une serrure. Sa forme était si bien adaptée à celle de l'alvéole qu'il aurait été difficile de le distinguer du pilier sans la lumière intense qu'il irradiait.

Le spectre parla.

— La pierre est le centre de la Porte – son cœur autant que le nôtre.

Soudain, la Voix du Croc changea de tonalité.

— Maintenant, regarde ! s'exclama le fantôme. Regarde la Porte retrouver son intégrité !

La radiance de la pierre se propagea à toute l'arche, embrasant la sanguine ainsi que de l'huile. Telle une traînée de feu, elle monta le long du pilier, décrivit une courbe et redescendit dans le pilier opposé.

À l'instant où elle atteignit le sol, son éclat diminua – mais ne s'éteignit pas pour autant. Tol'chuk hoqueta comme l'étoile flamboyante plongeait dans le sol, brillant à travers le granit ainsi que le clair de lune à travers un brouillard épais. L'arc étincelant passa sous l'arche et remonta dans le premier pilier, traçant un cercle complet afin de rejoindre le Cœur des og'res.

Bouche bée, Tol'chuk fixa l'arche flamboyante qui se dressait devant lui et la lueur symétrique dans le sol. Cet anneau gigantesque lui rappelait la Citadelle des montagnards : une arche de granit dont le reflet dans les eaux de Tor Amon formait un anneau magique. C'était la même chose avec la structure de sanguine.

— L'unité, enfin, chuchota le spectre de la Triade avec un mélange de joie et de chagrin. Ça faisait si longtemps que le Cœur n'avait pas été assez robuste pour embraser toute la Porte.

— Je ne comprends pas, marmonna Tol'chuk.

L'esprit tendit un doigt au-dessus de sa tête.

— L'arche que tu vois dans cette caverne n'est qu'une moitié du tout. (Il pointa son index vers le sol.) L'autre se dissimule sous tes pieds. Toujours enfouie, elle complète la Porte.

— Un anneau de sanguine, réalisa Tol'chuk. Pas seulement une arche.

Le spectre acquiesça.

— Grâce au retour du Cœur, la voie est désormais ouverte.

— La voie vers où ? voulut savoir Tol'chuk.

De nouveau, le fantôme braqua sur lui son regard vert phosphorescent.

— Vers le centre de toutes choses, le noyau du monde. (Il agita un bras en direction de la Porte.) Contemple ce qui se tapit dans le véritable cœur de la Terre !

Soudain, le mirage scintillant se convulsa sous l'arche comme si un énorme rocher venait de s'abattre dessus. Deux nuages de brume jumeaux jaillirent des piliers : c'étaient les autres esprits de la Triade qui revenaient. Ils rejoignirent leur frère, et, ensemble, les trois spectres regardèrent l'anneau de sanguine flamboyer de plus belle. Le mur qu'il encadrait se mit à onduler et à bouillonner comme si la roche se liquéfiait. Le granit parut perdre sa substance et se changer en autre chose.

Tol'chuk redoutait ce qu'il allait voir, mais il ne pouvait détacher son regard de l'impressionnant phénomène. Il retint son souffle.

Peu à peu, le bouillonnement s'apaisa. La paroi noire disparut, cédant la place à une vision qui fit tomber Tol'chuk à genoux.

Les yeux écarquillés, l'og're découvrit un abîme de ténèbres sans fond, traversées par des lignes écarlates et zigzagantes. Des flammes se déplaçaient le long de celles-ci en clignotant ainsi que des lucioles. Certaines semblaient provenir de l'anneau de sanguine.

Mais ce n'était pas ces veines qui coupaient le souffle de Tol'chuk. Serti au cœur des ténèbres, un monstrueux cristal du bleu argenté le plus pur tournait sur lui-même, étincelant tel le plus parfait des diamants dans un écrin de nuit.

Tol'chuk était hypnotisé par tant de beauté. Il ne disposait d'aucun point de comparaison pour évaluer la taille du joyau, mais il devinait que celui-ci surpassait les plus hautes montagnes d'Alaséa. Face à une telle majesté, l'og're n'était qu'un grain de poussière.

— Contemple le cœur du monde, entonnèrent ensemble les trois spectres de la Triade. L'esprit substantifié de la terre. Contemple la Pierre des Esprits.

À ces mots, le cristal scintillant parut enfler comme pour se tendre vers eux. Tol'chuk sentit une présence emplir la caverne telle la pression d'un haut fond sous-marin. Il continua à fixer le joyau sans cligner des yeux – en proie, malgré l'énergie incommensurable qu'il contemplait, à un sentiment de plénitude totale.

Alors, il se rendit compte que les lignes écarlates étaient en fait des veines de sanguine. Celles-ci s'entrecroisaient en formant un réseau complexe, mais, à bien y regarder, toutes conduisaient vers le cristal situé en leur centre.

La Pierre des Esprits… le véritable cœur du monde.

— Elle arrive, chuchotèrent les spectres de la Triade sur un ton révérencieux.

Tol'chuk sentit la pression s'amplifier contre ses tympans douloureux.

Puis une silhouette apparut, émergeant de la Porte des Esprits comme si elle jaillissait de la pierre même. Elle se découpa contre la lueur du joyau telle une ombre noire, un flux d'huile animé. C'était une femme grande et altière, drapée d'une vaporeuse chevelure argentée qui formait un nuage autour d'elle, cascadant sur ses épaules couleur d'encre, masquant son visage et ondulant comme si elle se mouvait sous l'eau. Ses mèches serpentaient derrière elle jusqu'à la Pierre des Esprits dans laquelle elles se fondaient.

— Qui… ? Que… ? balbutia Tol'chuk.

Alertée par sa voix, l'apparition se tourna vers lui. Un instant, ses cheveux argentés s'écartèrent, laissant entrevoir son visage. Ses traits étaient aussi nets, aussi finement ciselés que si on les avait sculptés dans du granit.

Tol'chuk hoqueta.

— Elena !

Mama Freda continuait à réchauffer ses vieux os devant le feu. À côté d'elle, Jerrick parlait à voix basse avec Magnam et Jaston, mais la vieille femme n'écoutait pas. Toute son attention était concentrée sur les og'res du clan Ku'ukla qu'elle espionnait avec les yeux et les oreilles de son tamrink.

Rester assise immobile pendant qu'une autre partie d'elle, aux perceptions décuplées, filait ventre à terre derrière les chasseurs lui faisait tourner la tête. Son nez humait à la fois l'odeur de la fumée de bois et celle de bouc mouillé qui émanait des og'res.

Mama Freda saisit l'extrémité de sa canne à deux mains et appuya son menton sur ses doigts croisés tandis que les battements de son cœur lui martelaient les tempes. Elle avait peur pour son familier, peur pour ses amis et même pour la tribu de Tol'chuk.

D'après les paroles de Cray'nock, les Ku'ukla préparaient un massacre sanglant. La vieille femme aurait voulu prévenir ses compagnons, mais aveugle comme elle l'était dans la caverne, elle ne pouvait pas voir si quelqu'un risquait de l'écouter. Autour d'elle, elle entendait les og'res traîner les pieds, grogner ou aboyer des ordres. Certains se trouvaient tout près de l'entrée de la tanière, gardant un œil sur les étrangers assis autour de leur feu de camp. Pour l'heure, elle allait donc garder le silence jusqu'à ce qu'elle découvre quelle traîtrise mijotaient les Ku'ukla.

Mama Freda se concentra entièrement sur Tikal.

Les chasseurs avaient traversé la prairie et pénétré dans une forêt de conifères située encore plus haut sur le versant du Croc. Désormais sur leur propre territoire, ils rebroussaient chemin vers les cavernes de leur tribu. Ils grondaient tout bas ainsi qu'un tonnerre lointain, se vantant du nombre de têtes qu'ils collecteraient durant la guerre à venir. Mais comme les aulnes de montagne et les sapins aux aiguilles noires se resserraient autour d'eux, ils ne tardèrent pas à faire le silence.

Grâce au nez de Tikal, Mama Freda sentit le frémissement de peur qui s'insinuait dans leur musc. À chaque pas, l'odeur s'épaississait. Les doigts de la vieille femme se crispèrent sur sa canne.

Cray'nock s'arrêta et fit signe aux autres de rester où ils étaient. Aucun des chasseurs n'éleva la moindre objection. L'og're voûté rajusta nerveusement sa cape en peau de loup et se détacha du groupe.

En silence, Mama Freda intima à Tikal l'ordre de le suivre. Le tamrink se faufila sur le bas-côté pour contourner le reste des chasseurs. Puis il fusa à la verticale le long d'un tronc et se mit à courir dans les branches. Ici, la végétation était assez dense pour qu'il puisse bondir d'un arbre à l'autre sans problème et sans se faire voir. Ses yeux vifs ne perdirent pas Cray'nock de vue une seule seconde tandis que l'og're s'enfonçait dans la pénombre du sous-bois.

Au-dessus de sa tête, un éclair zébra le ciel avec une détonation assourdissante. De la pluie se mit à tomber, crépitant sur les feuilles des aulnes et les aiguilles des sapins. Tikal redescendit un peu pour éviter le gros de l'averse et garder un œil sur l'og're.

Cray'nock ralentit et regarda autour de lui. L'odeur de peur et de transpiration qui émanait de lui était de plus en plus forte.

Sortant des ombres épaisses d'un bosquet, une voix soyeuse et dégoulinante de malveillance l'interpella.

—Me rapportes-tu la tête du dénommé Tol'chuk ?

Mama Freda fut surprise de voir qu'elle s'exprimait dans la langue commune, et non dans celle des og'res.

—Non, ma reine, répondit Cray'nock d'une voix tremblante. (Il tomba à genoux.) L'assassin de mon frère vit toujours. Il a encore recouru à des illusions démoniaques – cette fois, pour berner le cœur des membres de sa tribu.

—Et le pacte avec les Toktala ? La promesse qu'ils t'ont faite ?

Cray'nock inclina la tête.

—Hun'shwa, leur chef de guerre, résiste. Mais nous, les Ku'ukla, sommes prêts à attaquer. Nous n'attendons qu'un ordre de vous. En ce moment même, le reste de ma tribu se rassemble dans les bois au nord.

Un long silence suivit. Cray'nock resta agenouillé parmi les feuilles trempées, frissonnant de tout son corps.

—Non, chuchota soudain la voix. Nous ne les attaquerons pas dans leurs propres cavernes. J'ai entendu parler de l'appel. Apparemment, toutes les tribus vont se rassembler ce soir dans un endroit nommé le Crâne du Dragon.

Cray'nock opina.

—Oui, ma reine.

—C'est là que nous frapperons. Et je ne tolérerai plus le moindre échec – ni de la part de ton frère avant toi, ni de la tienne maintenant.

—Je comprends, ma reine.

—Cette fois, je vais prendre les mesures nécessaires pour que tu ne me déçoives pas, Cray'nock. Approche.

L'og're se releva et obtempéra, tremblant de frayeur.

Mama Freda ordonna à Tikal de l'imiter. Qui était donc la créature mystérieuse tapie dans le sous-bois ?

Tandis que le tamrink et l'og're s'enfonçaient tous deux dans la pénombre du bosquet, Mama Freda aperçut ce qui ressemblait à de la neige scintillant dans les branches au-dessus de leur tête, comme si une minuscule tempête avait frappé ce coin de la forêt. Des monticules blancs duveteux festonnaient les branches noires et s'accumulaient sur les buissons. Même le sol était couvert de longues traînées immaculées.

De plus en plus étrange…

Suivi par Tikal qui se déplaçait toujours en hauteur, Cray'nock pénétra dans le bosquet. À travers les yeux du tamrink, Mama Freda distingua un mouvement presque imperceptible sur le sol. Des milliers de petites araignées rouges filaient le long des monticules de neige.

Non, pas de neige, songea Mama Freda, horrifiée. *C'est de la soie.* Tout le bosquet était drapé de fils gluants qui étouffaient sa végétation.

Cray'nock se prosterna devant l'antre de l'araignée géante.

Au centre de la toile, quelque chose s'agita. Une patte hérissée de piquants, couleur rouge sang, transperça un épais rideau de soie qu'elle déchira avec aisance. Puis une autre apparut, et une autre encore…

Le corps qui suivit, porté par ces membres effrayants, était une abomination pire que tous les cauchemars de Mama Freda : une araignée géante, aussi haute qu'un og're, à la carapace d'un rouge tellement sombre qu'elle paraissait presque noire. Ses huit pattes enjambèrent les lambeaux de toile. Son abdomen renflé et luisant se dressa, exposant ses filières dégoulinantes de soie tandis qu'elle s'extirpait de son nid.

Mais ce n'était pas le pire.

Car au-dessus de son abdomen se dressait un torse de femme, aussi pâle que sa moitié inférieure était sombre. De longs cheveux d'un noir bleuté pendaient devant ses seins nus, sur lesquels couraient de minuscules araignées rouges. Elle écarta gentiment celles-ci d'une main, mais son attention resta concentrée sur l'og're qui lui faisait face.

Cray'nock refusait de lever la tête vers elle.

— Reine Vira'ni.

Mama Freda sursauta près du feu et laissa tomber sa canne.

— Freda, vous allez bien ? s'exclama Jerrick, alarmé.

La vieille femme écarta sa question d'un geste fébrile tandis que la terreur glaçait son sang dans ses veines. Ses compagnons lui avaient raconté l'histoire de la sor'cière araignée : un malegarde ennemi qu'ils avaient tué dans la forêt au pied des hautes terres et enterré là. Mais les malegardes morts ne le restaient pas toujours. Comme Rockingham avant elle, la sor'cière araignée avait visiblement été ressuscitée sous une nouvelle forme.

— Tu vas me conduire au Crâne du Dragon, chuchota-t-elle sur un ton venimeux. (Elle désigna les arbres qui l'entouraient.) Appelle tes frères. Nous allons emporter mes sacs à œufs.

Cray'nock leva les yeux. Tikal et Mama Freda suivirent la direction de son regard. Des dizaines de cocons de soie gros comme des citrouilles pendaient aux branches du bosquet. À l'intérieur, des créatures ténébreuses s'agitaient, cherchant à se libérer.

Confronté à cette épouvantable vision, l'og're se remit à trembler de plus belle. La terreur le paralysait.

— Mes enfants ont goûté le sang de ce Tol'chuk, poursuivit Vira'ni. Cette fois, ils se repaîtront de son corps – et des corps de tous ceux qui l'ont aidé.

— Oui, ma reine.

Cray'nock se redressa.

À cet instant, la reine araignée leva la tête vers les arbres. Son regard perçant balaya les frondaisons drapées de soie et s'arrêta sur le tamrink.

— On nous espionne ! siffla-t-elle en tendant un doigt.

— Tikal, va-t'en !

Dans sa panique, Mama Freda avait crié tout haut.

— Que se passe-t-il ? demanda Jerrick en lui pressant l'épaule.

La vieille femme n'eut pas le temps de répondre. Elle filait avec son tamrink le long des branches, luttant pour lui transmettre un surplus d'énergie.

Soudain, une douleur aiguë lui transperça la poitrine. Elle hoqueta.

Son petit compagnon venait de bondir. Frappé par la même douleur qu'elle, il rata sa réception et dégringola dans le vide. Au passage, il heurta une branche. Une de ses pattes se brisa avec un craquement sec. Puis il s'écrasa sur le sol, et l'impact lui coupa le souffle.

Mama Freda ne pouvait plus respirer elle non plus. Pourtant, elle continua à lutter pour soutenir son familier.

Le tamrink se redressa sur sa patte postérieure valide.

— Tikal, bon garçon, va-t'en, va-t'en, bredouilla-t-il dans sa frayeur et sa souffrance.

Le feu qui embrasait la poitrine de Mama Freda se communiqua à ses bras et à ses jambes. Ce fut tout juste si elle sentit Jerrick la rattraper comme elle s'effondrait. Son esprit et son cœur, si faibles soient-ils, étaient tout entiers tournés vers Tikal.

Cours, mon petit, cours.

— Cours, cours, répéta le tamrink en écho dans une forêt beaucoup trop éloignée.

Il courait avec sa patte cassée repliée contre son ventre, prenant appui sur ses mains et bondissant avec sa patte valide. Sa queue flottait derrière lui comme un étendard.

Cours et cache-toi... Fais vite, mon petit amour.

À présent, la douleur étranglait Mama Freda, qui ne pouvait plus respirer ni même hoqueter.

Tikal fuyait, survolant presque le sol… quand, tout à coup, quelque chose lui saisit la patte, l'arrêtant net et le faisant s'étaler dans la poussière.

Tandis qu'il roulait sur lui-même et se tortillait dans une vaine tentative pour se dégager, Mama Freda vit ce qui l'avait capturé : une boucle de soie passée autour de sa patte ainsi qu'un collet. Une boucle qui commença à le tirer en arrière, traînant son corps frénétique vers la source de la toile : la reine araignée.

Vira'ni se tenait un peu plus loin sur la piste, ramassée sur elle-même, en appui sur ses pattes bien écartées, une grimace venimeuse sur les lèvres. Sous elle, un flot de minuscules araignées rouges coulait en direction de Tikal. Le tamrink continuait à se débattre comme un beau diable, tentant de ronger le fil de soie avec ses petites dents aiguës.

Tikal!

Soudain, le fil se brisa, et le tamrink emporté par son élan roula en arrière. Il se releva prestement, fit demi-tour et s'éloigna ventre à terre. D'un bond, il se propulsa vers une branche basse. Mama Freda sentit ses doigts se refermer dessus, et le soulagement l'envahit.

Hélas ! La branche était déjà occupée.

De petites araignées dansaient sur l'écorce, sur les mains de Tikal et le long de ses bras fluets. Lorsqu'elles mordirent le tamrink, la douleur poignarda Mama Freda bien plus cruellement que la défaillance de son propre cœur. Tikal dégringola de nouveau et s'écrasa au milieu du flot d'araignées.

Comme celles-ci le submergeaient, Mama Freda hurla :

— Tikal !

— Mama, Mama…

Puis la vieille femme sentit le vaillant petit cœur du tamrink se convulser et s'arrêter… tout comme le sien.

Au fond d'une caverne, un spasme arqua son dos. Une douleur atroce traversa sa poitrine et ses os.

— Qu'est-ce qui lui arrive ? s'affola Magnam.

— Elle se meurt ! s'exclama Jerrick. Son cœur…

Mama Freda sentit les ténèbres se refermer sur elle, des ténèbres plus absolues que toute cécité. Elle lutta pour arracher encore une inspiration à ses poumons déjà contractés par la mort. Et de cet ultime souffle, elle fit un avertissement pour ses compagnons.

— Prenez garde… Vira'ni !

Puis le baume apaisant des ténèbres effaça sa douleur. Tandis qu'elle dérivait loin des mains de Jerrick et sentait les lèvres de son bien-aimé se poser sur les siennes une dernière fois, un petit cri aigu, plein de détresse et de frayeur, résonna dans le lointain. *Mama, Mama…*

Ne crains rien, mon petit. J'arrive.

Choqué, Tol'chuk fixa la sombre apparition qui venait de jaillir de la Porte des Esprits.

— Elena ? répéta-t-il.

La femme tourna vers lui ses yeux noirs pareils à deux billes d'obsidienne polie. Ses cheveux argentés ondulaient devant son visage, comme agités par des courants invisibles. De l'énergie qui semblait s'écouler de la Pierre des Esprits crépitait le long de ses mèches et scintillait sur sa peau couleur d'encre.

Lorsqu'elle s'écarta de l'arche de sanguine, ses traits se précisèrent comme si elle émergeait des profondeurs d'une mer de ténèbres. Tol'chuk comprit son erreur. Malgré la similitude de leurs traits, cette femme n'était pas Elena. Elle était beaucoup plus vieille que cette dernière. Nulle ride ne creusait son visage, mais le poids des ans marquait ses yeux et sa bouche, et l'argent de ses cheveux n'était pas seulement dû à la magie. Son âge devait se compter en siècles.

— Qu-qui êtes-vous ? balbutia Tol'chuk.

Ce fut la Triade qui répondit sur un ton révérencieux :

— La Dame de la Pierre. Sa gardienne et sa protectrice.

L'apparition leva un bras noir, repoussant un nuage de cheveux argentés.

— Non, dit-elle. Plus maintenant. (Sa voix était faible, et ses paroles semblaient désynchronisées du mouvement de ses lèvres.) Je ne puis contenir les ténèbres qui approchent. Mon temps est révolu. (Ses yeux brillèrent en fixant Tol'chuk.) Ce monde a besoin de nouveaux protecteurs.

L'og're recula, et les spectres de la Triade s'agitèrent. Leurs silhouettes se brouillèrent.

— Mais la Dame de la Pierre est la gardienne éternelle de la Porte !

— Non, répéta l'apparition en secouant la tête. Pas éternelle, juste très ancienne. J'ai fusionné mon esprit avec la Pierre à une époque dont ne subsistent plus que des mythes et des légendes.

— Nous ne comprenons pas, murmura la Triade.

— Jadis, je portais un autre nom. (La voix de la femme faiblit encore.) Vos puissants ancêtres ne m'appelaient pas la Dame de la Pierre. Ils m'avaient donné un titre maudit : *Tu'la ne la Ra Chayn.*

Tol'chuk fronça les sourcils, car ces derniers mots avaient été prononcés en vieil og're. Mais les spectres des anciens comprirent, et ils poussèrent un hurlement.

— Impossible !

Choqués et horrifiés, ils reculèrent précipitamment et continuèrent à se dissoudre.

— Quel est le problème ? s'enquit Tol'chuk.

Un des fantômes le survola en gémissant :

— *Tu'la ne la Ra Chayn !*

— La scélérate, geignit un autre.

— La maudite, se lamenta le troisième.

Dans leur panique, ils s'étaient séparés et ne s'exprimaient plus de la même voix.

Tol'chuk fit un pas en arrière.

— Qui ?

— C'est *Tu'la ne la Ra Chayn*, répondit le premier spectre. La Sor'cière de la Pierre des Esprits !

De plus en plus perplexe, Tol'chuk se rembrunit tandis que les fantômes des trois anciens se réfugiaient derrière lui comme pour quêter sa protection.

Face à eux, l'apparition flottait toujours dans un océan de mèches argentées, ignorant leur agitation. Sa peau semblait devenir de plus en plus noire, sa chevelure de plus en plus scintillante. Dans ses yeux se lisaient de la colère, mais aussi une incroyable tristesse.

Enfin, les paroles de la Triade atteignirent le cerveau de Tol'chuk.

— La Sor'cière de la Pierre des Esprits, marmonna-t-il en détaillant la femme, les sourcils froncés.

Puis un éclair de lucidité l'éblouit comme il faisait une fois de plus le rapprochement avec Elena. Une autre sor'cière… Il tituba en arrière, manquant de s'étrangler dans sa stupeur, puis hoqueta le nom sous lequel il la connaissait.

— La sor'cière de la pierre *et* de l'esprit !

Le regard de l'apparition était toujours braqué sur lui.

— La marche du temps brouille les noms et les desseins, dit-elle froidement. C'est étrange que l'on puisse résumer toutes les réussites et tous les échecs de votre existence par un titre aussi simple – et que même alors, on se débrouille pour déformer le titre en question. (Elle soupira.) Mais tu connais mon nom véritable, n'est-ce pas, og're ?

Tol'chuk retrouvait des similitudes avec Elena jusque dans l'expression tourmentée de la femme. Il ne put qu'acquiescer et dire tout haut :

— Sisa'kofa.

L'apparition opina.

— Et moi aussi, je te connais. Tu es le dernier descendant de Ly'chuk de la tribu Toktala.

Interloqué, Tol'chuk fronça les sourcils.

—Le Parjure, précisa Sisa'kofa.

Tol'chuk cligna des yeux. Ly'chuk! Tel était le véritable nom de son ancêtre maudit. Il retrouva l'usage de sa langue.

—Je ne comprends pas. Comment pouvez-vous apparaître devant moi? Que faites-vous ici?

L'apparition agita un bras spectral.

—Je ne suis pas vraiment ici. Mon esprit a franchi la Porte et basculé dans l'au-delà depuis des siècles. Ce que tu contemples n'est qu'un écho, un vestige de ma magie lié à l'énergie de la Pierre. Quant à la raison de sa présence ici... C'est une histoire destinée à d'autres oreilles que les tiennes. J'ai laissé mon écho dans la Porte, sachant qu'un jour, la sor'cière qui me succéderait aurait besoin qu'on la guide.

—Elena, souffla Tol'chuk.

Sisa'kofa acquiesça.

—Pendant des siècles innombrables, j'ai été la gardienne de la Pierre des Esprits. Depuis ce poste, j'ai guidé ton peuple de mon mieux, mais, malgré tout mon pouvoir, je n'ai pu prévenir la trahison de ton ancêtre.

—Le Parjure...

—Ly'chuk avait fait le vœu d'être le chef spirituel de son peuple. Il s'est présenté devant cette Porte en suppliant. Sa volonté était forte, et son pouvoir élémental plus encore.

Tol'chuk sursauta de surprise.

—Le Parjure était un élémental?

—Son don était la capacité de sculpter la magie naturelle d'autrui – de modeler le talent brut.

Ces paroles avaient l'accent de la vérité. Tol'chuk se souvint de tous les malegardes rencontrés durant son voyage. C'étaient de parfaits exemples d'application de ce don – des élémentaux dont les pouvoirs avaient été corrompus pour distraire le Parjure ou servir son dessein.

—Et que s'est-il passé?

—Cela, je l'ignore. Un jour, ton ancêtre a ouvert la Porte qui donne vers la Pierre des Esprits. J'ai senti le flux de magie, et je suis venue voir. J'ai trouvé Ly'chuk à genoux, pleurant de douleur, les bras levés vers le ciel. Comme je m'approchais de lui, quelque chose s'est déchiré dans la trame du monde. Puis la Porte s'est refermée brutalement, et elle est restée close pendant les six siècles qui ont suivi. (Sisa'kofa fit face aux spectres de la Triade.) Mais je n'ai pas la moindre idée de ce qui s'est passé dans cette chambre ce jour-là.

Sous son regard, les fantômes s'agitèrent, mal à l'aise.

—Nous n'en savons pas plus que vous, chuchotèrent-ils, de nouveau à l'unisson. Le Parjure a prononcé ses vœux. Nous aussi, nous avons senti la déchirure dont vous parlez. Nous nous sommes précipités ici, mais nous n'y avons trouvé que le Cœur gisant sur le sol. Lorsque nous l'avons touché, nous avons immédiatement compris qu'il était maudit – souillé. Qu'il ne permettrait plus de réveiller pleinement la Porte des Esprits. Désormais, nous étions coupés de l'au-delà. À compter de ce jour, le Fléau n'a cessé de grandir en se nourrissant des esprits de notre peuple. L'un de nous a rêvé que la malédiction ne pourrait être levée que par le dernier descendant de Ly'chuk, le Parjure.

—Alors, nous avons attendu, dit le premier spectre.

—Et attendu, ajouta le second.

—Et attendu, répéta le troisième en écho.

—Jusqu'à ce que j'arrive, acheva Tol'chuk, incapable de dissimuler l'amertume dans sa voix.

Le silence se fit dans la caverne. Ici, le poids des siècles était si considérable...

Enfin, l'ombre de Sisa'kofa reprit la parole.

—Il semble que ta mission ne soit pas terminée et que tu ne puisses pas encore déposer ton fardeau, og're.

Tol'chuk leva les yeux.

—Que voulez-vous dire ?

L'apparition jeta un coup d'œil vers la Porte des Esprits, ses cheveux argentés se soulevant avec le léger mouvement de sa tête.

—La Terre avait une bonne raison de souiller ta sanguine en l'infestant à l'aide du Fléau : ainsi, elle a verrouillé l'accès à la Pierre des Esprits. Depuis ce jour, j'ai senti la corruption tenter de franchir la Porte ; je l'ai sentie pervertir les flux d'énergie de la Terre. Il y a parmi vous un chasseur qui s'est fixé le cœur de ce monde pour cible.

—Mon ancêtre, chuchota Tol'chuk. Le Parjure.

La femme d'obsidienne et d'argent soupira.

—Et son pouvoir ne cesse de grandir. Bientôt, il parviendra à passer en force. L'écho de mon propre pouvoir ne suffira pas à l'arrêter. Mais la Porte des Esprits vient de se rouvrir. De nouveaux champions ont été désignés pour préserver la pureté du cœur de la Terre : toi et celle qui me succède.

—Elena.

—Oui. Avant que mon esprit bascule dans l'au-delà, j'ai rêvé d'elle. J'ai vu les temps sombres qui guettaient ce monde. Elle se tenait devant cette même Porte, et le sang de ses amis coulait à flots sur le sol. (Sisa'kofa secoua tristement la tête.) J'apporte un avertissement destiné à elle seule. C'est pour ça que je me suis manifestée – la voix du passé adressant une mise en garde au présent.

— Vous ne voulez pas nous dire de quoi il s'agit ? demanda Tol'chuk, las de la magie et des secrets.

— Je ne peux pas. Je suis l'écho d'un désir et d'un dessein. Un seul chemin s'ouvre à moi. La sor'cière doit être amenée ici, et jusqu'à son arrivée, la Porte des Esprits doit être protégée. (L'apparition fixa durement Tol'chuk.) Par toi.

Les spectres de la Triade se remirent à chuchoter, leurs yeux irradiant la lueur verte de la prescience.

— Nous aussi, nous l'avons vu. C'est pourquoi nous avons convoqué notre peuple au Crâne du Dragon. (Leur regard se braqua sur Tol'chuk.) Tu dois unir les tribus afin de protéger la Porte !

Quelque part dans le lointain, un hurlement venu de la surface se répercuta dans les tunnels.

— Écoute, dit Sisa'kofa. Déjà, les ténèbres se referment sur nous.

Tol'chuk pencha la tête sur le côté. Il connaissait ce cri. *Fardale.* Il voulut se détourner, mais les spectres de la Triade flottèrent vers lui, cherchant à capter son regard de leurs yeux phosphorescents.

— Un esprit a été libéré, chuchotèrent-ils. Celui d'un de tes compagnons.

Tol'chuk sursauta.

— Qui ?

— La vieille femme, gémirent les fantômes.

Mama Freda ! De nouveau, Tol'chuk voulut rebrousser chemin jusqu'à la caverne où il avait laissé ses amis.

— Attends ! appela Sisa'kofa. Emporte le Cœur ! Ferme la Porte ! Le chemin qui conduit à la Pierre des Esprits doit être protégé par-dessus tout !

Tol'chuk hésita, puis courut vers l'arche. Ses griffes saisirent la sanguine dans la cavité qui faisait office de serrure.

Près de lui, l'esprit de la sor'cière battit en retraite à travers la Porte, ses cheveux argentés se repliant avec elle. Par-dessus son épaule, le cristal de la Pierre des Esprits étincelait au cœur des ténèbres.

— J'attendrai, promit-elle. Je vous attendrai tous.

Ces derniers mots glacèrent Tol'chuk. Puis le loup hurla une seconde fois, et l'og're décida qu'il n'avait pas le temps d'hésiter. Il arracha la sanguine sertie dans le pilier. La fenêtre vers le centre du monde disparut aussitôt, cédant la place au mur de granit originel.

Les trois esprits se délitèrent et furent de nouveau aspirés par la sanguine. Quelques mots s'attardèrent dans leur sillage.

— Une menace approche. Les tribus og'res n'y survivront que si elles sont unies.

Tol'chuk fourra le Cœur dans sa sacoche. Avec un dernier coup d'œil en direction de l'arche, il s'élança dans les tunnels.

— Dans ce cas, je ne laisserai rien ni personne m'arrêter.

Pendant que Fardale hurlait son chagrin, Jaston s'agenouilla près du corps de la guérisseuse. Jerrick la berçait toujours dans ses bras, le visage inondé de larmes.

— Pourquoi ? gémit-il.

Jaston lui toucha l'épaule avec compassion. Il ne connaissait pas de mots susceptibles d'apaiser la douleur du capitaine el'phe. Si c'était Cassa Dar qui gisait sans vie sur le sol, il serait inconsolable.

Pour une fois, Magnam les surplombait tous.

— Nous avons de la compagnie, annonça-t-il.

Du menton, il désigna le demi-cercle d'og'res qui s'était formé à l'entrée de la tanière. Ils se tenaient à quelques pas de distance, redoutant visiblement d'approcher davantage, mais une menace limpide brillait dans leurs yeux.

Jaston se releva.

— Ils savent qu'il se passe quelque chose d'anormal. La panique risque de les pousser à attaquer avant le retour de Tol'chuk.

— Où est messire Duroc ? lança Magnam, les sourcils froncés. Quelqu'un qui parle le patois local serait le bienvenu.

Un des og'res les plus massifs fendit la foule pour s'approcher de l'ouverture dans le muret. Jaston reconnut le guerrier avec lequel Tol'chuk s'était entretenu un peu plus tôt : Hun'shwa, le chef des Toktala.

Le monstre se déplaçait le dos courbé et les épaules en avant, en appui sur les phalanges d'une de ses mains. Lorsqu'il ouvrit la bouche, un grondement d'avalanche en sortit. Mais les sons rocailleux formaient indubitablement des mots dans la langue commune.

— Que se passe-t-il ici ? Pourquoi le loup hurle-t-il ? demanda-t-il en fixant Fardale d'un air soupçonneux.

Ce dernier s'était tu, mais il demeurait à son poste près de l'entrée de la tanière, le poil hérissé.

Jaston s'avança.

— Un de nos anciens est mort. La femme. Elle avait quelque chose au cœur.

Hun'shwa plissa les yeux.

— Ça fait beaucoup de morts pour aujourd'hui.

Deux ou trois og'res grommelèrent leur assentiment, mais Hun'shwa les fit taire d'un geste impérieux.

Jaston prit la parole.

— Nous vous demandons un moment pour faire nos adieux à la défunte.

Hun'shwa pivota en appui sur son poing et grogna quelque chose. Le reste du groupe se retira à contrecœur, non sans jeter des coups d'œil méfiants et faire des signes de protection en direction de la tanière maudite. Hun'shwa reporta son attention sur les compagnons en deuil.

— Faites vos adieux. Puis nous emporterons votre femelle dans la chambre des esprits.

Jaston acquiesça et fit face aux autres tandis que l'og're s'éloignait.

— Je nous ai fait gagner un peu de temps, mais je ne sais pas combien.

Magnam se rapprocha de lui.

— Alors, qui est ce Verny contre lequel Mama Freda nous a mis en garde ?

— Vira'ni, rectifia Jaston en croisant les bras sur sa poitrine. C'est une femme, un malegarde que le groupe d'Elena a tué dans la forêt non loin d'ici.

— Possible, grimaça Magnam. Mais la mort n'a pas de prise sur ceux qui ont été touchés par l'Innommable.

— À moins que les affres de l'agonie aient fait délirer Mama Freda.

Le n'ain secoua la tête.

— Non, son familier a disparu. Et je l'ai clairement entendue appeler Tikal. À travers les yeux du tamrink, elle a vu quelque chose – quelque chose qui a arrêté son cœur. (Il dévisagea Jaston.) Que sais-tu de cette… Vira'ni ?

— Pas grand-chose, admit le maraîchin. Elle commandait aux araignées, je crois.

Berçant toujours le corps de Mama Freda contre lui, Jerrick lâcha, les dents serrées :

— Je traquerai cette démone moi-même, et je la réduirai en cendres.

Fardale se dirigea vers la guérisseuse inerte, la renifla, puis contourna le feu. Ce faisant, il abandonna sa forme de loup et se redressa sous son apparence humaine. Sa fourrure se rétracta, cédant la place à de la peau humaine ; ses crocs se changèrent en dents et ses griffes en ongles. Il se redressa de l'autre côté des flammes, haletant de l'effort de la métamorphose.

Jaston distinguait encore le loup en lui : le pli féroce de sa bouche, la sévérité de son regard, la fixité de sa posture… Jamais il n'aurait pu prendre cet homme pour Mogweed.

— Si Vira'ni se trouve dans les parages, nous courons tous un grave danger, déclara Fardale.

— Que sais-tu d'elle ? interrogea Magnam.

Fardale ignora cette question et, levant la tête, huma l'air.

— Tol'chuk revient.

Quelque chose remua dans l'obscurité au fond de la caverne. Des og'res grognèrent leur mécontentement, puis s'écartèrent de mauvaise grâce devant Tol'chuk. Celui-ci rejoignit rapidement ses compagnons.

— Que s'est-il passé ? demanda-t-il, ses yeux écarquillés fixant Mama Freda.

Pendant que Magnam le lui expliquait, Jaston vit Hun'shwa observer leur groupe de loin, comme s'il les jaugeait. Un og're de plus petite taille grommela quelque chose au chef des Toktala ; celui-ci le chassa d'un grognement peu amène.

— Vira'ni ! s'exclama Tol'chuk d'une voix de stentor.

Jaston reporta son attention sur lui.

Fardale acquiesça.

— Mama Freda est morte avec ce nom sur les lèvres – un avertissement. J'ai vu son familier sortir de la caverne au moment où tu es parti avec les spectres de tes anciens.

Toutes les têtes se tournèrent vers le métamorphe. Celui-ci demeura impassible.

— La guérisseuse avait dû lui demander de suivre les og'res qui portaient des capes en peau de loup.

Sur la fin de sa phrase, tout de même, sa voix se changea en grondement.

— En peau de loup ! répéta Tol'chuk, choqué.

Fardale hocha la tête.

Tol'chuk jeta un coup d'œil vers l'entrée de la caverne.

— Ça ne peut signifier qu'une chose...

— Les Ku'ukla, lança une voix sévère derrière eux.

Tout le groupe pivota. Hun'shwa se tenait de l'autre côté du muret de pierre, la tête inclinée.

— Vous avez tué Drag'nock, leur chef. Ce matin au lever du soleil, ils sont venus réclamer la tête de Tol'chuk en menaçant de nous déclarer la guerre si nous ne la leur apportions pas. (Le chef de tribu baissa les yeux.) Je leur ai donné ma parole que ce serait fait.

Magnam empoigna sa hache.

— Je voudrais bien te voir essayer !

Tol'chuk leva un bras pour calmer le n'ain.

— Et maintenant, Hun'shwa ?

L'og're massif releva les yeux.

— Il y a quelque chose d'anormal chez les Ku'ukla. Après avoir ravalé ma colère au sujet de la mort de mon fils, je l'ai senti sur leur peau. Ils mentent aussi facilement que coulent les torrents. (Il pivota vers l'entrée de la caverne.) Que je leur apporte ta tête ou pas, il y aura la guerre. Les Ku'ukla aspirant à régner sur les six tribus. La mort de Drag'nock les ralliera. Mais...

Il plissa les yeux.

— Mais quoi ? demanda Tol'chuk.

Hun'shwa se tourna vers lui.

— Quelque chose d'autre m'a paru bizarre. Cray'nock, celui qui est venu tout à l'heure... le dernier frère de Drag'nock. Il a dit que c'était leur nouveau chef qui réclamait ta tête.

La méfiance durcit le visage de Tol'chuk.

— Le dernier frère de Drag'nock ?

— Qu'est-ce que ça signifie ? s'enquit Jaston.

— Cray'nock aurait dû succéder à son frère, expliqua Tol'chuk. C'est ainsi que les choses fonctionnent chez les og'res.

Hun'shwa acquiesça.

— Pourtant, un autre chef est apparu. Alors, pourquoi n'est-il pas venu lui-même présenter ses exigences ? (Il secoua la tête.) Une odeur étrange s'accroche aux Ku'ukla.

— Et tu as le nez le plus fin de toute la tribu, se souvint Tol'chuk, qui visiblement ne mettait pas sa parole en doute.

— La menace des Ku'ukla... et un avertissement de Mama Freda concernant la sor'cière araignée, murmura Jaston.

— Les ténèbres se referment sur nous, chuchota Tol'chuk comme s'il répétait les paroles de quelqu'un d'autre.

— Alors, que faisons-nous ? interrogea Magnam, qui tenait toujours sa hache à la main.

Tol'chuk réfléchit longuement.

— Notre seul espoir, c'est de rallier les tribus pendant l'assemblée de ce soir, déclara-t-il enfin. Unis, les og'res constituent une force que peu d'adversaires oseraient défier. (Il reporta son attention sur Hun'shwa.) Pouvons-nous compter sur le soutien des Toktala ?

Le guerrier le fixa, puis hocha lentement la tête.

— Nous serons à vos côtés.

— Alors, prépare la tribu. Au coucher du soleil, nous nous mettrons en route pour le Crâne du Dragon.

Hun'shwa s'inclina à demi et s'en fut.

— Et nous ? s'enquit Magnam.

Tol'chuk détailla ses compagnons, une étrange lueur dans les yeux.

— Vous aussi, vous êtes ma famille et mon foyer. Ça fait de vous des og'res. Et quand je parlais d'unir les og'res, je voulais dire *tous* les og'res.

Jerrick était toujours agenouillé près du corps de la guérisseuse.

— Et Freda ? Qu'allons-nous faire d'elle ?

La voix de Tol'chuk se durcit.

— Elle a donné sa vie pour nous prévenir. Elle sera honorée… et vengée. Je le jure sur notre nouvelle famille.

Et il tendit une main griffue vers les autres.

Magnam fut le premier à s'avancer et à poser sa main sur celle de l'og're. Fardale vint ensuite, stoïque, impassible, mais ses yeux brillèrent plus fort comme il imitait ses compagnons.

Jaston sentit un frémissement dans l'air, quelque chose de plus grand qu'eux tous. Il s'avança et, à son tour, posa sa main sur celles des autres.

Lentement, Jerrick se leva. Le capitaine el'phe rejoignit ses compagnons. Il tendit le bras et, avec un dernier coup d'œil vers sa bien-aimée, laissa sa paume toucher le dos de la main de Jaston.

À cet instant, quelque chose d'électrique passa entre eux, une étincelle crépitante qui ne devait rien à la magie el'phique.

— Unis, chuchota Tol'chuk.

Au loin, le tonnerre gronda, ponctuant ce simple mot.

— Une tempête approche, marmonna Magnam.

Nul ne le contredit.

9

Cassa Dar se tenait au sommet de la tour de Château Drakk. Tournée en direction du soleil couchant, elle observait les Terres Inondées qui s'étendaient en contrebas. Au-delà du parapet, une nappe de fine brume recouvrait le sol jusqu'à l'horizon. Seuls les niveaux supérieurs de la forteresse surplombaient cette morne infinité tel un navire solitaire immobilisé sur l'océan par calme plat.

Au loin, les appels des canards plongeurs et les grognements des redoutables kroc'an en pleine saison des amours s'élevaient depuis les marécages, accompagnés par une odeur douceâtre de mousse et de pourriture.

Cassa Dar inspira à pleins poumons, s'imprégnant de l'énergie de son territoire pour se préparer au lancement du sort à venir.

Une silhouette sombre se découpait dans le lointain : le Croc du Sud. La n'aine la détailla en fronçant les sourcils. La montagne était la source de son pouvoir élémental, mais sa magie avait également emporté l'homme qu'elle aimait pour le projeter au cœur du danger.

Machinalement, Cassa Dar tourna son regard vers le nord. Toutes les fibres de son corps vibraient de tension.

— Jaston…

Elle projeta son cœur vers lui, non sans y attacher un peu de son pouvoir. Se concentrant, elle prolongea la connexion le plus longtemps possible.

Satisfaite, elle pivota vers l'enfant des marais qui se tenait derrière elle. Le petit garçon tenait un gros sac en toile de jute qu'il serrait contre sa poitrine. La toile gonflée et détrempée gouttait de l'eau croupie sur les dalles de la tour.

— Pose ça là, ordonna Cassa Dar.

Se mordant la lèvre, l'enfant dénoua la corde qui fermait le sac et en renversa le contenu par terre. Des algues giflèrent la pierre tandis qu'une odeur de saumure se répandait au sommet de la tour et que de petits crabes détalaient prestement.

Cassa Dar ignora les minuscules créatures. Avec l'assurance que lui conférait son pouvoir élémental, elle plongea son bras jusqu'au coude dans le tas de plantes dégoulinantes. Ses doigts se refermèrent sur ce qu'elle cherchait.

Lentement, elle dégagea la jeune vipère royale. Bien qu'à peine éclos, le bébé serpent était aussi long que l'enfant des marais était haut. Son corps cerclé d'anneau rouge et noir s'entortilla autour de l'avant-bras de la n'aine. Ses mâchoires s'ouvrirent tout grand pour siffler sa colère à la face de Cassa Dar. Un poison huileux suintait de ses crocs. À cet âge, son venin était à sa puissance maximale : une caractéristique nécessaire à sa survie dans les marais impitoyables.

— Tiens-toi tranquille, petite, lui intima Cassa Dar. Tu auras tout le temps de mordre plus tard.

De sa main libre, elle saisit la queue de la vipère et déroula ses anneaux. Puis elle étira son corps et le compara à la taille du petit garçon.

Celui-ci tendit la main.

— Jolie.

Cassa Dar écarta le serpent de ses doigts avides.

— Non, mon petit, ce n'est pas pour toi.

Revenant vers la pile d'algues et de mousse, elle y planta la queue de la vipère et tendit le reste de son corps musclé à la verticale. Le serpent continua à siffler et à découvrir ses crocs.

— Ne gaspille pas ton venin. Tu en auras bientôt besoin.

Cassa Dar projeta la magie accumulée dans son propre corps. Après avoir envoyé un corbeau messager à Val'loa, elle avait passé le reste de la journée à se préparer au lancement de ce sort. Prenant une grande inspiration, elle déversa son pouvoir dans les algues et la mousse, les plantes les plus primaires de son royaume imprégné d'énergie élémentale. Une fois liée à elles, elle incanta un sort plus complexe que ceux qu'elle utilisait d'habitude.

Les algues s'animèrent, montant à l'assaut du corps de la vipère ainsi que les plantes grimpantes sur une treille. La mousse suivit plus lentement, colmatant les trous au passage. Cassa Dar se concentra sur la forme qu'elle avait en tête pour unir sa magie empoisonnée au venin de la vipère. Lorsque les plantes eurent recouvert tout le corps du serpent, elle lâcha celui-ci.

Une silhouette tremblait sur la pierre, plus ou moins identique au petit garçon resté en retrait. Les yeux écarquillés, celui-ci contempla la création de Cassa Dar. Il venait d'être témoin d'une naissance semblable à la sienne, à un détail critique près : lui-même n'était constitué *que* d'algues et de mousse.

Cassa Dar maintint le contact magique avec la vipère royale nichée au cœur de son nouveau golem, liant la créature aux plantes qui l'enveloppaient jusqu'à ce qu'elles ne fassent plus qu'une.

Ce sort n'était pas sans incidence sur la n'aine. Ses jambes tremblaient, et son cœur battait la chamade. Une sueur froide recouvrait son corps de la tête aux pieds. Elle conclut son sort d'un geste épuisé. Les lignes grossières se fluidifièrent, et une illusion enveloppa le golem.

Sur les dalles de la tour se tenait une fillette aux longs cheveux noirs et aux membres pâles. Contrairement aux petits garçons de Cassa Dar, elle était d'une minceur et d'une finesse inhumaines, semblable à la vipère tapie en elle.

— Jolie, répéta le petit garçon en tendant de nouveau la main.

Cassa Dar lui donna une tape désapprobatrice sur le poignet. Il ne manquait plus qu'un dernier enchantement. Elle maintint toute son attention sur la fillette.

— Réveille-toi, chuchota-t-elle.

Tel un papillon qui déploie ses ailes pour la première fois, la fillette battit des paupières. De grands yeux noirs s'ouvrirent dans un visage aussi ivoirin et délicat que celui d'une poupée.

— Maman ? chuchota-t-elle, encore ensommeillée.

— Oui, ma chérie. Il est temps de te réveiller.

L'enfant regarda autour d'elle.

— C'est l'heure d'y aller ?

Cassa Dar sourit. Son dessein avait bien été fixé dans la trame de sa création.

— Oui, tu ne dois pas être en retard.

Elle tâtonna en quête des liens qui l'unissaient à la fillette. Ceux-ci étaient aussi limpides que du cristal – et à cette distance, il valait mieux !

— Vas-y maintenant, ordonna-t-elle en reculant d'un pas.

La fillette jeta un coup d'œil en direction du couchant, puis pivota légèrement vers le nord.

— Tu connais le chemin, dit Cassa Dar.

L'enfant opina et se dirigea vers le parapet. Ses premiers pas furent hésitants, mais ses jambes se raffermirent très vite. Elle se hissa sur le parapet sans manifester la moindre peur du vide.

D'un autre côté, elle n'avait rien à craindre.

Derrière ses épaules, des ailes d'algues, de mousse et de magie se déplièrent et s'étendirent dans la lumière dorée du couchant.

— Va, ma douce, la pressa Cassa Dar.

La fillette s'élança. Tout comme ses premiers pas, ses premiers battements d'ailes furent quelque peu gauches. Mais, très vite, elle prit de l'assurance et de l'altitude.

Cassa Dar s'approcha du parapet et s'accouda à la pierre tiède pour la regarder s'éloigner. Elle voyait à la fois par ses propres yeux et par ceux de sa création. Avec les quelques gouttes de poison nichées en son cœur, l'enfant emportait un peu du pouvoir des marais – et, donc, un morceau de Cassa Dar.

— Pourvu que ça suffise, chuchota la n'aine.

Fermant les yeux, elle se projeta tout à fait dans le corps de l'enfant afin de toucher l'énergie venimeuse au centre du golem. Toujours liée au pouvoir élémental du Croc du Sud, elle manipula cette magie afin d'ouvrir une porte. À travers les yeux de la fillette qui volait comme un oiseau, elle vit un trou noir apparaître au milieu de la brume.

Elle fit plonger son golem vers ce portail magique. La fillette piqua à l'intérieur et ressortit de l'autre côté.

Un instant, elle fut désorientée. Cassa Dar s'écroula sur les dalles de la tour tandis que l'enfant tournoyait et dégringolait dans le vide.

— Non ! hoqueta la n'aine, luttant pour reprendre le contrôle.

À présent, sa connexion avec le golem était beaucoup plus ténue. La grande distance qui les séparait physiquement réduisait la fillette des marais à une étincelle vacillante de l'autre côté d'un immense lac aux eaux sombres. Cassa Dar devait mobiliser toute sa concentration pour maintenir le contact.

Percevant son besoin, le petit garçon au sommet de la tour s'approcha d'elle. Cassa Dar tendit la main vers lui. Leurs doigts se touchèrent. La n'aine aspira la magie de sa création, ignorant le tas d'algues et de mousse humide qui s'affaissait à ses pieds. C'était tout ce qui restait de l'enfant, mais cette petite quantité de pouvoir l'aida à rester focalisée sur sa tâche.

Très loin d'elle, la fillette qui tombait lutta pour déployer ses ailes et capter le vent orageux qui assaillait le flanc de la montagne. Elle s'éleva très haut dans les airs, offrant à Cassa Dar une vue beaucoup plus large. Ici, il faisait noir. Une tempête monstrueuse couvait à l'ouest ; d'épais nuages sombres s'empilaient dans le ciel. Des éclairs déchiraient leur ventre gonflé de pluie et de foudre, tandis que le tonnerre grondait et se répercutait contre les falaises de granit.

Cassa Dar poussa la fillette à redescendre pour échapper aux vents les plus violents. En contrebas, un ruisseau coulait à travers une forêt de sapins noirs et d'aulnes des montagnes. La n'aine le connaissait : elle avait vu Jaston combattre un og're dans l'une de ses criques.

De retour dans les marais, la n'aine pressa son front contre la pierre.

— J'ai réussi, gémit-elle.

Elle avait ouvert un chemin vers l'endroit où son dernier enfant était tombé.

Elle se redressa. Cette fois, elle serait capable de maintenir le contact avec sa nouvelle création, une fillette qui abritait un peu de la magie empoisonnée des marécages en son cœur. C'était un lien fragile, mais qui avait tenu jusque-là.

Cassa Dar ordonna à l'enfant de virer vers les pentes du Croc du Nord. Elle trouverait Jaston et lui apporterait toute l'aide qui serait en son pouvoir. Guidée par son amour pour le maraîchin, elle sentait le chemin qu'elle devait prendre.

Tandis que la fillette volait vers le centre de la tempête, Cassa Dar perçut quelque chose de nouveau à travers son golem. La vipère royale le perçut aussi et s'agita en réaction. Formée pour devenir un assassin et une maîtresse des poisons, liée aux miasmes des marécages, Cassa Dar était sensible à toutes les formes de venin.

Elle ouvrit davantage ses perceptions. Alors, de la glace s'infiltra dans ses veines, balayant la tiédeur des marais et la gelant jusqu'à la moelle.

Cassa Dar serra les poings. Elle connaissait cette sensation, et elle était capable d'identifier sa source.

Des araignées.

Tol'chuk marchait à la tête de la colonne d'og'res. La piste abrupte escaladait la face sud du Croc du Nord en décrivant une série de lacets. Pour l'instant, la tempête qui menaçait demeurait à bonne distance, continuant à gronder et à tonner dans le lointain. Mais alors que le soleil venait à peine de se coucher, il faisait aussi noir qu'à minuit. Les og'res éclairaient leur chemin à l'aide de torches, tenues par un membre de chaque foyer de la tribu Toktala.

Tol'chuk se hissa sur un rocher pour observer la ligne de flammes qui s'étirait en contrebas, le long de la piste. Au-delà, des éclairs déchiraient le ciel à l'ouest.

Jerrick s'immobilisa près du perchoir de l'og're. Son visage était aussi blanc que ses cheveux, son regard noyé de chagrin, mais comme il tournait son regard vers la tempête, il parut tirer quelques forces de son approche.

Magnam les rejoignit en brandissant une torche.

— Il est encore loin, cet endroit maudit ? grommela-t-il.

— Plus très, répondit Tol'chuk avec un geste vague vers le haut. Encore une demi-lieue jusqu'à l'entrée.

Magnam dépassa ses compagnons en secouant la tête tandis que Jaston et Mogweed arrivaient à leur niveau.

— On devrait descendre, pas monter, geignit le métamorphe, qui traînait les pieds depuis le début de l'ascension. Ou, mieux encore, se planquer dans une caverne et poster des gardes. S'il y a du danger là-dehors – que ce soient des og'res ennemis ou cette sor'cière araignée –, pourquoi restons-nous à découvert ? Et autre chose...

Le regard vitreux, Jaston se contenta d'opiner du chef. Mogweed et lui s'éloignèrent.

Tol'chuk descendit de son perchoir au moment où Hun'shwa apparaissait au détour de la piste. Le guerrier détailla les deux hommes qui marchaient devant lui. Du menton, il désigna le dos de Mogweed.

— Un Tu'tura, dit-il, employant le terme og're qui désignait les métamorphes si'lura. (Il eut un reniflement méprisant.) Il ne faut pas faire confiance à ces voleurs de bébés.

Tol'chuk se renfrogna.

— Mogweed est capable de jacasser jusqu'à t'en faire saigner les oreilles, mais je te promets qu'il n'a pas de vues sur nos bébés.

La lèvre supérieure de Hun'shwa se retroussa, exposant un croc jaune.

— Il empeste la duplicité et la trahison.

Tol'chuk ne se donna pas la peine de discuter. Pour lui, les hautes terres tout entières empestaient la duplicité et la trahison. Entre les Ku'ukla, la démone araignée, le Parjure et les dangers encore inconnus qui les guettaient peut-être... Il indiqua la piste derrière lui.

— Tes chasseurs sont prêts ?

— Ils le seront en temps voulu.

Tol'chuk acquiesça. Il était interdit d'apporter des armes au Crâne du Dragon. Néanmoins, les Toktala n'osaient pas se jeter dans la gueule de la tempête sans aucun moyen de se défendre. Aussi avaient-ils pris d'autres dispositions.

Une lumière clignota plus haut sur la piste.

— Les éclaireurs, dit Hun'shwa.

Lorsque la tribu s'était mise en route au coucher du soleil, deux chasseurs avaient été envoyés en avant de la colonne. Leur chef déchiffra le code grâce auquel ils lui envoyaient un message.

— Ils ont atteint l'entrée. La voie est libre.

Tol'chuk se rembrunit.

— Et les autres tribus ?

Hun'shwa garda le silence jusqu'à ce que les signaux s'interrompent.

— Ils sont déjà là. Les Sidwo, les W'nod, les Bantu et les Pukta.

— Et les Ku'ukla ?

Hun'shwa secoua la tête.

—Aucun signe pour le moment.

Tol'chuk n'aimait pas ça. En toute logique, les Ku'ukla auraient dû arriver les premiers. Même s'il existait six chemins très différents – un pour chaque tribu og're – permettant de gravir le Croc du Nord, c'étaient les Ku'ukla qui se trouvaient le plus près, puisque leurs cavernes s'ouvraient dans l'ombre du Crâne du Dragon.

—Que mijotent-ils ? grommela Tol'chuk.

Hun'shwa haussa les épaules.

—Mieux vaut nous dépêcher. La tempête ne tardera pas à nous atteindre.

Comme pour lui donner raison, un éclair déchira le ciel au-dessus de leur tête, illuminant le ciel et la montagne. L'espace d'une fraction de seconde, Tol'chuk put distinguer le Crâne du Dragon plus haut dans la pente. Une dalle de granit massive saillait de la face sud de la montagne ainsi que le museau d'un dragon. Une large ouverture béait en dessous : un tunnel. Deux piliers de roche sculptés en forme de crocs encadraient l'entrée du Crâne.

Depuis des siècles innombrables, la caverne qui s'étendait là était le lieu de réunion des tribus og'res, un endroit neutre où les conflits pouvaient être résolus. On racontait que le Crâne avait jadis été le foyer communautaire de tout le peuple og're. Aujourd'hui encore, il restait un lieu sacré. Nul n'aurait osé le souiller en y faisant couler le sang.

Tandis que la lumière de l'éclair s'évanouissait, l'image persista sur la rétine de Tol'chuk. Le tonnerre gronda, et une pluie glaciale se mit à tomber très fort, comme si le dragon qui les surplombait rugissait et pleurait. Avec une certitude issue des os et de la pierre, Tol'chuk sut que le sang coulerait à l'intérieur du Crâne cette nuit.

Hun'shwa ralentit.

—Je vais préparer les chasseurs.

Tol'chuk le laissa regagner l'arrière de la colonne. Lui-même allongea le pas, dépassant ses compagnons pour reprendre la tête. S'il y avait du danger devant eux, qu'il soit le premier à l'affronter.

Mais, dans cette position, il ne pouvait pas échapper à Magnam. Le n'ain le rejoignit.

—J'ai bien réfléchi, annonça-t-il en rabattant sa capuche sur sa tête pour se protéger contre la pluie.

—À propos de quoi ?

—Quand tout ça sera terminé, je vais m'acheter un petit bout de terre dans les plaines. Un endroit sec, où je n'aurai rien d'autre à grimper que les marches de mon porche.

— Et les montagnes ? s'étonna Tol'chuk. Et la mine ? Je croyais que les n'ains n'aimaient que ça.

Magnam émit un bruit grossier.

— Qu'elles aillent se faire foutre ! J'en ai terminé avec les tunnels sombres et les cavernes humides. À partir de maintenant, je ne veux plus que de la prairie verdoyante, des champs à perte de vue et un panorama le plus dégagé possible !

Tol'chuk secoua la tête.

— Tu es un n'ain bizarre.

— Et tu n'es pas non plus un og're particulièrement typique, répliqua Magnam.

Tol'chuk haussa les épaules. Durant son périple à travers les contrées d'Alaséa, s'il avait appris une chose, c'est que nul ne pouvait être jugé sur sa seule apparence. Chaque personne possédait des profondeurs cachées au premier abord.

De nouveau, de la lumière clignota entre les crocs du Crâne. Tol'chuk ne connaissait pas le code des chasseurs, mais à en juger par la frénésie des signaux, il y avait urgence.

— C'est quoi, cette luciole ? demanda Magnam.

Pivotant, Tol'chuk vit Hun'shwa approcher au pas de course en bousculant tous les og'res qui se dressaient devant lui. Mogweed se retrouva les quatre fers en l'air tandis que Jaston et Jerrick s'aplatissaient vivement contre la paroi pour ne pas se faire renverser eux aussi.

— Les Ku'ukla arrivent par leur piste, à l'ouest. Il n'y a ni jeunes ni femelles parmi eux.

Magnam se tenait toujours à côté de Tol'chuk.

— Qu'est-ce qu'il raconte ?

Tol'chuk traduisit pendant que Hun'shwa continuait à observer les signaux.

— Il y a du mouvement sur le chemin est. (Une pause.) D'autres Ku'ukla.

De nouvelles lumières se mirent à clignoter depuis les tunnels de guet situés plus haut sur le flanc de la montagne.

Un grondement monta dans la gorge de Hun'shwa.

— Les autres tribus les ont vus aussi. Les Ku'ukla approchent depuis tous les côtés ! (Nouvelle pause.) Ils se sont arrêtés à un quart de la pente.

Tol'chuk traduisit pour ses amis qui s'étaient rassemblés autour d'eux.

— Ils nous encerclent, dit Jaston. Nous sommes coincés.

Des cris s'élevèrent à l'arrière de la colonne – bêlement des femelles et exclamations aiguës des jeunes.

— Que se passe-t-il ? couina Mogweed.

— Des Ku'ukla, plus bas sur notre piste, dit Tol'chuk en regardant autour de lui.

Il n'y avait aucun autre moyen de redescendre. Hors de la piste, le versant de la montagne n'était que falaises abruptes.

— Ils vont nous attaquer ? demanda craintivement Mogweed.

— Pour l'instant, ils se contentent de tenir leur position, répondit Hun'shwa, s'exprimant pour la première fois dans la langue commune. (Il plissa les yeux.) Je ne comprends pas ce qu'ils mijotent. Même sans armes, cinq tribus n'auront pas de mal à tenir le Crâne contre le siège d'une seule.

— Ils n'ont pas l'intention de prendre le Crâne, le détrompa Tol'chuk. Ils veulent juste empêcher quiconque de rebrousser chemin.

— Pourquoi ?

La réponse vint du dessus.

Un cri aigu déchira le grondement du tonnerre. Il fut aussitôt suivi par un chœur de gémissements provenant de la vingtaine de tunnels de guet. Tol'chuk se figea, tout comme Hun'shwa. C'était très difficile de faire hurler un og're de douleur.

— Un piège ! glapit Jaston. Nous devons battre en retraite !

— Impossible, grommela Hun'shwa. Nous n'avons pas d'armes pour affronter ceux qui gardent le bas de la piste. Nous serions massacrés.

— Alors, qu'allons-nous faire ? demanda Mogweed, dont la chair ondulait légèrement sous l'effet de la panique.

Il promena un regard paniqué autour de lui, cherchant quelque moyen de s'enfuir.

Tol'chuk désigna les lacets supérieurs de la piste.

— Qui que soient les attaquants du Crâne, ils doivent être éliminés. Il faut protéger la Porte des Esprits.

Mogweed le fixa, les yeux plissés. Au bout d'un moment, sa chair s'immobilisa et se durcit. Il acquiesça brièvement.

— Vous attendez ici avec les femelles et les jeunes, décréta Tol'chuk en recommençant à grimper, flanqué de Hun'shwa. (Il ignora les protestations de Magnam et de Jerrick sur son passage.) Se battre, c'est l'affaire des guerriers og'res.

— Mes chasseurs sont prêts, déclara Hun'shwa.

— Dans ce cas, allons débusquer nos proies.

Pivotant à demi, Hun'shwa aboya un ordre. Les og'res qu'il avait choisis s'avancèrent à son commandement. Autour du cou, ils portaient des vessies de chèvre remplies d'huile. Ils bondirent pesamment vers les hauteurs de la piste. Hun'shwa et Tol'chuk leur emboîtèrent le pas. Un deuxième groupe de chasseurs les suivit, laissant derrière eux une troupe de guerriers plus âgés pour protéger le reste de la tribu.

Au-dessus d'eux, la montagne s'était assombrie. Plus personne n'envoyait de signaux lumineux. Une pluie battante martelait la pente.

— Protégez les torches ! lança Hun'shwa par-dessus son épaule. Il ne faut pas perdre le feu !

Le dernier lacet de la piste apparut devant eux. Le Crâne du Dragon se dressait un peu plus loin. Les guerriers de tête foncèrent vers les crocs de granit qui encadraient l'entrée.

— Où sont nos éclaireurs ? grommela Hun'shwa.

Les yeux plissés, il scruta l'obscurité en quête des og'res envoyés en reconnaissance.

Outre le manque de lumière, un silence inquiétant s'était abattu sur la montagne. Seul le tonnerre continuait à gronder comme si le ciel se lamentait.

Le seuil du Crâne était une dalle de granit assez large pour que tous les guerriers puissent tenir dessus. Le groupe de tête se rassembla devant les crocs sculptés.

De leurs éclaireurs, il ne restait pas la moindre trace.

Bousculant ses chasseurs, Hun'shwa se fraya un chemin jusqu'au premier rang et scruta la gueule ténébreuse du tunnel. Il tendit une main impérieuse, et quelqu'un lui fit passer une torche. Il la brandit devant lui, mais la flamme crépitante était si faible qu'elle éclairait tout juste au-delà du seuil. Alors, il saisit autour du cou de son plus proche voisin les deux vessies de chèvre reliées par un cordon de cuir que celui-ci portait autour du cou.

À l'aide de sa torche, il les enflamma successivement. Lorsqu'elles virèrent au rouge et commencèrent à fumer, il les projeta à l'intérieur du tunnel. Les vessies s'écrasèrent sur le sol de pierre et éclatèrent, éclaboussant les murs de flammes. Ainsi le chemin des og'res se trouva-t-il éclairé.

Quelques pas plus loin, un corps gisait face contre terre, les pieds tournés vers l'entrée. Hun'shwa s'en approcha pour l'examiner, puis fit signe aux autres de le rejoindre.

Tol'chuk fut le premier à ses côtés. Le corps était celui d'un og're, mais il avait la peau noircie et gonflée comme si sa mort remontait à plusieurs jours.

— Un des éclaireurs, dit Hun'shwa.

Il scruta le passage flamboyant. Un peu plus loin gisaient deux petits corps – à en juger par leur taille, des jeunes qui n'avaient que quelques hivers. Eux aussi étaient noircis, gonflés et comme tordus par les convulsions de l'agonie. Plus loin encore, d'autres ombres massives prostrées sur le sol se découpaient dans la pénombre.

— Ta'lank a dû entrer quand les cris ont commencé. Il n'a pas été bien loin.

Un des chasseurs postés près de l'entrée émit un bruit d'avertissement et leva sa torche très haut. Le long du plafond pendaient des draperies de soie blanche agitées par les rafales de vent humide.

Tol'chuk en saisit un morceau. Le « tissu » gluant lui colla aux griffes. Il l'essuya avec une grimace dégoûtée.

— Des toiles d'araignée, constata-t-il sans surprise.

— La sor'cière dont tu nous as parlé ? interrogea Hun'shwa.

— Elle est ici, confirma Tol'chuk.

Les yeux en l'air, il détailla une sorte de cocon vide qui pendait mollement au plafond. Il imagina les créatures qui en étaient sorties pour attaquer l'éclaireur et les autres. Par-dessus son épaule, il jeta un coup d'œil vers l'entrée du tunnel.

— Les Ku'ukla doivent être au courant pour Vira'ni. Ils ont attendu que notre tribu s'engage sur la piste, puis ils nous ont barré toute retraite pour nous rabattre vers la toile meurtrière tissée à notre intention.

— Que fait-on ?

— Ce qu'on avait l'intention de faire de toute façon.

Tol'chuk fit de nouveau face aux profondeurs du tunnel. Il savait que celui-ci décrivait une spirale jusqu'à la caverne centrale, et que des passages plus petits conduisant à des réserves et à des postes de guet partaient sur les côtés.

— On fout le feu à tout le Crâne.

— La purification par les flammes, acquiesça sévèrement Hun'shwa.

Tol'chuk hocha la tête. Il se souvenait de sa rencontre précédente avec Vira'ni. Il gardait encore de vilaines cicatrices en relief aux endroits où les araignées de la démone l'avaient mordu. La dernière fois, deux sortes de feu – ordinaire et glacial – avaient été nécessaires pour détruire les créations de la sor'cière araignée. Il en irait de même cette nuit.

Tol'chuk détailla les flammes huileuses qui éclairaient le tunnel, puis plissa les yeux pour examiner les corps des enfants og'res. Cette nuit aussi, deux sortes de feu séviraient : le feu ordinaire et le *fer'engata* ou « feu du cœur » : la soif de sang vengeresse du peuple og're uni.

Tol'chuk s'avança, les yeux étincelants de fureur. Quelque chose remuait à l'intérieur d'un des corps boursouflés. Par le passé, il avait déjà vu les corps empoisonnés des proies de Vira'ni donner naissance à de nouvelles horreurs. Aussi aboya-t-il un ordre à ceux qui le suivaient.

— Brûlez les corps ! Réduisez-les en cendres !

Hun'shwa le rejoignit rapidement. Derrière eux, les flammes s'intensifièrent tandis qu'une odeur de chair brûlée envahissait le tunnel. Hun'shwa s'empara d'une deuxième paire de vessies dont il approcha sa torche avant de les jeter plus loin dans le passage.

D'autres corps apparurent. L'un d'eux fut éclaboussé par l'huile enflammée et se consuma à une vitesse surnaturelle. Une masse grouillante jaillit de ses entrailles. Pareils à une nuée de lucioles, de minuscules scorpions s'éloignèrent en hâte du cadavre calciné. Mais eux aussi étaient déjà en train de brûler. Tol'chuk s'avança en les piétinant, suivi par les guerriers de la tribu Toktala.

— Où sont les créatures qui ont attaqué les autres ? s'enquit Hun'shwa.

Tol'chuk avait sa petite idée sur la question. Il aurait parié que chaque réserve et chaque poste de guet du Crâne abritaient un des maudits cocons de Vira'ni. Une fois écloses, les créatures affluaient vers le cœur de la montagne, tuant tous ceux qui se trouvaient sur leur chemin.

— Où sont-elles ? insista Hun'shwa, giflant le scorpion en feu qui venait de se poser sur son avant-bras. Où est cette Vira'ni ?

— Là où se tapissent toutes les araignées, répondit Tol'chuk en tendant un doigt devant lui, vers la caverne nommée le Crâne du Dragon. Au centre de sa toile meurtrière.

Jaston s'était tapi sous une corniche avec ses compagnons. La saillie rocheuse ne leur offrait qu'une maigre protection contre la tempête. Une pluie froide les cinglait comme un fouet. Le vent avait forci, menaçant de les arracher à la piste. Pour autant, les og'res ne semblaient guère perturbés. Ils s'étaient accroupis au milieu de la piste tels des rochers tombés depuis les hauteurs, et l'eau dégoulinait sur leurs traits rocailleux sans même les faire ciller.

Le reste de la tribu – les femelles et les jeunes – se tenait à l'écart des nouveaux venus. Non loin d'eux, une jeune mère tenait son bébé contre son sein et les fixait avec une accusation très claire dans des yeux écarquillés. La malédiction qui affligeait la tribu ne s'était-elle pas abattue au retour de Tol'chuk et à l'arrivée de ses compagnons ?

Mal à l'aise, Jaston détourna la tête. Plus bas dans la pente, un groupe de chasseurs montait la garde, s'interposant entre leurs protégés et les Ku'ukla postés dans les lacets inférieurs. Mais le maraîchin remarqua également les trois og'res massifs qui se tenaient tout près d'eux, sans doute au cas où les étrangers s'avéreraient dangereux.

— Je ne sais pas que ce Tol'chuk est en train de faire, lança Magnam, mais une chose est sûre : il ne s'embarrasse pas de discrétion !

Le n'ain se tenait un pas à l'extérieur de la corniche. Jaston le rejoignit. L'antre du Crâne de Dragon rougeoyait comme la gueule d'un démon cracheur de flammes. Il en allait de même pour toutes les ouvertures au flanc de la montagne. En les reliant entre elles, Jaston comprit que le tunnel décrivait une spirale – le corps lové sur lui-même d'un gigantesque reptile dans l'estomac duquel couvait un feu destructeur.

— J'espère qu'ils auront assez d'huile pour atteindre la chambre centrale, dit le maraîchin.

Magnam plissa les yeux sous l'averse.

— Moi aussi, ça m'aurait bien dit, un petit feu.

Il continua à observer les hauteurs avec une expression clairement frustrée.

— Nous ne pouvions pas offrir beaucoup d'aide à Tol'chuk et aux autres, fit valoir Jaston.

— Parfois, durant une bataille, un tout petit coup de main peut faire la différence entre victoire et défaite.

— Je croyais que tu étais un simple cuisinier ?

— D'accord, grogna Magnam. Disons qu'une toute petite pincée d'épices peut faire la différence entre un délicieux ragoût et une bouillie fadasse.

Jaston soupira.

— Moi non plus, ça ne me plaît pas de rester en arrière.

— Que ferons-nous si Tol'chuk échoue ? demanda Mogweed, pelotonné au fond de l'alcôve rocheuse. Quelqu'un a une idée ?

— Évidemment, répondit Magnam sans se retourner.

— Laquelle ? s'enquit Mogweed, les yeux brillants d'espoir.

Magnam haussa les épaules.

— Nous mourrons.

Le métamorphe fronça les sourcils et n'ajouta rien.

Jerrick lui posa une main sur l'épaule.

— N'aie crainte. En cas de besoin, tu pourras te transformer en créature ailée et t'enfuir.

Mogweed scruta la tempête hurlante qui dardait ses lances de foudre sur le paysage enténébré. À en juger par sa pâleur, voler par un temps pareil ne lui disait pas grand-chose.

— Ce n'est pas parce que je peux me faire pousser des ailes que je possède la capacité naturelle de voler, répondit-il sur un ton morne. Il me faudrait du temps pour apprendre à manœuvrer dans ces conditions.

— En tout cas, il existe au moins une créature qui y arrive, dit Magnam en tendant un doigt vers le ciel torturé.

Jaston suivit du regard la direction que le n'ain indiquait, mais il ne vit rien d'autre qu'un abîme noir sans fond, comme si le monde avait disparu au-delà de la portée de leurs torches crépitantes. Puis il y eut une détonation, et un éclair lui restitua le monde l'espace d'une seconde aveuglante. Magnam ne s'était pas trompé : une créature ailée chevauchait les rafales ainsi qu'un frêle esquif ballotté par les flots. L'instant d'après, les ténèbres l'engloutirent de nouveau.

— Qu'est-ce que c'est ? interrogea Jerrick. Ça ne ressemble à aucun oiseau de ma connaissance.

Jaston plissa les yeux et attendit le prochain éclair. Le capitaine el'phe était un élémental de l'air. S'il ne parvenait pas à identifier cette créature…

La détonation suivante fut plus lointaine et ne leur offrit qu'un clignotement diffus. La silhouette ailée avait disparu.

— C'était peut-être un démon, chuchota Mogweed.

Jaston dégaina son épée. Autour de lui, ses compagnons l'imitèrent, à l'exception de Jerrick qui leva une main crépitante de l'énergie de la tempête même. Les og'res n'étaient pas autorisés à apporter des armes au rassemblement, mais nulle restriction de ce type ne pesait sur les humains, les si'lura, les n'ains ou les el'phes.

Un des og'res du trio posté près d'eux poussa un grognement. L'éclat de la magie et des lames avait attiré son attention.

De nouveau, un éclair zébra le ciel, illuminant le paysage avec plus de vivacité que le soleil à son zénith. Le ciel était toujours vide. La créature aperçue un peu plus tôt avait dû s'enfuir.

Puis, jaillissant le long de la falaise qui bordait la piste, une silhouette fusa à la verticale à moins de cinq pas des compagnons. Ceux-ci battirent hâtivement en retraite sous l'abri de la corniche. Les og'res aboyèrent des avertissements, et des cris pareils au grondement d'une avalanche s'élevèrent dans la nuit.

La créature se posa sur la piste trempée. C'était une fillette excessivement mince. Elle battit des ailes encore une fois, puis les replia dans son dos et leva une main.

— J'ai plein de doigts, dit-elle en les agitant.

Un des chasseurs og'res lui fonça dessus, le poing dressé comme pour l'écrabouiller. D'un bond, Jaston s'interposa entre lui et la fillette.

— Non ! hurla-t-il.

Même si l'og're ne connaissait pas la langue commune, le ton de Jaston et l'épée qu'il brandissait firent passer le message de façon assez éloquente. Le chasseur grommela quelque chose, et ses yeux étincelèrent de menace contenue. Mais il retint son coup – pour le moment.

Jaston se tourna vers la fillette.

— Cassa ?

Elle leva les yeux vers lui, le nez plissé par une confusion enfantine. Puis une intelligence nouvelle s'alluma dans ses prunelles.

— Jaston ! Je t'ai trouvé !

— Cassa, comment… ?

— Je n'ai pas le temps de t'expliquer. Le sol sur lequel tu te tiens est gorgé de poison. Tu ne dois pas rester là !

— Je n'ai pas le choix. Nous sommes coincés.

Jaston résuma rapidement la situation.

Lorsqu'il eut terminé, la fillette se tourna vers le chemin de feu qui conduisait en spirale vers les hauteurs de la montagne.

— Ça vient de là ! (Elle tendit un doigt.) Le venin dévale ce pic telle une horde d'araignées.

Jaston la prit par le poignet.

— Aïe ! protesta la fillette.

— Je suis désolé, petite. Cassa, tu as bien dit « une horde d'araignées » ?

— Telle est la nature du venin que je perçois.

— Vira'ni ! s'écria Mogweed.

— Ainsi, la sor'cière araignée a tissé sa toile là-haut, dit la n'aine sur un ton aigre.

— Qu'allons-nous faire ? gémit Mogweed.

Ce fut Jerrick qui répondit à l'arrière du groupe.

— Nous allons rejoindre Tol'chuk et brûler cette créature dans son nid, dit-il, la soif de vengeance flamboyant dans ses yeux. (De petits éclairs crépitèrent au bout de ses doigts comme il forçait le passage entre Jaston et la fillette des marais.) Cette démone va payer pour la mort de Freda.

— Nous ne pouvons pas entrer là-dedans ! protesta Mogweed. Nous allons tous mourir !

Magnam cala sa hache sur son épaule.

— Moi, j'y vais, décida-t-il. (Il s'avança, emboîtant le pas à Jerrick.) Au moins, on sera à l'abri de cette maudite tempête. Si je dois mourir, je préfère que ce soit dans un endroit chaud et sec.

Jaston pivota pour les suivre.

— Mon amour, dit la fillette sur le ton d'une mise en garde.

— Il le faut. Le danger tapi ici te menace autant que moi.

Au bout d'un moment, elle opina.

— Alors, emmène-moi. Le poison sera peut-être nécessaire pour combattre le poison.

Jaston prit la main de la fillette et jeta un coup d'œil en arrière.

— Mogweed ?

Le métamorphe détailla successivement les og'res alignés sur la piste et la tempête qui faisait rage dans le ciel. Puis il leva les yeux vers la montagne. Secouant la tête, il s'éloigna de la corniche à grands pas furieux.

— Je hais les araignées, maugréa-t-il.

10

La chaleur devenait intenable. Les flammes qui dansaient derrière Tol'chuk projetaient son ombre devant lui. Les deux og'res qui le flanquaient jetèrent une paire de vessies fumantes dans le tunnel ; du feu liquide éclaboussa les murs, et une puanteur désormais familière se répandit autour d'eux.

Hun'shwa rejoignit Tol'chuk et annonça :

— Il ne nous reste presque plus d'huile.

— On est encore loin du Crâne ?

Le chef de tribu plissa les yeux. Il était couvert de suie. Plusieurs brûlures rouges et cloquées marquaient la peau nue de ses bras.

— Pas plus d'un quart de lieue, estima-t-il.

— Alors, on économise ce qui reste pour la véritable bataille, dit Tol'chuk en faisant reculer les chasseurs.

Hun'shwa acquiesça.

Tol'chuk continua à avancer, contournant les flammes nouvelles. Depuis le dernier virage, plus aucun corps ne jonchait le sol. Les monstres qui avaient éclos des cocons de la reine araignée avaient tué les occupants des niveaux inférieurs. Puis les cris des victimes avaient dû pousser les autres vers la caverne principale. Quand les og'res étaient menacés, leur première impulsion consistait à se regrouper. Peu de chose pouvait avoir raison d'une meute d'og'res acculés.

Mais qu'étaient devenus les autres ? Avaient-ils tous succombé au poison ? Tol'chuk et son groupe poursuivirent leur chemin sans rien dire. L'angoisse étreignait le cœur de chacun d'eux.

Hun'shwa plongea l'extrémité d'une torche éteinte dans les flammes. Munis de cette seule lumière, les og'res continuèrent à avancer dans le tunnel obscur. Jusqu'ici, ils n'avaient perdu qu'un seul des leurs sur un peu plus d'une vingtaine. Le malheureux s'était trop approché d'un cadavre, qui avait explosé avant que les flammes atteignent les scorpions tapis à l'intérieur.

Le temps que ses camarades le rejoignent, la moitié de son visage avait été rongée, et les créatures s'enfouissaient déjà dans sa poitrine. Ils avaient été forcés de le brûler vif. Les flammes avaient rapidement étouffé ses cris.

Après ça, ils avaient redoublé de prudence.

Tol'chuk refusait de laisser quiconque d'autre marcher en tête. Si de nouveaux pièges les attendaient, il voulait être le premier à les affronter. Il avait un pas d'avance sur Hun'shwa. La torche que tenait celui-ci crachota et s'éteignit. Le chef de tribu jura entre ses dents.

Comme les ténèbres les enveloppaient, Tol'chuk repéra une faible lueur devant eux. Il siffla pour réclamer le silence. Lentement, les og'res firent encore quelques pas vers le cercle de lumière rougeâtre qui marquait la fin du tunnel. Puis Tol'chuk s'arrêta.

— L'Œil du Dragon, chuchota Hun'shwa derrière lui.

La chambre du Crâne s'étendait au-delà de ce seuil.

Tol'chuk prit une grande inspiration pour raffermir son courage. Hun'shwa posa une main sur son épaule et la serra brièvement. Dans ce simple geste, Tol'chuk sentit le soutien de toute la tribu Toktala.

Il fit signe aux autres de rester sur place, puis se dirigea vers l'ouverture. Derrière lui, il sentit Hun'shwa lui emboîter le pas. Il lui jeta un coup d'œil désapprobateur. Mais Hun'shwa ignora son mécontentement et, du menton, l'invita à avancer. Il brandissait toujours sa torche éteinte ainsi qu'une massue.

Les sourcils froncés, Tol'chuk obtempéra néanmoins. Hun'shwa et lui se plaquèrent chacun contre un mur et se glissèrent jusqu'à l'Œil.

Tol'chuk ne se trouvait plus qu'à quelques pas de l'entrée du Crâne quand il capta l'écho d'une multitude de légers raclements, comme si un millier de lames de silex frottaient contre de la pierre. Tous les poils de son corps se hérissèrent.

Prenant son courage à deux mains, il s'approcha de l'Œil et regarda de l'autre côté. Il croyait s'être préparé à toutes les horreurs possibles, mais la vision qui s'offrit à lui l'arrêta net.

Éclairé par en dessous, le Crâne du Dragon était une chambre caverneuse. L'Œil s'ouvrait à mi-hauteur d'un de ses murs. Le plafond en forme de dôme, fissuré par endroits, laissait filtrer l'eau de pluie qui s'écoulait en des dizaines de ruisselets. À l'extérieur de la montagne, le tonnerre poussait toujours des grondements menaçants.

Au-delà de l'Œil, le mur descendait vers le fond incurvé sous forme de larges marches qui faisaient penser à des gradins – et qui étaient utilisées comme tels durant les rassemblements.

Au grand désespoir de Tol'chuk, ces gradins n'étaient pas vides. Des milliers d'og'res gisaient dessus, certains seuls, d'autres en groupes familiaux, voire carrément en tas. D'épais fils de soie festonnaient leurs corps immobiles ainsi que des guirlandes du solstice d'hiver.

Tol'chuk sentit ses jambes mollir et sa vision diminuer. Toutes les tribus... Son peuple entier...

— Ils sont toujours vivants, chuchota Hun'shwa sur un ton pressant.

Tol'chuk mit un moment à comprendre. Puis il vit que la poitrine de l'og're le plus proche se soulevait et s'abaissait lentement, tandis que sa tête ballottait et qu'un filet de bave coulait au coin de ses lèvres flasques.

Écarquillant les yeux, il distingua d'autres petits mouvements autour de lui. Non, ses frères n'étaient pas morts, comprit-il avec soulagement, mais empoisonnés ou plongés dans un sommeil magique. Tol'chuk se redressa. Tant qu'ils respiraient toujours, il restait de l'espoir pour son peuple.

Pendant qu'il scrutait les og'res immobiles, une voix suave et fielleuse s'éleva depuis le fond de la chambre.

— Tol'chuk ! Sois le bienvenu !

Il n'eut pas besoin de baisser les yeux pour savoir qui l'appelait.

— Vira'ni...

En contrebas, le plancher de la chambre ressemblait à un chaudron fumant et rougeoyant. Une large fissure le traversait de part en part. Depuis la pierre en fusion qui bouillonnait dessous montaient des langues de flammes dont l'éclat illuminait toute la caverne.

La Gorge du Dragon.

L'eau de pluie qui dégoulinait le long des gradins s'y jetait en créant un nuage de vapeur et de fumée étouffante. Même à l'entrée de la chambre, la chaleur était pire que dans le tunnel derrière Tol'chuk.

— Approche. Ne sois pas timide, mon doux géant.

— Reste caché, siffla Hun'shwa.

Avant que Tol'chuk puisse protester, son compagnon s'élança et dévala quelques-uns des gradins. Puis il se dressa sur ses jambes en brandissant sa massue improvisée.

— Montre-toi, démon !

Il y eut un long silence avant qu'éclate un rire glacial.

Tol'chuk s'avança.

— Reviens ici, Hun'shwa !

— Ainsi, tu as amené des amis. En tant qu'hôtesse, je me dois de te rendre la politesse.

Tol'chuk aperçut un mouvement en contrebas : une ombre noire qui se déplaçait à travers la fumée.

— N'ayez pas peur, les enfants. Venez jouer !

De nouveau, Tol'chuk entendit un bruit pareil au raclement de lames sur de la pierre. Il chercha sa source du regard, mais le son ne provenait pas du plancher de la chambre.

Hun'shwa et lui levèrent la tête.

Les renflements du plafond qu'ils avaient d'abord pris pour des saillies rocheuses se mirent à bouger, se déplaçant sur des pattes articulées dont la pointe dure comme du métal cliquetait sur la pierre. Chacune des créatures faisait la taille d'un gros chien. Les yeux écarquillés, Tol'chuk en vit d'autres se faufiler par les fissures depuis le flanc de la montagne.

— L'engeance du démon, gronda Hun'shwa.

Une des créatures rampait à leur aplomb. On aurait dit un monstrueux croisement entre un crabe et un scorpion. Mais elle était munie d'une bouche. Suspendue par ses pattes arrière, elle fit claquer ses pinces en direction des deux og'res et découvrit ses crocs. Un liquide vert goutta de sa gueule.

Tol'chuk recula pour s'écarter d'elle, et Hun'shwa se hâta de l'imiter.

— Venez, mes enfants, appela Vira'ni depuis le fond de la chambre.

Soudain, un og're se mit à rugir dans le tunnel derrière Tol'chuk. Celui-ci comprit que d'autres créatures venaient de pénétrer dans le passage en spirale depuis les postes de guet, prenant les chasseurs à revers et les poussant en avant comme le reste de leur peuple avant eux.

Toute fuite était impossible.

Tol'chuk se maudit de n'avoir pas réfléchi comme une araignée. Jamais il n'avait imaginé que quelque chose puisse s'accrocher aux pentes lisses du Croc. À présent, le plafond grouillait de créatures démoniaques, et, en contrebas, Tol'chuk distinguait la forme noire au milieu du nuage de vapeur. Elle ne se cachait plus.

— Viens, Tol'chuk. Donne-moi le Cœur, et je laisserai vivre tes frères endormis. Une petite pierre contre toutes ces vies.

Une rafale humide s'engouffra par les fissures du plafond, faisant frissonner la peau brûlante de l'og're. Le tonnerre gronda de nouveau comme la tempête décochait une lance de foudre. Le vent dissipa le nuage de vapeur.

Perchée au bord de la Gorge du Dragon se tenait une créature cauchemardesque, mi-femme mi-araignée. La démone possédait huit pattes articulées, et elle fixait Tol'chuk sans ciller.

Hun'shwa recula. Une des créatures carapaçonnées tomba depuis le plafond. Réagissant avec l'instinct d'un véritable chasseur, il arma sa massue et lui décocha un violent revers. La créature vola en arrière avec un gémissement aigu et s'écrasa sur un gradin.

Vira'ni poussa un cri.

— Non !

Sifflant son venin, elle pivota et saisit un petit ballot derrière elle. Tol'chuk repéra tout un tas d'objets pareillement emballés et alignés sur le sol.

Vira'ni fit de nouveau face à l'og're, brandissant le cocon dans la pince qui terminait une de ses pattes. Tol'chuk mit quelques secondes à reconnaître la chose enveloppée de soie. Puis il aperçut un petit bras qui dépassait. Un bébé og're ! Un bébé og're qui se débattait avec l'énergie du désespoir !

Vira'ni le tint au-dessus du magma en fusion.

— Un de vos enfants contre un des miens !

— Non ! protesta Tol'chuk.

Le regard de Vira'ni croisa le sien un instant – puis la démone laissa tomber le bébé. Agitant le bras, le malheureux tomba dans la fissure. Lorsqu'il atteignit la lave en fusion, les flammes bondirent et vinrent lécher les bords de la faille. Puis le cocon disparut.

Il n'y avait pas eu de cri – juste un hurlement silencieux dans le cœur de Tol'chuk.

Vira'ni fit volte-face et saisit deux autres bébés emmaillotés, qu'elle tendit à l'aplomb de la fosse de magma.

— Je ne te le demanderai pas une troisième fois, Tol'chuk. Viens. Apporte-moi le Cœur.

— Ne fais pas ça, gronda Hun'shwa.

Il avait battu en retraite jusqu'au seuil de la caverne. Derrière lui, les cris des chasseurs dans le passage s'étaient changés en hurlements sporadiques.

— Va aider les autres, ordonna Tol'chuk au chef de sa tribu. Sauves-en le plus possible et quittez cet endroit.

— Pas question ! protesta Hun'shwa.

D'un geste brusque, Tol'chuk ouvrit la sacoche qu'il portait sur la cuisse et en sortit la sanguine, qui se mit à briller très fort.

— Fais ce que je te dis ! tonna-t-il.

Surpris, Hun'shwa tituba en arrière. Il hésita encore quelques secondes, puis parut déceler la résolution dans la posture de Tol'chuk. Avec un dernier grognement, il s'enfuit dans les ténèbres.

Tol'chuk reporta son attention sur Vira'ni. Il fixa les amas de corps inanimés, puis les deux bébés suspendus au-dessus de la lave en fusion.

— Je ne permettrai pas que d'autres innocents meurent en mon nom, marmonna-t-il.

Il planta son regard dans celui de la reine araignée. Et à cet instant, il sut que certaines batailles ne pouvaient pas être remportées. Il ne sacrifierait pas tout son peuple... pas même pour sauver la Porte des Esprits. C'était un fardeau pour le port duquel il était né, la malédiction de sa lignée. Comme son ancêtre, il trahirait sa promesse. Il remettrait le Cœur entre les mains du mal pour sauver sa tribu.

— Viens ! ordonna de nouveau Vira'ni.

Et tandis que l'engeance du démon continuait à s'agiter au-dessus de sa tête, Tol'chuk descendit vers le plancher noyé de vapeur et la sombre destinée qui l'y attendait.

Mogweed demeurait en retrait des autres… mais pas *trop* en retrait. Les passages étaient encombrés de corps calcinés et de débris enflammés qui répandaient une chaleur infernale. La plupart des cadavres avaient le torse déchiqueté, comme si quelque chose avait jailli de leur poitrine et de leurs entrailles.

Au début, les compagnons avaient avancé rapidement. Il ne restait pas grand-chose pour les ralentir dans le sillage rougeoyant des chasseurs og'res. Seuls quelques scorpions gros comme la paume se traînaient sur la pierre avec les pattes brisées ou la carapace brûlée.

Puis des cris avaient résonné plus loin dans le passage en spirale, descendant jusqu'à eux. Alors, ils avaient progressé plus prudemment. Mogweed avait voulu tourner les talons, mais les autres avaient refusé.

Imbéciles, songea-t-il. *Et je suis encore plus stupide qu'eux de continuer à les suivre.* Outre sa peur de battre en retraite seul, le métamorphe avait une bonne raison de ne pas lâcher ses compagnons : Tol'chuk. L'og're était la clé qui le libérerait de la malédiction de ce corps partagé. S'il courait un danger mortel, le seul espoir de Mogweed était de lui venir en aide.

Juste devant le si'lura, Jerrick se déplaçait avec agilité. Bien que très vieux, il conservait la rapidité commune à tous les el'phes. Mogweed devait courir à demi pour ne pas se laisser distancer, mais il prenait bien garde à raser les murs et à passer très vite devant toutes les ouvertures latérales. À l'avant, Magnam et Jaston ouvraient la marche. L'étrange fillette ailée sautillait à côté du maraîchin, comme inconsciente du danger.

— Nous ne sommes plus très loin, chuchota Magnam en ralentissant.

Les cris s'étaient mués en hurlements. De temps en temps résonnait un rugissement furieux.

— Qu'est-ce qui les attaque ? interrogea Jaston.

La réponse rampa hors d'un trou dans le mur de droite. La créature était entièrement carapaçonnée, avec une queue terminée par un dard et des pinces qui claquaient de façon menaçante. Elle se faufila hors de sa cachette et, avant que quiconque puisse réagir, escalada le mur sur ses pattes articulées pour se donner l'avantage de la hauteur.

— Reste ici, saloperie rampante !

Avec une rapidité étonnante pour sa corpulence, Magnam abattit sa hache sur la créature et la fit dégringoler de son perchoir.

Le monstre atterrit sur le dos. D'une impulsion, il se remit debout et attaqua avec ses pinces. La hache de Magnam lui trancha la plus proche. Il poussa un gémissement aigu et battit en retraite.

— C'est désagréable, hein ? grogna le n'ain.

Il frappa de nouveau, visant la queue dressée de la créature. Mais il ne fit que l'effleurer, et elle se jeta sur lui à la vitesse de l'éclair, les mâchoires grandes ouvertes pour le mordre.

— Prudence, dit la fillette des marais avec la voix de Cassa Dar. Ses crocs sont très venimeux.

— Possible, mais je connais un bon antidote.

D'un coup de pied, Magnam cloua la créature contre le mur et la maintint en place avec sa semelle. Le monstre tenta de se dégager avec sa pince restante, mais un coup de hache bien placé fendit sa carapace en deux. Un fluide vert dégoulina de la plaie, fumant au contact de la botte de Magnam et rongeant le cuir.

— Hé, je venais juste de les cirer ! s'indigna le n'ain en s'acharnant sur la créature.

Quelques coups de hache plus tard, il n'en restait qu'une bouillie d'éclats de carapace et de pattes agitées par un dernier spasme. Le n'ain recula. Il étudia sa lame souillée et chercha du regard quelque chose pour l'essuyer – en vain.

Comme des bruits de bataille similaire leur parvenaient depuis le haut du passage, il fit signe à ses compagnons.

— On y va !

Mogweed se détacha du mur et suivit les autres, scrutant les ombres avec une méfiance décuplée.

Jaston agrippa l'épaule du n'ain.

— Ça, c'était du beau travail ! Surtout pour quelqu'un qui prétend n'être qu'un cuisinier de campagne.

Magnam haussa les épaules.

— Tous les cuisiniers savent préparer le crabe.

Quelques pas devant eux, Jerrick poussa un sifflement. Il avait pris un peu d'avance et s'était accroupi à l'entrée d'un virage.

— Des ennuis, annonça-t-il avec son stoïcisme habituel.

Mais de l'énergie crépitait autour de sa main levée.

Ses compagnons le rejoignirent. Au-delà du virage, le tunnel se changeait en champ de bataille jonché de corps. Un peu plus loin, une poignée d'og'res encore debout utilisaient des torches comme des massues enflammées pour maintenir d'autres créatures carapaçonnées à distance. Le passage en était rempli.

— On ne peut pas continuer par là, geignit Mogweed.

— On ne peut pas rebrousser chemin, répliqua Jaston.

Les compagnons jetèrent un coup d'œil derrière eux. Une douzaine d'autres monstres émergèrent de passages latéraux ou d'alcôves dans les murs. Deux d'entre eux commencèrent à se disputer les restes de la victime de Magnam.

— Ils ont dû être attirés par le sang des leurs, fit remarquer le n'ain.

Les compagnons étaient cernés.

Jerrick se redressa et s'approcha du mur d'en face. De là, il jouissait d'une bonne vue vers le haut comme vers le bas du tunnel. Il leva les bras, une main tendue dans chaque direction.

— Qu'est-ce que vous faites ? interrogea Jaston.

— Je déblaie le chemin, répondit simplement Jerrick. Je vous suggère de vous baisser.

Il ferma les yeux. De l'énergie crépitante dansa autour de ses mains, et des éclairs éblouissants jaillirent du bout de ses doigts.

Mogweed plongea à terre tandis que les autres s'accroupissaient.

La fillette ailée tendit un index vers Jerrick.

— Ça brille !

Jaston la força à baisser le bras.

Autour d'eux, l'air se chargea d'une odeur de foudre, et de l'électricité picota la peau de Mogweed. Quelque part à l'extérieur de la montagne, le tonnerre gronda. Le métamorphe partageait son attention entre l'el'phe et les niveaux inférieurs dont les occupants carapaçonnés se précipitaient vers eux, attirés par cette démonstration de pouvoir.

— Qu'est-ce que vous attendez ? marmonna-t-il.

Jerrick l'entendit.

— Le cœur de la tempête.

Il se tordit le cou. Ses cheveux blancs constellés d'étincelles se déployèrent dans son dos tandis qu'une aura d'énergie scintillante l'enveloppait.

Magnam repoussa un crabe démon d'un coup de hache.

— Vous êtes sacrément impressionnant, cap'taine, mais ces saloperies sont sur le point de nous rentrer dans le cul…

— Ça vient, chuchota Jerrick.

Sa peau se fit translucide. À cet instant, Mogweed remarqua que plusieurs créatures approchaient d'eux depuis l'*autre* bout du tunnel. Il agrippa sa dague.

Un crabe solitaire se précipita vers l'el'phe concentré en courant le long du mur. Figé entre l'indécision et la peur, Mogweed se mordit la lèvre tandis que la créature fondait sur Jerrick tel un papillon attiré par une flamme. Au dernier moment, il bondit en levant sa dague pour défendre l'el'phe.

— À terre ! glapit Jerrick.

Mogweed fut soufflé en arrière par une décharge d'énergie aveuglante. Il heurta le mur et s'affaissa en tas sur le sol.

Comme il clignait des yeux, son éblouissement se dissipa juste à temps pour qu'il voie des éclairs jaillir des deux bras de l'el'phe. La créature qui avait menacé celui-ci quelques instants plus tôt tomba sur le sol, les pattes recroquevillées et la carapace fumante.

Mogweed roula sur lui-même pour regarder la foudre se propager dans les deux directions, dardant dans chaque passage latéral et chaque alcôve. Ce n'était pas de l'énergie aléatoire mais une force vivante et contrôlée, qui se divisait autant de fois que nécessaire pour frapper toutes les immondes créatures.

Plus haut dans le tunnel, les og'res virent la foudre leur foncer dessus. Ils plongèrent au sol. Le barrage meurtrier passa au-dessus de leur tête sans les toucher.

Puis les éclairs s'évanouirent, et le passage redevint noir comme de l'encre jusqu'à ce que les yeux de Mogweed se réhabituent à la pénombre ambiante. À présent, les flammes lui semblaient bien faiblardes et bien ternes...

—Vous avez réussi, souffla Magnam en se relevant.

Jerrick était toujours debout quelques pas plus loin. Mais, tout à coup, ses jambes cédèrent sous lui, et il s'effondra mollement. Jaston parvint tout juste à le rattraper avant que sa tête heurte le sol.

—Capitaine Jerrick!

—Vidé..., chuchota l'el'phe, dont les yeux se fermaient malgré lui. Freda...

Jaston le tint dans ses bras. La peau très pâle de l'el'phe demeurait translucide, et sa respiration superficielle.

Mogweed s'approcha de l'autre côté.

—Ça va aller? s'inquiéta-t-il.

Jaston fronça les sourcils.

—Je ne sais pas. Je ne pense pas qu'il ait frappé ces démons avec le seul cœur de la tempête. Je pense qu'il a aussi utilisé le sien.

Mogweed voulait bien le croire. Méric lui-même n'aurait sans doute pas pu déployer une telle force.

Le capitaine el'phe prit une grande inspiration et expira une dernière fois.

—Mon amour...

Un instant, Mogweed crut entendre une réponse – les mêmes mots chuchotés depuis une grande distance. Mais peut-être n'était-ce qu'un écho. Puis Jerrick s'immobilisa.

—C'est fini, dit Jaston.

Magnam les rejoignit. Il jeta un coup d'œil vers le haut du passage, où une demi-douzaine d'og'res choqués se relevaient.

—Tol'chuk n'est pas là.

Mogweed vit que le n'ain avait raison. Du groupe situé plus loin dans le tunnel émergea un géant: Hun'shwa, le chef des Toktala. Il se fraya un chemin parmi les cadavres et jeta un coup d'œil au corps inerte de Jerrick. Puis il porta un poing à son front et inclina respectueusement la tête.

— Il est mort en guerrier. Nous honorerons son souvenir.

— À condition de vivre assez longtemps pour ça, répliqua Magnam. Où est Tol'chuk ?

Hun'shwa baissa le bras.

— Il est allé affronter la sor'cière araignée seul.

— Quoi ? s'étrangla le n'ain. Et tu l'as laissé faire ?

Mogweed n'aurait jamais cru qu'un og're puisse avoir l'air chagriné, et pourtant...

— Il me l'a ordonné, répondit Hun'shwa.

— Et tu lui as obéi ? (Magnam leva les yeux au ciel.) Que s'est-il passé ?

Hun'shwa relata rapidement l'histoire de Vira'ni et expliqua ce qui les attendait au bout du tunnel.

— Encore ces putains de bestioles, soupira Magnam. (Les sourcils froncés, il détailla ses compagnons.) Une hache, une épée, une dague et le poing d'un og're contre une reine araignée et sa horde. Ce n'est pas ce que j'appellerais une recette pour la victoire.

Mogweed se releva en s'enveloppant de ses bras.

— Alors, qu'allons-nous faire ?

Le n'ain braqua son regard dur sur le si'lura.

— Il y a peut-être un moyen.

— Lequel ? s'enquit Jaston en déposant le capitaine el'phe par terre.

Magnam continua à fixer Mogweed.

— Tout va dépendre de lui.

Le métamorphe fit un pas en arrière.

— Qui, moi ?

Tol'chuk, qui était accroupi, se redressa et jeta un coup d'œil vers l'entrée de l'immense caverne. Le tonnerre grondait dans le lointain. Un instant plus tôt, de la foudre avait jailli par l'Œil du Dragon et sondé la chambre telle la langue fourchue d'un serpent. Puis elle s'était évanouie.

Incapable de comprendre d'où elle provenait, Tol'chuk reporta son attention sur le fond de la caverne. Il tenait la sanguine dans son poing serré. Ses poumons le brûlaient, et l'odeur de soufre saturait ses perceptions.

Deux marches plus bas, de l'autre côté de la fissure, Vira'ni continuait à fixer l'Œil avec une expression horrifiée. Ses cheveux noirs humidifiés par la vapeur pendaient mollement sur ses épaules pâles. En dessous de la taille, sa silhouette fusionnait avec celle d'une araignée dont la carapace écarlate brillait, constellée de perles de condensation.

Au-dessus de sa tête, ses rejetons s'étaient figés, redevenant de simples saillies rocheuses au plafond.

Profitant de ce que la sor'cière était distraite, Tol'chuk chercha une arme du regard. Les membres des autres tribus gisaient affalés autour de lui, leur corps inerte à demi masqué par des cordes et des monticules de soie. Mais aucun d'eux ne portait d'arme. Ils n'avaient pas osé introduire de massue ou de hache d'os dans cet endroit sacré.

Tol'chuk ne savait pas quoi faire. Tout ce qu'il savait, c'est que deux enfants og'res étaient en danger, suspendus au-dessus d'une fosse de lave par Vira'ni. Ses doigts se crispèrent sur le Cœur. La sanguine était la clé de la Porte des Esprits. En la remettant à la sor'cière, il mettrait le monde entier en péril. Mais, pour l'instant, son monde se réduisait à ces deux enfants.

Vira'ni gémit.

— Mes bébés ! s'écria-t-elle. Quelqu'un a tué mes bébés !

Ses pattes tremblaient de rage. Balancés dans le vide, les deux enfants og'res vagirent.

Tol'chuk descendit précipitamment les dernières marches et fit face à Vira'ni par-delà la fissure dans le sol. Ici, la chaleur qui s'élevait de la roche en fusion – le cœur de la montagne – était presque insupportable. Un rugissement sifflant jaillissait de la Gorge du Dragon en même temps que la fumée brûlante.

Tol'chuk brandit la sanguine pour attirer l'attention de la démone. Dans le nuage de vapeur, le cristal émettait sa propre lumière rouge.

— Je t'apporte ce que tu veux, Vira'ni ! Ce que réclame ton Maître ! Ne fais pas souffrir davantage d'enfants, implora-t-il.

Les yeux plissés de Vira'ni flamboyaient toujours de rage. Un long moment, elle soutint le regard de Tol'chuk sans réagir. L'og're craignit qu'elle lâche les bébés dans le chaudron de lave.

— Je t'en prie... Toi aussi, tu es une mère. Aie pitié.

Un tressaillement nerveux agita le coin d'un des yeux de Vira'ni.

— Une mère, marmonna-t-elle.

— Toutes les mères ont à cœur de protéger tous les enfants – pas seulement les leurs, insista Tol'chuk.

Le front plissé par la confusion, Vira'ni opina brusquement. Elle baissa les yeux vers les bébés og'res qu'elle tenait comme si elle était surprise de les trouver là.

— Pauvres petits ; ils ont si peur...

Et elle les ramena vers elle.

À cet instant, un raclement familier s'éleva de l'autre côté de la caverne. Tol'chuk et Vira'ni pivotèrent.

Une des créatures carapaçonnées franchit l'Œil et se traîna à l'intérieur de la chambre. Elle était affreusement brûlée, amputée d'une pince et de deux de ses huit pattes. Un gémissement aigu monta de sa gorge. Elle tenta de rejoindre la démone qui l'avait engendrée mais ne réussit qu'à tomber et à rouler le long des marches – une vision pathétique.

— Mon bébé ! s'exclama Vira'ni d'une voix vibrante de colère. (Jetant un des enfants og'res sur la pile de cocons, elle fit signe à la créature de sa main libre.) Qui t'a fait du mal, mon chéri ?

En silence, Tol'chuk maudit ce retour inopportun.

Comme l'abominable créature atteignait Vira'ni et se réfugiait piteusement sous son abdomen renflé, la sor'cière s'enflamma :

— Nous leur ferons payer ! Pour chacun de mes enfants que vous avez blessés, j'en tuerai vingt des vôtres ! (Elle secoua celui qu'elle tenait encore.) En commençant par celui-là !

Un autre bruit résonna du côté de l'Œil, et un groupe d'og'res fit irruption dans la caverne, brandissant des torches. Tol'chuk fut surpris d'apercevoir parmi eux la silhouette trapue de Magnam et celle, plus athlétique, du maraîchin.

Puis une créature ailée jaillit au-dessus d'eux. Elle survola la fosse en gardant une distance prudente par rapport au plafond incrusté de démons. Les yeux plissés, Tol'chuk se rendit compte qu'il s'agissait d'une fillette. Encore un démon ?

Mais Vira'ni semblait tout aussi perplexe que lui.

— C'est une petite fille, constata-t-elle en se tordant le cou pour mieux voir.

Tol'chuk fronça les sourcils. Les chasseurs avaient-ils rabattu cette créature jusqu'ici ? Ce fut alors que quelques mots en og're parvinrent à ses oreilles.

— Tiens-toi prêt !

C'était la voix de Hun'shwa. Tol'chuk lui jeta un coup d'œil. Prêt pour quoi ?

Vira'ni suivait du regard le vol de la fillette ailée. Soudain, elle écarquilla les yeux d'un air choqué et reporta son attention sur le monstre blessé réfugié entre ses pattes.

— Qu'est-ce qui t'arrive, petit… ?

Puis elle poussa un hurlement tandis que son arrière-train se soulevait comme si quelqu'un le poussait par en dessous.

Que se passe-t-il ?

Déséquilibrée, Vira'ni bascula dans la fissure tête la première. Elle se démena follement pour tenter de se rattraper. Ses pattes articulées saisirent le bord de la faille, l'empêchant de plonger dans la roche en fusion et la maintenant dans une position précaire. Avec un cri de terreur, elle essaya de se redresser. Mais quelque chose continuait à pousser sous son abdomen, lui bloquant toute retraite.

Mû par son instinct, Tol'chuk s'élança. Il contourna la Gorge du Dragon, arracha le bébé dont Vira'ni tenait toujours le cocon dans une de ses mains et le lança un peu plus loin, en sécurité.

— Tu veux bien m'aider ? glapit quelqu'un derrière Vira'ni.

Tol'chuk recula de deux pas et aperçut Mogweed sous le ventre de la reine araignée. Arc-bouté, le métamorphe poussait de toutes ses forces tandis que des fils de soie gluante jaillissaient des filières de la démone et l'étouffaient à demi.

Tol'chuk comprit aussitôt la ruse que ses compagnons avaient utilisée. Le crabe blessé n'était autre que Mogweed déguisé à l'aide des restes d'une créature morte ! Les autres avaient distrait Vira'ni le temps qu'il puisse se mettre en place et passer à l'attaque.

— Ne reste pas planté là ! s'époumona le métamorphe en crachant la soie qui lui était rentrée dans la bouche.

Pivotant, Tol'chuk réalisa que Vira'ni tentait de se dégager en rampant sur le côté. Il s'avança pour la bloquer.

— Ton Maître et toi, vous voulez le Cœur ? Eh bien, le voilà, sor'cière ! rugit-il.

Se redressant de toute sa hauteur, il abattit sauvagement la pierre sur la tempe de Vira'ni. Il entendit des os craquer, et du sang éclaboussa sa main.

Le hurlement de la reine araignée s'interrompit comme si on l'avait tranché avec une lame. Un spasme parcourut son corps en équilibre précaire. Puis toute force déserta ses membres, et elle bascula dans la Gorge du Dragon.

Tol'chuk plongea sur le côté pour traîner Mogweed en sécurité.

Une lance de feu jaillit de la faille comme la silhouette monstrueuse s'écrasait dans la roche en fusion. La chaleur brûla le dos de Tol'chuk, qui abrita Mogweed sous lui.

Puis les flammes s'évanouirent.

Tol'chuk roula sur lui-même. De la démone, il ne restait aucune trace.

Des masses sombres se détachèrent du plafond et se liquéfièrent en touchant le sol. Leur mère disparue, les créatures carapaçonnées retournaient au néant.

Tol'chuk se redressa en position assise et donna une grande claque sur l'épaule de Mogweed. Le métamorphe semblait hébété, mais étrangement fier de lui.

Les autres les rejoignirent. Magnam s'approcha du bord de la Gorge fumante.

— J'aimerais bien voir l'Innommable tenter de la ressusciter, cette fois.

L'étrange fillette ailée se posa non loin d'eux, et Jaston alla la chercher.

— Tol'chuk, je te présente l'un des enfants de Cassa.

La fillette balaya du regard les centaines d'og'res endormis.

— Du somnifère, dit-elle d'une voix beaucoup plus âgée que son apparence. Les effets finiront par se dissiper.

Hun'shwa tendit une main à Tol'chuk pour l'aider à se relever.

— Quand ils se réveilleront, notre peuple aura un nouveau chef.

Tol'chuk regarda autour de lui.

— Et Cray'nock et les Ku'ukla ?

Hun'shwa aboya quelque chose à l'un des chasseurs, qui s'éloigna à petits bonds.

— Nous les contiendrons jusqu'à ce que les autres reviennent à eux. (Sa voix se durcit.) Puis nous leur ferons payer le sang versé ici.

Tol'chuk se rembrunit. Encore une bataille entre les tribus… Ce n'était pas ce dont son peuple avait besoin. Mais il ne voyait pas d'autre issue. Pour affronter les ténèbres à venir, les og'res devaient être unis. Si nécessaire, il forcerait les Ku'ukla à s'incliner.

Soudain, un chasseur tendit un doigt vers Tol'chuk.

— Kree'nawl ! s'exclama-t-il en se frappant la poitrine du poing.

Et tous les autres reprirent en chœur.

— Kree'nawl ! Kree'nawl !

Les yeux écarquillés, Mogweed regarda Hun'shwa joindre sa voix aux leurs.

— Qu'est-ce qu'ils disent ? demanda-t-il en titubant d'épuisement.

— Tueur de Sor'cière, traduisit Tol'chuk, les sourcils froncés.

Mogweed grimaça.

— Tueur de Sor'cière ? répéta-t-il. Tu ferais mieux de ne pas raconter ça à Er'ril !

De nouveau, Tol'chuk lui donna une tape sur l'épaule.

Magnam s'écarta du bord de la Gorge. L'air contrarié, il tendit un doigt vers la main de Tol'chuk.

— C'est le Cœur de ton peuple ?

L'og're leva la pierre avec laquelle il avait tué Vira'ni.

— Bien sûr. Pourquoi… ?

Puis il vit, lui aussi. Il leva la pierre plus haut tandis son sang se glaçait.

Le Cœur de son peuple était aussi noir que de la poix, et marbré de veines argentées.

— La sanguine s'est changée en éb'ène ! hoqueta Mogweed.

LIVRE TROIS

LE RASSEMBLEMENT DES AIGLES

11

Elena attendit qu'Er'ril en finisse avec le marchand de chevaux. Ils avaient passé toute la matinée à débattre le prix des montures et de l'équipement nécessaire aux compagnons.

Depuis longtemps sourde à leurs palabres, Elena s'accouda à la barrière du corral pour observer l'agitation de Binebois, un village de bûcherons et de trappeurs sis dans la grande forêt des Contrées du Couchant, au bord du fleuve Miroir. Depuis cette petite colline, elle n'avait aucun mal à distinguer ce qui se passait en contrebas. Les rues grouillaient de chariots remplis à ras bord et de réfugiés qui, comme eux, avaient échappé à la dévastation magique autour du Lac de la Lune.

Les compagnons avaient mis huit jours pour atteindre Binebois. Cheminant vers l'est, ils avaient suivi le fleuve à travers les arbres abattus sur deux bonnes lieues à la ronde. Se frayer un passage entre les troncs couchés et les branches enchevêtrés leur avait pris beaucoup de temps. À la fin du deuxième jour, ils avaient enfin retrouvé la forêt intacte – et un chemin engorgé par les survivants de la catastrophe. En route, Elena avait entendu maintes histoires tragiques de maisons détruites, de gens disparus ou devenus infirmes à cause de leurs blessures.

— Tout ça par ma faute, marmonna-t-elle.

Le visage hanté des parents, le regard vide des enfants, les joues baignées de larmes – tout ça à cause d'une guerre magique. Cette pensée sapait les forces et le moral de la jeune femme, la laissant perpétuellement maussade.

Baissant les yeux vers ses mains gantées, Elena se souvint de la nuit où ses compagnons et elle avaient été transportés ici. La nuit où elle n'avait pu régénérer sa magie lunaire. La nuit où, l'espace de quelques heures, elle était redevenue une femme ordinaire, avec deux mains blanches comme neige et un cœur léger. Elle s'était sentie tellement libre ! Mais, à l'aube, ses pouvoirs étaient revenus. D'abord le feu sor'cier du soleil, puis le feu glacial de la lune, le soir. Et une fois de plus, elle était redevenue la sor'cière de la pierre et de l'esprit.

Elena soupira. Puis elle aperçut quelqu'un qui gravissait le chemin poussiéreux à flanc de colline et se dirigeait vers les écuries. Un tintement ponctuait chacun de ses pas. Elle leva le bras pour le saluer.

Harlequin Quail hocha la tête et la rejoignit. Il n'avait pas l'air heureux.

— Qu'est-ce qui ne va pas ? s'enquit Elena.

Ses paroles arrachèrent une grimace au petit homme.

— Toujours prompte à voir la vie en noir ces temps-ci, pas vrai ?

Par-dessus son épaule, Elena fixa les rues bondées.

— La situation n'est pas franchement rose.

— Ceci vous redonnera peut-être le sourire.

Harlequin tendit une main vers elle. Dans sa paume reposait une poignée de pièces d'or.

Elena écarquilla les yeux. Magiquement transportés depuis la cour de l'Édifice, les compagnons s'étaient retrouvés dans les Contrées du Couchant avec très peu de ressources : juste quelques pièces d'argent et quelques autres de cuivre. Si loin de Val'loa, ils n'avaient pas osé révéler leur identité de peur d'aggraver leur situation. Durant leurs huit jours de marche, ils avaient entendu maints récits de leurs exploits. Mais, souvent, ceux qui les racontaient leur donnaient le rôle des méchants. La distance et la répétition avaient le don de déformer les histoires. Aussi avaient-ils gardé le silence. D'autant qu'à cause des ravages que venait de subir la région, les gens étaient à cran, plus méfiants et plus prompts à s'emporter que jamais.

Se débrouiller avec le peu dont ils disposaient n'avait pas été facile. Les yeux écarquillés, Elena fixa les pièces d'or dans la main d'Harlequin.

— Où… ? Comment… ?

Le petit homme haussa les épaules.

— De mon point de vue, les marchands abusent de la détresse de ces malheureux pour pratiquer des tarifs extravagants. Il était donc juste que quelqu'un intervienne pour rétablir la balance et les punir de leur cupidité.

— Vous avez volé cet argent ? s'étrangla Elena.

De nouveau, Harlequin haussa les épaules.

— Je préfère le considérer comme un impôt secret destiné à financer notre cause. (Du menton, il désigna Er'ril et le marchand de chevaux.) Allons voir si nous pouvons mettre un terme à cette bataille de volontés avant que quelqu'un soit blessé.

De fait, Elena remarqua qu'Er'ril avait le visage rouge et que sa voix vibrait de fureur contenue.

— Cette jument ne vaut pas la moitié du prix que vous en demandez !

L'homme des plaines avait raison. L'animal avait le dos arqué et accusait au moins trente hivers.

— Les gens intéressés par les cheveux ne manquent pas ces temps-ci, répliqua calmement le marchand en jetant un coup d'œil aux rues grouillantes de monde, en contrebas.

Er'ril ouvrit la bouche pour protester, mais Elena lui fit signe d'approcher. Harlequin montra son butin à l'homme des plaines. Celui-ci exprima d'abord la même stupéfaction qu'Elena ; puis ses épaules s'affaissèrent de soulagement. Il revint vers le marchand, un type au visage grêlé qui portait des vêtements en cuir et un fouet à la hanche.

— Faites-moi voir vos plus belles montures.

Surpris, l'homme cligna des yeux.

— Je croyais que vous vouliez…

Il jeta un coup d'œil à la jument.

— Les plus belles, insista Er'ril.

Le marchand fronça les sourcils d'un air soupçonneux.

— Ne me faites pas perdre mon temps, monsieur. Si vous n'avez pas de quoi acheter Millie, vous n'avez sûrement pas les moyens de vous offrir mes plus belles montures.

Er'ril prit une pièce d'or dans la paume d'Harlequin.

— Cela vous suffira-t-il ?

Le marchand haussa les sourcils et redressa instantanément le dos comme pour se mettre au garde-à-vous.

— Oui, monsieur ! Par ici, monsieur !

Il se dirigea vers le portail d'un corral voisin et invita ses clients à le précéder vers deux écuries nichées à la lisière de la forêt.

Un craquement de bois pareil à une explosion résonna à l'intérieur d'un des bâtiments. Er'ril porta instinctivement la main à son épée. Le bruit de planches fendues se répéta. Puis deux hommes sortirent en courant par une petite porte.

— Qu'est-ce qui se passe encore ? leur lança le marchand.

Un des palefreniers épousseta son pantalon de cuir avec le lasso qu'il tenait à la main.

— On essayait juste de déplacer le grand noir dans un autre box.

— Ce démon a bien failli me défoncer le crâne, se plaignit l'autre en enroulant son fouet.

Le marchand jeta un coup d'œil aux compagnons.

— Désolé pour le tapage, messieurs dame. J'ai acheté un canasson énorme à des trappeurs, il y a deux jours. Je pensais qu'il serait parfait pour tirer des troncs d'arbre, mais il est méchant comme la teigne.

Un nouveau craquement se fit entendre dans l'écurie.

Le marchand secoua la tête.

—J'aurais dû me douter de quelque chose en voyant les fers qu'ils lui avaient mis aux pieds. (Il saisit son propre fouet.) Ces foutus trappeurs ont dit qu'ils l'avaient trouvé errant en liberté dans le Nord. Il doit avoir du sang d'étalon des steppes, ou quelque chose dans le genre. (Il fit signe à ses hommes de le suivre vers l'écurie.) Ça ne prendra que quelques instants, promit-il.

Er'ril fronça les sourcils, et Elena comprit qu'il soit irrité par ce délai. Joach avait réussi à contacter Xin par l'intermédiaire de la perle noire qui le liait magiquement au shaman zo'ol. Un vaisseau el'phique attendrait les compagnons au sommet de la Passe des Larmes dans six jours. Ils ne voulaient pas manquer leur rendez-vous.

Tandis que le marchand et ses employés disparaissaient dans l'écurie, Elena, Er'ril et Harlequin s'accoudèrent à l'une des barrières. Les nouvelles en provenance de Val'loa étaient à la fois bonnes et mauvaises. Leurs forces faisaient déjà route vers Noircastel. Les navires aériens des el'phes et la flotte dre'rendi avaient mis les voiles deux jours plus tôt, accompagnés sous l'eau par les Léviathans et les dragons des mer'ai. Plus au nord, l'armée n'aine avait quitté Penryn et cheminait par voie de terre vers la Forêt Pétrifiée qui s'étendait à l'ombre du pic volcanique. Jusqu'ici, tout allait bien.

Mais toutes les nouvelles n'étaient pas aussi porteuses d'espoir. Corrompue par une créature sortie de l'œuf d'éb'ène, Sy-wen avait disparu. Aussi Kast était-il resté à Val'loa pour protéger l'île et chercher sa compagne. Elena jeta un coup d'œil à Er'ril. Elle ne pouvait qu'imaginer la douleur du Sanguinaire. Si elle-même avait perdu son époux…

De l'autre côté de la cour, les portes de l'écurie s'ouvrirent avec fracas. Une forme noire massive fonça à l'intérieur du corral en soufflant et en secouant sa grosse tête. Elle se mouvait avec autant de grâce que de rapidité – une tempête de muscles et de sabots ferrés.

Trois hommes la suivaient. L'un d'eux s'accrochait au lasso passé autour du cou de la bête, qui le traînait dans la poussière. Il finit par lâcher prise et par s'immobiliser dans une embardée. Les deux autres continuèrent à poursuivre l'énorme animal en ponctuant leurs cris de claquements de fouet.

Harlequin détailla le fuyard, les yeux écarquillés.

—Quelle montagne de chair ! Je ne voudrais pas être le propriétaire de ce monstre.

Er'ril s'avança et fit signe au marchand.

—Combien pour le grand noir ? lança-t-il d'une voix forte.

Le marchand passa devant lui en courant, rouge et essoufflé.

— Si vous arrivez à l'attraper, il est à vous pour une pièce de cuivre !

— Marché conclu !

— Vous êtes dingues ? s'étrangla Harlequin. Ce démon nous piétinera tous !

Mais Er'ril l'ignora et poussa un sifflement aigu. L'énorme étalon noir freina des quatre fers et pivota vers lui. De la fumée blanche s'échappait de ses naseaux. Son regard fou se braqua sur les trois humains debout près de la barrière.

Er'ril siffla de nouveau.

Alors, l'étalon hennit et galopa vers eux en soulevant un nuage de poussière. Le marchand s'écarta précipitamment avant de se faire renverser. Harlequin jura et fit un bond sur le côté.

— Reculez, mademoiselle ! cria-t-il à Elena.

Avec un geste insouciant, la jeune femme se rapprocha d'Er'ril. L'étalon leur fonça dessus dans un grondement de tonnerre et pila devant eux en soufflant très fort. De la sueur s'élevait en fumant de son poil noir lustré, et un de ses sabots ferrés grattait le sol. Il les renifla tour à tour, puis tendit son museau vers Elena.

La jeune femme le caressa affectueusement d'une main gantée.

— Moi aussi, je suis contente de te revoir, Rorshaf.

Cet énorme étalon était la monture de guerre de Kral. Il avait disparu un hiver auparavant, quand le montagnard et ses compagnons s'étaient fait attaquer près de la Pierre de Tor, dans la partie septentrionale de la forêt.

Rorshaf fourra son museau dans la main d'Elena, et un hennissement triste monta de son poitrail. La jeune femme se rapprocha et lui passa ses bras autour du cou. Un instant, des souvenirs la submergèrent. Elle se revit juchée sur Brume, sa petite jument grise, parcourant lieue après lieue derrière le montagnard qui les guidait depuis le dos de son étalon. D'une certaine façon, c'était comme si on leur restituait un petit bout de Kral.

— Il nous manque aussi, chuchota-t-elle à l'oreille de Rorshaf.

Près d'elle, Er'ril donna une pichenette à une pièce de cuivre pour la lancer vers le marchand.

— On le prend !

Méric négociait.

— Vous n'êtes pas sérieux ! Huit pièces de cuivre pour ce minuscule sac de pêches séchées ? Pour ce prix-là, je devrais au moins en avoir quatre !

Le marchand sortit un deuxième sac et le plaça près du premier avec autant de soin que s'il contenait des diamants.

— C'est le mieux que je puisse faire, mon ami.

D'un geste vague, il désigna la foule qui se pressait dans le bazar le long du fleuve.

Méric déposa l'argent et saisit les provisions qu'il venait d'acheter : des noix, des airelles et des pêches séchées. Grommelant, il se tourna vers Nee'lahn.

— Allons-y.

L'el'phe et la nyphai se frayèrent un chemin à travers le bazar bondé. Des commerçants de toute sorte, du boulanger jusqu'au tailleur, hélaient le chaland depuis leurs éventaires alignés le long des quais. Un vendeur de casseroles tapait sur sa marchandise pour attirer l'attention, tandis qu'à côté de lui, un boucher agitait la main pour chasser les mouches qui tournaient autour d'un lapin écorché.

Sourde et aveugle à l'agitation du bazar, Nee'lahn fixa le fleuve. Celui-ci était réduit à deux rives boueuses, ses eaux ayant été se jeter dans le lac vide bien des lieues plus à l'ouest. Jusqu'à ce que les pluies hivernales le remplissent de nouveau, plus personne ne pourrait voguer sur son courant.

Aussi les compagnons étaient-ils forcés de se déplacer par voie terrestre. Pendant qu'Er'ril achetait des chevaux, Méric et Nee'lahn avaient reçu la mission de se procurer des victuailles et un minimum d'équipement. Ce n'était pas chose facile : à cause du flot de réfugiés qui n'avaient nulle part où aller, le prix de la nourriture et des objets de première nécessité avait grimpé en flèche.

Méric fit tinter les quelques pièces qui restaient dans sa poche. Pour l'instant, ils avaient des fruits séchés, une caisse de pain de voyage et un peu de vaisselle. Faire livrer tout cela à leur auberge leur avait coûté une pièce de cuivre supplémentaire. Si Er'ril n'avait pas ordonné aux gardes du château d'aider les réfugiés, ils auraient pu porter leurs achats. D'un autre côté, songea amèrement Méric, ils auraient eu deux bouches supplémentaires à nourrir – et avec quel argent ? L'el'phe soupira en se préparant pour sa prochaine bataille. Il était censé y avoir dans le coin un marchand qui vendait de la viande salée et séchée, mais jusqu'ici, Nee'lahn et lui ne l'avaient pas trouvé.

Ils se frayèrent un chemin parmi la foule. Autour d'eux, les visages exprimaient la peur et l'inquiétude. Des familles entières portaient toute leur vie sur leur dos. Les enfants, d'ordinaire toujours agités dans un bazar, gardaient le silence et tenaient craintivement la main de leurs parents.

Nee'lahn soupira en promenant un regard las et attristé autour d'elle.

— L'explosion magique n'a pas dévasté que le lac et la forêt environnante. C'est une plaie qui continue à saigner toute la région.

— Toute la région et nos propres finances, fit remarquer Méric.

— Oui, mais nous nous en sortirons. Pouvons-nous en dire autant de ces gens ?

Nee'lahn dévisagea une fillette qui serrait une poupée de chiffon déchirée contre sa poitrine. Le regard de l'enfant était hanté. Son père se déplaçait entre les étals avec une expression hagarde et le bras gauche en bandoulière.

Méric jeta un coup d'œil aux deux réfugiés avant que la foule les engloutisse. L'homme avait-il été blessé par l'explosion ? Un pincement de culpabilité transperça la frustration de l'el'phe. Même si ses compagnons et lui n'étaient pas directement responsables de cette tragédie, où commençait et où s'arrêtait leur responsabilité ?

Il fit signe à Nee'lahn d'avancer.

— Finissons-en et rentrons à l'auberge.

Ils ne tardèrent pas à dépenser le peu d'argent qui leur restait. Leurs deux dernières pièces de cuivre leur servirent à acheter un rayon de miel scellé à la cire.

Comme ils reprenaient le chemin de l'auberge, Nee'lahn se rapprocha de Méric.

— Nous sommes suivis, chuchota-t-elle.

— Quoi ?

L'el'phe résista à son envie de se retourner.

— Arrête-toi devant l'étal suivant et regarde par-dessus ton épaule droite. Le type avec la cape verte et le grand chapeau mou.

Méric fit ce que Nee'lahn lui disait et ne tarda pas à repérer leur homme. Il était grand et large d'épaules ; pour le reste, le bord de son chapeau dissimulait son visage. Méric prit bien garde à ne pas le fixer trop longtemps. Il reporta son attention sur Nee'lahn.

— Un voleur, peut-être.

La nyphai acquiesça.

— Mieux vaut nous méfier.

Ils poursuivirent leur chemin. L'homme à la cape verte resta plusieurs pas en arrière, mais jamais il ne les lâcha.

Bientôt, ils sortirent des allées du bazar et regagnèrent les rues de Binebois. Ici, la foule était moins dense, et le rôdeur dut augmenter la distance entre eux. Son opiniâtreté fit froncer les sourcils à Méric. De toute évidence, il ne s'agissait pas d'un tire-gousset ordinaire : les bourses étaient bien plus faciles à dérober dans la cohue du bazar. Alors, que voulait cet individu ?

Méric effleura sa magie élémentale, aspirant l'énergie des vents qui remontaient le lit du fleuve. D'un air détaché, il porta la main à son épée et se prépara à agir avec toute la célérité d'un el'phe, si nécessaire.

Nee'lahn vit son mouvement.

—Au lieu d'attendre qu'il attaque, peut-être devrions-nous agir les premiers, suggéra-t-elle.

Méric lui jeta un coup d'œil.

—Tu t'en sens capable?

Leur longue marche à travers les arbres abattus avait sapé les forces de la nyphai. Mais, après avoir regagné la forêt indemne, celle-ci avait lentement récupéré. Elle hocha la tête et saisit le luth qu'elle portait à l'épaule.

—Bien que cette ville ait été taillée dans la végétation des Contrées du Couchant, elle est pareille à un navire voguant à la surface de l'océan. Sous ses bâtisses, la forêt subsiste dans le flot des racines et la richesse du sol.

Méric remarqua que la beauté de la nyphai se faisait plus éclatante comme elle touchait sa propre magie. Le changement était pourtant assez subtil: le violet de ses yeux et le blond de sa chevelure s'intensifiaient, tandis que son teint devenait radieux.

—Dans ce cas, tendons-lui un piège.

—Suis-moi, dit Nee'lahn.

Elle plongea dans une étroite rue latérale. Ici, les passants étaient rares. La nyphai pressa le pas. Visiblement, elle cherchait quelque chose.

—Que…? commença Méric.

—Là! dit Nee'lahn, l'entraînant vers la vitrine d'une taverne.

À l'intérieur, quelques clients étaient assis autour de planches posées sur des tréteaux, agrippant leur chope de bière comme si leur vie en dépendait.

—La ruelle, chuchota Nee'lahn. À mon signal.

Méric aperçut l'espace obscur qui séparait la taverne de la forge voisine. Sifflements et bruits de marteau se répercutaient dans la rue.

—Le voilà, murmura Nee'lahn en désignant un reflet dans la vitre. Vite.

Tenant toujours Méric par la manche, elle se faufila dans la ruelle. Tous deux se dirigèrent d'un pas vif vers une pile de tonneaux vides située près de la porte latérale de la taverne. Une odeur de bière éventée planait dans l'air.

—Nous allons l'attendre ici, dit Nee'lahn comme Méric fourrait hâtivement leurs achats derrière les tonneaux. Tiens-toi prêt à dégainer, mais laisse-moi agir la première.

Elle ôta le tissu qui recouvrait son luth. Puis elle fit courir ses doigts le long des cordes, devenant de plus en plus éblouissante tandis que sa magie enflait en elle. À présent, elle irradiait une lumière intérieure d'une telle richesse qu'à sa vue, le cœur de Méric se serra.

— Il arrive, murmura Nee'lahn, ramenant l'attention de l'el'phe vers leur problème et le poussant plus loin dans leur cachette.

Entre les tonneaux empilés, ils regardèrent l'homme à la cape verte se découper à l'entrée de la ruelle et tourner la tête de droite et de gauche. Tout dans sa posture exprimait la perplexité. Lentement, il se glissa dans l'ombre entre la taverne et la forge.

Méric sentit Nee'lahn se raidir près de lui.

L'homme jeta un coup d'œil vers la rue par laquelle il était arrivé. Il agita la main. Un second, puis un troisième individu le rejoignirent. Eux aussi étaient enveloppés d'une cape et avaient le visage dissimulé par un chapeau à large bord.

Méric frémit. Ce n'était donc pas un voleur isolé. L'el'phe regarda par-dessus son épaule. Quelques pas derrière Nee'lahn et lui, la ruelle se terminait par un mur de brique. La seule autre issue était la porte latérale de la taverne. Mais même si elle n'était pas fermée à clé, elle se dressait de l'autre côté de la pile de tonneaux.

Nee'lahn pressa la main de Méric pour lui ordonner silencieusement de se tenir prêt. Puis elle posa le bout de ses doigts sur les cordes de son luth.

L'autre main de Méric se crispa sur son épée. Leurs agresseurs n'étaient jamais que trois, et Nee'lahn et lui avaient l'avantage de la surprise.

Puis l'el'phe sursauta en voyant deux autres silhouettes pénétrer dans la ruelle. Les probabilités venaient de se retourner contre eux, et, à présent, Méric ne savait plus très bien qui bénéficiait de l'effet de surprise. Un nouvel individu rejoignit ses camarades, portant le total des attaquants à six.

Nee'lahn demeura immobile et radieuse. Comment était-il possible que les intrus ne l'aient pas déjà repérée ? s'étonna Méric. Elle brillait autant qu'un fanal.

Depuis sa cachette, l'el'phe regarda le premier des hommes s'approcher prudemment des tonneaux. Il fit signe à un de ses camarades de tester la porte de la taverne. L'homme se hâta d'obtempérer.

Méric se tendit. Les coups d'un marteau sur une enclume, provenant de la forge voisine, semblaient faire écho aux battements de son propre cœur qui tonnaient à ses oreilles. L'homme saisit la poignée de la porte et tenta de l'ouvrir, sans succès. Elle était verrouillée ou barrée de l'intérieur.

Dans la ruelle, tous les regards se tournèrent vers la pile de tonneaux.

Autant pour l'effet de surprise, songea Méric.

Les coups de marteau parurent s'intensifier. Puis une note lumineuse résonna par-dessus leur fracas : le pincement d'une corde de luth.

Les six agresseurs se figèrent.

Nee'lahn fit courir ses doigts sur les cordes restantes, tissant un accord complexe qui se répercuta contre les murs de l'impasse.

Le premier homme tendit un doigt, mais avant que quiconque puisse bouger, un enchevêtrement de racines jaillit du sol et se déploya tel un filet. Trois des agresseurs furent capturés. Les trois autres détalèrent.

— Cours ! cria Nee'lahn à Méric.

Ils n'avaient pas fait deux pas que les prisonniers entamèrent une surprenante transformation.

Méric saisit le bras de Nee'lahn et la tira à l'écart.

Les trois hommes parurent fondre sous leur cape et ramper hors de leur cage de racines tels des serpents – un flux de chair ondulante. Une fois en liberté, chacun d'eux prit l'apparence d'une créature des bois : un loup blanc, un lynx et un aigle géant, qui s'enfuirent en courant ou à tire-d'aile.

Mais arrivé à l'entrée de la ruelle, le loup s'arrêta. C'était le premier des agresseurs. Méric se rendit compte qu'il s'était trompé à son sujet : il s'agissait d'une femelle. Sa fourrure blanche comme neige étincelait au soleil. Elle fixa Méric et Nee'lahn, ses yeux ambrés étincelant de fureur. Puis elle disparut.

— Des métamorphes, hoqueta Nee'lahn.

Joach était assis dans une chaise face à Greshym. La fenêtre grande ouverte de leur chambre laissait entrer les sons de la ville qui montaient jusqu'au deuxième étage de l'auberge : les cris des marchands, le bavardage des manants, le vagissement d'un bébé tout près de là… C'était le brouhaha de la vie même, et l'incarnation de cette vitalité se trouvait justement saucissonnée devant Joach.

Le mage noir sourit à son geôlier. Il avait le visage lisse, les cheveux couleur châtaigne, les épaules larges et le dos droit. Joach ne se souvenait pas d'avoir jamais exsudé une telle vigueur. Ça avait pourtant dû être le cas, car l'image qui lui rendait son regard était celle de sa propre jeunesse dérobée par un sort.

Il s'appuya sur son bâton et posa sa joue contre le bois pétrifié. La chaleur de cet après-midi le rendait somnolent, mais il luttait pour ne pas s'endormir. La longue marche jusqu'à Binebois avait meurtri ses articulations et son cœur.

Plus encore que les lieues parcourues, c'était la proximité de Greshym qui l'avait épuisé. Depuis l'hiver précédent, Joach ruminait sa vengeance et cherchait un moyen de récupérer sa jeunesse volée. Son ennemi lui avait été livré, ligoté et impuissant. Et il ne pouvait rien y faire.

Ses mains se crispèrent sur son bâton. Les sourcils froncés, il fixa le Journal Sanglant posé sur une petite table – la source de sa consternation.

Greshym remarqua la direction de son regard.

— Détruis le Grimoire et finissons-en, mon garçon.

Joach se redressa dans son siège en frémissant de douleur.

— Ça n'arrivera jamais, et croyez bien que je le regrette. Mais ne vous inquiétez pas : le jour viendra où nous réglerons nos vieux différends une bonne fois pour toutes.

Cette promesse était destinée à lui-même autant qu'à son ennemi.

Le sourire de Greshym se teinta d'amertume.

— Alors, tu passeras tes derniers hivers à rêver de ta jeunesse enfuie.

Et il foudroya le Journal Sanglant du regard.

Bien davantage que les cordes avec lesquelles Er'ril l'avait ligoté, c'était le Grimoire qui retenait Greshym prisonnier. Dans sa fureur, Cho avait lancé un sort à l'impudent, s'appropriant une petite partie de son esprit qu'elle avait ancrée dans le Vide. Désormais, toute énergie collectée par le mage noir serait immédiatement aspirée par cette dimension parallèle. Ainsi le sort privait-il Greshym de ses pouvoirs.

Malheureusement, il contrecarrait aussi les plans de Joach, car toute magie – noire ou onirique – utilisée contre son ennemi serait elle aussi aspirée par le Vide.

Les deux mages se retrouvaient donc dans une impasse. Aucun d'eux ne pouvait plus faire prévaloir sa volonté et son pouvoir sur ceux de son adversaire.

Quelques jours plus tôt, après la capture de Greshym, Er'ril avait manifesté l'intention de lui trancher la gorge. Mais Elena s'était opposée à un geste aussi impulsif. Les compagnons s'apprêtaient à livrer une bataille difficile à Noircastel. Toute information sur les secrets et les défenses de l'île volcanique pourrait leur être d'un grand secours, voire faire la différence entre une défaite et une victoire. Par ailleurs, Greshym connaissait bien le Cœur Noir et son lieutenant Shorkan. Aussi avait-il été autorisé à vivre – et à rester leur prisonnier.

Le mage noir soupira.

— J'aurais tant de choses à t'apprendre, Joach. Tu es si ignorant de ton propre potentiel !

Le ton de sa voix exprimait à la fois beaucoup de lassitude et une étrange sincérité.

Joach dévisagea son ennemi, les yeux plissés.

— Vous ne pouvez rien m'apprendre que j'aie envie de savoir.

Mais ses paroles sonnaient faux à ses propres oreilles.

Greshym haussa les épaules.

— Tu es encore trop novice pour te rendre compte de ce que tu dédaignes.

Un tic nerveux agita le coin de l'œil gauche de Joach. Il avait bien conscience de mordre à l'hameçon, mais il ne pouvait pas s'en empêcher.

— Par exemple ?

— Tu es un sculpteur de rêves. Il n'en était pas né depuis d'innombrables générations. Si je possédais un tel don… (Greshym n'acheva pas sa phrase. Il s'humecta les lèvres du bout de la langue.) Je pourrais me dresser contre le Cœur Noir en personne.

De nouveau, Joach perçut son honnêteté. Que ce soit vrai ou pas, le mage noir croyait ce qu'il disait.

— Qu'est-ce que ça signifie ? demanda-t-il.

Greshym planta son regard dans celui de son adversaire.

— Tout ce que je peux te répondre, c'est que la frontière entre rêve et réalité n'est pas aussi étanche que la plupart des gens l'imaginent. Si tu crois suffisamment en un rêve, si tu le sculptes en y mettant tout ton cœur et ton esprit, il peut basculer dans la réalité pour de bon.

Joach déglutit péniblement. Le shaman Parthus n'avait-il pas lui aussi fait allusion à un brouillage de la frontière entre rêve et réalité ?

— Je sais ce que tu veux, Joach, dit Greshym d'une voix douce.

— Vous ne savez rien.

Des yeux que n'entourait aucune ride le fixèrent, et une bouche charnue articula un seul mot.

— Kesla.

La fureur emplit le vide qui habitait Joach.

— Ne prononcez plus jamais son nom, espèce de fumier ! Sinon, que ça plaise à ma sœur ou pas, je vous égorge sur-le-champ !

Greshym se contenta de hausser les épaules.

— La mort est elle aussi une frontière floue quand on se voit accorder la vie par le Cœur Noir.

Joach se renfrogna, mais il savait qu'il ne pouvait pas tuer son adversaire, pas tant qu'il n'aurait pas retrouvé sa jeunesse et découvert le secret auquel Greshym venait de faire allusion : le moyen de rendre les rêves réels. Il se représenta une jeune femme aux cheveux dorés et aux yeux violets. Une douleur sourde menaça de le submerger.

Inconscient des souffrances de son interlocuteur, Greshym se radossa à sa chaise et poursuivit :

— Nous ne sommes pas si différents, mon garçon.

Joach ricana.

— Ne souhaitons-nous pas tous deux retrouver la jeunesse qu'on nous a dérobée ? (Le mage noir baissa la voix et susurra :) Faut-il vraiment que nous soyons ennemis ? Ne pourrions-nous partager ce que nous désirons ?

Joach fronça les sourcils.

— Partager ?

— Je te rends la moitié des années que je t'ai volées et je garde l'autre, précisa Greshym. Chacun de nous sera un peu plus vieux qu'il le voudrait, mais encore loin de la décrépitude.

— Pourquoi accepterais-je ?

— Pour apprendre ce que je pourrais t'enseigner.

Joach fit courir ses doigts le long de son bâton. L'énergie onirique emprisonnée dans la pierre coulait comme son propre sang. Au fil des dernières saisons, son pouvoir avait beaucoup grandi, mais il était loin de le maîtriser. Était-il vraiment possible de rendre Kesla réelle ?

— Et quel serait le prix de ces leçons ?

— Pas grand-chose. Ma liberté et ma vie.

— Pour que vous puissiez nous trahir une nouvelle fois ?

Greshym leva les yeux au ciel.

— Vous croyez-vous si importants à mes yeux ? En vérité, j'espérais ne jamais vous revoir, tous autant que vous êtes.

Joach n'eut pas l'air convaincu.

— Tu es bien placé pour savoir que ce n'est pas le grand amour entre Shorkan et moi. Et j'ai trahi le Cœur Noir afin de poursuivre mes propres desseins. Penses-tu vraiment que je veuille encore avoir affaire à eux ?

— Pourquoi ? Qu'est-ce qui vous différencie de Shorkan ? Pourquoi est-il si loyal, et vous si inconstant ?

— Ah… (Greshym se détendit autant que ses liens l'y autorisaient.) Avant même que le Grimoire soit forgé, Shorkan était déjà plus… fanatique. Pour lui, toute chose en ce monde se rangeait d'un côté d'une ligne clairement définie – entre le noir et le blanc, le bien et le mal. Moi, j'étais plutôt du genre pragmatique, à voir le monde en nuances de gris. Du coup, lorsque le Journal Sanglant a été forgé et que le sort a tenté de séparer le bon du mauvais en nous, il a eu plus de difficulté avec moi. La division n'a pas été aussi nette. C'est sans doute pour cette raison que je suis resté défiguré : immortel mais continuant à vieillir.

— Donc selon vous, résuma Joach, Shorkan est plus loyal parce qu'il a été plus facile d'éradiquer tout ce qui était bon en lui et de ne laisser que le mauvais pour servir le Seigneur Noir.

Greshym soupira.

— Tandis que je porte encore en moi certaines nuances de gris.

Joach détailla l'homme qui lui faisait face en méditant cette révélation.

— Libère-moi, poursuivit Greshym, et je vous laisserai à votre petite guerre. Tu pourras y participer avec un corps d'adulte dans la force de l'âge, débordant de magie onirique avec laquelle tu pourras accomplir des choses dont tu n'as jamais… rêvé, si tu me passes l'expression.

Joach l'écoutait, hésitant. Il savait qu'il ne pouvait pas faire confiance à Greshym. Mais s'il prenait suffisamment de précautions, peut-être…

La porte de la chambre s'ouvrit à la volée, faisant sursauter Joach. Il pivota brusquement, et un nerf se pinça dans son dos déjà endolori.

Méric fit irruption dans la pièce, à bout de souffle. Nee'lahn le suivait.

— Elena et Er'ril ne sont pas encore rentrés ?

Greshym fronça les sourcils.

— Bien sûr que si. Ils se cachent sous le lit, railla-t-il en le désignant du menton.

Méric était si ébranlé que machinalement, il jeta un coup d'œil.

— Ils n'ont pas fini de s'occuper des chevaux et de l'équipement, dit Joach. Que se passe-t-il ?

Ce fut Nee'lahn, visiblement la plus calme des deux, qui répondit :

— Des si'lura. Ils nous ont suivis pendant que nous faisions nos courses.

— Des métamorphes ? (Joach se leva.) Qu'est-ce qu'ils vous voulaient ?

Méric retrouva l'usage de sa langue.

— C'était peut-être des brigands ordinaires. (Il jeta ses achats sur le lit.) Chargés comme nous l'étions, nous aurions fait des proies faciles.

— Les si'lura n'ont pas besoin de casseroles et de pêches séchées, intervint Greshym. Ce sont des créatures de la forêt, à demi sauvages. Trouvez une autre explication. Je doute qu'ils se soient trouvés là par hasard.

— Je suis d'accord. Cette louve n'avait pas l'air d'une vulgaire voleuse, dit Nee'lahn à Méric.

La réponse de l'el'phe fut interrompue par un grand fracas dans la cour de l'auberge : cris et bruits de sabots, suivis par un hennissement aigu et par un bris de poterie.

— Reculez ! ordonna une voix impérieuse.

Méric se précipita vers la fenêtre ouverte.

— C'est Er'ril.

— Je m'occupe du noir ! Conduisez les autres à l'écurie.

— Vous me paierez ces pots ! fulmina un deuxième homme.

Méric reconnut la voix de l'aubergiste.

— Ceci devrait suffire à régler notre note.

Il y eut une courte pause.

— De l'or ! Cassez tous les pots que vous voudrez, mon bon monsieur !

Joach et Nee'lahn rejoignirent Méric à la fenêtre. En contrebas, c'était le chaos. Dix chevaux se bousculaient dans la petite cour, soulevant un nuage de poussière. La plupart d'entre eux portaient une selle et des sacoches.

Méric vit Harlequin s'élancer vers la porte de la cuisine pour ne pas se faire piétiner. Elena montait une belle jument noisette, tandis qu'Er'ril conduisait un monstrueux étalon noir vers l'écurie.

L'el'phe se raidit près de Nee'lahn.

— N'est-ce pas la monture de Kral ?

— Rorshaf, acquiesça la nyphai. (Elle fronça les sourcils.) C'est très étrange.

— Allons les aider à rentrer les chevaux, suggéra Méric. Et leur parler de ces métamorphes.

Nee'lahn acquiesça, et tous deux quittèrent la chambre.

Joach regagna sa chaise pour continuer à surveiller Greshym. Le mage noir le suivit du regard.

— La prochaine partie de notre voyage s'annonce très intéressante, marmonna-t-il. Des métamorphes, des retrouvailles inattendues…

— Et alors ? lança sèchement Joach.

— Après avoir vécu si longtemps, j'ai appris au moins une chose. (Le regard de Greshym transperça Joach.) Les coïncidences n'existent pas.

12

Juché sur le dos de Rorshaf, Er'ril suivait la piste vérolée d'ornières. Depuis leur départ de Binebois, trois jours auparavant, la route de forêt s'était rétrécie et changée en un sentier aussi étroit que tordu longeant le fleuve Miroir. Ce jour-là, les compagnons n'avaient pas croisé un seul autre voyageur. À présent, le soleil se couchait, et le monde semblait se réduire à leur petit groupe et à l'immense forêt qui les entourait à perte de vue.

Mais piste déserte ou pas, Er'ril demeurait vigilant. Des armées entières auraient pu se dissimuler sans problème dans ces bois sombres. Au fur et à mesure que le soleil déclinait, une pénombre vert foncé s'installait entre les arbres. Au loin, des oiseaux chantaient et se disputaient, mais leurs pépiements mis à part, la forêt restait muette. Le silence pesait sur les compagnons, qui ne parlaient qu'en chuchotant. Même les chevaux avançaient sans faire de bruit, l'impact de leurs sabots étant étouffé par un épais tapis de mousse et d'aiguilles de pin.

Comme la nuit tombait, Er'ril chercha un site où camper. Il voulait un endroit situé au bord de l'eau, mais suffisamment en hauteur pour leur donner l'avantage en cas d'attaque.

Tandis qu'il étudiait le terrain, Elena talonna sa jument noisette pour le rejoindre. Il lui jeta un coup d'œil. La jeune femme portait une cape d'équitation verte par-dessus un pantalon brun et une chemise grise. La lassitude creusait son visage, mais un peu du désespoir qui se lisait dans ses yeux s'était estompé depuis qu'ils avaient quitté la désolation des rues de Binebois. La misère des réfugiés chassés de chez eux par l'explosion magique avait profondément affecté Elena. Mais ici, dans les bois, la jeune femme retrouvait lentement sa concentration et ses forces.

— Nous avons reçu des nouvelles de Val'loa, annonça-t-elle.

Pivotant dans sa selle, Er'ril vit Joach empocher la grosse perle noire qui lui permettait de communiquer avec le shaman zo'ol Xin resté au château. Derrière le frère d'Elena, le reste du groupe chevauchait en file indienne. Greshym était ligoté sur le dos d'un cheval lui-même attaché au hongre de Méric. Avec un sourire amusé, il salua Er'ril du chef. Tous deux partageaient une histoire qui remontait à un demi-millénaire.

Er'ril reporta son attention sur Elena.

— Où en sont les préparatifs pour le siège de Noircastel ?

Elena mit sa jument au pas à côté de Rorshaf.

— Xin nous a transmis un message du prince Tyrus. Les pirates sont partis en avance des autres flottes. Ils se trouvent à une quinzaine de jours de la baie de T'lek.

Er'ril hocha la tête. Cette baie glaciale entourait l'île volcanique sur laquelle le Seigneur Noir s'était établi.

— Ils progressent à bonne allure.

— Tyrus pense qu'ils seront prêts à frapper pour la prochaine lune.

Er'ril grimaça. Ça le frustrait d'être coincé dans les Contrées du Couchant pendant cette période critique. Depuis des siècles, il rêvait de porter la bataille pour la liberté d'Alaséa sur les rivages mêmes de Noircastel. Et à présent que son rêve se réalisait, il était perdu à des centaines de lieues de là, transporté à l'autre bout du continent par un sort renégat.

Ravalant sa colère, il se força à penser à leur propre objectif.

— Et la menace de Gelbourg ? Des nouvelles du portail de la wyverne ?

Il y eut un long silence chagriné. Puis Elena répondit :

— Non. Un courrier a été dépêché depuis Standi, mais il n'est jamais revenu.

Un grondement monta dans la poitrine d'Er'ril.

— Les rumeurs de villages rasés et d'attaques nocturnes par des créatures difformes continuent à se multiplier, ajouta Elena.

— Plus vite nous rejoindrons le vaisseau el'phique, plus vite nous pourrons découvrir les réponses que nous cherchons.

Elena soupira.

— Le navire aérien est déjà en route. Sauf obstacles imprévus, nous devrions atteindre la Passe des Larmes en même temps.

Er'ril se rembrunit. *Sauf obstacles imprévus*… Oserait-il espérer de si favorables circonstances ?

Une voix s'éleva sur son autre flanc. Harlequin Quail avait talonné son petit hongre pie pour lui faire rattraper Er'ril et Elena.

— C'est un feu que je vois là-bas ?

Er'ril scruta la forêt devant eux. À droite de la piste, une lueur vacillante trouait la pénombre et se reflétait à la surface du fleuve Miroir.

— Un feu de camp, confirma l'homme des plaines, les sourcils froncés.

Il s'en voulait de ne pas l'avoir remarqué le premier.

— Ce sont peut-être d'autres voyageurs ? suggéra Elena.

Er'ril arrêta son étalon et fit signe aux autres de l'imiter. Il distinguait des ombres qui bougeaient dans la lumière. Apparemment, les campeurs étaient plusieurs.

— Je vais voir. Attendez-moi ici.

Nee'lahn se laissa glisser à terre.

— Je t'accompagne. S'il y a du danger, la forêt nous protégera.

La nyphai irradiait la vitalité. Durant le voyage, elle avait absorbé une magie considérable. Er'ril acquiesça. Ici, elle était dans son élément.

Nee'lahn tendit son luth à Méric.

— Je te le confie. (Ses doigts s'attardèrent un instant de plus que nécessaire sur la main du prince el'phe ; puis elle se tourna vers Er'ril.) Continue le long de la piste. Je coupe par le sous-bois.

Sans attendre de réponse, elle s'enfonça dans les fourrés, qui l'engloutirent comme si elle n'était qu'un mirage.

Er'ril talonna Rorshaf et se dirigea vers le feu de camp.

— Sois prudent, lança Elena.

— Toujours.

L'homme des plaines fit avancer sa monture d'un bon pas. Inutile de se donner du mal pour rester discret : qui que soient ces campeurs, il les soupçonnait d'avoir déjà perçu leur présence.

Quelques secondes plus tard, il franchit un virage, et ses compagnons disparurent derrière lui. Plus loin, la piste se poursuivait en décrivant une légère courbe vers le fleuve. C'était là que se dressait le campement des étrangers.

Er'ril fit ralentir Rorshaf. Percevant la circonspection de son cavalier, l'étalon souffla.

À cette distance, Er'ril distinguait clairement les silhouettes autour du feu. Il fut soulagé de constater que c'était des hommes. Cinq – un nombre gérable à condition qu'il n'y en ait pas d'autres dissimulés dans les bois.

Gardant un œil sur les campeurs, Er'ril scruta la végétation environnante de l'autre. Il ne vit personne. D'un autre côté, il ne voyait pas non plus Nee'lahn.

Il fit avancer Rorshaf.

— Holà ! Quelles sont les nouvelles de la route ? lança-t-il.

C'était un salut commun chez les voyageurs.

L'un des hommes se porta à sa rencontre. Il était grand et large d'épaules, avec une barbe cuivrée qui pendait sur sa poitrine nue. Un pantalon tacheté et des bottes noires recouvraient ses jambes. Même s'il n'était visiblement pas armé, Er'ril perçut une menace dans son regard froid et dur.

Rorshaf souffla bruyamment et exécuta une petite gigue irritée. Le barbu tourna son attention vers lui, et ses yeux s'écarquillèrent.

— Mère sanglante ! grogna-t-il d'une voix rauque en reculant d'un pas. C'est le démon que nous avons vendu à Binebois !

Er'ril calma Rorshaf. Il se souvint que le marchand avait parlé de trappeurs. Ces gens-là étaient-ils ceux qui avaient capturé et vendu l'étalon ?

— Un salopard vicieux, poursuivit le barbu. Mais on dirait qu'il t'a à la bonne.

Er'ril haussa les épaules. Une de ses mains était posée sur sa cuisse, son poignet effleurant la garde de son épée.

— Il faut le tenir fermement, c'est tout.

— Tu crois ? (Une pointe de respect perça dans le ton bourru de l'étranger.) Il a failli emporter le pouce d'un de mes hommes qui venait de le fouetter.

Er'ril se rembrunit.

— On peut tenir un animal fermement sans le frapper.

Tandis qu'il parlait, il remarqua que le reste du groupe l'observait.

Une deuxième silhouette s'approcha de lui : une femme mince, vêtue comme son compagnon de vert et noir tacheté. Ses cheveux cuivrés étaient coupés au-dessus de ses épaules. Elle posa une main sur le bras de l'homme.

— Excuse les manières de mon frère, dit-elle. Nous vivons une époque dangereuse, et une saine méfiance est de mise en ces lieux isolés.

Er'ril écarta légèrement sa main de son épée.

— Mes compagnons et moi ne vous voulons pas de mal. Nous espérions juste que vous pourriez nous donner des nouvelles de la route.

— Nous n'avons pas grand-chose à te dire, puisque nous voyageons dans la même direction que vous. (La femme désigna le feu.) Mais la nuit tombe, et à défaut d'informations, nous pouvons vous offrir la chaleur de notre foyer et l'hospitalité de notre camp.

Le visage de son frère s'assombrit ; ses sourcils se rapprochèrent ainsi que des nuages orageux. Mais il garda le silence : l'invitation avait été lancée.

Er'ril jeta un coup d'œil au feu, puis aux bois envahis par la pénombre. Il ne sentait nulle malveillance émaner des deux étrangers qui lui faisaient face – juste de la circonspection. Dans cette forêt sombre, quelques paires d'yeux supplémentaires seraient les bienvenues pour guetter un danger éventuel.

— Je te remercie, dit-il, portant son poing à son ventre pour signifier qu'il acceptait l'hospitalité offerte. Puisse la Mère bénir votre foyer en récompense de votre générosité.

Il venait juste d'achever sa phrase lorsqu'un cri déchira la quiétude des bois. Son épée apparut instantanément dans sa main. Il scruta la forêt alentour. C'était Nee'lahn, il en était sûr.

Un tonnerre de sabots résonna sur la piste derrière lui. Pivotant dans sa selle, Er'ril vit Elena et les autres franchir le virage à vive allure. Ses compagnons alarmés fonçaient à son secours.

Le trappeur bourru fit un pas en arrière.

—Quelle est cette trahison? aboya-t-il en tirant sa sœur vers les arbres.

—Nous ne vous voulons pas de mal, répéta Er'ril, qui ne souhaitait pas se créer un nouvel ennemi dans le dos. (Quel que soit le danger dans la forêt, ils devaient l'affronter ensemble.) Vous n'avez rien à craindre de nous! La menace vient des bois!

La femme se dégagea. Er'ril la fixa d'un regard implorant tandis que ses compagnons arrivaient au galop. Elle pivota vers son frère.

—Je le crois, Gunther. S'il se prépare un mauvais coup, mieux vaut unir nos forces.

Le trappeur se rembrunit et acquiesça.

—Alors, retourne vers le feu, Bryanna. (Il tourna la tête vers ses hommes et cria:) Aux armes!

—Prévenez les vôtres et rejoignez-nous au camp, ordonna la femme à Er'ril.

Sa cape flottant derrière elle, elle s'élança sur les talons de son frère.

Er'ril leva son épée.

—À moi! appela-t-il.

Elena fut la première à l'atteindre. Sa jument haletait.

—Nee'lahn, dit la jeune femme, le souffle court.

—Je sais. (Er'ril mit pied à terre.) Nous allons sécuriser le périmètre et partir à sa recherche.

Juché sur son hongre pie, Harlequin désigna le feu.

—Et les poilus, là-bas? Vous leur faites confiance?

—Nous n'avons pas le choix. Et puis, je préfère qu'ils restent là où je peux les voir. (Er'ril prit son étalon par la bride et se dirigea vers le feu.) Suivez-moi.

Les autres obtempérèrent sans descendre de cheval. Ils virent les trappeurs ajouter des branches au feu, dont les flammes s'élevèrent plus haut. Le niveau du fleuve Miroir était particulièrement bas entre les rives boueuses, et l'obscurité tombait sur le reste de la forêt comme le soleil disparaissait à l'horizon.

Er'ril attacha sa monture près de celles des trappeurs. Ses compagnons mirent pied à terre et firent de même.

Méric sauta à bas de son hongre avec légèreté et s'approcha du cheval qui le suivait.

—Que fait-on de Greshym ?

Er'ril fronça les sourcils tandis que l'el'phe aidait leur prisonnier à descendre. Même si le Greshym avait toujours les bras attachés et si le sort de Cho demeurait en place, l'homme des plaines n'osait pas le laisser sans surveillance. Il se tourna vers Joach.

—Surveille-le.

Joach acquiesça. Il coinça son bâton gris sous une aisselle et prit Greshym par le coude.

Méric rejoignit Er'ril.

—Il faut chercher Nee'lahn, dit-il, anxieux.

—Ne t'en fais pas, nous la trouverons, lui assura Elena en s'approchant.

Elle voulut retirer ses gants, mais Er'ril l'arrêta en lui touchant le bras.

—Pas encore. N'utilise ta magie que si nécessaire.

Elena hésita, puis laissa retomber ses mains et saisit la dague d'argent passée à sa ceinture.

Flanqué de ses compagnons, Er'ril se dirigea vers le feu de camp. Gunther et Bryanna les attendaient. Les trois autres trappeurs – tous des hommes – se tenaient dos aux flammes, scrutant la forêt. Chacun d'eux brandissait une épée courte. Gunther tenait également une hachette dans son autre main. Bryanna disposait d'un arc et d'un carquois plein de flèches qu'elle portait en bandoulière.

Gunther détailla les nouveaux venus. Son regard s'attarda particulièrement sur Elena. Puis il fixa Er'ril d'un air sévère et demanda :

—As-tu la moindre idée de ce qui nous menace ?

L'homme des plaines secoua la tête.

—C'est l'une des nôtres qui a crié tout à l'heure. Elle était dans les bois.

Gunther plissa les yeux, mais avant qu'Er'ril puisse lui fournir plus d'explications, Bryanna hoqueta :

—La forêt !

Er'ril et les autres pivotèrent. Au-delà de la lumière du feu, des yeux étincelants les observaient. Une vingtaine de paires, au moins. Certains se trouvaient à ras du sol, d'autres perchés dans les branches.

Comme Er'ril levait son épée, d'autres yeux apparurent plus loin dans la végétation alentour – de tous les côtés, y compris sur la rive opposée du fleuve. À chaque seconde, ils luisaient plus nombreux.

Elena ôta ses gants. Cette fois, Er'ril ne protesta pas.

À présent, des yeux de toutes les tailles et de toutes les formes brillaient à des lieues à la ronde. Certains se réduisaient à des fentes étroites tandis que d'autres étaient ronds comme des soucoupes. Ils ne partageaient qu'une seule caractéristique : leur couleur ambrée.

— Des métamorphes, chuchota Méric.

Er'ril détailla l'armée silencieuse qui les cernait.

— Que veulent-ils ?

Ce fut Gunther qui répondit derrière lui.

— Nous avons déjà eu affaire aux si'lura. Il nous est arrivé de commercer avec eux, mais jamais je n'en avais vu autant à la fois.

— Ça n'a pas de sens, renchérit Bryanna. D'ordinaire, ils ne sont pas hostiles, à moins qu'on les provoque.

Er'ril et Méric échangèrent un regard. Encore des métamorphes – mais pourquoi ? Que leur voulaient-ils ?

— C'est peut-être à cause du cheval, marmonna un autre trappeur.

Er'ril lui jeta un coup d'œil.

— À cause du cheval ? Qu'est-ce que ça signifie ?

Gunther agita sa hache.

— Mais non, c'est idiot.

La voix d'Er'ril se fit dure comme du fer.

— Expliquez-vous.

— Nous avons troqué un baril de racerbe contre le grand noir à quelques lieues d'ici, répondit très vite Bryanna. On nous a dit que l'étalon venait de la forêt inondée, à l'endroit où la Pierre de Tor était tombée. Nous avons pensé que nous en tirerions un bon prix à Binebois – dans les villes de bûcherons, les chevaux robustes sont toujours très recherchés.

— Maintenant, nous comprenons pourquoi on nous l'a vendu si peu cher, grommela Gunther dans sa barbe.

— Quel rapport avec les si'lura ? interrogea Er'ril.

Bryanna lui jeta un coup d'œil.

— Ce sont eux qui nous ont vendu le grand noir.

Les compagnons et les trappeurs fixèrent les bois obscurs. Des centaines d'yeux brillants leur rendirent leur regard. Que se passait-il ?

Étourdie et saignant d'une coupure au front, Nee'lahn se débattit contre ses liens. Les cordes l'attachaient au tronc d'un énorme chêne. Elle entendait la chanson du puissant arbre, mais à cause du morceau de tissu qui la bâillonnait, elle ne pouvait pas y joindre sa voix. Or, sans chanson, elle était coupée de la magie qui l'entourait.

La nyphai regarda les formes noires trottiner et se faufiler entre les arbres, telles des ombres floues dans l'obscurité grandissante. Elle s'était laissé prendre par surprise ; trop concentrée sur les flammes vacillantes du feu de camp, elle s'était jetée tête la première dans un piège. La chanson sylvestre ne l'avait pas avertie. D'un autre côté, la forêt n'avait pas de raison de se méfier des métamorphes. Les si'lura vivaient dans ses profondeurs depuis la naissance de ses premiers arbres, et ils s'occupaient d'elle comme les nyphai s'étaient autrefois occupées de Lok'ai'hera.

Sourde et aveugle à la présence des métamorphes, Nee'lahn avait été attaquée par le dessus. Une créature massive avait bondi depuis les branches d'un arbre et l'avait assommée. C'était tout juste si la nyphai avait réussi à pousser un cri avant de s'évanouir. Elle avait repris connaissance après la tombée de la nuit, bâillonnée et ligotée à cet arbre.

Cessant de se débattre, elle se força à prendre de grandes inspirations pour maîtriser sa panique. Ses amis n'étaient pas loin, et malgré sa langue réduite à l'immobilité, elle pouvait encore effleurer la magie alentour. Elle laissa ses paupières se fermer et se mit à fredonner dans sa tête, faisant vibrer ses cordes vocales et accordant ses notes à la mélodie de l'arbre.

Le contact était faible, mais Nee'lahn parvint à invoquer les plus petites racines du chêne, dans son dos. Comme celles-ci se tortillaient pour crever la surface, la nyphai éprouva le goût de la terre sur leur passage. Si elle parvenait à les glisser sous ses cordes afin d'en desserrer les nœuds…

Sur sa gauche s'éleva un grondement menaçant. La vibration de pouvoir mourut dans la gorge de Nee'lahn tandis qu'une grosse louve émergeait des fourrés, révélant son pelage blanc comme neige et ses yeux ambrés. Nee'lahn reconnut la métamorphe qui les avait suivis, Méric et elle, dans les rues de Binebois.

La louve fit le tour de l'arbre en continuant à gronder. Comme elle réapparaissait devant Nee'lahn, sa chair ondula. Elle s'arracha à son pelage et se redressa. Un visage de femme remplaça son museau, mais ses yeux ambrés continuèrent à briller sauvagement. Elle se tenait nue devant Nee'lahn, les épaules rejetées en arrière sans la moindre gêne. Un rideau de cheveux blancs et raides pendait jusqu'au milieu de son dos.

— Essaie de te libérer avec ta magie, et je t'arrache la gorge avant que tu puisses faire deux pas.

Nee'lahn ne doutait pas qu'elle soit sérieuse. Elle garda le silence et fixa la si'lura. Celle-ci la détailla, les yeux plissés.

— Nous avons cerné tes compagnons, dit-elle tout bas. Mais, avant que nous attaquions, je voudrais savoir pourquoi tu as rompu tes vœux envers la forêt, nyphai.

La confusion plissa le front de Nee'lahn.

Une main se tendit vers sa figure. Nee'lahn frémit, mais la si'lura se contenta de saisir son bâillon.

— Je vais te laisser parler. Mais je te préviens : ta première note de magie sera aussi la dernière.

Réalisant que son seul espoir était de coopérer, Nee'lahn hocha la tête.

Un geste adroit la libéra de son bâillon. Elle toussa.

— Qu-qui es-tu ?

La si'lura redressa fièrement le dos.

— Je m'appelle Épine. Je suis la première chasseuse du clan Fraîssang et la troisième fille du rancien. Tu comparaîtras devant mon père et le Conseil de Wishnu afin d'être jugée pour les atrocités que tu as commises contre notre forêt.

Nee'lahn ne comprenait pas de quoi parlait cette femme.

— Que veux-tu dire ?

Épine ricana.

— Rien de ce qui se passe dans les Contrées du Couchant n'échappe aux yeux des si'lura. Nous te surveillons, nyphai, depuis que tu es revenue à la vie dans nos forêts.

Nee'lahn ne put dissimuler sa stupéfaction. Plus d'un hiver auparavant, elle avait utilisé la magie de l'immense forêt pour arracher son esprit au gland noir dans lequel il reposait et se créer un nouveau corps. Jamais elle n'avait soupçonné que les si'lura puissent s'en être rendu compte.

— L'hiver dernier, nous vous avons surveillés, toi et tes compagnons, tandis que vous laissiez un sillage de destruction derrière vous.

— Nous n'avons rien détruit ! Nous n'aspirions qu'à réparer le Mur du Nord et repousser les Sinistreurs qui sévissaient à la lisière de la forêt.

— Vous avez abattu la Pierre de Tor, cracha Épine. Un endroit sacré pour mon peuple.

Nee'lahn était abasourdie. Elle se souvenait bien de la chute du monolithe. Elle était emprisonnée à l'arrière d'un chariot qui se dirigeait vers Château Mryl quand elle avait senti la forêt se déchirer et les ruisseaux déborder. Une bonne partie des Contrées du Couchant avait été ravagée ce jour-là.

— Il fallait arrêter les Sinistreurs, se défendit-elle faiblement.

Les yeux d'Épine étincelaient de colère.

— Vos actions ont produit un résultat mille fois pire que tous les ravages qu'auraient pu perpétrer les Sinistreurs.

Nee'lahn garda le silence.

— La forêt t'a donné la vie, et, en guise de remerciement, tu lui as apporté la mort.

— Tu ne comprends pas…

— Et maintenant, le Lac de la Lune, coupa Épine, ignorant les protestations de sa prisonnière tandis qu'elle faisait les cent pas devant elle. Des centaines de mes frères ont été tués – mais toi et tes compagnons, vous vous en êtes tirés sans une égratignure. La nouvelle s'est répandue très vite parmi les si'lura, d'un esprit à un autre. Nous vous avons reconnus. Une fois de plus, vous arpentiez notre forêt en laissant un sillage de destruction derrière vous. (Sa voix flamboya de rage.) Mais c'est fini !

Nee'lahn écoutait, choquée par ces accusations. Pourtant, une petite partie d'elle comprenait la fureur d'Épine. Cette forêt était le foyer des si'lura. Les métamorphes ignoraient tout de la guerre capitale qui se livrait à l'extérieur. Isolés du reste du monde, ils ne voyaient que la dévastation massive infligée à leur lieu de vie – et le fait que chaque fois, les mêmes personnes s'étaient trouvées présentes au moment de la catastrophe.

En fixant Épine, Nee'lahn reconnut le vrai visage de toutes les innocentes victimes de batailles magiques. Des petites victoires remportées contre le Seigneur Noir, ces malheureux ne voyaient que la destruction de leur habitat et la mort de leurs frères. C'étaient eux qui payaient le prix de la guerre : les gens ordinaires, les oubliés que les récits et les chansons ne mentionnaient jamais.

Nee'lahn lutta pour trouver des arguments qui justifieraient tant de souffrance. Mais elle ne trouva que trois mots venus du fond de son cœur.

— Je suis désolée.

Épine s'arrêta net. Les yeux plissés, elle étudia la nyphai avec toute la méfiance d'une louve.

Nee'lahn soutint son regard accusateur.

— Je suis vraiment désolée pour tout ce que ton peuple a perdu.

Une ride barra le front lisse de la si'lura. Les flammes diminuèrent dans ses yeux. Et ce fut sur un ton presque suppliant qu'elle demanda :

— Pourquoi ?

Nee'lahn secoua lentement la tête. Elle ne savait pas pourquoi il fallait que certaines personnes souffrent pour que d'autres vivent, pourquoi la liberté devait toujours être conquise dans le sang.

— Tu as raison. Ces derniers hivers, mes compagnons et moi nous sommes focalisés sur le monde dans son ensemble, et nous sommes devenus aveugles au sort des gens qui nous entourent. De cela, nous sommes effectivement coupables. Mais une guerre terrible se livre en ce moment à travers Alaséa. Elle ne menace pas juste des portions des Contrées du Couchant, mais la forêt tout entière. Nous nous battons pour la sauvegarde du cœur même de la Terre.

L'ombre d'un doute passa sur les traits d'Épine.

Nee'lahn poursuivit.

— Le monde saigne, et pas seulement ici. Donc, bien que je déplore le préjudice causé à ton peuple, je ne peux m'excuser pour la guerre que nous livrons. La forêt saigne, mais elle finira par guérir, et elle ressortira de cette tragédie plus forte. En revanche, si les ténèbres s'emparent d'elle, rien ni personne ne survivra.

Épine se détourna.

— Tes paroles viennent du cœur, je le sens. Mais le rancien des si'lura vous a convoqués devant le Conseil de Wishnu, tes compagnons et toi. Nous ne pouvons ignorer son appel.

Nee'lahn soupira.

— Je ne me déroberai pas. Et si tu me laisses parler à mes amis, je suis sûre qu'ils m'accompagneront de leur plein gré.

Elle pensait qu'il était temps d'affronter les victimes de cette guerre, de reconnaître leur douleur. Et après ce qui s'était passé à Binebois, Elena serait certainement d'accord avec elle.

— Entendu, dit Épine. Je vais te conduire à eux. Mais s'ils essaient de s'enfuir…

Un grondement menaçant monta de la gorge de la femme.

Nee'lahn sentit combien l'équilibre atteint était précaire. Ces terres appartenaient aux si'lura. Même avec la magie d'Elena, les compagnons auraient du mal à s'échapper de la forêt. Par conséquent, ils n'avaient pas le choix : ils devraient répondre de leurs actions dans les Contrées du Couchant.

Épine défit les lianes qui attachaient Nee'lahn au tronc, mais pas celles qui entravaient les mains de la nyphai. Celle-ci s'écarta du chêne en titubant. Épine l'attrapa par le coude pour l'empêcher de tomber.

Nee'lahn se redressa. Dans la pénombre alentour, des yeux ambrés clignotaient à travers la forêt. Elle percevait la colère qui planait dans les airs – une colère qui s'annonçait difficile à apaiser.

Elle pivota vers Épine pour la remercier de la confiance, même limitée, que celle-ci venait de lui témoigner. La métamorphe semblait toujours sur ses gardes, mais la fureur s'était atténuée dans ses prunelles. Quelque chose d'autre l'avait remplacée : du chagrin. Visiblement, Épine avait perdu un proche. Sans doute était-ce pour cela qu'elle était si remontée un peu plus tôt.

— Je suis désolée, répéta Nee'lahn.

Le regard d'Épine se durcit.

— Il aurait dû être avec vous, marmonna-t-elle en entraînant la nyphai.

Cet étrange commentaire mystifia Nee'lahn.

— Qui ça ?

La lèvre supérieure d'Épine se retrouva en une grimace féroce.

— Fardale. Il était avec vous l'hiver dernier, quand vous voyagiez dans le Nord. Je l'ai pisté moi-même.

Nee'lahn lui jeta un coup d'œil. À cause de la malédiction qui pesait sur eux, les jumeaux avaient été bannis de la forêt, chassés par leur propre peuple. Mais Nee'lahn entendait quelque chose de plus personnel dans la voix d'Épine.

— Tu connais Fardale ?

La grimace s'accentua.

— C'était mon partenaire.

De surprise, Nee'lahn trébucha sur une pierre.

— Mais, après notre première union, il a été maudit, et il a dû partir, poursuivit Épine, les dents serrées.

Nee'lahn perçut les émotions conflictuelles qui bouillonnaient en la si'lura : amour, douleur, colère... À présent, elle comprenait pourquoi c'était Épine qui les traquait depuis le début.

— Il est toujours vivant, dit-elle d'une voix douce. Il combat les ténèbres, comme nous ici.

Épine se détourna.

— Ça n'a pas d'importance.

La façon dont sa voix se brisa à la fin de sa phrase indiqua que c'était tout le contraire. Mais ce fut son commentaire suivant qui réduisit Nee'lahn au silence.

— J'espérais juste qu'il pourrait rencontrer son fils.

Elena se tenait dos au feu. Les flammes projetaient des ombres dansantes entre les arbres, parmi lesquels des centaines de paires d'yeux ambrés continuaient à fixer les compagnons.

— Il faut trouver Nee'lahn, insista Méric.

Ses cheveux argentés scintillaient et ondulaient sous la caresse des vents invisibles de sa magie.

— Si nous bougeons d'ici, c'est la mort assurée, répliqua Er'ril. Attendons plutôt la suite.

— Que veulent ces métamorphes ? interrogea Harlequin. Pourquoi ne bougent-ils pas ?

Le petit homme tenait deux dagues qu'il lançait tour à tour dans les airs, les faisant tournoyer avant de les rattraper adroitement par le manche. Les lames étincelaient dans la lumière du feu.

Ce fut Gunther, le chef des trappeurs, qui répondit :

— Ils veulent nous foutre la trouille pour qu'on panique et qu'on s'enfuie en courant.

— Nous ne nous enfuirons pas, dit calmement Elena.

Elle serra un poing, intensifiant l'éclat écarlate de sa magie. Feu sor'cier dans sa main droite, feu glacial dans la gauche. Ses doigts étaient crispés sur le manche sculpté de sa dague d'argent, prêts à entailler ses paumes pour libérer l'énergie contenue en elle. Un chœur sauvage se mit à chanter dans son cœur tandis qu'elle effleurait cette partie d'elle qui lui venait de Cho, une entité à la nature insondable.

Bryanna hoqueta et, les yeux écarquillés, dévisagea la jeune femme.

— Quel genre de démon es-tu ?

Elena lui jeta un regard de biais.

— Je suis une femme, tout comme toi. (Elle leva sa main libre.) Simplement, à l'instar des métamorphes qui nous entourent, je possède un don unique.

— Ne l'écoutez pas, lança une voix glaciale derrière Elena. C'est une sor'cière. Elle vous tuera tous avant la fin de la nuit.

C'était Greshym qui venait de parler. Le mage noir était assis près du feu, les coudes attachés dans le dos.

Joach lui donna un coup de bâton sur la tempe, et Er'ril fit un pas vers lui.

— Profère encore un seul mensonge, et je te coupe la langue.

Bryanna fixait Elena, les sourcils froncés.

— Une sor'cière ?

Elena sentit la suspicion enfler autour d'elle. Un des trappeurs se toucha le front avec le pouce, un geste destiné à se protéger contre le mal.

— Je porte de la magie en moi. Mais mon cœur est celui d'une femme comme toutes les autres. Je…

— Donc, tu es bien une sor'cière ! tonna Gunther, le visage aussi rouge que sa barbe. Une femme qui porte de la magie en elle ! Tu l'avoues !

La tension grimpa à travers le campement. Tous les regards firent la navette entre l'armée si'lura tapie dans les bois et la querelle qui menaçait d'éclater autour du feu.

Soudain, Harlequin partit d'un rire clair, accompagné par un joyeux tintement de grelots. Les regards se tournèrent vers lui.

— Ne me dites pas que des colosses comme vous, des types costauds qui mènent une vie rude dans la forêt, ont peur de ce petit bout de femme ? s'esclaffa-t-il. Qu'est-ce que ça peut faire si Elena dispose d'un peu de magie ? N'est-ce pas le cas de toutes les femmes ? (Il détailla Bryanna de la tête aux pieds.) Je parie qu'un sourire et un clin d'œil d'une jolie donzelle dans ton genre suffisent à rendre les hommes durs comme de la pierre – je me trompe ? Ça, c'est ce que j'appelle de la magie !

Et ses grelots tintèrent de plus belle pour exprimer son amusement.

Gunther gronda.

— Vous ne nous aidez pas, Harlequin, commenta Méric.

— Je ne souffrirai pas la présence d'une sor'cière dans mon campement, grommela Gunther. Je vais tous vous jeter aux métamorphes.

Bryanna fit un pas en avant.

— Assez, mon frère.

Gunther ouvrit la bouche pour protester, mais un regard impérieux de sa sœur l'en dissuada.

— Je ne sens nulle malveillance émaner d'elle, affirma Bryanna. Juste de l'inquiétude pour leur compagne disparue. (Elle se tourna vers Elena.) Quand nous aurons réglé cette affaire avec les métamorphes, j'aimerais que tu m'en dises davantage sur tes pouvoirs.

Elena acquiesça avec gratitude.

— C'est une longue histoire.

Bryanna fit de nouveau face à la forêt, sa flèche dirigée vers la végétation.

— Si nous survivons à cette nuit, peut-être trouveras-tu le temps de me la raconter.

— C'est promis.

Le trappeur qui se tenait le plus près des arbres recula tout à coup vers le feu.

— Quelqu'un approche !

Elena tourna toute son attention vers la forêt. Les yeux ambrés demeuraient immobiles, mais la jeune femme ne tarda pas à capter un bruit de feuilles écrasées. Les pointes des épées se braquèrent dans la direction des pas.

Deux silhouettes se découpèrent dans l'obscurité. La plus grande avait les yeux ambrés des si'lura. Elles s'arrêtèrent à la limite de la lumière dispensée par le feu.

— Qui va là ? lança Gunther en faisant un pas vers elles. Que voulez-vous ?

— C'est moi... Nee'lahn ! répondit une voix familière.

Méric hoqueta de soulagement.

Gunther jeta un coup d'œil aux compagnons. Er'ril hocha la tête et rejoignit le trappeur. Elena le suivit.

Les deux silhouettes recommencèrent à avancer. Elena constata qu'il s'agissait bien de leur amie. Nee'lahn était encore plus pâle que d'habitude, et un peu de sang séché maculait son front. Cela mis à part, elle semblait indemne.

Méric se précipita vers elle. Nee'lahn autorisa le prince el'phe à la prendre dans ses bras.

— Tu es saine et sauve !

Par-dessus l'épaule de Méric, Elena croisa le regard de Nee'lahn… qui disait tout le contraire.

La lumière du feu révéla que la deuxième silhouette appartenait à une femme entièrement nue, aux longs cheveux couleur de neige. Il y avait en elle quelque chose de sauvage qui rappelait Fardale, songea Elena. Elle se tenait très droite, nullement impressionnée par toutes les lames que brandissaient les occupants du camp.

— Épine, chuchota Bryanna, choquée.

Elena haussa un sourcil.

— Tu la connais ?

Bryanna acquiesça.

— C'est elle qui nous a vendu le grand noir.

La métamorphe tourna ses yeux ambrés vers elles.

— L'étalon était un appât, dit-elle simplement en croisant les bras sur sa poitrine.

— Qu'est-ce que ça signifie ? demanda Elena.

Nee'lahn se dégagea de l'étreinte de Méric et répondit :

— Les si'lura ont capturé Rorshaf après la destruction de la Pierre de Tor.

Épine hocha la tête et expliqua froidement :

— Nous avons fouillé ses sacoches en quête d'un indice qui nous dirait pourquoi une nyphai et ses compagnons causeraient tant de dégâts dans notre forêt. Nous n'avons rien trouvé d'utile, mais nous avons gardé le cheval au cas où.

— Puis les si'lura ont entendu parler de la dévastation du Lac de la Lune, poursuivit Nee'lahn. Alors, ils se sont arrangés pour poster Rorshaf à Binebois, le village le plus proche de la région touchée. Ils espéraient que les responsables de l'explosion passeraient par ici et, peut-être, reconnaîtraient le cheval, ce qui leur permettrait de relier les deux événements.

— Mais, au final, nous n'avons pas eu besoin de l'étalon. (Épine jeta un coup d'œil à Nee'lahn.) Pendant que nous surveillions les rues de la ville, j'ai capté une odeur familière.

La nyphai fit face aux autres.

— Ils nous tiennent responsables de la destruction survenue ici et dans le Nord.

— C'est ridicule, protesta Er'ril.

Elena lui toucha le bras.

— Ce sont leurs terres, Er'ril. (Bien consciente des centaines de paires d'yeux qui les observaient depuis les bois, elle se tourna vers Épine.) Qu'attendez-vous de nous ?

— Le rancien de notre clan exige que vous comparaissiez devant notre conseil pour vous expliquer. Il ne tolérera aucun refus.

— Nous n'avons pas le temps, contra Er'ril. Nous avons un rendez-vous.

Nee'lahn se rapprocha de ses compagnons.

— Calme-toi, homme des plaines. Le Conseil de Wishnu se réunira à deux jours de marche d'ici en direction des montagnes. Il ne nous faudra pas plus d'une journée pour plaider notre cause, et avec la coopération des si'lura, nous n'aurons pas de mal à rattraper le temps perdu.

— Mais nous n'avons rien fait de mal, protesta Er'ril.

Nee'lahn haussa un sourcil.

— Vraiment ?

Elena vit qu'Épine la fixait. La métamorphe se tenait le menton fièrement levé, mais malgré son expression indéchiffrable, du chagrin brillait dans ses yeux.

— Nous les accompagnerons, trancha Elena.

Er'ril fronça les sourcils et la prit à part.

— Nous ne savons presque rien de ces métamorphes. Au fil des siècles, ils n'ont eu que très peu de contacts avec le monde extérieur.

— Mais ce sont des habitants d'Alaséa au même titre que n'importe qui, fit valoir Elena. Volontairement ou non, ils ont versé leur sang afin de protéger ces contrées. Ils méritent une explication pour le prix qu'ils ont payé, et pour celui qui leur reste peut-être à payer. Ces terres leur appartiennent. Je ne m'y fraierai pas un chemin à coups de flammes si c'est juste pour gagner quelques jours.

Er'ril la dévisagea, ses yeux gris jaugeant la résolution de la jeune femme.

À la vue des rides qui lui barrèrent le front, l'ombre d'un sourire monta aux lèvres d'Elena. L'homme des plaines était d'accord avec elle, mais le protecteur en lui craignait pour sa sécurité. Elle tendit une main et, du pouce, caressa le coin de sa bouche comme pour en effacer les plis d'inquiétude.

Er'ril recouvrit la main de la jeune femme avec la sienne.

— Elena…, chuchota-t-il dans un souffle.

Elle le fixa droit dans les yeux.

— Tu dis que nous ne connaissons pas ces gens. Mais nous connaissons Fardale et Mogweed. Nous savons que leur cœur est noble et juste.

— Celui de Fardale, peut-être, grommela Er'ril. Mogweed est taillé dans un tout autre bois.

— À mon avis, c'est parce que tu n'as pas regardé assez profondément en lui. Sur bien des points, il est beaucoup plus sensible que son frère.

— Si tu le dis…

Er'ril ne semblait guère convaincu, mais il ôta la main d'Elena de sa joue et lui embrassa la paume. Ses lèvres étaient si douces que la jeune femme sentit ses genoux mollir.

— Fais-moi confiance.

À contrecœur, elle retira sa main, refermant ses doigts sur le baiser d'Er'ril comme pour emprisonner cette autre magie.

— Donc, on part avec les métamorphes ?

Elena acquiesça.

— Il est temps d'affronter ce que nous avons laissé derrière nous. (Elle jeta un coup d'œil aux gens rassemblés autour du feu, compagnons anciens et nouveaux. Son regard croisa celui d'Épine.) Si nous voulons forger l'avenir de ces contrées, nous ne pouvons pas nous permettre de négliger son passé.

Er'ril lui passa un bras autour des épaules.

— Mais pourrons-nous survivre au présent ?

Elena se laissa aller contre lui.

— Ensemble, oui.

Épuisé et endolori, Greshym se balançait dans sa selle au gré du mouvement de son cheval. L'aube approchait. Les compagnons avaient voyagé toute la nuit. Avec l'armée des si'lura pour les protéger, ils n'avaient pas grand-chose à craindre dans les bois.

En quittant le camp des trappeurs, ils s'étaient aussitôt écartés de la route principale. Greshym n'avait pas tardé à se sentir perdu sans ses perceptions magiques, et, à en juger par la façon dont Er'ril scrutait les étoiles et les fourrés alentour, l'homme des plaines devait être dans le même cas.

Les compagnons avaient d'abord échangé quelques murmures furtifs. Greshym avait capté des bribes d'histoires familières comme Elena racontait son accession au pouvoir à Bryanna. Il avait écouté d'une oreille tout en feignant de somnoler. Même s'il connaissait déjà les grandes lignes de l'histoire, il avait pu combler certaines brèches et appris quelques détails intéressants. Un point en particulier l'intriguait : selon Elena, l'éb'ène pouvait se transformer en sanguine.

Greshym avait ruminé cette révélation pendant tout le reste de la nuit. C'était la première fois qu'il entendait parler de cette étrange propriété, et il sentait qu'une clé de pouvoir se tapissait dans la réponse à ce mystère.

Finalement, les compagnons s'étaient tus, vaincus par la fatigue. Depuis, seuls les bruits de sabots ponctuaient leur progression. Les métamorphes se fondaient dans l'obscurité, se déplaçant avec une discrétion ahurissante. Mais l'éclat occasionnel d'une paire d'yeux ambrés attestait qu'ils étaient toujours là, et qu'ils ne lâchaient pas leurs prisonniers d'une semelle.

Greshym étudia l'horizon qui s'éclaircissait lentement. Il était prévu que les compagnons s'arrêtent au lever du jour et se remettent en route vers midi. La métamorphe nommée Épine avait dit qu'ils atteindraient le lieu de réunion des si'lura à la tombée de la nuit.

Greshym sentait un nœud coulant se resserrer autour de son cou. La forêt grouillait de métamorphes, et chaque cataclop de son cheval le rapprochait de l'endroit où Shorkan se tapissait, de l'autre côté des montagnes. Il était cerné par ses ennemis.

Il se concentra sur le minuscule fragment de magie qui restait en lui. Ce n'était qu'une goutte, pas même suffisante pour desserrer ses liens et diminuer le frottement de la corde sur ses poignets. Mais elle lui permit de capter un pouls familier dans les bois – les battements d'un cœur qui était déjà lié à lui bien avant que sa magie s'évapore. À ce cœur, Greshym envoya un message silencieux pour l'encourager à maintenir son allégeance.

Suis-moi, Rukh. Et surtout, ne te fais pas voir.

À travers le lien qui les unissait, il perçut le frémissement d'une réponse.

Greshym soupira. Pour l'instant, c'était tout ce qu'il pouvait faire. Le gnome des souches suivait les compagnons à une lieue de distance pour ne pas se faire repérer. Mais il parvenait à soutenir l'allure. Et il avait ramassé le bâton d'os que Greshym avait abandonné dans la boue près du Lac de la Lune. L'artefact était vide de toute magie, mais, comme Rukh, c'était un instrument qui pouvait s'avérer précieux.

Plissant les yeux, Greshym étudia l'autre ressource sur laquelle il comptait – inutilisable pour le moment, mais pleine de possibilités. Affalé dans sa selle, Joach somnolait à demi.

Et tandis que le ciel s'éclaircissait, les espoirs de Greshym ressuscitèrent avec le jour nouveau. Lentement, un plan se dessina dans son esprit. Il n'aurait besoin que de deux choses pour le mettre en œuvre : de la patience... et une certaine quantité de sang.

13

Elena faisait tremper ses pieds dans l'eau fraîche d'un ruisseau, ses bottes posées à côté d'elle sur un rocher moussu. Elle s'étira pour chasser une crampe dans son dos. Les compagnons avaient voyagé toute la nuit précédente et, après une courte pause, une bonne partie de la journée.

Prenant appui sur ses bras tendus, la jeune femme renversa la tête en arrière pour observer le soleil qui brillait à travers les branches. Une petite brise soufflait le long du ruisseau, agitant l'air moite emprisonné sous les frondaisons. Elena prit une grande inspiration. L'été était bel et bien là, mais le soir tombait, et la chaleur du soleil s'effacerait bientôt devant la fraîcheur de la lune.

Un crissement de bottes sur les cailloux lui fit tourner la tête. Joach s'approchait d'elle, le visage tordu par une grimace de douleur. Elena s'écarta légèrement et tapota le sol près d'elle.

— Viens faire trempette. C'est si bon !

Son frère se laissa tomber à côté d'elle comme un pantin dont on vient de couper les fils.

— Je ne sais même pas si je pourrais enlever mes bottes – mes chevilles ont tellement gonflé à l'intérieur…

Et il plongea ses pieds dans l'eau sans se déchausser.

Elena tapota sa main gantée en un geste affectueux, mais Joach ne parut pas s'en apercevoir. Le dos voûté par la fatigue, il se contenta de fixer l'eau miroitante.

— Avant, marmonna-t-il, je bossais au verger toute la journée, et j'avais encore assez d'énergie pour faire mes corvées quand je rentrais à la maison.

— Quand tout sera terminé, nous trouverons un moyen d'inverser le sort. Je te le promets, dit Elena.

Mais Joach parut aussi insensible à ses paroles qu'au contact de sa main.

— Je ne supporte même pas de le regarder, sachant que c'est ma propre jeunesse qui se rit de moi.

Elena jeta un coup d'œil à la main de son frère. Sous le gant d'équitation, ses doigts autrefois musclés par les longues heures passées à cueillir des fruits et à arracher des mauvaises herbes n'étaient plus qu'os et peau flétrie. Mais, en l'écoutant, Elena sentait que Greshym lui avait volé bien plus que sa jeunesse. Une bonne partie de son esprit et de son cœur avait également disparu.

Joach ramena sa main vers le bâton posé en travers de ses genoux. Désormais, l'immonde instrument lui procurait plus de réconfort que le contact de sa propre sœur. Elena étudia le morceau de bois pétrifié, à la surface grise incrustée de petits bouts de cristal. Elle n'avait que trop longtemps repoussé cette discussion.

— Joach, commença-t-elle, qu'as-tu fait à ton bâton ?

Les yeux plissés, son frère tourna la tête vers elle.

— Que veux-tu dire ?

Elena se souvint de la nuit de la dernière pleine lune, celle où les compagnons avaient été transportés dans les Contrées du Couchant. Dans la cour de l'Édifice, elle avait vu le bâton de Joach flamboyer d'énergie élémentale. Mais ce qui l'avait inquiétée, c'était surtout les filaments brillants qui reliaient son frère à l'artefact.

— Je vois que tu ne quittes plus ton gant.

— Et alors ? Ça m'aide à mieux tenir les choses. Je n'ai presque plus de force.

Elena connaissait assez bien son frère pour savoir quand il mentait.

— J'ai vu de quelle façon tu es lié à ton bâton – de la même façon que je t'avais lié au bâton de pol'bois à bord de l'*Étalon Pâle*. Tu as créé une arme de sang.

Joach garda le silence un long moment. Quand il se décida à répondre, ce fut dans un murmure tendu.

— J'ai tout perdu. Il ne me reste que ma magie. C'est mon seul espoir. Je me suis lié à elle pour pouvoir mieux la manier.

— Joach…, dit Elena sur un ton d'avertissement. Er'ril m'a expliqué que ces armes forgées par le sang et l'esprit peuvent devenir des entités propres, dénuées de conscience et de miséricorde, qui finissent généralement par corrompre leur porteur.

Joach secoua la tête.

— Ça n'arrivera pas. J'ai juste besoin du bâton le temps de lever la malédiction qui pèse sur moi. Après ça, je le brûlerai moi-même. (Il leva un bras, secouant sa cape pour révéler le moignon de son poignet.) Mais, avant, laisse-moi te montrer ce que je peux faire avec.

De la lumière scintilla au bout de son bras droit ; puis une main jaillie de nulle part apparut à la place de celle qu'il avait perdue. Choquée, Elena le regard fléchir ses doigts tout neufs. Cette main semblait aussi réelle que l'autre. La seule différence, c'est qu'elle n'était ni ridée ni couverte de taches brunes.

Joach ramassa un caillou et le lança dans le ruisseau. Les éclaboussures chassèrent quelques grenouilles, qui trouvèrent refuge dans la crique. Il leva sa main.

— C'est un rêve sculpté et incarné.

Elena mit quelques secondes à retrouver l'usage de sa voix.

— Joach, tu n'aurais pas dû prendre le risque d'utiliser une magie aussi dangereuse.

— Il le fallait, répliqua son frère. J'ai perdu trop de choses.

— Mais te lier à une arme de sang n'est pas la solution, insista Elena. Pourquoi as-tu fait ça ? Espères-tu te conjurer un nouveau corps ?

Joach se rembrunit.

— Ce ne serait qu'une illusion. Dessous, je serais toujours vieux et ratatiné.

— Alors, pourquoi ? Je te l'ai déjà dit : nous trouverons un moyen de te rendre ta jeunesse. Je suis sûre que…

— Ce n'est pas seulement ma jeunesse, coupa-t-il. (Ses yeux s'embuèrent, et son visage se crispa comme il tentait de contenir une émotion vivace. Finalement, il lâcha dans un sanglot :) C'est Kesla.

Elena sentit que son frère ne lui avait pas tout dit. Elle garda le silence.

— Elle était si belle…

— Je m'en souviens.

— Mais il y avait autre chose. Son rire éclatant. Sa peau toujours brûlante, comme si le soleil du désert brillait perpétuellement sur elle. Et ses yeux… Ils avaient le violet d'une oasis sans fond.

— Tu l'aimais.

Une larme roula sur la joue de Joach.

— Mais elle n'existait pas.

La brusque amertume de sa voix fit froncer les sourcils à Elena.

— Elle n'était qu'une illusion. (Joach leva sa main conjurée et la fit disparaître, la renvoyant dans le plan onirique. Puis il baissa son moignon.) Pas plus réelle que cette main.

Elena lui accorda quelques instants de silence avant de dire fermement :

— Tu te trompes. Kesla n'était pas juste une illusion. Elle vivait au même titre que n'importe quelle femme.

Joach secoua la tête et se détourna de sa sœur. Il refusait de l'écouter.

— Qui peut dire d'où nous venons, tous autant que nous sommes ? poursuivit Elena. Lorsque notre chair naît de l'union d'un homme et d'une femme, comment notre esprit vient-il s'y loger ? Mais peut-être crois-tu que nous ne sommes que des enveloppes d'argile…

— Bien sûr que non.

— J'ai rencontré Kesla. Elle n'était pas que sable et rêve. Elle possédait un esprit aussi vivace que n'importe lequel d'entre nous. Et si son esprit était réel, elle l'était aussi – de quelque manière qu'elle ait pu venir au monde.

Joach soupira. Il avait du mal à y croire.

Elena agrippa la main de son frère et la pressa entre ses deux paumes.

— Tu l'aimais. Kesla n'aurait pas pu toucher ton cœur si elle n'était pas habitée par un esprit vivant.

Joach se dégagea.

— Quelle importance, puisqu'elle n'est plus ?

— Tant que tu te souviendras d'elle, son esprit perdurera à travers toi, répondit Elena d'une voix douce.

Les épaules de son frère s'affaissèrent.

— Mais pour combien de temps ? Avec un corps aussi âgé que le mien…

Il secoua la tête.

Elena lui tapota le genou.

— Nous trouverons une solution, ensemble.

Joach ne réagit pas, s'abîmant de nouveau dans ses pensées.

Non loin d'eux s'élevèrent des voix qui semblaient se disputer. Elena jeta un coup d'œil par-dessus son épaule. Er'ril et Harlequin se dirigeaient vers eux. La jeune femme retira ses pieds du ruisseau et saisit ses bottes. Puis elle se leva et posa une main sur l'épaule de Joach.

— Ça va. Tu peux y aller, marmonna son frère.

Elena entendit le mensonge dans sa voix, mais elle savait que seul le temps pourrait guérir son cœur meurtri. Pivotant, elle se porta à la rencontre des autres d'un pas vif. Elle ne voulait pas qu'ils dérangent Joach.

— Que se passe-t-il ?

Er'ril était rouge de colère.

— Harlequin a jugé bon de s'esquiver pour espionner Épine et le reste des métamorphes. (Il foudroya le petit homme du regard.) Bien entendu, il s'est fait prendre.

Harlequin haussa les épaules.

—C'est difficile de passer inaperçu de créatures possédant des perceptions aussi développées que les si'lura.

—Je vous avais pourtant bien dit de ne rien faire pour les irriter davantage! dit Er'ril en serrant un poing.

Harlequin leva les yeux au ciel.

—Je ne me souviens pas de vous avoir prêté allégeance, homme des plaines. Ma peau est en jeu autant que la vôtre; j'ai le droit de la protéger comme bon me semble.

Elena leva une main.

—Qu'est-il arrivé après que les métamorphes vous eurent surpris?

Les yeux d'Harlequin lancèrent des dagues à Er'ril.

—Rien du tout. Ils m'ont renvoyé la queue entre les jambes, point.

Er'ril se rembrunit.

—Épine était furieuse. Elle tremblait de colère.

—Ça ne change pas beaucoup, marmonna Harlequin.

—Qu'a-t-elle dit? s'enquit Elena.

Er'ril soupira.

—Rien. Elle a juste tourné les talons et regagné les bois.

Harlequin écarta les bras dans un tintement de grelots.

—Vous voyez? Plus de peur que de mal.

—Vous n'en savez rien, cracha Er'ril. Les si'lura nous en veulent déjà. Les provoquer, c'est...

—Je ne les ai pas provoqués; je me suis contenté de les observer.

—Assez! dit fermement Elena. Ce qui est fait est fait. Harlequin, à l'avenir, je vous saurais gré de respecter les instructions de mon homme-lige. Il s'exprime en mon nom, et si mes souvenirs sont exacts, vous vous êtes incliné devant moi à défaut de le faire devant lui.

Le petit homme acquiesça.

—Oui, ma dame.

Er'ril croisa les bras sur sa poitrine.

Elena se tourna vers lui.

—Quant à toi, Er'ril, comparée à la destruction de leur forêt natale, je doute que l'indiscrétion d'Harlequin suffise à faire pencher davantage la balance de leur animosité, dans un sens comme dans l'autre. Et s'il avait réussi à apprendre quelque chose d'intéressant...

—Ce qui n'est pas le cas, coupa Er'ril.

—Je n'ai jamais dit ça, susurra innocemment Harlequin.

Elena et Er'ril le fixèrent tous deux.

—Vous avez entendu quelque chose? demanda la jeune femme.

—Rien de capital. Les si'lura communiquent beaucoup avec leurs yeux, mais Épine était toujours sous sa forme humaine. Et quelle forme merveilleuse ! Ces longs cheveux blancs, cette croupe charnue… J'avoue que ça ne me dérangerait pas de…

—Vous allez cracher le morceau, oui ? s'emporta Er'ril.

Harlequin haussa un sourcil.

—Quoi encore ? Ne puis-je apprécier le talent de métamorphe de notre geôlière ? C'est tout un art de modeler son corps, vous savez !

Le visage d'Er'ril s'empourpra.

—Je vous en prie, continuez, dit Elena.

Harlequin ajusta le tomber de son pourpoint multicolore.

—Comme je le disais avant d'être interrompu, Épine était toujours sous sa forme humaine. J'imagine que certains messages ont du mal à passer entre une femme et un cerf. Le type aux andouillers avait besoin d'instructions plus claires.

—Que lui a-t-elle dit ? demanda Er'ril.

—Elle lui a ordonné de partir en avant pour informer le conseil de notre arrivée, et pour prévenir son père – le rancien – que ni Mogweed ni Fardale ne nous accompagnent.

—Mogweed et Fardale ? (Er'ril se rembrunit.) Que viennent-ils faire là ?

—C'est justement ce que j'ai trouvé étrange. D'après ce qu'elle a dit au messager, sans les jumeaux, toute tentative pour sauver la racine de la forêt est vouée à l'échec.

Elena fronça les sourcils.

—Sauver la racine de la forêt ?

Elle détailla les arbres immenses qui l'entouraient. Depuis que les compagnons avaient quitté la route, la végétation était devenue plus dense, plus touffue, plus ancienne. L'air embaumait l'humus, la senteur verte de la vie. Rien ne semblait clocher. Et dans le cas contraire, Nee'lahn s'en serait sûrement aperçue.

—Quel rapport entre mon Fardale et tout cela ? s'étonna Er'ril.

Harlequin haussa les épaules.

—C'est tout ce que j'ai entendu avant de me faire repérer.

—Ça n'a pas de sens, protesta Elena.

—Peut-être pas, mais… (Harlequin jeta un coup d'œil par-dessus son épaule et baissa la voix.)… Ça suggère que les si'lura ne nous ont pas dévoilé toutes leurs intentions. Qu'ils gardent des secrets destinés aux seules oreilles de leur peuple. Et si vos amis métamorphes sont la clé de tout cela…

Le petit homme haussa un sourcil.

—Je ne vois pas où est le problème, dit Elena.

Er'ril se renfrogna.

— Pour garder leur secret, les si'lura risquent de ne pas nous laisser partir.

— Tu crois qu'ils nous feraient prisonniers ?

— Si nous avons de la chance, grimaça Harlequin. Il existe des façons plus permanentes de s'assurer notre silence.

Elena écarquilla les yeux.

Er'ril scruta les bois sombres dans lesquels se tapissait toute une armée.

— À partir de maintenant, mieux vaut marcher sur des œufs.

En fin de colonne, Méric chevauchait près de Nee'lahn à travers la forêt enténébrée. La nuit était tombée, et la lune n'avait pas encore fait son apparition. Une seule torche, portée par Épine qui montait le cheval d'un des trappeurs, éclairait le chemin des compagnons sous la voûte feuillue. Autour d'eux, les arbres de plus en plus hauts jaillissaient vers le ciel dans un enchevêtrement de branches. C'était tout juste s'ils distinguaient les étoiles.

— J'ai du mal à en croire mes yeux, chuchota Nee'lahn, ramenant vers elle l'attention de l'el'phe. Cette forêt est si vieille… Peut-être autant que les Contrées du Couchant. Certains de ces arbres ne poussent nulle part ailleurs dans le monde. (Elle désigna un immense tronc en spirale dont des branches partaient à intervalles réguliers.) Les gnarls géants, par exemple. Je pensais qu'ils avaient disparu depuis des siècles, et, pourtant, en voici un.

— J'ai déjà vu des sylves aussi anciennes que celle-ci, intervint Bryanna, qui chevauchait de l'autre côté de la nyphai. (Par-dessus son épaule, elle jeta un coup d'œil à la piste déserte. Sa voix se chargea d'anxiété.) On en trouve quelques-unes à travers les Contrées du Couchant, mais les si'lura les protègent jalousement. Les trappeurs savent qu'il vaut mieux ne pas y pénétrer. Par le passé, quelques bûcherons ont tenté de piller leur bois précieux, mais ils ont tous été abattus par les métamorphes. En principe, c'est la mort assurée pour qui s'aventure ici.

Méric gardait une main sur les rênes de son cheval et une autre sur la poignée de sa fine épée, mais le froid de l'acier ne le réconfortait nullement. Les si'lura ne s'étaient pas donné la peine de soulager les compagnons de leurs armes, et cela le perturbait davantage que s'ils les leur avaient confisquées.

— Cette sylve est l'une des plus grosses que j'aie jamais vues, poursuivit Bryanna à voix basse. Elle doit s'étendre sur une bonne lieue dans toutes les directions.

— Et elle va encore plus loin que ça sous terre, dit Nee'lahn sur un ton émerveillé. Ici, la chanson sylvestre monte vers nous depuis des profondeurs incroyables. Elle rivalise avec celle de Lok'ai'hera et devient plus riche à chaque pas. Elle doit descendre jusqu'au cœur même du monde.

La nyphai garda le silence quelques instants, puis déclara :

— Comme j'aimerais que Rodricko soit là pour voir ça, pour entendre cette chanson !

Méric fronça les sourcils. Il ne partageait pas l'émerveillement de Nee'lahn. Des ombres ondulaient des deux côtés du chemin. Et à l'intérieur de ce flot noir, des éclats ambrés révélaient la présence continuelle de l'armée des métamorphes.

Des voix s'élevèrent soudain devant eux. Méric reporta son attention sur la tête de la colonne. Leur guide s'était immobilisé au pied d'une haute colline boisée. Les cavaliers se rassemblèrent autour de la torche. Puis l'un d'eux se détacha du groupe et rebroussa chemin vers la queue de la colonne.

— Nous avons atteint le site du conseil, annonça Harlequin en rejoignant Méric, Nee'lahn et Bryanna. Apparemment, il se trouve de l'autre côté de cette butte. Nous allons finir à pied.

— À pied ?

Harlequin acquiesça, ses yeux dorés brillant de colère.

— Nous devons laisser ici nos chevaux et tout notre équipement, armes y compris. Si quelqu'un est surpris avec une arme pendant le conseil, il sera exécuté sur-le-champ.

La main de Méric se crispa sur la poignée de son épée.

Harlequin dut remarquer ce geste.

— Selon Épine, le sol de la vallée est sacré, et nul ne peut y apporter d'arme.

Méric se rembrunit mais lâcha son épée. Il se laissa glisser à terre, crépitant d'énergie élémentale. Les si'lura pouvaient lui prendre sa lame, mais il ne serait pas sans défense pour autant.

Il aida Nee'lahn à descendre de cheval pendant que les trappeurs faisaient de même de leur côté. Chacun se défit de son épée, de sa hache ou de son arc et l'attacha sur le dos de sa monture.

Harlequin était resté en selle.

— Vous êtes également censés enlever vos bottes et marcher pieds nus.

— Quoi ? s'étrangla Méric, choqué par cette étrange requête.

— Toujours cette histoire de sol sacré. (Harlequin haussa les épaules.) Ce sont leurs règles, pas les miennes.

D'un coup de pied, il se débarrassa adroitement de ses bottes, en rattrapa une dans chaque main et sauta à terre.

— Il faut respecter leurs souhaits, dit Nee'lahn en s'asseyant sur un rocher.

Méric grommela entre ses dents mais obtempéra. Debout, il utilisa la pointe d'une de ses bottes pour tenir le talon de l'autre. Il dégagea son pied et le posa par terre.

À l'instant où sa plante toucha le sol, il eut l'impression qu'on venait de lui mettre un paquetage rempli de pierres sur le dos. Il vacilla. Agitant les bras pour conserver son équilibre, il trébucha et sautilla sur son pied encore chaussé. Dès qu'il se tint seulement sur ce dernier, son fardeau invisible s'évanouit.

— Méric ? appela Nee'lahn, qui avait remarqué son étrange petite danse.

— Je vais bien. Rester trop longtemps à cheval m'aura fait tourner la tête, j'imagine.

Méric reposa son pied déchaussé, et un poids énorme s'abattit de nouveau sur ses épaules. Il grogna mais parvint à ne pas tituber, cette fois.

Inquiète, Nee'lahn se leva. Puis elle hoqueta et se comprima la poitrine des deux mains.

— Nee'lahn !

Méric lutta pour s'approcher d'elle. La nyphai leva vers lui un visage à l'expression atterrée. La radiance de sa peau s'était dissipée, lui laissant un teint plus cendreux qu'opalin. Ses cheveux couleur de miel ressemblaient à de la paille. On aurait dit que toute sa vitalité venait de la quitter.

— Je… je n'entends plus la chanson sylvestre, gémit-elle doucement.

Méric voulut compenser la pression sur ses épaules en invoquant sa magie élémentale. Il réalisa tout de suite que même si la source du pouvoir des vents se trouvait toujours en lui, il ne pouvait plus y accéder. Il se tourna vers ses compagnons qui les observaient, Nee'lahn et lui, d'un air perplexe.

— Qu'est-ce qui ne va pas ? s'enquit Harlequin.

Méric avait sa petite idée sur la réponse. Il souleva son pied déchaussé du sol. En équilibre sur son autre jambe, il tendit un bras, et des étincelles crépitèrent au bout de ses doigts. Il se sentit de nouveau léger comme l'air. Le pouvoir du vent lui appartenait.

Puis il reposa son pied déchaussé. Dès que sa plante toucha le sol, l'énergie qui cascadait le long de sa main s'éteignit, et la pression sur ses épaules l'accabla de plus belle.

— La terre de cette sylve… Elle nous coupe de nos pouvoirs élémentaux.

Nee'lahn s'était ressaisie. Elle écarquilla les yeux.

— Méric a raison.

— Pas étonnant qu'ils veuillent que nous marchions pieds nus sur leur sol sacré, murmura Harlequin. Comme ça, plus de magie.

— Ils ont l'intention de nous priver de toutes nos défenses, conclut Méric, l'air sombre.

Il se redressa tant bien que mal. Était-ce ce que ressentaient les hommes ordinaires quand ils marchaient ? L'el'phe fit quelques pas, titubant sous la pression.

Nee'lahn le rejoignit et lui prit la main. Méric la serra avec gratitude. Chacun d'eux se laissa réconforter par le contact d'une autre personne qui partageait et comprenait sa détresse.

— Je n'avais jamais éprouvé une chose pareille, chuchota la nyphai. Je sens la vigueur de la terre et des racines dans mon cœur, mais je ne peux pas la faire couler dans mon sang.

— Je sais. C'est comme si ma magie était enfermée dans un coffre-fort dont j'aurais perdu la clé.

Une voix s'éleva devant eux.

— On nous appelle, dit Harlequin.

Méric avisa la torche d'Épine. Leur guide avait commencé à gravir la pente. La colonne se remettait en marche.

Frissonnant, l'el'phe ôta sa deuxième botte. Puis, main dans la main avec Nee'lahn, il emboîta le pas au reste des compagnons.

En atteignant le pied de la colline, il vit que Joach s'était affaissé entre Er'ril et Elena, qui le portaient à demi. Le mage n'avait plus son bâton de bois gris. Un pas derrière eux, Gunther traînait Greshym, qui avait les poignets attachés dans le dos.

Méric entama la longue ascension en luttant contre la pression sur ses épaules. Jamais il ne s'était rendu compte combien la magie faisait physiquement partie de lui. Sans elle, l'attraction que la Terre exerçait sur son corps semblait s'être décuplée.

Nee'lahn respirait très fort, comme si elle pensait trouver de la vigueur dans l'air.

— Je n'entends pas la plus petite note de chanson sylvestre, se lamenta-t-elle. Tout à l'heure, elle emplissait mes oreilles et le monde. Comment puis-je y être si sourde désormais ?

— C'est à cause de la terre d'ici. Elle doit absorber nos capacités élémentales, comme Cho absorbe la magie de Greshym.

— Je n'avais jamais entendu parler d'un tel phénomène.

Du menton, Méric désigna la torche d'Épine.

— De toute évidence, les si'lura sont doués pour préserver leurs secrets.

Puis l'ascension les réduisit au silence. Ils devaient mobiliser toutes leurs forces pour mettre un pied devant l'autre. Bientôt, ils se retrouvèrent à la traîne derrière leurs compagnons. La maigre lumière de la torche disparut comme Épine atteignait le sommet de la colline et entamait la descente de l'autre versant. Les bois se firent plus sombres autour d'eux. Seul le visage gibbeux de la lune éclairait encore leur chemin.

— Ce n'est plus très loin, marmonna Méric.

Nee'lahn hocha la tête. Haletant et transpirant dans la fraîcheur nocturne, ils atteignirent enfin la crête. Méric écarquilla les yeux.

— Douce Mère, souffla-t-il.

Depuis le sommet de la pente, il voyait à plusieurs lieues devant lui. Ce qu'il venait d'escalader n'était pas une colline, mais le bord d'une gigantesque cuvette. Au fond de celle-ci s'étendait une vallée ovale, plantée d'arbres à côté desquels les géants côtoyés jusque-là ressemblaient à de vulgaires brindilles. Leurs branches étaient festonnées de lanternes, comme si les étoiles étaient tombées du ciel et s'étaient éparpillées dans les profondeurs de la forêt. De gros feux brillaient également au niveau du sol.

Nee'lahn agrippa le bras de Méric, lui enfonçant ses doigts dans la chair.

— C'est impossible ! Ces arbres...

Méric secoua la tête.

— Je ne les reconnais pas.

— Bien sûr que non, marmonna Nee'lahn. (Malgré sa tentative pour se retenir au bras de l'el'phe, elle tomba à genoux.) Comment le pourrais-tu ? Ce sont les Vénérables.

Méric s'agenouilla près d'elle et étudia le spécimen le plus proche. Celui-ci culminait bien plus haut que le bord de la vallée. Son écorce était blanche comme celle d'un bouleau, mais chacune de ses larges feuilles avait la couleur du cuivre brûlé – une teinte automnale, alors que l'été venait à peine de commencer.

Nee'lahn jeta un coup d'œil à Méric. Des larmes coulaient sur ses joues.

— Les Vénérables sont encore plus anciens que les koa'kona. Ils étaient déjà là avant que nos deux peuples respirent l'air de ce monde. Ils sont les ancêtres de tous les autres arbres. (Un sanglot lui échappa.) Nous pensions qu'ils étaient morts depuis des siècles et des siècles. Du temps de mes sœurs, il ne restait d'eux que quelques souches isolées, creuses et rongées par les vers, perdues dans les profondeurs de différentes forêts. Une telle sylve ne peut pas exister. (Elle implorait Méric du regard.) Les nyphai l'auraient su !

Méric scrutait les arbres vertigineux.

— Pas forcément, si les Vénérables poussent dans ce terreau. Tu l'as dit toi-même : ici, tu es sourde à la chanson sylvestre. C'est peut-être la Terre elle-même qui dissimule cette sylve.

—Mais pourquoi ? demanda Nee'lahn en reportant son attention sur la forêt.

Méric secoua la tête.

—Les si'lura le savent peut-être.

Nee'lahn se releva.

—Je dois découvrir de quoi il retourne. Je dois communier avec ces anciens.

Méric l'aida à descendre la pente dans les traces de leurs compagnons. Ce fut alors qu'il remarqua les silhouettes qui bougeaient en contrebas.

Il avait qualifié d'armée la quantité impressionnante de métamorphes qui les avaient escortés jusqu'ici ; à présent, ses yeux ébahis découvraient un rassemblement cent fois plus nombreux. Des animaux de toute sorte se déplaçaient entre les feux : ours patauds, cerfs au pied léger, loups trottinants et lynx des bois furtifs. Une multitude d'oiseaux tournoyaient dans les airs : aigles, rocs, faucons dorés géants. Pourtant, ils ne représentaient qu'une toute petite partie du peuple si'lura. La plupart des habitants de la sylve affichaient des caractéristiques mélangées.

Un petit garçon qui courait à toutes jambes coupa le chemin de Méric et de Nee'lahn. En guise de cheveux, il arborait une couronne de plumes, et une longue queue touffue traînait derrière lui. Il s'arrêta, fixant l'el'phe et la nyphai de ses grands yeux ambrés.

—Finch ! appela une femme sur un ton sévère. (Elle contourna un buisson de nouïe. Elle était grande et mince, le corps couvert d'une fourrure rayée noir et blanc.) Éloigne-toi de ces étrangers !

Le petit garçon pencha la tête sur le côté comme un oiseau, puis jeta un coup d'œil à la femme. Ses yeux brillèrent plus fort tandis qu'il lui envoyait un message mental.

—Ne discute pas avec moi et retourne près de notre feu ! s'impatienta la femme en tendant un doigt.

Le petit garçon détala à travers les arbres, sa queue flottant derrière lui tel un étendard. La femme détailla Méric et Nee'lahn, les yeux plissés. Puis elle fit brusquement volte-face et s'élança sur les traces de l'enfant.

Méric la perdit bientôt de vue parmi les fourrés. Mais autour de lui s'agitait un kaléidoscope de formes et de configurations sans cesse changeantes. La plupart des si'lura semblaient juste curieux, tandis que le visage de quelques-uns exprimait la méfiance, voire l'inimitié.

Méric pressa le pas pour rattraper le reste du groupe. Bouche bée, Bryanna observait l'incroyable spectacle offert par les métamorphes.

—Jamais je n'aurais cru qu'ils étaient si nombreux. Ils doivent venir de toute la région, peut-être même de toutes les Contrées du Couchant.

Méric étudia les feux qui parsemaient la vallée. La trappeuse avait sans doute raison.

Devant lui, Er'ril et Elena soutenaient toujours Joach, tandis que Gunther et Harlequin flanquaient Greshym. Épine ordonna une halte.

—Attendez ici. Je vais continuer seule pour annoncer votre arrivée.

Et elle disparut dans le sous-bois.

Elena jeta un coup d'œil à Méric et à Nee'lahn.

—Joach pense que le sol sape ses forces élémentales, mais il se sent tellement épuisé par ailleurs qu'il n'en est pas sûr.

—Ton frère a raison. Nous aussi, nous sommes coupés de notre magie, révéla Nee'lahn.

—Nous venons de pénétrer dans un nexus, lança Greshym sur un ton désinvolte.

Mais Méric perçut la surprise dans la voix du mage noir.

—C'est quoi, un nexus ? interrogea Elena.

Greshym haussa les épaules. Gunther le secoua.

—Réponds à la demoiselle.

Greshym jeta un coup d'œil à son gardien.

—Gunther, en tant que trappeur, j'imagine que tu possèdes un aimant pour trouver ton chemin à travers cette immense forêt. Puis-je le voir ?

Le colosse barbu fronça les sourcils, mais sa sœur lui fit un signe de la tête. Grommelant tout bas, il glissa une main dans une poche de sa tunique et en sortit une petite bourse dont il vida le contenu dans sa paume. Il y avait là un bol minuscule et un morceau de liège dans lequel était incrusté un éclat de pierre grise.

—La magnétite est harmonisée avec l'énergie du monde, expliqua Greshym. Si on sait l'utiliser, elle désigne toujours le nord.

—Et alors ? demanda Gunther, résumant leur pensée à tous.

Du menton, Greshym désigna la main du trappeur.

—Vas-y, essaie.

Le colosse grimaça, mais, une fois de plus, sa sœur l'encouragea à obéir.

—Fais ce qu'il te dit, Gunther.

Il mit un genou en terre, posa le bol devant lui et saisit l'outre en cuir accrochée à sa ceinture. Après avoir versé un peu d'eau dans le récipient, il y plongea le bouchon.

Méric se pencha pour mieux voir. Le bouchon flottait à la surface, tournant lentement sur lui-même comme si la pierre cherchait la direction du nord. Mais, au lieu de s'immobiliser, il se mit à tourner de plus en plus vite, jusqu'à ce que ses contours se brouillent aux yeux des observateurs et que de l'eau jaillisse à l'extérieur du bol.

— Un nexus, répéta Greshym, l'air très satisfait de lui. Ici, l'énergie de la Terre est en mouvement perpétuel. À l'instar de la magnétite, un élémental ne pourra donc pas s'aligner sur son flux. (Il jeta un coup d'œil à Méric et à Nee'lahn.) Vous n'avez pas perdu vos pouvoirs. Simplement, vous ne pouvez pas vous harmoniser avec l'énergie de la Terre en ce lieu.

Méric regarda le bouchon tourner follement.

Un peu plus loin entre les arbres, de la musique s'éleva soudain dans la nuit. Tout le monde pivota vers sa source. Sous la canopée, des flûtes de roseau égrenaient une mélodie lancinante, accompagnées par une résonance de peaux tendues et de bois creux. Les murmures des si'lura s'éteignirent peu à peu, et comme le silence se faisait, la musique parut enfler dans la sylve.

Épine revint vers les compagnons. Elle ne portait plus sa torche.

— Le conseil vous attend, annonça-t-elle en leur faisant signe de la suivre.

Gunther remballa son aimant, et ils se mirent en marche. Nee'lahn glissa sa main dans celle de Méric. Tandis qu'ils s'enfonçaient dans la sylve, elle détailla les arbres très anciens qui les entouraient.

— Un nexus… au milieu des Vénérables.

— Tu crois que ça signifie quelque chose ? interrogea Méric.

Nee'lahn plissa les yeux et secoua la tête. L'el'phe sentit qu'elle ne lui disait pas tout, mais il la connaissait assez bien pour ne pas insister. Elle avait besoin de temps pour réfléchir. Aussi continua-t-il à marcher en silence.

À chaque pas, la musique se faisait plus vivace autour d'eux. Des cors joignirent leur lamentation à la mélodie des flûtes, tandis que les tambours continuaient à gronder solennellement. Épine pressa le pas.

Er'ril aidait Joach à avancer.

— Je n'aime pas ça. Nous pourrions très bien être en train de nous jeter dans un piège.

— Piège ou non, répliqua Harlequin, il semble que nous n'ayons pas d'autre choix que continuer.

Méric jeta un coup d'œil derrière lui. Des milliers d'yeux ambrés regardaient dans leur direction – ils ne surveillaient pas les compagnons, mais fixaient l'endroit vers lequel marchaient ceux-ci.

— La forêt s'ouvre devant nous, constata Nee'lahn.

Méric reporta son attention vers l'avant. Épine les entraîna sous une arche de branches. Au-delà de ce seuil, le clair de lune brillait plus fort : aucune frondaison ne le bloquait. Une prairie baignée par sa lueur argentée descendait en pente douce jusqu'à un bassin central.

Au milieu de ce dernier, une petite île formait une bosse jaillissant de l'eau sombre. Et sur cette minuscule parcelle de terre poussait le plus grand des Vénérables. Son tronc était deux fois plus épais que celui des autres géants végétaux, tandis que ses branches formaient une glorieuse couronne d'or et d'ivoire.

Stupéfaits, les compagnons fixèrent l'arbre. À leur apparition, les musiciens invisibles cessèrent de jouer. Un lourd silence s'abattit sur la prairie.

En contrebas, au pied du Vénérable, l'eau du bassin n'était pas immobile. Elle se déplaçait doucement en spirale, formant un tourbillon continuel autour de l'îlot comme si quelque chose l'agitait par en dessous.

Méric savait ce qu'il contemplait.

— Le cœur du nexus, chuchota Nee'lahn près de lui.

Er'ril était moins intéressé par le bassin et l'arbre géant que par les gens alignés au bord de l'eau. Une vingtaine d'hommes et de femmes drapés de simples capes blanches montaient la garde autour du bassin. Chacun d'eux portait une guirlande de feuilles cuivrées dans les cheveux.

— Le Conseil de Wishnu, entonna Épine sur un ton solennel. (Elle jeta un coup d'œil aux compagnons.) Venez.

Dans un silence épais, Er'ril et les autres la suivirent dans la pente. Devant eux, les anciens contournèrent le bassin pour se placer face aux nouveaux venus. Er'ril garda un œil sur eux et un autre sur la sylve alentour. Même s'il ne distinguait pas une seule paire d'yeux ambrés à la lisière des arbres, il sentait que l'attention de tout un peuple était focalisée sur cette rencontre.

Il confia Joach à Harlequin. Les mains libres, il fit signe à Elena de prendre un peu d'avance sur leurs compagnons avec lui. C'était à eux qu'il appartiendrait de convaincre les anciens que les dégâts causés à leur forêt l'avaient été dans l'intention de prévenir un mal plus grand. Mais comme il détaillait les visages durs qui les regardaient approcher, Er'ril n'y décela nulle sympathie.

Épine se planta devant un vieil homme aux larges épaules qui dominait largement le reste du groupe. Elle mit un genou en terre.

— Père.

L'expression de l'ancien se réchauffa d'un ou deux degrés.

— Relève-toi, mon enfant. Pour une fois, oublions les formalités.

Épine obtempéra et se tourna vers les compagnons.

— Père, voici les gens que tu as demandés à mes chasseurs de t'amener.

Le vieil homme détailla les étrangers assemblés devant lui.

— Je suis le rancien, se présenta-t-il. Je sais déjà qui vous êtes. (Son regard clairement méfiant se posa sur Elena.) Et je sais que vous vous prétendez innocents – que selon vous, la dévastation de notre forêt a été provoquée par un conflit qui fait rage à l'extérieur.

Er'ril fit un pas en avant.

—Nous ne prétendons rien. C'est la vérité.

Le rancien ne détourna pas son attention d'Elena.

—C'est ce dont nous allons décider cette nuit.

Derrière lui, l'eau du bassin bouillonna de plus belle, comme si elle percevait son agitation. Er'ril aperçut une ombre qui se déplaçait sous sa surface, mais, quand il tenta de se concentrer dessus, elle disparut.

Elena rejoignit l'homme des plaines. Elle se tint très droite sous le regard du rancien.

—Demandez-nous ce que vous voudrez. Nous vous répondrons en toute franchise. Nous n'avons rien à vous cacher. Mais, d'abord, laissez-moi vous assurer que les ravages infligés à vos terres ne découlent pas d'une quelconque malveillance envers votre peuple ou votre forêt. Dans chaque cas, il s'agissait de contrer une menace bien plus grave.

Le rancien jeta un coup d'œil à Greshym.

—C'est ce qu'on nous a rapporté.

—S'il est déjà au courant de tout, qu'est-ce qu'on fiche ici ? grommela Harlequin derrière Er'ril et Elena.

Son murmure ne passa pas inaperçu.

—Vous êtes ici pour prouver ce que vous avancez, répliqua le rancien. Et pour répondre à d'autres questions.

—Nous ferons tout ce qui sera en notre pouvoir pour vous aider à comprendre notre cause et notre dessein, affirma Elena.

Le rancien opina.

—Bien dit, petite. Raconte-nous donc ce qui est arrivé à Mogweed et à Fardale.

Surprise, Elena jeta un coup d'œil à Er'ril. Ce fut l'homme des plaines qui répondit pour elle :

—Les jumeaux sont venus à nous figés, l'un sous forme de loup, l'autre sous forme d'humain.

—Je sais. C'est moi qui les ai bannis de notre forêt.

Er'ril acquiesça.

—Ils nous ont dit qu'ils avaient été chassés de chez eux parce qu'ils ne pouvaient plus se transformer.

Le rancien ne confirma ni ne réfuta ces paroles.

—Et maintenant ? Que sont-ils devenus ?

Er'ril grimaça.

—À cause de la magie d'un serpent guérisseur, leurs deux corps ont fusionné en un seul. Fardale le commande pendant la journée et Mogweed pendant la nuit. Mais ils peuvent de nouveau se transformer comme de véritables si'lura.

Le rancien parut consterné, et les autres membres du conseil échangèrent des murmures. Finalement, leur chef leva un bras pour réclamer le silence.

— Est-ce vrai ?

Er'ril hocha la tête, le dos très droit.

— Je le jure sur mon honneur.

Le rancien ferma les yeux.

— Alors, tout espoir est perdu. (Il poussa un soupir, et ses épaules s'affaissèrent.) Les ravages provoqués par votre guerre ne se limitent pas à des explosions et des inondations. C'est l'avenir de tout un peuple qui se trouve menacé.

Il se tourna vers les autres membres du conseil. Leurs yeux ambrés étincelèrent tandis qu'ils communiquaient entre eux, conférant en silence.

Épine se rapprocha d'Er'ril.

— Mon père avait placé trop d'espoir en Mogweed et Fardale, dit-elle amèrement. Nous avons perdu plus de deux hivers à nous raccrocher à la parole d'un prophète mort depuis longtemps.

Er'ril fit face à la métamorphe.

— Peut-être est-il temps que vous nous révéliez tout. Avec la magie dont elle dispose, Elena aurait pu carboniser tes chasseurs sur place, mais elle est venue ici parce que son cœur saigne pour les innocents qui pâtissent de notre guerre. Elle est venue pour s'excuser, pour s'expliquer, pour être totalement honnête avec votre peuple.

Er'ril sentit Elena glisser sa main dans la sienne et lui presser les doigts. Il poursuivit, laissant sa passion transparaître dans sa voix :

— Fardale… et même Mogweed… se sont avérés des alliés courageux au service de notre cause. Si vous savez quoi que ce soit qui nous permettrait de les aider ou de comprendre ce qui leur est arrivé, il faut nous le dire. Vous leur devez bien ça – et à nous aussi.

À chaque mot, l'expression chagrine de son interlocutrice s'accentuait. Finalement, Épine n'y tint plus.

— Crois-tu que je n'ai pas envie de les aider ? s'exclama-t-elle. Fardale était mon partenaire ! (Elle se détourna.) Mais mon père n'a pas eu le choix. C'est seulement après que les jumeaux eurent quitté la forêt, quand j'ai découvert que je portais un enfant, qu'il m'a révélé la véritable raison de leur bannissement.

— Raconte-nous, la pressa Er'ril.

Elena hocha la tête. Lentement, les autres se rassemblèrent autour d'eux pour écouter à une distance respectueuse.

Les yeux pleins de larmes, Épine planta son regard dans celui d'Elena.

— Cette histoire commence dans un passé très lointain, du temps où les Contrées du Couchant étaient encore jeunes. On raconte que nos ancêtres naquirent de la Terre même, qui les avait engendrés pour veiller sur cette immense forêt. (Elle jeta un coup d'œil à l'arbre géant.) Selon nos récits les plus anciens, les premiers si'lura ont émergé de ce bassin. Née de l'eau, notre chair coule comme elle, ce qui nous permet de prendre la forme de toutes les créatures de la forêt. (Du regard, elle balaya la lisière des arbres au-delà de la prairie.) Cet endroit est sacré. Les arbres qui nous entourent sont les premiers qui aient poussé sur ces terres.

— Les Vénérables, chuchota Nee'lahn derrière Elena.

Épine acquiesça.

— De ces arbres sont nés tous les autres. La forêt des Contrées du Couchant s'est développée à partir de cette sylve. Et notre peuple aussi. Nos destinées sont liées.

— Cela signifie-t-il que vous êtes liés aux Vénérables comme les nyphai sont liées aux koa'kona ? s'enquit Elena.

Épine secoua la tête et jeta un coup d'œil à Nee'lahn.

— Non, il s'agit d'une connexion différente. (Du menton, elle désigna le géant à l'écorce blanche.) Chacun de nous n'est pas lié à un arbre individuel : nous sommes tous liés au même. Celui-ci. Nous sommes ses enfants.

Un silence choqué suivit cette déclaration.

— Comment est-ce possible ? demanda Nee'lahn. Tu as toi-même donné naissance au fils de Fardale.

Épine soupira.

— Ce n'est pas notre corps qui est lié à l'arbre, mais notre esprit, et ce, dès le moment de notre naissance. L'arbre est notre Racine Spirituelle. Sans cette connexion, nous dépéririons. D'abord, nous perdrions notre capacité de métamorphose, puis notre vie.

— Pas étonnant qu'ils préfèrent garder le secret, chuchota Harlequin près de l'épaule d'Er'ril.

Celui-ci tourna la tête vers le petit homme, et, dans ses yeux plissés, il lut la question qu'Harlequin se posait : les compagnons seraient-ils autorisés à repartir, maintenant qu'ils savaient ?

Er'ril fit de nouveau face à Épine, les sourcils froncés. Ils s'étaient engagés sur ce chemin, et ils ne pouvaient plus faire marche arrière.

— Quel rapport avec Fardale et Mogweed ? demanda-t-il.

— Je vais y venir. Mais d'abord, je dois vous parler de la menace qui se manifesta ici il y a cinq siècles.

— C'est l'époque où le Seigneur Noir a attaqué Alaséa, fit remarquer Er'ril.

— Nous sommes assez ignorants de ces choses-là, avoua Épine. Mais, durant cette période, une grande secousse ébranla nos terres. Elle dura trois jours et trois nuits pendant lesquels les arbres tombèrent, les rivières furent détournées de leur lit et le sol se fissura de toutes parts.

Er'ril acquiesça.

— Je me souviens de ce séisme. Il s'est produit quand le Seigneur Noir a inondé les plaines méridionales de Standi, donnant naissance aux marais et aux fondrières des Terres Inondées.

Épine plissa les yeux.

— Tu t'en souviens ? Comment est-ce possible ?

Er'ril écarta sa question d'un geste insouciant.

— Continue. Que s'est-il passé après le tremblement de terre ?

Épine le dévisagea d'un air soupçonneux pendant quelques instants. Puis elle reprit :

— Ici même, dans notre sylve d'origine, nous avons perdu la moitié de nos arbres.

Nee'lahn grogna.

— Tant de Vénérables…

— Mais les véritables dégâts ne sont apparus qu'un siècle plus tard. (La métamorphe reporta son attention sur l'arbre géant.) La Racine Spirituelle avait été touchée, elle aussi. Nos chefs de l'époque constatèrent que…

— Épine, coupa une voix sévère.

Pivotant, les compagnons virent que les membres du conseil les fixaient d'un air peu amène. Le rancien fit un pas vers eux.

— Épine, il ne t'appartient pas de parler de ça, dit-il durement.

— Père, ils ont le droit de savoir.

— Les secrets des si'lura…

— … Provoqueront notre perte à tous, aboya la métamorphe. Ça fait trop longtemps que nous tournons le dos à ce qui se passe à l'extérieur. Notre aveuglement est aussi responsable de la destruction des Contrées du Couchant que ces étrangers !

L'expression de son père s'assombrit.

— Ce n'est pas à toi d'en décider.

Épine pinça les lèvres et croisa les bras.

Le rancien se tourna vers Er'ril et Elena.

— Il existe un moyen de jauger votre sincérité, dit-il. Un rituel très ancien que les si'lura utilisent pour sonder les cœurs.

— Et en quoi consiste ce rituel ? interrogea Er'ril.

Le vieil homme fit un geste ample en direction du bassin. À son signal, les autres membres du conseil battirent en retraite vers le bord de l'eau.

— La Racine doit sonder votre esprit.

Épine hoqueta.

— Père, c'est injuste ! La Racine ne réagit plus depuis une éternité !

Les yeux du rancien flamboyèrent.

— Dernier avertissement, ma fille. Tiens ta langue, ou je te fais raccompagner.

Épine s'empourpra, mais elle obéit.

Er'ril fit un pas en avant.

— Expliquez-nous ce que nous devons faire pour prouver notre bonne foi.

Le rancien dévisagea sa fille un moment, puis reporta son attention sur l'homme des plaines. Derrière lui, les autres membres du conseil avaient repris leur position initiale autour du bassin, mais, à présent, ils se tenaient par la main. Une brèche s'ouvrait parmi eux, marquant la place de leur chef.

Le rancien s'adressa aux compagnons.

— La Racine doit juger l'un d'entre vous. Si vous dites la vérité, son esprit se manifestera pour vous accepter. Dans le cas contraire, elle vous rejettera.

Elena contourna Er'ril.

— Je vais le faire.

— Non. (Er'ril lui saisit le bras.) Tu ne dois pas te mettre en danger.

La jeune femme se dégagea doucement mais fermement.

— J'entends que nous nous pliions à cette coutume.

— Dans ce cas, laisse-moi y aller.

Tournant le dos au conseil, Elena fit face à à l'homme des plaines. Elle se rapprocha de lui et baissa la voix.

— Er'ril, j'ai besoin de le faire, dit-elle en levant vers lui un regard peiné.

Er'ril tendit la main vers sa joue comme si sa caresse pouvait gommer la douleur de la jeune femme. Mais il se ravisa et laissa retomber son bras. Il connaissait ce désir. Elena voulait être jugée. La tragédie de la dernière demi-lune l'accablait lourdement ; elle tenait là une chance d'alléger son fardeau, de s'entendre confirmer que sa cause était juste et que les victimes innocentes avaient péri pour une bonne raison.

Alors, il lui prit la main.

— Elena…

— Je serai prudente, promit la jeune femme. (Elle se colla contre lui.) Et je ne suis pas sans défense. Ma magie n'a pas été affaiblie par le nexus. Mes pouvoirs me viennent de Cho, pas de la Terre.

Er'ril souleva sa main gantée et la pressa contre son cœur.

— D'accord, mais n'oublie pas d'où tu tires ta force véritable.

Elena déplaça sa main sur la poitrine de l'homme des plaines.

— Comment pourrais-je l'oublier ?

Er'ril fut submergé par le désir d'embrasser la femme qu'il aimait. Toute sa retenue lui fut nécessaire pour ne pas céder. Un tremblement parcourut son corps. Sa respiration se fit rauque.

Elena dut sentir les émotions qui se livraient bataille en lui. Afin de briser son blocage, elle se dressa sur la pointe des pieds et l'embrassa tout doucement – la caresse d'un souffle, un effleurement de peaux.

— Je ne laisserai rien ni personne nous séparer, dit-elle entre leurs lèvres.

Son geste et ses mots eurent raison du contrôle d'Er'ril. L'homme des plaines la serra violemment contre lui, transformant un doux baiser en quelque chose de plus profond, une chaleur évocatrice d'une passion encore insondable. Mais le moment était mal choisi pour explorer cette passion. Tous deux le savaient, et ils s'écartèrent en même temps. Seuls leurs regards demeurèrent rivés l'un à l'autre.

— Un bon bain glacé leur ferait peut-être du bien, marmonna Harlequin Quail.

Elena jeta un coup d'œil au petit homme qui venait de mettre un terme à cet instant suspendu.

— Si tu es prête, la Racine Spirituelle t'attend, dit le rancien.

Elena acquiesça, mais Er'ril lui prit la main une dernière fois.

— Sois prudente.

Elle lui pressa les doigts.

— Ne t'en fais pas. Je n'oublierai pas ma promesse.

Puis elle se détourna et rejoignit le rancien.

Comme ils s'éloignaient, les paroles d'Elena résonnèrent dans le cœur d'Er'ril. « Je ne laisserai rien ni personne nous séparer. » L'homme des plaines pria pour que ce soit en son pouvoir.

Le reste du groupe suivit Elena, mais seule la jeune femme fut autorisée à franchir le cercle des membres du conseil. Elle s'approcha du bord du bassin et se tourna vers le rancien au moment où celui-ci refermait la brèche.

— Montrez-moi ce que je dois faire.

Le chef du conseil ôta le cordon qu'il portait autour du cou. Un long morceau de bois blanc taillé en pointe y était suspendu. Il le lui tendit.

— C'est le syn, un éclat de la Racine Spirituelle.

Elena prit le talisman.

— Tu dois te piquer un doigt et marquer le bassin avec ton sang.

— Avec mon sang ? Pourquoi ?

— La Racine doit goûter ton essence pour juger ton cœur.

Le rancien prit la main de ses voisins. Elena vit sa chair onduler et se fondre à la leur.

Er'ril regarda le phénomène se propager à tout le cercle. Les métamorphes fusionnèrent les uns avec les autres, formant avec leurs bras tendus un anneau de chair qui entourait le bassin et l'arbre mystique.

Elena fixa l'éclat de bois.

— Peut-être vaudrait-il mieux que quelqu'un d'autre s'en charge.

— Le cercle est formé ; il ne peut plus être brisé, entonna le rancien d'une voix plus basse, plus grave.

Les lèvres d'Elena se changèrent en deux lignes dures. Faisant face au bassin, la jeune femme ôta un gant. Comme elle tournait le dos aux anciens, nul ne parut remarquer la teinte écarlate de sa peau.

Er'ril se rapprocha, les poings serrés contre ses flancs.

Quelqu'un parla près de lui. Épine arborait toujours une expression amère.

— Tu n'as rien à craindre, homme des plaines. Depuis que la terre a tremblé il y a cinq siècles, la Racine est endormie. Ça fait une éternité qu'elle n'a pas réagi à nos appels.

Er'ril pria pour que la chasseuse ait raison.

— Raconte-moi ce qui s'est passé ici, la pressa-t-il.

Épine jeta un coup d'œil à son père tandis qu'une psalmodie s'élevait du cercle. Elle hésita, puis se rapprocha de l'homme des plaines.

— La Racine est le cœur vivant de notre peuple, dit-elle en désignant l'arbre du menton. Pendant des siècles innombrables, elle a dispensé ses conseils aux si'lura. Elle s'exprimait avec la voix et la sagesse de l'âge. Mais après le tremblement de terre, elle s'est tue. Il lui est encore arrivé de s'agiter, mais plus jamais elle n'a communié avec le rancien, la personne désignée par elle pour guider notre peuple. La dernière fois qu'elle s'est manifestée, c'était pour choisir mon père parmi tous les autres membres du conseil après la mort de son prédécesseur.

— Mais que viennent faire Mogweed et Fardale là-dedans ?

Épine soupira.

— La dernière fois que la Racine a parlé, le dernier jour du tremblement de terre, elle a communié avec le rancien de l'époque. Elle lui a annoncé qu'une sombre période se profilait à l'horizon, mais qu'un jour, des frères jumeaux naîtraient parmi nous. Nous les reconnaîtrions parce qu'ils seraient maudits, et nous devrions les envoyer en aveugles dans le monde extérieur. Selon qu'ils trouveraient un remède ou non, ces jumeaux marqueraient un nouveau commencement pour notre peuple… ou annonceraient notre fin.

— Et cette récente évolution de leur état… ?

Épine secoua la tête.

— … Ne présage rien de bon.

Plus loin, la psalmodie s'acheva.

— La lune approche de son apogée, clama le rancien. Commençons.

Elena pivota. À l'intérieur du cercle de chair ondulante, elle positionna le syn contre l'index écarlate de sa main droite.

— Sous la lune de cette nuit, poursuivit solennellement le rancien, que la Racine goûte le sang de l'accusée !

Elena se piqua le doigt avec l'éclat de bois blanc. L'effet fut aussi immédiat qu'éblouissant. Le syn s'enflamma avec une vive lueur et se calcina dans la seconde.

Un cri choqué s'éleva du cercle.

Elena leva ses mains vides tandis qu'un peu de cendres tombait de ses doigts.

— Blasphème ! s'exclama l'un des membres du conseil.

Er'ril fit un pas vers la jeune femme, mais, soudain, les eaux du bassin se soulevèrent.

— Elena ! cria-t-il pour l'avertir.

Elle lui jeta un coup d'œil perplexe.

Derrière elle, l'eau du lac explosa soudain. Une créature monstrueuse jaillit du bassin et se dressa vers le ciel. C'était un énorme ver blanc muni de tentacules et de pseudopodes qui s'agitaient follement.

— La Racine ! hoqueta Épine. Elle se réveille !

Alors, Er'ril comprit qu'il s'était trompé. Il ne s'agissait pas d'un ver mais d'une longueur d'écorce blanche dégoulinante, drapée de petites racines et de fibres de bois.

L'indignation du cercle se mua en émerveillement.

— La Racine Spirituelle t'a jugée digne ! hurla le rancien. Elle s'arrache enfin à ses profondeurs !

Elena avait été choquée par la brusque apparition de la racine vivante. Trempée, elle s'accroupit au bord du bassin.

— Que dois-je faire maintenant ? demanda-t-elle aux membres du conseil.

— Rien, répondit le rancien. La Racine te reconnaît. Elle a vu que ton cœur était pur. L'épreuve est terminée.

Elena se redressa et recula.

— Terminée ? marmonna Er'ril.

Les membres du conseil commencèrent à se séparer. Leurs doigts se reformèrent, et leurs mains se détachèrent les uns des autres. Tandis que la chaîne de chair se brisait, la racine se rétracta lentement dans le bassin.

— Jamais je n'aurais cru voir la Racine s'agiter de nouveau, souffla Épine, stupéfaite. C'est un miracle qui nous redonne espoir à tous.

— Peut-être tout n'est-il pas perdu, déclara le rancien comme en écho aux paroles de sa fille.

Elena se tourna vers le chef des si'lura. Elle semblait toujours ébranlée. Son regard croisa celui d'Er'ril, et elle hocha simplement la tête pour lui dire qu'elle allait bien.

Il ne restait plus que quelques fibres affleurant à la surface du bassin. Mais, soudain, un tourbillon près de la berge attira l'attention d'Er'ril. Un enchevêtrement de racines blanches jaillit de l'eau peu profonde et saisit Elena. En un clin d'œil, la jeune femme fut soulevée de terre et emportée très haut dans les airs.

— Elena ! cria Er'ril en s'élançant.

Le rancien surpris par l'attaque avait reculé. Épine semblait sonnée. Er'ril les dépassa tous les deux.

Prisonnière du filet végétal, Elena se débattait vainement. Son cri atteignit les oreilles de l'homme des plaines.

— Er'ril !

Puis, avec la vitesse d'un fouet qui claque, les racines se replièrent et entraînèrent leur captive dans le bassin. Une gerbe d'éclaboussures s'éleva au point d'impact.

Er'ril glissa dans la boue et tomba à genoux au bord du bassin. Un peu d'eau clapotante éclaboussa la berge mais se calma très vite. Le bassin éclairé par la lune et ombragé par les branches de l'arbre géant était aussi noir que de la poix ; impossible de voir quoi que ce soit dans ses profondeurs.

Er'ril se releva, prêt à plonger. Mais Épine lui agrippa le bras.

— C'est la mort pour quiconque s'aventure dans ces eaux. Le courant t'entraînera par le fond, toi aussi.

Er'ril repoussa la métamorphe et fit face au bassin qu'il scruta désespérément, une prière sur les lèvres.

— Elena…

14

Elena se débattait dans le filet de racines, s'efforçant malgré sa panique de retenir son souffle. Ses yeux écarquillés cherchaient un moyen de s'échapper. Les ténèbres l'enveloppaient, et un froid glacial la pénétrait jusqu'aux os. La pression de l'eau sur ses tympans s'intensifia comme les racines l'entraînaient toujours plus profondément.

Désespérée, elle se concentra sur le chœur de magie sauvage qui chantait en elle et le propulsa vers sa main blessée. Dans l'obscurité, une torche écarlate s'embrasa : celle de son feu sor'cier, s'écoulant depuis la piqûre de son index. Son simple contact avait calciné le talisman des si'lura. Peut-être pourrait-il la libérer…

Pourtant, une partie d'Elena répugnait à y recourir. Elle se sentait capable de brûler les racines pour se dégager, mais si elle attaquait avec sa magie, quelles seraient les conséquences ? La jeune femme se représenta tout l'arbre géant tombant en cendres comme l'avait fait le syn. Si l'arbre était détruit, que deviendraient les si'lura ? Pouvait-elle risquer la vie de tout un peuple, fût-ce pour se sauver elle-même ?

Elena comprenait le rôle que lui attribuaient les prophéties et les augures. Elle savait que le combat contre le Seigneur Noir surpassait tout le reste. Mais, ici et maintenant, le sort de tout un peuple était en jeu.

La pression contre ses tympans continuait à augmenter. De minuscules points de lumière dus au manque d'oxygène se mirent à danser devant ses yeux. Si elle voulait se libérer, elle devait agir tout de suite.

La torche de sa magie flamboya de plus belle. *Ne me force pas à faire ça…*

Mais, dans les profondeurs obscures, rien ni personne ne lui répondit.

Ses poumons la brûlaient.

Fermant les yeux, Elena déploya son feu sor'cier. Des visages défilèrent rapidement dans son esprit : Fardale, Mogweed et même Épine, la fière chasseuse debout face à son père. Elle se souvint de sa tante My, une métamorphe qui l'avait aimée comme sa propre fille. Et une foule grouillante attendait dans les profondeurs de la sylve. Tant d'autres histoires, tant d'autres vies… La sienne était-elle réellement plus importante ?

Elena replia ses doigts tendus et serra le poing pour étouffer sa magie. Elle n'était pas prête à payer ce prix-là. Cessant de se débattre, elle s'abandonna au froid glacial.

Tandis qu'elle se détendait, des mots très doux s'insinuèrent dans sa conscience – des mots prononcés par une voix familière. *Fille… du sang et de la pierre…*

Il lui fallut un moment pour se souvenir où elle les avait déjà entendus. Une odeur de fumée de bois lui emplit les narines. Ses oreilles se remémorèrent le glapissement d'un prédateur en chasse.

C'était pendant l'incendie du verger, la catastrophe qui avait marqué le commencement de son long voyage. Joach et elle s'étaient réfugiés dans le tronc creux d'un grand arbre. Elena avait donné un nom à celui-ci : le Vieillard. La nuit que son frère et elle avaient passée à l'abri de son écorce, la jeune fille avait entendu cette même voix. Elle se souvenait de ses mots : « Fille du sang et de la pierre… Je te demande une faveur… Cherche mes enfants. »

Et de nouveau, ces paroles emplissaient sa tête. *Fille du sang et de la pierre, écoute-moi…*

Elena avait du mal à se concentrer. Son cœur cognait douloureusement à ses oreilles. La danse des lumières devant ses yeux se fit plus frénétique comme elle commençait à suffoquer. Nee'lahn avait appelé ces arbres très anciens les Vénérables. Se pouvait-il que le Vieillard en fasse partie ?

Des mots continuaient à se former dans sa tête. *Écoute-moi… Respire…*

Elena n'avait pas d'autre choix qu'obéir. Sa poitrine comprimée se souleva. De l'eau envahit son nez et sa bouche, l'étranglant, la faisant tousser et tombant au fond de sa gorge tel un poids glacial.

Respire…

Et à sa grande surprise, elle se rendit compte qu'elle pouvait. L'impression de suffocation se dissipa. Elena inspira et expira. C'était une étrange sensation, d'inhaler et d'exhaler de l'eau froide. Les petits points lumineux disparurent.

Respire les eaux vivantes…

Le filet de racines se desserra et la relâcha. Une douce lueur s'éleva des fibres de bois – une radiance blanche très pure. Elena n'eut pas besoin de sa vision magique pour identifier de l'énergie élémentale. La lueur se propagea depuis les fibres à l'énorme racine principale. Un brasier de lumière enfla sous Elena. Son éclat s'accompagnait d'une chaleur bienfaisante qui repoussa le froid de l'eau.

Elena flottait au fond du bassin. Le liquide qui emplissait ses poumons semblait annuler sa flottabilité naturelle.

Elle parla – encore une sensation étrange à cause de l'eau qui remuait dans sa bouche. Les mots parvinrent étouffés à ses propres oreilles, mais elle sentit que quelqu'un l'écoutait.

— Qui êtes-vous ?

— *Nous sommes les Gardiens, les Vénérables, la Racine du monde. Tu as été jugée digne.*

Un pli de perplexité barra le front d'Elena.

— *Tu as préféré un bien supérieur au tien.*

Alors, Elena comprit. Elle avait décidé de ne pas brûler l'arbre géant – choisi de protéger tout un peuple plutôt que d'assurer sa propre survie. C'était un test, et elle l'avait réussi. Néanmoins, un peu de colère flamboya en elle.

La présence dut le sentir.

— *Tu seras de nouveau mise à l'épreuve, fille du sang et de la pierre. Nous le savons. Et la prochaine fois, ce sera bien pire.*

Elena perçut la vérité de ces paroles, et un frisson de peur la parcourut.

— Pourquoi suis-je ici ? demanda-t-elle. Qu'attendez-vous de moi ?

— *Nos enfants... Le peuple de l'eau et de la chair ondulante...*

— Les si'lura ?

Elle sentit un acquiescement.

— *Il est temps qu'ils quittent la forêt. Pour protéger leur foyer, ils doivent maintenant l'abandonner.*

— L'abandonner ? Mais pour aller où ?

— *Là où tu les emmèneras.*

Elena sursauta.

— Où je les emmènerai ? (Les yeux baissés, elle fixa la masse de racines lumineuse.) Pourquoi moi ?

— *De l'autre côté des montagnes, une racine noire rampe vers le cœur du monde. Afin de se protéger, le monde se replie sur son noyau ; il se recroqueville sur lui-même.*

— Je ne comprends pas.

— *Notre temps est révolu. Notre rôle de Gardiens s'achève ici.*

La voix faiblissait, tout comme la radiance en dessous d'Elena. La jeune femme sentit que la Racine Spirituelle avait dû sommeiller pendant des siècles, économisant ses dernières forces afin de livrer cet ultime message. À présent, elle agonisait.

—Celle qui t'a précédée avait prédit ton avènement... et cette marée noire.

—Qui?

La présence semblait devenue sourde aux paroles d'Elena.

—Elle t'attend... Elle savait que tu viendrais...

La Racine flamboya de plus belle. Elena espéra que c'était un signe de vigueur renouvelée, mais la radiance s'estompa très vite. Dans les profondeurs du bassin, quelque chose s'agita, montant à la rencontre de la jeune femme.

—Elle savait que tu viendrais...

Une racine sinueuse s'élevait vers Elena en se tortillant comme un serpent. Dans son étreinte lumineuse, elle tenait quelque chose qu'elle fourra entre les mains de la jeune femme. Elena n'eut pas d'autre choix que de le prendre. Horrifiée, elle détailla l'arme qu'elle tenait – et sa poignée ornée d'une rose en relief.

—Guide nos enfants à l'aide de ce symbole. (La voix se réduisait désormais à un murmure.) *Emmène-les où ils doivent aller.*

—Où-où ça? bredouilla Elena.

—Aux jumeaux... jumeaux... jumeaux...

À chaque écho, la radiance faiblissait davantage. Elle finit par s'éteindre tout à fait, et l'obscurité enveloppa de nouveau Elena.

La Racine Spirituelle était morte... et la magie de l'eau du bassin avait disparu avec elle.

Soudain, Elena ne put plus respirer. Ses poumons, remplis un instant plus tôt d'eau vivante, ne contenaient plus que de l'eau froide et croupie. Elle toussa et s'étrangla tandis que ses membres changés en plomb luttaient contre l'attraction des profondeurs. Se tordant le cou, elle aperçut le vague éclat du clair de lune, à une distance impossible au-dessus d'elle. Elle se débattit, mais le visage de l'astre rapetissa comme une force invisible l'aspirait vers le bas.

Des ténèbres qui ne devaient rien à la profondeur se refermèrent sur elle.

Er'ril... Aide-moi...

Accroupi sur la berge, Er'ril fixait le bassin sacré, le cœur cognant dans les tempes. Les autres s'étaient rassemblés autour de lui – ses compagnons, mais aussi les membres du conseil.

Un peu plus tôt, son impulsion initiale de plonger à la suite d'Elena avait reflué comme les eaux se mettaient à briller. La radiance venue des profondeurs avait fait virer la surface du bassin à l'argenté.

—De l'énergie élémentale pure, avait chuchoté Nee'lahn.

Les yeux du rancien s'étaient remplis de larmes.

— L'Esprit de la Racine ! J'entends l'écho de sa voix.

Épine avait pris la main de son père.

— C'est un miracle, avait-elle répété.

Alors, Er'ril avait su qu'Elena était toujours en vie – mais pour combien de temps ? Avec l'impression qu'un poing lui broyait le cœur, il avait regardé croître et décroître la radiance, prêt à plonger à tout moment.

Puis le bassin était redevenu noir et immobile.

Er'ril se tourna vers le rancien.

— Vous entendez toujours la voix de la Racine ?

L'expression consternée du vieil homme fut une réponse suffisante. Le chef des si'lura tomba à genoux.

Épine se laissa tomber près de lui.

— Père !

— Que se passe-t-il ? interrogea Er'ril. Et que devient Elena ?

Le rancien enfouit ses mains dans la boue de la berge.

— Elle n'est plus, souffla-t-il.

Er'ril pivota vers le bassin.

— Non !

La panique lui comprimant la poitrine, il plongea. Le froid de l'eau le saisit immédiatement, mais son sang était en feu. Il rua et fit de larges brasses pour se propulser vers les profondeurs obscures.

Elena...

Il sentit quelque chose le tirer vers le bas, et l'espoir lui gonfla la poitrine. Était-ce la magie d'Elena ? Puis la traction d'abord très douce se fit exigeante, irrésistible. Ce n'était pas la magie d'Elena, se rendit compte Er'ril, mais le mouvement du vortex. Il était prisonnier du courant sous-marin.

Il commença par se débattre frénétiquement et renonça très vite. Elena se trouvait quelque part dans ces profondeurs. Que le courant l'emporte vers elle.

Tandis que l'obscurité se faisait totale autour de lui, Er'ril perdit tout sens de l'orientation. Continuait-il à descendre, ou était-il en train de remonter ? Le seul moyen d'en juger était la pression croissante sur ses tympans. Sa poitrine aussi éprouvait le poids de l'eau, comme si le bassin chassait tout l'air de ses poumons.

Épine avait dit vrai. C'était la mort assurée pour qui s'aventurait là-dedans. Mais la mort était un bien faible prix à payer pour rejoindre Elena, ne serait-ce que pour la serrer contre lui une dernière fois.

Er'ril... Aide-moi...

Au début, il crut que c'était son esprit fiévreux qui avait formulé cette supplique. Mais son cœur ne pouvait nier l'espoir qui jaillit en lui. *Elena !*

Au milieu des ténèbres, un éclat argenté attira son attention. Très loin en dessous de lui, quelque chose émettait une faible lueur. Le courant l'entraînait justement dans cette direction.

En s'approchant, Er'ril vit que la lumière provenait d'une sorte de bâton – tenu par une silhouette noire et inerte qui tournoyait sur elle-même, ballottée par le courant.

D'une ruade, Er'ril se propulsa vers Elena. La lueur argentée lui révéla que la jeune femme avait les yeux ouverts, mais qu'elle ne voyait pas. Il nagea jusqu'à elle et la prit dans ses bras. Du moins son dernier souhait serait-il exaucé. Il la serra très fort sur sa poitrine comprimée.

Ce fut alors qu'il sentit les battements d'un cœur contre le sien.

Elena était toujours vivante !

Er'ril chercha désespérément un moyen de les sauver tous les deux. Mais les ténèbres étaient partout autour d'eux. Ils n'étaient qu'un minuscule point de lumière au milieu d'un courant déchaîné.

Elena…

Cette fois, il n'y eut pas de réponse.

Er'ril scruta son visage, puis baissa les yeux vers ses mains écarlates, qui brillaient faiblement. Pour la première fois, il se rendit compte que l'objet qu'elles tenaient n'était pas un bâton, mais une épée éclairée par sa propre radiance intérieure. Les doigts d'Elena l'agrippaient instinctivement.

Les poumons en feu, Er'ril continua à tenir la jeune femme d'une main et, de l'autre, saisit la poignée de l'épée. S'il ne pouvait pas réveiller sa bien-aimée, peut-être pouvait-il réveiller la sor'cière en elle !

Une fois de plus, il détailla le visage figé d'Elena. *Pardonne-moi.*

Il tira l'épée que la jeune femme tenait entre ses paumes comme s'il la sortait d'un fourreau. La lame bien affûtée entailla la peau, libérant un flot de sang.

Une secousse violente parcourut Elena.

Dans la tête d'Er'ril résonna un hurlement aigu, un chœur d'avidité féroce et de folie.

L'homme des plaines résista à son envie de tout lâcher pour s'enfuir à la nage. Au lieu de ça, il s'accrocha à sa bien-aimée, l'enveloppant de ses bras et de ses jambes. Son sang coulait entre eux, mélange de glace et de feu, tandis que les hurlements de la magie sauvage s'amplifiaient.

Er'ril ferma les yeux très fort. *Elena, reviens-moi…*

Méric et les autres se tenaient au bord du bassin.

— L'eau, dit Nee'lahn en tendant un doigt. Elle ne bouillonne plus.

Méric comprit qu'elle avait raison. Le tourbillon avait disparu. La surface du bassin était redevenue calme et immobile.

— Le nexus s'est éteint, déclara Greshym. Le monde a sectionné ce canal vers son cœur.

Comme si une présence invisible l'avait entendu, un étrange hurlement s'éleva du bassin ainsi qu'une nappe de brume. Il dériva dans la nuit et s'estompa peu à peu. Personne ne dit rien pendant un long moment.

Puis le rancien toujours agenouillé, accablé par son chagrin, se leva d'un bond. Il fit face aux compagnons et les foudroya du regard.

— C'est votre faute ! C'est vous qui avez fait ça – vous et cette démone !

Épine posa une main sur son épaule pour le retenir, mais il se dégagea rageusement.

Méric soutint le regard du vieil homme sans ciller.

— Non, ce n'est pas notre faute.

Épine s'interposa entre eux avec une posture de louve plutôt que d'humaine.

— Que s'est-il passé ?

Méric et le rancien continuaient à se toiser. L'un comme l'autre refusait d'être le premier à baisser les yeux.

— La Racine Spirituelle est morte ! clama le rancien, de l'écume aux lèvres. Tuée par leur démone !

— Elena n'aurait jamais fait ça, cracha Méric. Fût-ce pour sauver sa propre vie !

Et même si son cœur tremblait, il savait que ses paroles étaient vraies.

Épine dut sentir la conviction de l'el'phe. Elle leva les bras en un geste apaisant.

— Père, nous devrions réfléchir avant de...

Une rafale balaya la vallée sacrée. Des feuilles s'abattirent en pluie sur les compagnons et les membres du conseil – une cascade cuivrée aussi épaisse que de la neige.

Le rancien leva les yeux. Les feuilles tombaient de l'arbre géant, laissant ses branches complètement nues. Très vite, le bassin se couvrit d'une épaisse couche pareille à un radeau végétal.

— La voilà, ta réponse, ma fille ! L'Esprit nous a quittés, détruits par ces hérétiques !

Un grand cri s'éleva depuis le pourtour de la vallée. Tous les Vénérables se délestaient de leurs feuilles, comme s'ils étendaient leur propre linceul à leurs pieds enracinés.

— Ils sont en train de mourir, murmura Nee'lahn.

— Écarte-toi, ma fille, gronda le rancien d'une voix chargée de menace. Avant que notre peuple s'éteigne, le sang des profanateurs assombrira le sol de cette vallée.

Il se ramassa sur lui-même. Puis, avec un rugissement, il explosa hors de sa cape dans un bruit de tissu déchiré. De la fourrure noire jaillit le long de son corps ; le bas de son visage s'allongea pour former un museau garni de crocs redoutables ; ses mains se changèrent en larges pattes munies de griffes. L'ours massif qui l'avait remplacé se dressa sur ses membres musclés pour hurler sa rage.

Épine recula.

— Père, non !

Elle réussit tout juste à esquiver un revers destiné à la repousser brutalement.

Méric la contourna.

— Va-t'en. Ce combat n'est pas le tien.

Il s'accroupit, prêt à affronter le rancien.

L'ours rugit et se jeta sur lui, les pattes antérieures tendues en avant pour le déchiqueter. Mais avant que sa masse puisse percuter l'el'phe, un mur de ronces jaillit du sol pour s'interposer entre eux. L'ours s'écrasa dessus tandis que Méric titubait en arrière.

— Par ici ! appela Nee'lahn.

Méric risqua un coup d'œil derrière lui. Les compagnons s'étaient regroupés, trappeurs y compris. Nee'lahn se tenait devant eux, le dos droit, les bras tendus et les doigts écartés.

— Puisque le nexus a disparu, rien ne nous coupe plus de notre magie. Tu ne le sens pas ?

Distrait par le rancien, Méric n'avait pas remarqué que le poids qui pesait sur ses épaules s'était évanoui. Il se connecta à sa magie, et ses cheveux argentés se déployèrent autour de ses épaules, nimbés par un halo d'énergie. Il n'était plus diminué !

Il recula pour rejoindre les autres tandis que l'ours taillait en pièces le mur de ronces. Du sang perlait sur sa fourrure par un millier de piqûres. Nee'lahn écarta les bras, et le rempart végétal se déploya dans les deux directions, encerclant tout le groupe. Elle continua à l'alimenter avec sa magie pour l'épaissir et le faire pousser encore plus haut.

De l'autre côté de ses défenses, les métamorphes suivirent l'exemple de leur chef et attaquèrent. Sur tout le pourtour de la vallée, des si'lura enragés par la vision des arbres nus et morts déferlèrent vers le bassin. Les bruits de pieds, de pattes et de sabots piétinant les feuilles mortes résonnèrent depuis toutes les directions, tel le crépitement d'un incendie de forêt.

Au-dessus des compagnons, des créatures ailées piquèrent vers le centre du rempart d'épines. Mais Méric utilisa sa magie pour les dévier de leur trajectoire à coups de rafales et de courants d'air ascendants.

Plus près, d'autres métamorphes tentaient de creuser sous la barrière, mais Nee'lahn les bloquait systématiquement.

Dos à dos, tournant lentement sur eux-mêmes en une étrange danse de mort, l'el'phe et la nyphai luttèrent pour maintenir leur rempart.

Au milieu de la mêlée, Joach se tenait près d'Harlequin, fixant le grand arbre aux branches dénudées.

— Elena…

De l'autre côté de la barrière de ronces, le bassin était couvert de feuilles cuivrées. Rien ne bougeait. D'Elena et d'Er'ril, il ne restait pas le moindre signe.

Durant les dernières lunes, Joach avait eu maintes raisons de se lamenter – la perte de sa jeunesse, la mort de Kesla – mais, à cet instant, il sut qu'il avait à peine effleuré les véritables profondeurs du désespoir. C'était un puits insondable, et il s'y enfonçait toujours davantage. Le vide étouffait les cris et les hurlements autour de lui, ternissait les couleurs et privait le monde de sa substance.

Un glapissement aigu lui fit jeter un coup d'œil vers la gauche. Bryanna était à terre, entraînée vers un trou qui s'ouvrait dans le sol. Une grosse pince carapaçonnée tenait fermement son pied nu.

Gunther bondit au secours de sa sœur. Silencieux mais déterminé, il saisit la pince à mains nues, carra les épaules et tira de toutes ses forces pour obliger la créature à relâcher Bryanna. Quelque chose gémit dans le trou. Bryanna se dégagea et roula sur le côté.

— Reculez ! ordonna Nee'lahn de l'autre côté de leur îlot protégé.

Gunther lâcha la pince et battit précipitamment en retraite. Devant lui jaillit un épais enchevêtrement de ronces qui reboucha très vite le trou.

— Ils sont trop nombreux ! cria Nee'lahn. Ils arrivent de tous les côtés !

Comme pour lui donner raison, une grosse créature ailée piqua en effleurant l'épaule de Joach, s'empara d'un des trappeurs et s'éloigna en emportant le malheureux. Joach la suivit du regard. L'épaule empalée par les serres du roc géant, le trappeur se débattit. Il pesait trop lourd pour l'oiseau, qui ne tarda pas à le lâcher. Il s'écrasa lourdement sur le sol de l'autre côté de la barrière.

— Dimont ! s'exclama Gunther.

Mais il était déjà trop tard : une vingtaine de loups, de renifleurs et de félins sylvestres s'étaient déjà jetés sur son camarade.

— Nous ne tiendrons pas beaucoup plus longtemps, prévint Méric.

Joach secoua la tête. Quelle importance ? Pourquoi se donnaient-ils encore la peine de résister ?

Un rugissement familier s'éleva derrière lui. Pivotant, Joach vit un ours se dresser sur ses pattes postérieures. Au-delà du rancien, le sol de la vallée disparaissait sous les si'lura de toutes les tailles et de toutes les formes. Même si Joach ne pouvait pas communiquer mentalement avec eux, il devinait sans problème à quoi pensait leur chef: « Tuez-les tous. »

— Ils arrivent! cria Méric.

Avec un hurlement assoiffé de sang, le rancien lança la charge finale.

Mais avant que les métamorphes puissent s'écraser sur la barrière de ronces, une détonation pareille à celle du tonnerre ébranla la vallée. Les si'lura se figèrent. Au centre du bassin jonché de feuilles, le tronc de l'Arbre des Esprits s'était fendu de la cime aux racines. Ses deux moitiés s'étaient écartées l'une de l'autre et penchaient sur le côté, mais ne tombaient pas. Une brume épaisse s'élevait de la fissure.

La température chuta comme si l'hiver avait débarqué prématurément dans la vallée.

— Le givre, souffla Nee'lahn en baissant légèrement les bras.

De l'autre côté du mur de ronces, les métamorphes commencèrent à s'agiter. Des grognements et des sifflements se firent de nouveau entendre, mais atténués, presque hésitants.

Seule Épine, qui arborait toujours sa forme humaine, se rapprocha du bassin.

— Qu'est-ce que ça signifie?

Elle n'avait pas crié, mais ses mots résonnèrent dans le silence revenu. Elle pivota tour à tour vers chacune des deux forces en présence sur le champ de bataille, comme si elle ne savait pas qui blâmer et à qui demander des réponses.

Mais ce fut derrière elle que les réponses se manifestèrent. Les feuilles qui flottaient à la surface du bassin se mirent à tourbillonner. Puis un poing de glace jaillit de l'eau, propulsé très haut dans les airs au sommet d'un pilier d'eau gelée.

Épine s'écarta d'un bond tandis que des vagues éclaboussaient la berge, mais l'eau n'atteignit jamais la boue: à la moitié de sa trajectoire, elle se figea en formant une sculpture cristalline. Tout le bassin gela en étoile autour du pilier. Le phénomène continua à s'étendre, solidifiant la boue et fissurant les berges tandis qu'une brume glaciale recouvrait le centre de la vallée. Quand elle toucha le mur de ronces, les feuilles de celui-ci noircirent, et ses tiges se brisèrent instantanément.

Tous les regards se braquèrent sur le poing de glace au sommet du pilier. À travers la surface cristalline, on distinguait nettement une forme sombre.

— Elena, chuchota Joach.

Comme si quelqu'un l'avait entendu, le poing explosa tout à coup dans une nuée de fragments de glace. Lorsque les débris retombèrent, Joach découvrit Elena et Er'ril. Sa sœur était accroupie, la main gauche posée sur le pilier – la main qui maniait le feu glacial, désormais blanche et vide.

Elle tendit son autre main vers la foule massée en contrebas. Du feu sor'cier dansait au bout de ses doigts écarlates.

Derrière elle, Er'ril se leva en titubant.

Joach se redressa.

— Elena !

Encore étourdie, les poumons douloureux, Elena tenta de comprendre la scène qui s'offrait à elle. La vallée baignée par le clair de lune était remplie de métamorphes. Plus près du bassin, un mur de ronces circulaire entourait ses amis. Elena entendit Joach l'appeler, mais la voix de son frère était étrangement lointaine.

Ses oreilles bourdonnaient encore de la pression des profondeurs. Sa respiration haletante résonnait très fort à ses propres tympans. Et puis, elle venait d'utiliser tant de magie qu'elle se sentait complètement vidée.

Quelques instants plus tôt, à deux doigts de se noyer, elle avait été arrachée à l'oubli par un chœur de magie sauvage qui s'était engouffré dans son sang. Quand elle s'était aperçue qu'Er'ril la tenait dans ses bras, elle avait réagi instinctivement, pour la sécurité de l'homme des plaines plus que pour la sienne. S'emparant de son feu glacial, elle avait dirigé sa magie vers le fond du bassin, les propulsant tous les deux vers la surface au sommet d'une colonne de glace. Une fois hors du bassin, une goutte de feu sor'cier avait suffi pour les libérer de leur gangue gelée.

À présent qu'ils étaient libres, Elena ravala son feu sor'cier, éteignant les flammes dansantes au bout de ses doigts et étouffant la clameur de la magie sauvage.

— Tu vas bien ? demanda-t-elle à Er'ril d'une voix rauque et faible.

L'homme des plaines se redressa péniblement sur ses genoux.

— Maintenant que tu es en sécurité… oui.

Le fer qui perçait dans sa voix redonna des forces à Elena.

En contrebas, Épine fit un pas vers eux.

— Que s'est-il passé ? lança-t-elle, la tête levée.

Elena se déplaça avec prudence au sommet du pilier glissant. À genoux, Er'ril la soutint tandis que ses jambes engourdies par le froid flageolaient dangereusement. De minuscules stalactites pendaient dans ses vêtements et ses cheveux. Un frisson violent menaça de la jeter à bas de son perchoir.

— Que s'est-il passé, Elena ? répéta Épine.

Un ours s'approcha de la chasseuse. Elena écarquilla les yeux à la vue de l'énorme bête. Puis une secousse parcourut celle-ci, qui redevint un hybride d'homme et d'animal. Elena reconnut les traits du père d'Épine, le rancien des si'lura.

Un grondement de défi monta de sa gorge avant qu'il réussisse à former des mots.

— Vous nous avez tous condamnés à mort !

Elena avait du mal à comprendre. Elle chercha un moyen de descendre du pilier. Déjà, la glace commençait à fondre, et de l'eau dégoulinait vers le sol.

— Sois prudente, marmonna Er'ril derrière elle. (Il claquait des dents.) Les si'lura pensent que tu as détruit la Racine Spirituelle.

Elena sursauta et fixa les deux métamorphes debout au pied de la colonne.

— Détruire la Racine ? parvint-elle à articuler malgré sa langue gourde. Jamais je ne…

— Mensonges ! s'époumona le rancien.

Des grognements ponctuèrent cette exclamation tel un écho.

Épine fit encore un pas en avant, comme pour se distancier de son père et des accusations portées par celui-ci.

— Alors, raconte-nous ce qui s'est passé.

Par-dessus son épaule, Elena jeta un coup d'œil à l'arbre fendu en deux. Puis elle balaya du regard les arbres nus qui entouraient la vallée. Ils étaient tous morts.

— « Notre temps est révolu. Notre rôle de Gardiens s'achève ici », marmonna-t-elle, répétant les paroles de la Racine.

— Que dis-tu ? demanda Épine.

Elena prit une grande inspiration.

— La Racine m'a parlé, dit-elle en frissonnant et en luttant pour raffermir sa voix. Elle a dit que pour protéger cette forêt, vous deviez la quitter.

— Jamais ! s'exclama le rancien.

Épine tendit une main vers lui pour implorer sa patience.

— Où devons-nous aller ?

— Vous devez chercher les jumeaux, répondit Elena.

Épine hoqueta.

— Fardale et Mogweed ?

Elena acquiesça. Un peu de chaleur regagnait lentement ses membres.

— Je crois que c'est ce qu'a voulu dire le Vénérable. Il m'a envoyé une image des deux frères.

— Mensonges, siffla de nouveau le rancien.

— Père, contra Épine, tu as dit toi-même que la Racine avait communié avec Elena. L'aurait-elle fait si ses intentions avaient été malveillantes ? La Racine lisait dans le cœur des gens.

Ses paroles parurent ébranler le rancien. Un instant, les traits de la bête menacèrent d'étouffer ceux de l'homme.

— La Racine était malade. Peut-être ne se rendait-elle pas compte qu'un démon pouvait arborer un visage aussi innocent.

— Tu as vu la lumière, Père. La Racine n'avait pas brillé avec autant de force depuis une éternité. Elle a choisi Elena pour nous porter ce message.

— Pour nous dire de quitter la forêt et de chercher les jumeaux maudits ?

Épine secoua la tête.

— La Racine nous a toujours guidés. Allons-nous ignorer son ultime conseil ?

— Comment pouvons-nous être sûrs que cette étrangère nous dit la vérité ? insista le rancien.

Ce fut au tour d'Épine d'hésiter. Elle fit face à Elena, son regard implorant la jeune femme de leur fournir un signe.

Elena ne savait pas quoi faire. Er'ril se pencha vers elle pour lui chuchoter :

— Peut-être devrais-tu leur montrer ceci.

Il dégaina à demi une lame argentée. Elena écarquilla les yeux en reconnaissant le talisman de la Racine.

— Tu la tenais quand je t'ai trouvée, expliqua Er'ril.

Elena acquiesça et saisit l'arme de la main gauche. Tout en la sortant du fourreau, elle se souvint de ce que la Racine lui avait demandé : « Guide nos enfants à l'aide de ce symbole. » Luttant contre le tremblement de ses membres, elle racla sa gorge douloureuse et éleva la voix afin que tous puissent l'entendre.

— La Racine m'a chargée de vous guider hors de votre forêt ! Et pour preuve, elle m'a donné ceci !

Elle brandit l'épée à la vue de tous. Son tranchant était si affûté qu'il était difficile de distinguer les bords de la lame. Touchée par le clair de lune, celle-ci parut s'embraser, répandant sa propre lumière intérieure dans la nuit.

Des hoquets s'élevèrent tout autour de la vallée.

— C'est impossible ! s'exclama le rancien.

Il tomba à genoux, tandis que les autres métamorphes se pressaient en avant.

— Père, qu'y a-t-il ?

À l'aveuglette, le vieil homme tendit une main vers sa fille.

— C'est une chose que seuls connaissent la grande Racine et ses élus. Une promesse secrète faire par le rancien de chaque génération.

— Quelle promesse ?

— Suivre l'Élue dont l'arrivée fut annoncée il y a très longtemps, celle qui porterait de nouveau l'Épée à la Rose.

Épine leva les yeux vers Elena et la lame étincelante.

— L'Épée à la Rose ?

Elena savait ce qu'elle brandissait. Elle le savait depuis l'instant où l'arme avait atterri entre ses mains. Durant son séjour à Val'loa, la jeune femme avait lu tous les textes et étudié toutes les histoires au sujet de son ancêtre Sisa'kofa. Elle reconnaissait l'arme de la sor'cière de jadis. Celle-ci avait été décrite à maintes reprises et sous maints noms différents : Lame-Démon, Voleuse d'Esprit, Épée Sor'cière. Mais de quelque façon qu'on l'appelle, la lame radieuse et la rose qui ornait sa poignée étaient faciles à identifier.

Elena leva encore plus haut l'épée forgée à partir d'argent élémental, le même métal qui canalisait l'énergie de la Terre. Déjà, elle sentait le pouvoir vibrer le long de la lame.

— La Racine n'est plus, entonna-t-elle. Elle a regagné le cœur du monde pour consacrer ses forces à lutter contre une menace supérieure.

— Qu'allons-nous faire sans elle ? se lamenta Épine. C'était notre centre spirituel. Privés de son énergie, nous ne tarderons pas à dépérir.

Elena balaya du regard l'armée des métamorphes.

— Pour l'instant, vous vivez toujours. Le sort de votre peuple n'est pas encore décidé. Je dois vous emmener loin de cette forêt, vous conduire aux jumeaux. Ils détiennent la clé de votre avenir.

Des murmures coléreux s'élevèrent depuis le fond de la vallée. Mais le rancien se redressa, levant un bras pour attirer l'attention des siens. Il fit face à son peuple.

— Ainsi fut-il prédit. Ainsi en sera-t-il.

D'autres métamorphes émirent des protestations, mais le rancien ne se laissa pas influencer. Il resta planté face à la foule jusqu'à ce que celle-ci fasse le silence. Même si nul n'osait le défier ouvertement, un doute palpable subsistait.

— Nous prévaudrons, déclara simplement le rancien. La Racine guide notre peuple depuis que nous avons émergé des eaux de notre naissance. Aujourd'hui encore, nous lui garderons notre confiance.

Les murmures de la foule s'adoucirent. Elena sentit qu'elle avait accompli son devoir. Le chef des métamorphes finirait par rallier la plupart d'entre eux à sa cause. À présent que la marée refluait, la jeune femme sentit ses forces la quitter. Son bras tremblait quand elle baissa l'épée.

Puis Er'ril fut à côté d'elle. Il rattrapa l'arme par le pommeau, et Elena la confia de nouveau à sa garde vigilante. Il serait toujours son protecteur...

Tandis qu'Er'ril glissait l'épée dans son fourreau vide, Elena reporta son attention sur le pilier qu'elle avait conjuré. De sa main droite, elle projeta des filaments de feu sor'cier et creusa une sorte de toboggan dans la glace. Son inclinaison était plutôt raide, mais Er'ril enveloppa Elena de ses bras, et ils glissèrent jusqu'au sol sans difficulté. L'homme des plaines aida sa bien-aimée à se relever. Elena appuya sa joue contre sa poitrine. Bien que trempé, il était si tiède...

Le rancien fit un pas vers eux. Toute trace de l'ours en lui avait disparu.

— Je suis désolé.

Er'ril le dépassa et se dirigea vers une brèche dans la barrière de ronces. Une fois à l'intérieur du rempart, il se mit à distribuer des ordres. Ce fut à peine si Elena l'entendit. Toujours collée contre lui, elle n'écoutait que les battements de son cœur.

— ... Les chevaux et les tentes. Et allumez un grand feu...

Elena glissa sa main sous la chemise d'Er'ril. La paume pressée contre sa peau, elle ferma les yeux et se laissa envahir par sa chaleur.

Pour l'instant, c'était le seul feu dont elle avait besoin.

À l'approche de l'aube, Greshym vit Er'ril sortir de la tente d'Elena et se diriger vers le feu. À en juger par son expression soulagée, la gamine devait s'être bien remise de sa presque noyade et du contact glacial de sa propre magie. Un guérisseur si'lura lui avait fait boire quantité d'infusion fumante – un mélange de menthe poivrée et de feuilles de houblon, à l'odeur. Après ça, Greshym avait entendu le métamorphe dire à la trappeuse Bryanna qu'Elena devrait être totalement rétablie d'ici à un jour ou deux.

Pourtant, pendant toute la nuit, Er'ril avait multiplié les allers et retours vers le feu de camp pour lui ramener des charbons ardents afin de réchauffer ses couvertures. Quand l'homme des plaines s'accroupit, Greshym aperçut la rose sculptée sur le manche de l'épée qu'il portait à la taille. Dans la maigre lueur des flammes, elle brillait aussi fort qu'une étoile.

« Coupombre ». C'était ainsi que Sisa'kofa appelait son épée, d'où la rumeur qui affirmait qu'elle était assez tranchante pour séparer un homme de son ombre.

Les yeux plissés, Greshym étudia l'arme rangée dans le fourreau d'Er'ril. Il avait du mal à croire que cette arme antique se trouve à sa portée. Il ne pouvait pas laisser passer une chance pareille, même si ça l'obligeait à retarder l'exécution de ses plans.

Tandis qu'Er'ril ramassait des braises dans une poêle, Greshym laissa ses paupières se fermer et tâtonna en quête du pouls familier de son serviteur. Rukh était bien caché, à l'extérieur de la vallée des si'lura. Greshym lui envoya un message silencieux.

Plus tôt, il avait espionné une conversation entre Er'ril et le rancien. Il connaissait la prochaine destination du groupe : le Croc du Nord, le dernier endroit vers lequel Mogweed et Fardale s'étaient dirigés.

Utilisant les dernières gouttes de sa magie, il imprima sa volonté dans l'esprit de Rukh. Le gnome des souches devrait se mettre en route immédiatement pour atteindre cette région en même temps qu'eux. *Veille bien sur mon bâton*, lui ordonna Greshym. Il savait que Rukh portait toujours l'instrument taillé dans un os, et il percevait la peur que celui-ci lui inspirait. Mais la créature obéirait.

Satisfait, Greshym reporta son attention sur Er'ril qui rebroussait chemin vers la tente d'Elena, sa poêle pleine de braises à la main, sans se soucier de l'arme redoutable qu'il portait à la ceinture.

Une voix interrompit les réflexions du mage noir.

— Que complotez-vous encore ? lança Joach d'une voix dure derrière lui.

Greshym jeta un coup d'œil par-dessus son épaule.

— Ainsi, tu n'arrives pas à dormir non plus, commenta-t-il, ignorant la question du gamin.

Joach s'assit sur un rocher en soupirant.

— C'est à cause de cette épée. Je vous ai vu la mater en douce. Vous comptez utiliser sa magie contre nous.

Greshym secoua la tête avec un large sourire.

— Je n'y toucherais pas pour tout le pouvoir de la Terre.

La suspicion crispa le visage de Joach.

— Pourquoi donc ?

— Tu le sais très bien.

Du menton, Greshym désigna le bâton de bois pétrifié. Comme les doigts de Joach se crispaient dessus en un réflexe protecteur, le mage noir sourit. Le gamin était déjà l'esclave de son bâton… même s'il n'en avait pas encore conscience.

— Pourquoi ? répéta Joach.

Autant répondre honnêtement : la vérité lui rapporterait sans doute davantage qu'un mensonge. Greshym jeta un coup d'œil vers la tente d'Elena.

— Cette épée appartenait jadis à Sisa'kofa, l'ancêtre de ta sœur.

— Je sais, répondit amèrement Joach. Elena me l'a dit.

— Bien sûr que oui. Une fois touchée, comment aurait-elle pu l'ignorer ?

— Que voulez-vous dire ?

Tant de naïveté fit rire Greshym.

— Joach, mon jeune élève, n'as-tu donc rien appris ? Ne reconnaîtrais-tu pas ton propre bâton ?

— Quel rapport entre les deux ?

Greshym leva les yeux au ciel.

— Mon garçon, tu n'es pas la seule personne qui ait jamais créé une arme de sang.

Choqué, Joach écarquilla les yeux.

Greshym opina.

— Sisa'kofa a imprégné cette lame de son essence. Il est naturel qu'une sor'cière reconnaisse les émanations d'une autre.

— L'Épée à la Rose… ?

— … Est une arme de sang, confirma Greshym. Créée par Sisa'kofa. Une des plus puissantes et des plus ténébreuses qui aient jamais été forgées. (Il soupira et se laissa aller en arrière.) Tôt ou tard, elle détruira ta sœur.

Er'ril entra dans la tente. La froideur de l'air nocturne fut rapidement chassée par la tiédeur qui régnait à l'intérieur. Comme il s'approchait discrètement de la pile de couvertures et de fourrures, l'homme des plaines vit qu'Elena avait les yeux ouverts et qu'elle le regardait.

— Tu devrais dormir, chuchota-t-il en glissant la poêle remplie de braises sous le pied de son lit improvisé.

— Je n'y arrive pas, répondit Elena d'une voix rauque.

Er'ril soupira et s'assit près d'elle. Il lui tâta le front. Elle était encore glacée. Il jeta un coup d'œil vers le rabat de la tente.

Elena dut lire dans son esprit.

— J'ai assez de braises.

Une main se faufila hors du nid de couvertures et chercha celle de l'homme des plaines. Elena fixa celui-ci dans les yeux. Il savait ce qu'elle voulait.

— Juste cette nuit, implora-t-elle. Serre-moi.

Er'ril lui pressa les doigts, cherchant un moyen de refuser ce qu'elle lui demandait. Il restait encore tant à faire ! Mais, à la vue de l'expression blessée d'Elena, il renonça. Pour une fois, il allait écouter son cœur.

Dans la maigre lumière de l'unique lampe, il défit sa ceinture et laissa tomber son fourreau à terre. Elena ne le quitta pas des yeux tandis qu'il ôtait sa tunique et son pantalon de cuir. Ne conservant que ses sous-vêtements, il s'agenouilla près du lit et rabattit les couvertures. Puis il se dénuda tout à fait et se glissa contre Elena.

Il se tortilla pour se rapprocher d'elle, l'enveloppa de ses bras et la serra contre lui afin de partager sa chaleur. Elena appuya sa tête contre sa poitrine nue. Er'ril pressa sa joue contre les cheveux de la jeune femme et se remplit de son odeur. Elena s'agita contre lui. Sa peau était si douce… Un frisson qui n'était pas dû au froid parcourut Er'ril.

Elena murmura quelque chose d'inintelligible.

— Moi aussi, je t'aime, répondit Er'ril.

Six jours plus tard, Elena se tenait à la proue de l'*Étincelle des Vents*, un vaisseau éclaireur el'phique. Avec l'aide des si'lura, les compagnons avaient rejoint la Passe des Larmes sans encombre. Le navire aérien les y attendait, ancré au sommet des pins.

Elena scruta la forêt des Contrées du Couchant qui s'étendait au bas de la pente. C'était beaucoup plus près d'elle, le long de la passe, que l'armée si'lura levait le camp et s'apprêtait à se remettre en route.

La jeune femme se pencha en avant et se tordit le cou pour regarder vers le nord. Quelque part au-delà de l'horizon se dressait leur destination : le Croc du Nord. Elena suivrait les indications de la Racine Spirituelle et guiderait les métamorphes jusqu'aux jumeaux. Avec un peu de chance, le groupe mené par Tol'chuk avait peut-être réussi sa mission chez les og'res.

Un raclement de bottes s'éleva derrière elle. Pivotant, Elena découvrit Er'ril, le visage assombri par l'inquiétude.

— Joach a réussi à joindre Tyrus. Sa brigade pirate se trouve dans la baie de T'lek qui entoure Noircastel.

— Et la flotte principale ?

— Elle est à trois jours derrière.

— C'est ce que nous avions planifié, non ?

— Oui, mais Tyrus craint pour les armées n'aines, révéla Er'ril, les sourcils froncés. Depuis trois jours, il n'a reçu aucune réponse aux messages envoyés par corbeau à Wennar. Il met le cap vers la côte septentrionale pour enquêter sur les raisons de ce brusque silence.

— Quand en saurons-nous davantage ?

— Pas avant deux jours au moins.

Elena acquiesça et se livra à un rapide calcul mental.

— D'ici là, nous devrions avoir presque atteint le Croc du Nord. (Elle se mordit la lèvre avant de poser la question qui la préoccupait le plus.) Et Sy-wen ?

Er'ril se rembrunit.

— Toujours pas de nouvelles. Kast est resté à Val'loa, mais il n'a pas trouvé le moindre signe d'elle.

Elena glissa un bras autour de la taille de l'homme des plaines en se réjouissant qu'il soit à ses côtés. Er'ril l'imita et l'attira contre lui. Les voiles du navire claquèrent au-dessus de leur tête comme la jeune femme se laissait aller contre son bien-aimé en souhaitant que cet instant puisse durer toujours.

Depuis la nuit qu'ils avaient passée ensemble sous la tente, leurs devoirs respectifs (et la bienséance!) les avaient tenus éloignés l'un de l'autre la plupart du temps. Mais après qu'ils eurent partagé un lit, une digue s'était rompue entre eux. Désormais, quand Er'ril embrassait Elena, ses baisers duraient plus longtemps, et ses mains la caressaient avec plus de passion. Et quand Elena regardait dans les yeux d'Er'ril, le désir de l'homme des plaines y était évident – bien que contenu par la force des choses.

Une note de cor s'éleva depuis la terre. Er'ril soupira.

—Ce doit être Épine. Les si'lura sont prêts à partir.

Elena acquiesça.

—Dans ce cas, allons-y. Tout l'équipement a été embarqué?

—Oui, confirma Er'ril en la serrant une dernière fois contre lui. Chevaux y compris.

Malgré les nouvelles inquiétantes qu'elle venait de recevoir, Elena ne put réprimer un sourire en se souvenant du mal qu'ils avaient eu pour faire monter Rorshaf à bord. L'étalon de guerre ne semblait pas très bien disposé envers ce mode de transport, mais Elena avait refusé de l'abandonner sur place.

—Tu auras beau refiler toutes les pommes du monde à Rorshaf, il ne te le pardonnera jamais, la taquina Er'ril.

Il lui donna un baiser rapide, puis se dirigea vers le pont arrière, où Méric conférait avec le capitaine. À sa ceinture, il portait l'épée antique de Sisa'kofa dont la rose argentée scintillait dans la lumière matinale.

Coupombre.

Joach leur avait rapporté les paroles de Greshym, la révélation que l'épée était une arme de sang. Pour s'en assurer, Elena s'était entaillé une main et avait empoigné l'épée. De fait, elle avait senti son pouvoir ténébreux se communiquer à elle.

Er'ril avait voulu jeter l'épée dans le fossé le plus proche, mais Elena s'y était opposée. Les si'lura vénéraient cette lame, et c'était un talisman que Sisa'kofa avait laissé spécifiquement pour elle. À titre de compromis, Er'ril avait insisté pour porter l'épée lui-même: à l'écart d'Elena, mais assez près pour que celle-ci puisse l'utiliser si nécessaire.

Une deuxième note de cor résonna en contrebas.

—Ho! appela Méric. Nous arrivons!

Le navire fit une embardée tandis que l'équipage larguait les amarres et les remontait à bord. Un vent qui n'était pas tout à fait naturel gonfla ses voiles. Puis il se mit à voler.

Une nuée d'ailes aux battements vigoureux jaillit depuis le sol. Bientôt, le ciel s'emplit d'aigles de toutes les couleurs : blancs, bruns, rouille, noirs, gris et argentés. Les ailes largement déployées, ils glissaient sur les vents tièdes et planaient sur les courants aériens. De plus en plus nombreux, ils flanquèrent le vaisseau el'phique pour le suivre au-dessus des montagnes.

Elena les regarda se rassembler dans le ciel.

— Ainsi, ça a commencé, lança une voix dans son dos.

La jeune femme pivota. Harlequin se tenait derrière elle, fumant une pipe. Du tuyau de celle-ci, il désigna les aigles.

— Espérons juste que ça ne soit pas leur dernier vol.

LIVRE QUATRE

MERS NOIRES

15

Kast s'accrochait au cavalier mer'ai assis devant lui tandis qu'ils remontaient vers la surface aux abords de Val'loa. Leur monture, un dragon de jade au corps sinueux, se dirigeait vers les quais en manœuvrant à travers les ruines de la cité à demi engloutie. Kast scruta les récifs construits par la main de l'homme qui avaient jadis été des tours et des maisons. Des bancs de virettes dardaient par les fenêtres et l'ouverture des portes. Au fil des siècles, la mer avait reconquis ce territoire. Le dragon passa au-dessus d'une statue renversée, désormais festonnée d'anémones et de crabes.

Un cimetière, songea Kast aigrement. Il était d'humeur fort sombre. Depuis la disparition de Sy-wen, l'océan avait perdu tout son charme et son mystère aux yeux du Sanguinaire, devenant juste un paysage glacé et impitoyable. Kast ne pouvait même pas se transformer en Ragnar'k pour s'y déplacer par ses propres moyens : seul le contact de Sy-wen pouvait embraser la magie et libérer le dragon en lui.

Aussi se réjouit-il de crever enfin la surface dans la lumière d'une belle fin d'après-midi. Il cracha la tige de sa capsule et aspira une grande goulée d'air frais, frissonnant dans la brise légère.

Le dragon, une femelle très mince, jaillit des flots sous lui.

— Ho, Hélia, chuchota le mer'ai assis devant Kast en lui tapotant le cou avec une affection visible.

C'était un jeune garçon lié à sa monture depuis peu. En fait, la plupart des mer'ai qui se trouvaient encore à Val'loa étaient des enfants ou des vieillards. Ils vivaient dans l'unique Léviathan encore stationné aux abords de l'île avec la mère de Sy-wen. Linora et maître Edyll étaient restés en arrière en attendant que le sort de la jeune fille soit tiré au clair. Tous les autres étaient partis plusieurs jours auparavant avec la flotte dre'rendi et les el'phes.

Kast pressa le biceps du cavalier.

— Merci pour ton aide, Ty-lyn. Et pour le talent de Hélia.

Le gamin redressa fièrement les épaules.

— Mon dragon descend de la meilleure lignée. Vous avez même connu son père.

Kast fronça les sourcils, ne comprenant pas ce que le jeune garçon voulait dire.

— Vraiment ?

— Sa couleur ne vous dit rien ? (Ty-lyn dut percevoir la confusion de Kast, car il expliqua :) Hélia est un dragon de jade. Elle tient ça de son père.

Comme si elle sentait qu'on parlait d'elle, Hélia jeta un coup d'œil par-dessus son épaule. Kast la détailla avec une mine perplexe. *Un dragon de jade.* Tandis qu'ils s'étudiaient mutuellement, le Sanguinaire comprit soudain. À bien y regarder, la similitude de traits entre le père et la fille était évidente. Après avoir passé autant de temps parmi les mer'ai, Kast avait appris à identifier les différences subtiles entre leurs majestueuses montures.

— Un dragon de jade mâle, marmonna-t-il.

Ty-lyn acquiesça.

— D'une des meilleures lignées.

Kast tendit une main et fit courir un doigt le long de la crête nasale du dragon qui le reniflait. Un instant, il se sentit de nouveau proche de Sy-wen. La jeune fille avait aimé de tout son cœur le courageux père de Hélia : Cérite, le dragon lié à sa propre mère.

Des larmes brouillèrent la vision de Kast.

Ty-lyn jeta un coup d'œil en arrière.

— Les autres arrivent.

Kast pivota. Six autres dragons remontaient depuis les profondeurs. Leurs cavaliers traînaient des filets d'algues remplis d'œufs d'éb'ène. À cette vue, la fureur submergea le Sanguinaire, séchant les larmes sur ses joues.

— Ce sont les derniers, commenta Ty-lyn.

Kast grogna. Au bout de sept jours, l'épave du vaisseau el'phique avait enfin été vidée de sa cargaison meurtrière. Plus d'une centaine d'œufs reposaient déjà dans les entrailles d'une cellule dont l'unique porte était gardée par une dizaine d'hommes armés. Lorsque ces derniers œufs auraient rejoint les autres, la cellule serait murée à jamais.

C'était la solution la plus sûre. Les œufs ne pouvaient pas être abandonnés sans surveillance au fond de l'océan, et toute tentative de les détruire par le feu ou par le fer avait échoué. Aussi avait-il été nécessaire d'enfermer la couvée de créatures à tentacules – un devoir bien sinistre après que le premier œuf eut provoqué autant de pertes : l'équipage du navire, les érudits corrompus, sans parler de l'inestimable bibliothèque de l'Édifice.

Une rage suffocante brûlait en Kast, une fureur flamboyante qui ne le laissait jamais en repos. Le Sanguinaire ne dormait presque plus. Il descendait rarement aux cuisines, et quand il le faisait, il engloutissait la nourriture sans en sentir le goût. Tous les prétextes lui étaient bons pour s'agiter. Tandis que les flottes alliées se préparaient pour l'assaut contre Noircastel, il avait trouvé amplement de quoi occuper ses jours et ses nuits. À présent que les navires étaient partis, il se consacrait au renforcement des défenses de Val'loa. Ce qui impliquait entre autres choses le déplacement des œufs d'éb'ène.

Plus tôt ce matin-là, Kast était descendu à l'épave pour la dernière fois afin de s'assurer que le travail était bien fini. Les équipes chargées du transport avaient même tamisé le sable autour de la coque fendue pour ne pas risquer d'oublier un seul œuf.

Comme le Sanguinaire reportait son attention sur l'île, le désespoir s'abattit sur lui. Par le passé, il avait affronté des démons et des monstres, vu mourir des amis, mais ce qui lui faisait plus peur – ce qui menaçait de le paralyser à présent –, c'était le lit vide qui l'attendait.

Pour la millième fois, il revit les yeux froids de Sy-wen quand elle avait ri de le voir se débattre entre les mains des érudits possédés. Il revit ses doigts se tendre vers lui, non par amour, mais avec la malveillance que lui insufflait une répugnante créature.

— On nous attend, dit Ty-lyn, ramenant l'attention de Kast vers le présent.

Les dragons et leurs cavaliers se dirigèrent vers les quais. Une des silhouettes plantées là leva un bras pour les saluer : Hunt, le fils du haut maître de quille. Derrière lui se tenait un groupe de Sanguinaires.

Comme les dragons se rangeaient le long de la jetée, Hunt tendit une main à Kast pour l'aider à se hisser près de lui.

— Qu'est-ce qui ne va pas ? demanda Kast, remarquant les sourcils froncés et la raideur de Hunt.

— Tu ferais mieux de t'habiller, dit Hunt en désignant la pile d'habits que Kast avait abandonnée sur les planches.

Kast se sécha avec sa propre chemise, puis l'enfila : elle aurait tout le temps de sécher pendant le chemin du retour jusqu'à l'Édifice. Après avoir remis ses bottes et bouclé la ceinture à laquelle pendait le fourreau de son épée, il se tourna de nouveau vers Hunt. Celui-ci observait les autres dragons aquatiques.

— C'est la dernière fournée ?

Kast acquiesça.

— Il en restait dix-huit.

Hunt continua à fixer les dragons et l'océan.

— Quand seront-ils descendus dans le donjon ?

Kast jeta un coup d'œil au soleil qui déclinait vers l'horizon.

— D'ici au crépuscule, au plus tard.

Hunt fit signe aux autres Sanguinaires.

— J'ai amené des hommes pour accélérer le mouvement.

— Qu'est-ce qui presse à ce point ? demanda Kast.

Hunt ne répondit pas, se contentant de plisser les yeux. Il ne voulait pas parler à voix haute.

Kast serra le poing et ravala ses questions. D'un imperceptible signe de tête, il indiqua à Hunt qu'il comprenait. Puis il se tourna vers Ty-lyn et Hélia qui oscillait doucement à la surface des flots.

— Il faut descendre ces œufs à la cave le plus vite possible. Ces hommes sont là pour vous aider. Préviens les autres.

— Entendu. (Ty-lyn salua en se frappant l'épaule du poing.) Ho, Hélia !

Dragon et cavalier se détournèrent.

Kast reporta son attention sur Hunt, qui donnait ses instructions aux Sanguinaires d'une voix basse et sévère. Quand il eut terminé, le chef du groupe hocha la tête et fit un pas en arrière.

— Nous surveillerons avec les yeux d'un faucon, promit-il.

— Que doivent-ils surveiller ? demanda Kast à Hunt. Pourquoi es-tu si pressé de transférer ces œufs ?

— Viens, dit Hunt en se dirigeant vers le bout de la jetée. J'ai quelque chose à te montrer.

Kast lui emboîta le pas.

— De quoi s'agit-il ? demanda-t-il sur un ton irrité.

Il en avait assez de tous ces mystères.

Hunt attendit qu'ils soient hors de portée d'ouïe des autres pour répondre :

— Deux des œufs ont disparu.

Kast s'arrêta net.

— Quoi ? s'exclama-t-il, choqué.

Hunt lui fit signe de baisser d'un ton et de continuer à le suivre.

— Ça s'est passé la nuit dernière, pendant le quart de minuit. J'ai interrogé les gardes. Tous ont nié s'être endormis ou avoir quitté leur poste une seule seconde. Pourtant, ce matin, il y avait deux œufs de moins dans la cave.

Kast secoua la tête.

— Comment est-ce possible ? Une douzaine de gardes n'auraient pas pu relâcher leur attention au point de laisser passer un voleur.

Hunt lui jeta un coup d'œil avec une expression indéchiffrable.

— L'équipe du quart de minuit se composait entièrement de mer'ai.

Kast fronça les sourcils. Il arrivait souvent qu'une équipe se compose exclusivement d'el'phes, de Dre'rendi ou de mer'ai. Mais Kast comprenait la suspicion tacitement formulée par Hunt. *Sy-wen était une mer'ai.* Cela avait-il un rapport avec le vol survenu la nuit précédente ? Ça semblait improbable, mais Kast comprenait maintenant pourquoi Hunt avait amené tout un groupe de Sanguinaires pour aider au transfert des derniers œufs. « Nous surveillerons avec les yeux d'un faucon. »

Hunt se pencha vers lui et baissa encore la voix.

— Ce matin, je suis allé recompter les œufs moi-même. Et pendant que j'étais à la cave, j'ai découvert autre chose.

— Quoi donc ?

— Je préfère que tu le voies par toi-même.

Ils avaient atteint le bout de la jetée. La foule habituelle de pêcheurs et de marin se referma sur eux, mettant un terme à leur discussion.

Kast remonta vers l'Édifice en silence, perdu dans ses pensées. Tout au fond de son cœur, une partie de lui espérait que Sy-wen avait joué un rôle dans la disparition des œufs. Ça faisait déjà une demi-lune qu'il était sans nouvelles de sa bien-aimée. Il craignait qu'elle soit partie pour Noircastel et qu'il ne la revoie jamais. Mais si elle avait volé les œufs… Si elle était toujours là…

Une graine d'espoir germa dans son esprit.

Ils atteignirent le château, franchirent le barrage des sentinelles et entrèrent. Hunt entraîna Kast à travers la cour avant et dans les escaliers conduisant au donjon, devant lequel deux hommes armés de lances et d'épées montaient la garde. Tous deux étaient des Sanguinaires ; Hunt ne prenait pas le moindre risque.

Des marches descendaient vers un passage obscur qui s'enfonçait très loin dans les entrailles du château. Les pas des deux hommes résonnèrent contre les murs jusqu'à ce qu'ils arrivent devant une porte bardée de fer. Un petit panneau s'ouvrit, et un visage couturé de cicatrices apparut de l'autre côté – celui du gardien muet, Gost.

L'homme défiguré poussa un grognement en reconnaissant les visiteurs. Il y eut un tintement de clés, puis la porte s'ouvrit avec un gémissement de gonds rouillés. Gost fit signe aux Sanguinaires d'entrer.

— Merci, dit Hunt.

Le gardien du donjon hocha la tête. Ses yeux étaient bordés de rouge ; une barbe clairsemée ornait son menton. Kast connaissait sa triste histoire. Dans ce même donjon, Gost avait enduré des tortures inimaginables durant l'occupation de Val'loa par les forces du Seigneur Noir. Entre autres choses, on lui avait coupé la langue. Il ne pouvait plus parler, mais ses yeux brillants disaient clairement sa peur. Il n'avait pas été heureux que l'on transforme son royaume souterrain en nid pour les œufs d'éb'ène.

Kast ne pouvait pas l'en blâmer. D'ici, il percevait déjà la présence de la couvée. Sa peau le picotait ; ses poils se hérissaient ; l'air lui semblait lourd et huileux. À en juger par la mine épuisée de Gost, il ne devait pas être facile de dormir à proximité des œufs.

Gost s'inclina devant les visiteurs et les entraîna à travers la pièce qui lui servait de chambre. Il utilisa ses clés pour ouvrir la porte du fond : l'entrée du donjon principal.

Lorsque Hunt et lui furent passés, Kast désigna le battant que le gardien venait de refermer derrière eux.

— Gost a-t-il remarqué quoi que ce soit d'anormal la nuit dernière ?

Hunt fit un signe de dénégation.

— Il n'avait laissé entrer personne depuis la relève de la garde, juste avant minuit.

— Alors, comment le voleur s'est-il introduit ici ?

— Je n'en sais rien, à moins que Gost soit dans le coup.

— Ça m'étonnerait beaucoup qu'il se range dans le camp du Cœur Noir après les souffrances qu'il a endurées.

— Alors, peut-être a-t-il été dupé... à moins qu'on lui ait jeté un sort.

Kast secoua la tête tandis que Hunt et lui longeaient la rangée de cellules. Devant eux, au bout du passage, des torches flamboyaient. Une douzaine d'hommes – tous des Sanguinaires – s'affairaient là. Hunt salua le capitaine de la garde.

— Tout va bien, Wrent ?

L'interpellé acquiesça et se redressa, les épaules rejetées en arrière.

— Nous n'avons laissé entrer personne, conformément à tes instructions.

Kast reconnut le cousin de Hunt. Sa tresse de guerrier descendait jusqu'à sa taille, signe qu'il avait remporté de nombreuses batailles. Une cicatrice pâle barrait la gorge du faucon tatoué dans son cou, comme si le rapace avait été égorgé.

Hunt sortit de sa poche un anneau garni de clés et s'approcha de la porte qui les intéressait. Kast et Wrent le suivirent. Le battant de chêne durci au feu et bardé de fer, muni d'une petite fenêtre à barreaux, était doublement verrouillé. Pour l'ouvrir, une des clés de Hunt et une de celles de Wrent furent nécessaires.

Kast se demanda de nouveau comment quelqu'un avait bien pu voler les deux œufs. Même avec l'aide des mer'ai de garde la veille, comment avait-il fait pour ne pas se faire repérer par Gost ? Et comment avait-il résolu le problème des clés ? Ça semblait impossible.

Kast ne voyait qu'une explication. Depuis la corruption de Sy-wen, il avait étudié le récit de tous les gens qui avaient eu affaire aux abominables créatures à tentacules – notamment l'expérience malheureuse de Tok à bord du navire du capitaine Jarplin, et la façon dont Elena avait « soigné » frère Flint. Une chose était claire : une fois infectées, les victimes se trouvaient liées entre elles par une connexion démoniaque qui leur permettait de communiquer à distance.

Donc, puisque la fraternité des érudits avait été contaminée, Sy-wen avait accès à leur connaissance de Val'loa et de l'Édifice – notamment, la configuration de son dédale de tunnels souterrains et de passages secrets. Avait-elle pu s'en servir pour entrer au nez et à la barbe des gardes afin de voler les œufs ? Et si oui, quelles autres abominations avait-elle pu déjà commettre ? Cette pensée glaçait Kast.

Un grincement de gonds l'arracha à ses sombres ruminations tandis que Wrent tirait la lourde porte. Le picotement s'intensifia, comme si des araignées couraient sur sa peau nue. Les Sanguinaires postés dans le couloir, qui étaient pourtant des guerriers endurcis, reculèrent tous d'un pas.

Hunt saisit un flambeau accroché au mur.

—Continuez votre surveillance pendant que la porte est déverrouillée. Ne laissez personne approcher.

Wrent salua.

—À tes ordres.

Hunt franchit le seuil en levant sa torche, et Wrent referma la porte derrière eux.

Kast étudia la pièce plongée dans la pénombre. Il avait choisi cette cellule parce qu'elle était assez grande pour contenir toute la couvée, et parce qu'elle avait été creusée dans la pierre même de l'île. Ses murs, sur lesquels la torche de Hunt projetait des ombres dansantes, ne présentaient pas une seule brèche.

Partout, des œufs gisaient en piles bien ordonnées. La plus grosse de ces piles, en forme de pyramide, se dressait au centre de la pièce et montait jusqu'au plafond. L'éb'ène absorbait la lumière de la torche sans renvoyer le moindre reflet. La couvée semblait absorber jusqu'à la maigre chaleur de la cellule, laissant l'air glacé autour d'elle. À chacune de leurs exhalaisons, un petit nuage blanc se formait devant la bouche des Sanguinaires.

—Les œufs manquants ont été pris ici, dit Hunt, contournant la pyramide pour se diriger vers une des piles du fond.

—Et ils ne sont pas quelque part ailleurs dans la pièce ? suggéra Kast.

—J'ai recompté deux fois. Et la deuxième fois, j'ai trouvé ça.

Hunt mit un genou en terre près d'une pile d'œufs voisine. Baissant sa torche, il désigna la base de la pile en question. Quelque chose était coincé dessous.

— Je n'ai pas voulu y toucher avant que tu le voies par toi-même.

Kast se pencha. C'était un morceau de tissu. Il tendit la main pour le toucher, et son souffle s'étrangla dans sa gorge. *De la peau de requin.* Il tira d'un coup sec pour la dégager et l'examina dans la lumière de la torche.

— C'est un morceau du pantalon de Sy-wen.

— Tu en es sûr ?

Il ne put qu'acquiescer.

Hunt se redressa.

— Je suis désolé, Kast. Je sais que ça doit embraser ton sang. À ta place, moi aussi, je serais furieux.

Kast dut se détourner pour dissimuler, non sa colère, mais sa joie. Ses doigts se refermèrent sur le bout de peau de requin. Elle était toujours là !

Hunt lui prodigua des paroles consolatrices, mais Kast resta sourd à tout ce qu'il disait. Il porta le matériau huilé à son nez et se remplit les poumons d'une légère odeur iodée mêlée au parfum de la peau de Sy-wen. *Mon amour...*

— ... Tous les mer'ai de garde. Je vais les faire mettre aux arrêts.

Lentement, les paroles de Hunt parvinrent à son cerveau. Kast baissa le bout de peau de requin et opina.

Hunt rebroussa chemin vers la porte. Comme il s'en approchait, Kast entendit le bruit d'un verrou que l'on tire. Hunt lui jeta un coup d'œil par-dessus son épaule, les sourcils froncés. Puis un fracas d'acier résonna dans le couloir, suivi par des cris.

Les deux hommes s'élancèrent. Hunt secoua la poignée, mais la porte était verrouillée.

— Wrent !

Kast regarda entre les barreaux de la petite fenêtre. Dans la maigre lumière des torches, il vit cinq Sanguinaires se faire massacrer en un clin d'œil par leurs propres frères. Des dagues à la lame incurvée tranchèrent des gorges, répandant des flots de sang écarlate. Des corps furent embrochés sur des lances ou des épées. Quelques instants plus tard, le sol était jonché de cadavres dont les entrailles se déversaient par des plaies béantes et dont le sang formait une mare sombre grandissante.

Soudain, le visage de Wrent apparut à la fenêtre, bouchant la vue de Kast. Le guerrier arborait une grimace cruelle, et de la bave moussait au coin de ses lèvres.

— Wrent, qu'as-tu fait ?

Hunt voulut saisir son cousin à la gorge, mais il ne parvint même pas à passer ses poings entre les barreaux.

Kast le tira en arrière d'une main et dégaina son épée de l'autre.

— Il est corrompu. Les traîtres n'étaient pas les mer'ai, mais nos propres hommes.

Wrent continua à grimacer.

— Dans ce cas, pourquoi m'a-t-il prévenu de la disparition des deux œufs ? objecta Hunt, incrédule.

Kast baissa les yeux vers le bout de peau de requin qu'il tenait serrée contre la garde de son épée.

— Pour que tu trouves ça et que tu m'amènes ici. C'était un piège.

Comme pour confirmer ses propos, un grand craquement s'éleva derrière eux – le bruit d'une pierre qui éclate sous un coup de marteau. Ils pivotèrent vers la pyramide centrale.

« Crac… Crac… Crac… »

— Ils éclosent, constata Kast.

Sous leurs yeux, la pile trembla. L'œuf du dessus dégringola de son perchoir. Il heurta le sol et éclata en répandant une fumée verte dans l'air froid. Des masses gélatineuses grosses comme le poing jaillirent dans toutes les directions, heurtant les murs avec un bruit mouillé. L'une d'elles atterrit sur la jambe de Hunt et s'y accrocha. Le Sanguinaire la repoussa avec l'extrémité non enflammée de sa torche.

— Douce Mère ! s'exclama-t-il en bondissant en arrière.

À ses pieds, la masse gélatineuse déploya des tentacules et se mit à sautiller tel un crapaud malade.

— Recule ! ordonna Kast.

Partout autour d'eux, les autres créatures étirèrent leurs membres répugnants et inquisiteurs. Hunt brandit sa torche, prêt à se défendre avec sa flamme. Mais, au lieu d'éloigner les créatures, la chaleur et la lumière parurent les attirer. Leurs appendices gluants se tournèrent ensemble vers Hunt, et elles se mirent à ramper vers lui.

— Il faut sortir d'ici, grogna le Sanguinaire tandis que d'autres coquilles se fendaient à travers la cellule.

— Il n'y a pas d'échappatoire, répondit calmement Kast.

— Pourquoi les gardes ne se sont-ils pas contentés de nous tuer ? demanda Hunt avec une panique grandissante. Pourquoi nous avoir attirés ici ?

Une voix pleine de jubilation s'éleva derrière eux.

— Parce que nous avions besoin d'un dragon, frère Hunt.

Kast fit volte-face. De l'autre côté de la fenêtre à barreaux, le visage grimaçant de Wrent avait été remplacé par un autre. Le cœur du Sanguinaire faillit éclater à la vue de ces yeux bleus comme l'océan et de ces traits délicats encadrés par des cheveux vert foncé. Malgré le danger, le soulagement le submergea.

— Sy-wen...

À l'approche du crépuscule, le prince Tyrus baissa sa longue-vue et se pencha depuis la vigie de la *Folie Noire.* Il dut agripper le bord pour ne pas dégringoler tête la première sur le pont de son bateau.

— Feu de signalement au nord! cria-t-il à son premier maître. Dirige-nous vers la prochaine crique!

Il se redressa, sachant que l'équipage obéirait à ses ordres. Ses jambes s'adaptaient instinctivement au tangage du bateau tandis qu'il oscillait au sommet de son perchoir sur le mât central. Des journées d'exposition au vent et au sel marin lui avaient brûlé le visage. À présent, la côte ne se trouvait plus qu'à un quart de lieue. Ici dans le grand Nord, le rivage était une falaise ininterrompue, coiffée de pins à la silhouette torturée par les bourrasques incessantes qui balayaient la baie de T'lek.

Tandis que les voiles de la *Folie Noire* claquaient et que le navire se rapprochait de la côte, Tyrus braqua sa longue-vue sur le brasier au sommet de la falaise. Il chercha ceux qui l'avaient allumé, priant pour découvrir des silhouettes trapues de n'ains. Mais rien ne bougeait dans les alentours.

Un peu plus loin, Tyrus distingua un village en ruine: cheminées renversées, toits effondrés, murs noircis par des flammes éteintes depuis belle lurette. Mais, malgré l'aspect abandonné du hameau, un feu tout récent projetait sa fumée vers le ciel qui s'assombrissait. De toute évidence, il s'agissait d'un signal destiné aux marins, mais qui l'avait allumé, et pourquoi? Tyrus eut beau chercher avec sa longue-vue, il ne trouva aucune réponse.

Il n'osait pas passer devant ce feu sans envoyer des hommes à terre pour investiguer. Depuis quatre jours, son équipage et lui longeaient la côte en quête de Wennar et de son armée. Tous les matins, Tyrus lâchait des corbeaux, et, tous les soirs, ceux-ci regagnaient le navire avec le même message attaché à la patte, intact.

— Mère d'en haut, où êtes-vous? marmonna-t-il en continuant à scruter le rivage.

Le gros de la flotte de guerre se trouvait à deux jours de là. En cas de besoin, les deux forces maritimes attaqueraient l'île seules, mais selon le plan initial, l'armée n'aine devait arriver par le nord en coupant à travers la Forêt Pétrifiée. Ainsi, pendant que la flotte alliée déclencherait son assaut depuis le sud, les n'ains chargeraient par-dessus l'arche volcanique qui reliait la côte septentrionale de l'île au continent.

À présent, leur tactique était en péril.

Grognant sa frustration, Tyrus referma brutalement sa longue-vue et ouvrit la trappe de la vigie. Puis il descendit l'échelle de corde.

Son premier maître, Blyth, l'attendait au pied du mât. Le pirate au crâne rasé était grand et noueux, un fouet humain à la langue aussi acérée que son épée. Il portait un coutelas derrière une épaule et un bolo sur l'autre hanche.

— C'est l'armée n'aine ? interrogea-t-il.

— Je ne peux pas dire… mais il faut vérifier, déclara Tyrus. C'est le premier signe de vie que nous apercevons depuis des jours.

Blyth acquiesça.

— D'accord, mais surveillons nos arrières. Tout ça ne me plaît pas beaucoup.

Tyrus avait confiance en l'instinct de son premier maître.

— Pourquoi ?

Blyth tendit un doigt vers le brasier. Celui-ci disparut à leur vue comme le navire pénétrait dans la crique.

— Quelqu'un se donne du mal pour allumer un feu, et puis il s'en va en le laissant là ? Ça n'a pas de sens.

— Quais droit devant ! lança un marin depuis la proue.

Tyrus et Blyth se hâtèrent de rejoindre l'homme chargé de guetter d'éventuels récifs. Celui-ci désigna le pied de la falaise et les quatre jetées qui s'étendaient là – ou, du moins, ce qu'il en restait. Des piliers jaillissaient de l'eau telles des dents brisées. Quelques planches s'accrochaient encore à certains d'entre eux. Les dégâts dataient d'au moins un hiver.

— Personne n'a pêché dans le coin depuis un bon moment, marmonna Blyth.

— Jetez l'ancre ici, ordonna Tyrus. Nous nous rendrons à terre à bord d'un des canots. Nous emmènerons trois autres hommes, ce qui en laissera une douzaine pour garder le navire.

— Aïe.

Blyth se détourna et commença à crier des instructions.

Tyrus étudia la configuration du rivage tandis que l'équipage prenait des ris et que la *Folie Noire* ralentissait. À l'ombre de la falaise, les derniers rayons du soleil s'éteignaient rapidement. Le soir s'était déjà emparé de la petite baie.

Tyrus scruta la paroi rocheuse qui entourait celle-ci. De la brume s'accrochait à ses anfractuosités, promettant une nuit humide où l'on n'y verrait pas grand-chose. Ils feraient bien de se dépêcher : Tyrus ne voulait pas que son bateau se retrouve coincé par le brouillard glacé et aveuglant de cette région septentrionale.

Le chef des pirates resserra sa cape autour de ses épaules pour se protéger contre le froid. Difficile de croire qu'ils avaient laissé le milieu de l'été à quelques jours derrière eux. Ici dans le grand Nord, l'hiver ne relâchait jamais vraiment son emprise. Durant leur exploration de la baie de T'lek, ils avaient même vu des icebergs que le courant charriait depuis le Désert de Glace – des morceaux de banquise qui s'étaient détachés durant le radoucissement printanier. Aussi était-il dangereux de naviguer dans ces eaux en plein été… et le brouillard dense n'arrangeait rien.

Un craquement de corde dévidée par une poulie résonna sur bâbord comme l'équipage mettait le canot à la mer. L'embarcation toucha l'eau avec un bruit d'éclaboussures étouffé. Des échelles de corde furent jetées par-dessus le bastingage.

Blyth réapparut.

— Tout est paré, capitaine.

— Qui descend à terre avec nous ?

— Brindille, Hurl et Fletch.

Tyrus acquiesça. Il regarda les trois hommes se rassembler en se tapant sur l'épaule et en vérifiant leurs armes. Brindille était le plus costaud des pirates, un type aux jambes arqués et aux bras aussi épais que ceux d'un og're. Sa carrure ne le prédisposait pas au maniement d'une délicate épée ; il préférait les deux massues de ferréol cloutées qu'il portait à la ceinture.

Près de lui, Hurl affûtait le tranchant de ses haches à l'aide d'une pierre à aiguiser. Ses yeux bleus et ses cheveux couleur de paille disaient clairement qu'il venait de ces mêmes contrées nordiques. Il avait vu sa famille se faire massacrer par les chiens de guerre du Gul'gotha, le laissant orphelin dans les rues froides et dangereuses de Penryn. Il ne portait nulle affection aux habitants de Noircastel.

Bien entendu, Fletch se tenait à côté de Hurl. Tous deux étaient inséparables – plus liés que des frères malgré leurs carnations radicalement opposées. Un genou à terre, l'homme des steppes aux cheveux et aux yeux noirs ajustait la corde de son arc. Il n'était pas bavard, mais il n'y avait pas de meilleur archer que lui dans toute la flotte pirate.

Blyth avait bien choisi, composant une équipe dont les membres possédaient des capacités diversifiées et complémentaires. Si un problème survenait, Tyrus ne doutait pas qu'ils réussissent à y faire face.

Satisfait, il se dirigea vers le trio en compagnie de Blyth.

— Allez, on embarque !

Les pirates empoignèrent les échelles et descendirent jusqu'au canot. Hurl et Fletch saisirent les rames tandis que Brindille s'accroupissait à la poupe pour s'occuper du gouvernail. Tyrus et Blyth prirent place à la proue pour guetter d'éventuels récifs ou autres obstacles.

— Vous n'auriez pas dû venir, capitaine, dit Blyth alors qu'ils traversaient la baie. Nous aurions pu effectuer la reconnaissance seuls.

Tyrus ne répondit pas. Son premier maître avait raison.

— Et même si c'était le devoir d'un capitaine, poursuivit Blyth à voix basse, par le sein moelleux de la Mère, ce n'est sûrement pas celui d'un prince !

Tyrus grimaça. Blyth était à ses côtés depuis qu'il avait débarqué à Port Rawl plein de colère et de chagrin. Le pont sanglant des navires pirates avait fourni un exutoire maritime à sa haine. Mais, à présent, le monde le rappelait à son devoir. C'était à lui d'assumer la responsabilité de Château Mryl, une charge qu'il avait héritée de son père. Mais, au fond de son cœur, il se demandait s'il aurait la force d'être un digne fils de roi.

— Vous ne pourrez pas éternellement vous cacher parmi nous, marmonna Blyth.

Tyrus soupira.

— Laisse tomber.

Son premier maître et ami haussa les épaules.

— Pour l'instant, capitaine. Pour l'instant.

Comme la nuit tombait, ils manœuvrèrent dans les eaux peu profondes du bord jusqu'aux quais en ruine. Ils amarrèrent leur embarcation à un pilier et se hissèrent sur les restes effrités d'une jetée de pierre. Un escalier abrupt, taillé à même la falaise, montait vers le village.

Tyrus le détailla sans enthousiasme. Le brouillard venu de la mer s'amassait contre la paroi rocheuse et s'épaississait presque à vue d'œil. Déjà, on ne voyait plus le sommet de la falaise, seulement la lueur du feu qui trouait la brume dense.

— Finissons-en le plus vite possible, grommela Tyrus.

Aucun de ses hommes ne protesta.

L'ascension s'avéra encore plus ardue que prévu. Outre l'humidité du brouillard, les marches étaient couvertes d'algues et de mousse qui les rendaient aussi glissantes que de la glace.

— Personne n'a emprunté cet escalier depuis une éternité, commenta Blyth.

Tyrus hocha la tête. Les villageois auraient dû saupoudrer les marches de sel et de tue-algues. Cette absence d'entretien ne présageait rien de bon.

— Dans ce cas, qui a allumé le feu ? demanda Hurl.

— C'est ce que j'ai l'intention de découvrir, affirma Tyrus. Il ne s'est sûrement pas allumé tout seul.

Enfin, ils atteignirent le sommet de la falaise. Un chemin pavé s'étendait vers le village, obscur et silencieux. La brume formait désormais une couverture étouffante. Les cinq hommes pénétrèrent dans le hameau à pas prudents. À l'extérieur, rien ne bougeait hormis les flammes dansantes.

Les pirates communiquaient à l'aide de gestes rapides. Tyrus, Blyth et Brindille prirent un côté de la rue principale tandis que Hurl et Fletch rasaient les murs de l'autre. Ils avançaient en tendant l'oreille, muscles bandés et armes à la main.

Chaque structure qu'ils dépassaient présentait des dégâts : fenêtres cassées, vitrines de boutiques maculées de suie, étages supérieurs effondrés. De toute évidence, le village avait été attaqué, mais quelque chose manquait au milieu de cette dévastation.

— Cet endroit est un cimetière sans morts, marmonna Blyth.

En effet, il n'y avait pas un seul corps, pas même des ossements susceptibles d'avoir appartenu à un habitant.

Tyrus fronça les sourcils.

— Les survivants les ont peut-être enterrés avant de quitter les lieux.

Blyth haussa un sourcil incrédule.

— Je penche plutôt pour des charognards. Il s'est écoulé au moins un hiver depuis la catastrophe qui a ravagé ce village. Les bois alentour regorgent de loups affamés.

— On verrait au moins des restes d'os rongés, objecta Tyrus.

— Peut-être y en a-t-il à l'intérieur des bâtiments.

Blyth haussa les épaules comme pour clore la discussion. Le passé était le passé ; ça n'avait plus d'importance.

Mais Tyrus refusait de laisser tomber. Que s'était-il passé ici ? Qui avait allumé ce feu, et pourquoi ?

Ils traversèrent la place du village en ruine. Au-delà de celle-ci, le brasier se dressait au bord de la falaise, ses flammes léchant l'obscurité brumeuse au-dessus des toits brisés des dernières bâtisses. Dans le silence, les pirates pouvaient même entendre le crépitement des bûches. Ils resserrèrent les rangs avant de s'avancer à découvert.

Ils se trouvaient dans un petit parc délimité par un muret de pierre. Des rosiers et des buissons de gui touffus bordaient les allées de pierre. Il restait même un minuscule pavillon épargné par la destruction ambiante. Une statue gardait l'entrée, intacte à l'exception de quelques fientes d'oiseaux et de la mousse qui pendait le long de ses membres minéraux.

Hurl s'arrêta devant elle, la tête penchée sur le côté. Il tendit la main et écarta prudemment un rideau de mousse. Les traits de granit étaient usés par la pluie et le vent, mais on distinguait encore leur expression hostile. Le personnage se tenait les bras croisés sur la poitrine, comme s'il montait la garde.

— Le Magus de Pierre, marmonna Hunt avec une pointe d'inquiétude.

— Qu'est-ce que c'est ? demanda Tyrus.

Secouant la tête, il contourna la statue pour scruter le parc. D'autres effigies plus ou moins grandes se dressaient çà et là parmi les massifs non entretenus.

Tous les regards convergèrent vers le centre du parc, où un brasier deux fois plus haut qu'un homme repoussait l'obscurité et le brouillard. C'était un spectacle réconfortant après l'atmosphère lugubre du village. Malgré la distance qui l'en séparait encore, Tyrus sentait déjà sa chaleur. Ses hommes et lui l'étudièrent en silence quelques instants ; puis ils se dirigèrent vers le feu ainsi que des papillons attirés par une flamme.

Tyrus était néanmoins trop expérimenté pour baisser sa garde. Du regard, il balaya le parc, le pavillon et la lisière du village. Rien ne bougeait. Aucune menace n'était perceptible.

Devant lui, les bûches roulèrent dans le feu, craquant tel un vieil homme qui détend ses articulations rouillées. Le bruit résonna un peu trop fort dans le silence.

Tyrus fit signe à ses hommes de se déployer. Blyth resta près de lui tandis que les autres obtempéraient de manière à approcher le feu de tous les côtés à la fois.

Pendant qu'il scrutait la pénombre, Tyrus regretta de ne pas avoir sur lui l'ancienne épée de sa famille, la lame d'acier mrylien au pommeau sculpté en forme de panthère des neiges. Mais il l'avait laissée à Kral en tant que symbole du pacte de sang qui liait les souverains de Château Mryl au peuple perdu du montagnard – et Kral l'avait emportée dans sa tombe aquatique.

À présent, Tyrus utilisait une épée choisie dans l'armurerie de Val'loa, une lame très belle et très ancienne mais qui lui paraissait bien grossière comparée à la précédente. Ses doigts se crispèrent sur le manche. *Un véritable guerrier se débrouille avec les armes dont il dispose*, se remémora-t-il.

Un cri attira son attention vers Hurl et Fletch, qui s'étaient immobilisés devant une statue. L'homme des steppes agitait son arc pour faire signe aux autres de les rejoindre.

Tyrus obtempéra. La statue qu'ils observaient était en granit noir ; elle représentait un cerf à la tête inclinée vers un rosier. L'animal était étonnamment détaillé et réaliste.

Fletch fit mine de le toucher, mais Hurl lui donna une tape sur la main et se tourna vers Tyrus.

— Il faut filer d'ici.

Le chef des pirates se rembrunit.

— Pourquoi ?

Hurl fit un large geste.

— Regardez autour de vous !

Une panique grandissante brillait dans ses yeux. Il se dirigea vers une statue représentant deux enfants cachés derrière un buisson. Au premier abord, on aurait pu croire qu'ils jouaient à cache-cache, mais, à mieux y regarder, l'expression terrifiée de leur visage racontait une tout autre histoire. Ils s'accrochaient l'un à l'autre avec une panique évidente.

Les sourcils froncés, Tyrus jeta un coup d'œil aux statues voisines : un homme figé en pleine course, un trio de jeunes filles en pleurs, un vieillard à genoux.

— Je ne comprends pas.

— Ce sont les villageois ! s'écria Hurl. Transformés en pierre !

— C'est ridicule, grommela Blyth.

— La statue à l'entrée, poursuivit Hurl. C'est le Magus de Pierre. Il a marqué ce parc comme sien.

— Pourquoi ? Qui est ce Magus ? demanda Tyrus.

— Il faut partir tout de suite !

Hurl voulut rebrousser chemin vers la sortie. Blyth l'arrêta.

— Le capitaine t'a posé une question, mon gars, dit-il sur un ton menaçant.

Hurl semblait prêt à détaler, mais Fletch le rejoignit et posa une main sur son bras. Ce contact eut l'air de calmer son ami, qui continua pourtant à trembler.

Tyrus se rapprocha.

— Parle-nous de ce Magus. C'est la première fois que j'entends ce nom.

— Vous avez passé toute votre vie de l'autre côté des Dents ou à Port Rawl, pas à l'ombre de Noircastel comme mon peuple. (Les yeux de Hurl papillonnaient vers chaque ombre que les flammes faisaient danser.) Nous, les gens du Nord, nous avons un proverbe : « La langue silencieuse en dit long. »

— Ce n'est plus l'heure des langues silencieuses, contra Tyrus. Raconte-nous ce que tu sais au sujet du Magus de Pierre. Ami ou ennemi ?

Hurl fronça les sourcils.

— Ni l'un ni l'autre. Les deux. Je ne sais pas. Je ne connais que des fragments de l'histoire. Je croyais que c'était un conte fait pour effrayer les enfants. (Il agita un bras.) Mais ces statues… Elles en sortent tout droit.

— Nous t'écoutons.

Un dernier frisson parcourut Hurl. Il toucha la main de son ami comme pour se donner du courage. Lorsqu'il reprit la parole, ce fut d'une voix plus assurée.

—L'histoire du Magus remonte à l'époque lointaine où la Forêt Pétrifiée était encore verte et où Noircastel n'assombrissait pas encore nos rivages.

—Une telle époque a-t-elle jamais existé? marmonna amèrement Blyth.

—Oui. Jadis, tous vénéraient cette forêt septentrionale. Elle regorgeait de cerfs, de lapins et de renards. C'était un havre de verdure quand la neige et la glace recouvraient le monde en hiver, et une tonnelle toujours fraîche où s'abriter contre les grandes chaleurs estivales. Mais, malgré toutes ses merveilles, ses profondeurs ténébreuses abritaient des choses inquiétantes. Des rumeurs parlaient de rires étranges, de mauvais tours joués aux voyageurs pendant la nuit, de lumières flottantes qui égaraient les imprudents, et même de petites gens pas plus grandes que la main qu'on appelait des fae-nee.

Blyth secoua la tête.

—Des histoires de bonne femme!

Hurl l'ignora.

—Du coup, nul n'osait vivre dans les bois à une exception près.

—Le Magus de Pierre, devina Tyrus.

Hurl acquiesça en continuant à surveiller le parc.

—Tout au fond de la forêt, un puissant guérisseur avait construit une ferme, un endroit où même les animaux de la forêt se rendaient pour bénéficier de ses soins. Il éprouvait un profond respect pour les arbres; aussi s'était-il installé à l'intérieur d'une colline, dans un réseau de salles taillées à même la roche, réchauffé par de nombreux foyers et éclairé par les fenêtres qui s'ouvraient au flanc de la colline. Aussi loin que remontent les souvenirs de mon peuple, il avait toujours habité là.

Brindille prit la parole. Il avait une voix étonnamment douce pour un colosse.

—Et les petites gens ne l'embêtaient pas?

—C'est justement là que le bât blesse. Car certains racontent que les fae-nee étaient les enfants du Magus.

—Quoi? s'exclama Blyth.

De nouveau, Hurl l'ignora.

—Parce qu'il se sentait seul, il avait taillé des hommes et des femmes minuscules dans le bois des arbres. Et conjugué à ses pouvoirs, son amour de la forêt leur avait donné la vie.

—Des petites gens, s'esclaffa Blyth. Pourquoi perdons-nous notre temps avec ces histoires abracadabrantes? Je croyais que nous cherchions la personne qui a allumé ce feu.

Tyrus fronça les sourcils et fit signe à Hurl de continuer.

—Qu'est devenu ce Magus?

Hurl frotta son menton mal rasé.

—Une victime de Noircastel. Quand le volcan a jailli au large de la côte, ses cendres et sa chaleur ont calciné la forêt, changeant le bois en pierre. On n'a plus jamais revu le Magus.

—Et c'est la fin de ton histoire? s'exclama Blyth en levant les bras au ciel.

Hurl secoua la tête.

—Non. Elle reprend un siècle plus tard. À l'époque, les gens commencèrent à parler de quelqu'un qui vivait dans la Forêt Pétrifiée: une effigie minérale, mais qui arpentait ses profondeurs mortes avec la vengeance au cœur.

—Le Magus de Pierre, répéta Tyrus.

Hurl acquiesça.

—Une secte de fidèles se constitua. Ils prétendaient qu'ils pouvaient faire appel à lui pour protéger une maison ou un village.

—Et tu crois qu'il a été appelé ici?

Par-dessus son épaule, Hurl jeta un coup d'œil au village en ruine sous son linceul de brume.

—Peut-être que oui. Peut-être serait-il capable de changer de la chair en pierre d'un seul regard. (Il reporta son attention sur les deux enfants pelotonnés l'un contre l'autre.) Mais les histoires varient. Dans certaines, l'apparition du Magus est une malédiction autant qu'une aubaine, car il détruit le bon en même temps que le mauvais. La plupart d'entre elles se terminent par ces mots: «Souvenez-vous, n'oubliez jamais: le cœur du Magus s'est lui aussi changé en pierre.»

Tyrus se rembrunit et pivota vers le feu qui brûlait au centre du parc.

—Magus de Pierre ou non, quelqu'un est venu ici récemment, et je ne partirai pas sans avoir élucidé ce mystère. Tâchons de découvrir qui a allumé ce brasier et finissons-en avec cet endroit.

—Oui, capitaine.

Blyth et les autres se déployèrent de nouveau pour approcher le feu depuis toutes les directions. Cinq paires d'yeux étudièrent les allées du parc désert, et cinq pirates se postèrent dos aux flammes, projetant leurs ombres en étoile autour du brasier.

Blyth fronça les sourcils.

—Et maintenant?

—Je suppose que nous avons péché par excès de subtilité. Une approche plus directe donnera peut-être de meilleurs résultats. (Tyrus se racla la gorge et remplit ses poumons.) Holà! rugit-il dans la nuit brumeuse. Nous ne vous voulons pas de mal! Nous cherchons des traces de nos compagnons perdus! Si vous êtes toujours là, voulez-vous bien vous montrer?

L'écho de sa demande se répercuta dans le vide au-delà de la falaise. Mais personne ne répondit.

— Ils ont peut-être pris leurs jambes à leur cou en nous voyant arriver, suggéra Brindille depuis l'autre côté du feu. Après ce qui est arrivé ici, ils ont sûrement peur des étrangers.

Tyrus soupira. Si Brindille avait raison, leur espoir d'apprendre ce qu'il était advenu de Wennar et de son armée s'éteignait ici. Pourtant, qui qu'elle soit, la personne qui avait allumé ce brasier l'avait fait pour attirer l'attention des voyageurs : ce n'était pas un minuscule feu de camp, mais un signal flamboyant au milieu de la nuit. Alors, pourquoi se cacher maintenant ?

Tyrus se campa fermement sur ses jambes écartées et scruta le parc alentour. Quelque survivant de la secte avait-il allumé ce feu dans la seule intention de rendre hommage au Magus, avant de poursuivre son chemin ? Leur exploration nocturne était-elle du temps et de l'énergie perdus ? Ou se tramait-il quelque chose d'autre en ce lieu ? Tyrus jeta un coup d'œil à Hurl.

— Ce Magus, quand a-t-il… ?

Une explosion étouffée résonna derrière eux, suivie par une vive illumination du côté de la falaise. Tous les regards se tournèrent vers la mer, où un rideau de feu s'éleva vers le ciel en rugissant avant de s'éteindre tout aussi vite qu'il avait jailli.

— Le navire ! hurla Tyrus.

Ils se précipitèrent vers le bord de la falaise. Tyrus s'immobilisa dans une embardée et découvrit une vision affreuse en contrebas. La *Folie Noire* se trouvait toujours à l'ancrage là où il l'avait laissée, mais les flammes étaient en train de la consumer, changeant le navire en un brasier plus vivace encore que celui du parc.

— Qu-que s'est-il passé ? demanda Blyth d'une voix faible.

La réponse ne tarda pas à se révéler dans les eaux qui entouraient le bateau. Découpées par les flammes, des silhouettes noires aux mains palmées nageaient vers le rivage, une queue reptilienne serpentant derrière elles.

Brindille tendit une de ses massues vers la paroi rocheuse en contrebas.

— Regardez !

Une vingtaine de créatures grimpaient vers les pirates. Elles escaladaient la falaise abrupte en s'aidant de leurs mains et de leurs pieds griffus. Leur corps était glabre, et leur peau semblait avoir la texture du cuir. Se voyant repérées, elles découvrirent leurs dents affûtées comme des rasoirs. Un sifflement pareil à celui d'une bouilloire s'éleva depuis l'eau et la falaise.

— Des gobelins des mers ! jura Blyth.

À présent, Tyrus comprenait ce qui était arrivé dans ce village – le sort échu aux habitants, l'absence de corps… Il risqua un coup d'œil derrière lui et ne fut pas surpris de voir des formes noires se faufiler hors des ruines : des centaines de gobelins. Il entendit le cliquetis de leur dard pareil à du silex, l'arme empoisonnée des femelles de la race. Le brasier n'avait rien à voir ni avec le Magus de Pierre, ni avec les n'ains perdus. C'était juste un leurre grossier pour attirer des proies sur ce rivage.

Le village, la falaise, la crique... C'était la réserve de nourriture des drak'il, les gobelins qui vivaient dans la mer. Et Tyrus avait entraîné ses hommes à l'aveuglette dans ce piège.

La meute gobelinoïde se rapprochait d'eux.

— Nous sommes faits comme des rats, constata Blyth.

Acculé dans un coin du donjon avec Hunt, Kast cherchait un moyen de s'échapper – et d'autres armes que son épée et la torche de Hunt. Le craquement des œufs résonnait dans la cellule verrouillée. Toute la couvée était en train d'éclore. Des coquilles vides retombaient sur le sol tandis qu'un gaz vert suffocant emplissait la pièce. Son odeur de viande avariée donnait des haut-le-cœur aux deux hommes.

La tête de Kast lui tournait ; ses oreilles bourdonnaient. Il luttait pour maintenir sa vigilance, piétinant ou embrochant toutes les limaces à tentacules qui s'approchaient trop de lui. Quelques instants plus tôt, l'une d'elles avait réussi à ramper le long de sa lame et à lui toucher la main. Il l'avait chassée en secouant son bras, mais pas avant de sentir la brûlure du poison. Depuis, il avait perdu toute sensation dans sa main droite, ce qui l'obligeait à se défendre du bras gauche.

À présent, il comprenait ce qu'était devenue sa bien-aimée. Entre le gaz toxique et le contact engourdissant des créatures, Sy-wen et frère Rin avaient dû être pris par surprise et empoisonnés avant de comprendre ce qui leur arrivait. Ainsi ces abominations avaient-elles pu s'enraciner dans leur cerveau et prendre le contrôle de leur esprit.

Hunt faisait de grands moulinets avec sa torche, brûlant les créatures accrochées au plafond et aux murs. Il boitait visiblement, une de ses jambes ayant subi le même sort que la main de Kast. Mais les horreurs gélatineuses continuaient à affluer, rampant hors de dizaines d'œufs brisés.

Tout autour de la pièce, les immondes limaces se traînaient sur le sol et les murs en laissant des traces baveuses derrière elles. Certaines pendaient même au plafond. À chaque inspiration étranglée, elles devenaient plus nombreuses tandis que la vision de Kast se brouillait.

Il y en a trop. Beaucoup trop. Le Sanguinaire sentait qu'ils étaient perdus, mais une pensée plus inquiétante perçait à travers son désespoir. Cette pièce abritait suffisamment de créatures pour contaminer la moitié des occupants du château. Pourquoi en livrer une telle quantité à son épée et aux flammes de Hunt ? S'agissait-il seulement de posséder le dragon ? Ou un dessein plus ténébreux était-il à l'œuvre ?

Kast baissa les yeux vers son épée. Il connaissait un moyen de déjouer cette embuscade, d'empêcher l'ennemi de se procurer ce qu'il souhaitait si ardemment. S'il devait se suicider pour sauver Ragnar'k, qu'il en soit ainsi.

Sa main se crispa sur le manche de son épée.

— Je ne... tiendrai pas... beaucoup plus longtemps, marmonna Hunt, épuisé.

Le grand Sanguinaire titubait sur sa jambe valide.

Kast lui offrit le soutien de son épaule droite tout en continuant à se défendre avec son bras gauche.

— Respire à fond, mon amour, lança Sy-wen sur un ton moqueur. Bientôt, tu seras de nouveau dans mes bras.

Jusque-là, Kast avait évité de regarder en direction de la porte. Cela le perturbait de voir la femme qu'il aimait contempler sa destruction avec tant d'indifférence.

— Sy-wen, si tu m'entends, combats le démon ! s'exclama-t-il avec fougue. Je connais ton cœur ! Il est indomptable !

De l'autre côté de la fenêtre à barreaux, un tic nerveux agita l'œil gauche de Sy-wen. L'effort figea son visage. L'avait-elle entendu ?

— Sy-wen, je t'en supplie : essaie.

Le cœur de Kast saignait pour elle. Il lui envoya ses dernières forces et tomba à genoux.

Mais cela ne servit à rien. Comme l'océan après une brève tempête, l'expression de Sy-wen s'éclaircit, et un rire sifflant, froid et sans joie, jaillit des lèvres que Kast brûlait d'embrasser.

— Tant d'amour, railla le démon. Mais rien ne peut résister à la volonté du Maître.

Ce fut alors que Hunt s'écroula en grognant.

Kast tenta de le relever, mais, à cause de sa main engourdie, il ne parvint pas à le saisir convenablement. Le Sanguinaire s'affaissa sur le sol de pierre, et sa torche roula hors de portée. Avant que Kast puisse lui venir en aide, une vingtaine de limaces gélatineuses se laissèrent tomber sur lui depuis le plafond. Hunt tenta de se relever, mais le poison des créatures l'engourdissait déjà.

En l'absence de la torche, Kast se retrouva attaqué de tous les côtés. Il ne put se porter au secours de son camarade. Son épée étincela, tranchant et découpant.

Hunt gisait inerte. Sa poitrine ne se soulevait même pas, mais, à son regard, Kast voyait qu'il était toujours conscient – prisonnier d'un corps qui ne répondait plus. Dans ses yeux, sa peur brillait aussi vivement que n'importe quelle flamme.

Une des abominations rampa le long de sa joue et tendit ses tentacules vers son nez. La pointe de l'appendice effleura le bord d'une narine et s'affina pour se glisser à l'intérieur. Tout le reste de son corps suivit le mouvement, ondulant comme s'il devenait liquide.

À présent, Kast comprenait de quelle manière cette nouvelle génération agissait. Il n'était plus nécessaire de percer un trou dans le crâne de ses victimes. Malgré le danger qu'il courait lui-même, Kast plongea vers son ami. Dans les yeux de Hunt, la panique le disputait à l'horreur... et à quelque chose de plus poignant encore : une supplication silencieuse de mettre fin à ses jours pendant qu'il s'appartenait encore.

Kast brandit son épée sans trop savoir comment il avait l'intention de s'en servir. Mais alors qu'il s'apprêtait à frapper, il vit les derniers tentacules de la créature disparaître à l'intérieur du nez de Hunt.

Trop tard. Il n'avait plus le choix.

Il abattit son épée. Mais avant que sa lame tranche la gorge de Hunt, quelque chose atterrit sur sa nuque, le brûlant telle la morsure d'un acide. Il s'écroula sur son camarade, tout le corps paralysé en dessous du cou. Son épée échappa à ses doigts gourds et tomba avec fracas sur le sol.

Kast se retrouva sur le flanc, incapable de bouger autre chose que les lèvres et les yeux. Il haleta, luttant pour respirer, mais c'était comme si une énorme pierre pesait sur sa poitrine.

La porte de la cellule s'ouvrit. Kast vit des pieds nus se diriger vers lui, contournant les créatures avec agilité. Il connaissait ces chevilles et ces délicats orteils palmés.

— Rassemblez les simaltra, ordonna Sy-wen d'une voix dure. Il nous en faudra le plus possible pour nous emparer à la fois du château et du Léviathan.

— Et la deuxième cargaison d'œufs ?

C'était Wrent, le capitaine de la garde.

— Ils arriveront d'ici à la tombée de la nuit. Par conséquent, l'île doit être sécurisée, les communications coupées et le Léviathan en route avant le lever du soleil. Les nouveaux œufs doivent être disséminés au sein de la flotte de guerre avant que les navires atteignent Noircastel.

Kast réfléchit au plan que Sy-wen venait de dévoiler. Les démons avaient l'intention de quitter Val'loa sous les traits de personnes de confiance afin de semer leur corruption parmi les forces alliées. Qu'ils réussissent ou non, une telle attaque affaiblirait la flotte et planterait les graines du doute au moment où l'union et la confiance étaient plus cruciales que jamais.

Kast chercha un moyen de donner l'alarme, mais en vain. Sa détresse dut se lire sur son visage. Sy-wen s'agenouilla près de lui. Dans sa main, elle tenait un des simaltra.

— Ne t'agite pas, mon amour.

Elle se pencha vers lui.

— Sy-wen…, hoqueta Kast.

— Il est trop tard pour supplier, mon amour.

Malgré ses paroles, Kast vit tressaillir le coin de son œil gauche. Il pria la Mère d'en haut pour que Sy-wen l'ait entendu. Il savait qu'il était possible pour les victimes d'échapper à la possession pendant de courts moments. Ainsi la capitaine du vaisseau éclaireur el'phique avait-elle réussi à prévenir Méric et à échouer son propre navire. Sy-wen elle-même y était parvenue dans la bibliothèque. Kast avait besoin qu'elle recommence – juste une petite seconde.

Comme la jeune fille tendait la créature vers lui, il planta son regard dans le sien. Il scruta ses prunelles en quête d'une réponse, d'un signe qui le mettrait sur la voie du salut. L'ennemi devait avoir une bonne raison de vouloir Ragnar'k. Kast était certain qu'il ne souhaitait pas seulement s'approprier la force du dragon. Pour déployer un effort pareil, il devait avoir une motivation plus puissante.

Alors, dans les yeux de sa bien-aimée, le Sanguinaire entrevit l'ébauche d'une réponse. Deux émotions très claires irradiaient du démon : la peur et le soulagement.

La lumière se fit dans l'esprit de Kast. Le dragon les effrayait ! D'une façon ou d'une autre, il mettait leur plan en péril.

Kast lutta contre le poids sur sa poitrine pour prendre une grande inspiration. Projetant dans sa voix tout l'amour et toute la force de son cœur, il prononça les seuls mots que Sy-wen pouvait peut-être encore comprendre.

— J'ai besoin de toi.

De nouveau, ce frémissement au coin de son œil gauche. La main qui tenait la limace gélatineuse s'immobilisa. Elle tremblait légèrement.

— Sy-wen, j'ai besoin de toi.

— Kast ?

La voix était aussi faible qu'un murmure dans le vent, mais elle résonna comme un coup de tonnerre aux oreilles du Sanguinaire.

— Maintenant, mon amour ! J'ai besoin de toi, maintenant !

L'autre main de Sy-wen se tendit vers lui. Puis elle s'arrêta également. La mer'ai resta agenouillée, en proie à une lutte silencieuse. Dans une paume, elle tenait le monstre destiné à corrompre Kast, et, dans l'autre, une offre de salut.

Kast tenta de bouger, mais son corps était impuissant contre le poison. Il ne parvint qu'à soulever la tête, tendant vers Sy-wen sa joue ornée d'un tatouage. Ce simple mouvement lui coûta ses dernières forces. Il n'avait plus assez de souffle pour implorer Sy-wen, juste ses yeux pour exprimer le désir de son cœur.

Mais, une fois de plus, l'amour se brisa contre l'emprise de la magie démoniaque.

Quelque chose s'éteignit dans les yeux de Sy-wen. La main qui tenait la créature gélatineuse se tendit de nouveau. Un sourire cruel tordit ses lèvres. Kast voulut se rejeter en arrière, mais son corps était une ancre à laquelle il ne pouvait pas échapper. Le simaltra le toucha. La bave corrosive de la créature lui brûla le visage. Il ferma les yeux, sachant qu'il avait perdu.

Sy-wen, je t'aime. Maintenant et à jamais.

Il attendit que l'hébétude provoquée par le gaz vert l'arrache à toute cette horreur, à tout ce chagrin. Mais avant qu'il puisse sombrer dans l'oubli, une flamme mille fois plus intense que le contact du simaltra lui brûla l'autre joue. Il sentit les doigts de sa bien-aimée descendre dans son cou, propageant leur feu en suivant sur sa joue exposée les contours de son tatouage.

Un chuchotement l'atteignit à travers la douleur, un baume qui changea son agonie en extase.

—J'ai besoin de toi…

16

Tyrus et les autres battirent en retraite vers le brasier. Un épais brouillard venu de la mer recouvrait la falaise, réduisant leur monde aux confins du petit parc. Même le village avait été englouti par la brume.

Mais la véritable menace ne pouvait être effacée aussi aisément. Un sifflement continu, exprimant la faim et la soif de sang, s'élevait de tous côtés. Çà et là, des ombres noires se faufilaient à travers le brouillard.

—Si cette soupe s'épaissit encore, nous ne verrons plus les armes dans nos propres mains, grommela Blyth.

—Ne vous découragez pas, enjoignit Tyrus à ses hommes. (Il leva son épée, jaugeant la brise maritime.) Le couvert de la brume pourrait nous servir autant que les gobelins.

—De quelle façon ? chuchota Hurl. Vous croyez qu'on peut en profiter pour se faire la malle ?

—Les drak'il sont des créatures de la mer. Si nous parvenons à nous faufiler jusqu'aux bois qui s'étendent au-delà du village, il se peut qu'ils n'osent pas nous y poursuivre.

Brindille frotta ses massues l'une contre l'autre comme il se serait réchauffé les mains.

—Et si on ne parvient pas à se faufiler, on peut toujours s'ouvrir un chemin en distribuant des coups, suggéra-t-il.

À gauche du colosse, Fletch avait mis un genou en terre et encoché une flèche avec laquelle il suivait les drak'il qui se rapprochaient de la lisière du parc.

—Pourquoi n'attaquent-ils pas ? demanda l'homme des steppes à voix basse.

Personne ne répondit. Au bout d'un long moment, Hurl lança :

— C'est à cause du parc. Ils sentent qu'il y a quelque chose de pas naturel ici. Leur odorat est plus développé que le nôtre.

— Mère d'en haut, aboya Blyth. Assez de ces sornettes sur le Magus de Pierre !

Le visage de Hurl s'assombrit. Tyrus le vit jeter un coup d'œil aux statues des deux enfants effrayés.

— En tout cas, quelque chose les retient, déclara Fletch.

Blyth ne pouvait pas le contredire sur ce point. Les créatures semblaient bel et bien retarder leur attaque. Mais leur sifflement continuait à enfler autour des pirates.

Leur hésitation poussa Tyrus à s'interroger : si les drak'il répugnaient autant à pénétrer dans le parc, pourquoi avaient-ils allumé le feu en son centre ? Un brasier situé n'importe où ailleurs le long de la falaise aurait aussi bien fait l'affaire.

Derrière Tyrus, une bûche roula en crépitant. Le chef des pirates se demanda s'il ne s'était pas trompé en supposant que le feu était l'œuvre des gobelins. Mais, dans ce cas, qui avait bien pu l'allumer, et pour quelle raison ?

Pendant qu'il réfléchissait, la brise venue de la mer retomba. Le brouillard s'épaissit encore. C'était justement ce que Tyrus attendait.

— Vous êtes prêts, les gars ? chuchota-t-il en crispant la main sur son épée. À mon signal, on fonce vers le mur au nord, on le longe en courant, on passe par-dessus et on traverse le village à toutes jambes. Il faudra rester cachés dans le brouillard le plus longtemps possible. Dès qu'ils nous repéreront, les drak'il se jetteront sur nous comme des puces sur le cul d'un chien galeux.

Autour du feu, ses hommes hochèrent la tête.

Le regard de Tyrus se posa sur leur archer.

— Il est temps de prouver tes compétences, maître Fletch. (Il tendit un doigt vers le sud.) Tu peux tirer sur un des drak'il de ce côté ?

Fletch pivota.

— Bien sûr, capitaine. Il sera mort avant de toucher le sol.

— Surtout pas. Vise un bras ou une jambe. Je veux qu'il gueule comme un porc qu'on égorge.

Fletch opina et visa.

— À mon signal, dit Tyrus.

Voyant qu'un des leurs était blessé, les drak'il croiraient que leurs proies essayaient de s'échapper par le sud, et ils se déplaceraient massivement dans cette direction. Tyrus et ses hommes en profiteraient pour s'enfuir dans la direction opposée.

— Prêt ? chuchota Tyrus. (Des ombres noires se mouvaient le long du mur, au sud.) Feu !

Fletch tira avec toute son habileté d'homme des steppes. Sa flèche siffla à travers l'air brumeux et frappa avec un bruit de chair transpercée. Un cri de douleur aigu s'éleva dans la nuit.

— On y va ! chuchota Tyrus.

Il s'élança sans hésiter le long d'une allée, contournant les buissons et les statues. Les autres le suivirent, le pied aussi sûr et silencieux que lui. Devant eux, le mur se précisa petit à petit dans la brume. Il leur arrivait à hauteur de la taille. Tyrus l'atteignit et se mit à le longer, plié en deux pour ne pas se faire voir.

Arrivé au coin nord-est du parc, il fit signe à ses camarades de passer par-dessus. Lui-même monta la garde tandis que Hurl, Fletch, et Blyth franchissaient rapidement l'obstacle. Accroupi avec ses massues, Brindille désigna le mur à son capitaine pour l'inviter à passer le suivant.

De l'autre côté du parc, les hurlements s'achevèrent sur un sinistre gargouillis. Les drak'il n'étaient pas tendres avec leurs blessés. Le silence revint.

Le temps pressait.

Tyrus se tourna vers le mur comme des bruits résonnaient dans la brume : des coups étouffés, un grognement, un cri étranglé. Il jura entre ses dents.

Le visage de Blyth réapparut au-dessus du mur.

— Il restait un gobelin, articula-t-il avec une grimace contrite.

Une inquiétude vigilante brillait dans ses yeux.

Des sifflements aigus s'élevèrent des deux côtés. Des griffes raclèrent sur de la pierre. Les drak'il revenaient.

Tyrus bondit par-dessus le mur. Brindille l'imita aussitôt. Un gobelin gisait à leurs pieds. Il avait le crâne fendu en deux. Hurl était agenouillé près de lui, en train d'essuyer sa hache dans l'herbe.

Accroupi, Tyrus désigna la plus proche des rues du village. Prenant de nouveau la tête du groupe, il traversa en courant la bande de terre nue, plongea à l'abri de l'étroite rue et fila le long de ses pavés envahis par les mauvaises herbes. Il ne tarda pas à tomber sur plusieurs passages latéraux. À aucun carrefour, il ne s'arrêta le temps de s'orienter. Il avait confiance en son instinct. Néanmoins, dans un brouillard aussi épais, toutes les rues désertes se ressemblaient.

Derrière les pirates s'éleva un chœur de glapissements furieux. Les drak'il avaient dû découvrir le corps de leur frère. Leur sifflement rageur se répercuta le long des rues, ajoutant à la confusion. Par moments, Tyrus avait l'impression de courir vers la source des cris plutôt que de s'en éloigner.

Je ne suis pas déjà passé devant ce bâtiment brûlé ? Il s'arrêta, haletant, et regarda autour de lui. Trois rues différentes débouchaient sur ce croisement.

Blyth s'immobilisa près de lui.

— Capitaine ?

Tyrus secoua la tête, chassant son incertitude d'un haussement d'épaules.

Quelque part non loin d'eux, une tuile s'écrasa sur les pavés, mais, de nouveau, l'écho renvoya le bruit dans toutes les directions. Tyrus scruta les toits voisins et ne vit rien d'autre que du brouillard.

Blyth tendit son épée vers une rue tandis que Hurl faisait en pas en avant et en désignait une autre du menton.

La corde d'un arc vibra, et un gobelin tombé par la fenêtre d'un étage supérieur s'écrasa dans la rue, une flèche plantée dans l'œil. Fletch se redressa en tirant un autre projectile de son carquois.

Brindille fit un large geste avec une de ses massues, indiquant que n'importe quelle rue vaudrait mieux que de rester plantés immobiles à un carrefour.

Ne pouvant discuter la logique du colosse, Tyrus se remit en route.

Les pirates coururent en rasant les murs. Les rues défilèrent sous leurs bottes. Ou bien le village avait grandi dans ce brouillard démoniaque, ou bien ils étaient perdus. Depuis le temps qu'ils fuyaient, ils auraient déjà dû atteindre le bois.

Les glapissements des gobelins s'étaient calmés. Mais cela aussi était perturbant en soi. De nouveau, les pirates ralentirent en promenant un regard nerveux à la ronde.

Puis ils firent encore quelques pas, et les bâtiments s'évanouirent autour d'eux. Quelques pas de plus, et ils furent certains d'être sortis du village.

Blyth laissa échapper un hoquet de soulagement. Tyrus bondit en avant, le cœur gonflé d'espoir. Dans sa joie d'échapper enfin au piège brumeux, il percuta de plein fouet une forme sombre qui venait de jaillir du brouillard. Incapable de se retenir, il s'écroula aux pieds de l'inconnu.

Il se releva d'un bond. La silhouette qu'il venait de heurter n'était pas une personne, mais une effigie de pierre. Tyrus scruta son visage familier : celui d'un patriarche à l'expression sévère et aux bras croisés sur la poitrine. C'était la statue qui montait la garde à l'entrée du parc, au bord de la falaise. Le cœur du pirate se serra.

— Nous avons tourné en rond, haleta-t-il en se tournant vers les autres.

Hurl recula d'un pas.

— Non !

Tyrus crut qu'il se contentait d'exprimer son désespoir. Mais Fletch s'exclama, sur un ton horrifié :

— Il n'y a pas de feu.

Tyrus écarquilla les yeux. Même le brouillard n'aurait pas dû pouvoir dissimuler un tel brasier, surtout à cette distance. Le chef des pirates fit volte-face au moment où la statue tendait les bras vers lui.

Des doigts glacés se refermèrent sur son cou.

Ses hommes, marins endurcis loyaux envers leur capitaine, se portèrent à son secours en brandissant haches et épées. Mais les doigts continuèrent à serrer, et Tyrus se sentit soulevé de terre ainsi qu'un chaton. Sa vision s'assombrit. Son épée lui échappa, mais il rua, se débattit et attaqua les mains qui le tenaient – sans résultat.

Il ne pouvait plus respirer. Chaque battement de son cœur résonnait douloureusement dans sa tête. Et les doigts de pierre continuaient à serrer. Le monde sombra dans les ténèbres tandis que les bras et les jambes de Tyrus devenaient aussi lourds que du plomb.

Mais la seconde d'après, une exclamation le détrompa.

— Douce Mère ! s'exclama la voix de Hurl. Il change le capitaine en pierre !

Sy-wen revint à elle, arrachée à son impuissance par le rugissement d'un dragon. Elle battit des paupières. *Incroyable...* Elle avait échappé à la ténébreuse caverne de malveillance dont elle était prisonnière depuis si longtemps. Elle était libre !

Ragnar'k rugit sous elle comme la mer'ai lui étreignait le cou. Il enfonça ses griffes argentées dans le sol de la cellule et déplia ses ailes, renversant plusieurs piles d'œufs au passage. Des créatures gélatineuses rampèrent le plus vite possible à l'écart de ses pattes puissantes. Sy-wen sentit des brûlures sous la plante de ses pieds tandis que le dragon dont elle partageait les perceptions écrasait les immondes bestioles sous ses griffes.

La jeune fille sanglota tout haut – de joie parce qu'elle était libre, et de chagrin parce qu'elle se souvenait des atrocités qu'elle avait commises, des innocents dont elle avait le sang sur les mains. Possédée par le simaltra, elle avait tout vu, tout entendu, tout senti, incapable de contrôler son corps tandis que des tentacules noirs sondaient ses pensées les plus secrètes. Sa volonté lui avait été arrachée, remplacée par quelque chose de plus noir que le fond d'un océan.

Le dragon se redressa brusquement, et Sy-wen dut se plaquer sur son échine pour ne pas être écrasée contre le plafond bas de la cellule. Ragnar'k était fou furieux, en proie à une rage sans précédent. Il frappait en rugissant, avec une violence aveugle. Sy-wen se sentait submergée par sa colère et son chagrin, mais, sous ses émotions bouillonnantes, elle parvint à identifier la raison de sa fureur. Liée au cœur du dragon, elle comprit que c'était elle que Ragnar'k pleurait.

— Ragnar'k, chuchota-t-elle. Je suis là. Calme-toi.

Le dragon se figea une patte en l'air.

—*Ma Liée ?*

—Oui, mon amour. C'est moi.

Il baissa sa patte.

—*J'ai rêvé que tu étais perdue, avalée par des tentacules.*

—Ce n'était pas un rêve, le détrompa Sy-wen.

Elle ne comprenait pas bien ce qui s'était passé. Pourquoi était-elle de nouveau libre ? Elle se souvenait d'avoir perçu le besoin de Kast, la supplique dans son regard, l'amour dans son cœur. Et d'avoir mobilisé toute son énergie pour y répondre.

Puis il y avait eu une explosion de magie... et elle avait recouvré sa volonté.

Kast, mon amour...

Un flot de chaleur l'envahit. Il provenait de deux cœurs jumelés : celui d'un dragon, et celui d'un homme.

Des larmes toutes fraîches lui montèrent aux yeux, mais Sy-wen les essuya et regarda autour d'elle. La porte de la cellule était grande ouverte. Les gardes sous l'emprise du simaltra avaient disparu.

Pendant qu'elle était possédée, Sy-wen n'avait pu accéder aux rouages intimes des manigances du Seigneur Noir, mais elle savait que les démons craignaient Ragnar'k. S'ils avaient voulu s'emparer de lui, c'était pour le neutraliser. Mais puisque le dragon leur avait échappé, ils retiraient leurs ténébreux tentacules de Val'loa. Sy-wen et Ragnar'k venaient de remporter une petite victoire. Cependant, il leur restait une guerre de bien plus grande envergure à livrer.

Alors qu'elle scrutait la pièce, Sy-wen se rendit compte que quelqu'un d'autre manquait.

Hunt avait disparu.

Elle se souvint qu'un simaltra avait possédé le fils du haut maître de quille, et le désespoir l'assaillit de nouveau. Apparemment, la magie de Ragnar'k n'avait libéré qu'elle.

Plus près, les abominations gélatineuses battaient en retraite face au dragon, glissant le long des murs, du sol et du plafond. Ragnar'k tendit le cou et rugit pour les inciter à se dépêcher.

Mais le résultat qu'il obtint fut beaucoup plus impressionnant qu'il ne l'escomptait. Les créatures touchées par le souffle de sa fureur se desséchèrent et se flétrirent comme sous l'effet d'un vent brûlant. Sur une large bande, elles se détachèrent des murs et du plafond ainsi que des caillots et s'abattirent sur le sol, mortes.

Sy-wen écarquilla les yeux. Par le passé, le rugissement de Ragnar'k avait réussi à priver les skal'tum de leurs pouvoirs ténébreux. Un phénomène similaire devait être à l'œuvre ici. La magie noire qui animait ces démons ne résistait pas à l'énergie élémentale libérée par le rugissement du dragon.

Tandis que les créatures racornies s'immobilisaient sur le sol, Sy-wen envoya des encouragements silencieux à sa monture.

Ragnar'k balaya le reste de la pièce, rugissant dans toutes les directions pour faire le ménage. Il piétina les coquilles fendues, fit éclater les œufs encore intacts et souffla sur leurs occupants. Sy-wen perçut sa satisfaction comme l'éb'ène cédait sous ses pattes. Ragnar'k renifla pour s'assurer qu'il n'avait oublié aucun simaltra.

— Tu les as tous eus ? demanda Sy-wen, qui avait confiance en son odorat aiguisé.

Avant que le dragon puisse répondre, des bruits de pas précipités se firent entendre dans le couloir. Des gardes armés de lances apparurent sur le seuil. Le gardien du donjon, Gost, se tenait parmi eux. Il avait dû appeler des renforts quand Ragnar'k avait rugi.

Sy-wen leva un bras.

— Reculez, dit-elle. Ça peut encore être dangereux d'entrer.

Un des gardes s'avança. Elle reconnut Py-ran, petit-fils de maître Edyll et commandant des forces mer'ai toujours stationnées sur Val'loa.

— Sy-wen ?

— N'aie crainte, dit-elle en lisant la méfiance dans son regard. La magie de Ragnar'k a brisé l'emprise du démon.

Py-ran garda les yeux plissés, et aucun des gardes ne baissa sa lance. Sy-wen comprenait leur appréhension. Comment auraient-ils pu avoir foi en sa parole ?

— En descendant, nous avons croisé un groupe de Sanguinaires, déclara Py-ran. Ils nous ont attaqués, puis se sont enfuis par une porte dissimulée.

Un Dre'rendi à l'expression choquée et horrifiée ajouta :

— L'un d'eux était Wrent, notre capitaine. Un autre était le propre fils du haut maître de quille.

Sy-wen poussa un grognement. À présent que les séides du Seigneur Noir avaient accès aux connaissances de Hunt, la flotte qui faisait voile vers Noircastel était plus menacée que jamais. Les fuyards devaient être arrêtés avant qu'il soit trop tard.

— Je vais dissiper la magie du dragon, prévint Sy-wen. Si vous ne me croyez pas, peut-être croirez-vous Kast.

Elle se tortilla pour passer une jambe par-dessus l'échine du dragon et se laissa glisser à terre en prenant bien garde à maintenir le contact avec Ragnar'k jusqu'à ce qu'elle soit prête. Épées et lances suivirent son mouvement. Elle les ignora et se tourna vers Ragnar'k.

— Je dois te laisser partir, mon doux géant.

— *Ma Liée… Ne me quitte pas.*

Elle entendit le chagrin dans la voix du dragon.

— Il le faut. Je dois prouver que je ne suis plus sous l'emprise de ce démon.

— *Mais, ma Liée… Tu l'es encore.*

Sy-wen fronça les sourcils et, en silence, projeta ses pensées vers Ragnar'k.

— *Je m'appartiens de nouveau.*

— *Non.* La voix mentale du dragon était très ferme. *Je perçois encore un nid de tentacules à l'intérieur de cette caverne de pierre.*

— Où ça ? demanda Sy-wen tout haut.

Ragnar'k lui renifla les cheveux.

— *Ici, en toi. Le démon vit encore. Il se cache là où je ne puis l'atteindre, mais il s'agite encore. Il attend.*

Sy-wen perçut la véracité des paroles du dragon. Elle n'était donc pas libre. La magie de Ragnar'k avait brisé l'emprise du simaltra, l'arrachant temporairement à sa prison, mais elle n'avait pas réussi à détruire la créature. Celle-ci vivait toujours à l'intérieur de son cerveau, prête à la subjuguer de nouveau.

Les doigts de Sy-wen se crispèrent sur une crête écailleuse. Ses jambes flageolèrent. Dès qu'elle romprait le contact avec Ragnar'k, le démon en elle reprendrait le dessus. L'horreur la submergea comme elle se rendait compte que pour libérer Kast, elle devrait se perdre.

— Sy-wen ? appela Py-ran depuis le seuil, visiblement intrigué par ce délai.

La jeune fille fit face à l'autre mer'ai.

— Je… je me suis trompée, chuchota-t-elle, le désespoir ouvrant un gouffre dans sa poitrine. Je ne suis pas libre.

Py-ran fronça les sourcils.

— Fais approcher quatre de tes hommes. Qu'ils m'encerclent avec leurs lances. Je ne dois pas m'échapper.

— Je ne comprends pas.

Sy-wen secoua la tête.

— Quand je renverrai le dragon et rappellerai Kast, je serai de nouveau possédée.

Py-ran blêmit.

— Alors, ne renvoie pas le dragon.

D'un large geste de son bras libre, Sy-wen désigna la cellule.

— Tu veux que je nous emprisonne tous les trois ici ? Ragnar'k est trop gros pour passer par la porte du donjon.

— Il doit y avoir un autre moyen.

Sy-wen appuya son front contre le flanc de Ragnar'k.

— Nous devrons faire confiance à Kast pour le trouver.

— *Reste avec moi*, la pressa le dragon. *Je nous creuserai un chemin hors de cette caverne. Mon cœur est fort, et mes griffes le sont plus encore.*

Sy-wen sourit à travers ses larmes.

— *Personne ne doute de la force de ton cœur, mon géant, mais tel n'est pas le chemin de la véritable liberté.*

Ragnar'k garda le silence un long moment, mais elle sentit qu'il comprenait – et qu'il avait peur. La terreur du dragon était comme un écho de celle de la mer'ai. Sy-wen redoutait de s'abandonner au démon, de se retrouver de nouveau seule dans cette prison ténébreuse.

Pas seule, contra Ragnar'k dans son cœur. *Tu n'es jamais seule.*

Et une fois de plus, la chaleur de deux cœurs jumelés envahit la jeune fille. Elle s'enveloppa de cet amour comme d'une couverture qu'elle serra étroitement autour d'elle. Puis, avant que sa peur prenne le dessus, elle fit un pas en arrière et laissa retomber sa main.

Le monde explosa dans un tourbillon d'écailles noires. Des barrières intérieures se brisèrent, et Sy-wen se sentit dégringoler dans un puits tandis que des tentacules glacés montaient à sa rencontre pour la saisir.

De toute sa volonté, elle serra sa couverture d'amour sur son cœur. *Sauve-moi*, chuchota-t-elle dans le vide.

Autour de Tyrus, le monde se durcit comme si l'air même s'épaississait – se changeant d'abord en mélasse, puis en mortier, et enfin en pierre.

Le chef des pirates ne sentit pas sa chair devenir granit. Simplement, il ne pouvait plus bouger. À travers ses yeux qui refusaient de ciller, il vit la statue le reposer violemment, plantant ses jambes dans la terre meuble ainsi qu'un homme aurait pu planter un piquet.

Même le temps semblait pétrifié. Tyrus vit ses hommes se jeter sur le Magus de Pierre – car il ne faisait plus le moindre doute que c'était bien lui. Leurs voix montèrent dans les aigus ; leurs efforts se changèrent en gesticulations frénétiques et floues. Le temps fila vers l'avenir, laissant Tyrus derrière lui.

Impuissant, il regarda ses hommes succomber l'un après l'autre au même sort. Des statues poussèrent autour de lui : Blyth, l'épée en l'air ; Brindille, accroupi avec ses deux massues croisées en un geste défensif bien inutile ; Fletch figé en train de bander son arc.

Une dernière bataille restait encore à livrer. Le tourbillon qui était Hurl combattait le démon des contes de son enfance. Le Magus de Pierre encaissait ses coups de hache sans réagir ni se départir de son expression sévère.

Tyrus vit une main de pierre se tendre avec une rapidité contre-nature et saisir Hurl par le poignet. Le dernier de ses hommes était sur le point de succomber au sort du Magus.

Il refusa de le laisser faire. Si seulement il pouvait bouger un doigt, se dit-il en luttant contre l'air changé en plomb, il sentait que le sort se briserait. Aussi projeta-t-il tout son désir et toute sa volonté dans une de ses mains. *Allez, bouge ! Bouge !*

Sous ses yeux, les vêtements de Hurl prirent le gris du granit brut, qui se propagea à ses membres gesticulants. Depuis sa petite crique à l'abri des remous du temps, la transformation lui parut ne durer que quelques battements de cœur.

Tyrus continua à lutter. Il n'avait pas le choix.

Hurl fut lui aussi planté dans le sol, une statue d'horreur et de furie. Le Magus de Pierre examina sa collection. Ses lèvres remuèrent, exprimant son mépris et son dégoût. Il devait parler très lentement, car ses mots étaient clairs et distincts.

— Pirates… lie des océans… vous vous nourrissez des charognes que le Seigneur Noir laisse derrière lui. Je maudis vos cœurs corrompus et vous abandonne ici pour que vous regardiez le monde continuer sans vous – à jamais !

Tyrus lutta de plus belle. *Nous ne sommes pas vos ennemis !* fulmina-t-il en silence. *Nous nous battons pour la même cause !*

Mais il ne fut pas entendu. La silhouette de pierre se détourna, bougeant à ce qui lui parut une vitesse normale. Mais à en juger par le déferlement des nuages dans le ciel, elle devait progresser à une allure d'escargot à travers le parc embrumé.

Attendez ! hurla mentalement Tyrus. Il banda sa volonté pour bouger un bras, une main, un doigt… N'importe quoi. L'effort assombrit sa vision. *Douce Mère, libère-moi !*

Un rire ténu et lointain lui répondit. Mais ce n'était pas la voix de la Mère d'en haut. C'était un grondement sourd qui montait depuis le sol rocailleux sous ses pieds. Des mots suivirent, encore plus diffus : *Souviens-toi de tes racines, imbécile.* L'injure était adoucie par un sentiment de paix et de camaraderie.

Qui… ?

De nouveau, un rire – chagriné, cette fois. *Toi et moi, nous sommes de pierre. Toi la roche, moi le granit. As-tu déjà oublié ton frère de serment ?*

Tyrus sentit son cœur faire un bond douloureux dans sa poitrine. *Kral !* La confusion le submergea. *Comment… ?*

Je te parle au travers d'anciennes allégeances scellées dans le sang et prêtées sur de l'acier mrylien. Ce qui est fait de pierre ne meurt jamais vraiment ;

tout au plus, cela sommeille. Je t'ai entendu appeler à travers la pierre et réclamer d'être libéré de ton propre sang. Quelle stupidité !

Tyrus sentit sa colère monter.

Je suis prisonnier d'une statue.

Et alors ? Un soupir résonna ainsi que le frottement de deux dalles de pierre dans les profondeurs du sol. *Tu as vécu trop longtemps parmi les pirates et les brigands. As-tu oublié ton héritage ? Tu es le seigneur Tylamon Royston, roi et suzerain de Château Mryl, seigneur du Mur du Nord. Le granit coule dans tes veines.*

Tyrus se rembrunit intérieurement. *À proximité du Mur du Nord, peut-être. Pas ici.*

Quel que soit le sol sur lequel tu marches, tu restes un prince, décréta Kral sur un ton qui n'admettait aucune réplique. *Le granit est toujours du granit.*

Tyrus sonda son cœur. Se pouvait-il que ce soit vrai ?

La voix de Kral commença à s'estomper, à s'abîmer dans les racines minérales du monde. *Nulle roche ne pourra jamais te retenir prisonnier. Toi et moi, nous sommes la pierre. De quelle autre magie as-tu besoin ?*

Puis le silence.

Kral ?

Il n'y eut pas de réponse. Mais l'espace d'un bref instant, Tyrus sentit quelque chose, le frémissement d'une prophétie qui faisait également partie de son héritage. La vie de Kral s'était achevée en cet âge. Mais, un jour, il serait rappelé pour accomplir une tâche cruciale. Aussi Tyrus décida-t-il de ne pas le déranger et de l'abandonner à son sommeil minéral. *Veille bien sur l'épée de ma famille, homme des montagnes. Porte-la avec honneur.*

Comme il ramenait son attention vers le présent, Tyrus fut surpris de trouver le Magus de Pierre à quelques pas de lui seulement, et continuant à s'éloigner avec lenteur.

Il se concentra. Renonçant à tout espoir de bouger une main ou même un doigt, il se réappropria son énergie et la canalisa vers son cœur. Il se souvint de Château Mryl, la forteresse où il avait grandi et qu'il aimait tant. Au Mur du Nord, il n'avait qu'à presser ses paumes contre le granit et souhaiter que l'énergie vivante de celui-ci le change en pierre, lui permettant de se fondre à l'immense rempart et de se déplacer à l'intérieur avec la fluidité de l'eau.

« Le granit est toujours du granit. » Les paroles du montagnard résonnaient dans sa tête.

Tyrus se centra, se souvint qui il était et quel sang coulait dans ses veines. Puis il toucha la magie dans son cœur, projetant son désir et sa volonté.

Lentement, il sentit l'air mollir autour de lui. La pierre se changea en mortier. Son bras levé s'affaissa sous son propre poids.

Tyrus contraignit son cœur au calme et laissa le dégel se poursuivre. Ses membres figés ployèrent légèrement. Ses lèvres s'écartèrent ; sa poitrine se gonfla. Il fit un pas hésitant, soulevant ses pieds du sol. Il avait l'impression de marcher dans de la mélasse, mais il bougeait ! Et le temps reprit son cours normal, une allure éprouvée et confortable, tandis que les nuages ralentissaient dans le ciel.

Tyrus leva les bras. Ils avaient toujours le gris foncé de la pierre brute. Le sort n'était pas brisé : Tyrus n'avait réussi qu'à dissiper l'immobilité induite par celui-ci. Il tourna la tête vers le Magus de Pierre. Le temps ayant repris son corps normal, ce dernier lui apparaissait comme une simple statue dans les bois brumeux. Mais ses membres remuaient avec une lenteur pleine de détermination tandis qu'il gravissait une petite pente.

Tyrus rengaina son épée de pierre et se lança à sa poursuite. Il ne laisserait pas ses compagnons pétrifiés. Il forcerait le monstre à revenir pour les libérer.

Il gravit lui aussi la butte, mais à peine plus vite que le Magus. Le granit était bel et bien du granit, et, même mobile, il restait excessivement pesant. À chacun de ses pas, les pieds de Tyrus s'enfonçaient dans la gadoue qui recouvrait le sol. C'était comme marcher à travers de la neige compacte ; pourtant, il s'obstina.

Il ne se trouvait plus très loin du Magus lorsque celui-ci sentit qu'il était suivi. Son visage sévère se tourna vers Tyrus. Le chef des pirates éprouva une légère satisfaction à la vue de l'expression surprise qui se répandit sur ses traits minéraux ainsi que de la lave.

— Comment... ? demanda le Magus.

Tyrus continua à grimper.

— Vous n'êtes pas le seul à voir de la pierre dans le sang.

— Démon au cœur noir ! Misérable...

Les injures coulant de ses lèvres glacées, le Magus lui fit face. Ses doigts se crispèrent pour former des poings minéraux.

— Je ne suis pas un démon, répliqua Tyrus en le rejoignant près du sommet de la butte. Ce n'est pas moi qui change des hommes innocents en statues et les abandonne à la mort.

L'expression du Magus se durcit.

— Innocents ? J'ai vu votre bateau. Vous êtes des pirates, des requins des océans. (Un grondement rocailleux monta de sa gorge, et une étincelle de démence brilla dans ses yeux.) Vous ne valez pas mieux que les créatures qui infestent le village.

— Vous vous trompez sur notre compte. Nous ne voulons de mal à personne ici. Nous n'avons débarqué que pour chercher nos amis perdus.

Le Magus ricana.

— Ces terres ne sont pas les vôtres. Toi et tes amis n'avez rien à faire ici. Je protégerai cet endroit comme bon me semble.

Et il se détourna avec la détermination d'un rocher qui dévale une pente.

Tyrus leva une main pour l'arrêter, mais celle-ci fut écartée avec un fracas de pierres qui s'entrechoquent tandis que le Magus poursuivait son ascension.

— Vous devez lever le sort qui pèse sur mes amis, protesta Tyrus en se traînant derrière lui. Je vous poursuivrai jusqu'à Noircastel même si nécessaire !

La mention de l'antre du Seigneur Noir produisit l'effet désiré. Le Magus fit volte-face avec une rapidité stupéfiante pour une créature minérale.

— Ne prononce jamais le nom de cet endroit maudit, cette souillure à la face des bois !

— Vous vous targuez de protéger cette région. Dans ce cas, pourquoi attaquez-vous ceux-là mêmes qui s'apprêtent à assiéger cette île abominable ?

Sur le visage du Magus, la méfiance se teinta de confusion.

— Dans le cas présent, c'est vous qui servez le dessein du Seigneur Noir, pas moi ! insista Tyrus.

Il vit monter la colère du Magus.

— Mensonges ! cracha ce dernier.

Tyrus tendit ses mains, paumes vers le haut.

— La pierre ne ment pas. Si la Terre vous a engendré, si vous êtes bien son avatar, vous devez pouvoir lire la vérité inscrite dans le granit.

Le Magus fixa ses paumes ouvertes. Lentement, il posa ses mains sur celles du pirate.

Tyrus le fixa dans les yeux, de granit à granit. Il pria pour que la folie minérale du Magus ne l'empêche pas de reconnaître la vérité.

— Dans dix jours, lança-t-il effrontément, quatre armées porteuses de la magie de la Terre convergeront sur Noircastel. Mes camarades et moi risquerons notre vie pour briser ses défenses et arracher le ver de la corruption à son antre ténébreux.

À chacun de ses mots, les yeux du Magus s'élargissaient. La lueur de démence s'estompa de son regard.

— Tes paroles sont sincères.

Tyrus réprima un soupir de soulagement.

Le Magus leva les mains et s'en couvrit le visage.

— Cette douleur n'aura-t-elle jamais de fin ?

Tyrus fit un pas vers lui.

— Il n'est pas trop tard pour réparer. Dissipez le sort qui paralyse mes hommes.

Le Magus fit quelques pas titubants sur l'autre versant de la butte.

— Je ne peux pas, gémit-il d'une voix étranglée.

Tyrus le suivit.

— Pourquoi ?

La silhouette de pierre lui jeta un coup d'œil par-dessus son épaule.

— Il n'existe aucun moyen de lever le sort une fois lancé. Voilà pourquoi je retourne régulièrement au village.

Tyrus fronça les sourcils. Puis la lumière se fit jour dans son esprit.

— Les villageois… Le feu…

— Une erreur tragique. (Les épaules minérales du Magus s'affaissèrent sous le poids du chagrin.) Il y a deux hivers, le village fut attaqué par des soldats et des monstres. On m'appela vers la fin de la bataille. Depuis le parc, j'invoquai ma magie. Les meurtres et le pillage m'avaient mis dans une telle colère que je ne me rendis pas compte que ma propre énergie se déversait autour de moi. Les malheureux villageois furent changés en pierre dans leur refuge.

Le Magus secoua la tête.

— Je détruisis les statues des agresseurs, enterrai les morts et allumai un feu d'une part pour marquer le village comme mien, d'autre part pour apporter lumière et chaleur à ceux que j'avais indûment emprisonnés. C'était tout ce que je pouvais faire.

» Les drak'il sont arrivés l'hiver dernier. Aussi longtemps qu'ils ne se sont pas approchés du parc, je les ai laissé hanter les ruines. Ce sont des créatures primitives, et leur faim protège le parc aussi efficacement que moi. Je ne voulais pas que le repos des pauvres villageois soit dérangé.

Tyrus entendit la douleur dans la voix du Magus. La culpabilité pesait sur son cœur plus lourdement que le granit.

— Il n'existe aucun moyen de lever cette malédiction ?

Le Magus se tenait devant lui la tête baissée et les épaules voûtées. Son silence fut une réponse suffisante.

Tyrus serra les poings. Qu'allait-il faire ? Plus de bateau, plus d'hommes…

Au-dessus de sa tête, le ciel commençait à s'éclaircir à l'est. Une grande partie de la nuit s'était écoulée pendant qu'il se tenait figé dans la crique à l'écart des remous du temps. À présent, une brise matinale commençait à déchirer la couverture de brume, révélant quelques étoiles scintillantes.

Tyrus balaya du regard la vallée en contrebas. La lueur des étoiles éclairait une zone déboisée. Depuis son point de vue, on aurait dit que tous les arbres qui se dressaient jusqu'à la butte suivante avaient été coupés et emportés, ne laissant derrière eux qu'une immense forêt de souches.

Qui peut bien avoir besoin d'une telle quantité de bois? s'étonna Tyrus.

Le vent balaya la crête, repoussant le brouillard. Dans la lumière pâle de l'aube, Tyrus se rendit compte de son erreur. Il écarquilla des yeux horrifiés.

Une voix s'éleva derrière lui.

— J'ai quand même fait quelque chose de bien, marmonna le Magus. À défaut d'autre chose, cette légion de créatures du Seigneur Noir ne nuira plus jamais à personne.

Tyrus se retrouva de nouveau paralysé, incapable de bouger – une statue semblable aux milliers d'autres en contrebas.

Il avait enfin découvert l'armée n'aine.

17

Dans la tour nord, Kast s'agenouilla près du jeune garçon mort. Ses yeux vitreux fixaient les poutres du plafond, et une grimace de douleur tordait ses lèvres froides. Un peu de sang épaissi coulait encore de la plaie déchiquetée en travers de sa gorge. Le meurtre était récent.

Kast tendit la main pour lui fermer les yeux. Jamais il n'aurait cru que son cœur puisse devenir encore plus lourd en cette nuit funeste.

— Je suis désolé, Ty-lyn, dit-il, se souvenant de l'exubérance du jeune garçon, de la fierté et de la joie que lui inspirait son dragon.

Tant de vitalité perdue à jamais...

Du regard, Kast balaya les autres mer'ai qui gisaient dans le couloir et à l'entrée des escaliers de la tour. *Une embuscade.* Ils arrivaient avec les derniers œufs récupérés dans la cale du vaisseau-éclaireur, pour les mettre à l'abri dans le donjon. Ils n'avaient aucune raison de se méfier de Hunt ou du capitaine de la garde sanguinaire.

Car l'identité des assassins ne faisait aucun doute. Il s'agissait clairement de l'œuvre des Dre'rendi – et les œufs d'éb'ène avaient disparu.

Kast jura entre ses dents. Tout était sa faute. Il s'était attardé trop longtemps dans le donjon, regardant Py-ran et ses hommes ligoter Sy-wen. Sa bien-aimée s'était débattue comme une furie, écumant, proférant des insultes ignobles et éclatant d'un rire dément. Le cœur meurtri, Kast avait été trop choqué pour réagir rapidement. Il n'avait pas pensé à envoyer un avertissement et une escorte aux mer'ai qui revenaient avec les derniers œufs.

À présent, il contemplait le résultat de sa négligence. Ces jours-ci, la moindre erreur se payait au prix du sang. Kast se redressa et serra les poings. *Mais c'est fini*, se promit-il. Il était temps de porter la bataille là où elle devait se livrer : sur le rivage ennemi.

Un bruit de pas précipité se fit entendre derrière lui. Pivotant, le Sanguinaire vit Py-ran se précipiter à sa rencontre, flanqué par trois autres mer'ai.

—Nous avons suivi leur piste, rapporta le lieutenant. Ils sont descendus vers les quais.

—Tous ?

—Nous en sommes à peu près certains. Nous avons parlé à des gens dans la rue. (Py-ran baissa la voix.) Mais il y a d'autres cadavres dans le port. Ils se sont emparés d'un des chasse-vagues dre'rendi.

Kast jura et tapa du poing sur le pommeau de son épée.

—Je veux que les vaisseaux-éclaireurs partent immédiatement à leur recherche.

—J'ai déjà parlé au commandant des el'phes. Il est en train de constituer un escadron.

Satisfait par l'efficacité de Py-ran, Kast hocha la tête. Mais, au fond de son cœur, il savait que les chances de retrouver Hunt et les autres étaient bien maigres. Le fils du haut maître de quille connaissait le dédale de l'Archipel mieux que personne. Ses camarades et lui ne tarderaient pas à se fondre dans la brume. Avant le coucher de la lune, ils monteraient à bord d'un autre bateau, quitte à s'en emparer par la force si nécessaire, et laisseraient derrière eux le petit chasse-vagues. D'ici au lendemain matin, ils auraient disparu.

Pourtant, Kast ne succomba pas à la frustration. Il était temps de passer à la vitesse supérieure. Par Sy-wen, il connaissait le plan des possédés : récupérer davantage d'œufs et les disséminer au sein de la flotte alliée. Cette information lui donnait du pouvoir. Au lieu de s'épuiser en vaines poursuites, il fallait tendre un piège aux possédés, les attendre là où ils comptaient se rendre.

Kast se tourna vers Py-ran.

—Fais porter un autre message au commandant des el'phes. J'aurai besoin d'un navire d'ici au lever du soleil.

—Pour poursuivre les autres ?

—Non, je t'abandonne l'île et sa défense. La flotte doit être avertie de cette trahison et du danger potentiel qu'elle court. Xin n'a pas réussi à joindre Tyrus ce soir ; nos lignes de communication se trouvent donc coupées. Je n'ose confier une information si importante aux hasards du vol d'un corbeau. Aussi ai-je l'intention de rejoindre personnellement la flotte pour organiser la défense contre les possédés.

Le choc assombrit l'expression de Py-ran.

—Mais Val'loa…

—J'ai toute confiance en toi pour tenir la place.

—Mais…

Kast posa une main sur l'épaule du mer'ai. Pourtant, c'était à peine s'il le voyait. Ses yeux regardaient déjà à travers les murs et par-dessus les remparts de l'Édifice. Dans son cœur, il savait que l'assaut qui venait d'être livré dans le donjon était le dernier qui aurait lieu sur l'île. La guerre proprement dite faisait route vers le nord et les pentes volcaniques de Noircastel.

—Ils ont attaqué ici parce qu'ils avaient peur de Ragnar'k, marmonna-t-il, se souvenant de la haine dans les yeux fous de Sy-wen. Mais je vais leur enseigner la véritable signification de la peur.

Py-ran recula en esquissant une courbette.

—Je file prévenir le commandant.

Kast desserra lentement le poing. De nouveau, il contempla le massacre autour de lui, et son regard se posa sur le visage blême d'un jeune garçon. Une flaque de sang s'était formée sous la tête de Ty-lyn. Kast se souvint de ses gloussements joyeux, de son sourire éclatant, de l'amour sincère qu'il portait à Hélia. Quelque part dans le lointain, le gémissement plaintif d'un dragon solitaire se répercuta à la surface noire de l'océan. Le chagrin et la douleur qu'il exprimait résonnèrent dans la poitrine de Kast.

Le Sanguinaire se détourna comme sa vision se brouillait. Il s'essuya les yeux. Il ne pouvait y avoir qu'une seule réponse aux horreurs perpétrées ici : s'assurer que ça ne se reproduise pas.

Il traversa le couloir à grands pas décidés.

L'aube n'arriverait jamais assez vite.

Tyrus se tenait parmi les rangs des n'ains de pierre. À l'est, la lumière de l'aube faisait pâlir l'éclat des étoiles. Durant cette étrange transition entre la nuit et le jour, une lueur argentée nimbait toute chose, donnant l'impression que l'armée n'attendait que le lever du soleil pour s'arracher à son sommeil magique.

Tyrus se déplaçait lentement parmi les soldats pétrifiés. Il sentait leur regard granitique braqué sur lui. Il savait ce que c'était de sentir le monde durcir autour de soi, de se retrouver prisonnier de son propre corps. Il détailla les rangs qui se succédaient à perte de vue : fantassins, hacheurs, lieutenants, capitaines…

Quelque part au sein de cette immense armée, Wennar, le commandant des forces n'aines, se tenait dans cette vallée ou sur la butte suivante. Tyrus voulait le trouver et le consoler autant que possible, en lui promettant que cette guerre contre les anciens maîtres esclavagistes de son peuple ne s'achèverait pas dans ce champ de pierre.

—Je ne savais pas, dit doucement une voix derrière lui.

Tyrus ferma les yeux. Il avait encore du mal à pardonner.

—La dernière fois que j'ai entendu parler des n'ains, poursuivit le Magus de Pierre, c'était les serviteurs du Seigneur Noir, ses bras et ses jambes sur nos terres. Je ne cherchais qu'à protéger les miens.

Tyrus pivota vers l'effigie granitique à l'expression si lasse.

— Si les histoires qu'on m'a racontées sont exactes, vous étiez un guérisseur autrefois. (D'un large geste, il désigna le cimetière de pierre vivante.) Voyez-vous ce qu'a provoqué votre rage aveugle ? Elle a corrompu des vies de la façon la plus abominable qui soit. En quoi vos actions sont-elles plus justifiées que celles du Cœur Noir en personne ?

— Je ne savais pas, répéta le Magus.

Tyrus refusait de se laisser amadouer par cette excuse.

— L'ignorance est le plus mortel des poisons. Le pouvoir qu'on vous a accordé s'accompagnait d'une grande responsabilité. Vous n'aviez pas le droit de faire payer votre chagrin au reste du monde.

Le Magus se courba sous le poids de ses mots.

— Je n'ai pas réclamé ce pouvoir. (Il se redressa, écartant ses mains de pierre.) Je ne sens plus rien. Ni le vent sur mon visage, ni la pluie. Ni la caresse d'une main sur ma joue, ni la douceur de la peau d'un enfant. Tout ce que je touche se change en pierre.

Dans ses yeux, Tyrus entrevit un puits de douleur sans fond – et une folie contenue à grand-peine.

— Libère-moi, supplia le Magus.

Comme Tyrus le dévisageait, il comprit ce qui se passait dans sa tête. Ce n'était pas son animosité envers le Seigneur Noir qui alimentait sa rage, mais une solitude affolante. Le Magus avait passé toute son existence dans ces bois septentrionaux, ermite vivant à l'intérieur d'une colline. Mais si isolé soit-il, il n'avait jamais vraiment été seul : le monde pouvait le toucher d'une myriade de façons intimes et merveilleuses.

La transformation avait tout changé.

Aujourd'hui, le Magus était aussi prisonnier que les villageois ou les n'ains changés en pierre par son pouvoir. Coupé du monde, il avait perdu le contact avec celui-ci. Il avait oublié ce que ça signifiait de vivre et de respirer. Tyrus se remémora l'avertissement de Hurl : « Souvenez-vous, n'oubliez jamais : le cœur du Magus s'est lui aussi changé en pierre. » Des paroles plus prophétiques que quiconque aurait pu l'imaginer.

Tyrus ne pouvait peut-être pas pardonner, mais il pouvait avoir pitié. Il détailla la statue aux bras levés en un geste suppliant.

— Nous trouverons un moyen de les délivrer, dit-il avec un large geste. Les n'ains, mes hommes et les villageois.

— C'est impossible, se lamenta le Magus, laissant retomber ses bras en une attitude vaincue.

Tyrus balaya l'armée du regard tandis que le ciel s'éclaircissait à l'est. Au nord, des collines émergeaient de l'obscurité. Leur versant était couvert d'arbres nus et squelettiques. C'était la lisière de la Forêt Pétrifiée, l'ancien foyer de la créature pathétique qui se tenait près de lui.

— Parlez-moi de l'avènement de Noircastel, réclama Tyrus.

Le Magus se couvrit le visage.

— C'était une époque trop affreuse. Je ne veux pas remuer ces souvenirs.

— Il le faut, dit Tyrus plus durement. (Saisissant un des poignets du Magus, il écarta sa main de son visage.) Pour avoir le moindre espoir de briser votre sort, je dois savoir comment vous avez obtenu vos pouvoirs.

Le Magus secoua la tête.

— C'était une époque trop affreuse pour que je la contemple de nouveau.

Tyrus baissa son autre bras.

— Alors, contemplez ça ! s'exclama-t-il en désignant l'armée de pierre. Des milliers de gens condamnés par vos soins à rester prisonniers de leur corps, comme vous ! Ne les entendez-vous pas implorer qu'on les libère ? Ne voyez-vous pas leur regard suppliant ?

— Non, non… (Le Magus tomba à genoux et se balança d'avant en arrière.) Je ne savais pas.

— Mais, maintenant, vous n'avez plus l'excuse de l'ignorance ! Et vous leur devez bien davantage qu'un brasier ou des paroles consolatrices. Si le prix à payer est d'affronter votre passé, qu'il en soit ainsi.

Le Magus continua à se balancer en gémissant. Ses genoux minéraux s'enfonçaient dans le sol. Tyrus espéra ne pas l'avoir poussé trop loin. S'il l'avait définitivement renvoyé à sa folie délirante…

Puis, lentement, des mots tombèrent des lèvres de pierre du Magus.

— Je ramassais des herbes dans un bosquet, de l'anis et du souffle-de-faucon. (Il porta ses mains à son nez.) Je sens encore leur odeur sur mes doigts.

Tyrus fit un pas vers lui – pas plus, car il n'osait pas le toucher de peur de l'arracher à ses souvenirs.

— Soudain, un rugissement pareil à un millier de grondements de tonnerre brisa la tranquillité. Le sol trembla et se souleva en formant de grandes vagues avant de retomber, comme si la terre s'était changée en une mer de tempête. Je fus renversé et m'accrochai aux herbes alentour en priant la Mère d'en haut et la Terre d'en bas.

» Je crus que mes prières avaient été exaucées lorsque les secousses ralentirent, puis cessèrent. Je me relevai et regagnai ma colline à toutes jambes. Lorsque j'arrivai chez moi, je trouvai toutes les fenêtres brisées et ma grande porte de chêne fendue en deux. J'entrai pour voir ce qui restait de mon foyer et de mes affaires. Et alors…

Le balancement du Magus se fit frénétique ; un gémissement irrépressible, né de son tourment intérieur, monta de sa gorge et jaillit de sa bouche.

— C'est fini, murmura Tyrus. Vous êtes en sécurité à présent.

Le Magus n'eut pas l'air de l'entendre, mais, au bout d'un moment, il poursuivit son récit.

— Un vent… incendiaire, ravageur, abominable… arriva de la mer en hurlant. Il calcina toutes les feuilles de toutes les plantes. Les jeunes arbres furent déracinés ; les autres se brisèrent. Je me réfugiai dans mon cellier où je me recroquevillai en tremblant. Mais, même là, je ne pus échapper à la brûlure du vent. Je n'arrivais plus à respirer.

Il porta les mains à sa gorge et toussa comme s'il suffoquait.

— Calmez-vous, le pressa Tyrus. Le vent est retombé depuis longtemps ; il appartient au passé.

Le Magus secoua la tête.

— Il ne disparaîtra jamais. J'entends toujours son hurlement dans mes oreilles. C'est celui des damnés.

Sa voix grimpa dans les aigus et prit une tonalité fiévreuse.

Tyrus tendit la main vers lui, mais le Magus cessa soudain de se balancer. Il avait les yeux écarquillés, et Tyrus savait qu'il ne voyait pas le paysage alentour.

— La nuit succéda au jour tandis que le vent se déchaînait. Je m'enfuis de chez moi, mais le monde avait disparu. Une fumée brillant d'une énergie malsaine recouvrait la terre et le ciel. Il pleuvait des cendres. Et très loin à l'est, l'horizon irradiait une colère écarlate. Il ressemblait au visage du mal. Incapable de soutenir son regard, je replongeai dans mon terrier. Mais je ne pus lui échapper.

Lentement, le Magus recommença à se balancer.

— L'air était irrespirable. Le sol tremblait. Des hurlements cruels m'assaillaient de toutes parts. Je me couvris la tête – et pourtant, ils me trouvèrent.

Une intonation nouvelle avait percé dans sa voix sur la fin de sa dernière phrase. On aurait dit de la joie.

— Qui vous trouva ?

— Mes petits… Les fae-nee.

Tyrus se souvint du récit de Hurl, des petites figurines auxquelles le guérisseur aurait insufflé la vie. Était-ce vérité ou folie ?

— J'étais certain qu'ils avaient été détruits. Pourtant, ils me trouvèrent recroquevillé dans mon cellier. Je voulus les saluer, mais ils prirent peur et détalèrent… tous, à l'exception du premier que j'avais créé : Raal, ce qui dans la langue du nord signifie « roi ». (Le Magus avait prononcé ce mot avec une amertume palpable.) Il me força à me voir.

— À vous voir ?

— Il me dit de me retourner et d'examiner le corps enfoui dans les cendres à mes pieds.

Perplexe, Tyrus fronça les sourcils.

— Raal déblaya les cendres, révélant une silhouette de pierre qui gisait sur le sol. Il m'exhorta à la regarder de plus près. (Tout en parlant, le Magus leva les mains et se palpa doucement le menton, les pommettes et le nez.) Ce fut à peine si je reconnus mon propre visage.

Tyrus écarquilla les yeux.

— Mais je ne pouvais pas nier l'évidence : c'était bien mon cadavre, étendu là à mes pieds. J'étais mort et je ne m'en étais même pas aperçu. Mon esprit avait dû se perdre dans ce brouillard volcanique, incapable de rejoindre la Mère d'en haut. Mais Raal – maudit soit-il ! – me força à affronter ma propre mort.

— Que se passa-t-il ensuite ?

— Raal rappela les autres fae-nee. Ils firent un cercle autour de mon corps et de mon esprit afin de me rendre ce que je leur avais donné. (De nouveau, un gémissement monta de la gorge du Magus.) Je n'avais rien demandé !

— De quoi s'agissait-il ? s'enquit Tyrus avec curiosité.

— La vie, gémit le Magus. La vie que je leur avais insufflée – ils me la rendirent au centuple.

Tyrus réfléchit. Il avait entendu parler d'élémentaux capables d'animer des objets, parfois pour une durée de plusieurs jours. Mais, à l'en croire, le fou avec lequel il conversait avait doté ses créations, ces fae-nee, d'une vie propre.

— Mon esprit fut ramené de force dans mon corps. Et de la même façon que cette magie pouvait donner vie au bois, elle donna vie à la pierre. Je me redressai, ressuscité mais prisonnier d'une gangue de cendres durcies.

— Et pour votre faculté de pétrifier autrui ?

Le Magus secoua la tête.

— J'ignore d'où elle vient. C'était une erreur de lancer un sort alors que l'air était si corrompu. Les fae-nee avaient dû être affectés par la magie noire dont les cendres étaient porteuses, ou par l'énergie malsaine qui faisait luire la couverture de brouillard. Quoi qu'il en soit, après m'être relevé, je découvris très vite que tout ce que je touchais se changeait en pierre. Au fil du temps, j'appris à projeter cette malédiction hors de moi. (De nouveau, il se couvrit le visage.) Mais le prix à payer… était trop élevé.

— Quel prix ?

Le Magus baissa ses mains et foudroya Tyrus du regard.

— N'as-tu rien écouté ? (La folie vibrait dans sa voix.) Les fae-nee me rendirent ce que je leur avais donné : la vie ! Quand je revins à moi, il ne restait d'eux qu'une myriade de bouts de bois sculptés sur le sol du cellier. Mes enfants avaient disparu ! (Il brandit un poing.) À l'exception de Raal.

Il vivait toujours, lui. Il m'abandonna dans les bois en me promettant que lorsque les flots engloutiraient Noircastel, je serais libre de me reposer.

— Et qu'advint-il de ce Raal par la suite ? interrogea Tyrus.

Le Magus fit un geste en direction des collines pelées, au nord.

— Il se réfugia dans la Forêt Pétrifiée où il vit toujours – maudit soit-il ! Il s'affaire à reconstituer son peuple.

— Les fae-nee ?

— Je ne fus pas la seule personne affectée par le sort. La corruption de la magie transforma également Raal. Désormais, il peut sculpter le bois pétrifié de la Forêt et lui accorder la vie. Ainsi fait-il croître son peuple, sur lequel il règne conformément au nom que je lui donnai jadis. Mais ses enfants ne sont ni doux ni innocents. Je les ai vus. Bien que leur chair soit aussi pâle que le bois dans lequel ils ont été taillés, il y a quelque chose de noir en eux. Je ne supporte même pas de les re…

— Vous dites que leur *chair* est pâle ? coupa Tyrus, interloqué.

Le Magus s'arracha à sa contemplation des collines pour se tourner vers lui.

— Tu ne m'écoutes toujours pas ! C'est la corruption de la magie. Je peux changer les êtres de chair en pierre. Raal peut changer des êtres de pierre en chair.

Tyrus perçut l'équilibre des forces en présence, les fils entremêlés d'une redoutable énergie. Il étudia les collines parsemées d'arbres squelettiques. Les premiers rayons du soleil faisaient scintiller les branches cristallines de la Forêt Pétrifiée. Plus loin au cœur des bois, la brume serpentait entre les arbres, ses volutes se tortillant comme des esprits désincarnés.

La réponse se trouvait-elle là-bas ? Raal était-il capable d'inverser le sort du Magus ? Et s'il en était capable, accepterait-il de le faire ?

Tyrus se tourna vers le Magus.

— Je veux rencontrer ce Raal.

L'effigie de granit le toisa comme si c'était lui le fou.

— Les fae-nee ne tolèrent pas les étrangers. Comme je te l'ai dit, leur cœur est devenu noir. Je n'ai pas vu Raal depuis plus de deux siècles.

— Alors, il est grand temps d'organiser une réunion familiale, répliqua Tyrus. Allons rendre visite à vos enfants.

— Non, protesta le Magus. Ils te tueront.

Tyrus tapota sa poitrine minérale.

— Qu'ils essaient donc, pour voir ! (Il fit face à la Forêt Pétrifiée.) Conduisez-moi au roi des fae-nee.

C'était bon de sentir de nouveau un pont tanguer sous ses pieds, même si le navire volait des lieues au-dessus de la mer. Fermant les yeux,

Kast sentit le vent agiter ses cheveux, faire onduler sa cape et presser contre sa poitrine. Les Dre'rendi disaient que le vent avait des dents. Ce matin, Kast éprouvait sa morsure.

Il garda une main posée sur le bastingage de proue tandis que l'*Aile de Corbeau* filait plein nord. Ils bénéficiaient d'un temps favorable : un vent vif, venu du sud-est, soufflait depuis les Récifs Ravagés. Kast percevait l'énergie dans l'atmosphère, un mélange de foudre et d'air marin. La capitaine el'phe, Lisla, utilisait sa magie pour gonfler les voiles et stabiliser la trajectoire du navire. Ils prévoyaient de rejoindre la flotte dans trois jours, et, pour y parvenir, Lisla devrait déployer tout son talent.

Ils étaient partis à l'aube : un équipage d'el'phes, un escadron de Sanguinaires et maître Edyll des mer'ai. Avec eux, ils emmenaient une captive saucissonnée et enfermée dans une cabine : Sy-wen. Kast ne pouvait pas la laisser en arrière. Ragnar'k aurait peut-être un rôle à jouer durant la guerre à venir, et elle était la seule capable de libérer le dragon en lui.

Mais il avait une autre raison d'entraîner la jeune fille dans ce voyage : l'espoir. Sa bien-aimée était toujours prisonnière sous le visage du démon. Kast agrippa le bastingage, plantant ses ongles dans le bois. Il trouverait un moyen de la délivrer, ou il mourrait en essayant.

Une écoutille s'ouvrit à la volée derrière lui, arrachée aux mains du petit shaman zo'ol qui montait sur le pont. Pour avoir longtemps vécu parmi les pirates, Xin avait l'habitude de se déplacer sur un pont agité. Plié en deux pour offrir moins de prise au vent, il se dirigea vers Kast en ignorant les cordes de sécurité. Sa tresse flottait à l'arrière de son crâne rasé tel un étendard.

— J'ai réussi à joindre le seigneur Tyrus ! annonça-t-il, le souffle court, en s'arrêtant près de Kast. (Sur son front, la cicatrice pâle en forme d'œil semblait pétiller de joie.) Il est toujours vivant !

— Quelles sont les nouvelles de son côté ? Où en est la flotte ?

Xin leva une main.

— Je n'ai pu établir qu'un contact très bref. Ses émanations sont étouffées, comme s'il parlait avec un bâillon sur la bouche. J'ai juste réussi à comprendre qu'il parlait des n'ains. Mais il est vivant !

— Se trouve-t-il avec le reste de la flotte ?

Le shaman se rembrunit.

— Non, j'ai eu l'impression qu'il était seul.

— Seul ? répéta Kast, surpris.

Xin haussa les épaules.

— Je vais me reposer, et je réessaierai plus tard.

Soulagé, Kast acquiesça.

—J'aurai besoin que tu transmettes à Joach.

Xin toucha du doigt la dent de requin qu'il portait autour du cou. Il utilisait ce talisman pour communiquer avec le groupe d'Elena.

—Je lui ai parlé avant notre départ. Il sait que nous faisons voile vers le nord.

—Et eux?

—Ils pensent atteindre le territoire og're d'ici à un jour ou deux. L'affaiblissement des énergies élémentales les ralentit. Même mon contact avec les autres devient plus ténu.

Kast soupira. C'était difficile de coordonner autant de fronts à l'aide de corbeaux messagers et d'un unique shaman possédant la capacité de communication à distance, mais seulement avec Joach et Tyrus. Alors, si les pouvoirs de Xin commençaient à défaillir...

Le shaman perçut la frustration de Kast.

—Telle est la voie des sages, expliqua-t-il en écartant les bras. Deux mains, la droite et la gauche. Deux façons pour un homme d'en saluer un autre. Telle est la limite de ma magie.

Kast lui tapota l'épaule.

—Je sais, Xin. Si les souhaits étaient des pièces de cuivre, nous serions tous riches.

—Je ferai de mon mieux pour joindre Tyrus. Mais il y a autre chose...

Kast entendit l'hésitation dans la voix du Zo'ol.

—De quoi s'agit-il?

Xin détourna les yeux.

—Celle que tu aimes... Elle est en danger.

—Je sais. La créature aux tentacules...

—Non, il ne s'agit pas seulement de ça. Mon pouvoir de communication à distance découle de mon don global: celui de lire dans le cœur d'autrui, et pas juste dans ses pensées. L'esprit est beaucoup moins fiable que le cœur.

—Et qu'as-tu senti?

—La créature nichée dans la tête de ta bien-aimée tient son esprit prisonnier. Mais c'est son cœur qui m'inquiète. Elle désespère. Elle sait qu'elle ne peut être libre qu'en ton absence. Cela la brise de l'intérieur.

—Je trouverai un moyen de lever la malédiction, dit Kast avec fougue.

Xin posa une paume sur la poitrine du Sanguinaire.

—Ton cœur est un livre ouvert. Je connais ta détermination, et Sy-wen la connaît aussi. Par-dessus tout, elle craint que tu fasses quelque chose de malavisé, quelque chose qui te nuira, afin de la libérer.

Kast fixait un point au-delà du bastingage. Il se souvint de la promesse qu'il s'était faite quelques instants plus tôt : délivrer Sy-wen ou mourir en essayant. Il ne réfuta pas les paroles du shaman.

— Elle ressent la même chose, reprit Xin, qui avait lu dans son cœur. Elle préférerait mourir que de te savoir blessé. Corrompue comme elle l'est, elle ne voit plus d'espoir. C'est en cela que réside le véritable danger qui la menace.

Frustré et impuissant, Kast sentit ses yeux se remplir de larmes.

— Bien qu'enfermée à fond de cale, elle apparaît aussi brillante qu'un fanal à mes perceptions de sage. La folie du démon qui la possède flamboie comme du kérosène jeté sur un feu ; c'est un brasier incendiaire dans l'obscurité. Mais en son centre subsiste un bastion de pureté et d'amour. Longtemps, il a brûlé aussi fort que la folie qui l'entourait. Mais à présent...

Xin n'acheva pas sa phrase.

— Il est en train de s'éteindre, dit Kast, qui l'avait senti aussi.

— Sy-wen se laisse consumer ainsi que du bois mort, confirma Xin.

Kast prit une inspiration tremblante et posa la question qui le terrifiait.

— Y a-t-il un moyen d'empêcher ça ?

Xin garda le silence. Kast pivota vers lui. Le Zo'ol soutint son regard. La réponse était claire dans ses yeux.

— Je dois descendre la voir, dit Kast.

— Vos cœurs ne font qu'un. En cela, vous pouvez puiser de la force.

Depuis l'incident du donjon, Kast évitait tout contact avec Sy-wen, craignant que cela le démoralise au moment où il devait se montrer plus solide que jamais.

— Une tempête à nulle autre pareille couve à l'horizon, ajouta Xin. Pour l'affronter, tu auras besoin de toutes tes forces.

Kast jeta un nouveau coup d'œil à l'immensité de la mer et du ciel. Il prit une grande inspiration, se remplissant les poumons de vent salé et tentant d'y puiser le courage nécessaire pour sa rencontre avec Sy-wen.

Xin lui toucha le bras.

— Je retourne dans ma cabine. Si j'apprends quoi que ce soit de nouveau, je te préviens immédiatement.

— Merci, marmonna Kast comme le Zo'ol s'éloignait.

Une fois seul, il chercha le dragon en lui. À chaque transformation, la frontière qui les séparait s'amenuisait. Kast sentait que Ragnar'k était d'humeur boudeuse.

— Elle aura besoin de nous deux, chuchota-t-il au dragon. Nos deux cœurs seront nécessaires pour ragaillardir le sien.

Un rugissement résonna à travers son être. Leurs volontés ne faisaient qu'une.

Kast se dirigea vers l'échelle. Il descendit sur le pont intermédiaire et gagna l'écoutille de poupe. Au-dessus de sa tête, les marins el'phes perchés dans le gréement s'interpellaient. La grand-voile claqua avec colère tandis qu'ils procédaient à un ajustement. Les vents hurlèrent une protestation. Le navire se cabra comme s'il chevauchait la crête d'une vague, puis accéléra. Lisla analysait le ciel de la même façon qu'un maître de quille analysait l'océan ; elle cherchait toujours le meilleur cap, passait son temps à calculer et à adapter sa trajectoire.

Déverrouillant l'écoutille, Kast abandonna le pont du vaisseau aérien à sa capitaine et descendit l'escalier qui conduisait au passage en contrebas. Après le grand air du dehors, le couloir sentait le renfermé, et aussi une odeur étrangère au Dre'rendi. Le bois utilisé pour construire ce navire ne provenait pas d'Alaséa. Sa résine âcre piquait le nez de Kast. Et une vibration omniprésente, juste au-delà de la portée de son ouïe, hérissait les poils les plus minuscules du Sanguinaire. Ce bâtiment ressemblait peut-être à un navire ordinaire, mais il n'en était pas un.

Kast descendit sur le pont inférieur, qui abritait les réserves et les quartiers de l'équipage. Tout au fond du couloir, une des cabines avait été transformée en cellule de fortune. Deux Sanguinaires montaient la garde devant la porte : Garnek et Narn. Ils redressèrent les épaules à la vue de Kast. Celui-ci s'approcha d'eux, sentant la vibration de la quille métallique chargée d'énergie élémentale sous ses pieds.

Garnek fit un pas vers lui.

— Vous avez besoin d'aide, monsieur ?

— Je viens voir Sy-wen.

— Oui, monsieur.

Garnek se tourna vers Narn et hocha la tête. Son camarade déverrouilla la porte et ôta la barre fraîchement installée en travers du battant.

Kast passa entre les deux hommes, et Narn fit mine de le suivre, une main posée sur son épée.

— Non. Je veux la voir seul.

— Monsieur, vous avez dit vous-même que nul ne pouvait rester seul avec la prisonnière, qu'un garde devait assister à toute entrevue avec elle.

Kast s'arrêta sur le seuil et jeta un coup d'œil par-dessus son épaule. À la vue de son expression, les yeux de Narn s'écarquillèrent légèrement.

— Bien sûr, monsieur, marmonna-t-il. Nous monterons la garde dehors.

Kast entra et attendit que les deux hommes aient fermé et verrouillé la porte derrière lui. Une unique lampe à huile était suspendue à un crochet fiché dans une poutre du plafond. Sa flamme réglée au plus bas diffusait une maigre lumière, qui créait plus d'ombres qu'elle n'en chassait.

Prenant une grande inspiration pour se donner du courage, Kast se dirigea vers le petit lit de bois dur. Celui-ci était recouvert de paille sur laquelle gisait sa bien-aimée, les bras et les jambes attachés aux montants.

Kast ne prit pas la peine d'augmenter la flamme de la lampe. En l'état, ce qu'elle lui révélait menaçait déjà de le briser.

Sy-wen avait été déshabillée de façon que ses geôliers puissent la laver plus facilement. Quelqu'un avait jeté une couverture sur elle, mais, à force de se débattre, la mer'ai l'avait fait tomber. Désormais, elle gisait en boule au pied du lit.

Kast se baissa et la ramassa. Sy-wen suivait des yeux chacun des mouvements du Sanguinaire tel un requin guettant sa proie, prêt à frapper. Ses cheveux répandus sur l'oreiller ressemblaient plus que jamais à un bouquet d'algues.

Kast secoua la couverture et l'étendit de nouveau sur elle. Cette gentillesse ne lui valut qu'un rire dur.

— Viens là, mon amour, susurra Sy-wen d'une voix rauque. (Ses lèvres étaient ensanglantées, et elle avait de la bave sur le menton.) Quand il y a de la place pour une, il y a de la place pour deux. Détache-moi, et je t'offrirai des plaisirs que tu n'as encore jamais connus avec cette gamine.

Kast tenta de fermer ses oreilles à ces provocations.

— Sy-wen, dit-il, s'adressant non à la chose allongée sur le lit, mais à la mer'ai enfouie au fond d'elle.

Il tendit la main vers sa joue, mais la créature se jeta dessus en faisant claquer ses mâchoires ainsi qu'un louveteau affamé. Il laissa retomber son bras et s'assit au bord du lit.

— Sy-wen, je sais que tu m'entends. Tu ne dois pas perdre espoir – ni de retrouver ta liberté, ni que nous soyons réunis.

Mais ses propres paroles sonnaient creux. Comment pouvait-il lui redonner confiance alors que lui-même avait le moral à zéro ?

Un rire glacial et sans joie s'éleva du lit.

Kast ferma les yeux, les épaules tremblant de chagrin. Il n'aurait pas dû venir. C'était trop dur. Mais, tout au fond de lui, un dragon rugit soudain. L'amour brut et sans détour d'une bête pour sa Liée envahit Kast.

Tandis qu'il s'y abandonnait, le Sanguinaire comprit une chose à laquelle il n'avait jamais pensé. L'amour n'était pas nécessairement difficile et douloureux. C'était un sentiment simple, pur et glorieux. Quels que soient les obstacles, les épreuves et les complications, à la base, l'amour n'était que la chaleur de deux cœurs qui s'alimentaient l'un l'autre et entretenaient leur flamme commune.

Alors, Kast mit de côté les créatures gélatineuses, les guerres tragiques et la magie noire. Il écouta le rugissement de Ragnar'k, et du plus profond de lui, il fit écho à ce cri d'amour. Il trouva une force aveugle et se leva. Se dirigeant vers la lampe, il augmenta la flamme. Il avait décidé de ne plus se cacher dans l'ombre.

Il retourna vers le lit. Sy-wen le fixait toujours avec une grimace dédaigneuse, mais, à présent, il reconnaissait l'éclat de ses yeux, le renflement de sa lèvre inférieure, les tons doux de sa peau. Et cela ne se limitait pas à son apparence physique : il voyait son esprit, le cœur qui avait volé le sien. Nulles ténèbres n'étaient assez épaisses pour étouffer cette lumière.

Kast se rassit sur le lit. Quelque part dans le lointain, il entendait encore un rire cruel, des provocations alternées avec des injures. Mais il faisait la sourde oreille. Tout cela n'était que boue sur un diamant ; il pouvait facilement l'essuyer.

— Sy-wen, chuchota-t-il. Je t'aime.

Il desserra la corde qui entravait son poignet droit et attira la main de la jeune fille vers son visage. Sy-wen tenta de se dégager, mais Kast avait une poigne de fer. Prenant bien garde à éviter son tatouage, il posa la paume de sa bien-aimée sur son autre joue. Des ongles se plantèrent dans sa peau, mais ils étaient cassés, et Kast ne sentit rien.

— Sy-wen, murmura-t-il.

Lentement, les doigts se détendirent contre sa joue. La paume glacée se réchauffa au contact de sa peau. Kast sentit son amour lui revenir de très loin, attisé par le cœur d'une autre.

— Nous ne sommes pas perdus l'un pour l'autre, même en ce moment, dit-il dans un souffle. Rien d'important ne nous a été dérobé. (Il pressa plus fermement la paume de Sy-wen contre son visage.) C'est tout ce qui compte. Nous, ensemble. Rien ne saurait corrompre cette pureté.

La chaleur fleurit sur sa peau. Des mots montèrent faiblement vers lui.

— … T'aime…

Kast pressa les doigts de Sy-wen et les porta à ses lèvres. Il embrassa sa paume longuement, avec une passion qui fit tout fondre à l'exception de son amour. Le temps parut s'étirer à l'infini. Ce moment se grava dans leur esprit afin de les sustenter durant les épreuves à venir.

Sy-wen…

Finalement, des bruits de l'autre côté de la porte l'arrachèrent à sa transe. Des exclamations résonnèrent dans le couloir, suivies par le cri aigu d'une fillette.

Kast se redressa. Une main aux doigts recourbés comme des griffes tenta de lui crever les yeux, mais sa poigne ne le trahit pas. Il força Sy-wen à baisser le bras et lui rattacha le poignet au montant du lit.

Il risqua une caresse sur sa joue, mais, dehors, les cris aigus se poursuivaient. Un petit garçon apparemment furieux avait joint sa voix à celle de la fillette. Les sourcils froncés, Kast se dirigea vers la porte et martela le battant de chêne.

— Ouvrez !

Un verrou claqua, et il y eut un raclement de bois comme l'un des gardes obtempérait.

Dans le couloir, les deux Dre'rendi faisaient face à deux marins el'phes. Chacun des nouveaux venus aux membres déliés tenait par le bras un enfant qui gesticulait. Kast écarquilla les yeux.

La fillette l'aperçut.

— Oncle Kast ! s'écria-t-elle.

— Sheeshon ? (Le Sanguinaire fit un pas vers elle.) Que fais-tu ici ?

Il avait laissé l'enfant aux bons soins de Mader Geel, sa nounou, sur l'île de Val'loa.

— On s'est faufilés à bord, expliqua Sheeshon. Je me suis cachée dans un tonneau de pommes, et lui dans une caisse.

Elle désigna son petit compagnon, et Kast reconnut Rodricko, le fils de Nee'lahn. Ses yeux étaient grands comme des soucoupes, et sa lèvre inférieure tremblait comme il tentait de retenir ses larmes.

— La capitaine les a sentis dans la cale, dit l'un des marins. Elle nous a envoyés à la recherche des clandestins.

Kast fit signe aux el'phes de lâcher les deux enfants. Il s'agenouilla près de Sheeshon et attira Rodricko vers lui, le fourrant sous son bras.

— Pourquoi avez-vous fait ça ?

Sheeshon regarda par-dessus son épaule. Elle plissa les yeux et tendit un doigt.

— Tante Sy-wen… Elle est malade ?

Kast jeta un coup d'œil derrière lui. La porte de la cabine était toujours ouverte. Les sourcils froncés, il fit signe à Narn de la refermer et de la verrouiller. Puis il reporta son attention sur la fillette.

— Elle va bien, petite. Elle a juste besoin de se reposer.

Sheeshon acquiesça sagement.

— Elle a des vers dans la tête.

Kast sursauta. Il savait que Sheeshon avait hérité du don de *rajor maga* de son grand-père – la capacité de voir au-delà des horizons – mais, en des moments pareils, le mélange de ce pouvoir et de l'innocence de celle qui le possédait avait quelque chose de glaçant. Kast mit un doigt sous le menton de la fillette et plongea son regard dans le sien.

— Sheeshon, que fais-tu ici ?

Dans un murmure, comme si elle lui confiait un secret, la fillette répondit :

— Hunt a besoin de moi.

Kast soupira. Avant son départ de Val'loa, il avait tenté d'expliquer à Sheeshon que Hunt était parti en voyage. Il aurait dû se douter que ces mensonges ne convaincraient pas une enfant dotée de ses capacités, d'autant que Sheeshon était liée à Hunt par une magie très ancienne.

— Nous essayons de la trouver. Mais tu n'aurais pas dû te sauver. Mader Geel va se faire beaucoup de souci pour toi.

— Il fallait que je vienne, s'obstina Sheeshon. Hunt a besoin de moi.

— Et Rodricko ? demanda Kast.

— Il fallait qu'il vienne, lui aussi. Il ne voulait pas, mais j'ai promis de lui sculpter un poney s'il ne pleurait pas.

— Et je n'ai pas pleuré ! s'exclama fièrement le petit garçon.

— Mais tu allais le faire, répliqua Sheeshon.

Kast secoua la tête. Les deux enfants semblaient épuisés. Ils avaient les yeux rouges et les jambes molles. Le Sanguinaire les prit chacun au creux d'un bras ; puis il se redressa et se tourna vers les gardes et les marins.

— Je les emmène dans ma cabine. Envoyez un corbeau à Val'loa pour prévenir qu'ils sont avec nous. Si je connais bien Mader Geel, elle doit être en train de retourner le château pierre par pierre pour retrouver la gamine.

Un des el'phes s'avança.

— La capitaine dit qu'elle est prête à rebrousser chemin si vous lui en donnez l'ordre.

Kast opina. Ce délai ne l'arrangeait pas du tout, mais il n'avait guère le choix.

— Dites-lui de faire demi-tour dès que les vents seront favorables.

— Non ! s'exclama Sheeshon. Nous ne voulons pas retourner sur l'île !

— Chut. Rodricko ne peut pas rester trop longtemps éloigné de l'arbre. C'est un nyphai. Il doit rentrer au château.

— Non, il ne doit pas ! Je lui ai expliqué comment faire. (Sheeshon adressa un signe de tête au petit garçon.) Montre à oncle Kast.

Rodricko secoua la tête.

— Je ne veux pas.

Kast souleva le petit garçon un peu plus haut.

— De quoi parle-t-elle ?

— Montre-lui ! s'impatienta Sheeshon.

Kast appuya son front contre celui de Rodricko.

— Ce sera notre secret à toi et à moi. Frères Sanguinaires.

Le petit garçon écarquilla les yeux. Il bégaya, puis glissa une main à l'intérieur de sa veste et en sortit une petite branche ornée d'une grosse fleur.

Malgré ses pétales froissés, Kast reconnut immédiatement un des bourgeons du koa'kona.

—Sheeshon dit que je n'ai qu'à me piquer le doigt et mettre une goutte de sang sur le bout cassé de la branche. Comme ça, la fleur restera fraîche, et je me sentirai bien.

—Tu as déjà essayé?

Rodricko acquiesça.

—Avec une épine de rose.

—Il a crié comme un chiot quand on lui marche sur la queue, ajouta Sheeshon.

—Même pas vrai!

Kast fronça les sourcils.

—Sheeshon, d'où t'est venue cette idée?

La fillette se tortilla en pinçant les lèvres et refusa de soutenir son regard.

—Sheeshon, insista Kast sur un ton sévère.

Elle se pencha vers lui et appuya sa joue contre celle du Sanguinaire.

—C'est Papa qui me l'a dit en rêve. Il m'a montré.

Kast savait qu'elle parlait de son grand-père, Pinorr, l'ancien shaman des Dre'rendi. Le vieil homme était mort durant la Guerre des Îles. Se pouvait-il que la fillette ait raison? Que Rodricko soit en sécurité tant qu'il abreuverait la fleur de son sang?

—Papa dit que Rodricko est différent. Qu'il descend de suceurs de sang.

Kast sursauta. Sheeshon ignorait tout des origines de Rodricko; elle ne savait pas qu'il avait été engendré par un des spectres du Sinistre. Il se tourna vers le petit garçon. À une demi-journée de distance de Val'loa et de son arbre, celui-ci aurait dû commencer à se faner. Mais bien qu'apparemment fatigué, il avait les joues roses, et il était plein d'énergie nerveuse. Il ne semblait pas souffrir le moins du monde.

—Que dois-je dire à la capitaine? s'enquit le marin.

Kast réfléchit. Oserait-il ajouter foi au rêve de Sheeshon? La vie d'un petit garçon était en jeu. Mais beaucoup de choses dépendaient également de sa rapidité à rejoindre la flotte.

—Monsieur?

Kast prit sa décision et s'éloigna, les enfants dans les bras.

—Pour l'instant, maintenez le cap au nord.

Sheeshon battit des mains et lui passa les bras autour du cou.

—On va chercher Hunt!

—Oui.

Kast se dirigea vers ses quartiers, à l'autre bout du couloir.

Comme il arrivait devant la porte de sa cabine, Sheeshon lui murmura à l'oreille :

— Quand je serai grande, je me marierai avec lui.

Il la déposa à terre.

— Hunt est beaucoup trop vieux pour toi.

Sheeshon gloussa.

— Pas avec Hunt, andouille.

Elle tendit un index minuscule vers Rodricko, puis pressa le même doigt sur ses lèvres pour indiquer qu'il s'agissait d'un secret.

Kast lui ébouriffa les cheveux. Il espérait que ce caprice de gamine lui passerait. En fait, une partie de lui regrettait presque sa décision de poursuivre le voyage. Il entraînait ces deux enfants vers un royaume de dangers cauchemardesques.

Ouvrant la porte, il poussa Sheeshon devant lui et la suivit, Rodricko dans les bras. Le petit garçon somnolait déjà.

Sheeshon se hissa sur la couchette, et Kast déposa Rodricko près d'elle. Le petit garçon rampa jusqu'à l'oreille et s'abîma dans son étreinte moelleuse.

— Dormez, tous les deux, ordonna Kast. Je ne veux pas que vous descendiez de ce lit.

Il se détourna pour partir, mais Sheeshon tendit une main et lui toucha le bras.

— Oncle Kast, Papa m'a dit de te dire quelque chose.

Les poils de Kast se hérissèrent sur ses bras.

— Dans un autre rêve ?

— Non, le même que celui à propos de Rodricko.

Sheeshon bâilla à s'en décrocher la mâchoire. Kast dut se retenir pour ne pas la secouer comme un prunier. D'une voix tendue, il demanda :

— Et que t'a-t-il dit ?

Sheeshon se roula en boule.

— Que tu devais tuer le dragon.

— Tuer Ragnar'k ?

L'exclamation de Kast n'était pas tant une question que l'expression de sa stupeur. Mais Sheeshon répondit quand même en étouffant un nouveau bâillement.

— Parce que sinon, il dévorera le monde.

18

Le soleil estival n'apportait nulle chaleur dans ces bois glacés. Le sol sur lequel marchait Tyrus était aussi dur et rocailleux que les arbres eux-mêmes. À chacun de ses pas, le pirate soulevait un petit nuage de cendres. Il grommelait entre ses dents tandis que le Magus se traînait devant lui, ouvrant un sillage dans la suie à la vitesse d'une limace.

— C'est encore loin ? demanda Tyrus.

Le Magus eut un geste vague.

— Une lieue environ.

— Et vous êtes certain que Raal sera là ?

— Rien n'est jamais certain avec Raal. Il est devenu aussi sauvage et imprévisible que ses créations.

Tyrus étudia les bois de chaque côté de lui. Malgré l'absence de feuillage, le soleil avait du mal à percer le brouillard et à dissiper la pénombre entre les arbres. Quelques traces de vert pointaient pourtant çà et là : des buissons malingres portant plus d'épines que de feuilles, de l'herbe clairsemée, quelques sapins rabougris. Et cette végétation s'accompagnait de toutes sortes de vie minuscule : scarabées, escargots, serpents, campagnols, lapins faméliques... Tyrus avait même aperçu un cerf.

Mais toujours pas le moindre signe des fae-nee, les petits habitants de la forêt morte. Pendant sa longue marche durant la journée de la veille et la matinée qui s'achevait, Tyrus avait cherché des traces de ces créatures – empreintes dans la cendre ou voix lointaines. En vain. C'était comme si le Magus et lui étaient les seuls à se déplacer dans les bois.

Durant la nuit, il avait aperçu des mouvements discrets entre les arbres, mais ceux-ci auraient très bien pu être le fait d'animaux ordinaires. Tyrus devinait toutefois que très peu des créatures qui s'agitaient de nuit dans ces bois méritaient le qualificatif d'ordinaire.

La seule autre bête qu'il avait aperçue depuis la veille ne ressemblait à rien de ce qu'il connaissait. Elle était énorme, avec une peau grise – ou peut-être juste couverte de cendres comme lui – et se déplaçait à quatre pattes. Sa tête ressemblait à celle d'un taureau, mais des tentacules pendaient au-dessus de sa large gueule. Tyrus l'avait vue passer sur la crête d'une colline, dans le lointain, arrachant au passage toutes les traces de verdure avec ses tentacules qui les portaient ensuite à sa bouche.

Il avait pris soin de faire un large détour pour l'éviter. Même le granit pouvait se briser s'il était piétiné par une créature aussi massive.

Mais cette bête solitaire mise à part, les bois semblaient déserts. Aucun bruit ne venait troubler le silence – ni chant d'oiseaux, ni bourdonnement d'insectes. Chacun des pas de Tyrus et de son guide résonnait de façon presque abrasive.

Tyrus se réjouissait d'avoir de la compagnie, fût-ce celle du taciturne Magus. La Forêt Pétrifiée n'était pas un endroit à traverser seul. C'était un lieu de folie, où la solitude drainait la volonté et le courage.

Finalement, le Magus rompit le silence minéral.

—Nous approchons de mon ancienne demeure. (Son visage se tourna ainsi qu'une plante vers le soleil.) J'aimerais la revoir avant que nous nous enfoncions plus avant dans les bois.

—Est-ce bien sage ? interrogea Tyrus, craignant que son compagnon s'abîme dans ses souvenirs et son chagrin. Peut-être devrions-nous aller directement jusqu'à Raal.

—Non, répondit le Magus sur un ton morne, en infléchissant sa trajectoire vers l'ouest. J'aimerais revoir mon ancienne demeure.

Tyrus n'eut pas d'autre choix que de le suivre. Le Magus lui fit gravir une longue pente et traverser un bosquet où les arbres poussaient plus près les uns des autres. Au passage, Tyrus remarqua d'étranges marques sur les troncs. Il crut d'abord que c'étaient des cavités naturelles, mais, comme celles-ci se multipliaient, il se rendit compte que c'étaient des alcôves sculptées à dessein dans le bois.

Il s'arrêta pour en examiner une. Grossièrement taillée, elle mesurait environ deux mains de haut et une main de large.

Le Magus remarqua ce que faisait Tyrus.

—C'est là que j'ai prélevé la matière première à partir de laquelle j'ai fabriqué les fae-nee, di-il en continuant à avancer. Je découpais un morceau de bois dans un tronc, et je restais assis avec jusqu'à ce qu'il me parle.

Tyrus pressa le pas pour le rattraper.

—Jusqu'à ce qu'il vous parle ?

—Chaque morceau finissait par me révéler sa forme, que ce soit celle d'un homme, d'une femme, d'un enfant ou d'un animal. (Le Magus haussa les épaules.) Alors, je taillais le bois pour révéler ce qui y était caché.

—Et vous lui donniez la vie, acheva Tyrus.

Le Magus baissa la voix.

—Ma mère... Elle était constamment malade, mais elle avait toujours un sourire pour son fils unique. C'est elle qui m'a transmis le don de notre famille.

Une lignée élémentale, songea Tyrus. *Un pouvoir légué de génération en génération. Et à présent, ce sont les fae-nee qui en ont hérité.*

—Mais Raal..., poursuivit le Magus avec une amertume palpable. Il a volé le don de ma mère, et il l'a dénaturé.

Tyrus soupira. Il espérait juste que le roi des fae-nee posséderait toujours ce don. Alors peut-être pourrait-il libérer l'arme n'aine et ses compagnons restés au village. Cet espoir, certes bien mince, était la seule chose qui poussait le pirate en avant dans ces bois sinistres.

Le Magus atteignit le sommet de la colline et baissa les yeux. Tyrus le rejoignit.

En contrebas s'étendait un petit vallon pétrifié, une scène préservée depuis l'époque de la création de Noircastel. Au milieu d'une zone déboisée, des murets de pierre délimitaient ce qui avait dû être un jardin. Une structure de taille modeste – désormais privée de toit, son chaume ayant été emporté depuis belle lurette – avait probablement servi de volière ou de grange autrefois. Le versant opposé n'était qu'une paroi de roche lisse, couverte de cendre et parsemée de trous. Des éclats de verre pareils aux dents acérées de quelque monstre fouisseur garnissaient encore certains d'entre eux : les fenêtres de la demeure du Magus. Un trou plus gros, entouré par des morceaux de pierre brisée, devait marquer l'entrée de cette dernière.

Au pied de la colline, un ruisseau coulait avec un gargouillis paresseux. Son eau était d'un vert malsain. Tout l'endroit empestait le soufre.

—Chez moi, gémit le Magus comme si son cœur se brisait.

Pourtant, il descendit dans le vallon, bien décidé à remuer ses anciennes douleurs.

Tyrus le suivit. Il n'avait pas le choix : c'était lui qui avait rouvert cette blessure parmi les rangs des soldats n'ains changés en statues. Il devait finir ce qu'il avait commencé.

Le Magus et lui traversèrent le ruisseau sans s'embêter à négocier les vestiges d'un pont en ruine. Tous deux étaient faits de pierre ; même cette eau corrompue ne pouvait leur nuire.

Puis le Magus se dirigea vers le gros trou à flanc de colline.

—Je ne suis pas revenu ici depuis que j'ai fui l'horreur dans le cellier.

— C'était il y a cinq siècles, fit remarquer Tyrus.

Le Magus acquiesça et se plia en deux pour pénétrer dans son ancienne demeure.

— Je préfère continuer seul.

Tyrus voulut protester. Ce que son guide trouverait là-dedans le plongerait sans doute dans un abîme de dépression dont il ne ressortirait peut-être jamais. Mais discuter ne servait à rien. Il est très difficile d'arrêter un rocher qui a commencé à rouler.

Le Magus escalada les gravats et disparut à l'intérieur. Tyrus remarqua que la pierre brisée était également du bois pétrifié – que les restes de la porte, autrefois en chêne robuste, s'étaient changés en éclats rocheux. Il recula avec une grimace de dégoût.

Un vent léger sifflait entre les branches grêles des arbres alentour. Celles-ci ressemblaient à des doigts squelettiques griffant le ciel rempli de fumée et de suie. Tel était le domaine du Seigneur Noir, un petit aperçu du monde qu'il voulait créer.

Le désespoir se referma sur le cœur granitique de Tyrus telle une gangue de glace.

Il se détourna. Sur sa gauche, un peu de couleur attira son attention. Une tache jaune se découpait contre le gris de cendre du paysage – un minuscule pissenlit poussant entre deux des morceaux de la porte d'entrée. C'était un spécimen malingre : quelques feuilles vertes, une fleur pas plus grosse que le pouce, des pétales recroquevillés sur eux-mêmes. Mais il jaillissait de la pierre pour éclairer le monde l'espace de sa brève existence.

Tyrus sourit. Jamais il n'avait rien vu d'aussi beau. Cette vision alluma une détermination farouche en son cœur. Même ici, la Terre continuait à se battre contre la corruption du Seigneur Noir. Rempli d'un espoir nouveau, Tyrus fit de nouveau face à la forêt sinistre.

Puis un hurlement s'éleva derrière lui, montant depuis les entrailles de la demeure souterraine, vibrant d'indignation, de douleur et d'horreur. Tyrus fit volte-face en dégainant son épée à la lame de granit poli.

— Magus !

Le hurlement s'enfuit dans les bois et s'estompa.

— Magus ! rugit Tyrus une seconde fois. Répondez-moi !

Il retint son souffle, mais ne reçut pas de réponse. Le silence pressait contre ses oreilles et sa gorge. Même le vent était retombé, comme choqué par le cri du Magus.

Tyrus se tourna vers le seuil obscur du terrier. Après avoir hésité un long moment, il fit un pas vers l'entrée. Il ignorait ce qui l'attendait là-dedans, mais il savait qu'il n'avait pas le choix : il devait aller voir. Seul le Magus connaissait l'endroit où se cachait Raal. S'il voulait sauver ses compagnons, Tyrus devait affronter les ténèbres de la colline.

Serrant son épée un peu plus fort, il se fraya un chemin parmi les gravats et baissa la tête pour entrer.

Au-delà du seuil s'étendait un hall plongé dans la pénombre, et les passages qui s'enfonçaient sous la colline étaient plus sombres encore. Tyrus n'avait pas de torche. Mais le Magus avait réussi à se diriger sans lumière. Avec un peu de chance, les fenêtres brisées en laissaient entrer suffisamment.

Son épée pointée devant lui, Tyrus s'engagea dans le couloir qu'il avait vu le Magus prendre. Les ténèbres se refermèrent immédiatement autour de lui. Il avança pas à pas, balayant l'air devant lui avec son arme en quête d'obstacles. Il progressait lentement, tous les sens en alerte. Ses yeux ne tardèrent pas à se fatiguer tandis que ses oreilles continuaient à guetter un son susceptible de le conduire au Magus.

Le couloir débouchait sur un croisement. Tyrus s'arrêta. Le passage de gauche semblait un peu plus clair. Il devait y avoir une fenêtre dans cette direction. Mais de quel côté le Magus était-il allé : vers la lumière ou l'obscurité ? Tyrus fronça les sourcils. Il avait sa petite idée sur la question. Le Magus était revenu ici pour affronter son passé, pour retrouver ses racines et l'endroit où il était né une seconde fois dans ce monde de pierre : le cellier de cette demeure hantée.

Tyrus sentait qu'il devait poursuivre sur la droite. De ce côté, le sol semblait descendre légèrement. Prenant une grande inspiration, le prince plongea dans les ténèbres.

Il fut bientôt récompensé par la découverte d'un escalier sur sa gauche. Comme il s'immobilisait à son sommet, il entendit le bruit ténu d'un caillou minuscule qui dégringolait les marches. Quelqu'un était passé ici récemment, dérangeant la roche intouchée depuis des siècles.

Le Magus avait-il bravé les ténèbres de cet escalier ? Il avait pu crier parce qu'il était tombé dans le noir. Peut-être s'était-il cogné la tête et évanoui ?

Non. Son hurlement était plein de colère et d'horreur, se souvint Tyrus.

Il descendit une marche. Puis une autre. L'escalier était étroit et abrupt ; le bord des marches s'effritait sous les pieds du prince. Même avec de la lumière, il n'aurait pas été facile à négocier. Dans le noir, il était carrément dangereux.

D'autres cailloux se détachèrent sous les semelles de Tyrus. Pour ne rien arranger à la sensation de confinement, l'escalier décrivait une spirale serrée. Mais, au bout de quelques instants, Tyrus recommença à distinguer le bras qui tenait son épée – une ombre plus dense dans l'obscurité ambiante. De la lumière ! De la lumière montait depuis le bas des marches !

Tyrus accéléra. À chaque pas, de nouveaux détails se révélaient à lui : les murs de pierre, les marches usées, la courbe de l'escalier. La lumière prit une teinte plus riche, rougeâtre. Du feu. Mais qui avait bien pu l'allumer ?

Tyrus atteignit le bas des marches et s'arrêta. Un court passage conduisait à une porte ouverte. De la lumière dansait dans le fond – un feu, ou une torche.

Entre la chute des cailloux et le bruit de ses propres pas, Tyrus savait qu'il était inutile d'opter pour la discrétion.

— Magus ! appela-t-il. Vous allez bien ?

Il y eut un long silence creux – puis un rire chuchotant.

— Magus ?

Le rire enfla, dévoilant des profondeurs insoupçonnées de folie et de malveillance. Son écho se répercuta dans l'escalier.

Mais alors que Tyrus, immobile, hésitait sur la conduite à tenir, il comprit qu'il s'était trompé. Le ricanement qu'il entendait derrière lui n'était pas un écho. Un caillou rebondit sur les marches derrière lui. Il n'était plus seul dans l'escalier.

Une voix assez cassante pour briser du verre s'éleva dans le cellier.

— Entre, prince des pirates. Rejoins-nous où tout a commencé.

L'identité de la personne qui venait de parler ne faisait aucun doute. Ce n'était pas le Magus, mais sa création : Raal.

Tyrus s'avança. Il était venu affronter cette créature ; il ne se déroberait pas maintenant. De toute façon, d'après les bruits qui résonnaient dans son dos, il doutait qu'on l'autorise à partir.

Il franchit le seuil et pénétra dans le cellier. La pièce était large mais peu profonde. Une torche enfoncée dans un trou creusé à même le mur révélait de vieilles étagères affaissées et des sacs de toile de jute empilés dans un coin. Tout était recouvert de cendres et de poussière.

Le Magus se tenait au milieu du cellier, tournant le dos à Tyrus. Il semblait paralysé, comme s'il était redevenu une véritable statue.

Un rire s'éleva au fond de la pièce.

— Bienvenue, prince du granit !

Tyrus longea le mur, contournant le Magus figé pour mieux voir le fameux Raal – son adversaire. Mais comme il franchissait le premier angle sur sa droite, il vit que l'espace devant le Magus était vide. Il fronça les sourcils. Raal avait-il fait le tour du cellier en même temps que lui pour maintenir la statue entre eux et rester dissimulé ?

Soupçonnant un piège, Tyrus s'arrêta et brandit son épée.

— Qui me parle ? lança-t-il. Montrez-vous.

—Tu sais bien qui je suis! s'esclaffa l'autre. (Le Magus de Pierre tourna la tête vers Tyrus et le fixa. Un rire moqueur s'échappa de ses lèvres minérales.) Je suis Raal, seigneur et roi des fae-nee!

Penché par-dessus le bastingage de l'*Aile de Corbeau*, Kast étudiait l'étrange océan qui défilait sous la quille du vaisseau el'phique. En tant que Sanguinaire, il avait navigué dans bien des régions traîtresses: le dédale de l'Archipel, les Récifs Ravagés aux redoutables bourrasques, les canaux hantés de Kree-kree, les rivages brumeux de la jungle de Breshen. Mais jamais il n'avait rien vu de semblable aux eaux septentrionales qui entouraient Noircastel.

C'était un océan de feu et de glace.

À travers la baie de T'lek, des icebergs chevauchaient les flots ainsi que de gigantesques baleines bleues. À d'autres endroits, de la fumée s'élevait de la surface comme d'une bouilloire laissée trop longtemps dans la cheminée. La vapeur et le brouillard se livraient une bataille incessante. Les courants formaient des nœuds plus complexes que tous ceux effectués par la main d'un marin. Le fond était un piège de récifs volcaniques et d'atolls déchiquetés qui semblait apparaître et disparaître au gré de ses humeurs.

Cette mer n'avait rien de constant: ni les vents, ni le climat.

Debout près de Kast, maître Edyll lui tenait compagnie pendant cette surveillance. Le vieux mer'ai aux cheveux argentés secoua la tête avec résignation.

—Ces eaux feront un champ de bataille inconfortable.

Kast ne se donna pas la peine de feindre l'optimisme. Il conserva son expression funèbre.

—Nous devrions rejoindre la flotte d'ici à l'aube, ajouta maître Edyll.

—Si la capitaine parvient à négocier ces vents capricieux.

—Elle est costaude, cette petite. Elle s'en sortira.

Kast ne put qu'acquiescer. Durant les deux derniers jours, il avait appris à respecter la frêle capitaine de l'*Aile de Corbeau*. Lisla tenait son équipage d'une poigne de fer; elle était autoritaire, organisée, et apparemment infatigable en dépit du malaise qui affectait ses pouvoirs. Son navire filait au-dessus de l'océan comme une feuille emportée par le vent. Elle disposait de trois souffleurs – des élémentaux de l'air – pour l'assister jour et nuit. Ceux-ci se relayaient auprès d'elle: chacun d'eux dormait un tiers de la journée à tour de rôle, tandis que les deux autres restaient en permanence à ses côtés.

Par-dessus son épaule, Kast jeta un coup d'œil vers Lisla qui se tenait près de la barre. Le vent qu'elle manipulait faisait flotter ses cheveux cuivrés autour d'elle. Sa peau était aussi pâle que les nuages qui se pressaient dans le ciel au-dessus de sa tête. Et même si Kast était à peu près certain qu'elle n'avait pas dormi depuis leur départ de Val'loa, le bleu de ses yeux était toujours aussi perçant que deux jours plus tôt.

Il admirait cette femme. En temps normal, ce voyage aurait dû prendre cinq ou six jours. Elle l'avait accompli en moitié moins. Avec des alliés comme elle, Kast pouvait presque envisager une victoire dans la guerre à venir.

— J'ai parlé à Xin tout à l'heure, poursuivit maître Edyll. Il ne parvient toujours pas à joindre le seigneur Tyrus. Le prince est vivant, mais c'est tout ce qu'il peut dire.

Kast entendit l'inquiétude dans la voix de l'ancien. Il remarqua également que celui-ci frottait la peau tendue entre le pouce et l'index de sa main gauche.

— Pourquoi cela vous préoccupe-t-il ? C'est sans doute dû à l'affaiblissement des énergies élémentales.

— Non. Xin a parlé à Joach ce matin. Il dit que sa voix lui parvenait forte et nette, alors que la distance qui nous sépare de lui est encore plus grande que celle qui nous sépare du seigneur Tyrus.

Le front de Kast se plissa.

— Donc, vous pensez que le prince est en danger ?

— Et l'armée n'aine ? enchaîna maître Edyll. Où est-elle passée ? Le seigneur Tyrus part à sa recherche le long de la côte, et voilà que pour une raison mystérieuse, nous ne pouvons plus communiquer avec lui. Je n'aime pas ça. Le Seigneur Noir a déjà attaqué Val'loa avec ces maudites bestioles ; à présent, il menace d'implanter ses œufs au sein même de la flotte. Qui peut dire quel fléau il a choisi d'opposer à nos forces terrestres ?

Le mer'ai tendit un doigt par-dessus le bastingage pour désigner l'océan impétueux de feu et de glace.

— Ce n'est pas tant la nature du terrain qui me préoccupe, que l'état de nos propres forces. Cinq jours à peine nous séparent de la pleine lune, et nous sommes loin d'être prêts à livrer bataille.

— Les guerres n'attendent jamais le moment opportun pour se déclencher, fit valoir Kast. La seule chose à faire, c'est empoigner son épée pour se défendre ou pour attaquer.

Maître Edyll secoua la tête et marmonna :

— Ça, c'est parlé comme un vrai Sanguinaire.

Kast soupira.

— Nous vaincrons.

— Pourquoi en êtes-vous aussi sûr ?

Il se tourna vers la mer brumeuse au nord.

— Parce qu'il le faut. Sans ça, il n'y aura plus d'avenir.

Un long silence suivit. Puis maître Edyll dit doucement :

— Et plus d'espoir pour Sy-wen ?

Kast agrippa le bastingage, tête baissée.

— J'aime ma nièce, sourit tristement le vieil homme. Mais la bataille qui nous attend surpasse n'importe quel individu. Des sacrifices douloureux devront être consentis. Souvenez-vous que vous êtes la réincarnation du Frère des Dragons.

Kast se rembrunit, mais porta machinalement la main au dragon noir tatoué sur sa joue et dans son cou. Il se souvenait du portrait de l'ancêtre de leurs deux peuples : les Dre'rendi et les mer'ai. Le personnage représenté dans le tableau chevauchait un dragon blanc et arborait un tatouage identique. Le passé avait décrit un cercle complet pour aboutir au présent – comme l'effigie du dragon encrée sous sa peau, dont le museau touchait la queue.

— De son temps, le Frère des Dragons fit des choix difficiles, et je suppose que les vôtres le seront plus encore.

Kast garda le silence. Une question pesait déjà lourdement sur son cœur, un problème dont il n'avait discuté avec personne. Les paroles de Sheeshon résonnaient dans son cœur. « Papa a dit que tu devais tuer le dragon. »

— Vous devrez placer le bien du monde au-dessus de vos sentiments, acheva maître Edyll. En serez-vous capable ?

Kast serra un poing sur le bastingage.

— Il semble que je n'aie pas le choix.

Le mer'ai opina.

— Vous êtes vraiment la réincarnation du Frère des Dragons.

Il lui tapota l'épaule, puis se dirigea vers l'abri des ponts inférieurs.

Kast resta dehors, les pensées perdues dans le vent. Il se remémora le portrait de son ancêtre juché sur le grand dragon blanc. Confronté au même dilemme, comment aurait-il réagi ? Aurait-il pu tuer sa propre monture ? Était-il endurci à ce point ? Pouvait-on être endurci à ce point ?

Au fil des hivers de leur union, le mur qui séparait l'homme du dragon s'était amenuisé. Kast connaissait le cœur de Ragnar'k aussi bien que le sien. Ragnar'k était féroce et en partie incontrôlable, mais sa loyauté envers Sy-wen était aussi incommensurable que celle de Kast. Leur amour commun les liait plus étroitement que n'importe quel cavalier à sa monture. Kast ne voyait absolument pas comment tuer Ragnar'k, et même s'il en avait le moyen, en aurait-il le courage ?

Un avertissement résonna dans sa tête. « Sinon, il dévorera le monde. » Kast ne doutait pas du *rajor maga* de Sheeshon, mais celle-ci n'était encore qu'une enfant. Elle pouvait avoir mal interprété son rêve prophétique. Kast oserait-il placer une décision aussi importante entre ses mains de fillette ?

Et puis, il devait penser à Sy-wen. Seule la magie de Ragnar'k pouvait briser l'emprise de la créature gélatineuse tapie dans sa tête. S'il tuait le dragon, anéantirait-il du même coup tout espoir que sa bien-aimée soit libérée un jour ?

Kast resta immobile sous les voiles qui claquaient tandis que l'*Aile de Corbeau* virait légèrement sur bâbord, modifiant son cap en fonction du vent. Le Sanguinaire se précipitait vers un destin que nulle prophétie ne pouvait lui dévoiler. Mais il avait confiance en son propre cœur. Il ne pouvait ignorer la certitude qu'il avait lue dans les yeux de Sheeshon. La fillette avait à peine prononcé les mots fatidiques qu'il avait su qu'elle disait la vérité. Debout face au nord, il laissa le vent glacé essuyer les larmes sur ses joues.

Ragnar'k devait mourir.

Un tremblement parcourut Kast, terreur et désespoir mêlés. Il crut d'abord que c'était l'émotion provoquée par sa décision, mais l'impression de menace s'étendit autour de lui tels les bras avides d'un démon. Puis un cri s'éleva depuis les ponts inférieurs, transperçant les planches.

— Sy-wen !

D'autres voix paniquées résonnèrent dans le gréement et à travers le pont supérieur. Le navire tangua et ralentit comme si la capitaine était désorientée.

Kast fit volte-face et découvrit Sheeshon derrière lui. La fillette lui tendait un morceau d'ivoire à demi sculpté. Par réflexe, il le prit. C'était un bateau grossier, doté de voiles et d'une quille proéminente. Mais il y avait quelque chose de sinistre en lui. Ses flancs s'ornaient de visages à l'expression terrifiée ou cruelle.

— Un bateau d'os, commenta Sheeshon.

Le cri de Sy-wen mourut, et la terreur tremblante s'évanouit. Comme le bateau se stabilisait, Kast se ressaisit.

— De l'ivoire, acquiesça-t-il en rendant la sculpture à Sheeshon.

Mais l'enfant ne semblait déjà plus s'y intéresser.

— Pas ça ! s'exclama-t-elle en tendant un doigt vers la mer. Là-bas !

Kast jeta un coup d'œil dans la direction qu'elle indiquait.

Se découpant contre le bleu foncé de la mer, le bâtiment en contrebas semblait aussi blanc qu'un squelette. Et il filait à une vitesse qui ne devait rien ni au vent, ni aux courants marins. On aurait dit que l'océan lui-même rejetait cette abominable embarcation et cherchait à l'expulser de ses flots en la propulsant à toute allure vers le nord.

Les sourcils froncés, Kast saisit la longue-vue qu'il portait à la hanche et scruta l'océan. Il lui fallut quelques secondes pour localiser l'étrange bateau. Alors, ses bras se couvrirent de chair de poule tandis que tous les poils de son corps se hérissaient. Il savait qu'il contemplait la source de la terreur éprouvée un moment plus tôt. Ce n'était pas du vent qui gonflait ces voiles, mais de la peur et de l'horreur à l'état brut. Le bâtiment avait dû passer assez près de l'*Aile de Corbeau* pour que son sillage effleure le navire aérien et affecte ses occupants.

Kast détailla la monstrueuse embarcation. Sa proue était un squelette aux bras décharnés levés vers le ciel en un geste suppliant. Ses flancs n'étaient pas faits de planches, mais d'os et de crânes fusionnés. Même ses voiles avaient une texture trop caoutchouteuse pour avoir été taillées dans de la toile. *De la peau*, pensa Kast – une impression accentuée par les fluides qui dégoulinaient le long du gréement comme du sang coulant dans des veines.

— Un bateau d'os, marmonna Kast.

Sheeshon agita son index tendu.

— Hunt est dedans ! Allons voir ce qu'il fait !

Dans le cellier poussiéreux, Tyrus fit face au Magus.

— Raal ?

L'effigie pivota pour lui faire face. Ses yeux de granit se plissèrent, et ses lèvres s'étirèrent en une grimace sarcastique.

— Bienvenue au cœur de mon royaume. (Elle esquissa une courbette moqueuse.) D'un seigneur de la pierre à un autre.

— Je ne comprends pas.

La statue se redressa en passant une main sur son corps comme pour lisser des vêtements froissés.

— Nous partageons cette prison minérale. Magus et roi. Homme et fae-nee.

Le choc s'estompa.

— Vous n'êtes qu'une seule et même personne !

— Deux esprits dans un corps.

Tyrus pensa aussitôt à Fardale et à Mogweed. Les jumeaux souffraient d'une affliction similaire.

— La magie…

— Elle ne s'est pas contentée de corrompre. Elle a également tissé. Durant le sort qui a recousu l'esprit du Magus dans son cadavre pétrifié, j'ai été pris dans la trame et mélangé à elle comme de la levure à de la farine.

— Pourquoi avez-vous attendu jusqu'ici pour vous révéler ?

— La décision ne m'appartient pas. (Une amertume familière perçait dans la voix de Raal.) Le Magus ne me laisse sortir que quand il s'abîme très profondément dans ses ténèbres intérieures. Alors, je peux remonter à la surface.

— Puis-je lui parler ? M'entend-il en ce moment ?

— Pas à moins que je l'y autorise. C'est moi qui contrôle notre corps. (La statue s'esclaffa.) Et je ne l'y autorise pas ! (Elle se couvrit les oreilles de ses mains de pierre.) Que le dormeur continue à dormir !

Tyrus observait Raal, les sourcils froncés. Bien que similaire à celle de Fardale et de Mogweed, cette relation présentait aussi des différences flagrantes. Et quelque chose semblait clocher. La voix de Raal avait certaines intonations identiques à celles du Magus. Était-ce à cause des limitations de leurs cordes vocales pétrifiées, ou un phénomène plus sinistre était-il à l'œuvre ? Sans compter qu'un peu plus tôt, Raal l'avait appelé « prince des pirates ». Il ne pouvait pas connaître les origines de Tyrus, à moins de partager l'ouïe et l'esprit du Magus.

D'autres maniérismes subtils frappèrent Tyrus : la façon dont le regard de la statue glissait sur la gauche juste avant qu'elle parle, le mouvement de ses doigts qui se pliaient et se dépliaient sans cesse. Ces habitudes du Magus persistaient chez Raal. Les deux étaient-ils vraiment différents ? Étaient-ils deux esprits qui partageaient un corps, ou un esprit qui s'était scindé en deux ?

— Viens. Ça fait une éternité et un jour que je n'ai pas vu un seul de mes enfants. Allons voir ce qu'ils sont devenus en mon absence.

Raal traîna sa silhouette de pierre jusqu'à la porte, ne s'arrêtant que pour saisir la torche fichée dans le mur.

Tyrus fut bien obligé de le suivre. Raal remonta l'escalier en colimaçon. Brandissant sa torche devant lui, il appela :

— Enfants des fae-nee, venez voir votre roi ! Venez saluer l'invité de notre pauvre château !

Quelque part au-delà de la lumière des flammes, un rire répondit à son appel. Un caillou roula sur les marches, puis un autre.

— Ils arrivent, chuchota Raal avec un large sourire. Mes enfants…

Derrière son excitation, Tyrus capta un écho de la douleur du Magus. Mais il l'oublia très vite pour concentrer son attention sur l'escalier.

Le premier des fae-nee pénétra timidement dans la lumière de la torche.

Tyrus en resta bouche bée.

La créature ne faisait pas plus de deux mains de haut. Sa peau était grise et glabre. Elle marchait sur deux jambes comme un humain, mais ses articulations pliaient en arrière, comme celles d'un oiseau. Son visage était mangé par deux grands yeux noirs et humides, sous lesquels sa bouche n'était qu'une fente dépourvue de lèvres.

D'autres fae-nee apparurent derrière le premier. Certains avaient des membres grêles et une tête trop grosse pour leur corps ; d'autres étaient trapus avec un visage de batracien. Certains marchaient debout, d'autres à quatre pattes. Deux d'entre eux étaient même rattachés par un bras. Mais quelle que soit leur forme, tous avaient les mêmes grands yeux noirs pleins d'une malice obscure.

Raal s'agenouilla pour saluer ses enfants. Ils vinrent à lui comme des rats qui recouvrent un cadavre, grimpant sur ses bras de pierre, se perchant sur son épaule ou sur sa tête. Et de centaines de gorges minuscules monta un écho aigu du rire de leur roi.

Tyrus recula. Il ne voulait pas que ces créatures le touchent.

Raal se redressa au milieu de la marée de chair grise.

— Leur père est rentré.

Tyrus se rembrunit en voyant que d'autres fae-nee continuaient à affluer dans les boyaux de cette sombre demeure.

— Vous les avez tous fabriqués ?

— De mes propres mains, avec ma propre magie.

Cela devait représenter des siècles de travail.

Une des créatures s'approcha de Tyrus. Elle se déplaçait comme si elle n'avait pas de squelette. Elle n'avait qu'un œil, et tendit son cou vers lui comme pour le renifler – à la fois curieuse et méfiante. Elle se faufila jusqu'à son pied ; puis, plus vite que l'œil de Tyrus ne put la suivre, elle escalada sa jambe jusqu'à sa taille.

Le prince frémit en sentant des griffes se planter dans sa chair de granit. Depuis son perchoir, la créature continua à le renifler avec une perplexité évidente. Tyrus l'empoigna et la souleva. La créature siffla et lui mordit profondément le pouce. Une douleur brûlante fleurit dans le doigt de Tyrus. Apparemment, il n'était pas immunisé contre les attaques des fae-nee. Sculptés dans du bois pétrifié et empoisonné, ceux-ci avaient prise sur la pierre.

Tyrus rejeta la créature parmi ses semblables, où elle se perdit dans l'océan de membres gris. Puis il pressa son pouce blessé contre sa poitrine. Une goutte de son sang tomba par terre. Un autre fae-nee la renifla avant de la lécher avidement.

Des buveurs de sang.

Tyrus recula encore d'un pas. Des centaines de créatures qui grouillaient à ses pieds, il n'en était pas deux identiques. Cette marée était pareille au cauchemar incarné d'un fou.

L'énormité de la tâche qu'il s'était fixée fit frémir Tyrus. Comment allait-il convaincre Raal de l'aider ? Son espoir de trouver un remède pour l'armée n'aine s'amenuisait de seconde en seconde. Mais il ne pouvait pas renoncer sans même essayer. S'il comprenait mieux la magie à l'œuvre en ce lieu, peut-être…

— Raal, appela-t-il.

La statue tourna son attention vers lui.

— J'aimerais voir comment vous fabriquez vos fae-nee.

Raal eut un geste de dénégation qui délogea une des petites créatures. Celle-ci retomba au milieu des autres en glapissant. Il l'ignora.

— J'ai déjà bien assez d'enfants.

— Justement : un de plus ou un de moins, quelle différence ? À moins que vous ne soyez pas capable d'en créer un autre, insinua Tyrus.

Raal plissa les yeux.

— Tu doutes de moi, dit-il sur un ton chargé de menace.

Tyrus retint son souffle, sentant que la balance pouvait aussi bien pencher d'un côté que de l'autre. Des centaines de paires d'yeux se braquèrent sur lui, pareils à ceux d'un vol de corbeaux ayant aperçu un ver. Un mot de leur roi suffirait pour qu'ils le taillent en pièces et se repaissent de son sang. Mais quelque chose perçait à travers l'expression menaçante de Raal : de la solitude et de la peur.

Tyrus comprit soudain. Depuis combien de temps Raal et le Magus n'avaient pas conversé avec quelqu'un ? Les créatures massées à ses pieds étaient visiblement dépourvues d'intelligence, des émanations incarnées de sa folie. En d'autres termes, une bien piètre compagnie.

— Retournons en haut, finit par dire Raal. Je vais te montrer de quoi je suis capable.

Il fendit les rangs des fae-nee, qui s'écartèrent précipitamment et s'élancèrent dans l'escalier devant lui.

Tyrus les suivit en prenant garde aux lambins, les créatures qui ne pouvaient se déplacer qu'en rampant ou en boitant. Son pouce le lançait encore. Tout en gravissant les marches, il maintint son épée entre lui et ces derniers fae-nee. Une petite créature qui ressemblait à une araignée à six pattes se traînait maladroitement devant lui. Il fit un écart pour la contourner et reporta son attention sur la torche de Raal.

Ils atteignirent le sommet des marches et continuèrent jusqu'à une pièce dotée d'une cheminée froide depuis longtemps. Une fenêtre brisée laissait entrer la faible lumière du jour. Raal glissa sa torche dans un trou du mut et fit signe à Tyrus d'entrer.

Au signal de leur maître, les fae-nee se précipitèrent pour escalader les chaises, les tables et les bancs. Une poterie tomba d'une étagère et se brisa avec fracas, faisant sursauter Tyrus. Un autre fae-nee traversa le foyer en courant, laissant derrière lui de minuscules empreintes de cendres.

Raal se rembrunit.

— Ils sont excités d'avoir un visiteur.

— Je vois ça.

La horde débusqua un mulot. Celui-ci détala prestement à travers la pièce, mais les fae-nee se jetèrent sur lui et le déchiquetèrent avant qu'il soit à mi-chemin de la porte. Il poussa un bref glapissement, puis fut englouti par la marée de griffes et de dents.

Raal se dirigea vers un établi situé contre le mur du fond. Des outils métalliques étaient posés sur le plan de travail ou pendus à des crochets au-dessus. Tyrus les identifia au premier coup d'œil : c'étaient des instruments d'ébéniste – ciseaux, poinçons et couteaux. Ils voisinaient avec des blocs de bois pétrifié à divers stades de la sculpture.

Raal en saisit un.

— Je travaillais là-dessus avant que le Magus reprenne le contrôle de notre corps, la dernière fois.

Il montra à Tyrus un bout de pierre taillé qui ressemblait vaguement à un chien. Une ébauche de grimace retroussait les babines de l'animal.

Saisissant un poinçon, Raal se mit au travail. Il creusa et racla, changea d'outil, tourna sa figurine d'un côté et de l'autre. Tyrus le laissa faire sans rien dire, craignant de perturber sa concentration.

Tandis qu'une statue en créait une autre, il vit le soleil se coucher et céder la place à un crépuscule sinistre par la fenêtre ouverte. Il mit ce temps à profit pour échafauder une stratégie. Si Raal pouvait bel et bien changer la pierre en chair, il devait le convaincre de briser le sort qui tenait les n'ains prisonniers. Mais que pouvait-il lui offrir en échange ?

Il n'avait toujours pas trouvé de réponse quand Raal déclara :

— Ça ira comme ça. C'est difficile d'entendre la voix du bois une fois qu'il est changé en pierre.

Tyrus se souvint que le Magus avait dit quelque chose de similaire : que le bois lui parlait et lui indiquait ce qu'il voulait devenir. Il détailla la figurine. Si le bois avait voulu devenir cette créature, l'arbre dans lequel il avait été prélevé devait être fou. Le chien qui, finalement, ressemblait plutôt à un loup avait des cornes sur la tête, et ses pattes postérieures semblables à celles d'un oiseau se terminaient par des serres.

— Vous pouvez lui insuffler la vie ? demanda Tyrus sur un ton hésitant.

Tout à coup, il n'était plus certain d'avoir envie que Raal le fasse.

— Oui. (Raal étudia son œuvre.) Ça ne réclame qu'un peu de concentration.

Tyrus fit un pas de côté pour mieux voir. Il constata que la plupart des fae-nee fixaient également la figurine.

— … Et de sang, marmonna Raal.

Saisissant une des créatures les plus proches, il la frappa avec le poinçon dont il s'était servi pour sculpter son chien cauchemardesque. Le fae-nee glapit tel un oiseau blessé, mais Raal le souleva et fit couler son sang sur la figurine. Aux endroits où les gouttes s'écrasaient sur la pierre, celle-ci se changeait en chair grise. La transformation se propagea comme le dégel à la surface d'une mare. Quelques instants plus tard, la figurine était entièrement de chair.

Raal rejeta le fae-nee blessé. Celui-ci décampa en léchant sa plaie.

Sur l'établi, le loup se tenait aussi immobile qu'une statue. Raal se pencha et lui souffla dessus, en commençant par son arrière-train et en progressant jusqu'à sa tête. La chair grise ondula sous cette caresse. Les pattes de la créature se plièrent ; sa poitrine minuscule se souleva ; son cou se tordit. Puis, comme Raal se redressait, de grands yeux noirs s'ouvrirent et contemplèrent pour la première fois le monde qui les entourait.

— Bienvenue, petit. Bienvenue dans cette vie de souffrance.

Raal se mit à rire, et les autres fae-nee lui firent écho.

Tyrus hoqueta en voyant la créature fléchir ses pattes, regarder autour d'elle et donner de grands coups de tête comme pour encorner un invisible adversaire. Sautant à bas de la table, elle rejoignit le reste de la horde. Plusieurs autres fae-nee se massèrent autour d'elle pour la renifler et la tâter.

Raal pivota vers Tyrus.

— Voici comment je donne naissance à mes enfants. Du sang et du souffle.

Tyrus en resta muet de stupéfaction. *Du sang pour changer la pierre en chair ; du souffle pour lui donner la vie.* Était-ce la réponse qu'il cherchait ? Le sang des fae-nee pouvait-il briser le sort qui retenait les n'ains prisonniers ? Et puisque les soldats étaient déjà doués de vie, auraient-ils seulement besoin du souffle de Raal pour les animer ?

Tyrus scruta la masse grouillante de créatures. Quelle quantité de sang serait nécessaire ?

Il n'y avait qu'un moyen de le découvrir.

Tyrus se dirigea vers l'établi. Le fae-nee blessé avait laissé une trace sanglante sur le plan de travail. Son sang était noir, mais il irradiait une lueur verte malsaine, comme le ruisseau qui coulait devant la porte d'entrée. Tyrus se pencha et posa sa paume sur une flaque minuscule.

Une secousse remonta jusqu'à son épaule. Ses jambes mollirent, et un hoquet lui échappa. Il tituba en arrière, levant sa main pour l'examiner. Sa paume de granit était redevenue chair pâle. Sous ses yeux, la transformation se propagea le long de son bras avec un picotement tiède. Sous l'effet de la chaleur, la pierre fondit. Ses vêtements et sa peau reprirent souplesse et couleurs.

Raal le fixait, choqué.

Tyrus hoqueta de nouveau comme le sort se dissolvait, libérant d'abord son torse, puis ses jambes. Il regarda son autre bras revenir à la vie, depuis l'épaule jusqu'au bout des doigts. Le phénomène n'omit pas son épée, et, quelques instants plus tard, la lame d'acier poli renvoyait joyeusement la lumière de la torche.

Tyrus se redressa et bougea ses membres. Il se sentait léger et plus agile que jamais.

— Le sort du Magus… Tu l'as brisé ! s'exclama Raal.

Un cri de démence pure, mélange d'horreur et de délice, monta de sa gorge – un son impossible. Pivotant vers l'établi, il se barbouilla l'avant-bras avec le sang du fae-nee. Puis il tendit vers Tyrus un index accusateur et toujours pétrifié.

— Pourquoi ça ne marche pas sur moi ? hurla-t-il avec la voix du Magus. Pourquoi est-ce la clé de ta prison, mais pas de la mienne ?

Tyrus recula prudemment.

Percevant la détresse de leur maître, les fae-nee s'agitèrent de plus belle. Eux aussi se mirent à gémir comme pour faire écho à leur créateur. Plusieurs fixèrent Tyrus avec des yeux brillants de méfiance… et de quelque chose de plus sinistre. *De la soif de sang.*

Le visiteur n'était plus de pierre. Ils devaient sentir sa chair. Tyrus se souvint du sort qu'avait connu le mulot. Si toute la horde se jetait sur lui, quelle distance parcourrait-il avant de s'écrouler ? Le loup cauchemardesque sortit des rangs, le nez en l'air, ses babines retroussées dévoilant ses dents grises.

— Qu'est-ce qui m'empêche de me libérer ? se lamenta Raal.

Tyrus savait qu'il était perdu s'il ne parvenait pas à s'attirer le soutien du roi des fae-nee.

— La magie qui vous a engendré devait être plus complexe. Vous l'avez dit vous-même : l'énergie qui présida à votre création était pervertie par les abominables convulsions de la naissance de Noircastel. Le sang des fae-nee ne doit pas être assez puissant pour briser le sort.

Raal hurla son désespoir. Et les fae-nee se ruèrent vers Tyrus.

Celui-ci brandit son épée. Le loup voulut lui sauter dessus ; il l'écarta d'un coup de pied.

— Il existe peut-être un moyen, dit-il très vite. Un moyen de vous libérer.

Le gémissement s'interrompit net, et les cris des fae-nee se turent dans la foulée. Un silence pesant s'installa dans la pièce tandis que la horde retenait son attaque.

Raal était une effigie tragique, une statue courbée sous le poids de plusieurs siècles de solitude et de folie.

— Lequel ?

— S'il existe bel et bien un moyen, répondit lentement Tyrus, j'aurai besoin que vous m'écoutiez tous les deux : Raal et le Magus. Vos deux essences ont été nécessaires pour créer cette prison de pierre, et vos deux essences seront nécessaires pour la briser.

La statue demeura figée un instant. Puis elle hocha la tête.

— Nous écoutons.

Tyrus déglutit. Il n'avait pas de stratégie précise ; il avait juste tenté de retarder l'inévitable en agitant un espoir sous le nez de son hôte. À présent, il devait réfléchir très vite. Il avait besoin que son interlocuteur ait toute sa tête : la folie incontrôlable de Raal était tout aussi dangereuse pour lui que la dépression accablante du Magus. Entre les deux extrêmes du feu incendiaire et du granit glacé, il devait trouver un juste milieu.

Comme cette image s'imposait à lui, une connexion se fit brusquement. Choqué, Tyrus cligna des yeux. *Mais bien sûr !* Un plan commença à se former dans son esprit.

Il reporta son attention sur la statue avec une détermination renouvelée.

— Le Magus peut changer la chair en pierre. Raal peut insuffler la vie à la pierre. Ce sont des pouvoirs opposés.

La statue opina lentement et attendit la suite.

— Et si vous lanciez tous les deux votre sort en même temps ?

Les paroles de Tyrus firent froncer les sourcils à son interlocuteur.

— Je suppose qu'ils s'annuleraient mutuellement, non ?

C'était la voix du Magus, chargée de désespoir.

— Pas si vous les lanciez sur vous-même, contra Tyrus.

— Sornettes ! (Cette réplique cinglante venait forcément de Raal.) À quoi cela servirait-il ?

Tyrus n'avait pas affaire à deux esprits dans le même corps, mais à un esprit et un pouvoir divisés. S'il parvenait à recoller les deux moitiés, fût-ce un instant…

— Ça ne pourrait pas faire de mal d'essayer, fit-il valoir.

Le silence retomba. Puis les lèvres de la statue remuèrent.

— Comment devons-nous procéder ? grommela le Magus.

— C'est une entreprise insensée, affirma la même bouche sur un ton sec, impatient.

Les fae-nee s'agitèrent nerveusement. Aussi divisés que leur maître, ils gesticulaient et jacassaient entre eux. Tyrus attendit qu'ils se calment un peu pour expliquer :

— Je veux qu'au même moment, le Magus jette un sort de pétrification sur votre corps et que Raal se concentre pour le retransformer en chair. (Il marqua une pause avant d'insister sur le plus important.) Vous devrez agir simultanément, à mon signal.

La statue le fixa avec une expression où se mêlaient le doute et la menace.

— Nous essaierons.

Tyrus leva le bras. Malgré son propre manque de conviction, il tenta d'insuffler de l'assurance dans ses paroles.

— Je vais compter à rebours. Quand j'arriverai à zéro, je baisserai ma main, et ce sera à vous de jouer.

Il n'y eut pas de réponse. La statue se contenta de plisser les yeux.

— Trois...

Tyrus pria pour qu'en travaillant ensemble – deux moitiés d'un même esprit tentant d'utiliser des pouvoirs opposés –, Raal et le Magus parviennent à se sortir de l'impasse dont ils étaient prisonniers.

— Deux...

Mais quel serait le résultat? Son initiative avait autant de risques d'empirer la situation que de chances de résoudre le problème. D'un autre côté, il n'avait pas le choix.

— Un...

Il tendit un doigt vers la statue.

Un instant, il ne se passa rien. L'effigie de pierre se tenait immobile, comme morte.

Puis un tremblement s'empara de ses doigts et de ses orteils, un frémissement saccadé qui remonta le long de ses bras et de ses jambes avant de frapper son torse. Comme s'il avait été frappé par la foudre, le corps tressauta et s'arc-bouta. Sa tête partit en arrière. Sa bouche s'ouvrit en un hurlement silencieux.

Les fae-nee battirent en retraite, se réfugiant contre les murs. Ils ne pouvaient pas partir, mais ils ne voulaient pas rester.

Tyrus soupçonna qu'une bataille identique se livrait à l'intérieur de l'effigie de pierre, figée dans une posture d'agonie et de tourment.

Un hoquet s'échappa de sa gorge.

— Cours... Tyrus, cours...

Pour la première fois, le prince des pirates sut qu'il entendait la vraie voix de l'homme qui avait jadis vécu ici : le guérisseur. Faisant volte-face, il se précipita vers la porte et s'enfuit à l'aveuglette dans les couloirs obscurs.

Un cri résonna derrière lui. Puis le sol trembla. Une odeur âcre de soufre jaillit dans son dos. Il continua à courir.

Tyrus aperçut la sortie devant lui, carré de pénombre serti dans un monde d'obscurité. Il fonça vers ce carré et émergea à l'air libre. Une fois dehors, il ne s'arrêta pas pour autant. Quelque instinct mystérieux – un frémissement de tous les poils de son corps – le poussa à dévaler la pente. Il atteignit le ruisseau maladif et se propulsa par-dessus avec toute la force de ses jambes.

Ce faisant, il jeta un coup d'œil derrière lui et découvrit une vision horrifiante. Une onde de pétrification grise se propageait depuis la colline, changeant l'herbe en pierre et les buissons en granit. Elle s'étendait dans toutes les directions.

Tyrus atterrit sur la rive opposée de ruisseau. Il se reçut sur l'épaule et roula sur lui-même. Avec un glapissement paniqué, il se releva d'un bond et se remit à courir, certain que la magie allait le rattraper en un battement de cœur.

Mais tel ne fut pas le cas.

En se retournant, Tyrus vit que l'onde de pétrification s'était arrêtée au ruisseau. Haletant, il fixa l'eau verte sans ciller. Au-delà de celle-ci, le paysage ressemblait à une énorme sculpture. Tyrus ne s'était pas attendu à un tel contrecoup magique.

Mettant les mains en porte-voix, il appela :

— Magus ! Raal !

Pas de réponse.

Tyrus se mordit la lèvre et réfléchit. Rien ne l'empêchait plus de partir. Il était libéré de l'emprise du sort, de nouveau un homme de chair et de sang. Mais et ses camarades ? Et l'armée n'aine ?

Saisissant une poignée de roseaux boueux, il les jeta de l'autre côté du ruisseau. Les roseaux atterrirent sur la pierre et ne se transformèrent pas. Quel que soit le pouvoir qui avait métamorphosé le paysage autour de la colline, il s'était dissipé.

Tyrus retraversa le ruisseau en marchant sur des pierres qui dépassaient de l'eau. D'un pied prudent, il testa le sol sur la rive opposée. Rien ne se produisit. Satisfait, il se dirigea vers la porte brisée. Il appela de nouveau et ne reçut pas davantage de réponse. Il tendit l'oreille, guettant un raclement ou un bruit de pas. Les fae-nee se trouvaient-ils toujours dans les parages ?

Pas un seul son ne lui parvint. Malgré sa réticence, Tyrus rassembla son courage pour faire ce qui devait être fait. Le soleil avait presque disparu, et mieux valait découvrir ce qui s'était passé avant qu'il fasse nuit. Tyrus pénétra de nouveau dans la demeure souterraine du guérisseur.

Tous les sens en alerte, il rebroussa chemin jusqu'à la salle de l'établi. Arrivé sur le seuil, il constata que la torche était éteinte, et que la seule lumière provenait de la lumière brisée.

Tyrus s'avança sur la pointe des pieds. Il se rendit compte qu'il tremblait – une réaction bien compréhensible à la panique et à la terreur de cette dernière journée. Il entra dans la pièce.

Le tableau qui s'offrit à lui le stupéfia. Les fae-nee étaient toujours là, mais tous s'étaient changés en pierre, figés en plein mouvement telle une macabre saynète.

La statue, en revanche, avait disparu. À sa place, un homme de chair et de sang comme Tyrus gisait recroquevillé sur le sol. Il avait la blondeur des gens du Nord, et l'ombre d'une barbe ornait son menton. Il semblait assez jeune.

Tyrus se précipita vers lui. À sa grande surprise, l'homme respirait encore. Il s'agenouilla et lui toucha l'épaule.

— Magus ?

L'homme avait les yeux ouverts, mais il ne semblait pas le voir. Ses lèvres remuèrent, et, lentement, des sons en sortirent.

— Je… je les ai tués.

Tyrus jeta un coup d'œil aux figurines de pierre.

— Peut-être est-ce mieux ainsi.

— Non, pas ces monstres mort-nés. Avant… (Une douleur indicible fit fermer les yeux à l'homme.) Je me mourais. Les cendres et la fumée étaient en train de m'asphyxier. Je paniquai. J'appelai mes enfants à moi… (Il y eut un long silence, puis un murmure.) Ils vinrent parce qu'ils avaient peur, comme n'importe quels enfants recherchant la protection de leur père. Aveugle à leur amour et à leur confiance, je leur arrachai leur vie pour préserver la mienne. Le pauvre Raal fut le dernier. Il me vit dévorer les autres, et, pourtant, il ne s'enfuit pas. Il vint dans mes bras sans protester. Il appuya sa joue contre la mienne, et je lui volai sa vie.

À présent, Tyrus comprenait ce qui avait fracturé l'esprit du Magus : la culpabilité.

— Et pour quoi ? poursuivit l'homme. Pour me retrouver prisonnier d'une enveloppe de cendres durcies, condamné à arpenter le monde en changeant tout ce que je touchais en pierre. C'était trop.

Un sanglot muet souleva ses épaules, mais nulle larme ne coula sur ses joues.

— Ne vous torturez pas. C'était une époque monstrueuse. La naissance de Noircastel en son propre domaine aurait ébranlé le cœur de n'importe qui.

Une main saisit convulsivement les doigts de Tyrus. Nulle parole ne fut prononcée, mais le prince des pirates comprit le remerciement implicite. Le Magus et lui restèrent ainsi un long moment.

Puis l'homme blond dit faiblement :

— Il est temps pour moi de prendre le chemin que j'aurais dû suivre il y a des siècles. Et mes sorts mourront avec moi. (Ses lèvres cessèrent de remuer.) Mais d'abord… un petit cadeau.

Tyrus sentit une décharge parcourir sa main comme la vie du Magus le quittait. Il scruta le visage très pâle et immobile, qui n'était pourtant plus celui d'une statue. Dans la mort, le Magus avait retrouvé le chemin de la vie.

Tyrus se redressa. Secouant tristement la tête, il sortit de cette tombe pour retrouver les dernières lueurs du jour.

Debout sur le seuil de la demeure souterraine, il regarda le paysage pétrifié redevenir herbe, poussière et buissons malingres. De fait, le sort du Magus se délitait. Tyrus regarda le sol et la végétation revenir à la vie en espérant que ça ne soit pas un phénomène localisé. La disparition du Magus libérerait-elle l'armée n'aine et ses amis ?

Il n'y avait qu'un moyen de le découvrir.

Tyrus enjamba la porte de chêne brisée. Ce faisant, il aperçut le petit pissenlit qui poussait parmi les éclats de bois. Comme l'herbe alentour, la fleur avait retrouvé ses couleurs et sa texture. Il se pencha pour la cueillir.

Alors, la tige vira au noir, puis les feuilles et enfin les pétales. Un battement de cœur plus tard, Tyrus ne tenait à la main qu'une réplique pétrifiée du pissenlit. L'horreur écarquilla ses yeux.

Choqué, il lâcha la fleur, qui se brisa à ses pieds.

Ce fut alors qu'il se souvint des paroles du Magus.

« Mais d'abord… un petit cadeau. »

Sy-wen filait à travers la nuit brumeuse sur le dos de Ragnar'k. Elle ferma les yeux pour savourer la liberté du ciel immense. Plus tôt, on l'avait traînée sur le pont supérieur tandis qu'elle crachait, vitupérait et se débattait sous l'emprise de la créature dans sa tête. Mais, comme la fois précédente, Kast avait réussi à lui faire prendre le dessus assez longtemps pour libérer le dragon.

Juchée sur sa monture, unie à elle par la magie de leur lien, Sy-wen était de nouveau elle-même. Et maître Edyll lui avait tout expliqué au sujet du bâtiment maléfique que Ragnar'k et elle poursuivaient : le bateau d'os.

Guidés par Hunt, les possédés filaient toutes voiles dehors vers la flotte alliée au sein de laquelle ils avaient l'intention de planter les graines du fléau. Il fallait les arrêter.

Ragnar'k et Sy-wen devaient effectuer une reconnaissance et préparer un plan d'attaque pendant que l'*Aile de Corbeau* resterait caché plus haut parmi les nuages, attendant le signal de la mer'ai pour plonger sur l'infâme navire.

Ragnar'k vira sur une aile et décrivit une large courbe au-dessus de la mer.

Sy-wen ouvrit les yeux. En contrebas, elle repéra la pâle embarcation qui fendait les vagues. Elle aurait juré entendre, dans le lointain, des cris charriés par le vent. C'était le sillage de peur laissé par le bateau d'os, un mal palpable. La magie de Ragnar'k l'atténuait, l'étouffait ; pourtant, Sy-wen sentit un frisson passer sur sa peau.

— *Saleté de navire*, grommela Ragnar'k, qui avait senti les palpitations du cœur de sa Liée.

Sy-wen ne le contredit pas. L'ignoble bâtiment, son équipage, sa cargaison – tout cela devait être détruit avant d'atteindre la flotte. Mais des amis de la jeune fille se trouvaient à bord, des gens aussi innocents qu'elle. Elle se représenta Hunt, son grand sourire plein de bonhomie, son amour pour Sheeshon et le soin qu'il prenait d'elle. La culpabilité lui pinça le cœur. Pourquoi était-elle autorisée à vivre alors que d'autres se voyaient condamnés à une tombe aquatique ?

Le dragon décrivit une boucle à l'aplomb du bateau d'os et revint en arrière. Nulle alarme ne fut donnée. Les écailles noires de Ragnar'k se fondaient parfaitement avec l'obscurité nocturne. Sy-wen étudia le pont désert. Il n'y avait même pas de pilote à la barre. C'était étrange de voir un navire filer toutes voiles dehors sans un seul marin pour le diriger – surtout dans ces eaux traîtresses.

Autour du bâtiment voguaient des montagnes de glace, tandis qu'à d'autres endroits, la mer bouillonnait et crachait de la fumée brûlante. Naviguer à l'aveuglette dans des eaux pareilles, c'était courtiser la mort. Pourtant, le bateau d'os poursuivait sa route en laissant un sillage de hurlements derrière lui.

Vues de si près, ses voiles avaient clairement été taillées dans de la peau tendue et cousues avec des ligaments. Du sang et des fluides visqueux dégoulinaient le long du gréement. La macabre figure de proue tendait ses bras squelettiques vers le ciel en un geste suppliant. Sa bouche était ouverte en un hurlement silencieux.

À cette vue, Sy-wen sentit sa propre bouche se remplir de bile. Ça semblait pure folie que d'aborder un navire pareil, mais ils n'avaient pas le choix. Ce foyer d'infestation devait être détruit.

— Reviens vers l'*Aile de Corbeau*, chuchota-t-elle, projetant son désir à travers ses pensées autant que dans ses mots. Nous attaquerons quand la lune sera tout à fait levée.

Ragnar'k battit des ailes pour remonter en spirale vers le vaisseau aérien. Un mouvement en contrebas attira l'attention de Sy-wen. La mer'ai se concentra sur le bateau d'os. Une écoutille venait de s'ouvrir. Quelqu'un sortit sur le pont, la tête levée comme pour scruter le ciel.

— *Cache-toi*, ordonna Sy-wen à sa monture.

Ragnar'k vira et plongea dans une nappe de brouillard, qui se referma sur lui. Le navire disparut sous eux en même temps que le reste du monde. Des gouttelettes à l'odeur sulfureuse se formèrent sur la peau de Sy-wen.

Malgré la chaleur de la nuit, la mer'ai frissonna et espéra qu'ils n'avaient pas été repérés. Quand la sentinelle avait levé la tête vers le ciel, elle avait reconnu Hunt.

Ragnar'k saisit un courant ascendant qui l'arracha à la nappe de brouillard. Au-dessus de celle-ci, les étoiles et la lune brillaient plus fort. Des perles de condensation faisaient scintiller les ailes du dragon. Avec un dernier frisson, Sy-wen laissa derrière elle la terreur inspirée par le bateau d'os et tourna son visage vers l'immensité du ciel.

À une demi-lieue de là, elle avisa l'*Aile de Corbeau*, dont la quille métallique gorgée d'énergie rougeoyait dans l'obscurité. Elle dirigea Ragnar'k vers le vaisseau aérien. Les compagnons ne pouvaient attendre davantage avant de lancer leur assaut. Que Hunt les ait repérés ou non, il se méfiait visiblement.

Ragnar'k arriva au niveau du vaisseau aérien. Tandis qu'il volait contre son flanc bâbord, Sy-wen appela la capitaine et tendit un doigt vers la mer en contrebas.

— Maintenant ! On fait comme prévu, mais il faut agir maintenant !

Lisla agita la main pour signifier qu'elle avait compris. D'autres el'phes se tenaient derrière elle, ainsi qu'un groupe de Sanguinaires. Tous étaient armés.

La capitaine cria un ordre à son équipage. Une partie des marins prirent des ris tandis que les autres amenaient les lignes avec une rapidité née de l'habitude.

Lila se tenait au milieu du pont, sa silhouette soulignée par de l'énergie crépitante. Elle leva les bras vers le ciel, puis les baissa sur les côtés d'un geste péremptoire. L'*Aile de Corbeau*, qui était une extension de son corps et de son esprit, se cabra avant de piquer vers l'océan de brouillard. Sa quille brilla plus vivement alors qu'elle perdait de l'altitude.

Ragnar'k replia ses ailes contre son corps et la suivit, se laissant tomber comme une pierre. Sy-wen se pencha sur le cou chaud du dragon, ses pieds solidement coincés dans les replis de peau de chaque côté de celui-ci. Le vent l'assaillait, menaçant de l'arracher au dos de sa monture. Mais, malgré le danger, l'excitation submergea la jeune fille. Dans son cœur, Ragnar'k rugit son propre plaisir ainsi qu'un écho. Leurs sensations se brouillèrent ; il devint impossible de dire où finissait le dragon et où commençait sa cavalière.

Ragnar'k dépassa le vaisseau aérien, et tous deux jaillirent des nuages au-dessus de l'océan. De la glace bleue luisait doucement contre les flots noirs. Des piliers de vapeur s'élevaient telles les tours spectrales de quelque cité perdue. Et au milieu de ce paysage tourmenté, un navire solitaire chevauchait les vagues.

— *Vas-y!* ordonna Sy-wen. *Ne les laisse pas s'échapper!*

— *Jamais, ma Liée. Jamais.*

Derrière le message mental de Ragnar'k, Sy-wen perçut les émanations d'un autre cœur plus petit mais tout aussi vigoureux. En l'effleurant, elle sentit une fierté et une férocité qui valaient bien celles d'une centaine de dragons. Elle sourit dans le vent. De quelque manière que cette nuit se termine, pour l'instant, ils étaient ensemble tous les trois.

L'*Aile de Corbeau* suivait Ragnar'k de près. Sy-wen n'eut pas besoin de regarder par-dessus son épaule pour s'en assurer. Elle ne ralentit pas non plus. C'était maintenant ou jamais.

Ragnar'k plongea vers le navire pâle. Sy-wen n'aurait su dire si ce dernier était toujours propulsé par des hurlements : le vent qui rugissait autour d'elle la rendait sourde à tout le reste. Tandis que le dragon se rapprochait, les voiles du sinistre bâtiment se gonflèrent, révélant son pont supérieur.

Qui n'était plus du tout désert.

Comme Sy-wen le craignait, Hunt avait rameuté tous les occupants du bord. Mais il était trop tard pour faire demi-tour.

— Abats-les ! hurla-t-elle dans le vent.

Ragnar'k était une flèche pointée vers le milieu du pont. Sy-wen se plaqua sur son encolure. Les écailles du dragon chauffaient autant qu'un feu de cheminée. Au dernier moment, il étendit ses ailes pour capter le vent. Ses pattes griffues se tendirent en avant pour préparer son atterrissage.

Sous lui, les possédés s'éparpillèrent pour ne pas se faire écraser.

Ragnar'k rugit en touchant le pont. Ses griffes se plantèrent dans les planches d'os. Sy-wen fut projetée en avant par l'impact, mais sa monture la tenait solidement. La jeune fille se redressa au moment où une des ailes du dragon se détendait comme un fouet et brisait le mât de misaine, qui bascula vers la mer.

Tandis que les possédés s'égayaient, Sy-wen jeta un coup d'œil en arrière et vit l'*Aile de Corbeau* survoler le bateau d'os. Des cordes furent lancées depuis des écoutilles à la proue et à la poupe. Des échelles lancées par-dessus le bastingage se déroulèrent dans le vide.

Puis des el'phes se laissèrent glisser tête la première le long des cordes, qu'ils avaient enroulées autour d'une de leurs jambes. On aurait dit qu'ils plongeaient vers la mort, mais, au dernier moment, ils ralentirent, redressèrent et atterrirent sur le pont du bateau d'os aussi souplement que des félins, l'épée à la main.

Les Sanguinaires les suivirent, dévalant les échelles avec la même célérité. Armées d'épées et de haches, ils bondirent sur le pont en rugissant des cris de guerre.

Puis les deux forces arrivèrent au contact.

Les possédés se battaient comme des bêtes féroces. Dre'rendi à la base, ils étaient eux aussi des guerriers doués. Sous la direction des créatures tapies à l'intérieur de leur crâne, ils utilisaient leurs dents et leurs ongles aussi volontiers que leurs lames.

Des cris s'élevèrent de tous les côtés. Les voiles claquèrent comme pendant une tempête.

Près de la poupe, des archers mirent un genou en terre et tirèrent des flèches enflammées vers le ciel, visant le ventre de l'*Aile de Corbeau.* Les flammes prirent, mais des seaux d'eau furent jetés sur les petits foyers d'incendie avant que le feu puisse s'étendre.

Autour du dragon, les combats s'intensifièrent. Sy-wen était juchée en hauteur dans l'œil du cyclone. Les ailes de Ragnar'k la protégeaient, et le dragon interceptait des pattes ou des crocs tout ennemi qui s'approchait un peu trop. Puis il projetait son corps brisé par-dessus bord.

Partout à travers le pont, le sang ruisselait sur l'os.

De son perchoir, Sy-wen fut la seule à remarquer la transformation. Les os ensanglantés du pont ondulèrent. Une chair à la texture de cuir se mit à pousser, comme alimentée par les fluides visqueux des morts et des blessés. Avec un hoquet horrifié, Sy-wen se rendit compte que la bataille nourrissait l'immonde navire.

— Prenez garde ! s'époumona-t-elle. Le bateau prend vie !

Mais les bruits de combat couvrirent son avertissement.

Elle regarda un el'phe marcher sur une zone animée. Des mâchoires garnies de crocs acérés s'ouvrirent sous les pieds du malheureux. Pris par surprise, celui-ci tomba dans la gueule béante en agitant les bras. Les crocs se refermèrent sur lui, broyant sa poitrine avec un craquement d'os brisés. Il n'eut même pas le temps de crier. Rares furent les témoins de sa chute.

— *Il faut prévenir les autres !* cria mentalement Sy-wen à Ragnar'k.

Déjà, la chair se propageait à tout le pont supérieur du bateau ennemi.

— *Tiens-toi prête !* répondit le dragon.

Sa poitrine se gonfla sous Sy-wen ; puis il étendit le cou et rugit de toute la puissance de ses poumons – un son tonitruant qui recouvrit les bruits de bataille.

Dans le silence abasourdi qui suivit, Sy-wen hurla pour se faire entendre :

— Prenez garde au bateau ! Il est en train de s'animer sous vos pieds !

Plusieurs des combattants baissèrent les yeux. D'autres battirent en retraite devant le flot de chair.

Puis l'affrontement reprit de plus belle, et le vent tourna en faveur des possédés. Aidés par le bateau même, ceux-ci luttaient avec une vigueur renouvelée. Des gueules affamées s'ouvraient partout, et des langues épaisses en sortaient pour entraîner les attaquants à la mort.

Une note de cor résonna dans le ciel : le signal de la retraite.

El'phes et Sanguinaires se précipitèrent vers les cordes et les échelles. Les possédés tentèrent de les suivre, mais les attaquants se débarrassèrent d'eux en leur envoyant des coups de pied ou en coupant les cordes auxquelles ils s'accrochaient. L'*Aile de Corbeau* s'ébranla.

Ragnar'k déploya ses ailes et bondit dans les airs pour suivre le vaisseau el'phique. Mais le bateau nourri par le sang des morts et des blessés n'était pas d'accord pour les laisser s'échapper. La transformation se propagea le long du mât, changeant celui-ci en une immense patte griffue.

Ragnar'k, qui n'avait pas eu le temps de prendre de la vitesse ou de s'éloigner suffisamment, fut saisi par une patte postérieure. La secousse délogea Sy-wen de son perchoir et la fit basculer sur le côté. Mais avant qu'elle puisse tomber sur le pont affamé en contrebas, quelque chose tira sur sa jambe gauche et lui tordit sauvagement la cheville. La jeune fille poussa un cri de douleur et resta suspendue dans le vide, un pied toujours pris dans les replis de peau de Ragnar'k.

Le cou reptilien du dragon pivota vers l'arrière, et sa gueule se referma sur la patte griffue qui le retenait. Des os se brisèrent. Des jets de sang noir dégoulinèrent le long du mât, mais les griffes tinrent bon et continuèrent à tirer leur proie vers le pont.

Puis une boule de feu explosa en contrebas, fusant droit vers le ciel.

Sy-wen ne comprit pas ce qui se passait jusqu'à ce qu'elle voie deux tonneaux dégringoler en culbutant sur eux-mêmes. Tournant la tête, elle aperçut l'*Aile de Corbeau* à leur aplomb. Par les écoutilles restées ouvertes, el'phes et Sanguinaires bombardaient le monstrueux navire.

De nouveau attaquée, la patte griffue se trouva suffisamment affaiblie pour que Ragnar'k puisse se dégager. Mais le dragon était déséquilibré ; il tomba avant de pouvoir étendre ses ailes pour se rétablir. Il heurta violemment le pont – réussissant, au dernier moment, à rouler sur lui-même et à faire passer Sy-wen au-dessus pour ne pas l'écraser sous son poids.

— *Ma Liée !*

— Je vais bien, hoqueta Sy-wen, se tortillant pour regagner son siège.

Ce fut alors qu'une flèche l'atteignit à l'épaule. L'impact la surprit davantage que la douleur. Elle s'affaissa sur le cou du dragon.

Ragnar'k, qui partageait ses perceptions, poussa un rugissement furieux.

Tournant la tête, Sy-wen vit Hunt lâcher son arc et bondir sur le dos du dragon, son épée brandie au-dessus de sa tête. Elle voulut lever un bras pour se protéger, mais sa vision se brouillait déjà. La lame s'abattit sur elle.

Puis Hunt fut arraché à son perchoir. Son épée lui échappa des mains et vola dans les airs comme Ragnar'k secouait le Sanguinaire qu'il tenait entre ses mâchoires.

— *Non!* protesta Sy-wen, percevant les intentions meurtrières de Ragnar'k. *À l'*Aile de Corbeau*!*

Des muscles se gonflèrent sous elle. L'instant d'après, Ragnar'k avait décollé. Sy-wen vit d'autres tonneaux s'écraser sur le pont du navire et exploser dans une boule de flammes. De la proue à la poupe, la moelle du bâtiment s'embrasa.

Ragnar'k vira sur l'aile tandis que le bateau d'os s'abîmait. La dernière chose que vit Sy-wen fut le mât vivant griffant le ciel comme pour s'y raccrocher. Puis les flots l'engloutirent avec le reste.

Sy-wen ferma les yeux et perdit connaissance.

Quand elle revint à elle, elle était de nouveau à bord de l'*Aile de Corbeau*. Des Sanguinaires et des el'phes s'affairaient autour d'elle. Elle voulut se redresser, mais une voix familière lui ordonna gentiment :

— Tiens-toi tranquille, petite. (C'était maître Edyll.) Nous avons extrait la flèche, mais un guérisseur est parti chercher une autre pinte de sang de dragon.

Sy-wen acquiesça faiblement. Le sang d'un dragon pouvait guérir n'importe quelle plaie – à l'exception du mal tapi en elle. Elle gisait étendue sur le dos tiède de sa monture.

— *Ragnar'k...*

— *Je suis là, ma Liée. Sain et sauf.*

Sy-wen soupira. De l'autre côté du pont, elle aperçut Hunt cloué à terre, un Sanguinaire à cheval sur chacun de ses membres. Le haut de son torse avait été dénudé, et un arc de morsures se détachait sur sa peau. Un guérisseur el'phe tentait de panser ses blessures, mais Hunt se débattait comme un beau diable, hurlant et claquant des dents tel un chien enragé.

— *Je l'ai porté jusqu'ici*, expliqua Ragnar'k, percevant la confusion de Sy-wen. *C'est bien ce que tu voulais, non ?*

La jeune fille se souvint du dernier ordre qu'elle lui avait donné quand il avait attaqué Hunt. En fait, elle souhaitait seulement que sa monture lâche le fils du haut maître de quille et s'échappe sans attendre, mais Ragnar'k avait dû lire dans son cœur l'affection que lui inspirait Hunt.

Depuis son perchoir, elle regarda le possédé se débattre en hurlant. Elle ne tarderait pas à en faire autant. Sans la magie de Ragnar'k, le démon la submergerait de nouveau, la changeant en une bête féroce.

À cette pensée, les yeux de Sy-wen s'emplirent de larmes – et parce que sa vision était brouillée, elle mit une seconde de trop à identifier le danger qui menaçait quelqu'un d'autre. Elle se redressa malgré la douleur de son épaule.

— Sheeshon, non !

La fillette s'était faufilée parmi les guerriers et laissé tomber à genoux près de Hunt. Elle tendit la main vers le Sanguinaire auquel elle était liée.

— J'ai besoin de toi.

Ses doigts touchèrent le tatouage de Hunt, et le corps de celui-ci s'arcbouta. Sa réaction fut si brusque et si violente qu'elle désarçonna les gardes qui l'immobilisaient.

Sy-wen voulut se précipiter au secours de l'enfant, mais le dragon lui tenait les chevilles, et il refusa de la lâcher.

Hunt se saisit de Sheeshon.

— Non, gémit Sy-wen.

Mais, au lieu de lui faire du mal, Hunt referma ses bras sur la fillette en un geste protecteur. Un sanglot s'échappa de sa gorge comme il l'embrassait sur le sommet du crâne.

Des épées et des lances les entouraient. Maître Edyll fendit les rangs des guerriers.

— Maître Hunt ?

— Je suis de nouveau moi-même, hoqueta le colosse. En me touchant, Sheeshon a brisé l'emprise de la créature.

La fillette acquiesça gravement, et ses petites mains serrèrent Hunt très fort.

— Mais les vers sont toujours dans sa tête.

Le regard de maître Edyll fit la navette entre Hunt et Sy-wen.

— C'est comme Sy-wen avec son dragon. Tant que Sheeshon restera en contact avec Hunt…

— Il sera libre, marmonna la mer'ai.

Ça la réjouissait de voir ces deux-là réunis – ça ravivait son espoir de retrouver Kast un jour.

Un guérisseur apparut près d'elle, une fiole de sang de dragon à la main.

— Il faut que j'examine vos blessures, dit-il.

Sy-wen opina, mais elle savait qu'il n'existait aucun onguent capable de refermer ses plaies les plus profondes. Au lieu de ça, elle observa Sheeshon et Hunt pendant que le guérisseur s'occupait de son épaule. Et l'espace de quelques instants, elle oublia son désespoir.

Un jour, mon amour… Un jour, je te tiendrai de nouveau dans mes bras.

Sur le pont inférieur du *Cœur de Dragon*, Kast se pencha au-dessus d'une table couverte de plans et de cartes maritimes. Le haut maître de quille et son ventripotent conseiller, le shaman Bilatus, se tenaient de l'autre côté de la table. Trois jours s'étaient écoulés depuis que le bateau d'os avait été envoyé par le fond, et d'ici à deux jours de plus, ils lanceraient la flotte alliée contre Noircastel.

Bilatus se redressa en grognant.

— Nous échafauderions peut-être des stratégies plus efficaces si nous ne louchions pas d'épuisement.

Il passa une main sur son crâne dégarni et tira sur l'épaule de sa robe bleue pour la rajuster.

Le haut maître de quille semblait tout aussi fatigué que son shaman, mais il se contenta de scruter les cartes encore plus attentivement. Kast comprenait sa détermination : il avait vu ce qu'était devenu son fils. Ainsi les deux Sanguinaires partageaient-ils la même douleur – celle de voir souffrir un être cher sans pouvoir l'aider.

— Nos adversaires s'enhardissent, grommela le haut maître de quille. Ce matin, les mer'ai ont dû repousser un autre kraken.

— J'en ai entendu parler, acquiesça Kast. Et la nuit dernière, les el'phes ont été harcelés par des patrouilles de skal'tum.

Le haut maître de quille tapa du poing sur la table.

— Il faut frapper maintenant ! Pourquoi cette maudite attente ?

— Vous savez bien pourquoi, répliqua Kast. Tyrus guide les n'ains à travers la Forêt Pétrifiée. Ils ne sont pas encore en position d'attaquer l'entrée nord de la montagne.

— Qu'ils se joignent à la bataille quand ils le pourront ! s'emporta le haut maître de quille. Qu'est-ce qui nous empêche d'attaquer au sud au lieu de les attendre les bras croisés ?

Kast soupira. Cette discussion n'était pas nouvelle. Ils avaient déjà mis au point leur stratégie globale. Noircastel ne possédait que deux accès. Au lever du soleil, dans deux jours, les n'ains déferleraient sur le pont qui reliait l'île volcanique au continent, côté nord, tandis que les Dre'rendi et les mer'ai envahiraient le port situé au sud et que les vaisseaux aériens des el'phes soutiendraient les deux forces depuis les airs.

Les détails n'étaient pas encore arrêtés et faisaient encore l'objet de débats au sein des différentes flottes. Jour et nuit, des corbeaux portaient des messages d'un bâtiment à l'autre, sur la mer ou dans le ciel. Des messagers mer'ai plongeaient sur le dos de leur dragon pour apporter des suggestions ou des ordres définitifs aux occupants des Léviathans. Petit à petit, le plan se précisait. Ce n'était pas le moment de tout gâcher par une trop grande précipitation.

Tandis que le haut maître de quille grommelait dans sa barbe, Kast jeta un coup d'œil à Bilatus, qui posa une main sur l'épaule du vieil homme.

— Vous avez besoin de vous reposer.

Le haut maître de quille se dégagea, irrité.

— Fiche-moi la paix !

Kast fit craquer ses vertèbres.

— Moi, j'ai besoin d'air frais, annonça-t-il. On reprend la discussion au lever de la lune.

— Je ne refuserais pas un petit quelque chose de la cambuse, concéda le haut maître de quille.

— Je vous rejoins là-bas, dit Kast. D'abord, je vais faire un tour sur le pont.

Bilatus et le haut maître de quille acquiescèrent. Ils sortirent de la pièce ensemble et se séparèrent dans le couloir.

Kast grimpa sur le pont supérieur et se remplit les poumons d'air nocturne. Celui-ci sentait l'iode et le soufre. L'espace d'un instant, les vents froids se firent brumeux comme une petite brise soufflait depuis une autre direction. Ces eaux étaient décidément bien étranges.

Kast se dirigea vers le bastingage bâbord. L'océan était piqueté de voiles autour du *Cœur de Dragon*. Au-dessus de sa tête, les vaisseaux aériens des el'phes stationnaient ou se déplaçaient lentement dans les airs, tels d'énormes nuages orageux au ventre flamboyant. Au loin, Kast entendait les cris des dragons. Plus près, quelqu'un jouait du luth en sourdine, tandis qu'ailleurs, un marin chantait son amour perdu.

Kast s'accouda au bastingage. Ce serait bientôt terminé. Il secoua la tête. Tous ces préparatifs ne serviraient à rien. La véritable guerre se livrerait sur un autre champ de bataille, bien loin de là.

Quel que soit l'ultime fléau que le Seigneur Noir comptait lâcher sur le monde, son cœur ne se trouvait pas dans cet étrange océan. Les efforts de la flotte alliée n'étaient qu'une feinte, une manière de faire diversion pendant l'attaque cruciale.

Kast n'osait même pas regarder vers l'est, en direction des montagnes et de la petite ville de Gelbourg. Ce n'était pas sa bataille.

Au lieu de ça, il se concentra sur le nord où l'horizon rougeoyait et où se dressait une ombre menaçante.

Une ombre nommée Noircastel.

LIVRE CINQ

NIDIVER

19

Tol'chuk était assis devant le feu dans la tanière de sa famille. L'aube ne se lèverait pas tout de suite ; ses compagnons dormaient toujours, enroulés dans leur couverture sur le sol.

L'og're fixait les flammes, savourant ces moments de calme avant le début de la journée. Un silence paisible régnait à travers l'immense caverne. Pas de cris, pas de provocations, pas de demandes auxquelles il devait répondre.

Mais cela changerait dès le lever du soleil. En tant que nouveau chef spirituel de son peuple, Tol'chuk avait la responsabilité de toutes les tribus. C'était un poids qui pesait aussi lourdement sur son cœur que la pierre dans sa sacoche. Ses doigts se posèrent machinalement sur le petit sac en peau de chèvre.

La sanguine restait corrompue, changée en éb'ène par le sang de la malegarde Vira'ni. Tol'chuk craignait de l'approcher de la Porte des Esprits située au centre de la montagne, de crainte que sa souillure se communique à l'arche de cristal. Du coup, il n'osait pas ouvrir la Porte et consulter Sisa'kofa pour lui demander conseil. Les jours passaient, et les derniers mots de la sor'cière continuaient à résonner en lui : « La Porte des Esprits doit être protégée… par toi. »

Que devait-il faire exactement ? Il avait uni les tribus et déjoué le complot des Ku'ukla. Mais son peuple s'impatientait. Les og'res n'étaient pas réputés pour leur tempérament coopératif, ni pour leur caractère affable. Chaque jour, des disputes éclataient parmi eux.

Ils avaient besoin qu'on leur indique une direction, et tous les regards étaient braqués sur Tol'chuk. Mais celui-ci ne savait pas quoi leur dire. Où devaient-ils aller maintenant ?

Un bruit de course lui fit tourner son attention vers Mogweed. Le métamorphe traversait la caverne, revenant à toutes jambes vers la tanière occupée par ses amis. Il avait pris l'habitude de faire des sorties nocturnes ; chaque soir, il s'enhardissait et s'aventurait un peu plus loin de la chaleur du foyer.

D'après la pâleur de son visage, quelque chose avait dû l'effrayer ou le surprendre.

— Un navire ! balbutia-t-il, le souffle court.

Tol'chuk se redressa, les sourcils froncés.

Mogweed agita un bras vers l'entrée de la caverne, au-delà de laquelle le ciel s'éclaircissait lentement.

— Un navire el'phique ! Venant du sud !

Ses cris réveillèrent les autres, qui repoussèrent leurs couvertures. Magnam se leva.

— C'est le vaisseau-éclaireur de Jerrick ? demanda-t-il en se frottant un œil. Celui que nous avons caché ?

— Non, il est beaucoup plus gros. Des gens arrivent ! Ils viennent peut-être nous sauver !

Jaston s'assit, tenant encore la fillette des marais sous son bras. Les ailes de l'enfant se déplièrent à demi comme elle clignait des yeux.

— Il doit venir de Val'loa. Nos amis ont peut-être reçu le message que Cassa leur avait envoyé.

Tol'chuk l'espérait. Grâce à la fillette, ils avaient pu raconter tout ce qui s'était passé à Cassa Dar, qui à son tour avait dépêché un corbeau à Val'loa pour prévenir leurs compagnons. Mais, jusqu'ici, ils n'avaient pas reçu de réponse.

Magnam se rembrunit.

— Je doute que même un navire aérien puisse couvrir une telle distance si rapidement. Ça ne fait que quelques jours, et Val'loa est fort loin d'ici.

— Mais c'est bien un vaisseau el'phique ! (Mogweed dansait pratiquement de joie.) Venez voir ! Les og'res qui campent dehors sont en train de se réveiller, et ils n'en mènent pas large !

Tol'chuk saisit une cape et fit signe à Mogweed de les précéder. Mieux valait qu'ils se dépêchent : un navire aérien pouvait semer la panique à travers toute la vallée.

Mogweed rebroussa chemin en courant, les autres sur ses talons. Mais comme il atteignait le seuil de la caverne, ses jambes se dérobèrent sous lui, et il s'étala en poussant un hurlement.

Tol'chuk tendit une main griffue pour l'aider, mais le petit homme se releva tout seul. Il se redressa et passa une main dans ses cheveux, puis tourna un visage perplexe vers Tol'chuk.

— Que se passe-t-il ?

L'og're soupira et fit signe à Magnam.

— Raconte à Fardale, pour le vaisseau el'phique.

Il dépassa le métamorphe étourdi et jeta un coup d'œil vers l'est. Le soleil se levait à l'horizon. Une fois de plus, les jumeaux avaient changé de place.

Dehors, la vallée était piquetée de centaines de feux de camp. L'herbe avait depuis longtemps été piétinée dans la boue par tous les og'res rassemblés là, comme si une avalanche de rochers s'était abattue sur les pentes du Croc du Nord. Déjà, des alarmes résonnaient à travers la vallée. Des og'res se levaient et tendaient un doigt vers le ciel, en direction du sud. Des femelles gémissaient nerveusement.

Tol'chuk regarda de l'autre côté de la vallée. À l'ouest, la nuit régnait toujours en maîtresse, mais le sommet des falaises du Croc était déjà baigné de lumière. Comme Tol'chuk scrutait les cieux, il repéra le navire aérien qui arrivait depuis le sud. Toujours nimbée d'obscurité, sa quille métallique rougeoyait de magie, tandis que les lampes accrochées dans la mâture éclairaient ses voiles gonflées. Puis il contourna le flanc d'une falaise et pénétra dans la lumière du jour. Les premiers rayons du soleil firent scintiller ses voiles, et son bois sombre parut irradier une douce chaleur.

Les cris des og'res redoublèrent.

Hun'shwa se détacha de la masse et s'approcha du groupe rassemblé à l'entrée de la caverne des Toktala.

— Quel nouveau démon nous attaque ? demanda-t-il en og're.

Le chef de guerre des tribus tenait une massue dans une main et s'appuyait sur les jointures de l'autre. Il était prêt à se battre.

— Je crois que ce sont des amis, répondit Tol'chuk dans la langue commune. Des alliés.

Hun'shwa jeta un coup d'œil dubitatif au vaisseau qui se dirigeait vers la vallée.

— Trouve le chef de chaque tribu, ordonna Tol'chuk. Et fais circuler le mot : il ne faut pas attaquer ce navire.

Hun'shwa acquiesça en grognant.

— Ce sera fait.

Puis il redescendit la pente en appelant les chefs de tribu d'une voix tonitruante.

Jaston s'avança, la fillette des marais collée à sa jambe. Un pouce dans la bouche, elle fixait le ciel de ses yeux grands comme des soucoupes.

— Joli, marmonna-t-elle autour de son doigt.

— Je vais l'envoyer aux el'phes, dit Jaston. Cassa Dar pourra leur faire savoir où nous sommes et les informer de la situation dans la vallée.

Tol'chuk acquiesça, mais plissa un œil en continuant à observer le navire aérien. Comme celui-ci se rapprochait, l'og're vit qu'il était suivi par un immense vol d'oiseaux qui tournoyaient et piquaient dans son sillage. On les aurait crus jaillis des forêts qui bordaient la vallée. À chaque inspiration, ils apparaissaient plus nombreux, remplissant le ciel.

— D'où sortent tous ces oiseaux ? demanda Magnam, formulant à voix haute la question que se posait Tol'chuk.

Fardale se fraya un chemin parmi ses compagnons, bousculant Jaston au passage. Il leva la tête, le visage figé par l'incrédulité.

— Des si'lura ! hoqueta-t-il.

Tol'chuk le rejoignit.

— Que dis-tu ?

Fardale eut un ample geste du bras.

— Ces aigles, ces faucons... Tout mon peuple est là !

Tol'chuk fronça les sourcils en détaillant la nuée sombre qui se formait derrière l'élégant vaisseau el'phique. *Une armée de métamorphes ?* Ou c'était une invasion en provenance des Contrées du Couchant, ou les forces og'res n'étaient pas les seules à avoir été entraînées par les courants du destin. Tol'chuk regretta de ne pas avoir pris le risque d'ouvrir la Porte des Esprits pour consulter Sisa'kofa.

— Envoie-leur la gamine, ordonna-t-il à Jaston. Nous devons savoir qui débarque avec une armée pareille.

— Regardez ! s'exclama Magnam.

Tous les regards se tournèrent de nouveau vers le navire aérien. Une boule de feu jaillit soudain au-dessus de la proue. Elle fila très haut dans le ciel, à l'aplomb des mâts.

Paniqués, les og'res détalèrent sous l'ombre du vaisseau el'phique. Les compagnons entendirent Hun'shwa les exhorter au calme en rugissant.

La boule de feu se mua en une rose géante dont les pétales flamboyants se déployèrent dans la lumière de l'aube. D'autres cris stupéfaits se répercutèrent à travers la vallée.

À l'entrée de la caverne, les compagnons en restèrent bouche bée. Tous connaissaient le symbole qui brûlait dans le ciel.

— C'est Elena, gargouilla enfin Tol'chuk d'une voix choquée.

— Comment peut-elle être ici ? demanda Magnam.

Tol'chuk continua à fixer le navire aérien, la rose de feu et l'armée volante. Une angoisse sourde s'empara de son cœur. Il sentait que de nombreux chemins se rejoignaient aujourd'hui dans la vallée de sa tribu, des chemins entrevus par des prophéties aussi vieilles que les montagnes alentour. Mais à compter de cet instant, nulle magie ne prédisait plus à quoi ressemblerait la route de l'avenir. Les compagnons se tenaient au bord du précipice du destin ; les ténèbres les cernaient, et ils n'avaient qu'une seule lumière pour les guider.

Fixant la rose flamboyante de feu sor'cier, Tol'chuk pria pour qu'Elena soit assez forte pour assumer ce fardeau.

Er'ril baissa sa longue-vue. Elena se tenait près de lui, la main droite tendue vers le ciel. Il la regarda nouer adroitement les fils de sa magie et enfiler de nouveau son gant en veau retourné. La teinte écarlate de ses doigts avait légèrement pâli après cette petite démonstration.

— J'ai aperçu Tol'chuk et Mogweed près de l'entrée de la caverne, l'informa-t-il.

— Donc, ils sont toujours là. Tant mieux.

La chanson de la magie sauvage brillait encore dans les yeux de la jeune femme.

— Jaston était avec eux.

Elena fronça les sourcils.

— Le maraîchin ? Tu en es sûr ?

La confusion atténua l'éclat de la magie sur son visage, ce dont Er'ril se réjouit. Ses traits retrouvèrent leur chaleur normale.

— C'est difficile de se méprendre, avec une telle quantité de cicatrices, dit-il en prenant le bras de la jeune femme. (D'autres gens se pressaient le long du bastingage, à leur gauche et à leur droite, mais l'homme des plaines se fichait qu'on le voie. Il avait depuis longtemps cessé de cacher son affection pour Elena.) Jaston était agenouillé près d'une fillette étrange. En ce moment même, elle vole vers nous.

— Une fillette capable de voler ? (Elena scruta le ciel jusqu'à ce qu'elle aperçoive la minuscule silhouette ailée.) Pourrait-il s'agir d'une des créations de Cassa Dar ?

Er'ril haussa les épaules.

— Apparemment, nous avons tous beaucoup de choses à raconter.

Ensemble, ils observèrent la vallée en contrebas, éclairée par une multitude de feux et occupée par la masse rocailleuse de centaines d'og'res.

— Ce sera bon de revoir Tol'chuk et les autres, murmura Elena.

Er'ril entendit une trace de regret dans sa voix. Il l'embrassa sur le sommet du crâne.

Le voyage à bord de l'*Étincelle des Vents* avait été calme et reposant : pas de menaces, pas de monstres, pas de magie noire – juste le soleil, le vent et le ciel. Mais, à présent, les signes de la guerre imminente redevenaient visibles au niveau du sol : demeures brûlées, villes en ruine, meutes de créatures étranges qui arpentaient les forêts. Er'ril comprit soudain un peu mieux la nature des el'phes. Là-haut, dans le ciel, le monde semblait beaucoup plus simple et plus lumineux.

—On pourrait continuer à voler droit devant nous, chuchota-t-il à l'oreille d'Elena.

Celle-ci l'entoura de ses bras.

—Ne me tente pas.

Er'ril aurait bien voulu que ce soit aussi facile. Mais il savait que nulles paroles n'auraient pu détourner Elena de son objectif. Aussi lui laissa-t-il cette minuscule illusion d'une possibilité d'évasion.

—La fillette approche, remarqua-t-il.

Il sentit Elena soupirer.

—Alors, il est temps de regagner le monde, chuchota la jeune femme contre sa poitrine.

Er'ril lui souleva le menton d'un doigt et essuya les larmes qui coulaient sur ses joues avant que quelqu'un d'autre les voie.

—Nous l'affronterons ensemble.

Lorsque midi arriva, Elena était déjà lasse jusqu'à la moelle quand elle appela le conseil de guerre à se réunir.

Une forte tension subsistait entre les métamorphes et les og'res. Les deux peuples avaient une longue histoire d'isolement et de méfiance vis-à-vis des étrangers. Comment pourrait-elle les faire fusionner en une seule armée, alors qu'elle ne se sentait même pas la force de conduire cette réunion ?

Plus tôt, les retrouvailles entre son groupe et celui de Tol'chuk avaient été joyeuses et néanmoins entachées de tristesse.

Jerrick, Mama Freda, le petit Tikal… Tous morts.

Elena avait les yeux bouffis de larmes contenues. Après avoir entendu l'histoire de la résurrection de Vira'ni et de la traîtrise à l'œuvre dans les montagnes, le désespoir s'était abattu sur elle pour lui saper le moral, et elle avait vu l'expression consternée d'Er'ril. Jadis, l'homme des plaines avait aimé Vira'ni – et à présent, l'abomination qu'elle était devenue avait tué leurs amis. *Le mal ne meurt-il jamais en ce monde ?*

Elena tendit la main vers Er'ril. Celui-ci lui pressa les doigts. Ils étaient tous là. La réunion pouvait commencer.

Elena se leva et promena un regard autour d'elle tandis que des torches aux flammes bleues projetaient des ombres dansantes sur les murs. Tol'chuk avait appelé cet endroit la chambre des esprits. C'était une caverne sacrée pour les og'res. Les cinq chefs de tribu s'étaient assis d'un côté du feu en compagnie de leurs lieutenants. Le rancien et le reste du conseil si'lura avaient pris place face à eux. Quant à Elena et ses compagnons, ils se trouvaient entre les deux groupes.

Tous les regards étaient rivés sur la jeune femme.

Elle prit la parole d'une voix ferme.

— Dans trois nuits, lorsque la lune sera pleine, le monde prendra fin. (Elle scruta les visages qui l'entouraient. Tant de races mélangées…) Le monde entier. Pas seulement les forêts des Contrées du Couchant, pas seulement les montagnes des Dents, pas seulement les plaines de Standi ou les îles de l'Archipel. Le monde entier prendra fin.

Elle laissa son auditoire digérer cette révélation.

— Et vous en êtes vraiment sûrs ? demanda enfin Hun'shwa, le chef de guerre du peuple og're.

Elena jeta un coup d'œil à Harlequin Quail, puis reporta son attention sur Hun'shwa.

— Nous le tenons d'une source fiable. Et durant notre voyage, nous avons vu les feux brûler dans les villages des contreforts. Nous avons vu les campements dans les hautes terres, un peu en dessous de votre territoire.

Tol'chuk intervint depuis le rocher sur lequel il était assis.

— Même la Triade a évoqué ce danger avant de disparaître.

Hun'shwa acquiesça. Les autres og'res grommelèrent quelques phrases inintelligibles.

— Que devons-nous faire ? s'enquit le rancien.

Il portait une robe blanche dépourvue d'ornement. Pour cette réunion, il avait même renoncé à sa couronne de feuilles.

Elena fit signe à Er'ril de se lever.

Vêtu de ses plus beaux atours noirs, l'homme des plaines offrait une vision impressionnante. Il avait attaché ses longs cheveux en une tresse sévère. Ses joues étaient encore rouges du passage de la lame avec laquelle il s'était rasé.

Un frisson parcourut Elena. Durant le voyage à bord du vaisseau aérien, Er'ril et elle en étaient venus à partager, sinon leurs corps, du moins un lit. Sous les couvertures, loin des regards indiscrets et de leurs responsabilités, ils avaient passé des moments délicieux à partager la chaleur de leurs caresses et à explorer des frontières que ni l'un ni l'autre ne se sentait prêt à franchir.

Er'ril s'adressa aux chefs réunis, ramenant l'attention d'Elena dans le présent.

— Un grand fléau a été introduit dans ces contrées, une statue de pierre noire maléfique sculptée à l'effigie d'une wyverne. C'est le cœur des ténèbres qui menacent notre monde à tous. Durant les deux jours à venir, des éclaireurs chercheront sa cachette par la voie de terre et par celle des airs. Et le troisième jour au lever du soleil, nos armées attaqueront son antre pour la détruire.

— Cela suffira pour tuer le mal ? interrogea Hun'shwa.

Elena soupira comme Er'ril la consultait du regard. Elle se souvint de la démone Vira'ni.

— Le mal survit toujours, répondit-elle simplement.

Des murmures inquiets s'élevèrent autour du feu.

— Mais nos efforts protégeront le monde jusqu'à nouvel ordre, acheva la jeune femme. C'est tout ce que nous pouvons faire – débusquer le mal où il se trouve et le combattre de toutes nos forces.

— Et où se trouve-t-il ? lança le rancien. Cette région est vaste. La passer au peigne fin pourrait prendre des centaines de jours.

— Nous savons à peu près où la statue a été implantée. À Gelbourg, ma ville natale.

Un silence choqué suivit cette révélation.

La déclaration qui suivit surprit même Elena.

— Je sais plus exactement où peut se tapir ce fléau.

Ces mots étaient sortis de la bouche de l'étrange fillette assise près de Jaston – un des golems de la sor'cière du marais, une enfant ailée d'une beauté confinant à la perfection. Mais la voix qui avait parlé était beaucoup plus ancienne, et provenait de beaucoup plus loin que les confins de cette caverne. Elle appartenait à Cassa Dar.

— En cherchant le moyen d'envoyer Jaston d'un Croc à l'autre, je suis tombée sur un traité qui parlait de la confluence d'énergies élémentales entre les deux pics. Si le portail du Weir se trouve quelque part dans le coin, je suis persuadée que c'est là.

— Où exactement ? s'enquit Elena.

— Si mes calculs sont corrects, dans un lieu nommé Nidiver.

Elena hoqueta. À ses côtés, Er'ril se raidit. Cet endroit avait une histoire aussi longue que sanglante. C'était là que son oncle Boln s'était installé, et là qu'il était mort. À l'époque d'Er'ril, c'était là que se dressait l'école des mages chyriques – jusqu'à ce que les armées du Gul'gotha la pillent et la détruisent. Et c'était dans les cavernes sous Nidiver qu'Elena et Er'ril avaient découvert la statue de cristal vivant de De'nal, le jeune garçon qu'Er'ril avait jadis transpercé de sa propre épée.

Se pouvait-il que Cassa Dar voie juste ? Se pouvaient-ils qu'ils doivent boucler la boucle en revenant là où tout avait commencé ?

— Nidiver...

— Ce sera un bon point de départ pour nos recherches, chuchota Er'ril.

Un frisson glacial parcourut l'échine d'Elena. Cet endroit abritait tant de souvenirs affreux : les tunnels obscurs, le sifflement des gobelins, le combat avec la mul'gothra... C'était là qu'elle avait appris à accepter son pouvoir de sor'cière.

— En admettant que la statue s'y trouve, grommela un des chefs de tribu og're, qui mènera notre armée à l'attaque ?

Il jeta un regard soupçonneux aux métamorphes.

Elena tenta de répondre à sa question.

— Il y aura deux armées possédant chacune son chef : Hun'shwa pour les og'res, le rancien pour les si'lura.

Des murmures approbateurs saluèrent cette nouvelle. Mais Er'ril posa une main sur le coude d'Elena pour l'arrêter.

— Non ! lança-t-il d'une voix forte.

Des regards coléreux se tournèrent vers lui. Elena fronça les sourcils.

— Er'ril ?

Elle avait espéré que la question se réglerait sans encombre. Mais voyant l'éclat dur de son regard, elle se tut.

— Une armée divisée a deux fois plus de risques d'être vaincue, déclara l'homme des plaines. Une victoire nécessitera la pleine coopération de vos deux peuples. J'ai livré maintes campagnes contre les forces du Seigneur Noir. La première fois, Alaséa a succombé parce que ses défenseurs étaient plus préoccupés par la sauvegarde de leurs propres terres que par le bien général. Je refuse que cela se reproduise – pas cette fois, alors que le sort du monde est en jeu. Nous ne formerons qu'une seule et même armée. Que cela soit clair !

Elena écarquilla les yeux. Elle ne l'avait pas vu si ardent depuis une éternité, comme s'il émergeait à peine d'un profond sommeil. Après avoir perdu son immortalité, puis son rôle de gardien, et reçu le titre purement honorifique d'homme-lige, il était devenu de plus en plus amer et mal à l'aise. Mais, de toute évidence, il avait retrouvé une place, une cause, et la passion qui l'animait quand elle l'avait rencontré.

— Nous allons choisir un commandant ici et maintenant, décréta-t-il sur un ton qui n'admettait aucune réplique.

Dans le silence tendu qui suivit, un og're assis près du mur du fond et enhardi par son anonymat osa lancer :

— Et de qui s'agira-t-il ? De toi, un humain ?

Des éclats de voix coléreux résonnèrent à travers la caverne. Er'ril les endura sans broncher, tel un rocher au cœur d'une mer de tempête. Il attendit que la marée reflue pour répondre :

— Non. Ma place est au côté d'Elena.

La jeune femme voulut protester : il ferait un très bon commandant. Mais Er'ril recula d'un pas et lui jeta un coup d'œil. L'ombre d'un sourire planait sur ses lèvres. Pour la première fois, Elena lut une vraie satisfaction dans ses yeux, et non le seul sens des responsabilités. C'était ce qu'il voulait faire, pas ce qu'il *devait* faire.

— Alors, qui ? insista l'og're dans le fond.

Er'ril haussa les épaules.

— C'est à vous d'en décider.

De nouvelles querelles éclatèrent.

— Er'ril, chuchota Elena du coin des lèvres, est-ce bien sage ? Je ne voudrais surtout pas que ça dégénère. La guerre est déjà dehors, ne l'amenons pas parmi nous !

— Patience, mon amour. Ils feront le bon choix.

— Pourquoi ?

— Parce qu'ils savent que j'ai raison. Ils choisiront, mais, comme tous les chefs, ils ont d'abord besoin de râler pour la forme.

— Tu en es sûr ?

Er'ril pressa la main d'Elena.

— En tout cas, ça a souvent marché avec toi.

La jeune femme ne sut pas si elle devait rire ou s'offusquer.

Avant qu'elle se décide, un rugissement couvrit les discussions enfiévrées.

— L'élu est tout désigné ! (Hun'shwa se dressa et tendit un bras épais comme un tronc d'arbre.) Je propose Tol'chuk !

Un moment de silence suivit son intervention. Mais même dans le camp des og'res, la perplexité plissait les visages. Cependant, nul ne semblait aussi choqué que l'intéressé.

— Il est déjà notre chef spirituel, insista Hun'shwa, s'adressant aux chefs de tribu. De plus, il a prouvé son courage durant la bataille contre Vira'ni. Il a sauvé nos familles !

Un murmure d'assentiment passa dans les rangs og'res.

Hun'shwa se tourna vers les si'lura.

— Et dans ses veines coule du sang de métamorphe. Si nous devons former une armée mixte, autant que son commandant descende de nos deux peuples à la fois !

Elena ouvrit la bouche pour approuver, mais Er'ril lui pressa la main.

— Pas encore, chuchota-t-il.

Le rancien s'entretint avec les autres membres du conseil, puis fit face à Hun'shwa.

— Nous ne connaissons pas cet og're. Nous ne pouvons pas placer notre confiance…

— Votre confiance ?

Fardale s'avança, portant toujours le visage de Mogweed. Depuis le début de la réunion, il se tenait très raide près d'Épine, la fille du rancien. L'imminence de la guerre et l'urgence de s'organiser ne leur avaient laissé que peu de temps en tête à tête, et d'après leurs postures tendues, ils n'avaient pas encore fini de s'expliquer.

— En doutant de sa fiabilité, vous doutez de mon propre cœur, poursuivit Fardale. (Il se dirigea vers l'og're.) Je connais bien Tol'chuk. Dans tout Alaséa, vous ne trouverez pas d'individu à la loyauté plus infaillible. Une loyauté qu'il accorde non seulement aux tribus og'res et à ses amis si'lura, mais aussi à tous ceux qui ont le cœur pur et qui se soucient de l'avenir de nos peuples.

Le rancien demeura impassible.

— Père, intervint Épine, qui était restée à côté de lui. La Racine nous a conduits aux jumeaux. Peut-être devrions-nous écouter l'avis de Fardale.

Le rancien poussa un long soupir.

— Qu'il en soit ainsi.

Une seule personne ne semblait toujours pas convaincue. Tol'chuk se leva.

— Je ne suis pas un chef de guerre.

Er'ril le rejoignit et posa une main sur son épaule.

— C'est ce qui fait de toi le meilleur candidat à ce poste. Tu écouteras les conseils des deux camps sans idées préconçues. Savoir s'entourer de gens compétents – telle est la plus grande qualité d'un chef.

Tol'chuk fixa l'homme des plaines comme s'il était fou, mais il garda le silence. Il se rendait bien compte qu'un général était nécessaire pour unir les deux factions, fût-il un simple symbole.

Magnam leva les yeux au ciel.

— D'abord, chef spirituel, et maintenant, commandant de deux armées. Qu'est-ce que ce sera la prochaine fois, le trône de l'Innommable ?

Une large grimace adoucit le mordant de ses paroles.

Elena regarda Er'ril taper une dernière fois sur l'épaule de Tol'chuk et reporter son attention sur elle.

— Tu savais qu'ils choisiraient Tol'chuk, dit-elle comme l'homme des plaines la rejoignait.

Il haussa les épaules.

— Je n'en suis pas à mon coup d'essai.

Derrière Er'ril, les autres chefs s'étaient littéralement jetés sur Tol'chuk. Elena fut prise de pitié pour leur ami.

— Il va s'en sortir ?

— Il se débrouillera. Comme nous tous.

Jaston leur amena la fillette des marais.

— Je suppose que Tol'chuk sera occupé pendant un bon moment.

— Il y a des chances, acquiesça Er'ril.

— Dans ce cas, mieux vaut que je vous le dise tout de suite. Tol'chuk voulait attendre la fin de la réunion pour vous en parler, mais le temps presse.

— Nous parler de quoi ? demanda Elena.

Jaston les entraîna à l'écart et baissa la voix.

— C'est à propos de Sisa'kofa.

Er'ril sursauta.

— Quoi ?

Instinctivement, il porta la main au pommeau de l'épée passée à sa ceinture – l'arme même de la sor'cière.

Elena ne comprit pas ce que Jaston dit ensuite, mais les paroles du maraîchin la firent quand même frissonner.

— Elle vous attend en bas.

Joach était assis sous le soleil à son zénith. L'odeur qui montait depuis le campement og're, dans la vallée en contrebas, lui faisait froncer le nez, mais la chaleur était douce à ses os endoloris. Après plusieurs jours de voyage à bord de l'*Étincelle des Vents*, il avait fini par craindre que ses membres ne dégèlent jamais.

Des voix s'élevèrent dans la caverne derrière lui.

— La réunion doit être terminée, déclara Greshym.

Assis quelques pas plus loin, le mage noir profitait lui aussi du soleil. Il avait bronzé à bord du navire aérien. Des fils cuivrés brillaient dans sa chevelure couleur châtaigne. Tout en lui irradiait une vitalité insolente. Deux métamorphes armés de lances et portant un arc en bandoulière se tenaient derrière lui. Ils avaient reçu pour ordre de le surveiller, mais Greshym les ignorait complètement.

— Pourquoi n'y as-tu pas assisté ?

Joach entendit la douceur mielleuse de sa voix, pleine de ruse et d'artifice. Pourtant, il répondit :

— C'était un conseil de guerre. Regardez ce corps. M'imaginez-vous en train de mener l'assaut dans les contreforts ?

Greshym haussa les épaules.

— Un sculpteur de rêves aussi doué que toi n'est jamais totalement démuni. As-tu pratiqué ce que je t'ai enseigné ?

Soupirant, Joach tripota son bâton de bois pétrifié. Malgré sa réticence initiale, il avait bel et bien essayé les sorts fournis par le mage noir. Et ceux-ci avaient effectivement augmenté ses capacités. L'un d'eux avait même renforcé ses liens avec l'artefact, liant le sang et la pierre de manière plus intime pour un meilleur contrôle.

— Montre-moi, réclama Greshym. Montre-moi ce que tu as appris.

Joach jeta un coup d'œil aux métamorphes, mais ceux-ci regardaient ailleurs. Et privé de sa magie par le sort de Cho, Greshym ne constituait pas un grand danger.

Heureux de faire une démonstration de ses pouvoirs, Joach ôta son gant et saisit son bâton. Lorsque sa chair nue toucha le bois pétrifié, il éprouva la traction familière sur son cœur. Il regarda des veines écarlates s'écouler dans l'artefact tandis que son sang nourrissait celui-ci. En l'espace de quelques instants, le bois gris vira au blanc.

L'excitation fit trembler tout le corps de Joach – la sensation d'avoir tant d'énergie au bout des doigts. C'était à peine s'il avait entamé la surface de la magie onirique contenue dans le bâton. Il pointa une extrémité de l'artefact vers le sol. Ses lèvres remuèrent, récitant un sort en silence. Du sang goutta du bâton et tomba à ses pieds dans la boue retournée – son propre sang s'écoulant à travers la pierre, un tour que Greshym lui avait enseigné.

Puis Joach projeta son esprit dans le paysage flou entre rêve et réalité. Par-dessus la boue, une rose toute simple poussa hors du rêve et se fraya un chemin dans la réalité. Cette fois, ce n'était pas un construct de sable. Ses feuilles avaient le vert de l'été, ses pétales étaient aussi rouges que du sang frais, ses épines aussi tangibles que le bâton de bois pétrifié.

Greshym fit la moue.

— Pas mal. Tu apprends vite.

— Elle est parfaite, dit Joach.

Tandis que le sang continuait à couler de sa chair au bâton, il se mit à trembler. Il avait de nouveau froid, comme si toute la chaleur du soleil s'était évaporée.

Greshym se pencha vers la fleur pour l'étudier, puis se redressa.

— Mais il n'y a pas de vie en elle. Ça pourrait aussi bien être un vulgaire tableau.

Joach fronça les sourcils.

— Et alors ?

— Nous savons tous les deux pourquoi tu t'entraînes si dur, Joach. Pourquoi tu essaies de me soutirer des bribes de ma connaissance des arcanes. (Greshym agita la main au-dessus de la rose en un geste méprisant.) Ça ne suffira pas si tu veux ramener Kesla.

Joach déglutit et retint son souffle.

— Alors, comment faire ? Comment susciter la vie à partir de rien ?

Greshym secoua la tête.

— Tu ne cesses de prendre et de prendre, mon jeune ami prématurément vieilli, mais tu ne me donnes rien en retour. (Il baissa la voix.) Tu n'es plus qu'à un pas de déchirer le voile ultime entre l'apparence de la vie et la vie véritable.

Joach n'était pas stupide. Il se doutait bien que le mage noir le gratifiait de maigres révélations dans l'espoir de reconquérir sa liberté. Mais il n'était intéressé que par un seul sort, le dernier : comment insuffler la vie à ses créations. Mais chaque fois qu'il tentait d'aborder le sujet avec Greshym, il se heurtait au même mur.

— Laisse-moi te montrer, dit le mage noir avec un soupir exaspéré.

Il tendit un doigt vers la rose.

Joach grogna un avertissement et leva son bâton pour lui enjoindre de reculer. Greshym s'interrompit, le doigt en l'air.

— N'aie crainte. Tu sais que je n'ai plus de magie. Je ne peux même pas voler la tienne ou celle de ton bâton. Le Grimoire et ce sort maudit me coupent de mes pouvoirs.

Joach retira l'artefact.

— Alors, montrez-moi ce que vous voulez me montrer et finissons-en.

Greshym toucha un pétale de la fleur, puis se redressa en s'essuyant la main.

Joach fronça les sourcils. La rose ne semblait pas avoir subi le moindre changement.

— Et ?

— Regarde de plus près, lui enjoignit Greshym.

Joach se pencha en avant. Sa colonne vertébrale lui envoya des élancements de protestation.

— Je ne...

Puis il vit : le bord des feuilles avait bruni et commencé à se recroqueviller. Pourtant, Greshym n'avait aucune magie avec laquelle altérer sa sculpture.

— À présent, elle vit, dit le mage noir comme s'il avait lu dans ses pensées. Elle s'incline devant le temps ainsi que toute chose. Rien de ce qui vit n'est parfait.

— Impossible, souffla Joach.

Greshym s'agenouilla, et avant que Joach puisse protester, il arracha la rose de la boue et la lui jeta.

L'attaque tira les gardes métamorphes de leur indifférence. Soudain, deux lances repoussèrent Greshym vers le rocher qui lui servait de siège.

— Regarde ! cracha le mage noir. Douterais-tu de tes propres yeux ?

Joach fit signe aux gardes de s'écarter tandis qu'il renfilait son gant, brisant son lien avec le bâton qu'il abreuvait de son sang. Le bois pétrifié redevint gris. Joach saisit la rose qui avait atterri sur ses genoux, et son parfum lui emplit les narines. Il secoua la terre accrochée aux racines. Des racines ! Sa création avait des racines !

Ses mains se mirent à trembler. Il n'avait pas sculpté de racines. Pourquoi une de ses créations aurait-elle besoin de racines alors qu'il était la source de sa croissance ? Choqué, il tourna son regard vers Greshym.

— Comment... ?

Le mage noir croisa les bras.

— Tu ne cesses de prendre et de prendre, répéta-t-il.

Joach tenait la rose tendrement, comme s'il s'était agi de Kesla en personne. Greshym n'avait pas de magie – comment avait-il pu faire ça ? *La vie... Il lui a donné la vie...* De nouveau, Joach fixa le mage noir. Il ne parvint à masquer ni sa souffrance, ni son espoir.

— Je peux t'apprendre, dit Greshym. Et je peux te restituer la moitié des hivers que tu as perdus. Je t'en rends une moitié, et je garde l'autre. C'est équitable, non ?

— Je me fiche du temps que vous m'avez volé, hoqueta Joach. Je veux juste le sort.

Greshym pencha la tête sur le côté.

— Mon garçon, si tu veux ramener Kesla, tu auras besoin des deux.

Joach fronça les sourcils.

— La vie réclame de la vie, Joach. Elle ne jaillit pas du néant.

— Que voulez-vous dire ?

Du menton, Greshym désigna la rose.

— Cette fleur m'a coûté trente-quatre jours de mon existence. Et pour ramener Kesla, tu devras dépenser beaucoup plus que ça – une bonne partie de ta propre vie. (Il détailla Joach de la tête aux pieds.) C'est un sacrifice que tu ne peux pas te permettre dans ton état actuel.

Joach se surprit à suffoquer, comme si l'air était subitement devenu trop rare.

— Et que me coûtera ce sort ?

— Rien du tout, mon garçon. Tout ce que je demande, c'est ma liberté. Je n'exigerai même pas que tu détruises le précieux Grimoire de ta sœur.

Joach ne put dissimuler sa surprise.

— Tu es dur en affaires, Joach. J'ai fini par comprendre que tu ne pouvais ou ne voulais pas trahir ta sœur. Qu'il en soit ainsi. Je n'aspire qu'à ma liberté.

— Comment puis-je vous faire confiance ?

Greshym haussa les épaules.

— Tant que le Grimoire sera lié, je n'aurai pas accès à ma magie – à moins de me trouver hors de sa portée. Qui d'après mes estimations doit couvrir au moins cinq lieues. Donc, à supposer que tu me laisses partir et que je ne tienne pas ma parole, rien ne t'empêchera de me rattraper. C'est aussi simple que ça.

— Et la guerre ? Les informations que vous pourriez nous fournir ? insista Joach.

Greshym leva les yeux au ciel.

— Vous connaissez cette région mieux que moi. Et je vous ai déjà dit tout ce que je savais.

Joach chercha l'arnaque.

— En échange de votre liberté, vous me donnerez le secret de la vie et la moitié des hivers que vous m'avez volés.

Greshym acquiesça.

Joach ne pouvait se résoudre à conclure ce pacte. Il se leva, tenant toujours la rose.

— J'ai besoin d'y réfléchir.

— Ne réfléchis pas trop longtemps, mon garçon. Une fois la guerre commencée, l'homme des plaines estimera probablement que je représente un danger plutôt qu'un atout pour votre cause. Si tu attends trop, la pointe de son épée risque de verser sur le sol et ta jeunesse et mes secrets.

Joach savait que le mage noir disait vrai. S'il voulait faire un marché avec Greshym, ce devrait être durant les heures à venir.

Il glissa la rose dans la poche de sa cape.

— Je vous donnerai ma réponse d'ici à la tombée de la nuit.

Greshym regarda Joach s'éloigner. Il avait remarqué le soin que le gamin prenait de la rose. Cette fleur représentait tous ses espoirs de retrouver son amour perdu.

Tu m'as déjà donné ta réponse, Joach.

Greshym s'adossa contre la falaise. Le soleil à son zénith lui réchauffait le visage. Il ferma les yeux et projeta son esprit. Mais si Rukh se trouvait dans les parages avec son bâton d'os, il était encore trop loin pour que son maître puisse le sentir.

J'espère que tu es bel et bien là, mon répugnant petit ami. Pour que mon plan réussisse, j'aurai besoin de ce bâton.

Le mage noir soupira. Il avait l'intention de tenir parole : il rendrait à Joach la moitié des hivers qu'il lui avait volés et lui enseignerait le sort permettant d'insuffler la vie à ses créations. Mais il ne s'en irait pas. En liberté ou non, il avait encore besoin d'une chose.

Coupombre.

Il n'existait pas de talisman plus puissant au monde. Le Seigneur Noir en personne ne pourrait endurer la magie de cette épée. Sisa'kofa avait sagement choisi de dissimuler son arme dans le nexus des Contrées du Couchant, cet endroit où l'énergie se trouvait affaiblie. Sans ça, le Cœur

Noir aurait perçu l'existence de l'épée depuis l'autre bout du monde, et il se serait lancé à sa recherche.

Et à présent, Coupombre se trouvait à portée de Greshym! Il ne partirait pas sans elle.

Le mage noir savoura la caresse du soleil en se réjouissant. C'était son dernier jour de captivité. Il revit Joach empocher sa précieuse rose.

Tu m'appartiens de nouveau, mon garçon. Et cette fois, tu te précipiteras de toi-même à ta perte. Que tu veuilles la connaître ou non, je t'enseignerai la plus puissante des magies noires: le pouvoir corrupteur de l'amour.

Er'ril se tenait face à Tol'chuk, et il n'en croyait pas ses yeux. *Impossible*, songea-t-il. L'og're tenait le Cœur de son peuple – il ne pouvait se méprendre à sa forme et à sa taille. Mais le cristal était devenu noir, corrompu et strié de veines d'argent.

— De l'éb'ène! hoqueta Elena.

Penché au-dessus de la pierre, Tol'chuk tournait le dos à la caverne. Presque tous les participants au conseil de guerre avaient quitté la chambre des esprits. Même Hun'shwa et le rancien s'en étaient allés pour discuter du meilleur moyen de reconnaître les alentours de Nidiver. Jaston les avait accompagnés pour leur proposer l'aide de la fillette ailée. Ne restaient donc que les membres de leur propre groupe: Nee'lahn, Méric, Harlequin Quail, Fardale, Épine et le n'ain Magnam. Tous se massaient autour de l'og're.

Pourtant, ce fut à voix basse que Tol'chuk expliqua:

— Le sang de Vira'ni a corrompu la pierre. Je n'ose pas ouvrir la Porte des Esprits. Je crains que la souillure se propage.

Il avait déjà révélé à ses amis l'existence de l'anneau de sanguine au cœur du Croc du Nord, et la présence de l'esprit lié à ce dernier: celui de Sisa'kofa.

— Seule une poignée de gens est au courant, ajouta Tol'chuk.

Elena s'avança et étudia la pierre en prenant bien garde à ne pas la toucher.

— Il doit y avoir moyen d'inverser le processus.

Nee'lahn la rejoignit.

— C'est le sang d'un malegarde qui l'a transformée.

Méric acquiesça.

— Du sang d'élémental corrompu.

— Donc, il se peut que du sang d'élémental pur parvienne à la purifier, acheva Nee'lahn.

Er'ril plissa les yeux. Se pouvait-il que ce soit aussi simple?

— Je vais essayer, offrit Méric.

—Je ne sais pas trop, hésita Elena. Les malegardes sont créés par l'éb'ène. Son contact n'est peut-être pas inoffensif. Souviens-toi que les portails du Weir pouvaient aspirer l'esprit hors de ton corps.

—Mais le Cœur des og'res est beaucoup plus petit qu'un portail, insista Méric, très excité par son idée. Et puis, je ne suis pas obligé de le toucher. Je peux me contenter de faire couler du sang dessus.

—Ça vaut le coup d'essayer, dit Nee'lahn à voix basse.

Er'ril se tourna vers Elena.

—Qu'en penses-tu ?

La jeune femme soupira.

—Nous touchons au cœur d'un mystère – celui de l'éb'ène et de la sanguine. Si nous parvenons à le résoudre, la solution nous aidera peut-être durant la guerre à venir. Nous avons encore un portail à détruire pour libérer Chi. (Elle fit face à Méric.) Le jeu en vaut peut-être la chandelle.

Le prince el'phe acquiesça et tira une dague de sa ceinture.

Tol'chuk déposa soigneusement le cristal sur le sol de la caverne et recula. Se mordant la lèvre, Méric prit place face au Cœur. Il leva les yeux vers Elena, qui hocha la tête. Puis il jeta un coup d'œil à Nee'lahn. La nyphai serrait ses deux poings sur sa poitrine d'un air anxieux.

Méric empoigna la lame de sa dague et serra. Le seul signe de douleur fut un léger plissement de ses yeux. Du sang coula de son poing fermé. Méric tendit le bras au-dessus du cristal pour l'arroser de son propre sang.

Les gouttes frappèrent l'éb'ène et disparurent purement et simplement. Fronçant les sourcils, Méric serra la lame un peu plus fort pour augmenter le débit.

—Il en faut peut-être davantage, marmonna-t-il, les dents serrées.

Les compagnons attendirent. Le sang de Méric dégoulinait sur la pierre ; quelques gouttes éclaboussaient le sol de la caverne. Mais l'éb'ène demeurait toujours aussi noire. Seules les veines argentées à sa surface semblaient briller tandis qu'elles aspiraient le sang de l'el'phe.

—Arrête, ordonna Elena. Ça ne marche pas.

Méric ne discuta pas ; la jeune femme avait visiblement raison. Nee'lahn rejoignit l'el'phe, tenant une bande de tissu qu'elle avait découpée dans sa propre tunique. Elle l'aida à bander sa main.

Harlequin Quail secoua la tête.

—Quelqu'un a une autre idée ?

Magnam grogna. Pendant toute la scène précédente, il était resté planté dans son coin, les bras croisés sur sa poitrine. Son regard faisait la navette entre Tol'chuk et la pierre.

—À mon avis, nous n'envisageons pas le problème sous le bon angle. Nous ne voyons pas assez grand.

— Qu'entends-tu par là ? s'enquit Méric avec amertume.

Magnam décroisa les bras et se mit à faire les cent pas.

— Je n'en suis pas certain. Mais je crois que vous étiez sur la bonne voie. L'éb'ène, c'est de la sanguine souillée par le contact du sang d'un malegarde. Mais qu'est-ce qu'un malegarde ?

— Un élémental corrompu, aboya Er'ril. Où veux-tu en venir ?

— Laisse-moi réfléchir tout haut. L'éb'ène est à la sanguine ce qu'un malegarde est à un élémental. (Magnam continuait à faire les cent pas.) Maintenant, qu'est-ce qu'un élémental ?

— Une personne douée d'un peu de la magie de la Terre, répondit Nee'lahn en se redressant près de Méric.

— Et la sanguine ? poursuivit Magnam. Selon le vieux Mimbly, ce serait le sang même de la Terre.

— Je ne vois pas où tu veux en venir, s'impatienta Er'ril.

Ce fut Méric qui répondit.

— Les élémentaux portent en eux la magie de la Terre. La sanguine est le sang de la Terre. Ainsi, la corruption d'un élémental n'affecte pas son sang, mais la magie de la Terre qu'il porte en lui !

— Donc... ?

— Ce n'est pas mon sang qui peut purifier la pierre : c'est celui de la Terre !

— Autrement dit, de la sanguine, s'exclama Elena, les yeux écarquillés. Êtes-vous en train de dire que la sanguine peut purifier l'éb'ène ?

Magnam haussa les épaules.

— Selon le vieux Mimbly, la sanguine était cruciale pour repousser les ténèbres à venir. Nous pensions qu'il était maboule. Mais peut-être disait-il juste la vérité. (Le n'ain se tourna vers Tol'chuk.) Et nous avons vu messire Duroc ici présent démontrer cette vérité quand il t'a libérée du portail de la manticore à l'aide du cristal qui gît à nos pieds.

— Au contact du Cœur des og'res, le portail s'est changé en sanguine ! se remémora Elena.

— Mais c'est la magie du Cœur qui l'a libérée, non ? objecta Tol'chuk.

Magnam secoua la tête.

— C'est ce que nous avons tous cru. À présent, je m'interroge. Durant notre excursion au Gul'gotha, les esprits de ton peuple ne se trouvaient plus dans la pierre. N'as-tu pas dit toi-même que ce n'était plus qu'un cristal ordinaire ? Le Cœur n'abritait plus d'autre magie que celle de toute sanguine – du sang de la Terre. Mais apparemment, cela a suffi.

Un silence choqué suivit cette tirade. Si Magnam avait raison, la solution se dressait juste devant eux.

— Se pourrait-il que ce soit vrai ? chuchota Elena.

—Je me souviens d'autre chose, marmonna Tol'chuk. Dans les caves de Ruissombre, le malegarde Torwren s'est enfui devant le Cœur de mon peuple. J'ai cru que c'était la magie de la pierre qui lui faisait peur, mais peut-être redoutait-il la pierre elle-même.

Il y eut un nouveau silence qu'Er'ril fut le premier à rompre.

—Nous savons tous comment vérifier si cette théorie est juste ou pas.

Tous les regards se détachèrent du Cœur pour se tourner vers lui.

—Il suffit de la mettre à l'épreuve. De voir si l'anneau de sanguine arrive à purifier le Cœur des og'res.

Tol'chuk jeta un coup d'œil vers le tunnel.

—En cas d'échec, nous risquons de corrompre la Porte tout entière.

—Je pense que nous devons quand même essayer, dit fermement Er'ril. Si la théorie de Magnam se révèle exacte, nous disposerons d'un moyen efficace de contrer le Seigneur Noir.

Elena rejoignit Tol'chuk et lui toucha le coude.

—Je suis d'accord avec Er'ril. Et je pense que tu perçois la vérité dans les paroles de Magnam.

Après une pause réticente, l'og're hocha la tête, puis se détourna pour prendre la tête du petit groupe.

—Je vais vous conduire à la Porte, mais je prie pour que nous ayons vu juste.

Elena croisa le regard d'Er'ril. Celui-ci put lire l'inquiétude dans les yeux de la jeune femme. Ils s'apprêtaient à prendre un risque non négligeable…

Méric et Nee'lahn emboîtèrent le pas à Tol'chuk, et les autres suivirent. Comme ils approchaient du tunnel, Elena glissa sa main dans celle d'Er'ril. Ses doigts tremblaient.

—Tu vas bien ? s'inquiéta l'homme des plaines.

—Est-il possible que la réponse soit sous notre nez depuis le début ? marmonna la jeune femme. Si la sanguine purifie l'éb'ène, aurions-nous pu l'utiliser pour soigner les malegardes : Vira'ni, Kral et tous les autres ? Si seulement nous avions su…

Er'ril lui pressa les doigts.

—Regarder derrière toi et t'interroger au sujet des chemins que tu n'as pas suivis, c'est le meilleur moyen de sombrer dans la folie. Le seul chemin que tu as besoin de considérer, c'est celui qui s'étend devant toi.

Harlequin, qui marchait quelques pas en avant, leur jeta un coup d'œil par-dessus son épaule. Il avait dû les entendre.

—C'est notre seul chemin ? Génial. Vous savez comment Tol'chuk l'appelle ?

—Non, comment ? demanda Elena.

Du menton, Harlequin désigna le tunnel qui s'ouvrait devant eux.

— Le chemin des morts.

— Oh.

Les pieds d'Elena ralentirent.

Er'ril l'attira plus près de lui.

— C'est un nom, pas une prophétie.

Pourtant, comme elle, il réalisait ce qui se passerait quand ils auraient atteint le bout de ce passage. Ou ils corrompraient la Porte des Esprits, ou ils l'ouvriraient. Mais lequel des deux résultats serait le pire ?

Elena et Er'ril avaient tous deux entendu l'histoire racontée par Tol'chuk un peu plus tôt. Ils savaient ce qui les attendait au-delà de l'anneau de sanguine au cœur du monde. Mais ni l'un ni l'autre ne voulait prononcer son nom à voix haute.

Sisa'kofa.

20

Depuis la cellule obscure où il était emprisonné, Mogweed regardait par les yeux de Fardale. Toute la journée, il avait observé et espéré. Et à présent, les compagnons se dirigeaient vers la Porte des Esprits !

Mogweed étudiait le chemin qu'ils suivaient. Depuis plusieurs jours, il tentait de convaincre Tol'chuk de lui montrer la fameuse arche de sanguine, mais l'og're avait refusé : il craignait trop de s'en approcher avec le Cœur d'éb'ène. Et maintenant que les compagnons se rendaient enfin à la Porte des Esprits, Mogweed était coincé dans la tête de Fardale, incapable d'agir.

Il maudit sa malchance.

La clé de sa prison se trouvait à portée de sa main. Il se souvint du message du Seigneur Noir, jaillissant des profondeurs du bol d'éb'ène : « Tu dois détruire la Porte des Esprits. Elle doit être brisée avec le sang de mon ultime descendant. »

Par-dessus la tête de Méric et de Nee'lahn, Mogweed regardait Tol'chuk marcher en brandissant une torche à bout de bras pour éclairer leur chemin. Le sang de l'og're pouvait le délivrer. Tout ce qu'il devait faire, c'était le tuer devant la Porte des Esprits. Alors, le Seigneur Noir lèverait la malédiction qui pesait sur lui. Évidemment, il resterait une formalité à accomplir.

« Nous brûlerons le loup dans ton cœur. »

Tel était le prix final à payer pour sa liberté. Selon le Seigneur Noir, un seul des jumeaux pouvait survivre à la levée de la malédiction. Un corps, un esprit.

Mogweed serait-il capable de faire ce dernier pas ? Ce dilemme le rongeait depuis des jours. Soudain, il n'était pas si mécontent de son impuissance. Enchaîné dans le crâne de Fardale, il n'avait pas le choix. Il se contenterait d'observer et de se préparer à agir plus tard, quand son cœur serait moins partagé.

Quelque peu rasséréné, Mogweed se concentra de nouveau sur le monde vu à travers les yeux de Fardale – même si son frère passait le plus clair de son temps à jeter des regards furtifs à la si'lura aux cheveux de neige.

Épine, la fille du rancien, marchait devant lui avec une grâce fluide. Mogweed percevait le désir animal de son frère, le léger frémissement de ses narines, les battements de son cœur et le grondement de son pouls.

Épine, qui était elle aussi une louve de nature, sentit que son compagnon l'observait. Elle ralentit pour régler son pas sur celui de Fardale. Un message silencieux fit briller ses prunelles. Puis des mots emplirent la tête des jumeaux, atteignant leurs deux esprits.

—*Je dois te parler. J'ai quelque chose à te dire.*

Mogweed se laissa submerger par les émotions mélangées d'Épine : peur, colère, honte, souffrance, ainsi que traces d'un désir identique à celui de Fardale.

—De quoi s'agit-il ? s'enquit Fardale tout haut, sur un ton brusque.

Visiblement, sa propre colère le rendait aveugle à l'affliction d'Épine.

Mogweed sourit. Les deux amants étaient incapables de communiquer, et il savourait leur tourment. Fardale ruminait encore son exil des Contrées du Couchant sur un édit du père d'Épine. Il avait supplié sa compagne de venir avec lui, mais elle lui avait tourné le dos.

Épine perçut la colère de Fardale, et cela alimenta la sienne. Ses yeux brillèrent plus fort dans le tunnel obscur. Elle continua à s'exprimer mentalement.

—*De quelque chose que j'aurais dû te dire plus tôt. Tu mérites de savoir.*

Fardale garda le silence. La rancœur verrouillait sa langue, et le chagrin l'empêchait de percevoir les émotions de son interlocutrice.

—*J'avais une bonne raison de ne pas te suivre quand tu as quitté la forêt*, poursuivit Épine. (Soudain, elle détourna les yeux et dit à voix haute :) Je voulais… Je voulais vraiment. Mais tu ne m'as pas laissé le choix.

—Moi ? explosa Fardale.

Méric lui jeta un coup d'œil interrogateur par-dessus son épaule. Le métamorphe baissa la voix.

—Je t'ai suppliée à genoux. J'aurais fait n'importe quoi pour rester avec toi. En quoi ne t'ai-je pas laissé le choix ?

Une fureur brûlante fit étinceler les yeux d'Épine.

—Tu m'as fait un enfant.

Mogweed sursauta – et que ce soit dû à sa propre surprise ou à celle de son frère, tous deux trébuchèrent dans le tunnel. Fardale se rattrapa au mur et se redressa. Cette fois, il soutint le regard d'Épine.

— *Un enfant?*

Épine acquiesça sans le quitter des yeux. Une image se forma dans la tête des jumeaux. *Un petit garçon vigoureux qui court à travers les bois, la tête ornée d'une couronne de plumes, sa longue queue flottant derrière lui.*

— Je l'ai appelé Finch. Il est resté dans la forêt, avec les autres enfants et les infirmes.

— J'ai un fils…

Fardale n'était pas moins choqué que Mogweed. *Un fils… né de leur union la nuit où nous avons été maudits!*

Mais la surprise de Fardale bascula et s'abîma dans un puits de rancœur.

— Pourquoi ne me l'as-tu pas dit?

— Je ne m'en suis aperçue qu'après que mon père eut rendu son jugement. (Épine se détourna pour ne pas voir l'expression blessée de Fardale.) À ce moment-là, il était déjà trop tard. Tu devais partir. Je savais que si je te parlais de l'enfant, tu refuserais de quitter la forêt. Et je ne pouvais pas t'accompagner… pas avec un ventre qui ne tarderait pas à devenir énorme et un futur bébé dont je devrais m'occuper.

Elle reporta son attention sur Fardale. La honte brillait dans ses yeux.

Alors, Fardale perçut enfin sa douleur.

— Et tu avais peur, marmonna-t-il. Pour toi et pour ton enfant.

— Pour toi aussi, ajouta Épine dans un chuchotement. Je savais que si tu restais, le loup finirait par te submerger. Tu deviendrais une bête sauvage ne possédant plus aucun souvenir de tes origines. Mais ça m'a brisé le cœur de te regarder partir en sachant que je portais ton bébé… et que je ne pouvais rien te dire.

Fardale se rapprocha d'elle. Mogweed sentit leurs deux cœurs se chercher. Des images voletèrent entre eux, trop rapides pour que l'esprit puisse les suivre: toute une vie de joies et de chagrins partagée en un instant. Tel était le plus grand don des si'lura, celui de communier intimement à travers les souvenirs et les émotions.

Mogweed flottait au-dessus de cet échange. Il ne pouvait pas voir si profondément dans le cœur de Fardale. Mais, dans son esprit, il apercevait les pensées échangées par le couple, pareilles à la lueur diffuse d'une flamme beaucoup plus riche.

Mogweed avait déjà été jaloux de son frère, mais jamais autant qu'en cet instant. Il battit en retraite, non par souci de discrétion, mais poussé par sa honte et sa douleur. Tournant le dos au feu de la passion qui unissait Fardale et Épine, il rechercha l'oubli dans la fraîcheur des ténèbres.

Et tandis que les murs de sa cellule se refermaient sur lui, Mogweed alimenta son propre brasier intérieur. Il savait qu'il n'existait qu'un seul moyen d'échapper véritablement à cette prison. Quel que soit le prix à payer… *Je dois sortir de là.*

Elena sentit approcher la fin du tunnel.

À chaque pas, elle s'enfonçait davantage dans la montagne, et la pression sur sa poitrine et ses oreilles augmentait. La jeune femme avait de plus en plus de mal à respirer. Il lui semblait être de nouveau en train de couler dans le bassin sans fond autour de la Racine du monde.

De temps en temps, Er'ril faisait une remarque, mais ses paroles étaient étouffées par la pression grandissante. Une bulle d'isolement entourait Elena. La jeune femme se sentait coupée de tout et de tous. Même l'éclat de la torche de Tol'chuk lui paraissait affaibli et terne.

Aucun de ses compagnons ne semblait affecté. Ils continuaient à parler entre eux comme si de rien n'était.

Bientôt, la phosphorescence de milliers de lumivers emplit le tunnel.

— Nous approchons, annonça Tol'chuk.

Mais Elena le savait déjà. La pression avait commencé à se stabiliser. Alors, même si ses yeux lui faisaient mal, même si son cœur battait la chamade, la jeune femme continua.

— Tu vas bien ? demanda Er'ril.

Sa voix résonna comme si elle venait de très loin.

Elena hocha la tête.

— C'est la magie. L'air en est chargé.

— Tu es toute pâle.

— Je vais bien.

Et elle ne mentait pas. Elle ne percevait nulle malveillance, juste la présence d'une chose qui la surpassait incommensurablement. Néanmoins, une partie d'elle frémissait devant l'énormité de cette chose.

Er'ril lui pressa les doigts, mais ce fut à peine si Elena le sentit. Ses perceptions étaient comme engourdies. Rien ne pouvait se dresser contre une telle quantité de magie… pas même l'amour.

Tol'chuk continua à avancer, et, quelques instants plus tard, le tunnel déboucha sur une immense caverne. Les compagnons de l'og're le suivirent à l'intérieur. Er'ril et Elena furent les derniers à entrer.

Tous les regards étaient déjà braqués sur le mur du fond, à l'endroit où une arche flamboyante culminait à une hauteur apparemment impossible.

— La Porte des Esprits, annonça Tol'chuk bien inutilement.

— Avec une telle quantité de sanguine, marmonna Harlequin Quail, on pourrait juste acheter le retrait du Seigneur Noir.

Elena en resta bouche bée. Selon Tol'chuk, ce qu'elle contemplait n'était qu'une partie du tout – la moitié d'un gigantesque anneau de sanguine.

Magnam rejoignit Harlequin.

— Si le Seigneur Noir disposait d'une telle quantité de sanguine, je crains les maléfices qu'il pourrait mettre en œuvre. Imaginez-vous une arche de cette taille transformée en éb'ène ? À côté d'elle, les portails du Weir ressembleraient aux colifichets en verre d'une catin.

Les paroles du n'ain suscitèrent l'inquiétude générale – et particulièrement celle de Tol'chuk.

L'og're fit face à la Porte des Esprits. Une de ses mains griffues recouvrait sa sacoche, comme s'il voulait en dissimuler le contenu à l'arche de sanguine.

— Peut-être devrions-nous réfléchir encore un peu.

— Non. (Elena s'approcha de lui.) Je perçois la magie qui nous entoure. Ce petit morceau d'éb'ène n'est pas de taille à la menacer. Pour ça, il faudrait qu'il soit au moins aussi gros qu'un portail du Weir.

Elle vit la lueur dubitative dans les yeux de Tol'chuk. Alors, elle toucha le bras de l'og're pour lui demander de lui faire confiance.

Lentement, Tol'chuk acquiesça. Mais ce fut les sourcils froncés qu'il défit les lanières de sa sacoche et l'ouvrit.

Parce que sa tête était à demi tournée vers Elena, il fut le dernier à voir ce qu'il venait de libérer.

Des lances de ténèbres liquides jaillirent de sa sacoche ouverte et fusèrent très haut par-dessus son épaule. Elena hoqueta. Er'ril la saisit par le coude et la tira en arrière.

— Mère d'en haut ! s'exclama Magnam.

Voyant leurs réactions, Tol'chuk pivota et leva les yeux vers le nuage noir en suspension sous l'arche.

— La Triade ! s'exclama-t-il. Je croyais que les esprits des anciens avaient disparu quand la pierre s'était transformée !

Apparemment, il s'était trompé.

Sous les yeux d'Elena, des éclairs argentés zébrèrent les ténèbres bouillonnantes, pareils à de la foudre dans un nuage orageux. Mais il ne s'agissait pas là d'une tempête ordinaire. Elle ressemblait plutôt à un brouillard d'éb'ène. Et un rire aussi noir que la brume dont il émanait se déversa dans la caverne.

— Recule ! hurla Er'ril à Tol'chuk, en faisant signe aux autres de battre en retraite.

Tol'chuk s'accroupit sous le nuage.

—Mais la Triade…

—Tes anciens ont été corrompus comme le Cœur ! lança Nee'lahn tandis que Méric l'entraînait vers le tunnel. Et comme mes sœurs, les spectres du Sinistre !

Seul Tol'chuk ne bougea pas.

—Je ne peux pas abandonner la Porte !

Des ténèbres monta une voix chargée d'amusement ténébreux.

—Et nous ne te laisserions pas le faire.

La brume se déchira, formant trois nuages. Deux d'entre eux se dirigèrent vers les piliers de l'arche tandis que le dernier s'élevait jusqu'à son pinacle. Leurs contours évoquaient vaguement une silhouette d'og're.

—Non ! cria Tol'chuk en se redressant. Je ne vous laisserai pas endommager la Porte !

—Ce n'est pas nous qui avons l'intention de l'endommager.

La voix semblait émaner des trois ombres simultanément. Des éclairs déchiquetés jaillirent de celles qui gardaient les piliers de l'arche. Fusant vers Tol'chuk, ils lui enserrèrent les bras.

L'og're tenu des deux côtés fut soulevé de terre et tiré en avant. Il poussa un cri. Mais il eut beau se débattre, ses bras étaient tendus à se rompre, ou au moins à se disloquer. Un battement de cœur plus tard, il était immobilisé sous l'arche, suspendu dans les airs entre les deux piliers.

Er'ril se précipita à la rescousse en dégainant Coupombre. L'épée de la sor'cière scintillait tel un glaçon, et sa lame chanta en sortant du fourreau.

Elena arracha ses gants et saisit la dague passée à sa ceinture. D'un geste adroit, elle s'entailla les deux paumes avant de conjurer sa magie. Ses mains s'enflammèrent : feu sor'cier d'un côté, feu glacial de l'autre.

La jeune femme sentit que Méric et Nee'lahn la flanquaient. Les autres étaient revenus avec eux. Jamais ils n'abandonneraient Tol'chuk aux esprits.

Depuis le sommet de l'arche, la troisième ombre projeta des éclairs argentés pour les maintenir à distance. Les lances d'énergie frappèrent avec la puissance de l'acier. Er'ril dut plonger à terre et rouler sur lui-même pour esquiver l'un d'eux. Des éclats de pierre jaillirent à l'endroit où il s'était tenu.

D'autres éclairs visaient le reste du groupe. Les compagnons s'éparpillèrent tandis que des coups pareils à ceux d'un gigantesque marteau résonnaient à travers la caverne.

—Retournez dans le tunnel ! cria Er'ril, à l'abri derrière une saillie rocheuse. Je m'occupe de Tol'chuk !

Elena se releva.

— Faites ce qu'il dit.

Méric soutint le regard de la jeune femme avec une expression coléreuse. Le même défi s'inscrivit sur le visage de tous les compagnons – y compris sur celui de Magnam, qui ne possédait pas de magie. Le n'ain secoua la tête. Il avait reçu un coup à l'épaule ; du sang dégoulinait le long de son bras, et, pourtant, il ne bougea pas.

— Aide Tol'chuk, dit Nee'lahn à Elena sur un ton suppliant. Nous te seconderons de notre mieux.

Une seconde volée d'éclairs fusa. Elena déploya un bouclier de feu glacial devant elle pour bloquer les projectiles. L'impact fut tout de même assez fort pour la faire tituber en arrière. Elle voulut avancer de nouveau, mais d'autres lances d'énergie la bombardèrent, la forçant à battre peu à peu en retraite.

Du coin de l'œil, elle vit Fardale et Épine se laisser tomber à quatre pattes et se changer en loups – l'un noir, l'autre blanc. Ils s'élancèrent à travers la caverne, courant en zigzag pour échapper aux éclairs qui les poursuivaient.

Elena profita de cette diversion pour regagner le terrain perdu. Elle aperçut Er'ril derrière la saillie rocheuse, immobilisé au centre de la caverne. Des éclairs frappaient son abri, faisant sauter des morceaux de pierre et grignotant sa couverture de seconde en seconde.

À l'autre bout de la caverne, Méric se déplaçait à la vitesse surnaturelle de son peuple tandis que Nee'lahn, accroupie derrière un rocher avec Magnam, pansait la plaie du n'ain. De Harlequin Quail, il ne restait aucun signe. Le maître espion avait dû s'enfuir.

Elena reporta son attention sur le fond de la caverne. Ils se trouvaient dans une impasse : aucun des deux camps n'était assez fort pour avoir raison de l'autre. La jeune femme craignait de déchaîner tout son pouvoir sur les spectres qui planaient devant l'arche de sanguine. À supposer que sa magie puisse blesser des esprits, elle risquait aussi d'entamer la Porte. Or, si l'anneau de sanguine venait à se briser, tout espoir d'apprendre ce que savait Sisa'kofa disparaîtrait avec lui. C'était trop grave pour risquer une attaque directe.

Autour d'Elena, des détonations résonnaient à l'intérieur de la caverne, l'empêchant de réfléchir. La jeune femme maintint son bouclier devant elle et continua à avancer lentement. Elle voulait rejoindre Er'ril. Mais que ferait-elle ensuite ? Comment vaincre un ennemi dénué de substance ?

Sur le côté, Épine fut soudain projetée dans les airs par le souffle d'une explosion. Elle heurta la pierre, roula sur elle-même et se redressa sur trois pattes, laissant des empreintes ensanglantées sous elle. Une brûlure noircissait son flanc neigeux. Fardale se mit à courir en cercle autour d'elle pour la protéger contre d'autres éclairs.

La balance en équilibre jusqu'ici commençait à pencher – et pas en faveur des compagnons.

Elena fit encore un pas tandis qu'une explosion plus violente que les autres ébranlait la caverne et l'aveuglait l'espace d'un instant. Les trois spectres venaient de frapper simultanément la saillie rocheuse derrière laquelle s'abritait Er'ril. Quand le nuage de poussière se dissipa, Elena aperçut l'homme des plaines affalé face contre terre. Il ne bougeait plus.

La jeune femme s'élança, sa colère et sa peur renforçant son boulier magique autour d'elle.

—Er'ril !

Les jambes de son bien-aimé étaient coincées sous un tas de gravats. Du sang coulait d'une blessure au cuir chevelu et d'une de ses oreilles, mais il lui répondit par un grognement. Il était toujours vivant ! Une de ses mains tâtonna à l'aveuglette. Elena comprit qu'il essayait d'atteindre l'épée à la rose, qu'il voulait continuer à se battre.

Tant de courage et d'obstination aiguillonnèrent la jeune femme. Elle ramassa Coupombre.

—Non, marmonna faiblement Er'ril.

Mais comme la paume ensanglantée d'Elena se refermait sur la poignée de l'arme, une secousse parcourut son corps. La jeune femme fut debout avant de s'en rendre compte. Sa magie s'engouffra dans la lame et l'embrasa sur toute sa longueur, la changeant en flamme pure.

Des éclairs fusèrent vers Elena depuis trois directions. Mais, sans que la jeune femme y soit pour rien, son épée para chaque lance de foudre, la déviant ou absorbant son énergie. Cette fois, Elena ne titubait pas en arrière sous les impacts. Elle dansait au milieu de la caverne, feintant et bloquant les attaques adverses à une contre trois.

Autour d'elle, les attaques dirigées contre ses compagnons cessèrent peu à peu. Les spectres avaient besoin de concentrer toute leur attention sur la jeune femme.

Elena dansait toujours. Ses pieds remuaient avec une agilité qui ne lui appartenait pas ; son bras s'agitait sous l'impulsion d'une magie qu'elle n'avait jamais conjurée. Une petite partie de son esprit reconnaissait ce phénomène. Une fois, Elena avait combattu sa tante Mycelle avec une lame trempée dans son propre sang. Elle se souvenait de son aisance et de sa précision, comme si le métal avait fusionné avec sa chair. Mais même cette expérience pâlissait comparée à ce qu'elle éprouvait en ce moment.

Coupombre avait été forgée dans de l'acier élémental et liée au sang de Sisa'kofa, son ancêtre. Elena ne maniait pas seulement une arme : elle maniait tout le savoir d'une sor'cière de légende.

Des éclairs jaillissaient autour d'elle en un déchaînement aveuglant. Après avoir ricoché sur sa lame, ils allaient heurter les murs et le plafond. Des gravats tombaient, de plus en plus nombreux. Les compagnons d'Elena battirent en retraite. Eux aussi se rendaient compte que désormais, c'était entre elle et les trois spectres.

Un sourire naquit sur les lèvres de la jeune femme.

Plus près d'elle, une voix résonna dans son dos.

— Elena… (C'était Er'ril, encore sonné.) L'épée… une arme de sang. (Sa voix se raffermit.) Ce n'est que de l'acier. Tu dois la contrôler.

Elena fit la sourde oreille. Elle contrôlait déjà l'arme de son ancêtre. D'un geste du poignet, elle retourna un éclair à l'envoyeur. La lance de foudre meurtrière frappa le mur de granit sous l'arche, faisant exploser la pierre.

N'était-ce pas la preuve qu'elle contrôlait son arme à la perfection ?

Le sourire d'Elena s'élargit, révélant ses dents. La magie chantait dans son sang et l'acier dans ses oreilles. La jeune femme dévia un nouvel éclair. Il lui semblait que son adresse grandissait à chaque instant.

Un cri de douleur s'éleva devant elle – un caillou au milieu d'un océan déchaîné.

— Elena ! (C'était encore Er'ril.) Regarde ce que tu fais ! s'époumona-t-il.

Elena l'ignora. Elle savait très bien ce qu'elle faisait.

— Regarde avec ton cœur ! N'oublie pas la femme en toi !

Comme ces paroles pénétraient dans son esprit, Elena se remémora une scène qui s'était produite bien longtemps auparavant, mais pas très loin de là. Au sommet d'une passe de montagne, debout dans la neige immaculée, elle avait entrelacé les doigts de sa main écarlate et ceux de sa main pâle, joignant la sor'cière à la femme. C'était à cet instant qu'elle avait accepté son pouvoir et admis le poids de ses responsabilités. Et aussi défini ce qu'elle refusait de perdre : son humanité, sa capacité à aimer.

— Er'ril…

— Fie-toi à ton cœur… pas au froid de l'acier.

Lentement, le voile qui était tombé devant ses yeux s'écarta. Un éclair frappa le sol à ses pieds, la faisant bondir en arrière. Elena poussa un cri comme le monde reprenait son aspect habituel tandis que la fusion de la magie et de l'acier volait en éclats.

Au fond de la caverne, Tol'chuk était toujours suspendu entre les piliers de l'arche. Mais des deux côtés de lui, des cratères virolaient le granit aux endroits où les éclairs parés par Elena avaient frappé le mur. La jeune femme était passée à moins d'une longueur de bras de tuer l'og're, son ami.

D'autres éclairs fondaient vers elle. Elena continua à se défendre, mais sans s'abandonner totalement au pouvoir de son arme. Elle cherchait un équilibre entre les deux, et son efficacité s'en ressentait. Les impacts la faisaient de nouveau reculer, menaçant de faire sauter l'épée de ses mains. La certitude de sa victoire s'estompa. La jeune femme sentait que s'abandonner complètement était le seul moyen de pousser jusqu'à la Porte des Esprits, mais, en faisant ça, elle risquait de se perdre et de condamner tous ceux qui l'entouraient. L'acier n'avait que faire de l'amour : il se souciait seulement de la victoire.

Un mouvement près de la Porte attira l'attention d'Elena. Une petite main lui fit signe derrière un tas de gravats situé sous les pieds de Tol'chuk. Puis une silhouette se dressa hors de sa cachette. Harlequin Quail !

L'espion tenait une dague entre ses dents. Il exécuta une série de gestes rapides. Elena fronça les sourcils, puis comprit. Ses yeux s'écarquillèrent.

Évidemment…

Elle risqua un coup d'œil par-dessus son épaule.

— Que tous ceux qui peuvent encore bouger se tiennent prêts à intervenir à mon signal.

Reportant son attention sur les spectres, elle dévia un nouvel éclair vers le plafond.

Des bruits affirmatifs résonnèrent autour d'elle. Plantant son regard dans celui de Harlequin, la jeune femme pria pour que son plan ne soit pas suicidaire.

— Maintenant ! Foncez vers la Porte !

Elena jaillit à travers un barrage d'éclairs. De chaque côté d'elle, ses compagnons s'élancèrent : Méric avec sa rapidité surnaturelle, Fardale, Magnam, et même Épine sur ses trois pattes valides.

Des éclairs fusèrent depuis toutes les directions pour briser leur charge. Mais, en réalité, il s'agissait d'une feinte.

Sous les pieds de Tol'chuk, le petit homme en habit de bouffon constellé de grelots bondit dans un silence inhumain. Avec une grâce défiant les limitations des os et des muscles, il saisit la cheville de Tol'chuk d'une main, se propulsa vers le haut et, d'un coup de dague, fendit adroitement la sacoche que l'og're portait à la cuisse.

Puis il lâcha prise et se reçut souplement en position accroupie. Le Cœur d'éb'ène tomba par le fond de la sacoche – droit dans ses mains tendues. Muni de son trophée, Harlequin courut vers l'un des piliers de l'arche de sanguine.

Ce fut alors qu'un des spectres repéra le petit homme qui venait d'agir à leur nez et à leur barbe brumeuse. Il lui décocha un éclair.

Harlequin plongea en avant avec un tintement de grelots, enchaîna deux culbutes et se redressa au pied de l'arche. Sans marquer la moindre pause, il escalada le mur de granit telle une araignée. Un nouvel éclair fusa vers lui, mais, déjà, il avait bondi vers le pilier. Tenant le Cœur devant lui, il l'enfonça avec force dans la cavité prévue à cet effet.

Les spectres poussèrent un hurlement.

Harlequin se jeta sur le côté.

L'arche s'embrasa tout du long, avec une telle brillance que tous reculèrent devant elle. Les spectres furent brûlés sur leur perchoir, pulvérisés en une nuée de fragments gémissants.

Tol'chuk, que rien ne retenait plus, tomba comme une pierre. Il atterrit les genoux pliés et pivota vers la Porte des Esprits.

Elena battit en retraite vers Er'ril. L'homme des plaines lui tendit une main. Du sang dégoulinait sur son visage. Elena lâcha son épée pour lui prendre la main. La pression qu'elle avait ressentie dans le tunnel était devenue si énorme qu'elle menaçait de la submerger. Frémissant, la jeune femme se pencha vers son bien-aimé.

— Ça va ?

Er'ril grimaça.

— Ça a déjà été mieux.

Inquiète, Elena se tourna vers l'arche. Le mur encadré par la sanguine flamboyante se mit à scintiller. Le granit parut se dissoudre, laissant la place à une illusion. La Porte s'ouvrait.

Le flot de lumière écarlate plongea sous le sol de la caverne et décrivit une courbe le long de la moitié enfouie de l'anneau de sanguine. Lorsqu'il atteignit le morceau de pierre noire fichée au cœur de l'arche, il engloutit purement et simplement ses ténèbres – il les oblitéra. Alors, tout l'anneau s'embrasa d'une radiance qui transperça la chair et les os des spectateurs.

Un instant, Elena éprouva un lien similaire à celui qu'elle avait partagé avec l'épée de sang, une fusion de son esprit avec l'énergie dégagée par l'anneau. Mais, au lieu d'être limitée à la longueur d'une lame d'acier, son essence se propagea dans toutes les directions. Les frontières existaient, mais elles se trouvaient à une distance humainement incommensurable. En cet instant, Elena sut à quoi elle était liée par le sang.

Le monde entier... Toutes les contrées, tous leurs habitants...

L'espace d'une fraction de seconde, la jeune femme perçut toute la vie. Elle avait déjà entrevu cette interconnectivité, cette immense toile qui reliait entre elles toutes les choses – mais jamais de façon aussi totale. La beauté et la symétrie se muèrent en une harmonie à la fois simple et complexe. C'était un chœur sans musique, une parfaite matrice cristalline d'énergie vitale.

L'extase faisait chanter la magie d'Elena.

Puis, ainsi qu'une chandelle soufflée, elle s'éteignit. La caverne réapparut aux yeux de la jeune femme. La pression éclata comme une bulle et s'évanouit. Un sanglot s'échappa de la gorge nouée d'Elena.

— Elena ?

Des doigts pressèrent les siens. Incapable de parler, la jeune femme les pressa en retour.

Contre le mur du fond, la Porte s'était ouverte. Au-delà de son seuil béait un puits de ténèbres traversées de veines de feu écarlate, qui zigzaguaient et s'entrecroisaient. Des étincelles radieuses couraient le long de ces veines et disparaissaient, presque trop vite pour que l'œil puisse les suivre, comme des étoiles filantes dans un ciel nocturne. Mais ce spectacle n'était que la toile de fond, l'écrin de la véritable merveille située au cœur du puits.

Au centre de celui-ci, tournant lentement sur lui-même, se trouvait un cristal de la couleur du ciel par un beau matin d'été. Il semblait grandir et se rapprocher de la Porte, comme pour remplir l'anneau de sanguine.

La Pierre des Esprits.

Sa radiance baignait les compagnons recroquevillés face à son immensité. De nouveau, Elena éprouva la connexion entre toutes les choses. Elle perçut la beauté de sa propre énergie vitale et celle de toutes les personnes présentes dans la caverne – une aura argentée et très pure. En Méric et en Nee'lahn, elle vit également la flamme de leur feu élémental, une minuscule étincelle de magie plus vivace que le reste.

À cet instant, Elena se rendit compte d'une chose surprenante. Les deux énergies étaient identiques : celle de la vie présente en toute chose, et celle du feu des élémentaux. La jeune femme en resta bouche bée. Il en allait de même pour le cristal qu'elle contemplait. Celui-ci était un amalgame de force vitale et d'argent élémental.

Puis une deuxième révélation succéda à la première. Elena avait déjà vu un cristal semblable, une fois.

Elle ne fut pas la seule à faire le rapprochement.

— De'nal, chuchota Er'ril sur un ton à la fois chagriné et émerveillé.

Elena savait qu'il avait raison. L'enfant avait été sculpté dans le même cristal, mélange de force vitale et d'argent élémental, fusionnés en une silhouette radieuse. Elena sentait que c'était une révélation cruciale, mais elle ne parvenait pas à en saisir la signification.

Ce fut alors qu'une goutte de ténèbres apparut au cœur de la pierre. Suivie par un nuage argenté, elle se dirigea vers les compagnons. Tol'chuk se rapprocha d'Er'ril et d'Elena.

— La Sor'cière de la Pierre des Esprits.

Elena carra les épaules et serra une dernière fois la main d'Er'ril. Puis elle fit un pas en avant.

Une silhouette de jais sculpté émergea de la Porte telle une nageuse jaillissant des profondeurs d'un océan. Le nuage argenté ondulait autour d'elle et dans son dos comme sous l'effet de courants invisibles. Flottant dans les airs, elle pénétra dans la caverne et demeura en suspension au-dessus du seuil de la Porte.

C'était une femme uniquement vêtue de filaments argentés. Elena vit qu'il s'agissait de ses propres cheveux dont les mèches encadraient son visage, coulaient sur ses épaules et s'étiraient derrière elle jusqu'au cœur de la Pierre des Esprits.

En retour, l'énergie émise par le cristal fusait le long de ces mèches et venait crépiter sur la peau noire de l'apparition, définissant ses contours comme si elle la sculptait à partir des ténèbres du puits.

Mais ce fut à peine si Elena s'en aperçut. Son regard était rivé au visage de la femme qui lui souriait. Son propre visage – peut-être un peu plus âgé. Seuls ses yeux pleins d'une connaissance et d'une magie très anciennes lui étaient complètement étrangers.

— Sisa'kofa, la salua-t-elle.

L'apparition acquiesça.

— Elena... Enfin.

Sa voix semblait légèrement désynchronisée avec le mouvement de ses lèvres.

Elena était trop choquée pour parler, mais la femme lui souriait avec tant de chaleur qu'elle retrouva l'usage de sa langue.

— J'ai... j'ai tant de questions à poser.

— Comme nous tous de notre vivant, acquiesça l'apparition. Mais je crains de ne pouvoir te donner que les réponses laissées par celle qui m'a précédée. Je ne suis que l'ombre de celle que tu nommes Sisa'kofa, liée à la pierre pour te transmettre un dernier message. J'ai déjà raconté au descendant de Ly'chuk tout ce que j'avais appris pendant ma longue surveillance.

Elena hocha la tête. Tol'chuk leur avait déjà rapporté l'histoire du Seigneur Noir, de la trahison amorcée dans cette caverne même et qui lui avait valu le surnom de Parjure.

— Que dois-je savoir d'autre ? s'enquit-elle. Quel message m'apportez-vous ?

— Je suis venue te dire que tu combats le mauvais ennemi, dit l'ombre de la sor'cière. Que tu te trompes depuis le début.

— Mais le Seigneur Noir veut corrompre le cœur de la Terre ! protesta Elena. Vous l'avez dit vous-même.

Sisa'kofa opina.

— En effet.

— Alors, comment pourrait-il ne pas être notre ennemi ?

Le nuage de filaments argentés s'agita de plus belle.

— Tu ne m'écoutes pas. Ly'chuk est peut-être votre ennemi, mais il n'est pas le bon ennemi. Laisse tes compagnons se charger de lui et de ses ténèbres. Tu dois te réserver pour affronter le véritable danger qui menace ce monde.

— Et d'où provient ce danger ?

L'apparition ondula dans les airs, s'étirant depuis le seuil de la Porte pour venir flotter devant Elena. Une de ses mains noires se tendit et caressa la joue de la jeune femme, laissant sur sa peau une trace de feu et de glace mêlés.

— Pas « d'où », mais « de qui », chuchota-t-elle.

— De qui, alors ?

L'apparition se pencha vers Elena. La jeune femme ne sentit pas le moindre souffle sortir de sa bouche, mais les mots parvinrent quand même à ses oreilles.

— Toi.

Choquée, Elena tituba en arrière.

— Moi ?

L'apparition s'avança pour la suivre.

— Une lame de fond ténébreuse approche. Des devins de maintes contrées prédisent sa venue depuis des siècles et des siècles. Tous les fils de la prophétie convergent vers un seul esprit : non celui de Ly'chuk, mais le tien, Elena Morin'stal, descendante des sor'cières et des el'phes. Tu tiens la destinée du monde entre tes mains.

— Que dois-je faire ?

— Bientôt, tu seras confrontée à un choix crucial. Ta décision nous sauvera ou nous condamnera tous. C'est en cela que réside le véritable danger.

— Vous croyez ? (Elena se redressa, une flamme de colère consumant sa stupeur.) Fût-ce au prix de ma propre vie, je choisirai certainement de sauver le monde.

L'apparition eut un sourire de mauvais augure.

— Tel est justement le cœur du danger dont je parle, la raison pour laquelle j'ai enfermé une partie de mon esprit dans la pierre durant tout ce temps. Je suis venue te dire que, quel que soit ton choix, il nous condamnera tous.

Elena la fixa, puis demanda faiblement :

— Alors, que dois-je faire ?

L'apparition secoua la tête, agitant le nuage argenté autour de sa figure.

— Je ne puis répondre à cette question. Toutes les destinées tourbillonnent à l'approche de cette lame de fond. Nul ne peut voir ce qui s'étend au-delà.

— Mais…

— Regarde dans ton cœur, conseilla-t-elle en se rapprochant d'Elena. Regarde ceux que tu aimes. Trouve ton propre chemin pour sortir des ténèbres – un chemin que tu seras la seule à voir.

— Comment ?

De nouveau, l'apparition tendit une main de jais et toucha la poitrine d'Elena avec un doigt de feu et de glace.

— La réponse est déjà là. Et si tu ne la trouves pas… ce sera la fin du monde.

Er'ril gisait sous le choc de la douleur. Le moindre mouvement embrasait les os broyés de ses jambes prisonnières sous les gravats. Pourtant, quand il vit Elena reculer devant la sor'cière, le désespoir gravé dans chacun de ses traits, il tenta encore une fois de se dégager.

Sa bien-aimée tomba à genoux sur le sol de pierre, comme écrasée par le poids des révélations de l'esprit.

— Elena ! cria Er'ril.

La jeune femme semblait sourde à ses appels. Il tendit les bras vers elle, mais elle était trop loin.

Que lui a dit la sor'cière ?

Pendant qu'elles conversaient, Er'ril avait vu leurs lèvres remuer, mais aucun mot ne l'avait atteint, comme si quelque magie étouffait le son de leurs voix.

Puis le silence se brisa.

— Tu dois garder pour toi ce que je viens de te révéler, lança Sisa'kofa. Personne d'autre ici n'a entendu notre conversation.

Elena leva les yeux vers elle, le visage changé en un masque de frayeur.

— Comment pourrais-je ne pas parler d'une chose pareille ?

L'apparition s'agenouilla et tendit la main comme pour essuyer les larmes qui ruisselaient sur les joues d'Elena.

— Il le faut. Au fond de toi, tu le sais. En parlant, tu affaiblirais leur résolution au moment où ils ont le plus besoin d'être forts. Ce message était destiné à toi seule. C'est le défi que tu dois relever.

— Mais comment… ? (Elena jeta un coup d'œil aux autres. Son regard se posa sur Er'ril.) Comment… ? chuchota-t-elle, le visage baigné de larmes.

La sor'cière suivit la direction de son regard. Er'ril se surprit à scruter ces yeux sans âge et sans fond. Ils semblaient lui demander quelque chose, mais quoi ?

Tandis qu'il s'efforçait de déchiffrer leur message, Sisa'kofa dit à Elena :

— La façon, je l'ignore. Je ne connais que la certitude du résultat.

Elena se couvrit le visage en sanglotant. Sisa'kofa continua à fixer Er'ril, l'implorant en silence.

Blessé et coincé sous les gravats, l'homme des plaines fit la seule chose qu'il pouvait.

— Elena, appela-t-il doucement.

Cette fois, la jeune femme l'entendit et baissa les mains.

— Je t'aime, dit-il en la fixant droit dans les yeux. Quel que soit ton fardeau, je serai toujours près de toi pour t'aider à le porter.

— Er'ril, sanglota-t-elle, le cœur brisé. Tu ne sais pas…

— Si, je sais, coupa-t-il. Je sais que je t'aime… et que rien d'autre ne compte.

— Mais…

— Je t'aime, et tu m'aimes. N'est-ce pas vrai ?

Elena acquiesça sans mot dire. Jamais Er'ril n'avait eu plus envie de la prendre dans ses bras qu'en ce moment. Mais il ne pouvait pas. Il ne pouvait la toucher qu'avec ses mots, la réconforter qu'avec l'étreinte de son cœur.

— Je t'aimerai toujours, poursuivit-il. Selon ma parole, je suis ton homme-lige. Selon les lois el'phiques, je suis ton mari. Mais ce sont mon cœur et mon esprit qui m'attachent véritablement à toi. Tu es ma vie, et rien ne pourra changer cela. Ni maintenant, ni jamais.

Elena prit une grande inspiration tremblante.

— Er'ril…

Sa voix était toujours chagrinée, mais elle ne vibrait plus de désespoir et d'agonie.

La sor'cière se redressa.

— Mon devoir est accompli, annonça-t-elle. Tu dois me libérer.

Elena s'essuya les yeux.

— Comment ?

Sisa'kofa désigna l'épée abandonnée sur le sol.

— Coupombre… C'est une lame conçue pour trancher la magie, pour briser les sorts les plus puissants. Tu dois l'utiliser pour rompre ma connexion avec le cœur du monde.

Elena fixa l'épée comme si c'était un serpent venimeux.

— Fais-le, et je t'accorderai une dernière faveur.

Elle jeta un regard interrogateur à la sor'cière, mais celle-ci se contenta de désigner l'épée.

Elena s'en saisit et se remit debout. Elle passa derrière l'apparition, dont la chevelure argentée la reliait toujours à la Pierre des Esprits. Comme elle levait son épée, Er'ril entendit Sisa'kofa murmurer :

— Enfin…

La sor'cière ferma les yeux.

Elena abattit son épée.

À l'instant où la lame traversait le flot argenté, une lumière éblouissante emplit la caverne, aveuglant les compagnons l'espace d'un battement de cœur.

Puis le monde leur fut restitué.

Elena tenait toujours l'épée dans ses deux mains – mais la sor'cière avait disparu. Derrière la jeune femme, la Porte demeurait ouverte. La Pierre des Esprits brillait toujours au cœur du monde, mais elle battait en retraite. Elle diminua à la vue des compagnons jusqu'à se changer en un simple point lumineux qui finit par s'éteindre. Le puits de ténèbres s'évanouit, cédant la place au mur de granit.

Tol'chuk poussa un cri.

Alors, Er'ril se rendit compte que l'arche de sanguine s'était volatilisée. La Porte des Esprits n'était plus là.

Épuisée, Elena fixa le mur.

— Comme la Racine Spirituelle des Contrées du Couchant, marmonna-t-elle. La Terre se retire. Seule l'ombre de la sor'cière maintenait cette porte ouverte. À présent, Sisa'kofa a disparu, et la Terre se prépare pour son ultime bataille.

— Mais la Porte…, protesta Tol'chuk. C'était le cœur des tribus og'res.

— Non, contra Elena. Tant que la Terre perdurera, les tribus og'res auront toujours un cœur. Un cœur commun à tous les peuples et à toutes les contrées. Nul n'a le droit de se l'approprier.

La jeune femme pivota. Son regard se posa sur Er'ril, et elle fronça les sourcils d'un air perplexe.

L'homme des plaines ne put déchiffrer son expression jusqu'à ce que Méric le rejoigne.

— Je crois que tu peux te lever, lui dit le prince el'phe.

Er'ril se tordit le cou pour regarder par-dessus son épaule. La pile de gravats avait disparu. Il roula sur lui-même et se redressa en inspectant ses jambes. Il n'avait pas mal. Aucun de ses os n'était cassé ; ses vêtements n'étaient même pas déchirés. Il jeta un coup d'œil à ses compagnons. Tous semblaient indemnes.

— Nos blessures sont guéries ! s'exclama-t-il, choqué.

— La dernière faveur, acquiesça Elena avec soulagement. (Elle le rejoignit et, lâchant son épée, serra l'homme des plaines contre elle.) Er'ril !

Il l'entoura de ses bras.

— Chut.

Elena frissonna contre lui.

— Je t'aime, chuchota-t-il.

Mais tout en fixant le mur de granit, il pria pour que cela suffise. Une peur diffuse grandissait en lui.

Que lui a raconté la sor'cière ?

21

Cassa Dar était allongée sur son lit, dans sa chambre au dernier étage de la tour de Château Drakk. Ses yeux fixaient les poutres du plafond, mais sa vision se trouvait bien loin des marécages qui étaient devenus son royaume.

Au lieu de ses cloaques familiers, elle survolait des hautes terres boisées qu'elle contemplait à travers les yeux de sa fillette des marais. La connexion était ténue : une grande distance les séparait, et le flux des énergies élémentales continuait à faiblir, diminuant les pouvoirs de Cassa Dar. Seule la virulence du poison qui animait sa fillette ailée préservait leur lien. La jeune vipère royale sertie au cœur du construct magique de mousse et d'algues demeurait riche en venin.

Néanmoins, Cassa Dar avait du mal à se projeter par-delà une si grande distance. Cela sapait ses forces. Les enfants du château lui apportaient des assiettes de fruits séchés et de poisson bouilli ; c'était à peine si elle y touchait. Trop fatiguée pour quitter sa chambre, elle gardait le lit depuis des jours.

Mais elle connaissait l'importance de sa mission.

Peu après midi, elle s'était envolée avec six espions si'lura. Les métamorphes devaient reconnaître les chemins que les forces alliées emprunteraient le lendemain. Il était prévu que l'armée parte juste après le lever du soleil et qu'elle atteigne les hautes terres en dessous du Croc à la tombée de la nuit. De là, elle poursuivrait vers Nidiver dès l'aube suivante.

Pour que ce plan réussisse, les troupes devraient se déplacer rapidement, sans rencontrer le moindre obstacle. Il fallait qu'elles déferlent sur l'ennemi tel un torrent de neige fondue depuis les sommets.

Mais où était l'ennemi ? Avec quoi les métamorphes et les og'res allaient-ils se colleter ? C'était justement ce que Cassa Dar entendait découvrir.

À un demi-monde du château qui était sa demeure depuis des siècles, la sor'cière survolait la cime des arbres. Le soleil était sur le point de se coucher.

Sa fillette ailée capta un courant d'air chaud et décrivit une courbe ascendante. Cassa Dar approchait de son but, et elle ne voulait pas se faire repérer.

En contrebas, le monde était un océan vert. Les forêts des hautes terres s'étendaient jusqu'à l'horizon au nord comme au sud, bordant les pics des Dents. Mais, à l'est, une large bande de dévastation souillait leur beauté, comme si les flots de végétation étaient venus mourir sur le rivage d'une île calcinée.

De grosses colonnes de fumée montaient vers le ciel, marquant les ruines de hameaux ravagés. Un peu plus tôt, la fillette ailée avait survolé un de ces sites – une ferme isolée. Des braises rougeoyaient encore à travers le linceul de fumée, révélant un véritable charnier. Le bétail avait été brutalement abattu, et ses restes répandus à la ronde. Depuis les airs, Cassa Dar avait repéré une vache coupée en deux, qui gisait dans une mare de tripes et de sang. Les propriétaires n'avaient pas échappé au massacre. Huit têtes étaient plantées au bout d'une pique parmi les ruines : une famille entière, femmes, enfants et chien y compris.

Depuis, Cassa Dar évitait ces sites, préférant se concentrer sur la forêt noircie devant elle. De cet îlot de mort au milieu de l'océan vert, une colonne de fumée noire montait très haut dans les airs. Ce n'était pas les volutes mourantes des autres foyers d'incendie – la source de cette fumée-là continuait à brûler avec vigueur. Cassa Dar savait qu'elle n'avait pas le choix : elle devait aller voir de quoi il retournait.

Satisfaite par son altitude, la sor'cière se dirigea vers le fanal de ténèbres bouillonnantes dans le ciel estival. Depuis le sol, elle n'apparaîtrait que comme un point impossible à identifier. Une partie d'elle répugnait à approcher davantage, mais elle continua à voler en décrivant une courbe ascendante en direction de l'île aux arbres morts.

Lorsqu'elle se trouva à moins d'une demi-lieue, elle put distinguer une large vallée qui s'étendait entre les hautes terres et les collines. À en juger par les arbres bien alignés en contrebas, il avait dû s'agir autrefois d'un immense verger, découpé en exploitations familiales et centré sur une ville de taille modeste.

— Douce Mère, chuchota Cassa Dar dans sa chambre en haut de la tour.

Même si elle n'y avait jamais été, elle connaissait cette vallée. Elena Morin'stal la lui avait décrite en détail, depuis le petit moulin près de la crique jusqu'à la grande mare située en bordure de l'agglomération. C'était la ville natale de la jeune femme, Gelbourg.

Cassa Dar demeura à la lisière de la vallée.

Comme la ferme survolée un peu plus tôt, Gelbourg n'était plus qu'une coquille vide. Les bâtiments de briques avaient été calcinés. Certains murs tenaient encore debout ; d'autres avaient été rasés. Cassa Dar vira légèrement, se dirigeant vers la source de la fumée noire à l'extrémité nord de la vallée.

Le verger ne s'en était pas mieux tiré que la ville. Non seulement les arbres n'avaient plus de feuilles, mais même leurs branches manquaient à l'appel. Il ne restait d'eux que des troncs morts et dépouillés – rangée après rangée de piques géantes attendant des corps à embrocher. C'était une vision démoralisante ; Cassa Dar ne pouvait qu'imaginer l'effet qu'elle produirait sur Elena. La jeune femme avait grandi ici…

— Pauvre enfant.

La sor'cière détourna son regard de la dévastation en contrebas vers la colonne de fumée qui s'élevait à l'extrémité nord de la vallée, dans le lieu nommé Nidiver. Le sillage de destruction remontait lui aussi dans cette direction, tel un chemin de chagrin et de douleur.

Cassa Dar n'osait pas trop s'en approcher. Même si la ville et le verger semblaient déserts, ceux qui avaient allumé l'incendie devaient se méfier des curieux et des espions. Néanmoins, la sor'cière avait reçu pour mission de trouver le dernier portail du Weir. Les ravages qu'elle contemplait étaient sûrement significatifs, mais elle ne pouvait pas rebrousser chemin avec ses seuls mauvais pressentiments. Elle avait besoin d'une preuve pour guider l'armée alliée.

Aussi pressa-t-elle la fillette de prendre de l'altitude. Elle devait se rapprocher autant que possible sans se faire repérer.

Devant elle, la colonne de fumée grandit, emplissant le monde de son âcreté suffocante. Durant tout le vol jusqu'à Gelbourg, Cassa Dar avait respiré l'odeur de suie et de fumée de bois qui s'élevait depuis le paysage. Mais, ici, les vents étaient viciés ; ils charriaient une puanteur de chair brûlée, de sang consumé, ainsi qu'un musc corrompu et surnaturel.

Tandis qu'elle s'élevait au-dessus de la vallée, la sor'cière avisa enfin la source de la fumée. Un énorme cratère béait dans le sol. Elle infléchit légèrement sa trajectoire pour s'en approcher. De forme circulaire, le trou devait mesurer deux lieues de diamètre. D'après ce que Cassa Dar pouvait distinguer de ses bords, ils semblaient former des marches géantes taillées à même la terre et s'enfonçant dans le sol martyrisé.

Quel que soit le dessein qui avait présidé à sa construction, celle-ci n'était pas encore achevée. Des feux jaillissaient soudain de la colonne de fumée et allaient se perdre très haut dans le ciel. Des échos de martèlements et des explosions étouffées montaient vers Cassa Dar. À en juger par leur sonorité, ils émanaient d'une profondeur incroyable.

Jusqu'où descend cette fosse ?

Cassa Dar survola la périphérie du ténébreux chantier. Les cercles extérieurs étaient aussi déserts que la vallée au verger, mais le vent lui apportait des cris qui se mêlaient aux hurlements animaux et au fracas de l'acier. Elle percevait du mouvement très loin en contrebas : un bouillonnement de la fumée, des silhouettes sombres qui s'agitaient à travers cette dernière, soulignées par les décharges flamboyantes.

De toute évidence, la fosse n'était pas vide.

Cassa Dar risqua une passe plus rapprochée en décidant que ce serait la dernière. Elle rapporterait ce qu'elle avait vu et laisserait le conseil de guerre décider de la suite.

Mais comme elle scrutait le cœur de la fosse, la sor'cière sentit une présence enfler devant elle. La colonne de fumée se concentra, se modela. Des ailes noires jaillirent ; un cou s'étira ; des yeux flamboyants s'ouvrirent au-dessus d'un bec immatériel. Une ténébreuse malveillance se déploya pour chercher quelque chose.

Cassa Dar n'était pas assez folle pour s'attarder. Elle sentait qu'être repérée par la présence signifierait une fin certaine. Alors, elle fit demi-tour et piqua dans la vallée ravagée, se laissant tomber parmi les troncs morts entre lesquels elle zigzagua, propulsée par l'élan de son plongeon.

Les arbres noircis défilèrent de chaque côté d'elle. Cassa Dar en émergea pour s'engouffrer dans le lit d'un torrent qui, estimait-elle, ferait une excellente couverture. Elle rasa les eaux boueuses et souillées, maintenant la rive escarpée entre elle et l'apparition inquisitrice.

À tout moment, elle s'attendait qu'une monstrueuse griffe de fumée surgisse du néant pour s'emparer d'elle. Même si son corps se trouvait à des centaines de lieues de là, elle savait qu'elle n'était pas à l'abri. En cas de capture, elle serait détruite en même temps que sa fillette ailée.

Poussée par la peur et aidée par les dons innés de sa création, elle survola le torrent à une vitesse impossible, une prière aux lèvres.

Puis les rives s'effacèrent soudain comme les flots se déversaient dans une mare. Brusquement exposée, Cassa Dar fit volte-face et regarda derrière elle. Elle fut surprise par la distance qu'elle avait parcourue. La colonne de fumée n'était plus qu'une tache sombre à l'horizon.

En suspension dans les airs, Cassa Dar vit les larges ailes noires se replier et le visage cruel se dissoudre. Les yeux flamboyants furent les derniers à disparaître. Ils scrutèrent les environs un moment encore – puis s'évanouirent.

Cassa Dar se mit à trembler de soulagement. Elle avait bien failli réveiller la créature tapie au cœur de la fosse monstrueuse. Se réjouissant d'avoir échappé à son attention, elle exhorta la fillette ailée à sortir de la vallée au plus vite.

À l'ouest, le soleil s'abîmait derrière les montagnes. La sor'cière se lança à sa poursuite afin de rejoindre Jaston et ses amis.

Elle jeta un dernier coup d'œil derrière elle. La colonne de fumée se détachait toujours contre le ciel qui s'assombrissait. Cassa Dar avait trouvé ce qu'elle était venue chercher. Nul doute n'était possible. Les ailes noires, le bec crochu, les yeux flamboyants… C'était l'ombre de la wyverne, le dernier des portails du Weir. La statue devait sûrement se trouver au fond de la fosse.

Le cœur lourd, Cassa Dar laissa la région dévastée derrière elle. Elle savait qu'elle y reviendrait dans deux jours avec tous les autres.

Ils n'avaient pas le choix.

Un frisson d'angoisse parcourut la fillette ailée. Très loin de la là, au sommet de sa tour, Cassa Dar pria à voix basse :

— Mère d'en haut, aie pitié de nous.

— Tu as pris ta décision, gamin ?

Appuyé sur son bâton, Joach toisa Greshym en fronçant les sourcils. Il serra son poing ganté, résistant à l'envie d'effacer la grimace satisfaite sur le visage de son vieil ennemi. Greshym disposait du savoir dont il avait besoin.

Le mage noir était assis sur un tas de paille pourrissante dans sa cellule improvisée : une petite salle souterraine située au bout d'un tunnel qui partait de la caverne principale des Toktala et ne menait nulle part. On lui avait attaché les chevilles ensemble et les bras dans le dos. Deux og'res armés de massue montaient la garde à l'entrée du tunnel – la seule issue.

— Le soleil s'est couché, insista Greshym. Quelle est ta décision ?

Joach s'accroupit. Ses vieux genoux craquèrent, et il dut se retenir à l'aide de son bâton.

— Soyons clairs : si je vous libère, vous m'apprendrez à insuffler la vie véritable à mes créations, et vous me rendrez les hivers de ma jeunesse que vous m'avez volés.

— La moitié de tes hivers, corrigea Greshym. Telle est ma proposition.

— Et une fois libre, vous ficherez le camp loin d'ici.

— Tu crois vraiment que j'aurais envie de rester et de me faire reprendre ?

Joach plissa les yeux. Pouvait-il faire confiance au mage noir ? Sûrement pas, mais il n'osait pas perdre cette chance unique.

Toute la journée, Joach avait fixé la rose sculptée, reniflé ses pétales, caressé ses feuilles vertes. Au coucher du soleil, il l'avait plantée à l'extérieur de la caverne, afin qu'elle ait de la terre fraîche dans laquelle enfoncer ses racines toutes neuves. Puis il avait monté la garde auprès d'elle tandis que le jour se mourait. La fleur vivait vraiment. Pour une telle magie, Joach était prêt à prendre tous les risques.

Accroupi, il se représenta une fille aux yeux crépusculaires et à la peau aussi tiède que le sable du désert. Tout, il risquerait tout pour la toucher encore, pour la regarder sourire au clair de lune.

Les yeux de Greshym scintillaient dans la lumière des torches qui filtrait depuis le tunnel. Un vague sourire flottait sur ses lèvres – mais aussi un soupçon de tristesse.

Joach baissa la voix.

— D'abord, dites-moi comment vous avez donné vie à la fleur sans la moindre magie. Si vous le faites, je trancherai vos liens.

— Et ensuite ?

— Je vous ferai sortir d'ici. Une fois dehors, vous me rendrez mes hivers, puis vous disparaîtrez.

Greshym acquiesça.

— J'aurai besoin d'un cheval.

Joach réfléchit un moment, puis soupira.

— D'accord.

Greshym se dressa sur ses genoux.

— Alors, commençons notre dernière danse. Pour comprendre ce que j'ai fait à la rose, tu dois d'abord appréhender le fonctionnement des forces vitales, le flux d'énergie qui sépare les êtres vivants des morts et des objets inanimés. (Le mage noir planta son regard dans celui de Joach.) Toute force vitale est, à la base, constituée de la même énergie. Mais l'esprit de chaque individu personnalise la sienne. Si tu préfères, il y grave son empreinte et la sculpte à son image, ce qui la rend unique.

— Quel rapport avec la rose ?

— J'y viens, mon garçon. Bien que tu aies le visage d'un vieillard, tu as gardé l'impatience d'un jouvenceau.

— Continuez, ordonna Joach, irrité par les taquineries joviales du mage noir.

Greshym soupira.

— Comme tu le sais, j'ai volé une grande partie de ta force vitale. Ce qui m'a rajeuni en te faisant vieillir.

La colère de Joach se ralluma, mais il la ravala et se mordit la langue pour laisser parler le mage noir.

— J'ai dû te l'arracher, et ce ne fut pas facile. Ce n'est jamais facile. Car une fois modelée, la force vitale devient immuable. Elle ne peut plus changer. Celle que je t'ai dérobée porte toujours ton empreinte.

— Vous voulez dire que… ça reste un morceau de moi ?

L'horreur de cette pensée fit trembler Joach.

— Oui, et elle veut te revenir, de la même façon que l'eau veut dévaler le flanc d'une montagne. Tu es son calice le plus naturel. Je ne la maintiens en moi qu'en lui opposant le barrage de ma volonté. Pour qu'elle s'écoule de nouveau en toi, il suffirait que je te touche et que j'ouvre ce barrage.

— C'est aussi simple ? s'exclama Joach, choqué.

— Oui.

— Et la rose ?

— Tu l'as créée avec ton propre pouvoir. Elle fait tout autant partie de toi que tes bras ou tes jambes. Pour lui donner vie, je n'ai eu qu'à toucher ses pétales et y laisser s'écouler un peu de l'énergie que je t'ai volée – de l'énergie qui portait la même empreinte qu'elle. Une fois la coupe pleine, j'ai tari le flot et rompu le contact.

Stupéfait, Joach se rassit sur ses talons.

— Donc, je peux donner vie à tout ce que je sculpte. Il me suffit de le vouloir et d'y déverser un peu de ma force vitale.

Le mage noir acquiesça.

— Les sorts les plus puissants sont souvent les plus simples.

Joach ferma les yeux. Un tremblement le parcourut. Si c'était vrai, il pouvait ramener Kesla ! Mais oserait-il ajouter foi aux paroles de Greshym ? D'abord, il avait besoin d'une preuve. Il posa son bâton sur ses genoux.

— Que fais-tu ? demanda Greshym.

— Je teste votre théorie.

Joach remonta la manche de sa cape, exposant son moignon. C'était le familier du mage noir qui lui avait dévoré la main. Il passa son moignon au-dessus du bois pétrifié, conjurant la magie en lui, rappelant la main sculptée qu'il avait stockée dans son bâton.

Des doigts se déplièrent comme les pétales d'une fleur, épargnés par l'âge, aussi lisses et vigoureux que quand il était encore jeune. Mais même si Joach pouvait les remuer et saisir des objets avec la force de dix hommes, ces doigts restaient froids et dénués de sensations, comme s'il portait un gant de glace sur sa nouvelle main. C'était une illusion de vie, pas la vie véritable.

Joach reporta son attention sur Greshym.

— Pour donner vie à ce que j'ai sculpté, il suffit que je le désire ?

Le mage noir acquiesça, bouche bée face à sa création. Joach le vit jeter un coup d'œil à son propre moignon – lui aussi avait perdu une main, des siècles auparavant.

— Si j'avais ton talent…, marmonna-t-il avec une jalousie évidente.

— Que dois-je faire ? s'enquit Joach.

Greshym étudia sa main sculptée.

— Laisse un peu de ta force vitale couler dans ta création. Pour cela, il te suffit de le souhaiter, et ton énergie emplira le vide.

Joach fixa sa main onirique. *Le souhaiter ? Se peut-il que ce soit aussi simple ?* Il ferma les yeux et s'imagina indemne, dans un corps sain et vigoureux. Il se représenta une rivière coulant à travers son sang, se répandant depuis son cœur dans toutes les directions : le long de ses jambes et de ses bras, jusqu'au bout de ses orteils et de ses doigts. Il attendit que quelque chose se produise, mais ce ne fut pas le cas.

— Ça n'a pas marché ! protesta-t-il.

— Vraiment ? grimaça Greshym.

Joach leva sa main sculptée. À présent, il distinguait les tendons saillants, les veines bleues, la peau fine comme du papier. Sa main avait vieilli. Il la compara à la gauche. Elles étaient identiques.

— Je ne comprends pas.

Il fléchit ses doigts nouvellement créés, et ses articulations lui firent mal.

— Tu as insufflé de la vie au rêve. De la vie qui a l'âge de ton énergie, expliqua Greshym. Tu es vieux ; elle est vieille.

Joach passa sa main toute neuve par-dessus son bâton. Il sentit les reliefs du grain et des cristaux verts sertis dans le bois pétrifié. Oui, elle était bien réelle ! Fermant les yeux, Joach tourna de nouveau ses pensées vers l'espoir qui lui gonflait le cœur.

Kesla...

Greshym dut percevoir son désir.

— Tu t'es bien débrouillé. Mais donner vie à quelque chose d'aussi complexe que tout un individu consumera une partie significative de ta force vitale – de l'énergie que tu ne peux pas te permettre de sacrifier pour le moment.

Joach rouvrit les yeux.

— Si je vous libère, vous me rendrez la moitié de ce que vous m'avez volé.

Le mage noir acquiesça.

— C'est ce qui est convenu.

Un vague sourire flotta une fois encore sur ses lèvres.

Joach sentait que Greshym ne lui disait pas tout, qu'il lui gardait un mauvais tour en réserve. Mais il gérerait les conséquences quand elles se manifesteraient. Il ne pouvait pas aller plus loin sans la coopération de son vieil ennemi.

Calant son bâton sous une aisselle, il sortit une dague de sa cape.

— Vous feriez mieux de tenir parole, Greshym, ou j'utiliserai cette lame pour vous trancher la gorge.

Il se pencha pour couper les liens du mage noir.

Celui-ci se frotta les poignets et étira ses bras endoloris.

— Et les gardes ?

Joach lui fit signe de s'écarter, puis pointa son bâton vers l'endroit où le mage noir s'était assis et libéra un des deux sorts qu'il avait préparés avant de venir. Cela lui avait coûté du sang et une bonne partie de ses réserves de magie, mais sa jeunesse valait bien ce prix-là.

De la magie onirique s'échappa de l'extrémité de son bâton. Une silhouette sculptée dans le plan des rêves et transférée dans la réalité prit forme sur la paille. C'était une réplique exacte du mage noir, de nouveau pieds et poings liés.

Joach retira une certaine satisfaction de l'expression choquée de Greshym.

— Tu es encore plus doué que je le soupçonnais, marmonna le mage noir. C'est remarquable.

Son double gisait sur le sol, inerte et le visage bleu. Nulle vie ne l'animait et ne l'animerait jamais.

— Ils vous croiront mort, expliqua Joach. Vous pourrez vous enfuir sans être poursuivi.

Greshym fronça les sourcils.

— Pas si on me voit me balader comme ça.

Joach plissa les yeux.

— Oh, personne ne vous verra.

Et il pointa son bâton vers le cœur du mage noir.

Percevant cela comme une menace, Greshym recula. Mais Joach se contenta de libérer son deuxième sort.

La magie onirique tourbillonna. Il prit garde à ne pas la laisser toucher le mage noir, de peur que le Journal Sanglant l'absorbe aussitôt. Au lieu de ça, il créa une bulle autour de Greshym et invoqua une illusion pour modifier son apparence. Le mage noir se changea en marin el'phe aux cheveux cuivrés et à la peau pâle. La magie ne résisterait pas à un examen approfondi, et toute main baladeuse passerait au travers de la bulle, révélant l'artifice. Mais ça suffirait pour le moment.

— Bien joué, lança Greshym à travers l'illusion.

— Prenez garde : je peux dissiper le sort à tout moment et appeler les gardes si vous manquez à votre parole.

Le mage noir acquiesça, et son double avec lui.

— Alors, finissons-en.

Joach se dirigea pesamment vers l'entrée de la caverne et lança dans le tunnel :

— Gardes ! Venez vite ! Il y a un problème avec le prisonnier !

Un bruit de pas traînant annonça l'arrivée d'un des og'res.

Joach pointa son bâton vers le coin de la cellule dans lequel gisait le corps sculpté.

— Mort, dit-il dans la langue commune, en utilisant des mots simples pour bien se faire comprendre. Cet homme est mort.

L'og're se pencha à l'intérieur de la cellule. Ses narines frémirent.

— Mort, répéta-t-il d'une voix rauque.

Joach acquiesça.

— Envoyez un messager au bateau volant, pour les informer.

Le garde poussa un grognement. Il ne serait que trop heureux de s'éloigner. Si massifs fussent-ils, les og're se sentaient mal à l'aise en présence d'un cadavre. Celui-ci fixa le pseudo-Greshym avec des yeux écarquillés, puis s'en fut en s'appuyant sur son poing fermé.

Joach fit signe à Greshym de le suivre. Les gardes l'avaient vu entrer en compagnie d'un marin el'phe, une illusion éphémère sculptée pour les tromper – une coquille vide désormais occupée par le mage noir.

Une fois sorti du tunnel, l'og're rugit quelque chose dans sa langue natale à un de ses congénères plus petit, et probablement un jeune. Celui-ci grommela son assentiment et s'élança vers l'entrée de la caverne principale.

Dépassant le garde, Joach entraîna Greshym dans la même direction.

Dehors, l'éclat argenté des étoiles baignait la prairie, et les montagnes étaient des géants noirs qui semblaient se pencher sur eux. Plus près, les feux du campement de l'armée og're piquetaient les champs, et, dans les bois voisins, on apercevait les yeux ambrés des si'lura. Même s'il faisait déjà nuit, les deux peuples s'affairaient encore. Joach et Greshym n'eurent pas de mal à passer inaperçus.

— Je vais vous emmener jusqu'au corral, dit Joach avec un signe du menton. Là, j'exigerai que vous me rendiez mes hivers. Si vous tentez quelque entourloupe que ce soit, l'illusion se dissoudra.

— Logique, chuchota Greshym.

Joach marchait un pas derrière le mage noir, prêt à toute trahison de sa part. Mais Greshym se contenta de se diriger vers l'enclos grossier qui abritait quelques chevaux.

Rorshaf, l'étalon de feu le montagnard, se tenait dans un box séparé. Voyant approcher les deux hommes, il hennit et rejeta sa crinière en arrière. Ses narines frémirent, et il racla la boue avec un de ses sabots comme pour exprimer sa désapprobation.

— Je vais prendre une autre monture que ce monstre noir, marmonna Greshym. Je ne vois pas l'intérêt de m'échapper si c'est pour me rompre le cou dans le premier virage.

Joach s'interposa entre le mage et le corral.

— D'abord, mon paiement.

Greshym soupira.

— Qu'il en soit ainsi. (Il se tourna vers Joach.) Il suffira d'un contact, comme avec la rose tout à l'heure.

Joach lui tendit sa main toute neuve. Greshym posa sa paume sur celle de l'homme auquel il avait volé sa jeunesse.

— Tiens-toi prêt. Ça risque de secouer.

Joach se tendit, mais jamais il n'aurait pu se préparer à la sensation qui suivit – et de toute façon, il ne l'aurait pas voulu. Une vague de plaisir tiède inonda sa main et remonta le long de son bras. Comme alimentée par un cœur robuste, elle se propagea en ondes frissonnantes, emplissant son torse, coulant dans ses jambes et remontant vers sa tête.

Un instant, Joach eut l'impression de se noyer. Puis sa vision floue s'éclaircit. Greshym retira sa main.

Joach détailla le mage noir à travers l'illusion dont il l'avait enveloppé. Greshym était devenu un homme d'âge mûr, dont les cheveux couleur de châtaigne avaient perdu leur lustre et commençaient à tomber. Mais il n'était pas encore un vieillard.

— Comment te sens-tu, mon garçon ? demanda-t-il aigrement.

Il vacillait sur ses pieds, comme s'il s'était vidé au sens littéral pour remplir Joach avec cette sensation merveilleuse.

Joach leva les bras avec une vigueur qui le surprit. Il redressa son dos voûté et porta une main à son visage. Sa peau était lisse et sa chair élastique plutôt que flasque. Un rire qui avait perdu les aspérités de l'âge s'échappa de sa bouche. Il prit une grande inspiration, appréciant la manière dont sa poitrine se gonflait.

— Je suis redevenu jeune.

— Plus jeune, rectifia Greshym. Tu sembles avoir une trentaine d'hivers.

Joach s'en moquait. Comparé à ce qu'il éprouvait quelques instants plus tôt, il se sentait comme un nouveau-né. De nouveau, il éclata spontanément de rire.

— Suis-je libre de m'en aller, à présent ? voulut savoir Greshym.

Joach songea à revenir sur sa parole et à ramener le mage noir dans sa cellule, mais son vieil ennemi avait tenu parole, et il en ferait autant.

— Fichez le camp d'ici, et vite. Personne ne vous cherchera.

Greshym ouvrit la porte du corral et se choisit une monture – un hongre rouan. L'animal n'était pas sellé, mais le mage noir saisit une bride et des rênes suspendues à un crochet et lui enfila adroitement le mors.

— Et ta nouvelle apparence ? Les autres ne risquent pas de se douter de quelque chose ?

— C'est pour ça que j'ai créé un golem à votre image. Non seulement il empêchera qu'on vous poursuive, mais il justifiera ma jeunesse partiellement retrouvée, expliqua Joach.

Greshym prit appui sur la barrière pour se hisser à cru sur le dos de sa monture. Il dirigea le hongre vers la sortie du corral.

— Je vois. Tu raconteras qu'une partie de l'énergie que je t'avais dérobée t'est automatiquement revenue à ma mort. Très pratique.

Joach haussa les épaules.

— Ne revenez pas.

— N'aie crainte. Je n'ai déjà passé que trop de temps parmi vous. (Par-dessus son épaule, le mage noir jeta un coup d'œil à Joach.) Oh, et encore une chose. Profite bien de ta jeunesse pendant que tu le peux encore.

— Que voulez-vous dire ?

Joach sentit un frémissement d'angoisse troubler sa joie.

— Si tu veux ramener Kesla, ça te coûtera tout ce que je viens de te rendre.

Joach serra le poing.

— Quoi ?

Greshym leva sa main.

— Je suis un homme de parole. J'ai fait tout ce que je t'avais promis de faire. Tu pourras ramener Kesla… mais tu redeviendras ce que tu étais il y a quelques instants : un vieillard au dos voûté et aux articulations percluses de rhumatismes. À toi de voir.

Joach se détendit. Si consternante que fût cette nouvelle, il sentait que le mage noir disait vrai. Mais du moment qu'il pouvait arracher Kesla à sa tombe de sable, quelle importance ? Renoncer à tous ces hivers en échange de la vie de sa bien-aimée était un bien faible prix à payer.

Greshym soupira.

— Je déteste te voir si malheureux. En échange de ton aide, je vais te révéler une dernière chose sans rien te demander en retour. Il existe pour toi un moyen d'avoir les deux – Kesla et ta jeunesse.

— Lequel ?

Joach fit un pas en avant.

— Réfléchis, mon garçon, grimaça le mage noir. Pourquoi ai-je si ardemment poursuivi ta sœur ?

Joach se rembrunit.

— Le Grimoire. Le Journal Sanglant. Il confère l'immortalité à Elena – une source sans fond de force vitale. Il te suffit de le détruire pour t'approprier toute cette énergie. Ainsi, tu en auras plus qu'assez pour donner vie à Kesla et maintenir ta condition actuelle. (Greshym se détourna et talonna sa monture.) Tu as bien grandi, mon garçon ! Ne t'arrête pas à mi-chemin d'obtenir tout ce dont tu as jamais rêvé !

Joach regarda le mage noir s'éloigner. Il ne savait pas s'il devait le remercier ou le maudire. Au lieu de ça, il fit demi-tour et regagna la caverne. Et malgré son trouble, il se surprit à apprécier la longueur de ses enjambées, l'assurance de son pas, la force de ses membres.

Tout cela méritait réflexion.

Depuis la lisière d'un bosquet, Mogweed regarda le frère d'Elena s'éloigner du corral à grandes enjambées. Que signifiait la scène dont il venait d'être témoin ?

Le si'lura resta accroupi jusqu'à ce que le cavalier el'phe ait disparu dans la forêt, à l'ouest. Puis il se redressa et jeta un coup d'œil en direction de la caverne des Toktala.

Quelle magie avait-il vue à l'œuvre ? L'el'phe avait touché Joach, et celui-ci avait rajeuni sous ses yeux. Son dos s'était redressé : les hivers étaient tombés de son visage telles des feuilles mortes d'un arbre. Même ses cheveux gris argenté s'étaient assombris, redevenant auburn comme ceux de sa sœur.

Mogweed fronça les sourcils. Peut-être était-ce une illusion. Joach avait un don pour la magie onirique, même si le métamorphe ne l'aurait jamais cru capable d'une chose pareille. Quand il s'était éloigné du corral, il l'avait fait d'un pas sûr et ferme. Une simple illusion pouvait-elle augmenter l'allure d'un vieillard chenu ?

Mogweed secoua la tête. Ça ne le concernait pas. Il était venu ici au lever de la lune, mais n'avait pas encore trouvé dans ses veines l'acier nécessaire pour faire ce qui devait être fait. Néanmoins, il n'osait pas attendre plus longtemps. Il battit en retraite dans les ombres plus épaisses du bosquet.

Au centre de celui-ci, son paquetage gisait toujours là où il l'avait abandonné. Le bol d'éb'ène était posé sur un petit rocher. Mogweed frissonna dans la fraîcheur nocturne. Il n'avait pas réussi à détruire la Porte des Esprits, mais les esprits démoniaques de la Triade n'y étaient pas parvenus non plus.

Mogweed ferma les yeux. Après la bataille, épuisé, il avait sombré dans un sommeil sans repos à l'intérieur du crâne de Fardale. Il ne s'était réveillé qu'au coucher du soleil, allongé près de la silhouette nue d'Épine qu'il entourait de ses bras. La compagne de son frère dormait ; il en avait profité pour s'esquiver.

De toute évidence, non seulement Fardale et Épine avaient fait la paix, mais ils s'étaient de nouveau abandonnés à leur ancienne passion. Mogweed s'était extirpé de leurs couvertures avec une grimace dégoûtée. Il se souvenait de la profondeur de leur lien spirituel telle qu'il l'avait éprouvée dans les tunnels, et se réjouissait d'avoir dormi pendant que leurs corps s'unissaient à leur tour.

À présent, Mogweed fixait le bol d'éb'ène, les bras serrés autour de lui comme pour se réchauffer. Pour être libéré de Fardale, il devait braver les ténèbres contenues dans cet artefact.

Il s'agenouilla. D'une de ses poches, il sortit le bandage dont Nee'lahn s'était servie pour panser une coupure sur son avant-bras – une blessure reçue durant la bataille de la Porte des Esprits. Grâce à la guérison miraculeuse dont avaient bénéficié les compagnons, la nyphai n'en avait plus eu besoin, et elle s'en était très vite débarrassée. À travers les yeux de Fardale, Mogweed l'avait regardée faire – et dès son réveil, il avait été chercher le bandage souillé.

Le sang élémental de Nee'lahn devrait suffire à conjurer la magie du bol. Pourtant, Mogweed hésitait. Il ferma les yeux. Pas de sensation de picotement dans la nuque. *Bien.* Fardale dormait toujours, probablement repu après ses ébats avec Épine.

Rêve pendant que tu le peux encore, mon frère. C'est mon tour de batifoler dans les ténèbres.

Mogweed laissa tomber le bandage dans le bol et se rassit sur ses talons. Tandis qu'il attendait, il sentit le froid de la nuit s'insinuer sous sa cape. Puis, lentement, l'air devint aussi glacial qu'une tombe. Une puanteur d'entrailles pourrissantes et de plaies infectées emplit le bosquet tandis qu'une brume noire se répandait hors du bol, accompagnée par les hurlements des damnés. Les boyaux de Mogweed se contractèrent, et de la bile monta dans sa gorge. Il recula d'un pas.

Une voix aussi sombre que l'éb'ène et aussi glacée que la banquise s'éleva de la brume.

— Tu oses nous rappeler, petite souris, toi qui nous as déjà déçus !

— Je... je... (Mogweed lutta contre sa langue paralysée.) Je ne pouvais rien faire.

Des tentacules de brume noire se tendirent vers lui. Le métamorphe recula précipitamment, mais les membres impalpables le contournèrent, l'encerclèrent. Il resta tremblant et immobile dans l'espace ainsi délimité, sachant qu'un seul contact avec ces vapeurs ténébreuses aspirerait toute vie de ses os.

— Je vais t'enseigner le prix de l'échec.

Mogweed se recroquevilla sur lui-même. Des choses s'agitèrent dans la brume, des créatures plus sombres que le plus impénétrable des brouillards. Le métamorphe ferma les yeux, paupières crispées – la vue de ces horreurs le rendrait sûrement fou. Mais il ne pouvait se soustraire à leurs cris déments, qui rongeaient le mur de raison autour de son esprit.

— Arrêtez ! hurla-t-il. J'ai des informations à vous donner pour me racheter !

La voix sinistre couvrit les cris des abominations.

— Parle maintenant, ou tu es perdu !

Mogweed rouvrit un œil. Le cercle de brume gardait ses distances mais continuait à l'emprisonner étroitement, tel un cocon au cœur vide.

— Je... je sais quand la sor'cière attaquera. Je connais la nature et le nombre de ses forces.

Un rire glacial accueillit cette offre de trahison.

—Petite souris, penses-tu que nous ignorions quoi que ce soit de ce qui se trame dans ces montagnes ? En ce moment même, nous attendons son armée. Nous lui avons tendu un piège dont nul ne réchappera.

Il y eut un nouvel éclat de rire, et la brume bouillonna de plus belle.

Mogweed devina qu'il n'était qu'à une inspiration de se faire souffler telle une bougie.

—Ly'chuk ! s'exclama-t-il dans son désespoir, utilisant le véritable nom du Seigneur Noir.

La sensation d'amusement qui avait commencé à s'estomper s'évanouit brusquement.

—Ne prononce jamais ce nom ! tonna la voix, résonnant tout autour de lui comme si elle provenait du paysage même.

Un fouet de brume se détendit et cingla la joue de Mogweed. La douleur embrasa le visage du métamorphe. Il lui semblait qu'on avait entamé sa peau jusqu'à l'os et versé de l'acide dans la plaie.

Avec un cri déchirant, il s'écroula sur le côté en se tenant le visage. Mais, sous ses doigts, il ne sentit nulle blessure. Il était indemne. Pourtant, la douleur persistait, ne refluant que trop lentement.

Mogweed lutta pour parler.

—Ils… ils savent tout de vous, pas seulement votre vrai nom.

—Peu importe.

Mais, pour la première fois, Mogweed entendit une trace de doute dans la voix du démon.

Il s'arracha à la boue. Lui-même vivait dans un monde de peur et d'hésitation. Il était en terrain connu. Mieux que personne, il savait comment attiser les doutes de son interlocuteur.

—Ils sont au courant pour l'éb'ène et la sanguine, mentit-il. La sor'cière de la Porte des Esprits leur a tout révélé. Ils savent ce que vous avez fait dans cette caverne le jour où vous avez prêté serment.

Ces mots furent accueillis par un grand silence.

Mogweed se redressa. Il connaissait le pouvoir des secrets révélés – même si, dans ce cas précis, il ne s'agissait encore que de soupçons. Depuis son enfance, le si'lura fermait son cœur à tous et gardait ses pensées pour lui. Il savait ce qu'on ressentait en voyant son intimité exposée – que l'on soit roi, démon ou simple mortel.

Il profita de son avantage pour enchaîner :

—En échange de ces informations critiques, je ne vous réclame qu'une seule faveur. (Il inclina la tête.) Pardonnez mes échecs passés et autorisez-moi à vous servir. Je serai vos yeux et vos oreilles au sein du camp ennemi. Je connais les forces et les faiblesses des compagnons de la sor'cière… comme ils connaissent désormais les vôtres, ajouta-t-il finement. Laissez-moi vous révéler leur cœur. C'est tout ce que je demande contre ma libération de cette prison de chair exiguë.

Le silence se prolongea, mais Mogweed sentait qu'il n'était pas seul. Enfin, la voix reprit, chargée de givre et de glace :

— Alors, prouve que tu dis vrai. Révèle-moi la plus grande faille de la sor'cière.

Mogweed réfléchit très vite. Il avait besoin d'une réponse convaincante. Et même s'il aurait préféré servir des mensonges au Seigneur Noir, il savait qu'il devrait sacrifier quelques fragments de vérité.

— Comme toutes les femmes, c'est au cœur qu'elle est la plus vulnérable, dit-il au bout d'un moment. Si vous voulez lui faire du mal, n'essayez pas de l'atteindre directement. Visez plutôt son point faible, et vous pourrez la briser d'une pichenette.

Il retint son souffle, attendant la réaction de son interlocuteur.

— Et quel est ce point faible ? s'enquit la voix sur un ton acide.

— Marché conclu ? lança Mogweed. Mes secrets contre ma liberté ?

— Je veux d'abord voir la marchandise, petite souris. Réponds à ma question ; ensuite, nous pourrons négocier. Quel est ce point faible de la sor'cière ?

Mogweed hésita encore une fraction de seconde – non pour l'effet dramatique, cette fois, mais parce qu'il s'apprêtait à franchir une ligne.

— Parle ou meurs ! s'impatienta la voix. Quel est son point faible ?

Mogweed inclina la tête.

— Er'ril, l'homme des plaines de Standi. Il est tout ce qui s'interpose entre elle et la défaite. Détruisez-le, et vous infligerez une blessure fatale à la sor'cière.

Le métamorphe sentit quelque chose de ténébreux se loger dans sa poitrine – quelque chose qui ne venait pas du Seigneur Noir, mais qui était son œuvre à lui. Il avait franchi la ligne, et il ne pouvait plus revenir en arrière.

— Le frère de mon lieutenant, siffla la voix issue de la brume.

Mogweed fronça les sourcils, puis se souvint que le mage Shorkan avait autrefois été le frère d'Er'ril.

— Ce n'est qu'un avant-goût de tout ce que je pourrais vous révéler, reprit-il. Une preuve qu'avoir des yeux et des oreilles dans le camp de la sor'cière serait très avantageux pour vous.

Autour de lui, la brume relâcha son étreinte, et les tentacules se rétractèrent dans le puits d'éb'ène.

— Tu nous as donné matière à réflexion, déclara la voix. Pour cela, tu seras autorisé à vivre un jour de plus. Mais pour la liberté de ta chair, tu devras payer un prix plus élevé.

Mogweed jura en silence.

— Quoi donc ? demanda-t-il. Tout ce que vous voudrez.

— Tu ne devras pas seulement être nos yeux et nos oreilles… mais aussi nos mains.

Le front du métamorphe se plissa.

— Que voulez-vous dire ?

En guise de réponse, quelque chose émergea des profondeurs du bol. Mogweed le fixa, horrifié. Un orbe noir reposait dans le récipient tel un œuf dans un immonde nid. Il était gros comme deux poings serrés l'un contre l'autre. Des veines d'argent zébraient sa surface polie.

Mogweed reconnut cet objet. Il avait entendu parler des œufs d'éb'ène qui avaient éclos à Val'loa, de la couvée démoniaque qui s'était répandue dans le donjon de l'Édifice, de la contamination de Sy-wen et de Hunt. Ce qu'il avait sous les yeux était un petit frère de ces abominations.

— Que voulez-vous que j'en fasse ? demanda-t-il à la nuit vide.

Des mots étouffés par la présence de l'œuf s'élevèrent du bol.

— Emporte cette graine et plante-la où nous te l'ordonnerons.

D'après sa taille modeste, Mogweed soupçonnait l'œuf de n'abriter qu'une seule créature gélatineuse – ou peut-être quelque chose de plus répugnant encore. La seule vue de l'orbe d'éb'ène le faisait frissonner. À qui la fameuse « graine » était-elle destinée ? La dernière fois que Mogweed avait communiqué avec le Seigneur Noir, celui-ci avait exigé la vie de Tol'chuk en échange de sa liberté. Allait-il recommencer ?

— Où voulez-vous que je la plante ?

Un nom résonna dans les profondeurs du bol.

Mogweed hoqueta et eut un mouvement de recul. La réponse le glaçait jusqu'à la moelle, et il regrettait maintenant que ça n'ait pas été « Tol'chuk ».

— Pourquoi ? balbutia-t-il. Ça n'a pas de sens.

— Tu n'as pas besoin de savoir pourquoi, petite souris – juste d'accomplir notre dessein, et vite. Alors seulement, le chemin de la liberté s'ouvrira devant toi.

Mogweed renâclait, mais il n'avait pas le choix. Il acquiesça.

— Ce sera fait.

— Échoue une deuxième fois, et tes tourments ne connaîtront pas de fin.

Du bout du doigt, Mogweed suivit la trace de la brûlure invisible sur sa joue. Il savait que ce n'était pas une menace en l'air. Cette nuit, il avait réussi à s'en tirer de justesse. Mais il avait gagné une nouvelle chance de briser les liens qui l'enchaînaient à son frère. Cette fois, il n'échouerait pas. Il n'oserait pas.

Le métamorphe était encore accroupi quand il sentit un grand poids s'évanouir de ses épaules et la chaleur revenir autour de lui. Il jeta un coup d'œil au bol. Le Seigneur Noir avait disparu. La porte entre leurs mondes s'était refermée.

Avec un soupir de soulagement, Mogweed s'affaissa devant le récipient d'éb'ène. Ce qu'on lui demandait ne s'annonçait pas facile, mais ça devait être fait. S'il voulait être débarrassé de son frère, il serait bien forcé d'endurcir son cœur et de vaincre les peurs qui y étaient enracinées.

Prudemment, il ramassa le bol et l'œuf qu'il rangea dans son paquetage, les enfouissant parmi ses effets personnels. Puis, prenant une dernière inspiration pour se calmer, il se releva et quitta le bosquet.

Une fois hors du couvert des arbres, Mogweed entendit des voix fortes résonner à l'entrée de la caverne des Toktala. Il pressa le pas : il avait hâte de retrouver la chaleur et la lumière des feux de camp. Comme il approchait de l'ouverture béante, il vit Elena, Er'ril et la plupart de leurs amis rassemblés sur le seuil.

Méric aperçut le métamorphe et lui fit signe d'approcher. Les sourcils froncés, Mogweed obtempéra. Ses compagnons se pressaient autour de Joach en poussant des exclamations stupéfaites.

— Vous avez l'air d'avoir rajeuni d'un demi-siècle, marmonna Harlequin en décrivant un cercle autour du frère d'Elena.

Joach sourit.

— Et je me sens vigoureux comme un gamin.

Mogweed enfila un masque de surprise. Il avait assisté à la transformation ; pourtant, il feignit d'être choqué.

— Et c'est la mort de Greshym qui t'a fait cet effet ? demanda Er'ril, l'air sombre.

Joach haussa les épaules.

— Je suppose. (Il désigna la bière sur laquelle reposait le corps du mage noir, sous la garde de deux og'res.) Les deux événements sont forcément liés.

Bouche bée, Mogweed s'approcha du cadavre. Celui-ci avait le visage bleu, les yeux vitreux et aveugles. *Non, c'est impossible !* Il se tourna vers les autres.

— Ça s'est produit quand ?

— Joach l'a découvert il y a peu de temps, répondit Elena. Son corps ne portait aucune marque. (Elle jeta un coup d'œil à son frère.) Apparemment, son cœur a lâché.

— Comme s'il en avait un, marmonna Magnam.

Mais Mogweed surprit le regard dubitatif qu'échangèrent Elena et Er'ril. Visiblement, ils soupçonnaient le frère de la jeune femme d'avoir assassiné Greshym pour retrouver sa jeunesse.

— Vous feriez mieux de le découper en morceaux, suggéra Harlequin. Que vous enfouirez dans des tombes séparées. D'après ce que j'ai entendu dire, les créatures du Seigneur Noir ne restent pas toujours mortes.

Er'ril acquiesça.

— Ce sera fait aux premières lueurs de l'aube.

Joach se tenait au milieu de ses compagnons, les membres vigoureux, le dos droit et le visage lisse. Un instant, il croisa le regard de Mogweed, puis détourna les yeux. Mais l'espace d'une fraction de seconde, le métamorphe lut quelque chose dans ses prunelles : une crainte informulée.

Il se souvint de la scène près du corral. Le marin el'phe avait touché Joach, transformant le vieillard en un homme jeune et vigoureux. Puis il était parti au galop, non en direction du navire aérien, mais vers le cœur des bois.

Mogweed dévisagea Joach. Celui-ci ne leur disait pas tout. Mais avant que le métamorphe puisse s'interroger davantage, une grosse main s'abattit sur son épaule, le faisant sursauter. Il pivota vers Tol'chuk.

— Drôle de nuit, marmonna l'og're.

Mogweed se contenta de hocher la tête – il n'avait pas confiance en sa voix. Tol'chuk ne savait pas la moitié de ce qui s'était passé. Le paquetage du si'lura pesait lourd sur son épaule, et la mission qu'on venait de lui confier pesait encore plus lourdement sur son cœur. *Que dois-je faire à présent ? Pourquoi le Seigneur Noir ignorait-il la mort de son serviteur ?*

Tol'chuk pressa l'épaule de Mogweed, puis s'écarta.

— Les feux ont été alimentés dans ma tanière. Les fourrures devraient être chaudes. Va te reposer.

Mogweed était tenté, mais la vision de la bière l'empêchait de s'abandonner au sommeil. Greshym mort, comment pourrait-il mener sa mission à bien ? Car ce n'était pas à Tol'chuk que l'œuf d'éb'ène était destiné, mais au mage noir.

Mogweed ne comprenait pas pourquoi le Seigneur Noir voulait posséder un de ses propres serviteurs. Ça n'avait pas de sens. À moins que l'œuf contienne quelque chose qui aurait permis à Greshym de s'évader ? Mogweed secoua la tête. Une fois de plus, et sans que ce soit sa faute le moins du monde, il avait échoué dans sa mission. Il était arrivé trop tard.

Et maintenant, je fais quoi ? Il n'osait pas recontacter le Seigneur Noir cette nuit. Un tel geste eût été suicidaire.

Un éclat de rire de Joach ramena son attention vers le jeune homme. Celui-ci s'esclaffait avec une bonne humeur vigoureuse. Mogweed étudia ce maître du rêve et de l'illusion. De nouveau, il vit l'el'phe toucher Joach et le transformer avant de s'éloigner au galop. Où était-il parti, et pourquoi ? Ça non plus, ça n'avait pas de sens.

Mogweed jeta un coup d'œil au cadavre décrépit, puis pivota vers l'entrée de la caverne et l'obscurité qui régnait au-dehors. Son esprit parcourait d'étranges chemins. *Un maître de l'illusion...* Il reporta son attention sur Joach et plissa les yeux.

Qu'as-tu fait ?

Sentant que le métamorphe l'observait, Joach tourna son regard vers lui. Mais avant qu'il puisse dire quoi que ce soit, des bruits de pas et des éclats de voix se firent entendre non loin d'eux. Trois og'res armés de massues firent irruption dans la caverne, grognant dans leur langue natale.

Tol'chuk bouscula ses compagnons pour rejoindre les gardes et échanger quelques phrases avec eux.

— Ils ont repéré la fillette ailée, rapporta-t-il.

— Cassa ! s'exclama Jaston. Elle va bien ?

Les autres éclaireurs si'lura étaient rentrés au coucher du soleil. Seule l'enfant des marais avait continué à explorer les collines. Plus tôt, quand Mogweed s'était faufilé hors des fourrures d'Épine et avait quitté la caverne, Jaston était en train de faire les cent pas avec une mine inquiète.

Tol'chuk opina.

— N'aie crainte. Elle arrive.

Ils suivirent les trois gardes dans la prairie. Mogweed scruta le ciel nocturne. Il semblait impossible de distinguer quoi que ce soit dans cette obscurité ; même la lune s'était couchée. Mais pour avoir beaucoup fréquenté Tol'chuk, Mogweed savait que les og'res y voyaient dans le noir.

Un des gardes tendit sa massue. Au bout d'un moment, Mogweed aperçut un minuscule frémissement dans la lumière des étoiles. Il regarda la forme grandir et piquer vers eux.

Jaston fit un pas en avant.

— C'est elle ! s'écria-t-il joyeusement.

Mogweed vit les yeux du maraîchin briller de larmes contenues. Il se rembrunit et croisa les bras sur sa poitrine.

La fillette survola la prairie et se dirigea vers les compagnons rassemblés. À en juger par sa trajectoire erratique et le battement irrégulier de ses ailes, elle était épuisée. Elle se posa dans l'herbe. Son visage encadré de cheveux noirs avait une couleur de cendres.

Jaston se précipita vers elle.

— Cassa !

La fillette leva une main pour l'arrêter. La voix qui sortit de ses lèvres était faible, vidée de toute énergie.

— Je... j'ai trouvé le dernier portail du Weir !

22

Elena se réveilla dans sa cabine à bord de l'*Étincelle des Vents*, surprise qu'on frappe à sa porte et encore plus surprise de s'être assoupie. De la lumière entrait à flots par le petit hublot. La jeune femme se frotta les yeux. Il devait être midi passé. Pourquoi Er'ril l'avait-il laissé dormir si longtemps ?

Bien entendu, elle connaissait la réponse. Suite au rajeunissement miraculeux de Joach et à l'arrivée de la fillette de Cassa Dar, les compagnons avaient passé le reste de la nuit à discuter et à finaliser leurs plans. Er'ril n'avait réussi à la conduire à sa cabine qu'au lever du soleil, après que les armées s'étaient ralliées et mises en marche.

On frappa de nouveau.

— Maîtresse Elena !

La jeune femme repoussa sa couverture. Elle portait encore ses vêtements de la veille.

— Oui ?

— Maître Er'ril demande que vous le rejoigniez dans la cambuse.

Elena se leva et enfila ses bottes.

— J'arrive tout de suite.

Elle se dirigea vers la cuvette de toilette et le miroir doré qui la surplombait. Ses cheveux étaient emmêlés ; elle les peigna avec ses doigts, puis les fixa à l'aide d'une épingle en argent. Elle scruta son visage dans le miroir, y cherchant un signe de la force dont elle aurait besoin durant les jours à venir. Mais tout ce qu'elle vit, ce fut une fille aux yeux cernés et entourés de plis d'inquiétude.

L'écho des paroles de Sisa'kofa résonnait encore en elle : « Elena Morin'stal, descendante des sor'cière et des el'phes. Tu tiens la destinée du monde entre tes mains. »

Elena frissonna. Comment cela était-il possible ? Comment pouvait-elle tenir le destin du monde entre ses mains ? Elle leva ses deux mains écarlates. C'était bien peu de magie pour accomplir l'exploit qu'on lui demandait.

Elle soupira. À l'instant où elle avait ramassé cette pomme dans le verger familial, elle s'était engagée sur un long chemin qui avait fini par la ramener à son point de départ. Elle avait beaucoup appris sur elle-même, sur le cœur des hommes et des femmes. Elle s'était fait de nombreux amis proches, et elle en avait perdu certains. Tout ce périple devait bien avoir une justification, mais laquelle ? Ça ne pouvait pas être seulement le pouvoir et l'apprentissage de la magie.

Sisa'kofa lui avait conseillé de regarder dans son cœur et vers ceux qu'elle aimait. Elena sentait qu'une réponse se cachait quelque part dans les étapes qu'elle avait enchaînées pour en arriver là – une réponse qu'elle devait découvrir au plus vite.

Elle dévisagea la fille dans le miroir et ne vit qu'une étrangère.

— Que sais-tu ? chuchota-t-elle.

Mais l'étrangère demeura silencieuse et maussade.

Quelqu'un frappa de nouveau à la porte, arrachant Elena à sa rêverie. La jeune femme ferma les yeux. Er'ril avait eu raison de la laisser dormir : elle en avait bien besoin.

Redressant le dos pour se donner du courage, elle se dirigea vers la porte et l'ouvrit. Son escorte était un jeune el'phe, qui s'inclina profondément devant elle. Elena lui fit signe de la précéder. Il l'entraîna d'un pas vif dans les couloirs du pont inférieur, puis lui fit monter la volée de marches qui conduisait à la cambuse du pont avant.

Dans la grande pièce transformée en salle de réunion, Elena trouva les chefs des différentes forces alliés, ainsi que la plupart de ses compagnons. Tous se levèrent quand elle entra.

Le rancien portait une ample robe blanche, dont il pouvait se débarrasser facilement quand il prenait sa forme d'aigle doré pour rejoindre les siens. Tol'chuk se tenait près de Joach, et même si elle avait du mal à s'habituer à la nouvelle apparence de son frère, Elena lui adressa un sourire.

De l'autre côté de la table, Jaston portait dans ses bras l'enfant de Cassa Dar. La fillette suçait son pouce ; visiblement, elle était toujours épuisée. Méric et Nee'lahn se tenaient par la main. Derrière eux, adossés au mur, Elena aperçut Magnam et Harlequin Quail, ainsi que Fardale et Épine.

Er'ril désigna un siège vide à la nouvelle venue.

— Nous avons pensé que c'était le moment de faire un dernier point stratégique, dit-il. Le soleil se couchera bientôt, et nous voulons être en position d'ici à la tombée de la nuit pour lancer notre assaut sur la vallée demain matin.

—Quelle distance nous reste-t-il à parcourir? demanda Elena en s'asseyant.

—Mes éclaireurs de tête ont atteint la lisière de la zone brûlée, répondit le rancien. Ils sont en train de nous transmettre leur rapport.

—Et le reste de nos forces? voulut savoir Elena.

—L'*Aile de Corbeau* calque son allure sur les troupes og'res, l'informa Tol'chuk. Nous pensons dresser notre campement en bordure de la vallée aux environs de minuit.

Er'ril désigna une carte sur la table.

—Nous l'avons dessinée d'après les informations fournies par Cassa. Nous positionnerons les og'res le long du bord ouest de la vallée. (Il tendit un doigt.) À l'aube, les troupes de Hun'shwa encercleront la fosse. Lorsqu'elles seront en place, les si'lura lanceront l'assaut initial depuis les airs. Ils pousseront aussi loin que possible au-dessus de la fosse avant de se poser et de se changer en animaux terrestres pour tenir la ligne de défense. Après ça, les og'res chargeront pour raffermir leur position et gagner du terrain.

—Puis nos forces s'envoleront de nouveau afin de porter le combat sur la marche d'en dessous, dit le rancien. Et nous répéterons la manœuvre autant de fois que nécessaire.

Er'ril acquiesça.

—Ainsi, en faisant des sauts de grenouille l'une par-dessus l'autre, les deux armées progresseront jusqu'au fond de la fosse.

Elena fixa l'ovale tracé sur le parchemin avec un morceau de charbon. Puis elle étudia le reste du terrain en silence. C'était sa région natale. Même dessinés aussi grossièrement, elle reconnaissait ses collines et ses vallées, ses ruisseaux et ses mares. Ils étaient gravés dans son cœur.

—Qu'en penses-tu, Elena? s'enquit Er'ril.

La jeune femme acquiesça sans un mot. Les yeux de son époux brillaient avec la ferveur d'un véritable chevalier la veille d'une bataille. L'excitation rougissait ses joues. Il était dans son élément. Mais la stratégie militaire n'était pas la spécialité d'Elena.

—Et nous? demanda-t-elle en ravalant une boule dans sa gorge.

Er'ril fronça les sourcils.

—Une fois l'attaque lancée, nous nous approcherons à bord de l'*Aile de Corbeau* et nous dirigerons vers le centre de la fosse en volant aussi bas que nous l'oserons. Puis nous enverrons la fillette de Cassa Dar reconnaître les lieux. Si la voie est libre, nous utiliserons une corde pour descendre au fond de la fosse. C'est sûrement là que se trouve le dernier portail du Weir.

—Qui participera à cet assaut?

Er'ril se redressa.

— En plus de nous deux, ceux qui disposent de la magie la plus puissante avec laquelle t'aider : Joach, Méric et Nee'lahn.

La main de Joach se crispa sur son bâton. Elena vit la fierté sur le visage de son frère. Après avoir été infirme si longtemps, il était redevenu jeune et vigoureux, de nouveau capable de la protéger. Mais sous la flamme de son ardeur, Elena distinguait quelque chose de plus sombre, une dureté qu'elle ne lui avait pas connue jusque-là.

La veille, elle avait discuté avec Er'ril de la possibilité que Joach ait tué Greshym pour récupérer ses hivers volés. Er'ril partageait ses soupçons, mais, dans le fond, il se sentait plus soulagé qu'inquiet : que ce soit l'œuvre de Joach ou non, Greshym était mort. À présent, tandis qu'elle contemplait les ténèbres dans les yeux de son frère, Elena n'était pas si certaine qu'ils aient échappé à la malveillance du mage noir.

Elle reporta son attention sur Méric et Nee'lahn. Tous deux avaient compté parmi ses premiers alliés. Et si Joach était devenu plus sombre, l'el'phe et la nyphai avaient suivi le chemin inverse. Ils irradiaient littéralement. Elena voyait bien qu'ils n'arrêtaient pas de se toucher. On aurait dit que la longue route parcourue jusqu'ici avait adouci leur cœur au lieu de l'endurcir. Elena ne pouvait que s'en réjouir. Elle leur adressa un signe de tête pour les remercier – à la fois de ce qu'ils avaient fait dans le passé et de ce dernier sacrifice.

Puis Er'ril prit la parole, ramenant l'attention de la jeune femme vers lui.

— Mais la magie seule ne nous suffira peut-être pas pour atteindre le portail de la wyverne. Aussi quelques autres personnes se joindront-elles à nous.

— Deux métamorphes, lança le rancien. Ma fille Épine et son promis, Fardale.

Elena haussa les sourcils tandis que Fardale s'inclinait devant elle. Même s'il arborait le visage de Mogweed, sa posture avait toujours quelque chose de sauvage, de féroce.

— Il y a très longtemps, j'ai quitté cette forêt à tes côtés, dit-il avec raideur. J'ai été témoin de ta transformation – de fillette en femme, de sor'cière en reine. Et même si nous n'avons pas pu échanger le moindre mot pendant de nombreuses lunes, j'ai toujours connu ton cœur. Je ne t'abandonnerai pas maintenant. Cela m'est impossible. Ton odeur est dans mon sang. Tu es ma meute.

Il pressa un poing sur sa poitrine en signe de serment.

— Merci, marmonna Elena, au bord des larmes.

— Nous emmènerons également du muscle, grimaça Er'ril. Tol'chuk et le n'ain Magnam.

L'og're acquiesça.

—Comme Fardale, je ne puis faire autrement que de t'accompagner.

Ses yeux irradiaient une douce chaleur. Et même s'il était incapable de projeter mentalement ses pensées comme les si'lura de sang pur, la jeune femme perçut l'amour et la détermination dans ses paroles.

Les yeux pétillants d'amusement, Magnam croisa les bras sur sa poitrine.

—Et là où va messire Duroc, je me dois de le suivre.

—J'ai également gagné ma place au sein de cette illustre compagnie, déclara Harlequin Quail en haussant les épaules. Apparemment, le fait que je vous ai sauvé la vie à tous pendant la bataille de la Porte des Esprits a ramolli la méfiance et l'obstination métalliques de l'homme des plaines à mon égard.

Er'ril soupira.

—Sa rapidité et sa ruse pourraient nous être utiles, concéda-t-il.

Elena balaya la pièce du regard. Sisa'kofa lui avait conseillé de se tourner vers ses amis durant les temps sombres à venir. Du moins ne seraient-ils pas bien loin d'elle.

Aiguillonnée par le courage de ceux qui l'entouraient, la jeune femme rassembla le sien.

—Notre plan me paraît sensé. Et l'assaut sur Noircastel ?

—J'ai parlé avec Xin, qui se trouve à bord du *Cœur de Dragon*, répondit Joach. Ils attaqueront demain matin, eux aussi.

—Tout est prêt, constata Elena.

—Nous avons fait de notre mieux, dit Er'ril.

Elena détailla de nouveau la carte. À la même heure le lendemain, la moitié du monde serait en guerre. Demain, la jeune femme entraînerait ses alliés et ses amis les plus proches à leur perte.

—Si ça te convient, nous pouvons lever la réunion afin d'informer les troupes et de commencer les préparatifs.

Sans quitter du regard la carte grossière, Elena hocha la tête.

—Qu'il en soit ainsi.

Ses compagnons sortirent. Seul Er'ril resta dans la cambuse avec elle. Il versa une chope de thé fumant, l'apporta à la table et la fourra entre les doigts glacés de la jeune femme.

—Qu'est-ce qui ne va pas ? demanda-t-il doucement.

—Qu'est-ce qui ne va pas ? répéta Elena en agitant une main au-dessus de la carte. La question, c'est plutôt : qu'est-ce qui va ?

Er'ril lui saisit la main.

—Regarde-moi, dit-il en s'asseyant près d'elle.

Elena obtempéra à contre-cœur.

Dans les yeux de l'homme des plaines, la flamme de l'ardeur combative s'était assourdie.

—Demain, beaucoup d'entre nous mourront, dit-il, laissant parler son cœur. C'est la guerre. Mais, pour l'instant, nous sommes en vie.

—Mais...

—Chut. (Portant la main d'Elena à ses lèvres, il embrassa sa paume.) Pour l'instant, nous sommes en vie, répéta-t-il.

La douceur de sa bouche agit comme un baume sur la douleur dans la poitrine d'Elena. La jeune femme ferma les yeux et autorisa cette tiédeur à se propager en elle. Trop tôt à son goût, Er'ril s'écarta d'elle mais continua à lui tenir la main, emprisonnant la chaleur de son baiser entre ses doigts.

—J'ai vu ta tête quand tu as étudié la carte, dit-il tout bas. Tu as reconnu l'endroit où la fosse a été creusée.

Ses mots frappèrent au cœur de la douleur d'Elena. Les yeux de la jeune femme se remplirent des larmes qu'elle réprimait depuis qu'elle avait découvert cette sinistre carte. De sa main libre, elle effleura le dessin tracé au charbon.

—Oncle Boln...

Er'ril pressa son autre main.

—C'est là que son cottage se dressait autrefois. Et avant lui, l'académie des mages chyriques du temps où j'étais jeune.

Elena retrouva enfin l'usage de sa voix.

—Cassa Dar a mentionné une confluence d'énergie.

Er'ril acquiesça.

—Un nœud de pouvoir plus important que tous les autres points vitaux de la Terre. Le Seigneur Noir compte y positionner le portail de la wyverne afin de corrompre le monde une bonne fois pour toutes.

—Et oncle Boln avait bâti sa maison en cet endroit précis...

—Peut-être était-il au courant – consciemment ou non.

Elena fronça les sourcils en essayant de se souvenir.

—Il a dit quelque chose à propos des souterrains sous sa maison. Il pensait que les mages s'étaient établis là parce qu'ils avaient perçu le flot d'énergie.

—Et De'nal... Il s'est réfugié dans ces mêmes cavernes. C'est là qu'il a cristallisé son esprit pour nous attendre. Il savait que le pouvoir le préserverait.

Elena soupira.

—Donc, toute cette histoire va s'achever là où elle a commencé.

Er'ril prit son autre main.

—Et nous finirons ce chemin de la même façon que nous l'avons commencé : ensemble.

Se souvenant des paroles de Sisa'kofa, Elena conjura un sourire reconnaissant.

Son ancêtre avait eu raison. La révélation qu'elle lui avait faite devant la Porte des Esprits ne pouvait être partagée avec personne, pas même avec Er'ril. Alors, Elena laissa à son bien-aimé l'illusion qu'ils marcheraient vers cette ultime bataille main dans la main. Visiblement, il avait besoin d'y croire autant qu'elle, et elle refusait de lui enlever ça. Mais, au final, elle savait qu'elle se tiendrait seule avec le sort du monde entre ses mains. Ses mains qu'elle autorisait Er'ril à presser – les mains d'une sor'cière, les mains d'une femme.

Tiens-les pendant que tu le peux encore, songea-t-elle. *Parce que bientôt, tu devras les lâcher.*

Au coucher du soleil, Méric se tenait avec Nee'lahn sur le pont de poupe de l'*Étincelle des Vents*. Il ferma les yeux, savourant la caresse de l'air et le picotement de la magie qui courait à travers le bâtiment. Il n'avait qu'une envie : se connecter à la quille métallique dont l'énergie rougeoyait à la lisière de sa conscience. Mais ce n'était pas son navire. Le capitaine, un cousin au second degré du côté de son père, se débrouillait parfaitement pour manœuvrer le vaisseau aérien et calquer son allure sur celle des forces terrestres en contrebas. Il n'avait pas besoin de son aide.

Au lieu de ça, Méric projeta ses perceptions autour de lui, modelant le vent à sa guise, caressant les courants aériens, écartant une brise joueuse comme un autre homme aurait repoussé une mèche rebelle qui lui tombait sur le front. Et ce faisant, il perçut le tonnerre qui couvait à l'horizon.

Un orage venu de la mer se dirigeait vers eux, amassant des nuages d'air froid et chaud sur son passage. Une humidité encore chargée d'iode emplissait l'air. Les vibrations de la foudre se répercutaient le long des nerfs de Méric. Plus loin encore, le vent enflait telle une lame de fond prête à s'écraser sur ces hauteurs.

Avant l'aube, le ciel serait en guerre tout autant que la Terre. Méric devait prévenir Er'ril et les autres. Mais ça pouvait attendre un petit moment. Il rouvrit les yeux. Pour l'instant, le ciel était dégagé. Seules quelques traînées vaporeuses se détachaient contre les cieux couleur d'ecchymose. Le soleil se couchait derrière eux. À l'est, l'horizon était déjà noir, et quelques étoiles brillaient.

Nee'lahn s'agita.

— Nous approchons des arbres brûlés.

Méric prit une grande inspiration. L'air sentait la fumée de bois, mais pas plus que quelques instants auparavant. Dans les collines en contrebas, les og'res traversaient des forêts intactes et des prairies remplies d'herbe douce. Pour des créatures aussi massives, ils se déplaçaient à une vitesse étonnante, tels des rochers dévalant le flanc d'une montagne.

Méric eut beau scruter le paysage jusqu'à l'horizon drapé de nuit, il ne vit rien d'autre que de la végétation saine.

—Je ne vois pas le verger incendié.

Nee'lahn s'affaissa contre le bastingage.

—Moi, je le sens. (Sa main tâta son front, puis vint se poser entre ses seins.) C'est plus douloureux que n'importe quelle pourriture. Pour l'instant, la chanson sylvestre résonne autour de moi, aussi pure et limpide qu'un torrent de montagne. Mais plus loin, j'entends une discordance atroce qui se rapproche de nous. Et ce n'est pas le silence de Lok'ai'hera ravagée : c'est le cri d'un esprit qu'on torture.

Elle se boucha les oreilles.

Méric cala sa hanche contre le bastingage et prit la nyphai dans ses bras.

—Ne t'en fais pas, lui chuchota-t-il. Cette lamentation sera la dernière que tu entendras. Je te le promets. Nous vaincrons.

Nee'lahn se laissa aller contre lui.

—Je prie pour qu'il en soit ainsi, mais…

Méric n'eut pas besoin d'une quelconque magie pour entendre ses pensées.

—Rodricko est en sécurité, lui assura-t-il. Kast les gardera, lui et Sheeshon, à bord du *Cœur de Dragon*, loin des combats.

Nee'lahn émit un petit bruit de dénégation.

—À l'aube, il ne restera pas un seul endroit sûr au monde.

Méric embrassa doucement ses cheveux couleur de miel. Elle sentait les pétales de rose et la fleur d'oranger.

—Ton fils sera protégé.

Le murmure de Nee'lahn eût été inintelligible pour quiconque d'autre, mais l'el'phe le comprit et corrigea :

—*Notre* fils.

Ce jour-là, au lever du soleil, ils s'étaient fait des promesses avec le ciel au-dessus d'eux et la forêt en contrebas pour seuls témoins. Qui savait s'ils en auraient l'occasion plus tard ? Dans les circonstances présentes, il eût été idiot de tenir leur langue et de ne pas se dire ce qu'ils avaient dans le cœur.

C'était dans cette même forêt qu'ils s'étaient rencontrés, bien des lunes auparavant. À l'époque, l'histoire de leurs deux peuples avait dressé beaucoup d'amertume et de rancœur entre eux. Mais arrivés au bout de ce long chemin d'épreuves et de peine, ils se rendraient compte que le passé était moins important que l'avenir.

La main de Méric chercha celle de Nee'lahn. Leurs doigts s'entrelacèrent à l'instar de leurs cœurs.

— Les ténèbres approchent, chuchota la nyphai.

De nouveau, Méric tourna son regard vers l'horizon drapé de nuit. Tout au bord du monde, le vert de la végétation s'abîmait dans la noirceur. Une colonne de fumée noire comme de l'encre s'élevait dans le ciel, beaucoup plus foncée que la pénombre crépusculaire. L'el'phe était incapable d'entendre la chanson sylvestre; pourtant, la douleur de la région souillée qui s'étendait devant lui hurlait à ses oreilles.

Il fut saisi par l'impulsion de conjurer les vents, d'arracher le commandement du navire à son cousin et de faire demi-tour. S'aventurer en ces terres ravagées par la défaite était synonyme de mort. Au lieu de ça, il serra Nee'lahn plus fort contre lui.

Au loin, l'orage encore distant grondait dans sa tête, résonnait dans sa poitrine et se répercutait dans la moelle de ses os. Il était un paratonnerre, vibrant des forces qui se massaient à l'horizon.

Nee'lahn avait dû le sentir aussi. Elle releva la tête et tourna son regard vers l'est comme lui. La ligne de collines verdoyantes s'arrêtait au bord de la forêt calcinée. Celle-ci s'étendait à perte de vue.

— C'est la fin du monde.

Er'ril aurait voulu empêcher Elena de monter sur le pont supérieur, mais le regard d'acier de la jeune femme l'avait convaincu que ses efforts seraient futiles. À présent qu'il observait son expression affligée au clair de lune, il regrettait de ne pas l'avoir enchaînée dans sa cabine.

Elena se tenait contre le bastingage, fixant la région dévastée où elle était née et où elle avait grandi. L'incendie avait changé les arbres du verger en lances durcies par le feu et pointées vers le ciel. L'air empestait la fumée et la cendre.

La tombée de la nuit avait mis en évidence le rougeoiement des braises enfouies. Cette lueur sinistre rappelait à Er'ril les feux que l'on trouvait dans les tourbières au-dessous des steppes du nord. Les voyageurs devaient faire très attention: un pas de travers, et ils risquaient de finir brûlés vifs. Mais, ici, le terrain était encore plus dangereux, soupçonnait Er'ril. Nul ne pouvait dire quelle magie destructrice se tapissait sous le sol noirci et fumant.

Par prudence, l'*Étincelle des Vents* volait à bonne distance des vallées ravagées. En contrebas, les forces og'res se rassemblaient dans la forêt intacte afin de dresser leur camp pour la nuit, même si celle-ci s'annonçait brève. Les si'lura étaient aussi en train de s'installer; ceux qui avaient choisi de garder leur forme ailée se choisissaient un perchoir tandis que d'autres reprenaient la forme dans laquelle ils se sentaient le plus à l'aise : ours, loup, lynx ou mélange de traits de plusieurs races.

La lune était lourde et brillante dans le ciel au-dessus de la vallée. Le lendemain soir, elle serait pleine et marquerait le milieu de l'été – le moment où le sort du monde dépendrait de leur réussite ou de leur échec.

Le tonnerre grondait ainsi que des tambours de guerre. Un orage approchait depuis la côte. Selon Méric, les premières gouttes tomberaient tard dans la nuit. Et d'ici au matin, les compagnons se retrouveraient dans la gueule de la tempête. Ils devraient patauger dans la boue, mais les conditions seraient tout aussi rudes pour l'ennemi. Et sous le couvert de la foudre et de la pluie, peut-être parviendraient-ils à se rapprocher davantage de la fosse avant que l'armée du Seigneur Noir – où qu'elle se trouve et de quelque nature qu'elle soit – engage le combat.

Er'ril fronça les sourcils. De la vision d'apocalypse qui s'offrait à lui, c'était le détail qui le troublait le plus. Durant leur long chemin jusqu'à Gelbourg, les compagnons n'avaient aperçu aucun signe des forces ennemies. L'homme des plaines n'était pas assez naïf pour croire que la chose tapie au fond de la fosse n'avait pas senti leur approche. Alors, pourquoi n'avait-elle pas tenté de les arrêter ? Pourquoi n'avait-elle envoyé personne les harceler ou les prendre à revers ? Les forces ennemies retranchées étaient-elles si convaincues de leur propre puissance ? Cette absence de réaction rendait Er'ril plus nerveux que si les compagnons avaient dû lutter à chaque pas pour continuer à avancer.

Au milieu de la zone ravagée, la fosse était un abysse au pourtour obscurci par la fumée et par une brume noire. Mais en son cœur brillait une lueur infernale, qui enflait et se rétractait tel le rougeoiement d'une forge monstrueuse au rythme des soufflets. C'était une vision atterrante, propre à saper le moral de quiconque la contemplait.

L'un après l'autre, les autres compagnons avaient rejoint Er'ril et Elena. Les plans pour le lendemain étaient arrêtés, les gardes et les sentinelles postés au cas où l'ennemi prendrait l'initiative de l'attaque, et après ce long voyage, chacun cherchait le réconfort où il pouvait le trouver. Certains étaient partis prier ; d'autres s'étaient réfugiés auprès de leurs amis ou de leurs amants ; d'autres encore préféraient méditer seuls en attendant le matin. À l'aube, les cors sonneraient, et la bataille pour le dernier portail du Weir s'engagerait.

Er'ril se tenait à droite d'Elena. Joach avait pris place sur la gauche de sa sœur. Il ne semblait pas moins choqué qu'elle de découvrir ce qu'il était advenu de leur ville natale. Bien que la mort de Greshym l'ait rajeuni, il s'appuyait sur son bâton comme si son cœur pesait trop lourd pour lui.

À travers les cieux, les étoiles disparurent lentement derrière les nuages – l'avant-garde de la tempête. De petites étincelles de foudre dansaient à leur surface. Bientôt, la lune disparaîtrait ; la nuit s'emparerait de la vallée et oblitérerait cette vision cauchemardesque. Tout en regardant Elena s'abîmer dans un désespoir aussi profond que la fosse qui béait dans le lointain, Er'ril implora l'orage de se dépêcher de les rejoindre pour masquer le paysage à ses yeux horrifiés.

Joach se dandina et resserra sa cape autour de ses épaules.

— Il commence à faire froid. On devrait peut-être redescendre.

Par-dessus la tête d'Elena, il jeta un coup d'œil à Er'ril. Du menton, il fit signe à l'homme des plaines de l'aider, puis entraîna sa sœur à l'écart du bastingage.

La jeune femme se laissa faire, raide comme une planche.

Puis une rafale balaya le pont du navire, et Er'ril sentit les premières gouttes de pluie éclabousser sa joue, froides et mordantes. Il prit l'autre bras d'Elena.

— Reposons-nous pendant que nous le pouvons encore, marmonna-t-il.

Ensemble, Joach et lui guidèrent Elena vers l'écoutille du pont avant. Joach lâcha le bras de la jeune femme pour ouvrir la porte et fit signe au couple de passer.

— Prends soin de ma sœur, dit-il à Er'ril.

— De tout mon cœur, promit l'homme des plaines, le souffle étranglé par l'inquiétude.

Joach demeura sur le seuil.

— Je vais voir Tol'chuk pour m'assurer que les tribus og'res sont toutes là avant de me coucher.

Er'ril acquiesça et entraîna Elena dans le couloir. La jeune femme n'avait pas encore prononcé un mot. Elle semblait être redevenue l'adolescente qu'il avait jadis sauvée à cet endroit même – aussi assommée par le chagrin et muette d'accablement.

À l'intérieur de leur cabine, des braises rougeoyaient encore dans la petite cheminée. La chaleur ambiante dissipa le froid de leurs membres. Er'ril fit asseoir Elena sur le lit et se baissa pour lui enlever ses bottes.

— Je peux me débrouiller seule, dit-elle enfin, joignant le geste à la parole.

Sa voix n'était pas aussi désorientée qu'Er'ril l'aurait cru. Elle lutta contre sa deuxième botte qui, malgré son obstination, ne tarda pas à rejoindre la première sur le plancher avec un bruit mat. Puis elle poussa un long soupir.

— Tu vas bien ? lui demanda Er'ril, toujours à genoux devant elle.

Elena acquiesça lentement, mais sa lèvre inférieure tremblait. Er'ril n'insista pas. Il se contenta de se relever et d'ôter ses propres bottes.

— On devrait dormir autant que possible, dit-il doucement.

Elena enleva sa veste en veau retourné pendant qu'Er'ril roulait des épaules pour faire tomber sa cape. Avec des gestes las, ils se débarrassèrent de leurs pelures extérieures jusqu'à ce qu'ils se retrouvent tous deux en sous-vêtements. Puis Elena défit la ceinture de sa tunique de lin, qui tomba librement sur ses cuisses.

Er'ril rabattit les fourrures et la grosse couverture de laine. Quand il se tourna vers Elena pour l'inviter à se coucher la première, il vit qu'elle le fixait. Avant qu'il puisse prononcer un seul mot, la jeune femme le poussa gentiment sur le lit. Elle glissa ses mains sous la chemise de son bien-aimé, posant ses paumes tièdes sur la peau encore fraîche de l'homme des plaines, et les fit remonter jusqu'à sa poitrine.

Er'ril lui emprisonna les poignets.

— Elena…

Ils n'avaient pas dormi peau contre peau depuis la nuit où la jeune femme avait failli se noyer dans le bassin de la Racine Spirituelle.

Avec une détermination inébranlable, Elena se dégagea et continua à soulever la chemise de l'homme des plaines, qu'elle fit passer par-dessus sa tête avant de la jeter par terre.

Er'ril fixa la jeune femme dans les yeux et vit de quoi elle avait besoin. Elena s'écarta légèrement pour défaire les cordons qui attachaient sa tunique autour de son cou. Le sous-vêtement de lin tomba, frissonnant depuis ses épaules pour s'affaisser mollement autour de ses chevilles. Elle l'enjamba dans toute sa glorieuse nudité. L'éclat des braises baignait sa peau tel un flot de lumière liquide, la parant de teintes chaudes depuis le creux de ses épaules jusqu'au renflement de ses seins et à la courbe de ses hanches.

Elle vint à Er'ril dans toute sa féminité, et l'homme des plaines ne trouva pas assez de souffle pour protester. Il émit un bruit à mi-chemin entre désir fou et gargouillis de noyé.

Debout face à lui, Elena recommença à le toucher : les joues d'abord, puis le cou et les bras. Elle prit une de ses mains et la posa sur son ventre.

Er'ril retrouva enfin l'usage de sa voix.

— Elena, il ne faut pas… Pas comme ça… Pas maintenant…

Dehors, le tonnerre gronda dans le ciel, leur rappelant la guerre imminente. Son rugissement fit trembler tout le navire.

Elena se glissa dans le lit.

— Pourquoi ? chuchota-t-elle en continuant à le caresser.

— La bataille commencera à l'aube. Nous devrions…

Elle attira l'homme des plaines sur les oreillers et dans le nid de fourrures qu'elle rabattit sur eux. Le contact de leurs peaux nues fit fondre la résistance d'Er'ril.

— Pourquoi ? répéta-t-elle à son oreille.

— La guerre…

— Non, coupa-t-elle de nouveau, ses lèvres effleurant le cou de l'homme des plaines. Donne-moi la véritable raison – celle que te dicte ton cœur.

Er'ril ferma les yeux tandis qu'un frisson de désir le parcourait depuis le bout de ses orteils jusqu'au tréfonds de son être. Il dut se faire violence pour ne pas gémir.

— Je ne vois pas de quoi tu veux parler.

Elena se redressa sur un coude pour le regarder dans les yeux. Des paillettes d'or piquetaient des yeux verts.

— Si, tu le sais, chuchota-t-elle d'une voix rauque. Et je le sais aussi. Ça plane entre nous depuis trop longtemps.

Er'ril avait affreusement conscience de la pression du sein d'Elena contre son bras. Mais, en effet, il savait.

— Je… je suis un vieil homme. Trop vieux. (Les mots se précipitèrent hors de sa bouche avec soulagement.) J'ai vécu plus de cinq siècles.

Elena soupira.

— Et je suis trop jeune.

Er'ril rouvrit les yeux.

— Même si ton corps est celui d'une adulte, tu restes une adolescente de quinze hivers.

Il ne put dissimuler la honte dans sa voix.

Elena le fixa tristement.

— Quinze hivers ? Peut-être. Mais durant les deux derniers, ce n'est pas seulement la magie qui m'a vieillie prématurément. Durant ce périple, j'ai tué des ennemis et des gens que j'aimais. J'ai conduit des armées à la victoire et au massacre. J'ai plongé au cœur même des ténèbres et survécu à la mort. Et en chemin, j'ai appris… (Ses yeux se remplirent de larmes.) J'ai appris à t'aimer.

— Elena…

Er'ril la prit dans ses bras et la serra très fort contre lui.

— Qu'importe le nombre de mes hivers ? chuchota la jeune femme. Même vieilli par un sort, mon corps reste plus jeune que mon cœur. (Le frisson d'un sanglot la parcourut. Un de ses poings frappa la poitrine d'Er'ril en un geste d'irritation et de désespoir mêlés.) Et toi… Tu étais à peine plus vieux que moi aujourd'hui quand tu as fermé ton cœur au monde. Ton immortalité n'a pas figé que l'évolution de ton corps. Elle a aussi gelé ton cœur.

Allongé près d'elle, Er'ril ne trouva rien à répliquer. Depuis que le Journal Sanglant avait été forgé dans l'auberge de Gelbourg, l'homme des plaines s'était toujours tenu à l'écart d'autrui. Au fil des siècles, il avait arpenté des milliers de routes et livré d'innombrables batailles dans des champs sans nom, mais jamais il n'avait laissé fondre son cœur gelé par l'immortalité – sinon durant la brève période passée auprès de Vira'ni.

Changeant de position, il prit le visage d'Elena entre ses mains et étudia la femme blottie contre lui. Étaient-ils si éloignés l'un de l'autre ? Dans les yeux de sa bien-aimée, Er'ril lut enfin la vérité. La profondeur de sa tristesse, l'âge réel de son cœur.

— Er'ril…

— Chut.

L'homme des plaines roula sous le côté en faisant passer Elena sous lui. Puis il détailla la femme qu'il aimait – la femme qu'il désirait. Pour la première fois depuis qu'ils partageaient un lit, il autorisa son désir à se manifester. C'était un feu qui embrasait ses membres et son bas-ventre. Surpris par l'intensité de ses sentiments, Er'ril hoqueta.

Toute volonté évaporée, il se pencha pour embrasser Elena. Ce fut au tour de la jeune femme de hoqueter tandis qu'il écrasait ses lèvres sous les siennes et que leurs souffles se mélangeaient. Leurs bras se serrèrent comme des étaux tandis que leurs doigts s'agrippaient encore plus fort.

Le tonnerre gronda quelque part au-dessus de leur tête, et une rafale de pluie s'écrasa contre les flancs du navire avec le bruit d'une volée de flèches. Le vaisseau aérien tangua sous le brusque assaut des vents de tempête.

Er'ril mit enfin un terme à leur baiser pour faire courir ses lèvres le long du cou d'Elena et jusqu'à sa gorge. La jeune femme s'arc-bouta sous lui en poussant un petit cri.

— Elena, gémit-il avec elle.

Il surfait sur une vague qui était sur le point de l'engloutir. Un instant, il leva les yeux vers sa bien-aimée. Leurs regards se croisèrent. Une dernière fois, il guetta un avertissement, un signe l'invitant à se contenir. Mais tout ce qu'il vit dans les yeux d'Elena, ce fut une passion aussi ardente que la sienne, un feu qui consumait toutes les barrières entre eux.

Les mots étaient superflus. Pourtant, Elena chuchota :

— Ne me sauve pas… Contente-toi de m'aimer.

— Toujours, répondit Er'ril, s'abîmant en elle. Toujours et à jamais.

À une lieue de là, juché sur le dos de son hongre rouan au sommet d'un promontoire, Greshym observait le navire aérien brinquebalé par les vents. Il étudiait sa cible.

La quille métallique du bâtiment était pareille à une traînée de feu dans la nuit. Des éclairs illuminaient brièvement ses voiles ferlées et ses mâts battus par la pluie. Le vaisseau gîtait follement, tel un bouchon de liège ballotté par des flots impétueux. C'était tout juste si Greshym distinguait une silhouette d'azur vivace sur le pont de poupe : le capitaine qui luttait pour maintenir son cap, supposait-il. Les autres devaient s'être réfugiés sur le pont inférieur pour attendre l'aube.

Le mage noir sourit comme une bourrasque écartait les branches du chêne sous lequel il se tenait, le douchant de la tête aux pieds. Son bâton à la main, il sécha ses vêtements et son corps à l'aide d'un sort rudimentaire, puis déploya un petit bouclier pour s'isoler du froid et de l'humidité ambiante.

C'était bon d'avoir retrouvé ses pouvoirs. Greshym jeta un coup d'œil à la créature qui s'abritait tant bien que mal derrière la masse de son cheval. De la pluie dégoulinait le long de la silhouette misérable du gnome des souches. Les oreilles plaquées sur le crâne, Rukh tremblait. Ses côtes saillaient sous la peau grise de ses flancs, et il boitait légèrement. Il avait eu beaucoup de mal à traverser la forêt en suivant son maître conformément aux instructions de celui-ci.

Après que Joach l'avait libéré, Greshym avait filé plein ouest jusqu'à ce qu'il soit hors de portée du Grimoire. Il avait parcouru près de cinq lieues avant de sentir s'évanouir l'influence de Cho. Ça avait été comme si quelque chose éclatait en lui. Tout de suite, il avait su qu'il était de nouveau libre et maître de son pouvoir.

À partir de là, il lui avait été très facile de localiser Rukh et de le rejoindre. Il avait été très soulagé que voir que la créature détenait toujours son bâton. Même si ce n'était plus qu'un morceau d'os creux, il aurait perdu un temps précieux à en façonner un nouveau.

Il l'avait récupéré avec gratitude et rempli d'énergies simples – celles d'un bûcheron et de sa famille. Avec l'aide de Rukh, il avait versé le sang de leur cœur dans la moelle creuse de l'instrument. Le plus jeune des enfants, un petit garçon d'à peine trois hivers, portait même une petite étincelle de feu élémental. Ragaillardi par ce fluide nourrissant, le bâton était redevenu opérationnel. Et après coup, Rukh avait nettoyé les os du bûcheron. C'était son premier repas décent depuis une éternité.

Ainsi ravigotés, le mage et son serviteur étaient repartis vers l'est, en direction de Coupombre, l'épée de la sor'cière. Greshym avait utilisé sa magie fraîchement récupérée pour faire voler les sabots de sa monture à travers les bois. Il avait franchi la passe sur les traces de l'armée alliée, suivant sa piste sous le couvert d'un sort de dissimulation. À la tombée de la nuit, il était arrivé en vue du navire.

Et comme il le soupçonnait, il n'avait pas reperdu sa magie. Une fois brisé, le sort d'étouffement de Cho ne s'était pas régénéré. Il faudrait le lancer une seconde fois pour lier de nouveau Greshym au Journal Sanglant – une catastrophe que le mage noir ne laisserait pas se produire.

— J'aurai mon épée, promit-il à la nuit.

Son plan était simple. Profitant de la confusion de la bataille, il utiliserait un portail noir pour se transporter à bord de l'*Étincelle des Vents*, s'emparer de l'artefact et repartir avant qu'on ait remarqué son intrusion. Il n'osait pas prendre un tel risque cette nuit. À la veille d'une bataille, les compagnons devaient être en alerte. Non, Greshym saurait faire preuve de circonspection et de patience. Il ne gaspillerait pas cette chance unique de s'approprier Coupombre. Lorsqu'il détiendrait l'épée, plus personne ne pourrait s'opposer à lui, pas même Shorkan ou le Seigneur Noir en personne.

Greshym s'humecta les lèvres. Et grâce au pouvoir de Coupombre, qui était capable de trancher n'importe quel sort, rien ne pourrait plus l'atteindre. Au bout de cinq siècles, il serait enfin libre !

Un éclair traversa le ciel d'un horizon à l'autre. Le monde entier émergea des ténèbres, baigné par une lueur argentée et figé dans le temps. L'*Étincelle des Vents* planait dans la nuit telle une lanterne sourde.

Greshym plissa les yeux. Harmonisé au flux de la magie, il sentait que quelque chose venait de basculer, comme si un nexus de pouvoir s'était ouvert tout grand. Choqué, il retint son souffle.

Puis la lumière de l'éclair s'évanouit, emportant le monde, ne laissant derrière elle que le grondement interminable du tonnerre. Autour de Greshym, la forêt semblait plus sombre qu'avant.

Malgré son sort d'isolation, le mage noir frissonna. Un événement crucial venait de se produire, mais lequel ?

Faisant pivoter sa monture, il battit en retraite dans la forêt.

Non, ce n'était pas une nuit pour s'aventurer là où sa présence était indésirable. Demain viendrait bien assez vite.

À l'approche de l'aube, Elena gisait au milieu des fourrures en désordre, écoutant le gémissement du vent et le fracas du tonnerre. Le feu s'était éteint dans la petite cheminée, plongeant la cabine dans le noir. Roulé en boule à côté de la jeune femme, Er'ril dormait enfin.

Mais Elena n'arrivait pas à fermer l'œil. Elle se contentait de se blottir contre son bien-aimé. Sa peau lui tenait chaud ; la caresse de son souffle sur sa joue l'apaisait, et les battements de son cœur résonnaient entre eux. Elena aurait voulu que ce moment dure toujours, même si elle savait que le monde aurait tôt fait de les rappeler à lui.

Les yeux grands ouverts dans l'obscurité, elle savoura la tiédeur au creux de son bas-ventre et se remémora tout ce qui s'était passé en essayant de comprendre.

Tandis qu'ils s'unissaient par cette nuit de tempête, Er'ril avait procédé lentement malgré sa passion impérieuse. Le sang virginal d'Elena s'était répandu avec une brève douleur, et les lèvres de l'homme des plaines avaient capturé ses cris. Il s'était mis à bouger à un rythme que la jeune femme s'était efforcée de suivre, d'abord avec hésitation, puis de plus en plus d'ardeur.

Le moment lui avait paru infini, hors du temps – une vague qui avait enflé en elle avant de la submerger en lui arrachant un cri de libération et de joie, un impossible mélange de douleur et de plaisir. Le cri qu'Er'ril avait poussé en retour avait résonné à ses oreilles tel le tonnerre.

À cet instant précis, un éclair avait brisé le monde. Une lumière aveuglante était entrée par le petit hublot, une lance radieuse qui avait nimbé toute chose d'argent. Elena avait les yeux fermés, et, pourtant, elle avait tout vu dans cette explosion de lumière : Er'ril penché sur elle, le visage figé, la bouche ouverte en une grimace de surprise et d'extase, le front crispé par le même mélange de sensations.

Et en cet instant de brillance, le monde avait volé en éclats autour de la jeune femme. L'espace d'un battement de cœur, celle-ci s'était retrouvée perdue dans la toile argentée de la vie. Son esprit et son corps avaient implosé tandis qu'elle hoquetait dans les bras d'Er'ril. Elle avait entendu des milliers de voix, expérimenté toutes les sensations possibles, vu les images d'un million de facettes – des images trop nombreuses pour qu'elle les appréhende toutes, mais individuellement aussi limpides que du cristal.

Et au centre de la toile infinie, elle avait perçu une présence incommensurable qui s'était lentement tournée vers elle.

Cho l'avait prévenue de se tenir à l'écart de cette immensité. Mais alors qu'elle surfait sur la vague de sa propre passion, Elena avait été à la fois projetée hors d'elle-même et aspirée vers l'intérieur.

Il lui avait semblé qu'il n'existait pas d'échappatoire.

Puis l'éclair s'était évanoui en travers du ciel, s'estompant dans une détonation qui avait ébranlé jusqu'à la quille du navire. Elena était retombée dans son corps, dans son lit, dans les bras d'Er'ril.

Également libéré, l'homme des plaines s'était affaissé sur elle, la ramenant à la réalité à coups de baisers. Elena avait été trop choquée pour lui raconter ce qui venait de se passer. Des larmes avaient coulé sur ses joues. Elle était passée à un cheveu de se perdre, de se faire détruire à l'apogée du partage de leur amour.

Er'ril s'était mépris sur la raison de ses larmes. Il l'avait embrassée tendrement.

— Je t'aime, lui avait-il chuchoté à l'oreille.

Mais les milliers de voix de la toile résonnaient encore dans la tête d'Elena, couvrant les paroles de l'homme des plaines. Elle avait agrippé Er'ril.

— Serre-moi, avait-elle chuchoté en retour. Ne me lâche pas.

Er'ril avait obtempéré, l'encerclant de ses bras et de ses jambes musclées. Elle était restée allongée contre lui, respirant l'odeur musquée de sa peau qui retrouvait une température normale, mêlant son souffle au sien tandis qu'ils s'assoupissaient.

À présent, seule avec ses pensées et ses inquiétudes, Elena ferma les yeux pour se protéger contre l'approche du matin alors que le navire tanguait sous elle. Bien des lunes auparavant, le sang de ses premières menstrues avait annoncé le début de son voyage. Et elle sentait que l'écoulement de son sang virginal marquerait la fin de celui-ci. La boucle était bouclée, le cercle fermé.

Elena était toujours allongée dans les bras d'Er'ril. Leurs membres entrelacés, leur chaleur corporelle mélangée l'empêchait de dire où commençait l'un et où finissait l'autre. Pourtant, jamais elle ne s'était sentie plus seule. Le dénouement approchait, et selon Sisa'kofa, elle devrait l'affronter sans le soutien de ses compagnons. Mais quelle en serait l'issue ?

Du sang au sang… Comment tout cela se terminera-t-il ?

LIVRE SIX

LA NUIT LA PLUS LONGUE

23

Kast attendait qu'on traîne Sy-wen jusqu'à lui depuis sa cellule dans les profondeurs du navire. Planté sur le pont du *Cœur de Dragon*, il observait les prémisses grisâtres de l'aube, à l'est. Dans cette étrange mer de feu et de glace, de la brume planait au-dessus de l'eau tandis que le ciel demeurait une ardoise de nuages sombres, de fumée bouillonnante et d'orage latent. Il était presque impossible de distinguer le jour de la nuit.

Mais, malgré la pénombre, l'aube se levait.

Des cors mugirent dans le lointain – un appel aux armes. Des voiles claquèrent au-dessus de la tête de Kast. Les trois flottes alliées se dirigeaient vers Noircastel : les el'phes par la voie des airs, les Dre'rendi à la surface de la mer et les mer'ai sous les flots. La dernière grande guerre était sur le point de commencer.

Un bruit étouffé résonna derrière Kast. Une écoutille s'ouvrit à la volée. Pivotant, il vit apparaître deux Sanguinaires qui portaient Sy-wen pieds et poings liés. La jeune fille ruait, crachait et proférait des jurons telle une créature démente. Elle fut amenée devant lui, et pendant qu'un affrontement gigantesque couvait, Kast se prépara à livrer sa première bataille personnelle.

— On vous bouffera le cœur ! hurla Sy-wen aux gardes.

Mais lorsque son regard croisa celui de Kast, elle se tut. Un sourire froid et inique se forma lentement sur ses lèvres.

— Sy-wen, dit Kast, ignorant le mal qui le provoquait. Il est temps de réveiller Ragnar'k.

La jeune fille le fixa, les yeux flamboyants de folie. Plus ils approchaient de l'ombre de Noircastel, plus son état empirait. Elle s'était lacéré le visage avec ses ongles ; des sillons encore à vif ou couverts de croûtes ravinaient ses joues. Et elle avait mâchonné ses lèvres jusqu'au sang.

— Sy-wen…

La voir dans cet état bouleversait Kast.

Il adressa un signe du menton aux deux gardes. Ceux-ci détachèrent les poignets de Sy-wen, et l'un d'eux força la jeune fille à poser sa main sur le tatouage de Kast. Ses doigts étaient glacés ; ses ongles s'enfoncèrent dans la chair du Sanguinaire.

— Elle est perdue ! (Un long gémissement monta de sa gorge.) Elle est à moi !

Kast ignora ce mensonge. Si Sy-wen était vraiment perdue, il l'aurait senti. Deux cœurs battaient dans la poitrine du Sanguinaire : celui d'un homme et celui d'un dragon, tous deux liés à la mer'ai. Il fixa ses yeux brillants de fureur.

— Sy-wen, viens à moi.

Un rire moqueur cascada sur le pont.

— Viens à moi... encore une fois.

À une telle proximité de Noircastel, le simaltra enfonçait ses tentacules plus profondément dans le crâne de la jeune fille, mais Kast avait juste besoin que Sy-wen se libère un petit instant – qu'elle reprenne le contrôle l'espace d'un battement de cœur et souhaite sa transformation.

Il ferma les yeux et, levant sa main, repoussa celle du garde pour la remplacer par la sienne. Il appuya sa joue contre la paume de Sy-wen et entrelaça ses doigts avec ceux de sa bien-aimée.

— Sy-wen, mon amour, mon cœur... (Il n'avait pas honte de prononcer ces mots devant les gardes. Il était bien au-delà du stoïcisme habituel des Dre'rendi.) Une dernière fois...

Les doigts recourbés comme des griffes se détendirent soudain entre les siens. Il sentit une douce chaleur imprégner la paume de la mer'ai.

— Reculez, conseilla-t-il aux gardes.

Brusquement libérée, Sy-wen lui tomba dans les bras.

— Kast...

Sa voix était aussi faible que le miaulement d'un chaton nouveau-né.

Kast ouvrit les yeux et vit la femme qu'il aimait. Il se pencha pour l'embrasser, mais la magie s'embrasa entre eux, les écartant l'un de l'autre comme un cœur beaucoup plus gros que celui du Sanguinaire prenait le dessus et l'engloutissait. Kast dégringola dans les ténèbres, où ses sensations se mélangèrent à celles du dragon.

Mais il gardait un secret en lui : les paroles prononcées par Sheeshon. Ragnar'k devait mourir. C'était un fardeau qu'il ne pouvait partager. Il savait que ce vol serait véritablement le dernier de Sy-wen. Une fois que la mer'ai aurait regagné le *Cœur de Dragon* et qu'elle l'aurait libéré, Kast passerait à l'action. Il n'avait aucun moyen de tuer Ragnar'k – ou, du moins, il n'en avait qu'un seul.

Durant le siège du port méridional de l'île, Kast s'assurerait de verser son sang de la manière plus utile. Il utiliserait son corps et sa vie pour ouvrir un chemin jusqu'à l'antre volcanique du Seigneur Noir. Mourir noblement au combat était l'unique façon de justifier le meurtre de Ragnar'k. Quand il s'éteindrait, le dragon disparaîtrait avec lui.

Kast n'avait qu'un regret : il emporterait dans sa tombe la seule magie capable de libérer Sy-wen de sa prison. Mais au fond de son cœur, il savait que la mer'ai était déjà presque perdue. Le monstre grandissait inexorablement à l'intérieur de son crâne. Tout comme Kast ne pouvait échapper au destin de Ragnar'k, Sy-wen ne pouvait échapper à sa propre tête.

Sa décision prise, Kast se laissa aller dans les ténèbres.

C'est aujourd'hui que je meurs.

Sy-wen se pencha sur l'encolure de son dragon. Des sanglots silencieux secouaient ses épaules. *Libre !* chantait son cœur. Mais, au plus profond d'elle, la mer'ai désespérait de retrouver Kast. L'espace d'un instant éblouissant, elle l'avait touché, avait senti sa joue contre sa paume, l'avait vu se pencher pour l'embrasser. Puis, dans un tourbillon d'ailes et d'écailles, le Sanguinaire avait disparu, escamoté par un sort très ancien.

Sy-wen ne parvenait pas à trouver un juste équilibre entre le désespoir que lui inspirait la perte de Kast et sa joie d'être libérée. Une tempête faisait rage en elle, et des sanglots convulsifs agitaient son corps.

— *Ma Liée*, lui dit gentiment Ragnar'k. *Il n'est pas perdu pour toi. Il est ici, avec nous.*

Sy-wen tapota le cou de l'énorme créature. Même s'ils partageaient leurs sensations, Ragnar'k ne pouvait pas voir dans les profondeurs de son cœur ; il ne pouvait pas comprendre qu'une femme ait besoin de toucher son amant. Une caresse était parfois plus éloquente qu'un millier de mots, et un baiser pouvait résonner comme une symphonie sans fin.

Mais tout cela lui était refusé. La douleur était presque plus insupportable que la prison de son crâne.

Sy-wen leva son visage vers le ciel obscur. De la brume s'accrochait à la surface de l'océan, masquant tout à l'exception des navires les plus proches. Des mugissements de cor se répercutaient sur l'eau. La mer'ai prit une grande inspiration. Elle connaissait sa mission en ce jour : voler jusqu'aux immondes rivages de Noircastel afin de reconnaître les défenses ennemies. Elle ferait son devoir, puis regagnerait sa prison et attendrait qu'on la rappelle en cas de besoin.

Une voix prononça son nom. Pivotant, Sy-wen vit maître Edyll se diriger vers elle d'un pas vif en dépit de sa canne. Deux enfants gambadaient derrière lui : Sheeshon et Rodricko.

— Sy-wen ! haleta maître Edyll, son souffle formant un petit nuage dans l'air froid du matin. J'ai quelque chose à te demander !

La jeune fille sourit au vieillard qui était à la fois son mentor et son oncle.

En s'approchant d'elle, maître Edyll se rembrunit.

— Tu vas bien, mon enfant ?

Sy-wen essuya ses dernières larmes.

— Vous devriez regagner le Léviathan. Nous nous engageons dans des eaux ténébreuses.

Maître Edyll secoua la tête.

— Nul endroit n'est sûr en ce jour terrible. Et je voudrais que tu me rendes un service pendant que tu es là avec ton dragon.

Sheeshon contourna le vieillard par la droite tandis que Rodricko en faisait autant par la gauche. Maître Edyll tapota la tête de la fillette.

— Les enfants ont entendu parler de ta mission, et ils m'ont supplié de les conduire à toi. (Il grimaça.) Ou plutôt, ils se sont suspendus à moi en geignant jusqu'à ce que je cède.

Sy-wen haussa un sourcil.

— Que veulent-ils ?

— Peut-être devraient-ils te le dire eux-mêmes. (Maître Edyll poussa Sheeshon en avant et posa ses mains sur les frêles épaules de la fillette.) Vas-y, explique-lui.

Sheeshon écarquilla des yeux grands comme des soucoupes tandis que Ragnar'k tournait la tête pour observer le trio.

— *Elle a déjà volé avec nous*, dit mentalement le dragon à sa cavalière.

Il renifla bruyamment. Sheeshon poussa un couinement effrayé, et Rodricko battit en retraite sous les plis de la cape de maître Edyll.

— N'aie crainte, petite, dit Sy-wen. Il ne te fera pas de mal. Que voulais-tu me demander ?

— Je... On... Roddie et moi..., balbutia Sheeshon sans quitter du regard l'énorme dragon. On aimerait que tu emmènes quelque chose jusqu'au volcan.

Sy-wen fronça les sourcils.

— Je ne suis pas certaine de pouvoir faire ça.

— Écoute-la d'abord, pressa maître Edyll.

Il repêcha Rodricko dans les plis de sa cape et le poussa devant lui. Dans ses doigts menus, le petit garçon tenait une brindille ornée d'une fleur. Sy-wen connaissait son histoire ; elle savait que ce bout de branche était son lien avec le koa'kona demeuré à Val'loa, la seule chose qui le sustentait loin de son arbre.

Comme Rodricko la rejoignait, Sheeshon redressa le dos, ravalant sa propre peur devant son cadet.

— On voudrait que tu emmènes la fleur de Roddie jusqu'au volcan.

Ce plan ne semblait pas provoquer beaucoup d'enthousiasme chez Rodricko, qui serrait le bout de branche contre sa poitrine en un geste protecteur.

Sy-wen plissa les yeux et reporta son attention sur maître Edyll.

— Mais Rodricko a besoin de la magie de la fleur. C'est ce qui le maintient en vie.

La réponse ne vint pas du vieillard, mais de Sheeshon.

— Roddie n'en a pas besoin pour l'instant ! s'exclama-t-elle, agitant ses mains en un geste de frustration enfantine. Il s'est déjà piqué le doigt. Il ne tombera pas malade tout de suite.

— Calme-toi, dit maître Edyll à la fillette.

Sheeshon prit une grande inspiration, puis soupira.

— Il faut mettre la fleur dans la fumée. C'est Papa qui l'a dit.

— Je ne veux pas lui donner ma fleur, marmonna Rodricko.

Sheeshon se tourna vivement vers son petit compagnon.

— Tu dois le faire ! Il faut aider Hunt.

Rodricko se rembrunit. Sa lèvre inférieure se mit à trembler. Il était au bord des larmes.

— N'empêche, je ne veux pas lui donner ma fleur. C'est la mienne, pas la tienne ni la sienne. Elle est à moi, rien qu'à moi.

Sy-wen toisa les gamins qui se chamaillaient.

— Maître Edyll, il faut vraiment que j'y aille.

Le vieillard acquiesça et sépara les deux enfants.

— Je sais. Mais je pense que nous devrions écouter la petite. La magie de la mer est puissante en elle. Elle est capable de voir l'avenir. Ses rêves lui ont dit d'amener Rodricko ici – que d'une façon ou d'une autre, ça aiderait Hunt.

— Je ne vois pas comment...

— Moi non plus. Mais la petite est liée au fils du haut maître de quille. Son pouvoir pourrait être particulièrement réceptif à tout ce qui concerne Hunt. Et puisque tu te rends sur l'île de toute façon... (Maître Edyll haussa les épaules.) Le risque est minime.

Malgré ses doutes, Sy-wen autorisa une graine d'espoir à prendre racine dans son cœur. S'il existait un moyen d'aider Hunt, peut-être cela fonctionnerait-il aussi sur elle... Elle acquiesça lentement.

— Que suis-je censée faire avec la fleur ?

Sheeshon pinça les lèvres en une mine très sérieuse.

— Tu dois l'agiter dans la fumée puante qui sort du sol. Comme ça !

Elle remua un bras en l'air.

Sy-wen jeta un coup d'œil vers le nord, où une lueur sourde marquait le pic volcanique.

— C'est tout ?

— C'est ce que m'a dit mon Papa.

La mer'ai fronça les sourcils.

— Ton Papa ?

Maître Edyll secoua la tête.

— Ses rêves, corrigea-t-il. (Il s'agenouilla près de Rodricko.) Tu veux bien laisser Sy-wen emmener ta fleur sur l'île ?

Le petit garçon avança la lèvre inférieure en une moue boudeuse.

— C'est ma fleur.

Maître Edyll lui tapota la joue.

— Évidemment. Elle te la rapportera très vite. Je te le promets.

Sheeshon donna un coup de poing dans le bras de son compagnon.

— Cesse de faire le bébé, Roddie ! Donne-la-lui !

— Je ne suis pas un bébé ! s'indigna le petit garçon.

De ses doigts tremblants, il fourra brusquement la fleur dans les mains de maître Edyll.

— Tu vois ? cria-t-il à Sheeshon. Je ne suis pas un bébé !

Les deux enfants se foudroyèrent du regard.

Maître Edyll contourna soigneusement l'aile repliée de Ragnar'k pour atteindre Sy-wen. Il lui tendit la fleur.

— Fais-y très attention.

Sous les yeux de Ragnar'k, Sy-wen examina la branche brisée et la fleur lourde qui pendait au bout. Ses pétales pourpres étaient repliés sur un cœur flamboyant. Aucune magie n'émanait d'elle – du moins, aucune magie que la mer'ai puisse percevoir.

Son regard croisa celui de maître Edyll, qui dut y lire du scepticisme. Il haussa les épaules.

— Je sais, ça paraît idiot. Ce ne sont que des enfants. Il se pourrait très bien que Sheeshon ait imaginé tout cela. Néanmoins…

Il jeta un coup d'œil aux gamins.

— Quoi ?

Il reporta son attention sur Sy-wen.

— Sheeshon savait que tu devais te rendre sur l'île ce matin. Combien de personnes sont au courant de ta mission ?

— Elle a peut-être entendu parler quelqu'un qui n'a pas su tenir sa langue.

Maître Edyll haussa un sourcil dubitatif.

— À bord d'un navire dre'rendi ? (Il soupira.) Je ne sais pas. Tu as peut-être raison. Mais ça vaut la peine d'essayer.

Sy-wen opina.

— En effet. (Elle glissa le bout de branche dans la ceinture de son pantalon en peau de requin.) S'il y a la moindre chance d'aider Hunt… (*Et moi*, ajouta-t-elle en silence.)… Ça vaut la peine d'essayer.

Maître Edyll recula.

— Sois prudente.

Sy-wen prit une grande inspiration.

— Promis. (Elle tapota le cou de son dragon.) De toute façon, je ne serai pas seule.

Le vieillard posa une main sur l'épaule de chacun des enfants et les entraîna plus loin.

— *On peut y aller ?* s'impatienta Ragnar'k en reniflant le vent qui soufflait en rafales.

Dans son cœur, Sy-wen lut son désir de voler librement après être resté si longtemps emprisonné à l'intérieur de Kast.

— *Vole, mon doux géant, vole.*

La joie du dragon chanta à travers elle tandis qu'il poussait sur ses pattes postérieures et les propulsait par-dessus le bastingage. Dès qu'il se fut écarté du navire, il ouvrit grand ses ailes pour capter les vents matinaux.

Il s'éleva dans les airs. En contrebas, l'océan était un mélange de vapeur bouillonnante et d'icebergs enveloppés de brouillard glacial. Ragnar'k vira au-dessus d'une des zones brûlantes pour profiter du courant chaud qui montait vers le ciel. Sy-wen et lui prirent de l'altitude en décrivant une spirale serrée.

Depuis son perchoir, la mer'ai put contempler les centaines de voiles qui se dirigeaient vers le nord, fendant la brume matinale ainsi que des nageoires de requins pâles. Plus haut dans le ciel, les quilles étincelantes de la flotte el'phique brillaient autour d'elle, pareilles à de petits soleils dans le brouillard. Le capitaine du vaisseau le plus proche aperçut le dragon et sa cavalière et agita la main.

Sy-wen lui rendit son salut. Puis Ragnar'k et elle mirent eux aussi le cap vers le nord. Le dragon s'éleva au-dessus de la nappe de brouillard. Le jour grisâtre s'éclaircit légèrement, mais les nuages couleur d'ardoise étouffaient toujours l'ardeur du soleil.

— *Saleté de montagne*, grommela Ragnar'k.

Sy-wen plissa les yeux pour mieux voir. Ici, la vue portait très loin dans toutes les directions – mais, au nord, le monde s'achevait par un monstrueux pic de roche noire. Celui-ci jaillissait hors de la brume et s'étirait vers les nuages, crachant une colonne de fumée bouillonnante depuis son cône central. Des évents situés sur ses flancs laissaient eux aussi échapper des volutes noires et sifflantes, pareilles à des serpents. Des feux écarlates flamboyaient dans les pentes ou le long des falaises. Certains provenaient de fissures naturelles qui exposaient le cœur en fusion de l'abominable pic. D'autres étaient diffusés par des torches qui éclairaient des entrées de tunnels : fenêtres, balcons et postes de guet. On racontait que la montagne creuse abritait des milliers de chambres souterraines.

Mais, malgré sa funeste histoire et la menace qu'il représentait, le volcan drapé de fumée possédait une majesté indéniable. Des tours et des chemins de ronde crénelés avaient été sculptés sur son pourtour. Leur forme était si torturée qu'on avait du mal à distinguer les reliefs naturels de ceux qui avaient été façonnés par de la magie ténébreuse et des griffes monstrueuses.

Précédée par le mugissement des cors et le grondement des tambours, Sy-wen s'enfonça dans la chaleur ondulante qui émanait du pic. Ce n'était pas la chaleur saine du soleil de l'Archipel, mais plutôt celle d'une fièvre putride. Même l'air empestait – le soufre, et aussi une odeur plus sinistre qui évoquait la viande pourrie. L'estomac de la mer'ai se souleva.

En dessous d'elle, la couverture de vapeur et de brouillard commença à s'effilocher. L'océan réapparut ; ses eaux sombres étaient calmes et immobiles. Sy-wen continua à voler et ne tarda pas à distancer les derniers navires, laissant la flotte derrière elle.

— *Reste en hauteur*, ordonna-t-elle à Ragnar'k, car ils étaient en train de s'aventurer seuls au cœur du territoire ennemi.

Le dragon continua à planer en remuant à peine ses ailes. Moins il bougerait, moins il risquerait d'attirer l'attention. Mais, en contrebas, l'océan demeurait vide. Il n'y avait pas un seul bateau en vue.

Où se trouvaient donc les forces du Seigneur Noir ?

Sy-wen et Ragnar'k poursuivirent leur chemin, survolant l'anneau de récifs qui entourait l'île. Les grands rochers déchiquetés avaient été surnommés la Couronne de Noircastel. Ils se dressaient à une lieue de ses rivages de sable noir, formant en pleine mer un mur aussi impénétrable que les remparts de l'Édifice à Val'loa. Seule une étroite brèche s'ouvrait en leur milieu. Et de l'autre côté s'étendait un immense lagon.

Il n'existait qu'un seul moyen de découvrir ce qui se cachait à l'intérieur : passer par la voie des airs. Or, les vaisseaux el'phiques étaient trop lents pour se charger d'une telle mission. Voilà pourquoi celle-ci avait échu à Ragnar'k et à Sy-wen.

Tous deux survolèrent la Couronne et scrutèrent le lagon en contrebas. Sy-wen fronça les sourcils. Il était aussi désert que l'océan au-delà. Un enchevêtrement élaboré de centaines de quais et de jetées saillait depuis le versant sud de la montagne ; approvisionner une cité de cette taille devait exiger un va-et-vient incessant de navires marchands. Pourtant, le port semblait à l'abandon. Pas une seule embarcation ne s'y trouvait amarrée. Pas une seule âme ne s'y affairait.

Malgré la chaleur ambiante, un frisson parcourut Sy-wen.

Au-delà des quais, une petite ville s'étendait au pied du volcan pour fournir gîte et couvert à l'équipage des navires marchands. Nombreux étaient les capitaines intéressés par les profits à faire en commerçant avec Noircastel, mais la plupart d'entre eux redoutaient de mettre les pieds à l'intérieur de la montagne. Aussi des auberges, des boutiques et des bordels s'étaient-ils agglutinés tels des anatifes le long du rivage rocailleux entre le quai et la Porte Sud. Mais même ici, les rues et les allées étaient désertes.

Où étaient donc passés les gens ?

Les alliés ayant coupé les lignes de ravitaillement dès qu'ils avaient pénétré dans les eaux environnantes, un grand nombre de bateaux auraient dû se retrouver prisonniers du lagon. La ville aurait dû grouiller de monde.

Au-delà des bâtisses grossières béait la Porte Sud : une fissure qui remontait sur un quart de la hauteur de la montagne. À l'intérieur, il faisait sombre. Nulle torche, nulle lueur en provenance d'un évent ne trouait l'obscurité. Et nulle herse ni obstacle d'aucune sorte ne barrait cet accès au cœur de Noircastel. La Porte Sud était grande ouverte, comme si elle attendait les alliés.

— *Tu peux t'approcher ?* demanda Sy-wen à Ragnar'k.

—*Ma Liée, si ça ne tenait qu'à moi, je ficherais le camp tout de suite.*

—*Moi aussi, mon géant. Mais nous devons découvrir quel genre d'embuscade le Seigneur Noir a tendu à la flotte.*

Car Sy-wen ne doutait pas qu'il s'agisse d'un piège. Noircastel était pareil à une femme allongée, les jambes grandes ouvertes. Mais de quelle maladie était-elle porteuse ? Où dissimulait-elle son poignard ?

—*Je vais essayer,* dit Ragnar'k, toute sa bravache habituelle envolée.

Sa tension se communiquait à Sy-wen.

Le dragon vira sur une aile, puis piqua en direction du port et de la porte béante au-delà. Il ne ralentit pas tandis que le vent hurlait aux oreilles de Sy-wen. Visiblement, il avait l'intention de faire une passe rapide et rien de plus. Voilà pourquoi il conservait l'élan de son plongeon, prêt à l'utiliser pour fuir si nécessaire.

Sy-wen et lui rasèrent les toits de la ville portuaire et filèrent vers la Porte Sud. La fissure qui conduisait au cœur de Noircastel les surplombait de toutes ses ténèbres. Elle devait faire près d'un quart de lieue de large à la base, sur une lieue entière de haut.

Comme Sy-wen et Ragnar'k s'en approchaient, un bourdonnement sourd les assaillit par-delà le sifflement du vent. Il provenait de l'autre côté de l'immense seuil et se répandait à l'extérieur en vagues frissonnantes qui faisaient vibrer la poitrine de la mer'ai.

Inquiet, Ragnar'k voulut infléchir sa trajectoire.

Non, l'arrêta Sy-wen. *Approche-toi encore un peu.*

Le dragon obéit, et ils s'enfoncèrent dans la gueule du bourdonnement. Celui-ci les harcelait tel un vent furieux. La tête de Sy-wen ne tarda pas à lui faire mal, et tous les autres sons s'estompèrent à ses oreilles.

Mais, au fond de son crâne, quelque chose s'agita. Des sensations étranges s'épanouirent en elle. L'espace d'un instant, elle huma l'odeur des fleurs de varech ; puis des taches colorées dansèrent devant ses yeux ; enfin, elle entendit sa mère lui chanter une vieille berceuse et sentit une caresse familière sur sa poitrine – celle de Kast.

Sy-wen hoqueta en se sentant submergée par cette vague de sensations. Elle connaissait la source de sa tempête intérieure – celle-ci provenait du passager clandestin tapi dans son crâne, qui s'agitait sous l'effet du bourdonnement.

—*Ma Liée?*

Le dragon ralentit et fit une embardée.

— *Calme-toi*, lui enjoignit Sy-wen.

Elle ne laisserait pas le simaltra la détourner de son objectif. Les yeux plissés, elle tenta de voir ce qui s'étendait au-delà de la porte ténébreuse, mais l'obscurité était trop épaisse.

Sy-wen savait qu'elle n'oserait pas s'approcher davantage. Mais comme elle allait ordonner à Ragnar'k de faire demi-tour, l'obscurité ondula. Au début, la mer'ai crut que ses yeux lui jouaient un tour. Elle se concentra, s'efforçant de percer le voile. Si seulement elle pouvait voir au-delà…

Ma Liée! Attention!

La vision du dragon se superposa à la sienne, l'affûtant et la cristallisant. Alors, Sy-wen écarquilla les yeux tandis que la terreur lui comprimait le cœur.

—*Demi-tour!* hurla-t-elle mentalement.

Ragnar'k ne se le fit pas dire deux fois. Il redressa en décrivant une spirale serrée.

Tandis qu'il prenait de l'altitude, la pression s'évanouit des épaules de Sy-wen. La jeune fille regarda par-dessus son épaule, en direction de la porte. Sa vision draconique lui montrait que la créature à l'origine du bourdonnement n'était pas cachée dans les ténèbres de la porte : elle *était* les ténèbres. Sy-wen la regarda onduler. Une peau lisse, pareille à une flaque d'huile, emplissait toute l'ouverture de la base au sommet, la scellant complètement.

Et tandis que Ragnar'k et elle s'éloignaient, Sy-wen sentit cette créature – ancienne, intelligente et mauvaise – lui rendre son regard.

— Dépêche-toi, haleta-t-elle dans le vent.

Lorsqu'ils eurent dépassé la fissure, Sy-wen poussa un soupir de soulagement mais continua à agripper Ragnar'k. Après avoir vu ce qui emplissait la porte en contrebas, elle appréciait d'autant plus la robustesse de sa monture. Il fallait absolument prévenir la flotte.

— On retourne au bateau.

Ragnar'k vira sur la pointe d'une aile et piqua le long des pentes sud-est de la montagne, restant à l'écart du port situé au sud et de la sentinelle qui veillait dessus. Sy-wen put de nouveau respirer. Elle serra très fort le cou de son dragon tandis que celui-ci survolait des fissures fumantes et des crevasses rougeoyantes.

Alors seulement, la mer'ai se souvint de son autre mission. Elle se redressa et tira de sa ceinture la brindille fleurie de Rodricko. Elle avait promis à Sheeshon de l'agiter dans la fumée qui émanait du pic. Un instant, elle envisagea d'y renoncer. Puis elle repéra un amas de rochers au pied de la pente. De la fumée s'en élevait en tourbillonnant, et l'éboulis se trouvait sur la trajectoire de Ragnar'k.

— *Passe au-dessus de la fumée, s'il te plaît,* réclama Sy-wen à son dragon.

Ragnar'k gronda son assentiment et obtempéra. Ses plis de peau se contractèrent sur les pieds de Sy-wen comme il s'inclinait sur le côté afin d'effleurer la colonne noire. Sy-wen étendit son bras aussi loin que possible – Ragnar'k et elle n'oseraient pas traverser la fumée. Non seulement ils risquaient d'être brûlés par des escarbilles, mais qui pouvait dire quelle magie redoutable charriait le souffle de la montagne ?

Le vent fouettait les cheveux de Sy-wen. La mer'ai sentait la chaleur dégagée par les gaz noirs ; pourtant, elle continua à tendre la fleur dans leur direction. *Je vais juste l'y plonger en passant,* songea-t-elle. Puis Ragnar'k et elle regagneraient le navire.

Le dragon manifesta son approbation. Avec une adresse infinie, il manœuvra pour amener Sy-wen à la bonne distance : assez près pour que la jeune fille puisse toucher la fumée du bout des doigts sans enfoncer son bras dans la colonne.

Ils frôlèrent le tourbillon suffocant. La main de Sy-wen disparut dans la fumée.

La chaleur frappa instantanément la mer'ai, comme si elle avait plongé son poing dans un âtre rugissant. Mais, pire encore, la brûlure remonta le long de son bras et explosa à l'intérieur de sa tête, oblitérant sa vision.

Aveuglée, Sy-wen sentit Ragnar'k tanguer sous elle. Ils dégringolèrent. Hoquetant de douleur, la mer'ai se recroquevilla sur sa main blessée.

Puis ils s'écrasèrent sur le sol.

Sonnée par l'impact, Sy-wen vola dans les airs jusqu'à ce que son épaule heurte quelque chose de rugueux et pourtant malléable. Elle glissa dessus, ralentit et s'arrêta. Sa vision lui revint lentement. Elle se dressa sur ses genoux. *Du sable... Du sable noir.*

Sy-wen voulut lever la tête, mais la nausée la submergea. Elle se plia en deux comme son estomac se convulsait violemment. De la bile jaillit de sa bouche et de son nez. Elle resta prostrée un long moment tandis que tout son corps se changeait en un poing crispé et qu'un liquide infâme continuait à se déverser d'elle. Elle sentit du sang sur sa langue mais ne put rien y faire. Elle vacillait au bord d'un abîme de ténèbres.

Enfin, elle fut libérée. Telle une corde tendue à se rompre qui cède soudain, la mer'ai s'écroula sur le sable, toussant et hoquetant.

Il lui fallut prendre plusieurs inspirations pour que sa vision s'éclaircisse. D'abord, elle eut l'impression de regarder par le petit bout d'une longue-vue. Le monde s'était réduit à un tunnel étroit. Elle ne voyait qu'une bande de sable noir, les vaguelettes qui mouraient sur le rivage et quelques crabes pressés. En appui sur un coude, elle cligna des yeux, et sa vision s'élargit lentement.

Un peu plus loin sur la plage, elle repéra Ragnar'k à demi affalé dans l'eau verte du lagon.

— Ragnar'k ! appela-t-elle d'une voix rauque et sifflante.

Le dragon gisait inerte. Il ne bougeait pas, ne respirait pas.

Il est mort. Un glas sonna dans le cœur de Sy-wen. La jeune fille le sentait dans ses tripes.

Comme s'il avait perçu son chagrin, le sol trembla sous elle avec un grondement de mauvais augure.

Sy-wen se dressa de nouveau sur les genoux.

— Ragnar'k !

Son cri résonna à travers la plage déserte et le long du versant impitoyable de Noircastel.

Elle était seule.

Lorsque les premières lueurs du jour éclaircirent l'horizon, Tyrus se tenait en compagnie de ses hommes et du général n'ain au sommet d'un promontoire de granit. En contrebas, la Forêt Pétrifiée dégringolait vers la mer comme si elle aspirait à se noyer dans ses flots vert-gris. Mais partant de la côte et décrivant une arche rocheuse s'étirait une passerelle qui reliait l'île à la forêt. C'était leur but : une route qui filait droit vers la Porte Nord de Noircastel.

À l'aide d'une longue-vue, Tyrus scrutait le pic volcanique. Depuis qu'ils avaient pénétré dans la Forêt Pétrifiée, celui-ci était une présence massive et silencieuse dans leurs rangs. Ses feux incendiaires et ses jets de magma avaient brûlé toute la nuit. À présent, pirates et n'ains contemplaient la gueule béante du géant qui les attendait.

La Porte Nord était une ouverture monstrueuse, pareille à une blessure au flanc de la montagne, plus sombre encore que le granit qui l'encadrait. L'arche de pierre – la Route Noire, ainsi qu'on l'appelait – s'étendait vers les assaillants telle une langue immonde.

Les sourcils froncés, Tyrus baissa sa longue-vue. Pourquoi la route et la porte n'étaient-elles pas surveillées ? Quel piège leur avait-on tendu ?

Par-dessus son épaule, Tyrus jeta un coup d'œil à l'armée n'aine, forte de trois mille individus. Les guerriers couverts de cendres de la tête aux pieds ressemblaient toujours à des statues. Mais d'infimes mouvements démentaient cette apparence : l'ajustement d'un bouclier, la crispation d'une main sur la poignée d'une épée, une lueur dans des yeux qui se plissaient.

Une voix ramena l'attention de Tyrus vers l'avant.

— Il est impossible d'attaquer Noircastel par surprise, déclara Wennar. Si nos ennemis ne savent pas déjà que nous sommes là, ils le sauront dès que nous nous engagerons sur la Route Noire.

Blyth passa une main sur son crâne chauve et fit remarquer :

— Nous serons exposés tout le long du pont qui mène jusqu'à l'île.

— Nous n'avons pas le choix, marmonna Tyrus. Xin m'a dit qu'en ce moment même, la flotte se dirigeait vers le port, au sud. Nous devons diviser l'attention de l'ennemi. C'est notre seul espoir.

Wennar grogna son assentiment.

— Prépare tes forces, ordonna Tyrus. Nous procéderons comme prévu.

Wennar opina, mais Tyrus lut de la peur dans ses yeux.

— Je prie pour que le don qu'on vous a accordé suffise.

Il le faudra bien, songea Tyrus.

Pivotant, il étudia les soldats n'ains massés derrière lui. Tous connaissaient leur devoir et le danger qui les menaçait. Tous réalisaient que leur vie serait bientôt entre ses mains. Tyrus baissa les yeux vers ses doigts gantés et espéra qu'ils seraient assez forts.

Comme la vie de pirate était plus simple ! Les hommes savaient qu'ils allaient mourir de façon sanglante et prématurée. Mais, aujourd'hui, des milliers de braves bougres possédant une famille et un avenir dépendaient de Tyrus. Saurait-il être le prince dont ils avaient besoin ?

Wennar sonna du cor, et l'armée se mit en marche. Le piétinement de milliers de paires de bottes ne tarda pas à soulever un nuage de cendres étouffant. Les n'ains se séparèrent pour contourner la tête du promontoire telle une rivière qui rencontre un rocher. Puis ils s'engagèrent dans la pente qui descendait vers la Route Noire. Wennar se fondit dans le flot de ses hommes, rejoignant ses lieutenants pour leur distribuer ses dernières instructions.

Hurl se rapprocha de Tyrus et, du regard, balaya la marée de n'ains en armure.

—Le Magus aurait été fier, marmonna-t-il.

—Contente-toi de prier que le granit soit assez solide pour endurer ce qu'on nous balancera aujourd'hui.

Tyrus reporta son attention sur les autres. Fletch était déjà juché sur une petite jument brune au pelage de la même teinte que sa peau bronzée. Deux carquois pleins se croisaient dans son dos.

Blyth amena trois autres montures : encore des juments petites mais robustes. *Des chevaux des collines*, les avait appelés Hurl en les achetant à un fermier au regard méfiant, avant de pénétrer dans la Forêt Pétrifiée.

Tyrus grimpa en selle, aussitôt imité par Blyth et Hurl. Seul Brindille n'avait pas de monture. Bien que costauds, les chevaux des collines n'étaient pas assez hauts pour porter le colosse. S'il s'était assis sur le dos de l'un d'eux, ses pieds auraient traîné par terre. Aussi suivrait-il ses camarades en marchant.

Planté au sommet du promontoire, Tyrus étudia ses hommes. Il les soupesa du regard. Survivants de nombreuses batailles maritimes, Blyth, Hurl, Fletch et Brindille ne bronchèrent pas.

—Nous nous apprêtons à nous jeter dans la gueule des ténèbres, lança Tyrus sur un ton bourru. Je n'en voudrais à personne de tourner les talons maintenant.

Ses hommes soutinrent son regard sans sourciller. Puis Blyth éclata de rire. Hurl leva les yeux au ciel et donna une tape sur le genou de Fletch, qui se fendit d'un de ses rares sourires. Ensemble, ils firent pivoter leurs montures vers Noircastel. Brindille leur emboîta le pas.

Blyth rapprocha son cheval de celui de Tyrus.

—Capitaine, nous sommes des pirates. Nous marchons dans les ténèbres depuis notre plus tendre enfance. (Il agita la main en direction de Noircastel.) Nous ne renoncerions pas à la chance de prendre part à cette bataille pour tout l'or de Port Rawl.

Tyrus se surprit à sourire. Peut-être s'était-il trompé un peu plus tôt. Peut-être était-ce un jour pour les pirates et non pour les princes.

Et ça lui convenait.

Ensemble, les cinq hommes descendirent la colline au milieu des n'ains. L'avant-garde avait déjà atteint l'extrémité de la Route Noire. Elle s'arrêta pour attendre les ordres tandis que le reste de l'armée resserrait les rangs derrière elle.

Wennar émergea de la masse.

—À votre commandement, seigneur Tyrus.

Tyrus se dressa dans ses étriers pour observer la longue passerelle rocheuse qui s'étirait jusqu'à Noircastel. À cette distance, il semblait que le monde même s'achevait au niveau de cet immense mur volcanique. De la fumée se faufilait hors d'une multitude de crevasses pour aller rejoindre la colonne monstrueuse en provenance du sommet et noircir le ciel.

Tyrus prit une grande inspiration.

—Allons-y.

À ses côtés, Wennar leva son cor et émit une note autoritaire.

Sans hésiter, l'armée n'aine s'engagea sur la passerelle. Celle-ci était à peine assez large pour que deux chariots puissent y rouler de front. En contrebas, des lances de roche déchiquetée jaillissaient de l'eau. La mort guettait quiconque ferait un faux pas le long de l'arche.

En rang par quatre, les n'ains s'avancèrent avec raideur sur la Route Noire, une colonne après l'autre. Sur les flancs, un contingent de guerriers munis de longues-vues surveillait la mer, le ciel et la montagne en quête d'une réaction ennemie. Chacun d'eux portait, enroulé autour de son épaule, un cor avec lequel il était prêt à sonner l'alarme.

Planté au bord de la route, Wennar saluait ses hommes du chef, les taquinait gentiment et, parfois, tapait l'un d'eux sur l'épaule. Les forces n'aines s'écoulaient de la Forêt Pétrifiée avec une régularité admirable. Pas un seul guerrier ne troublait la cadence de marche. Esclaves depuis des siècles, ils étaient enfin décidés à apporter leur peine et leur souffrance à la porte de leur ancien maître. En rang par quatre, ils avançaient telle une coulée de granit et de métal.

Tyrus s'agita dans sa selle. Sa nuque le picotait. Le temps s'étira comme le soleil drapé de nuages couleur d'ardoise grimpait dans le ciel. Les soldats continuaient à défiler sans faillir. L'avant-garde avait presque atteint la moitié de l'arche lorsqu'une note vive et impérieuse brisa la cadence de l'armée.

Un cor… puis un autre… et un autre.

Tyrus pivota en relâchant le souffle qu'il avait retenu toute la matinée. Du côté du pic, une brume pâle s'élevait d'un millier de fenêtres, de fissures et d'évents. Saisissant sa longue-vue, Tyrus la focalisa rapidement sur la menace.

À travers son instrument, il vit des formes pâles s'élancer dans les airs. Elles étaient faciles à distinguer contre la pierre noire. Ailes osseuses, appendices griffus… Même à cette distance, elles promettaient venin et mort.

Tyrus baissa sa longue-vue et dénombra l'armée blême qui piquait pour défendre la Route Noire. Elle comptait des centaines, sinon des milliers d'individus.

— Des skal'tum, constata Wennar.

Tyrus savait que grâce aux nuages épais qui masquaient le soleil, les redoutables créatures seraient protégées par leur magie noire, immunisées contre les armes ordinaires. Néanmoins, il avait anticipé ce scénario. Les lames des n'ains avaient été trempées dans du sang de skal'tum collecté après la Guerre des Îles. Ainsi seraient-elles capables de percer les ténébreuses protections des créatures.

En revanche, une inconnue demeurait.

Tyrus jeta un coup d'œil aux hommes qui l'entouraient. En retour, il reçut les hochements de tête espérés.

Talonnant sa monture, il remonta la colonne. L'armée s'était immobilisée à la première note de cor. Le long de la passerelle volcanique, les n'ains avaient adopté la position qu'on leur avait assignée par avance.

Dans chaque rangée de quatre, les guerriers placés sur l'extérieur avaient pivoté vers le vide, épaule contre épaule avec leurs camarades des rangées voisines, lance pointée en l'air et bouclier tenu au-dessus de la tête, légèrement en arrière de façon à toucher le bouclier de leur pendant. Sous cette arche de boucliers, les n'ains placés à l'intérieur s'étaient accroupis, prêts à agir.

Tyrus glissa à bas de sa monture en ôtant ses gants avec les dents. Il les cracha par terre, puis se dirigea vers le n'ain le plus proche – le premier de la colonne des porteurs de boucliers, sur le côté droit de la route. C'était un jeune guerrier qui n'avait reçu son armure que récemment. De la peur brillait dans ses yeux, et le bras qui tenait sa lance tremblait légèrement.

Tyrus soutint son regard sans ciller, tentant de lui instiller un peu de foi. Puis il tendit sa main droite vers le poignet exposé du n'ain. D'après les essais préalables, le contact peau contre peau était plus efficace, bien que non indispensable.

Derrière l'épaule de Tyrus, Wennar annonça :

— Les skal'tum arrivent.

Tyrus leva les yeux au moment où la horde plongeait vers la Route Noire et ses occupants.

Avec une grande expiration pour se calmer, il saisit le poignet du jeune n'ain. Puis il ferma les yeux et toucha le granit en lui, conjurant la magie que le Magus lui avait léguée. Elle était facile à projeter, difficile à contrôler et presque impossible à rétracter.

Tyrus lui lâcha la bride.

Le sort pétrificateur se déversa dans le bras du guerrier n'ain. Tyrus regarda le granit s'emparer de son poignet, remonter précipitamment jusqu'à son épaule et envahir le reste de son corps, pétrifiant sa chair, son armure et ses armes. La magie ne s'arrêta pas là : elle se propagea à son voisin, que le jeune homme touchait de l'épaule, et progressa de la sorte tout le long de la colonne. Ainsi cette dernière se changea-t-elle en un mur de granit tandis que Tyrus continuait à l'alimenter de son énergie pétrificatrice.

Puis, faute de pouvoir aller ailleurs, la magie sauta par-dessus les boucliers dressés pour gagner la colonne d'en face, changeant aussi les n'ains de gauche en pierre.

— Dépêchez-vous ! pressa Wennar.

Tyrus projeta une dernière décharge vers l'armée n'aine, pria pour que cela suffise et rompit le contact. Il tituba en arrière, les genoux flageolants. Devant lui s'ouvrait un long tunnel de granit, un passage composé de statues vivantes à l'intérieur duquel était accroupie l'autre moitié des forces n'aines.

— Ils arrivent ! hurla Wennar.

Reculant précipitamment, Tyrus regarda les skal'tum percuter la route avec un glapissement abominable. Mais ils ne heurtèrent que de la pierre. Beaucoup d'entre eux s'empalèrent sur le feston de lances de granit ; ils se tordirent en poussant des hurlements d'agonie. Les plus prudents se trouvèrent néanmoins bloqués par la palissade minérale qui les empêchait d'atteindre les n'ains abrités à l'intérieur. Leurs griffes raclèrent le granit et leurs cris de frustration résonnèrent dans le passage, mais sans résultat.

Alors, les n'ains accroupis bondirent en piquant avec leurs lances entre leurs camarades pétrifiés Les cris de frustration se muèrent en exclamations de surprise et de douleur. Prenant le temps de viser, d'autres n'ains décochèrent des flèches par les interstices. Avec une froide efficacité, ils abattirent les skal'tum en vol tels de vulgaires corbeaux.

Brindille apparut, tenant par la bride la jument de Tyrus.

— Il faut nous dépêcher ; l'effet ne durera pas longtemps.

Il tendit la main à son capitaine. Celui-ci faillit la prendre, puis vit que le bout de ses doigts était teinté de noir.

— Non ! s'exclama-t-il d'une voix rauque.

Il était encore imprégné d'énergie pétrificatrice. Mieux valait qu'il ne touche personne pour le moment.

Les lèvres pincées, il se concentra pour ravaler sa magie. Lentement – trop lentement –, la pierre redevint chair. Maîtriser son pouvoir réclamait toute la volonté de Tyrus, et une vigilance constante. C'était une malédiction autant qu'un don.

Ayant repris le contrôle, Tyrus remonta en selle. Wennar porta son cor à ses lèvres, et une note perçante déchira l'air matinal, annonçant le début de la phase suivante. Le général n'ain leva les yeux vers Tyrus et ses hommes.

— Puisse la Mère vous protéger !

— Et vous aussi, répondit Tyrus fidèlement au rituel.

Le signal ayant été donné, les n'ains qui se trouvaient à l'intérieur du passage cessèrent leurs attaques sur les skal'tum et s'élancèrent vers Noircastel sous les boucliers de leurs camarades. Ils couraient à une vitesse surprenante pour des individus aussi trapus.

Tyrus talonna son cheval et les suivit, entraînant ses hommes dans ce tunnel de pierre vivante.

— Gardez la tête baissée et les bras près du corps, jeta-t-il par-dessus son épaule. Je vais continuer à alimenter les n'ains en magie pétrificatrice, et vous ne saurez pas quand – alors, ne laissez pas vos montures effleurer les bords.

— Pour risquer de nous retransformer en statues ? Pas de risque, ricana Blyth. Il n'y a qu'une partie de mon corps que j'aime sentir dure comme de la pierre – et seulement quand je suis dans un des bordels de Port Rawl !

Cette plaisanterie lui valut un grand éclat de rire de Brindille qui courait derrière les chevaux, tête baissée pour ne pas se cogner au plafond de boucliers.

Sur les traces des pirates, Wennar prit la tête des forces n'aines restantes.

Une autre note de cor s'éleva très loin devant eux. Tyrus poussa un soupir de soulagement. C'était le signal qu'il attendait.

Tendant la main droite, il toucha le mur de granit pour lui envoyer une décharge d'énergie toute fraîche. Ses perceptions fusèrent en même temps que sa magie le long de la ligne de guerriers et jusqu'au bout du tunnel. Là, comme l'indiquait le son du cor, les premiers guerriers qui s'étaient élancés dans le passage avaient rejoint leurs camarades et s'étaient placés à leur suite épaule contre épaule. La décharge d'énergie les pétrifia à leur tour, prolongeant le tunnel de quelques enjambées en direction de la sinistre montagne.

Tyrus sentit également les émanations écœurantes des malheureux skal'tum qui se trouvaient perchés sur le passage enchanté ou en contact avec lui. Eux aussi se retrouvèrent pris dans le sort et pétrifiés. Quelques-uns devinrent partie intégrante des murs, tels de grotesques ornements. D'autres, les ailes changées en pierre, dégringolèrent et allèrent se briser sur les récifs en contrebas.

Tyrus rompit le contact, un sourire funèbre aux lèvres. Le temps se réduisit à un présent éclatant comme il fonçait dans le tunnel en prenant bien garde à ne pas toucher sa monture avec les mains.

Des cris lui parvenaient, des cris de bêtes et de n'ains. Des griffes se tendaient vers lui par les interstices des murs et du plafond. Mais il dégaina son épée et frappa toutes celles qui s'approchaient trop. À un moment – il n'aurait pas su dire quand –, sa lame d'acier se changea en granit. Du sang venimeux, vert et toxique, fumait sur toute sa longueur.

N'ains et pirates couraient toujours vers Noircastel, poursuivis par des hurlements. Sous lui, la jument de Tyrus transpirait et hennissait de terreur. Mais elle avançait toujours, évitant les corps noircis des soldats empoisonnés par les griffes des monstres qui s'étaient écroulés dans le passage. Nulle retraite n'était possible.

Puis une autre note de cor résonna dans le lointain, et Tyrus projeta une nouvelle décharge de magie. Ses doigts granitiques effleurèrent les murs. De l'énergie pétrifiante s'écoula de sa main. Petit à petit, le tunnel vivant s'étendait vers Noircastel avec des reptations lentes mais inexorables.

Tyrus ne laissa pas cette première réussite lui monter à la tête. Ses compagnons et lui se ruaient vers l'antre ténébreux de tous les maux du monde : Noircastel. Une partie de lui savait qu'ils couraient à leur propre perte. Pourtant, il ne put s'empêcher de découvrir ses dents en une grimace féroce.

Après tout, il était un pirate.

Les joues inondées de larmes, Sy-wen se dirigea en titubant vers la masse inerte du dragon qui gisait sur le sable noir.

— Ragnar'k ! appela-t-elle vainement.

Elle savait que le dragon était mort – et avec lui, l'homme qu'elle aimait. Les rochers coupants entaillaient ses pieds nus, mais elle ignorait la douleur. Ce fut à peine si elle sentit la morsure du sel dans ses plaies comme elle entrait dans l'eau peu profonde du bord.

— Ragnar'k ! cria-t-elle de nouveau, le cœur gonflé à exploser.

Ce fut alors que le miracle se produisit. Une patte griffue remua. Puis la grosse tête du dragon ballotta comme il tentait de la soulever.

Le soulagement étourdit Sy-wen. Ragnar'k était toujours vivant ! Elle se hâta de le rejoindre en pataugeant dans l'eau. Le froid de la mer la ramena plus ou moins à elle. Elle s'immobilisa, un bras tendu vers le dragon tandis qu'une horrible lumière se faisait dans son esprit. Elle ne touchait pas Ragnar'k… pourtant, celui-ci ne se retransformait pas !

Sy-wen lutta contre la panique qui menaçait de la submerger. Puis elle se souvint que ce phénomène étrange s'était déjà produit une fois.

Peu de temps après la Guerre des Îles, Ragnar'k avait été frappé par la foudre et horriblement blessé durant une tempête. Jusqu'à sa guérison, il était resté sous sa forme de dragon, y compris quand Sy-wen ne le touchait pas.

C'était sûrement la même chose.

Ragnar'k souleva une tête qui vacillait au bout de son long cou. Ses yeux sombres toisèrent la mer'ai.

— *Sy-wen ?*

Le nom emplit sa tête telle une caresse familière, mais la voix n'était pas celle de Ragnar'k.

— Kast ! (Sy-wen se précipita au côté du dragon.) Que s'est-il passé ?

Comme sa paume touchait les écailles brûlantes, le monde se changea en un tourbillon. Quelques battements de cœur plus tard, Kast se tenait devant elle dans l'eau clapotante, la main de la jeune fille sur son tatouage. Complètement nu, il la dévisagea avec surprise.

— Sy-wen, que… ?

Surprise, la mer'ai laissa retomber sa main. Et l'instant où ses doigts se détachèrent de la peau de Kast, la magie s'embrasa de nouveau.

Projetée en arrière, Sy-wen tomba dans l'eau tandis que le dragon réapparaissait, accroupi devant elle, la poitrine gonflée et les ailes déployées. Elle fronça les sourcils. Que se passait-il ?

La tête du dragon se tourna vers elle.

— Kast ? demanda Sy-wen sur un ton hésitant.

— *Oui, c'est moi*, lui répondit-il mentalement.

Elle tendit la main vers le museau fumant du dragon.

— Où est Ragnar'k ? A-t-il été blessé par sa chute ?

Le dragon secoua la tête d'une façon très humaine.

— *Non. Je ne le sens plus du tout en moi.*

— Tu en es sûr ? Il a peut-être été assommé.

— *Sy-wen.* (La voix de Kast avait retrouvé sa fermeté habituelle.) *J'ai vécu avec ce dragon en moi pendant plus de deux hivers. Je peux t'assurer qu'il n'est plus là. Il a disparu.*

Sy-wen plaqua une main sur sa bouche.

— Comment est-ce possible ?

— *Touche-moi*, ordonna Kast en tendant le cou.

Ravalant sa panique, Sy-wen posa sa main sur les écailles noires opalescentes. Elle ferma les yeux mais sentit quand même la magie se précipiter, l'inondant de la tête aux pieds.

— Sy-wen ?

Elle rouvrit les yeux. Kast se tenait de nouveau devant elle, la joue contre sa paume. Il lui saisit le poignet avant qu'elle puisse retirer sa main.

— Reste comme ça, lui dit-il. Je pense que d'une façon ou d'une autre, le sort des mer'ai s'est inversé. Désormais, en me touchant, tu me fais sortir du dragon au lieu de me renvoyer en lui. Ne me lâche surtout pas.

Sy-wen se rapprocha et se blottit contre lui. Suivre cette instruction ne lui posait aucun problème. Elle aurait voulu ne jamais le lâcher.

— Que s'est-il passé ? demanda Kast.

Dans les bras du Sanguinaire, Sy-wen lui raconta leur découverte du port désert et de la créature tapie sur le seuil.

— Nous étions sur le chemin du retour.

— C'est tout ?

Elle secoua la tête.

— Non. La fleur de Sheeshon…

Elle jeta un coup d'œil vers la plage. Le bourgeon aux pétales pourpres et au cœur écarlate gisait sur le sable noir à l'endroit où il était tombé.

— La fleur de Rodricko, corrigea Sy-wen. Sheeshon a rêvé qu'elle devait être plongée dans la fumée qui sort de la montagne.

Kast fronça les sourcils.

— Pourquoi ?

— Je ne sais pas, mais c'était censé aider Hunt. Maître Edyll pensait que c'était important – peut-être un rêve prophétique. Et puisque nous devions venir ici de toute façon… (Sy-wen se couvrit le visage d'une main.) Nous n'aurions jamais dû essayer.

Elle relata le dernier vol du dragon, la brûlure de la fumée et la dégringolade sur la plage.

Kast l'entraîna hors de l'eau en lui tenant la main comme tous les amoureux du monde. Il se dirigea vers la fleur et se baissa pour la ramasser.

Sy-wen s'attendait à ce qu'elle soit toute brûlée, mais non. Ses pétales autrefois repliés s'étaient ouverts, révélant son cœur écarlate. À présent, elle brillait comme un charbon ardent.

— Ça alors, lâcha la mer'ai, surprise.

Kast semblait choqué lui aussi, mais pour une autre raison. Le front plissé, il scrutait sa compagne.

— Qu'est-ce qui ne va pas ? s'enquit Sy-wen.

— Tu… tu n'es plus possédée.

La jeune fille cligna des yeux. Puis les paroles de Kast atteignirent son cœur. Dans la panique que lui avait inspirée la vue du dragon inerte, elle n'avait pas remarqué que le simaltra ne la tenait plus sous son emprise.

Émerveillée, elle porta une main à son front. Elle était toujours elle-même. Elle sonda son propre esprit en quête de la présence malveillante de la créature. Mais, à la place des ténèbres palpables et glaciales derrière ses yeux, elle ne sentait plus rien. *Comment est-ce possible?* Elle leva la tête vers son amant, qui la dévisageait avec suspicion.

—Le simaltra a disparu. Je ne le sens plus en moi.

Le doute persista dans les yeux de Kast.

—Je me souviens de la fumée et de la brûlure. Nous sommes tombés du ciel. Après avoir touché le sol, je me suis sentie très mal.

Sy-wen se dirigea vers le sable souillé, entraînant Kast à sa suite. Parmi le sang et la bile, une peau huileuse gisait telle la mue d'un serpent. Kast la repêcha du bout de la branche. Il la laissa retomber et agaça ses tentacules.

C'était le simaltra... ou ce qu'il en restait.

—Je suis vraiment libre! s'écria Sy-wen.

La joie la submergea. *Libre!*

Kast se releva. Le soulagement de la mer'ai devait être évident, trop éclatant pour qu'il continue à douter. Il la prit dans ses bras et la serra si fort que Sy-wen en eut le souffle coupé.

—Tu es de nouveau mienne, marmonna-t-il, le nez enfoui dans les cheveux verts de la jeune fille.

Sy-wen sentit un frisson parcourir tout le corps du Sanguinaire comme il s'autorisait enfin à y croire.

Au bout d'un moment, elle s'écarta de lui pour demander:

—Et Ragnar'k?

Kast jeta un coup d'œil à la colonne de fumée.

—Je n'en suis pas certain, mais Sheeshon m'a mis en garde contre quelque chose – elle m'a dit que je devrais tuer Ragnar'k parce que sinon, il détruirait le monde.

Sy-wen sursauta si fort qu'elle faillit s'arracher à son étreinte.

—Pourquoi aurait-elle dit ça?

—Je l'ignore. Elle ne le savait pas elle-même. (Kast étudia la traînée noire dans le ciel.) La magie issue du cœur de la montagne doit être capable d'aspirer l'essence étrangère à un corps. Elle t'a débarrassée du simaltra, ne laissant en toi que sa peau que tu as aussitôt expulsée. De la même façon, elle a dû me séparer de Ragnar'k et ne laisser que la peau du dragon en moi – à ceci près que le sort tatoué dans ma chair maintient cette peau en vie et perpétue le processus de transformation.

—Mais sans Ragnar'k à l'intérieur...

—Ce n'est qu'une peau vide, acheva Kast, donnant un coup de pied dans le sable pour recouvrir la dépouille du simaltra.

—Pas vide, corrigea Sy-wen en tendant la main vers sa joue. Elle a toujours un cœur – le tien.

Kast soupira et fit face à la colonne bouillonnante.

— Ragnar'k a jailli du cœur minéral de Val'loa dans un nuage de fumée. Et aujourd'hui, c'est de la fumée qui l'emporte – peut-être jusqu'au cœur même de Val'loa.

Sy-wen entendit l'inquiétude dans la voix du Sanguinaire.

— Tu crains qu'il soit corrompu par la magie de ce lieu ?

— Ragnar'k est un esprit de magie élémentale pure, l'argile à partir de laquelle le Seigneur Noir sculpte ses malegardes. Je redoute ce que ce démon pourrait faire avec son énergie. (Kast entoura la mer'ai de ses bras.) L'idée derrière l'envoi d'une cargaison d'œufs d'éb'ène à Val'loa, c'était de capturer Ragnar'k. Et nous venons juste de le livrer au Seigneur Noir. Nous l'avons déposé sur le pas même de sa porte !

— Dans ce cas, nous avons échangé ma liberté contre la sienne, marmonna Sy-wen contre la poitrine de son bien-aimé.

Kast resserra son étreinte.

— Ne dis pas ça. Ta liberté est une bénédiction de la Mère. Il n'y a pas eu d'échange.

Sy-wen se laissa aller contre le Sanguinaire, mais la joie de son cœur était ternie.

— Quoi qu'il en soit, finit-elle par murmurer, nous devons regagner le *Cœur de Dragon* pour informer nos amis du piège qui leur est tendu et de ce qui nous est arrivé ici – et aussi pour ramener sa fleur à Rodricko avant qu'il tombe malade.

Kast acquiesça et voulut reculer.

— Je vais nous ramener en volant.

Sy-wen secoua la tête et lui prit la main.

— Je ne peux pas monter sur ton dos.

Kast fronça les sourcils.

— Si je te touche, tu redeviendras un homme, lui rappela la mer'ai. Tu dois y aller sans moi.

— En te laissant seule ici ?

— Je me cacherai, promit-elle. Les nouvelles que tu rapportes sont trop importantes. Et Rodricko aura besoin de sa fleur. Je resterai ici jusqu'à ton retour.

Kast regarda autour de lui. Visiblement, il cherchait une autre solution. Mais il n'en trouva pas. Il reporta son attention sur Sy-wen, l'air hésitant.

— Il le faut, dit simplement la jeune fille en mettant tout son courage dans sa voix.

— Mais je serai toujours un dragon en arrivant au bateau.

— Tu trouveras un moyen de passer le message. Grave-le sur les planches du pont avec tes griffes, s'il le faut.

— Je viens juste de te récupérer, chuchota le Sanguinaire.

Sy-wen porta sa main à ses lèvres et l'embrassa.

— Préviens nos amis. Laisse-les se préparer à combattre la créature sur le seuil. Pendant ce temps, reviens ici avec Hunt pour que nous puissions le délivrer lui aussi. Tout se passera bien. À présent que je suis libre, je ne me laisserai plus jamais réduire en esclavage.

Kast plissa les yeux d'inquiétude mais acquiesça.

— Tu ferais mieux de te dépêcher.

Sy-wen voulut se dégager. Il l'enlaça étroitement.

— Cette fois, je ne laisserai pas passer ma chance, souffla-t-il.

Puis il se pencha et l'embrassa.

Sy-wen soupira entre ses lèvres. Ça faisait trop longtemps. Elle fondit contre Kast, goûtant le sel dans son haleine et sur sa langue tiède. Son cœur palpitait douloureusement. L'espace d'un instant, elle ne parvint pas à dissimuler sa propre peur. Elle profita de ce baiser pour tirer toute la force possible de l'acier des bras de Kast, de la fermeté de ses lèvres, du début de barbe râpeux sur ses joues.

Mais leur étreinte ne pouvait pas durer éternellement. Les yeux pleins de larmes, Sy-wen se dégagea et repoussa le Sanguinaire.

— Vas-y maintenant…

… *Avant que je ne te laisse plus partir*, ajouta-t-elle dans son cœur.

Kast recula, les bras tendus, continuant à la toucher avec le seul bout de ses doigts. Son visage était rouge, partagé entre le devoir et l'amour.

— Vas-y, répéta Sy-wen.

— Sois prudente, lui recommanda-t-il.

Craignant que sa voix la trahisse, la jeune fille se contenta d'acquiescer.

Kast laissa retomber ses bras. La magie explosa, soulevant un petit tourbillon de sable. Un instant plus tard, le dragon réapparut sur la plage, ses griffes d'argent enfoncées dans le sable noir. Sy-wen s'avança pour ramasser la fleur de Rodricko et la posa devant lui.

— Va vite, chuchota-t-elle.

Kast regarda sa bien-aimée à travers les yeux du dragon tandis que des larmes inondaient les joues de la mer'ai. Puis il se pencha pour prendre doucement la branche entre ses dents et déploya ses ailes.

— Je serai bientôt de retour.

Sa promesse silencieuse emplit le cœur et l'esprit de Sy-wen.

D'un bond puissant, il se propulsa dans les airs. Sa trajectoire n'était pas aussi sûre que lorsque c'était Ragnar'k qui contrôlait le corps du dragon, mais, visiblement, leur fusion mentale pendant deux hivers lui avait appris l'essentiel. Après avoir un peu oscillé, il survola la Couronne déchiquetée et s'éloigna en direction du large.

Sy-wen le suivit des yeux, un poing serré sur son cœur.

Sous ses pieds, le sol trembla de nouveau – plus violemment, cette fois. Les eaux lisses du lagon ondulèrent. Sy-wen pivota vers la montagne. Les fissures crachaient de la fumée de plus belle, et du feu jaillissait du sommet lointain avec un épouvantable rugissement.

Jamais Sy-wen ne s'était sentie aussi seule. Elle reporta son attention sur le dragon qui rapetissait. Quand il disparut, elle se laissa tomber à genoux dans le sable noir.

Elle s'était crue libre, mais, à présent, elle se recroquevillait face à l'énormité du volcan et de ses brasiers de roche fondue. Elle jeta un coup d'œil vers l'horizon brumeux.

Tiens ta promesse, mon amour. Reviens-moi vite.

24

Elena agrippa le bastingage de l'*Étincelle des Vents* violemment secouée par les vents de tempête. Le pont tangua et s'inclina sous ses pieds, lui révélant le paysage en contrebas. Des colonnes d'og'res se traînaient dans la boue à travers le verger ravagé, se dirigeant vers la fosse en une ligne solide et ininterrompue. De la fumée montait depuis les feux ensevelis parmi les arbres morts. Ni la férocité de l'orage nocturne ni l'averse matinale n'avaient réussi à noyer ces derniers vestiges de la destruction flamboyante de la vallée.

— Ils progressent à bonne allure, commenta Er'ril près de la jeune femme.

— Jusqu'ici. Mais la journée ne fait que commencer, tempéra Elena.

Elle se pelotonna dans sa cape en peau d'anguille, sur laquelle la pluie ruisselait sans la traverser. Machinalement, elle porta une main à la rose sculptée sur le pommeau de son épée, comme pour quêter le réconfort de son acier élémental. Depuis la bataille de la Porte des Esprits, elle portait toujours l'arme à sa ceinture. Coupombre était pareille à une douleur sourde, un rappel constant de ses responsabilités.

En contrebas, des oiseaux de toutes les formes volaient à travers la pluie, calquant leur allure sur les massives troupes terrestres. Seuls quelques éclaireurs si'lura étaient partis en avant pour explorer les abords de la fosse.

Elena étudia leur destination.

Les travaux d'excavation s'étaient étrangement calmés pendant la nuit. La colonne de fumée avait été éteinte ou noyée par la pluie. Seule une brume épaisse planait encore au-dessus de la fosse, comme de la vapeur au-dessus d'une chope de kafé brûlant. Ses volutes aux lentes ondulations masquaient tout. C'était un spectacle plus funeste que le bouillonnement ténébreux de la veille.

Puis le navire gîta de l'autre côté, faisant basculer la vision d'Elena vers le ciel. Le jour se levait, mais il était impossible de dire où s'achevait la nuit et où commençait le matin. Un crépuscule perpétuel régnait sur le monde.

— Nous devrions redescendre, la pressa Er'ril. Il y a des sentinelles dans la vigie. Au premier signe de problème, elles sonneront du cor.

Alors, elles devraient déjà sonner, songea Elena. *L'atmosphère empeste les problèmes.* Mais elle se laissa entraîner vers l'écoutille la plus proche.

En s'ouvrant, celle-ci révéla Joach planté sur le seuil. Elena eut un mouvement de recul avant de reconnaître son frère. Agitant son bâton, le jeune homme invita Elena et Er'ril à venir se mettre à l'abri.

— Nous avons rassemblé tout l'équipement dans la cale de poupe, annonça-t-il. Les paquetages contiennent de la corde, du matériel d'escalade, des torches et des lumignons. Chacun a pris ses armes et pourvu à ses besoins spécifiques. Nous sommes prêts à descendre dans la fosse.

Er'ril acquiesça en secouant sa cape.

— J'aimerais inspecter ça moi-même. (Il se tourna vers Elena.) Pourquoi n'irais-tu pas te réchauffer dans la cambuse avec ton frère ? Je vous rejoins là-bas.

Joach s'effaça pour laisser passer l'homme des plaines, puis dévisagea sa sœur d'un air étrange.

— El… Er'ril et toi…

Le rouge monta aux joues de la jeune femme. Elle tourna le dos à son frère. Était-il au courant pour la nuit précédente ? Était-ce si évident ? Cela se voyait-il sur sa figure ? Er'ril et elles avaient refait l'amour juste avant l'aube, un dernier moment d'intimité pour se toucher et pour guérir les blessures qui subsistaient entre eux.

— Tu l'aimes, n'est-ce pas ? poursuivit Joach.

— Bien sûr que oui, répondit Elena sans le regarder.

Son frère lui toucha l'épaule.

— Dans ce cas, tu peux comprendre ce que je ressens – ce que je ressentais – pour Kesla.

Il poussa un gros soupir.

Réalisant qu'il voulait orienter la conversation dans une tout autre direction que celle qu'elle redoutait, Elena pivota de nouveau vers le jeune homme.

— Je sais combien tu l'aimais.

Joach fronça les sourcils.

— Je voulais te parler de quelque chose.

Il fixa le bout de ses chaussures, un geste très enfantin venant d'un homme apparemment adulte.

Elena lui prit la main.

— De quoi s'agit-il ?

Elle se réjouissait que Joach soit enfin prêt à exprimer sa douleur. Son rajeunissement après la mort de Greshym n'avait peut-être pas seulement guéri son corps.

Pourtant, son frère hésitait.

— Tu ne préférerais pas qu'on en discute dans ma cabine ? suggéra Elena. On sera plus tranquilles.

Joach acquiesça, visiblement soulagé.

Elena l'entraîna à travers les couloirs du pont inférieur. Arrivée devant la porte de sa cabine, elle ôta son gant et se piqua le doigt sur une écharde. Puis elle projeta un filament de feu sor'cier dans la serrure afin de faire fondre le métal gelé. C'était Er'ril qui avait suggéré cette précaution supplémentaire pour protéger le talisman enfermé à l'intérieur : le Journal Sanglant.

Elena souleva adroitement le loquet et ouvrit la porte tout grand pour laisser entrer Joach. Elle promena un regard à la ronde. Les fourrures et les couvertures étaient proprement tirées sur le lit. Nulle trace des ébats de la veille ne subsistait – même si Elena humait encore l'odeur musquée de leurs débordements amoureux. Elle jeta un coup d'œil à son frère, mais il ne semblait pas avoir remarqué quoi que ce soit.

Joach se dirigea vers la petite cheminée et raviva les braises. Pendant qu'il réchauffait la pièce, Elena ôta sa cape mouillée et l'accrocha à une patère. Tendant la main vers la lampe à huile suspendue à une poutre du plafond, elle régla la mèche pour obtenir plus de lumière.

Lorsqu'elle se tourna vers lui, Joach se tenait près du minuscule bureau en chêne sur lequel reposait le Journal Sanglant. La rose embossée dans la couverture scintillait très doucement, annonçant la pleine lune à venir.

Le front barré de plis profonds, Joach étudia le Grimoire.

— Selon le capitaine, la lune se lèvera tôt ce soir. Elle apparaîtra dans le ciel avant même que le soleil ait fini de se coucher.

Elena n'avait pas besoin qu'on le lui dise. La magie dont elle était gorgée la rendait hypersensible à l'astre de la nuit. Elle percevait les mouvements de celui-ci aussi bien que les battements de son propre cœur.

— La lune dans le ciel en même temps que le soleil, marmonna Joach. Tu te souviens comment papa appelait ça ?

Elena sourit.

— Une lune niaise. (Elle soupira.) Trop bête pour se rendre compte que le soleil n'est pas encore couché.

Joach se détourna du bureau en s'appuyant sur son bâton.

— Et regarde vers où nous nous dirigeons sous cette lune niaise. (Une grimace fatiguée étira brièvement ses lèvres.) Qui sont les véritables imbéciles ?

Elena détacha le fourreau de son épée et s'assit sur son lit, posant la lame en travers de ses genoux. Joach prit un petit tabouret et fit de même avec son bâton. Elena fixa son frère en se remémorant leur périple. Comment étaient-ils arrivés dans cette pièce, accablés l'un et l'autre par le fardeau d'une magie qui les dépassait ?

Il y eut un silence à peine troublé par le crépitement continuel de la pluie sur le pont supérieur, au-dessus de leur tête. Puis Elena prit la parole.

— Tu voulais me parler de Kesla.

Machinalement, Joach jeta un coup d'œil au Journal Sanglant. Il acquiesça.

— Je crois avoir découvert un moyen de la ramener.

Elena ne put dissimuler le choc dans sa voix.

— Tu veux dire, la ressusciter d'entre les morts ?

Joach déglutit.

— Kesla était un rêve incarné. Un rêve peut-il réellement mourir ? (Il leva vers sa sœur des yeux brillants de chagrin.) Mes pouvoirs se sont développés. Je crois être capable de la sculpter de nouveau en ce monde. Mais…

— Mais est-ce une bonne idée ? demanda doucement Elena. Ramener un esprit dans un corps est l'apanage de la magie la plus noire. Souviens-toi de Rockingham, ou même de Vira'ni. Les morts devraient être autorisés à reposer en paix. C'est l'ultime don que leur fait la Mère.

— Et Nee'lahn ? Elle est morte et revenue, fit remarquer Joach.

Elena secoua la tête.

— Nee'lahn est une nyphai. Seul son corps – la coquille qu'elle occupait – avait péri. Son esprit était demeuré en ce monde, préservé par le cocon magique de sa chanson sylvestre.

— Mais en quoi Kesla est-elle différente ? argumenta Joach. Elle était née de la magie de la Terre. Qui peut affirmer que son esprit a rejoint la Mère ?

Elena se rembrunit. Joach avait peut-être raison, mais, au fond de son cœur, la perspective qu'il s'engage sur un chemin si ténébreux effrayait la jeune femme.

— Ce que tu demandes…, marmonna-t-elle en secouant la tête.

— Je ne t'ai rien demandé, répliqua son frère d'une voix brûlante.

Elena soutint son regard. Joach flamboyait de colère et d'amertume. Sa main s'était crispée sur son bâton.

— Joach…

— Et si c'était Er'ril ? lança son frère, furieux.

Elena ouvrit la bouche. Sa première impulsion fut de nier qu'elle tenterait une chose pareille. Mais assise sur le lit où, quelques heures plus tôt, ils s'étaient donnés l'un à l'autre – cœur, esprit et corps –, elle ne pouvait dire avec certitude ce qu'elle ferait le cas échéant.

— Comment… Qu'est-ce qui te fait croire que tu en serais seulement capable ?

Joach tendit ses deux mains devant lui.

— Je l'ai déjà fait. Je t'ai montré de quelle façon j'arrivais à créer une illusion solide de ma main manquante. À ce moment-là, c'était une création inerte, dénuée de sensations. (Il serra le poing.) Mais regarde ! Maintenant, elle vit. Elle fait de nouveau partie de moi.

— Tu as dit que ta main était revenue en même temps que ta jeunesse, après la mort de Greshym, contra Elena.

Joach balaya l'objection de sa sœur d'un revers de sa main toute neuve.

— C'était plus compliqué que ça, trop difficile à expliquer. Tout ce qui compte, c'est que Greshym n'étant plus là, je peux faire un tas de choses dont j'étais incapable auparavant.

Elena perçut une signification cachée dans les paroles de son frère.

— Une main n'est pas une personne, dit-elle simplement. Une main ne possède pas un esprit unique.

— C'est possible, insista Joach. J'ai les connaissances et le pouvoir nécessaires. Je… je n'ai besoin que d'une chose supplémentaire pour réussir.

— De quoi s'agit-il ?

De nouveau, le regard du jeune homme glissa vers le Grimoire posé sur la table.

— Davantage de force vitale. Le sort qui permet de donner la vie à une création onirique réclame plus d'énergie que j'en possède actuellement.

— Combien, au juste ? demanda Elena en se levant.

Abandonnant son épée sur le lit, elle se dirigea vers le bureau. Elle commençait à comprendre.

— L'équivalent de toute une vie, marmonna Joach. (Du menton, il désigna le Journal Sanglant.) L'immortalité est enfermée entre ses couvertures – l'énergie infinie du Vide.

— Je ne le sais que trop bien.

Elena saisit le Grimoire. D'abord, celui-ci avait accordé l'immortalité à Er'ril pour que l'homme des plaines lui serve de gardien et de protecteur. Puis son pouvoir s'était transmis à Elena. Il n'arrêtait pas la mort, mais son inépuisable réserve d'énergie maintenait le vieillissement à distance et accélérait la guérison des blessures.

— Il ne faudrait qu'une petite fraction de cette énergie pour alimenter le sort nécessaire au retour de Kesla. S'il te plaît, El… Kesla s'est sacrifiée pour briser le portail du basilic qui menaçait nos contrées. Nous lui devons bien ça.

Elena se sentit pencher en faveur de son frère. Oserait-elle se fier au cœur de Joach en la matière ? Pouvait-elle lui refuser cette tentative ? Pourtant, la jeune femme hésitait. Elle jeta un coup d'œil à la main toute neuve de son frère, à son visage à la fois familier et inconnu. Le doute l'accablait.

Finalement, elle soupira et mit la question de côté.

— Nous ne pouvons pas lancer de sort susceptible d'affaiblir le Grimoire avant le début de la guerre. Je ne risquerai pas l'avenir du monde pour la résurrection d'une seule personne.

Joach acquiesça avec reconnaissance. Visiblement, il prenait ça pour un accord plutôt que comme un ajournement de la décision de sa sœur.

— Bien entendu. Je n'avais pas l'intention de faire ça maintenant. Je dois conserver ma magie pour la bataille à venir.

Elena voulut détromper son frère, puis se ravisa. Autant remettre cette discussion à plus tard. Ça lui laisserait du temps pour réfléchir à la requête de Joach.

Son frère se leva.

— Merci, El. Je savais que tu comprendrais.

La jeune femme se contenta d'acquiescer en détournant les yeux.

Joach se dirigea vers la porte.

— Je vais superviser les derniers préparatifs. Harlequin Quail voulait me parler. Il propose d'utiliser des illusions pour confondre l'ennemi.

— Si quelqu'un peut trouver un moyen de nous faire passer au nez et à la barbe du Seigneur Noir, c'est forcément Harlequin, acquiesça Elena en tenant la porte à son frère.

Avant de sortir, Joach se tourna une dernière fois vers elle.

— Merci encore.

Elena lui sourit. Un instant, elle revit le garçon simple et honnête qu'elle avait laissé dans le verger de leur famille. Mais sous cette apparence se tapissait quelque chose de plus sombre. Ce fut la main crispée sur son bâton que Joach s'éloigna en martelant le sol de son instrument.

Elena referma la porte derrière lui et s'adossa au battant en serrant toujours le Grimoire contre sa poitrine. La rose embossée sur la couverture brillait de plus en plus fort.

La jeune femme s'écarta de la porte et ouvrit le Journal Sanglant. Des pages blanches s'offrirent à sa vue. Elle posa une main sur le parchemin lisse et vierge. Celui-ci ne présentait aucune trace du portail qui s'ouvrirait au lever de la lune. Elena aurait bien voulu que sa tante Fila soit avec elle en ce moment. Joach avait remué de vieux souvenirs de famille.

Refermant le Grimoire, Elena revint vers son lit et lissa une couverture. Plus encore que tante Fila, sa mère lui manquait. Elle aurait tant aimé la revoir, fût-ce quelques instants…

— Que dois-je faire, maman ? chuchota-t-elle dans la pièce vide.

En guise de réponse, le mugissement d'un cor résonna à travers le navire. Elena fit volte-face. Les sentinelles dans la vigie ! Au loin, une deuxième note étouffée fit écho à la première. Cette fois, elle provenait du sol – du verger incendié.

Ça commence !

Elena se précipita vers la porte et l'ouvrit à la volée. Elle fut surprise de trouver Joach planté sur le seuil. Il avait dû revenir la chercher en entendant l'alarme.

— Joach, il faut…

Elena ne put achever sa phrase : son frère venait de la bousculer violemment avec son bras tendu. Déséquilibrée, elle tituba en arrière et tomba sur le lit tandis que le jeune homme entrait à sa suite.

— Joach, que… ?

Puis l'illusion se dissipa comme l'intrus claquait la porte derrière lui. Ses cheveux roux foncèrent ; ses traits fondirent et adoptèrent une apparence presque aussi familière, mais considérablement moins chaleureuse que celle du frère d'Elena.

Le choc et la stupéfaction coupèrent le souffle de la jeune femme. C'était impossible ! Elle avait vu les og'res découper son corps en morceaux et les enfouir séparément.

— Greshym, s'étrangla-t-elle.

Elle porta la main à sa dague de sor'cière, mais avant que ses doigts puissent se refermer sur le manche de l'arme, une force invisible jaillit du mage noir. Elena fut projetée en arrière et clouée contre le mur de planches, les membres en étoile. Elle tenta de se dégager : en vain. Elle ne pouvait pas bouger.

Greshym s'avança vers elle, écartant d'un coup de pied les fourrures tombées sur le sol.

— Inutile de te débattre.

Elena l'ignora. Ses deux mains brillaient et palpitaient d'énergie – feu glacial dans l'une, feu sor'cier dans l'autre. Mais faute de lame pour libérer leur magie, la jeune femme ne pouvait conjurer son pouvoir. Elle était à la merci de cet infâme individu.

Greshym se pencha vers elle.

— Maintenant, dis-moi où est l'épée de sang.

Au premier son de cor, Er'ril bondit vers l'une des écoutilles qui s'ouvraient sous la coque de l'*Étincelle des Vents* tandis que ses compagnons se précipitaient vers les hublots de la cale. L'homme des plaines se laissa tomber près d'un rouleau de corde relié à un système complexe de poulies et de contrepoids – le treuil utilisé pour hisser les provisions à bord. Il se pencha au-dessus de l'ouverture pour regarder le paysage en contrebas.

La pluie tombait en rideaux épais, masquant partiellement la vue. Mais, de toute évidence, quelque chose avait alerté les og'res. Une nouvelle note de cor s'éleva depuis le verger boueux.

Er'ril ne distinguait pas la menace – seulement des colonnes d'og'res qui formaient des lignes massives comme des crêtes rocheuses. D'autres se déplaçaient parmi leurs frères, beuglant des ordres qui ne montaient pas jusqu'au vaisseau el'phique.

Que se passait-il ? Er'ril avait besoin d'un meilleur point de vue.

À l'instant où il se relevait, une silhouette jaillit par l'écoutille dans un froissement d'ailes et une rafale d'air humide. Er'ril plongea, roula sur lui-même et se redressa l'épée à la main.

Mais une telle précaution n'était pas nécessaire. Toujours en vol, la créature pivota sur elle-même et se posa avec méfiance. Elle présentait un mélange de traits d'humain et d'oiseau : une couronne de plumes, des jambes glabres, des bras munis de longs rémiges et un visage étroit. Ses yeux ambrés luisaient dans la pénombre de la cale.

Fardale et Épine apparurent au côté d'Er'ril.

— C'est l'un de nos éclaireurs !

Er'ril rengaina son épée.

— Que se passe-t-il ?

Le si'lura haletant regarda autour de lui.

— On nous attaque. Depuis le sol. Ils nous attendaient. C'était une embuscade. (Il fixa Épine.) Le rancien a un message pour toi.

Ses yeux brillèrent un long moment. Épine acquiesça, et Fardale lui agrippa le coude. Apparemment, lui aussi avait capté le message silencieux.

Sa mission accomplie, l'éclaireur plongea par l'écoutille ouverte. Er'ril eut juste le temps de voir jaillir ses plumes tandis qu'il piquait vers le sol, se retransformant en faucon.

— Que t'a-t-il dit ? demanda l'homme des plaines à Épine.

La métamorphe se tourna vers lui, beaucoup plus pâle que quelques instants auparavant.

— Mon père et son armée se préparent à engager la bataille.

Er'ril serra le poing.

— Il faut absolument que je voie les forces adverses.

Il monta quatre à quatre les marches qui conduisaient au pont supérieur. D'un coup d'épaule, il poussa l'écoutille en haut de l'escalier – et fut accueilli par une tempête de plus en plus déchaînée. Les gouttes de pluie s'écrasaient sur le pont ainsi que des volées d'aiguilles cruelles. Er'ril tira sa capuche sur son front et sortit en rentrant la tête dans les épaules.

Déjà plantés contre le bastingage, Tol'chuk et Magnam se penchaient dans le vide pour mieux voir. L'homme des plaines les rejoignit précipitamment tandis qu'une autre écoutille s'ouvrait à la volée. Il pivota, s'attendant à voir Elena. Mais c'était Méric et Nee'lahn.

— Que se passe-t-il ? hurla l'el'phe pour se faire entendre par-dessus le mugissement de la tempête.

Er'ril secoua la tête. Tol'chuk leur jeta un coup d'œil comme tout le groupe se rassemblait près du bastingage. Des plis soucieux barraient le front de l'og're.

Er'ril jeta un coup d'œil vers le bas tout en tâtonnant en quête de sa longue-vue. À travers les rideaux de pluie, il aperçut un carnage affolant. D'étranges bêtes jaillissaient d'entre les branches mortes et les feuilles boueuses du verger.

Arrachant l'instrument de sa ceinture, Er'ril le porta à son œil et le braqua vers le cœur de la bataille. Il regarda un monstre noir s'extirper de l'enchevêtrement des racines d'un arbre renversé. La créature était toute en pattes articulées, sorte de croisement entre une mante religieuse et une fourmi – mais aussi haute qu'un homme. Elle bondit sur un og're qu'elle enveloppa de ses membres. Ses mandibules lui déchiquetèrent le visage et le cou tandis qu'ils s'écroulaient tous deux et roulaient sur le sol.

Ailleurs, des limaces grosses comme des troncs d'arbres rampaient hors de leur terrier. La pluie grésillait et fumait en touchant leur peau acide. Des tentacules jaillirent, rongeant la chair de leurs victimes jusqu'à l'os d'un simple contact. Er'ril vit l'une des monstruosités passer sur un og're blessé et lui dévorer les jambes au passage.

Des rugissements montaient du sol tandis que le tonnerre grondait à l'horizon. C'était un véritable massacre. Er'ril baissa sa longue-vue, écœuré à la fois par le spectacle qu'il venait de contempler et par sa propre impuissance.

Malgré l'opposition, les og'res continuaient à avancer, payant chaque pas au prix du sang. Er'ril agrippa le bastingage comme s'il pouvait leur communiquer ses propres forces.

— Ils ne s'en sortiront jamais seuls, lâcha Tol'chuk près de lui.

Er'ril comprit ce que son ami voulait dire. Plus d'une lieue les séparait encore du bord de la fosse.

— Ils ne sont pas seuls, répliqua vivement Fardale.

Il tendit un doigt vers le ciel.

L'armée si'lura se massait dans le ciel – nuée noire contre les nuages gris de la tempête. Virant à l'unisson, les métamorphes ailés piquèrent vers le champ de bataille. Ils se laissèrent tomber de tout leur poids et de tout leur élan pour frapper avec leur bec et leurs serres.

Le cœur tonnant dans les tempes, Er'ril porta de nouveau la longue-vue à son œil. Un aigle doré s'abattit sur l'og're qui luttait toujours contre la créature insectoïde. Il frappa à une telle vitesse que ce fut à peine si l'homme des plaines le vit passer. Puis la tête chitineuse tomba de ses pattes, et Er'ril comprit. L'og're au visage ensanglanté se débarrassa du corps décapité de son agresseur.

Depuis les cieux tourmentés, la mort tomba en pluie sur les créatures tapies en embuscade. Le cours de la bataille s'infléchit lentement. Les og'res forcèrent le passage à grands coups de massue. Œuvrant de concert, les deux armées progressèrent en direction de la fosse.

Er'ril baissa sa longue-vue et fixa le cratère béant qui défigurait les hautes terres. Il savait que ce n'était que le début. Le véritable ennemi demeurait tapi dans son antre, dissimulé par le brouillard tourbillonnant.

L'homme des plaines jeta un coup d'œil le long du bastingage. Magnam se tenait près de Tol'chuk. Méric près de Nee'lahn. Fardale près d'Épine. Tous arboraient la même expression lasse et horrifiée.

Joach et Harlequin sortirent par une écoutille, Jaston et l'enfant des marais sur leurs talons. Joach fit signe à Er'ril.

— Nous avons peut-être un plan pour…

L'homme des plaines l'interrompit.

— Où est ta sœur ?

Il avait laissé Elena avec son frère. Il pensait qu'ils étaient toujours ensemble.

Joach balaya du regard le pont inondé par la pluie.

— Je… je croyais la trouver ici. Je l'ai laissée dans sa cabine il n'y a pas très longtemps.

Le cœur d'Er'ril lui remonta dans la gorge. Les cors auraient dû faire monter Elena sur le pont. Maudissant son inattention, l'homme des plaines bouscula Joach et les autres.

— Elle avait l'air de vouloir rester seule, lança Joach.

Er'ril fit la sourde oreille. Il fonça vers l'écoutille la plus proche et dévala les marches.

Joach lui courut après.

— Qu'est-ce qui ne va pas ?

Sans répondre, Er'ril s'élança à travers les entrailles du bateau. Il avait placé trop de confiance dans l'air qui les entourait, dans leur isolement. Il avait bêtement baissé sa garde et s'en était remis à Joach pour veiller sur sa sœur un petit moment. Mais un petit moment suffisait pour tout perdre.

Er'ril traversa tout le bateau en martelant le plancher et en priant pour ne pas arriver trop tard. La porte de leur cabine se dressait au bout du couloir. Elle était fermée et intacte.

— Tu peux m'expliquer… ? cria Joach derrière Er'ril.

Devant lui, une explosion arracha la porte à ses gonds et la fit voler dans le couloir. Projeté en arrière, Er'ril heurta Joach. Le battant les percuta avec la force d'un marteau, frappant l'homme des plaines à la tempe avant de le dépasser.

Tous les sons moururent. La vision d'Er'ril vacilla. Le temps marqua une pause l'espace d'un instant gelé.

Puis l'homme des plaines s'écrasa sur le sol de planches, se cognant de nouveau la tête. Il lutta contre la lame de fond, mais celle-ci le submergea, et les ténèbres engloutirent le monde.

Elena cligna des yeux pour chasser ses larmes après l'explosion magique. Elle était toujours clouée contre le mur, impuissante. Sa tête lui faisait mal ; son cœur battait dans sa gorge. Ses mains étaient deux soleils jumeaux à l'énergie prisonnière.

Greshym se tenait face à elle, sa cape ondulant sous l'effet de l'énergie qu'il irradiait, son bâton brandi devant lui comme un sceptre. Sous l'effet de la colère et de la frustration, il avait perdu toute retenue.

— Où est l'épée de sang ? Dis-le-moi, ou je taille ce vaisseau en pièces et je fouille les décombres moi-même !

Le mage noir disposait du pouvoir nécessaire pour mettre sa menace à exécution – Elena n'avait qu'à regarder les débris de la porte pour s'en convaincre. Elle garda pourtant le silence. Depuis qu'il l'avait capturée, Greshym tentait de saper sa volonté à grands renforts d'illusions atroces et de promesses chuchotées, mais il n'avait pas encore osé s'attaquer physiquement à elle. Si jamais il lui faisait saigner les mains, elle pourrait de nouveau utiliser sa magie.

Autrement dit, ils étaient dans une impasse.

Elena évitait soigneusement de regarder les fourrures entassées aux pieds du mage noir. L'attaque initiale de celui-ci avait jeté toute la literie par terre – et emportée avec elle l'épée posée dessus. À présent, celle-ci gisait cachée parmi les couvertures. Greshym devait penser qu'elle se trouvait dans un endroit sûr et bien protégé, pas juste sous son nez. Aussi Elena continuait-elle à le fixer en s'efforçant de ne pas se trahir.

La patience du mage noir arrivait à bout. Greshym devait savoir que son temps était compté.

Une voix les fit sursauter tous les deux.

— Greshym !

Le mage fit volte-face. Joach se tenait dans l'embrasure de la porte arrachée, son bâton dressé devant lui.

— Joach, recule !

Le jeune homme l'ignora.

— Vous aviez promis de ne pas revenir !

Greshym haussa les épaules.

— J'avais une dernière chose à récupérer. Ensuite, je m'en irai pour de bon.

— Coupombre, dit Joach en plissant les yeux.

— Elle finirait par détruire ta sœur de toute façon. J'en ferai un meilleur usage.

Elena était toujours suspendue contre le mur, plus choquée que terrifiée à présent. De toute évidence, Joach n'était pas surpris de voir Greshym. À en juger par ses propos, les deux hommes avaient conclu quelque pacte. Mais pourquoi ? Pour que Joach retrouve une partie de sa jeunesse ? Le regard d'Elena se posa sur la main toute neuve de son frère. Non, Joach avait une motivation plus importante que sa propre vie. *Kesla.*

La jeune femme ferma les yeux. Elle ne s'était pas rendu compte de la profondeur du désespoir de son frère.

— Et je dois dire, mon garçon, que ton arrivée n'aurait pu survenir à un moment plus opportun, lança Greshym.

Elena sentit le pouvoir s'accumuler dans la pièce. Elle rouvrit les yeux.

— Je n'avais pas de levier sur lequel appuyer pour extorquer son secret à ta sœur, Mais puisque te voilà...

Plus vite qu'un serpent dressé, Greshym frappa avec son bâton. Un tourbillon de ténèbres huileuses s'ouvrit derrière Joach.

— Joach ! hurla Elena.

Elle n'avait pas fini de crier qu'une bête horrible bondit hors du vortex et se jeta sur son frère. La créature avait la peau grise, un museau saillant, des oreilles pointues et des mains terminées par des griffes vicieuses. Ses bras musclés empoignèrent Joach, déchirant ses vêtements et lacérant sa chair. Le bâton du jeune homme tomba à terre et roula hors de sa portée.

La bête approcha son museau de la gorge de Joach. Ses babines se retroussèrent, révélant des crocs acérés. Elle renifla avidement, et la soif de sang fit briller ses petits yeux porcins.

— Rukh t'aime bien, susurra Greshym tandis que Joach se débattait. Il doit se souvenir du goût de ta main. (Le mage noir se tourna vers Elena.) À présent, peut-être pouvons-nous négocier. Coupombre contre la vie de ton frère.

Elena fixait la bête écumante.

— Et n'espère pas voir surgir quelqu'un d'autre, ajouta Greshym. J'ai scellé l'extrémité de ce couloir.

Elena baissa les yeux vers le tas de fourrures. Elle n'avait pas le choix.

— L'épée…

Puis un mouvement attira son attention. Derrière Greshym, le bâton de Joach se soulevait dans les airs. Une ombre grandissait sous lui. Elena fronça les sourcils.

Greshym perçut le danger un instant trop tard. Il fit volte-face, mais le bâton de Joach plongea par-dessus sa tête à l'instant où l'ombre jaillissait vers le haut. Le mage noir fut saisi à la gorge par le bâton de pierre. Son propre bâton d'os tomba bruyamment à ses pieds comme il le lâchait pour se défendre. Derrière lui, l'ombre s'élargit et se modela comme si elle se dépliait depuis une autre dimension.

C'était Joach !

Greshym en resta bouche bée alors même que le jeune homme continuait à l'étrangler avec son bâton de bois pétrifié.

— Je vous avais bien dit de ne pas revenir.

Il abattit son pied sur le bâton qui gisait à terre, brisant l'os en plusieurs morceaux. Du sang coula des débris et se mit à fumer. Un hurlement s'éleva depuis la flaque rouge sombre – et le grognement de Greshym lui fit écho.

Joach jeta un coup d'œil à la créature qui tenait son double. Il agita la main, et ce dernier se retransforma en un petit tas de sable qui disparut aussitôt. Affolé, le gnome des souches recula vers le mur en regardant autour de lui.

— Libérez ma sœur, siffla Joach.

Greshym leva la main au moment où un raclement se faisait entendre du côté de la porte. Tous les regards se tournèrent vers celle-ci.

Er'ril se tenait sur le seuil de la cabine, appuyé contre le chambranle. Du sang coulait d'une blessure sur le côté de son front.

— Elena…

Cette brève diversion suffit. Greshym donna un grand coup de coude dans les côtes de Joach. Au même moment, obéissant à quelque ordre silencieux, le gnome des souches se jeta sur Er'ril en rugissant.

Elena se débattit, mais elle ne pouvait toujours pas remuer.

Elle vit Joach tousser, le souffle coupé. Le jeune homme tituba en arrière, relâchant le mage noir. Greshym s'écarta d'un bond et s'accroupit au milieu des débris de son bâton. Il ouvrit la paume au-dessus des fragments d'os ensanglantés, et ceux-ci se rassemblèrent en un clin d'œil. Le bâton reconstitué sauta dans sa main.

Joach leva son propre bâton, mais son adversaire fut plus rapide. Une décharge de magie projeta le jeune homme à travers la cabine et le cloua contre le mur près de la cheminée aussi sûrement qu'Elena.

Du côté de la porte, Er'ril s'était changé en tourbillon d'acier. Il embrocha le familier du mage noir à plusieurs reprises ; puis, dans une dernière pirouette, il lui trancha la gorge. Du sang jaillit vers le plafond tandis que la créature s'écroulait, morte.

Er'ril s'avança d'un pas furieux. Un liquide sombre dégoulinait sur le devant de sa cape.

Toujours accroupi dans le coin près de Joach, Greshym tendit son bâton d'os vers l'homme des plaines.

— Même au bout de cinq siècles, tu n'as pas perdu la main. À présent, lâche ton épée et pousse-la vers moi.

— Non, cracha Joach, fulminant.

Greshym pointa son moignon vers le jeune homme. Un spasme parcourut celui-ci ; son dos s'arqua et décolla du mur malgré le sort qui le maintenait prisonnier. Un hurlement jaillit de ses lèvres en même temps qu'un jet de sang.

— Joach ! s'écria Elena.

— Fais ce que je dis, siffla Greshym à l'attention d'Er'ril, ou je fais souffrir la fille aussi.

Il y eut une pause tendue. Puis Er'ril lâcha son épée et, du bout de sa botte, la poussa vers le mage noir.

Greshym baissa son bras mutilé. Joach s'affaissa contre le mur, les lèvres maculées de sang.

— Joach ? gémit Elena.

— Il vivra, et il ne conservera pas d'autre séquelle qu'une douleur à l'estomac, dit Greshym. Mais ça peut encore changer. Tout dépend de toi. (Du menton, il désigna Er'ril.) Et il semble qu'une vie supplémentaire ait été ajoutée dans la balance. Tu es dure en affaires, petite. Tu m'obliges à t'offrir deux vies en échange de l'épée.

— Ne fais pas ça, balbutia très vite Er'ril.

Greshym l'ignora. Son regard était rivé sur Elena tandis que son bâton demeurait braqué sur l'homme des plaines.

— As-tu jamais vu quelqu'un se faire écorcher vif d'un seul coup ? C'est une opération un peu délicate, mais j'ai de l'entraînement. À toi de choisir le sujet : Er'ril ou Joach. Ton mari ou ton frère. (Son bâton passa de l'un à l'autre.) Peu m'importe.

Elena savait qu'ils étaient vaincus. Du menton, elle désigna les couvertures.

— L'épée est là, sous les fourrures.

Greshym suivit la direction de son regard et écarquilla les yeux.

— Elle était là depuis le début ? (Il jeta un coup d'œil à Er'ril et secoua la tête.) Je comprends que la petite ait pu faire ce genre d'erreur, mais toi... Tu aurais dû être plus prudent. Tu détiens un talisman assez puissant pour vaincre le Cœur Noir, et tu le laisses traîner comme un vulgaire couteau de cuisine ?

Il se dirigea vers les couvertures et donna un coup de pied dedans. Un bruit métallique lui arracha une grimace de satisfaction.

— Je m'attendais à trouver des glyphes compliqués que seule Elena pourrait déverrouiller.

Er'ril le foudroya du regard sans répondre.

Prudemment, Greshym fourra son bâton sous son bras et fouilla parmi les couvertures. Il se redressa, la poignée sculptée en forme de rose à la main. Il secoua l'arme pour se débarrasser de son fourreau, révélant la lame d'acier élémental.

— Coupombre, dit-il, émerveillé, en retenant un rire joyeux. Enfin, elle est mienne !

Il lâcha son bâton d'os et le poussa sur le côté. Alors, Elena mesura à quel point l'épée devait être redoutable.

Elle croisa le regard d'Er'ril. Celui-ci baissa les yeux vers ses mains. Visiblement, il comprenait quel pouvoir y était contenu mais indisponible. Il leva de nouveau les yeux.

— Souviens-toi de la salle de bain de ta famille, chuchota-t-il. Quand tu l'as brûlée…

Elena fronça les sourcils. Elle avait raconté cette histoire à Er'ril bien longtemps auparavant. C'était juste après ses premières menstrues, quand sa Rose venait de fleurir en elle. Tandis qu'elle se prélassait dans sa baignoire, elle avait souhaité que l'eau en train de refroidir se réchauffe. Et parce qu'elle ne contrôlait pas encore sa magie, elle avait failli s'ébouillanter. Mais quel rapport avec la situation présente ? Elle n'avait pas accès à ses pouvoirs. Elle ne pouvait pas s'entailler les mains…

Soudain, la jeune femme écarquilla les yeux. Dans la salle de bain, elle ne s'était pas entaillé les mains non plus. Après coup, en y repensant, elle avait conclu que la libération de pouvoir était due à ses premières menstrues. Le sang qui s'écoulait depuis sa matrice avait dû permettre à sa magie de se répandre dans l'eau du bain.

Elena fixa Er'ril. L'homme des plaines savait qu'elle saignait encore après leur première nuit ensemble. Et qu'une fois de plus, son sang provenait de la source de sa féminité. Se pouvait-il que… ?

Elena écouta la magie qui faisait rage en elle, l'énergie pure fraîchement issue du Vide. Elle se concentra pour la faire remonter depuis ses mains écarlates jusqu'à son cœur. L'éclat de ses doigts s'estompa.

Greshym se tourna vers ses prisonniers en brandissant Coupombre.

— Comme promis, je vais épargner ceux que tu aimes. Mais il me reste une dette à régler avec quelqu'un.

Er'ril s'interposa entre Elena et le mage noir.

— Je ne vous laisserai pas lui faire de mal.

Greshym éclata de rire.

— Toujours aussi chevaleresque. (Il pivota vers le bureau.) Mais je n'ai pas l'intention de toucher à un seul cheveu de ta femme. Je préfère qu'elle se sacrifie en attaquant le Cœur Noir. Sur ce point, nos objectifs sont identiques. (Il tendit l'épée vers le Journal Sanglant.) C'est de Cho que je parle. Elle va payer pour m'avoir fait danser comme une marionnette. (Il jeta un coup d'œil par-dessus son épaule.) Vous allez comprendre le véritable pouvoir de Coupombre : celui de briser les sorts, de défaire ce qui a été lié.

Joach réalisa ce que le mage noir comptait faire en même temps qu'Elena.

— Non ! hoqueta-t-il, crachant du sang.

Greshym lui jeta un coup d'œil et baissa légèrement l'épée.

— Il vaut mieux que ne pas ressusciter certains rêves.

Joach se débattit en roulant des yeux fous.

— Je vous ferai payer !

Le bâton de bois pétrifié roula sur les planches, mais le jeune homme ne parvint pas à le déplacer de plus d'une largeur de main.

Ses efforts firent hausser un sourcil à Greshym.

— Tu es très fort, mon garçon. Quand je pense à ce que j'aurais pu faire de toi si j'avais eu le temps...

Secouant tristement la tête, il reporta son attention sur le Journal Sanglant.

Elena ne gaspilla pas les efforts de son frère. Pendant que Greshym était distrait, elle se connecta au noyau de son être et effleura le pouvoir qui chantait là. Et lorsque le mage noir s'avança vers le bureau, elle projeta sa magie vers lui. Des lances d'énergie brûlante jaillirent de son cœur.

Greshym perçut la libération de forces impossibles à arrêter. Il bondit en avant. La décharge traversa les planches derrière ses talons, le ratant d'un cheveu. Des éclats de bois jaillirent tandis que la magie défonçait la coque du navire et ouvrait un trou béant sur le paysage en contrebas.

Le contrecoup incinéra les liens d'Elena, qui s'affaissa mollement au pied du mur. Er'ril se hâta de la rejoindre.

De l'autre côté du trou déchiqueté, le mage noir vacilla au bord du vide. Le dos de sa cape était noirci. Il reprit son équilibre et pivota, l'épée tendue devant lui.

— Petite maligne, gronda-t-il. Mais tu n'auras pas de deuxième chance. L'épée me protégera même contre ta magie.

Elena savait qu'il disait vrai. Elle aussi avait manié Coupombre.

—Alors, emportez-la si ça vous chante, dit-elle en se relevant. Mais je ne vous laisserai pas toucher au Journal Sanglant.

Les sourcils froncés, Greshym fixa le Grimoire posé sur le bureau. Le trou fumant s'interposait entre eux.

—Ce n'est pas terminé, fillette. Je te le promets!

Il fit un pas en avant, prêt à sauter dans le trou et à s'enfuir avec son butin. Elena sentit la danse de la magie dans les airs.

Un mouvement flou attira son regard. Er'ril, qui un instant plus tôt se tenait à ses côtés, venait de plonger. Il roula sur lui-même – et ce faisant, il tira de sa botte une dague qu'il lança avec toute l'adresse d'un jongleur professionnel. La lame atteignit le poignet du mage noir, qu'elle trancha net.

Le bras de Greshym fut projeté en arrière. Coupombre s'échappa de ses doigts inertes et s'écrasa avec un fracas métallique sur la pierre de la cheminée.

Le mage noir ne fut pas aussi chanceux. Déséquilibré, il bascula dans le trou. Un gémissement incrédule s'échappa de sa gorge. Ayant abandonné son bâton et été privé de son épée, il n'avait plus de magie pour freiner sa chute.

Il dégringola dans le vide en hurlant.

Er'ril s'agenouilla au bord du trou. Elena le rejoignit.

Le mage noir culbuta dans les airs, agitant désespérément les bras et les jambes. Très loin en contrebas, il s'écrasa sur l'un des arbres dépouillés du verger. La cime pointue et noircie par le feu lui transperça la poitrine. Il glissa sur quelques pieds et s'immobilisa, inerte.

Joach s'affaissa au pied du mur comme la mort de Greshym dissipait son sort d'immobilisation.

Elena se souvint du conseil que sa tante Mycelle lui avait donné bien des lunes auparavant: «Quand la magie a échoué, le fer peut encore prévaloir.» Ce qui venait de se passer lui donnait raison. Coupombre, un des talismans les plus puissants qui aient jamais existé, avait été mise en échec par quelque chose d'aussi ordinaire qu'une dague standi.

Er'ril toucha l'épaule d'Elena, la tirant en arrière. Mais Joach vint se placer de l'autre côté de sa sœur. Sa poitrine se soulevait et s'abaissait avec force; son visage était pâle de fureur. Dans ses mains, il tenait le bâton d'os de Greshym.

—Pas encore, gémit-il.

Ses lèvres continuèrent à remuer, mais aucun mot n'en sortit plus.

Elena sentit quelque chose de glacial émaner de son frère.

—Joach, non. C'est fini.

Le jeune homme l'ignora. Ses lèvres étaient bleues de froid. Il leva le bâton. Achevant son incantation silencieuse, il le braqua vers l'arbre sur lequel Greshym était empalé.

Un jet de flammes noires jaillit de l'artefact : du feu incendiaire. Il déchira le matin grisâtre, attirant les ombres à lui comme il frappait le tronc ensanglanté. De la sève brûlante et de l'écorce noircie jaillirent dans toutes les directions. Le feu incendiaire dévora le bois jusqu'au corps suspendu, puis explosa en une boule de flammes noires. Un hurlement de damné résonna l'espace d'un instant infini et s'estompa, ne laissant derrière lui qu'une souche fumante.

— Cette fois, il est vraiment mort, marmonna Joach.

Entre ses doigts, le bâton d'os se changea en cendres qui s'effritèrent et tombèrent en pluie dans le trou. Alors, le jeune homme se détourna et se dirigea vers la porte d'un pas raide. Il disparut sans rien ajouter.

Elena se retrouva incapable de bouger. Elle se réjouissait que Greshym ne soit plus – le monstre qui avait assassiné ses parents et torturé son frère. Mais elle était en proie à un étrange sentiment de défaite. Son regard passa de la souche noircie à la porte fracassée de sa cabine. Qui avait réellement gagné ?

Er'ril ramassa une couverture et s'en servit pour envelopper Elena, dont les vêtements avaient à moitié roussi. Par le trou dans la coque, le son des cors montait jusqu'à eux, leur rappelant que la guerre faisait rage en contrebas.

L'homme des plaines prit sa bien-aimée dans ses bras et la serra contre lui jusqu'à ce qu'elle ait cessé de trembler.

Au bout d'un moment, Elena recouvra l'usage de sa voix.

— Si tu ne t'étais pas souvenu, pour le sang…, commença-t-elle en levant les yeux vers lui.

— Chut, souffla Er'ril. Comme si j'avais pu oublier que je venais de te prendre ta virginité…

Scrutant ses yeux, Elena y décela une trace de culpabilité chagrinée. Elle lui toucha la joue.

— Si tu ne l'avais pas fait… Nous aurions pu tout perdre ce matin.

Er'ril se contenta de la serrer plus fort. Mais les cors mugissaient toujours dans la vallée. Le monde n'allait pas les attendre éternellement. À contrecœur, l'homme des plaines lâcha Elena et alla ramasser Coupombre près de la cheminée. Il la remit dans son fourreau.

Son regard croisa celui d'Elena.

— L'apparition de Greshym – ça avait un rapport avec Joach, n'est-ce pas ?

Elena acquiesça.

— Il l'a fait pour Kesla – pour obtenir un moyen de la ressusciter, un sort que Greshym a dû lui échanger contre sa liberté.

Er'ril jeta un coup d'œil vers la porte.

— Une fois qu'on s'est engagé sur ce chemin ténébreux… (Il secoua la tête.) Pouvons-nous encore lui faire confiance ?

Elena fixa le couloir désert en se posant la même question et en s'effrayant d'être incapable d'y répondre.

— Je ne sais pas, chuchota-t-elle.

Midi était passé depuis longtemps, et Joach sentait encore le goût amer du sang de dragon sur sa langue. L'élixir avait dissipé la douleur au ventre provoquée par l'attaque de Greshym, mais il n'avait pu soigner son cœur meurtri.

Le jeune homme se tenait à la poupe de l'*Étincelle des Vents*. La pluie trempait ses cheveux et coulait le long de son dos. Il ne se donnait même pas la peine de frissonner. Le noyau de son être était plus glacé que l'averse. Il leva la tête vers les cieux sombres. Ce n'était encore que le milieu de la journée, et, pourtant, on se serait cru au crépuscule.

Ces ténèbres se dissiperaient-elles jamais ?

Agrippant son bâton, Joach tourna son attention vers le bas. Durant la guerre à venir, il ferait de son mieux pour se rendre utile. Il ne faillirait pas. Mais, malgré sa détermination, il était toujours hanté par le regard d'Elena.

Après la bataille sur le pont inférieur, celle-ci lui avait dit ce qu'il fallait : qu'elle comprenait pourquoi il avait agi de la sorte, qu'elle lui pardonnait, qu'il était toujours son frère. Mais dans ses yeux, Joach avait lu quelque chose de différent. Elena ne le portait plus aussi près de son cœur. Et il savait que même le sang de dragon ne pourrait pas soigner cette blessure-là.

Fermant les yeux sur sa douleur, Joach se concentra sur une autre frustration. Greshym était mort. Il s'en était assuré en frappant son corps avec une fureur aveugle, en projetant le feu incendiaire qui avait réduit le cadavre du mage noir à un tas de cendres. Ce geste ne lui avait pourtant procuré aucune satisfaction… bien au contraire.

Indubitablement, Joach haïssait Greshym de tout son cœur. Le mage noir lui avait tout pris : ses parents, sa jeunesse, la femme qu'il aimait – et maintenant, son lien avec sa sœur. Néanmoins, Joach comprenait qu'il venait de perdre une clé cruciale de sa propre identité.

« Quand je pense à ce que j'aurais pu faire de toi… »

Les dernières paroles de Greshym le rongeaient. Tout espoir de comprendre l'étendue et la portée de ses pouvoirs avait disparu en même temps que le mage noir. Joach secoua la tête. Et dans son cœur toujours meurtri, une étincelle de colère se changea en braise rougeoyante. Elena avait peut-être agi trop précipitamment. Si elle avait attendu un tout petit peu…

Une voix interrompit la réflexion de Joach.

— Vous êtes prêt ?

Le jeune homme rouvrit les yeux sur le monde.

En contrebas, les deux armées – og're et si'lura – attendaient le début de l'assaut final. Durant la longue matinée, elles avaient réussi à s'ouvrir un chemin jusqu'à un jet de pierre du bord de la fosse. Depuis, elles restaient retranchées là, soignant leurs blessés et se préparant pour l'ultime charge.

Un silence funeste planait sur le paysage. Seul le grondement du tonnerre résonnait à travers la vallée ravagée. Le monde entier retenait son souffle.

— Joach ? insista Harlequin.

Le jeune homme pivota pour balayer le pont du regard. Tous ses compagnons s'étaient rassemblés avec leur paquetage sur le dos et leurs armes à la ceinture. Joach vit qu'Elena le fixait. Sa sœur lui adressa un signe de tête rassurant. Elle portait des bottes noires et une cape sombre – une tenue identique à celle du chevalier qui la flanquait. Contre sa hanche, Joach aperçut l'éclat d'une rose sculptée : le pommeau de Coupombre. Elena portait également le Journal Sanglant sous sa cape, en prévision du moment où la lune se lèverait.

Joach soutint le regard de sa sœur. Derrière ses encouragements, il lut du doute. Mais il ne faillirait pas, se répéta-t-il.

— Sonnez la charge, ordonna-t-il à l'espion.

Harlequin fit signe à Tol'chuk. L'og're, qui se tenait près du bastingage tribord, porta une corne de bélier à ses lèvres.

— Finissons-en, chuchota Joach pour lui-même.

Le mugissement du cor résonna à travers la vallée. En réponse, un rugissement monta vers les compagnons.

Tel un mur de muscles et de massues, l'armée og're s'ébranla en direction de la fosse nimbée de brouillard. Derrière elle, une nuée noire s'éleva vers le ciel comme les si'lura prenaient leur envol.

— Maintenant, dit bien inutilement Harlequin.

C'était l'espion qui avait conçu leur plan, mais c'était à Joach qu'il revenait de l'exécuter.

Le jeune homme alimenta son bâton de son sang. Le bois pétrifié vira au blanc. Les cristaux verts s'embrasèrent sur toute sa longueur. Levant son instrument, Joach en frappa les planches du pont.

Il entendit vaguement Harlequin crier quelque chose au capitaine de l'*Étincelle des Vents*. Le navire glissa en avant sous ses pieds. Des exclamations émerveillées s'élevèrent du groupe rassemblé derrière lui. Joach n'eut pas besoin de se retourner pour savoir ce que voyaient ses compagnons.

Le vaisseau el'phique avançait, laissant son jumeau derrière lui. Ainsi, les observateurs qui se trouvaient à terre croiraient qu'il n'avait jamais bougé de sa place dans le ciel. Le bâtiment qui faisait voile vers la fosse était drapé de nuages et d'illusion, un sort identique à celui dont Joach s'était servi pour surprendre Greshym un peu plus tôt – une diversion, un leurre. Le jeune homme pria pour que sa tactique rencontre plus de succès cette fois.

Le navire survolait les deux armées lorsqu'une légion de monstres jaillit de la brume, bondissant pour se porter à la rencontre des assiégeants. Des cris s'éparpillèrent dans le vent. Des hurlements et des sons plus sinistres encore s'élevèrent telle une vapeur infernale. Mais le vaisseau el'phique continua à glisser au-dessus du carnage, invisible et ignoré.

Quelques instants plus tard, le monde disparut sous sa quille, emportant la bataille avec lui. Le paysage se changea en une mer de brouillard tourbillonnant. Le capitaine mit le cap sur le centre du vortex, et son vaisseau piqua comme s'il était entraîné par le courant.

—Tout le monde dans la cale ! ordonna Er'ril. Aux cordes et aux poulies !

Joach s'attarda encore un peu près du bastingage. Même s'il savait que le navire était drapé d'illusion, il sentait que quelque chose d'immense les observait, un abîme de ténèbres dont ils ne pourraient pas s'échapper. Et il lui semblait que cet abîme l'appelait. Le jeune homme se surprit à se pencher au-dessus du vide, comme hypnotisé par le brouillard.

—Joach ? dit Harlequin en lui touchant le coude. C'est l'heure.

Joach s'arracha à la contemplation du brouillard – mais il ne put se soustraire aussi facilement à son impression de catastrophe imminente. Frissonnant, il resserra sa cape autour de lui.

—Vous allez bien ? s'enquit le petit homme aux centaines de grelots.

Joach acquiesça.

—Oui, oui.

Dans cet abominable voyage sans fin, qu'importait un mensonge de plus ou de moins ?

25

Kast s'apprêta à décoller du *Cœur de Dragon* tandis que la dispute se poursuivait contre son flanc. Hunt tentait d'entraîner Sheeshon vers le dragon, mais la gamine hurlait :

— Je ne partirai pas sans Roddie !

Hunt mit un genou à terre devant elle.

— Il le faut. C'est déjà bien assez dangereux de t'emmener.

Un peu plus loin, le père de Hunt – le haut maître de quille de la flotte dre'rendi – avait posé ses énormes mains sur les épaules du petit Rodricko. Xin et le ventripotent shaman Bilatus se tenaient près d'eux.

Rapporter le danger posé par la créature ténébreuse de la Porte Sud avait pris toute la matinée. Les plans de bataille avaient été révisés, et des corbeaux avaient filé comme des flèches entre les navires, sur la mer et dans les airs.

Pendant tout ce temps, Kast s'était trouvé au centre de l'agitation. La perte de Ragnar'k représentait un coup sérieux, car même si le Sanguinaire parvenait à voler sous sa forme de dragon, il n'était pas très doué pour ça. Toute sa concentration lui avait été nécessaire pour regagner le navire et culbuter en se posant sur le pont. Malgré les apparences, il n'était pas Ragnar'k.

Après qu'il eut enfin remis son message – aidé par Xin et par son inestimable pouvoir de lire les secrets dans le cœur d'autrui –, la stratégie de bataille avait été rapidement modifiée. Une escadrille de Nuages Orageux el'phiques partirait en avance sur la flotte maritime. Elle attaquerait la créature avec des éclairs issus de ses quilles métalliques et tenterait de l'attirer dehors. Puis les Dre'rendi feraient parler leurs catapultes. Sous le couvert de ce bombardement, les mer'ai et leurs dragons se précipiteraient vers le mur de récifs et se faufileraient par la brèche de la Couronne pour gagner le lagon. Si la créature tentait de fuir par la mer, ils seraient là pour l'arrêter. Et une fois assailli, le monstre serait harcelé de tous côtés jusqu'à ce qu'il succombe.

Une note de trompette résonna vivement dans l'air matinal.

Kast leva la tête. Leurs voiles déjà gonflées, les six Nuages Orageux s'apprêtaient à fondre sur l'île. Un grondement involontaire monta de la gorge du dragon. Son cœur palpitait d'inquiétude pour Sy-wen, restée seule sur ce noir rivage. Ses griffes d'argent s'enfoncèrent dans les planches. Il n'avait déjà passé que trop de temps à bord. Chaque battement de son cœur énorme égrenait un nouveau moment où Sy-wen était en danger.

Un cri enfantin ramena son attention vers l'affrontement qui se livrait plus près de lui.

— Obéis-moi, Sheeshon.

Le visage de Hunt était aussi écarlate que sa chemise. Kast remarqua combien le fils du haut maître de quille semblait vidé. Sa cape noire pendait piteusement sur ses épaules voûtées. Ses pommettes saillaient davantage qu'autrefois. Pendant qu'il était possédé, la créature tapie dans son crâne avait tenté de lui nuire de toutes les façons possibles : en refusant de manger, en vomissant, en lui griffant la figure et en lui arrachant les cheveux. Mais avec la main de Sheeshon dans la sienne, Hunt était de nouveau lui-même – grand, fier, les cheveux coiffés en une impeccable tresse de guerrier.

Pourtant, grâce aux perceptions affûtées de sa forme draconique, Kast sentait la peur qui émanait du colosse. Penser à ce qu'il devenait sans Sheeshon près de lui terrifiait Hunt. Aussi s'accrochait-il désespérément à la fillette. Celle-ci devait les accompagner sur l'île. Pour être libéré par la fumée volcanique, Hunt devait voyager sur le dos de Kast, et il ne pourrait le faire que si Sheeshon était là pour le maintenir sous contrôle.

Pourtant, la bataille se poursuivait.

— Il *faut* que Roddie vienne ! hurla Sheeshon sous le ciel plombé.

Elle refusait d'aller où que ce soit sans son ami, fût-ce sur cette île maudite.

De toute évidence, Rodricko ne partageait pas son sentiment. Il se recroquevillait dans l'ombre du haut maître de quille, les yeux écarquillés par la peur et la branche de koa'kona serrée contre sa poitrine. Sous son menton, les pétales pourpres de la fleur ouverte dévoilaient son cœur flamboyant.

Kast en avait assez de ces atermoiements. Il se souvenait de la frayeur de Sy-wen ; c'était comme une dague plantée dans son cœur.

Ça suffit !

Le feu dans sa poitrine jaillit sous la forme d'un rugissement qui fit tituber en arrière toutes les personnes trop proches de ses flancs. Sheeshon blêmit. Hunt l'abrita sous lui comme s'il craignait que le dragon attaque la fillette. Rodricko plongea entre les jambes du haut maître de quille et se cacha dans les plis de sa cape.

Seul Xin ne parut guère affecté par cet éclat.

— Le dragon a perdu patience, déclara-t-il avec un large sourire. La douleur de la femme qu'il aime est gravée dans son cœur comme une brûlure.

De nouveau, Kast apprécia le talent du Zo'ol.

Le shaman Bilatus s'essuya le front. Il était deux ou trois tons plus pâle que d'habitude.

— Hunt, tu ne pourras pas te battre contre cette gamine pendant toute la durée du vol. Kast aura assez à faire pour vous conduire là-bas sains et saufs. S'il lui faut Rodricko pour qu'elle se calme, emmène-le.

Kast hocha la tête et grogna son assentiment.

— Ce serait faire courir à l'enfant un risque inutile, protesta le haut maître de quille en redressant le dos comme pour protéger Rodricko.

Bilatus agita la main en direction de Noircastel.

— Nous nous tenons tous dans l'ombre de ce pic maudit. Le gamin est en danger de toute façon.

Peu convaincu, le haut maître de quille plissa les yeux. Bilatus fit un pas vers son chef.

— Sheeshon nous a fourni la clé pour libérer votre fils. Si elle n'avait pas insisté pour que Sy-wen plonge la fleur du gamin dans la fumée volcanique…

Le haut maître de quille l'interrompit d'un geste.

— J'ai une dette envers la petite, admit-il.

— Et vous devez également remercier les sept dieux de la mer, insista Bilatus. Sheeshon a reçu le don de *rajor maga*. Elle entend leurs murmures à l'horizon. Ils parlent à travers elle.

Les lèvres du haut maître de quille se pincèrent, se réduisant à deux lignes minces et dures.

— Vous devriez l'écouter, conclut fermement Bilatus.

Son chef poussa un gros soupir.

— Qu'il en soit ainsi. (Il extirpa Rodricko des replis de sa cape et lui tapota l'épaule.) Va avec Sheeshon et Hunt.

Rodricko ne bougea pas. Il était pareil à une statue aux yeux écarquillés.

Le haut maître de quille mit un genou à terre devant lui.

— Tu es un Dre'rendi, pas vrai ? Un Sanguinaire.

L'enfant acquiesça lentement.

— Dans ce cas, tu dois te montrer aussi courageux qu'un rocher assailli par une mer déchaînée. Telle est la voie de notre peuple. Peux-tu faire ça pour ton haut maître de quille ?

Les yeux de Rodricko se remplirent de larmes, mais il émit un petit bruit d'assentiment.

— Brave garçon.

Le haut maître de quille le fit pivoter et le poussa vers Hunt. Il fixa durement son fils.

— Prends bien soin des enfants.

— Je veillerai sur eux avec ma propre vie, promit Hunt.

Il souleva Rodricko au creux de son bras. Sheeshon le suivit sans rechigner, toute sa combativité remplacée par de l'excitation.

— On va voler sur un dragon ! (Elle gonfla sa poitrine minuscule.) Évidemment, je l'ai déjà fait une fois.

Peu de temps après, Hunt et les deux enfants étaient juchés sur le dos de Kast. Celui-ci resserra ses plis de peau autour des pieds du colosse pour le maintenir en place. À son tour, Hunt resserra son étreinte sur Sheeshon et Rodricko qu'il avait assis devant lui, entre ses jambes.

— Bon voyage ! lança Bilatus.

Kast étendit ses ailes et fléchit ses pattes pour bondir vers le ciel.

À cet instant, une écoutille s'ouvrit à la volée tout près de lui.

— Attendez ! (Maître Edyll sortit sur le pont, un paquet dans les bras.) Attendez ! Emportez ça.

— Qu'est-ce que c'est ? s'enquit Hunt tandis que le vieillard clopinait jusqu'à eux.

— C'est pour Sy-wen, haleta maître Edyll avec une expression chagrinée.

Le haut maître de quille fronça les sourcils comme Hunt se penchait pour prendre le paquet, mais maître Edyll était tout aussi pressé que Kast.

— Allez-y, dit-il en reculant. Filez !

Kast se ramassa de nouveau sur lui-même. Hunt se pencha au-dessus des enfants. D'une poussée sur ses pattes et d'un battement d'ailes, le dragon se propulsa dans les airs.

Kast laissa l'instinct et les réflexes du corps qu'il habitait gérer leur vol. Le vent s'engouffra sous ses ailes, et il vira pour s'écarter du navire. Il sentait la pression de ses passagers sur son dos ; il prit garde à ne pas les déséquilibrer comme il captait un courant tiède qui montait depuis une zone d'eau bouillonnante. Malgré son cœur qui lui criait de regagner la plage à toute allure pour retrouver Sy-wen, il se força à adopter une allure régulière.

Sheeshon poussait des cris de joie, tandis que Rodricko gémissait son angoisse.

— Ouvre les yeux ! hurla la fillette dans le vent.

— Non !

Devant eux, la montagne noire oblitérait l'horizon. Lentement, trop lentement, elle grandit jusqu'à masquer aussi le ciel.

Leur plan consistait à se poser sur la plage pour que Hunt puisse grimper jusqu'à l'un des évents. Après qu'il aurait été exposé – et, espéraient-ils, guéri – par la fumée volcanique, il se cacherait avec Sy-wen et les enfants. Kast monterait la garde dans les airs tout en supervisant l'assaut contre la créature de la porte. Lorsque les forces mer'ai auraient franchi la Couronne rocheuse, un groupe de sauveteurs viendrait chercher Sy-wen, Hunt et les enfants. Ainsi Kast pourrait-il tourner toute son attention vers la bataille.

Selon Xin, Tyrus et l'armée n'aine avaient déjà atteint la Porte Nord. Leur objectif consistait à faire se rejoindre les deux forces à l'intérieur de la montagne. Un point de ralliement avait été déterminé à l'aide des cartes fournies par Harlequin Quail.

Une fois Sy-wen et les autres à l'abri, Kast tenterait de franchir la porte ténébreuse. Si le monstre tapi sur le seuil pouvait être attiré dehors, le dragon entrerait afin de reconnaître le passage pour les forces alliées.

Tel était donc leur plan. Mais du temps où il naviguait dans les Récifs Ravagés avec les Dre'rendi, Kast avait participé à des centaines de campagnes. Il savait que les choses se passaient rarement comme prévu. Aussi volait-il le cœur lourd, accablé par ses inquiétudes.

Au-dessus de lui, les Nuages Orageux filaient vers leur cible, leur quille brillant dans la pénombre du jour. Des éclairs couraient et s'entremêlaient déjà sur toute la longueur de cette dernière comme leur capitaine déversait de l'énergie dans le métal enchanté afin de le préparer pour l'assaut. Les six bâtiments volaient en formation serrée, telle une flèche dirigée vers la Porte Sud de Noircastel.

Kast vira pour sortir de leur ombre et infléchit légèrement sa trajectoire vers l'ouest, en direction de la plage où il avait laissé Sy-wen. Il accéléra progressivement, et, bientôt, ses passagers et lui survolèrent la barrière de récifs, puis les eaux tranquilles du lagon. Au-delà de celle-ci s'étendait une bande de sable noir déserte.

Le cœur de Kast tonnait à ses oreilles. Où était Sy-wen ? Il scruta frénétiquement les rochers au pied de la montagne, craignant de s'être trompé de plage – et priant pour que ce soit le cas. Sa bien-aimée aurait dû le voir approcher et sortir de sa cachette…

Atteignant le rivage, Kast orienta ses ailes vers l'arrière et tendit les pattes pour se poser en courant sur le sable. Ce fut à peine s'il remarqua la réussite de sa manœuvre. Au lieu de ça, un rugissement de frustration monta de sa gorge.

Puis la voix de Hunt coupa court au martèlement douloureux de son cœur.

— Elle est là-bas !

Kast pivota précipitamment, soulevant un nuage de sable avec ses griffes. Beaucoup plus loin sur la plage, il aperçut une silhouette agile qui bondissait au bas d'un éboulis. *Sy-wen!* Le soulagement le submergea. Il avait dû mal calculer. Il maudit l'île pour la monotonie de ses rivages, mais la joie lui faisait tourner la tête.

Sy-wen atterrit sur la plage et se précipita vers lui. C'était à peine si ses pieds touchaient le sol ; on aurait dit qu'elle volait. Kast la regarda descendre jusqu'à l'endroit où les vagues venaient mourir et où le sable trempé offrait une prise plus ferme.

Ce fut alors qu'il aperçut ses poursuivants.

Avec leur silhouette rocailleuse et massive, ils ressemblaient à quatre rochers dégringolant à la suite de la mer'ai. Ils se déplaçaient à grands bonds, tels des crapauds maléfiques propulsés par d'énormes pattes postérieures. La créature de tête hurla, révélant une gueule garnie de crocs pareils à des dagues qui fendait sa tête d'un côté jusqu'à l'autre.

D'un haussement d'épaules, Kast se débarrassa de ses passagers. Hunt, qui était justement en train de descendre, se retrouva à genoux dans le sable, un enfant sous chaque bras.

Libéré de son fardeau, Kast s'élança. Il couvrit d'un bond la distance qui le séparait de Sy-wen et rugit sa fureur en direction des poursuivants de la jeune fille.

Les créatures méfiantes ralentirent.

— *Va rejoindre Hunt!* ordonna mentalement Kast à Sy-wen.

Sans un mot de protestation, la mer'ai plongea sous une de ses ailes, tête baissée pour ne pas le toucher et le retransformer en humain.

— *Sois prudent, mon amour*, lui recommanda-t-elle au passage.

La prudence ne faisait pas partie des préoccupations de Kast. Il était entièrement gouverné par les instincts du dragon qui avaient pris le dessus. La rage coulait dans ses veines. Sa vision se focalisa sur ses proies.

Comme s'il l'avait senti, le premier des batraciens attaqua, bondissant vers le cou du dragon avec la gueule grande ouverte et les crocs étincelants. De toute évidence, jamais il n'avait eu à se colleter avec un des semblables de Ragnar'k. Kast le cueillit en plein vol et fit claquer ses mâchoires. Il sentit ses dents transpercer de la chair et rompre des os. Il secoua la créature, entendit un autre craquement et jeta le corps inerte dans le lagon.

Les deux monstres suivants attaquèrent de concert. L'un visa la gorge du dragon, l'autre le ventre. Kast dévia le premier d'un coup d'aile. Ses griffes argentées écrasèrent l'autre et l'enfoncèrent dans le sable comme il lui marchait dessus en mettant tout son poids sur sa patte.

La première créature revint obstinément à la charge et ne réussit qu'à se jeter dans la gueule du dragon. Kast la décapita d'un coup de dents et laissa son corps sans tête se débattre à l'aveuglette avant de s'écraser encore frémissant sur le sable.

— Kast ! glapit Sy-wen derrière lui.

Faisant volte-face, il vit que la quatrième et dernière créature l'avait contourné en douce pendant la bataille pour se diriger vers des proies plus faciles.

Hunt se tenait un peu plus loin sur la plage, protégeant Sy-wen et les deux enfants. Il avait une épée dans la main droite et la petite menotte de Sheeshon dans la gauche. Il n'osait pas la lâcher.

Pataugeant dans l'eau du bord, la créature bondit vers le quatuor. Hunt voulut reculer, mais Sheeshon se prit dans ses pieds, et ils tombèrent tous les deux.

Rodricko se retrouva un pas devant eux, paralysé de terreur. Sy-wen, qui était tombée à genoux, tendit les bras pour tirer le petit garçon hors du chemin de la bête. Mais celle-ci fondait déjà sur l'enfant blême.

Poussant un cri aigu, Rodricko brandit la seule arme dont il disposait : sa fleur flamboyante.

— Roddie ! hurla Sheeshon, horrifiée.

Kast s'élança, mais il savait qu'il arriverait trop tard.

La créature massive atterrit sur le petit garçon.

— Roddie !

Mais, au lieu d'être écrasé, l'enfant demeura debout à l'intérieur du batracien changé en une version brumeuse de lui-même. Lentement, la silhouette monstrueuse se délita en un vague nuage.

Au milieu de ce dernier, la fleur de Rodricko brillait d'un feu intense, ses pétales grands ouverts. Puis son cœur flamboyant parut aspirer la fumée – et le petit garçon se retrouva indemne dans le sable, sa fleur toujours brandie à bout de bras.

Sy-wen le prit dans ses bras.

— Rodricko, tu vas bien ?

Kast s'approcha pesamment tandis que Hunt et Sheeshon se relevaient. Il regarda autour de lui en quête d'autres agresseurs.

— La magie de la fleur l'a sauvé, s'émerveilla Sy-wen en serrant Rodricko contre elle.

Kast émit un grondement sourd.

— À moins qu'il se soit sauvé tout seul – que son sang l'ait protégé. N'oublie pas que sa mère était un spectre du Sinistre.

Sy-wen acquiesça.

— Le pouvoir corrompu dont la fumée était porteuse a dû activer cette partie de son héritage, celle qui aspire l'essence des êtres vivants.

— De la même façon que la fumée a aspiré Ragnar'k hors de moi.

— Et l'essence du simaltra hors de moi.

Kast scruta la plage. Il se méfiait autant de la magie qui suintait de la montagne que de n'importe quelles créatures monstrueuses tapies en embuscade.

Un grondement de tonnerre brisa le silence. Le sol trembla sous les pieds des compagnons juste avant le fracas d'un nouvel éclair.

Kast tourna la tête vers l'est. Des décharges d'énergies illuminaient la pénombre de l'autre côté de la montagne.

— Que se passe-t-il ? demanda Sy-wen.

— *Les vaisseaux el'phiques attaquent la bête sur le seuil. La bataille a commencé.*

Hunt expliqua leur plan à la mer'ai tandis que les détonations s'enchaînaient et que Kast continuait à surveiller les alentours.

— Nous devrions en profiter pour conduire Hunt à un évent, suggéra Sy-wen. J'en ai trouvé un au bout de la plage, pendant que j'explorais le coin.

— *Tu étais censée rester cachée*, la réprimanda Kast, qui comprenait maintenant comment les créatures l'avaient découverte.

Sy-wen fronça les sourcils sans répondre et s'éloigna, entraînant les autres à sa suite.

Kast poussa un gros soupir. Sy-wen n'avait jamais été du genre à suivre les instructions. Mais il ne pouvait pas se plaindre : si elle n'avait pas désobéi à sa propre mère, jamais ils ne se seraient rencontrés.

Sy-wen contourna une saillie rocheuse et se dirigea vers une petite crevasse qui crachait une mince colonne de fumée et de cendres.

Tandis que Kast montait la garde, Hunt enfonça une main dans la fumée. L'effet fut immédiat. Un frisson le parcourut des pieds à la tête, faisant trembler sa lourde carcasse. Sheeshon, qui lui tenait toujours la main, partit en arrière.

Hunt tomba à quatre pattes en gémissant. Durant un laps de temps infini, il vomit tout le contenu de son estomac – et davantage. Du sang coula de ses lèvres. Quand il eut terminé, il resta prostré, haletant et couvert de sueur, tandis que les deux enfants s'accrochaient à Sy-wen.

Enfin, il s'assit sur ses talons et s'essuya le visage de son avant-bras.

— Hunt ? appela Sy-wen sur un ton hésitant.

Le Sanguinaire se contenta de hocher la tête. Sheeshon s'échappa des bras de Sy-wen et se précipita vers lui.

— Les vers sont partis !

— *En sommes-nous certains ?* demanda silencieusement Kast à Sy-wen.

— *Je pense qu'on peut se fier à Sheeshon. Elle sait.* (La mer'ai fit face au dragon, les yeux brillants.) *Comme tu as su pour moi.*

Kast la fixa. Il brûlait d'envie de la toucher, de redevenir un homme et de la prendre dans ses bras. Et dans les prunelles de sa bien-aimée, il lisait le même désir. Mais le risque était trop grand. Ils avaient besoin du dragon pour veiller sur eux tous.

Hunt finit par se relever. Il vacilla, puis reprit très vite son équilibre.

À présent, le grondement du tonnerre était presque continu. Maintenant qu'il savait ses compagnons en sécurité, Kast sentait croître son impatience de découvrir ce qui se passait – une impatience encore accentuée par le tremblement du sol et le fracas du ciel.

— *Les dragons ne devraient pas tarder à arriver pour vous emmener en lieu sûr*, dit-il.

— Hunt et les enfants, peut-être, répliqua Sy-wen, qui lui tournait le dos.

Elle pivota vers lui. Dans ses bras, elle tenait le paquet envoyé par maître Edyll. Elle en tira un long vêtement scintillant.

— C'est une combinaison en peau de requin, expliqua-t-elle, que mon peuple utilise pour plonger en eau profonde. Avec ses gants et sa capuche, elle couvre tout le corps.

Sy-wen sortit également une longue ceinture à laquelle étaient fixées des tas de petites créatures en forme d'étoiles. Kast identifia ces dernières comme des étourdisseurs, de minuscules armes paralysantes utilisées par les mer'ai.

Stupéfait, il regarda Sy-wen enfiler rapidement la combinaison.

— Maître Edyll savait que je ne voudrais pas te laisser, dit la jeune fille en glissant sa main droite dans l'un des gants.

Du bout de l'index, elle toucha le nez de Kast. Celui-ci frémit, s'attendant à une explosion de magie. Mais rien ne se produisit. Il resta un dragon.

— Avec la combinaison, je peux monter sur ton dos.

— *C'est inutile*, protesta Kast. *Je n'ai pas besoin de toi pour garder cette forme.*

Sy-wen fronça les sourcils.

— Je viens, dit-elle sur un ton sans appel en enfilant son autre gant. Et dragon ou pas, je voudrais bien que tu essaies de m'en empêcher !

Une partie de Kast voulait insister, mais, dans le fond, le Sanguinaire était soulagé. Il avait déjà passé la moitié de la journée loin de Sy-wen et n'avait aucune envie d'être de nouveau séparé d'elle.

Avant qu'ils puissent ajouter quoi que ce soit, Hunt tendit un doigt vers le lagon.

— Ils sont là !

Deux dragons de jade jaillirent de l'eau peu profonde, crevant la surface avec de bruyantes expirations. Les cavaliers crachèrent l'embout de leur capsule à air.

— Dépêchez-vous ! lança l'un d'eux. La brèche de la Couronne se réchauffe à chaque seconde !

— Que se passe-t-il ? demanda Hunt, s'avançant à leur rencontre.

Le cavalier secoua la tête.

— Pas le temps. Il faut partir.

Les perceptions décuplées de Kast lui relayèrent la peur des deux mer'ai. Ceux-ci ne cessaient de jeter des coups d'œil nerveux vers l'est. Leur appréhension se déversait en Kast.

Hunt souleva Sheeshon et Rodricko et se dirigea vers l'un des dragons. Mais la fillette se tortilla pour se dégager.

— Non, attends !

Elle se laissa tomber dans l'eau qui ne lui arrivait qu'aux mollets, pivota et leva une main vers Rodricko. Puis elle saisit la branche en fleur du petit garçon, sans paraître consciente que celle-ci avait, quelques instants plus tôt, tué une créature cent fois plus grosse qu'elle.

Sheeshon approcha la branche de ses yeux pour l'étudier. Du bout du doigt, elle souleva un pétale, révélant un minuscule bourgeon caché sous la fleur principale. Elle le palpa délicatement. Il n'était pas plus gros que le pouce, et ses pétales pourpres ne semblaient pas encore décidés à s'ouvrir.

Kast se rembrunit intérieurement. Ce bourgeon n'était pas là un peu plus tôt – pour avoir porté la branche lui-même, le Sanguinaire en était certain. Il avait dû pousser pendant le déploiement de magie sur la plage. Pris de peur pour la fillette qui le touchait, Kast émit un grondement.

Mais Sheeshon l'ignora. Pinçant le bourgeon entre l'index et le pouce, elle l'arracha tout simplement à sa branche.

— Hé ! glapit Rodricko. C'est à moi !

Sheeshon grimaça.

— Tu n'as pas besoin de deux fleurs, Roddie. Ne fais pas ton sale petit rapace.

— Je ne suis pas un sale petit rapace !

D'un pas décidé, Sheeshon se dirigea vers Sy-wen.

— Tiens.

Elle déposa le bourgeon dans la main gantée de la mer'ai.

— Que veux-tu que j'en fasse ? s'enquit Sy-wen.

Sheeshon haussa les épaules.

— Il est à toi. Rodricko doit apprendre à partager. C'est Mader Geel qui l'a dit.

— Même pas vrai ! hurla Rodricko, furieux. C'est toi le sale petit rapace !

Hunt récupéra Sheeshon tandis que les deux enfants continuaient à se disputer. Il fit passer Rodricko à l'un des cavaliers et grimpa derrière l'autre avec Sheeshon. Les mer'ai montrèrent à leurs protégés comment utiliser les capsules à air. Hunt leva un bras pour saluer Kast et Sy-wen. Puis les deux dragons battirent en retraite vers le large et disparurent.

Sy-wen se dirigea vers Kast en fourrant le bourgeon dans une de ses poches.

— Il est temps qu'on y aille, nous aussi.

De nouveau, Kast fut saisi par l'envie de la prendre dans ses bras, rien qu'un moment. Mais le tonnerre continuait à gronder, et de nouveaux bruits inquiétants résonnaient autour d'eux : fracas de rochers, mugissement des cors de guerre. Les catapultés avaient commencé à tirer depuis les navires dre'rendi – mais sur quoi ?

Sy-wen grimpa sur le dos du dragon, lui enserrant le cou de ses jambes. Kast perçut la chaleur de sa peau à travers la mince combinaison de la jeune fille et ses propres écailles si épaisses.

— Tu es prêt ? chuchota Sy-wen.

Un grondement monta de la poitrine de Kast.

— Alors vole, mon dragon, vole !

Kast se ramassa sur lui-même et obéit, se propulsant dans les airs d'une détente de ses muscles puissants. À travers leur lien, il perçut l'excitation de Sy-wen. La mer'ai se pencha davantage sur son cou, et sa chaleur se fondit en lui tandis que leurs sensations se mélangeaient.

Leurs deux corps ne faisaient plus qu'un. *Était-ce la même chose avec Ragnar'k ?* Pas étonnant que le dragon l'ait tant aimée.

Kast s'éleva en spirale sur un courant chaud. Le monde grandit sous lui. À l'est, il aperçut cinq des Nuages Orageux. Tandis qu'il les observait, un éclair crépitant jaillit de la quille de l'un d'eux pour frapper quelque chose en contrebas – mais Kast n'était pas encore assez haut pour distinguer sa cible. Un pan de montagne bloquait sa vision des quais et de la ville portuaire.

Au sud, la flotte dre'rendi s'était déployée à l'extérieur de la Couronne rocheuse. Des machines de guerre faisaient feu avec des bruits mats et des claquements secs, projetant rochers et tonneaux d'huile enflammée vers le rivage. D'autres bâtiments plus petits se faufilaient par la brèche des récifs pour se positionner dans le lagon avec l'aide des dragons.

Que combattent-ils ? se demanda Sy-wen, faisant écho aux pensées de Kast.

Le dragon continua à prendre de l'altitude et à contourner la montagne. Bientôt, le port assiégé se révéla à lui.

La créature tapie sur le seuil s'était bien laissé attirer à découvert. Sy-wen hoqueta. Les ténèbres huileuses rampaient et ondulaient sur la petite ville, se déversant dans ses rues telle une monstrueuse mare d'obscurité vivante. Elles se séparaient en un millier de ruisseaux, s'écoulaient le long des quais et des jetées, puis allaient se jeter dans les eaux troubles du lagon.

La moitié de la masse de la créature s'était déjà répandue sur le rivage et dans les flots. Et elle ne semblait pas vouloir s'arrêter en si bon chemin.

— Qu'est-ce que c'est ? interrogea Sy-wen.

La réponse lui apparut bien assez tôt. Dans un spasme qui parcourut la masse huileuse sur toute sa longueur, une armée émergea des ténèbres : hommes, bêtes et monstres. Ils s'avancèrent, se détachant de la créature qui les avait engendrés. Leur camouflage d'obscurité tomba ainsi qu'une vieille mue. Seuls de minces filaments noirs demeurèrent, qui attachaient chacun des soldats à son maître.

À l'intérieur de la Couronne, des centaines de vaisseaux jaillirent soudain du lagon dans un grouillement de serpents noirs. Des marins au regard vitreux se dressèrent sur leur pont couvert d'algues, traînant derrière eux le même genre d'immonde cordon ombilical.

— Une armée de morts-vivants, marmonna Sy-wen, horrifiée.

Mais le pire restait encore à venir. Du centre de la ville portuaire, un autre type de vaisseau s'arracha à sa tombe. Sa coque était défoncée, sa quille fendue. Kast reconnut le Nuage Orageux manquant. À présent, celui-ci s'élevait, non plus porté par l'incandescence élémentale de sa quille, mais sur un pilier de ténèbres torturées. Des marins se dressèrent également sur son pont : des el'phes réduits en esclavage par le filament noir qui pendait dans leur dos.

— Comment pouvons-nous vaincre des adversaires qui sont déjà morts ?

Sur le rivage de l'île, un flot de créatures se déversait de la matrice noire et huileuse. Toutes servaient Noircastel, toutes étaient esclaves des ténèbres. Une seule armée, un seul dessein.

Et les flots de la damnation continuaient à se déverser par la porte grande ouverte.

Sy-wen exprima à voix haute le sentiment de Kast.

— Nous sommes perdus.

— Dépêchez-vous, les gars ! hurla Tyrus en risquant un coup d'œil derrière lui comme les sabots de sa jument dévoraient la fin de la Route Noire.

Le tunnel de n'ains pétrifiés s'étendait à perte de vue le long de l'arche volcanique. Fletch, Hurl et Blyth suivaient leur chef sur leurs montures écumantes aux yeux fous, tandis que Brindille courait derrière eux. Venait ensuite le reste de l'armée n'aine, qui marchait toujours du même pas régulier.

Malgré leur ruée sanglante et le carnage perpétré en chemin, les soldats n'avaient pas fait un seul pas de travers. En les observant, Tyrus comprenait pourquoi les armées n'aines avaient joué un rôle critique dans la conquête d'Alaséa par le Seigneur Noir. C'était une véritable marée de muscles, d'acier et de détermination, impossible à détourner de son objectif.

Dépassant les dernières statues vivantes, Tyrus jaillit du tunnel de granit et couvrit la petite bande de roche à découvert qui s'étendait devant la Porte Nord. De l'autre côté du seuil, une solide porte métallique barrait l'accès à la montagne. Ses gardiens invisibles l'avaient abaissée un peu plus tôt, quand ils avaient pris conscience que l'armée n'aine allait réussir à traverser la Route Noire.

Sentant leurs proies s'échapper, les skal'tum hurlèrent. Mais ils furent maintenus à distance par les archers n'ains munis d'arbalètes et positionnés dans l'ombre de la porte. Une fois sorti du tunnel, Fletch ajouta ses flèches à leurs carreaux. Il abattit un skal'tum en vol, qui dégringola et alla s'écraser sur les récifs en contrebas.

Galopant sous les rafales meurtrières, Tyrus atteignit la porte massive et se laissa glisser à terre. Il pouvait peut-être faire fi de son épuisement, mais tel n'était pas le cas de son corps. Il tomba à genoux, puis à quatre pattes. De la sueur dégoulinait sur son visage.

Sa jument hennit et se mit à courir en rond sur le côté.

Un moment, le monde tangua autour de Tyrus. Des mains l'empoignèrent et le relevèrent. Il regarda à droite et à gauche : Brindille et Blyth.

— Ça va, marmonna-t-il. Cette cavalcade m'a juste filé mal aux jambes.

— Ben voyons, ricana Blyth. Vos mains sont peut-être noires comme la pierre, mais votre figure est aussi pâle que mon cul.

Tyrus grimaça un sourire.

— Merci pour la comparaison. Comme si cette journée n'était pas déjà assez horrible.

Brindille le toisa avec bienveillance.

— Nous sommes en sécurité pour le moment. Profitez-en pour vous reposer.

Tyrus regarda derrière le colosse. Hurl et Fletch s'étaient joints aux archers n'ains pour maintenir les skal'tum restants à distance. Les guerriers continuaient à se déverser par le tunnel pour venir renforcer la position alliée devant la porte.

Wennar s'approcha pesamment. Le vieux n'ain semblait à peine essoufflé. Mais la terreur de la traversée se lisait encore dans ses yeux, et l'éclat de son armure était terni par des traînées d'acide aux endroits où du sang de skal'tum l'avait éclaboussé.

— Et maintenant ? demanda-t-il en levant la tête vers le mur métallique. Nous sommes arrivés jusqu'ici, mais à quoi cela va-t-il nous servir ? Cette porte est plus épaisse que mon bras est long.

Tyrus acquiesça.

— Il faut pourtant passer. L'autre moitié de l'armée alaséenne livre bataille à la Porte Sud.

Dans sa frustration, Wennar frappa le battant de son poing ganté de maille. Le métal lui renvoya l'écho de son coup.

Blyth secoua la tête.

— Pourquoi n'y ai-je pas pensé plut tôt ? grimaça-t-il. On va frapper et demander poliment qu'ils nous laissent entrer. Je suis sûr qu'ils n'attendent que ça.

Wennar fixa le premier maître avec une expression mauvaise tandis que les skal'tum continuaient à glapir derrière eux.

— Nous ne pourrons pas tenir cette position éternellement.

Trop fatigué pour répondre, Tyrus fixa le mur de fer d'un air morne.

— Capitaine, pouvez-vous changer le métal en granit aussi facilement que la chair ? s'enquit Brindille en désignant la porte du menton.

— Je… je n'en sais rien, admit Tyrus. Mais même si je le pouvais, je n'ai plus assez d'énergie en réserve pour transformer une masse pareille.

Sa réponse ne parut pas décourager le colosse. Celui-ci se tourna vers Wennar.

— Les n'ains sont les meilleurs mineurs du monde.

Le général gonfla la poitrine.

— Je défie quiconque de dire le contraire.

— Vous avez des marteaux sur vous ? Et des pics ?

— Oui.

— Apportez-les, réclama Brindille.

Wennar jeta un coup d'œil à Tyrus, les sourcils froncés. Mais le capitaine pirate comprit et hocha la tête.

— Fais ce qu'il dit.

Wennar se détourna et rugit des ordres dans la langue n'aine.

Avec un soupir, Tyrus reporta son attention sur la porte.

— Je ne sais toujours pas si j'aurai assez de force.

— Pourriez-vous récupérer une partie de la magie que vous avez mise dans les n'ains du tunnel ?

— Pas après qu'ils auront eu le courage d'affronter la pétrification une seconde fois. Pour l'instant, leur état les protège. Je ne les retransformerai que si nous survivons.

Brindille grogna et n'ajouta rien.

Ne voyant pas d'autre solution, Tyrus leva ses mains encore noires du contrecoup provoqué par l'usage de son pouvoir. Il posa ses paumes sur le battant gris et, fermant les yeux, projeta sa magie dedans. Glissant dans un état second, il banda sa volonté pour transformer le métal en pierre.

Les sons s'assourdirent; même son cœur parut ralentir. Mais à chacun de ses battements épuisés, Tyrus sentait de la force pétrificatrice se déverser hors de lui. Très vite, il comprit que s'il continuait, son cœur allait cesser de battre et se changer en pierre, lui aussi.

Curieusement, il se rendit compte qu'il s'en moquait. Une partie de lui s'alarma de ce manque d'inquiétude, mais il n'était pas de taille à lutter contre l'indifférence obstinée du granit. À moins que la torpeur provienne de son propre cœur, des doutes sans fin qui l'accablaient autant que le poids de la pierre. C'en était trop. Il ne pouvait pas faire ça. Il n'était pas le digne fils de son père.

Soudain, Tyrus fut arraché à sa lassitude minérale. Le monde lui revint brusquement: cris, rugissements, fracas de l'acier... et douleur. Un feu profond brûlait dans ses bras. Un gémissement s'échappa de ses lèvres et s'envola à tire-d'aile tel un oiseau effrayé.

Sa vision se focalisa sur Brindille, qui le traînait à l'écart de la porte.

—Ça suffit, capitaine! hurlait le colosse.

Tyrus retrouva l'usage de sa voix.

—Est-ce que j'ai...?

—Regardez vous-même, dit Blyth en s'écartant pour le laisser voir.

Le gris du métal était entaché par une bande noire assez large et haute pour laisser passer un cheval. Déjà, les guerriers de Wennar l'attaquaient avec leurs instruments.

Tyrus leva les yeux vers le mur de fer. Ils allaient entrer à Noircastel. Il avait réussi.

—Vos bras, capitaine.

Tyrus vit qu'à partir des coudes, il n'était plus que granit brut et solide. Mais avec le picotement douloureux d'un membre engourdi qui retrouve ses sensations, son propre sang dissipait les effets de la magie. Lentement, la pierre redevint chair.

Blyth avait rejoint son capitaine pour laisser aux n'ains la place de balancer leurs marteaux.

—Vous vous étiez changé en granit jusqu'au cou.

—Nous avons eu peur pour vous, ajouta Brindille.

Tyrus se souvint du ralentissement de son cœur, de son apathie face à la torpeur granitique qui le gagnait. Il réalisait combien il était passé près de se perdre. Pourtant, il marmonna:

—Ce n'est rien.

Derrière lui, le fracas de l'acier céda la place à un énorme craquement minéral. Tyrus fit volte-face. La fenêtre de pierre qu'il avait ouverte dans le mur de métal venait de se briser. Très vite, les n'ains déblayèrent les débris tandis que les derniers morceaux de granit se détachaient de leur cadre de fer sous des coups de marteaux experts.

Wennar sonna du cor, signalant à ses lieutenants de se tenir prêts à reprendre la marche. Tyrus et ses hommes remontèrent en selle. Le capitaine pirate talonna sa jument. Si un piège les attendait à l'intérieur, qu'il soit le premier à l'affronter avec sa magie.

Il dut baisser la tête pour franchir le trou dans la porte. Ne sachant pas à quoi s'attendre, il retint son souffle, une main agrippant ses rênes et l'autre son épée.

Tyrus n'était pas préparé au spectacle qui s'offrit à lui.

Une fois franchi la porte, il se redressa. Les autres le suivirent, et leurs hoquets résonnèrent derrière lui comme ils pénétraient lentement dans le hall de l'antre du Seigneur Noir.

— C'est… c'est magnifique, souffla Blyth.

L'adjectif employé par le premier maître était bien faible pour décrire les merveilles qui se dressaient devant eux. Le hall était aussi haut que la porte qui permettait d'y accéder ; il se poursuivait jusqu'à perte de vue, mais pas en ligne droite. Au lieu de ça, ses ondulations intrigantes se perdaient dans le lointain. D'après les cartes de Harlequin Quail, il traversait toute la montagne, reliant les deux portes de Noircastel et s'élargissant au milieu pour former une salle décrite comme « très, très grande ».

Tyrus promena un regard éberlué autour de lui. Il était incapable d'imaginer plus grand que ce hall. Le capitaine pirate avait l'impression de se trouver dans une œuvre d'art en verre soufflé. Nulle part il n'y avait le moindre coin ou la moindre arête. Tout n'était que courbes de verre noir poli. Des colonnes en spirale s'élevaient depuis le sol jusqu'au plafond. Des gradins et des balcons festonnés de guirlandes et de délicates fleurs de verre se découpaient le long des murs.

Et partout à travers le hall, des torches flamboyaient ; leur lumière se diffractait en couleurs défiant toute description et changeait les fleurs de verre en bouquets étincelants. Un peu plus loin dans le passage, des sculptures de verre jumelles jaillissaient du plancher. L'une d'elles irradiait mille teintes d'azur tandis que l'autre ne reflétait que les rouges – la glace et son pendant le feu.

Tyrus regarda autour de lui, n'osant pas cligner des yeux de peur de rater l'une des innombrables merveilles de verre et de lumière. Puis Brindille prit la parole, brisant le charme que le hall exerçait sur eux tous.

— Il n'y a personne.

Une partie de Tyrus s'était fait la même remarque. Il n'y avait pas d'autre bruit que l'écho de leurs pas. Cette incongruité ramena le capitaine pirate à sa mission.

Il pivota. Par le trou de la porte, l'armée n'aine se déversait dans le hall. Avec son sens pratique habituel, Wennar posta des sentinelles, puis ordonna à d'autres guerriers de trouver et de désactiver le mécanisme de la porte : si celle-ci restait fermée, il serait facile de défendre la fenêtre pratiquée par Tyrus et de protéger leurs arrières.

Dès que le général eut fini de distribuer ses instructions, ils se remirent en marche. Tyrus prit la tête de la colonne.

— Où sont les habitants ? demanda Blyth, qui chevauchait à ses côtés.

— Je n'en ai pas la moindre idée.

L'éblouissement de Tyrus diminua peu à peu. Le capitaine pirate commença à reconnaître les boutiques présentes dans n'importe quel village : boulangeries, échoppes de cordonniers ou de tailleurs. Mais même si leurs vitrines étaient pleines de marchandises, on n'y trouvait ni clients ni vendeurs.

En d'autres termes, c'était un sublime cimetière.

Chaque fois qu'un des sabots de sa monture claquait sur le sol, Tyrus sentait grandir sa tension. Il plissa les yeux, s'efforçant de distinguer un piège. La débauche de couleurs criardes commençait à lui fatiguer et à lui troubler la vue. Mais des habitants de Noircastel, il n'y avait pas le moindre signe.

Tyrus s'interrogea sur ce mystère. On aurait dit que la montagne était creuse – une coquille d'œuf vide. Cette comparaison le fit frissonner. Encore un œuf de pierre ! Mais qu'est-ce qui éclorait de celui-là ?

Selon Xin, les deux forces alliées devaient se rejoindre dans la grande salle souterraine au milieu du couloir. Une fois réunies, elles s'enfonceraient dans la montagne pour assaillir l'antre du Seigneur Noir en personne.

Tyrus tenta de contacter le shaman zo'ol par l'intermédiaire de sa pièce d'argent, mais la magie de ce lieu maudit l'en empêcha. Jusqu'à ce qu'ils retrouvent leurs camarades, ils devraient se débrouiller seuls.

Le hall sinueux s'étendait toujours à perte de vue. Ils traversèrent des ponts de verre jetés au-dessus d'abîmes qui reflétaient le rougeoiement de la lave, très loin en contrebas. Ils dépassèrent des jardins peuplés de statues, semblables à des parcs en intérieur. Une lieue défila sous les sabots de leurs montures, puis une autre. Le passage se changea en un mélange flou de verre et de lumière. Où était cette fameuse chambre centrale ?

Les quelques voix qui avaient d'abord bavardé entre elles ou chanté tout bas s'étaient tues depuis belle lurette. Les guerriers continuaient à avancer en silence.

Mais lorsqu'ils atteignirent enfin le point de rendez-vous, ils mirent un moment à s'en rendre compte. De chaque côté d'eux, les murs s'étaient écartés lentement, comme des bras qui s'ouvrent pour accueillir un invité très attendu. Le plafond avait monté jusqu'à devenir invisible. Tout à coup, les alliés se rendirent compte qu'ils ne se trouvaient plus dans un couloir, mais qu'ils traversaient une immense plaine dont nulle étoile n'éclairait le ciel. Des torches avaient été plantées dans le sol – une forêt de flammes qui s'étendait dans toutes les directions.

Tyrus ordonna une halte pour permettre au reste de l'armée n'aine de les rejoindre. La légion qui accompagnait les pirates comptait plusieurs centaines de guerriers, et ils ne couvraient qu'une fraction minuscule du plancher de la chambre.

—Par là, dit Hurl en tendant un doigt.

Tyrus tourna la tête. La forêt de torches brillait plus fort dans cette direction. Il saisit la longue-vue accrochée au pommeau de sa selle. À travers la lentille, le flamboiement grandit et se précisa. C'était une fosse à feu immense, qui marquait peut-être le centre de la chambre.

Les sourcils froncés, Tyrus baissa sa longue-vue.

—Allons-y, dit-il en s'affaissant dans sa selle, épuisé.

Ainsi se remirent-ils en marche à travers l'immense salle. Les murs ne compressaient plus leur colonne, mais les distances étaient trompeuses. Ils marchèrent et marchèrent sans que le brasier semble se rapprocher d'un pouce.

—C'est comme quand on navigue vers une côte montagneuse, commenta Blyth. Elle est toujours plus loin qu'elle semble au premier abord.

Mais Tyrus refusa de capituler, et son opiniâtreté finit par porter ses fruits. La vive lueur de la fosse à feu se changea en radiance. Les flammes provenaient d'un trou dans le sol – un trou assez large pour qu'on puisse jeter un petit château dans ses profondeurs incendiaires. La chaleur empêcha les intrus de trop s'approcher ; du moins la lumière du feu signalerait-elle leur position au reste de l'armée alliée.

Satisfait, Tyrus réclama que l'on dresse le camp. Il descendit de cheval et chercha sa pièce d'argent dans les poches de sa cape. Il devrait essayer de contacter Xin…

Fletch apparut à ses côtés.

—Le feu fume, dit-il avec son accent épais d'homme des steppes.

Remarquant l'inquiétude dans sa voix, Tyrus leva les yeux.

—Et alors ? La plupart des feux fument.

—Pas celui-là, contra Fletch. Du moins, pas jusqu'à maintenant.

Les sourcils froncés, Tyrus contourna son cheval pour mieux voir. Effectivement, la fosse à feu s'était mise à cracher d'énormes colonnes de fumée noire.

— Préviens les autres, ordonna-t-il à Fletch.

Tandis que l'homme des steppes donnait l'alarme, Tyrus observa la fumée vomie par l'abîme. Il n'y avait pas de trou à l'aplomb de celui-ci, aucun conduit d'évacuation. Le nuage bouillonnant ne tarda pas à s'épaissir comme dans un ciel orageux. Des marmonnements inquiets s'élevèrent autour de Tyrus.

Lentement, le nuage déplia de larges ailes et un long cou vaporeux.

Les marmonnements se changèrent en cris. Tyrus garda le silence et continua à observer. Même si elle était vague, une ombre encore dénuée de substance, le capitaine pirate reconnaissait la silhouette qui se dessinait devant lui. Il avait entendu l'histoire de la bouche de Xin.

Un nom se forma sur ses lèvres tandis que des yeux écarlates, pleins de fureur et de malveillance, s'ouvraient au milieu du nuage.

— Ragnar'k.

Avec un hoquet, Sy-wen se redressa vivement sur le dos du dragon tandis qu'une déchirure se produisait en elle et que quelque chose se faufilait par l'ouverture. On aurait dit le contact ténébreux du simaltra, mais en plus familier – orienté vers son cœur plutôt que vers son esprit.

— *Sy-wen,* appela mentalement Kast, *tu vas bien ?*

Le vent assaillait la mer'ai, repoussant sa capuche en arrière et agitant ses cheveux mouillés. Des hurlements montaient depuis la bataille en contrebas, mais elle les ignora et chercha au plus profond d'elle, effleurant les ténèbres qui s'éveillaient, ravivant une connexion qu'elle avait crue éteinte.

Ragnar'k ?

— *Quoi, Ragnar'k ?* demanda Kast, qui avait lu dans ses pensées.

Percevant la détresse de sa passagère, il vira à l'écart des combats.

— *Tu ne le sens pas ? Il s'est réveillé.*

— *Je ne sens rien, mais c'est à toi qu'il était lié, pas à moi.*

— Je sens sa rage… et la fumée, dit Sy-wen tout haut.

— *Où est-il ?*

— À Noircastel.

La mer'ai en était certaine. Laissant ses paupières se fermer, elle projeta ses perceptions sur ce nouveau chemin. Des images clignotantes se succédèrent. Elle aperçut une caverne, des flammes et des silhouettes dans le noir.

Un homme s'avança, une épée à la main. Son autre main, aux doigts étrangement noircis, était dressée devant lui en un geste menaçant. Comme il faisait face au dragon, Sy-wen reconnut ses cheveux blonds, sa moustache et sa cape de marin, désormais tachée et déchirée.

— Tyrus, marmonna-t-elle.

— *Le prince pirate ?* s'étonna Kast.

— Les n'ains et lui affrontent l'ombre de Ragnar'k.

— *Et le dragon ?*

Comme Sy-wen focalisait son attention sur Ragnar'k, le lien entre eux se renforça. La mer'ai lut dans le cœur de son dragon. Celui-ci n'était plus qu'appétits ténébreux et folie meurtrière. Elle ne pouvait plus nier la réalité.

— Il est passé de l'autre côté, chuchota-t-elle dans le vent. Le Seigneur Noir en a fait un malegarde.

Alors, son cœur se brisa. *Oh, mon doux géant...*

De très loin, quelqu'un entendit son désespoir – et y répondit.

— *Ma Liée... Viens à moi... Rejoins-moi.*

Les pensées provenaient de Ragnar'k, mais elles ressemblaient davantage à celles du simaltra : noires, huileuses, vibrant d'une promesse de douleur. Il n'y avait pas d'amour en elles – juste les liens très anciens du sang et de la mort.

— *Viens partager le goût de la viande crue arrachée sur l'os ; viens écouter les hurlements de mes victimes tandis que mes crocs arrachent les entrailles de leur ventre si tendre. Viens me rejoindre, ma Liée.*

Sy-wen battit mentalement en retraite, mais elle ne put briser la connexion rouverte par le réveil de Ragnar'k.

Le dragon la sentit se dérober. Il la poursuivit de son rire animal.

— *Nous ne ferons toujours qu'un.*

Sy-wen rouvrit les yeux. Des larmes ruisselèrent sur ses joues. Même le vent ne put les sécher assez vite.

— *Sy-wen ?*

C'était de nouveau Kast. La tiédeur de sa projection mentale fit fondre la glace des veines de la mer'ai. Mais alors que celle-ci frissonnait, elle comprit que Ragnar'k avait dit vrai. Elle était de nouveau enchaînée à un démon.

— Il faut l'arrêter, gémit-elle.

— *Ragnar'k ? Comment ?*

Le cœur en miettes, Sy-wen parvenait tout juste à réfléchir. Une fois tissés, les liens entre dragon et cavalier allaient jusqu'à la moelle des deux. Souvent, la mort d'un dragon plongeait son cavalier dans un désespoir sans fin. Perdre son Lié, c'était se perdre soi-même. Mais Sy-wen savait qu'elle n'avait pas le choix.

— Ragnar'k doit mourir, dit-elle tout haut, car elle avait besoin d'entendre ces mots sortant de sa propre bouche.

Elle remonta sa capuche en peau de requin, décidée à faire ce que nul cavalier n'avait jamais fait dans l'histoire des mer'ai. Elle allait tuer son Lié.

Kast vira au-dessus du champ de bataille.

Comme il s'inclinait légèrement vers la gauche, le carnage du monde d'en bas apparut aux yeux de Sy-wen. L'armée des morts-vivants, contrôlée par la créature noire, s'était jetée sur les mer'ai, les Dre'rendi et les el'phes. C'était une bataille que les alliés ne pouvaient pas remporter. Chaque fois qu'un navire succombait, chaque fois qu'un dragon ou qu'un guerrier s'écroulait, les ténèbres leur coulaient dessus pour s'emparer d'eux et les réduire en esclavage. Chaque mort adverse venait grossir les rangs des forces du Seigneur Noir.

Le feu s'était avéré la seule défense efficace contre cette abomination. Les alliés n'avaient pas tardé à se rendre compte que les flammes dévoraient le cordon noir qui reliait les morts-vivants à leur maître. Une fois celui-ci consumé, les pantins s'écroulaient, inertes. À présent, des volées de flèches enflammées filaient dans la pénombre, et les catapultes projetaient des tonneaux de poix brûlante qui explosaient parmi les flots ténébreux.

Pourtant, le monstre restait une marée huileuse apparemment infinie. Chaque fois qu'une de ses vagues brûlait, une autre s'avançait en ondulant vers le rivage. Pour l'instant, les morts et les vivants étaient à égalité. Mais ça ne pourrait pas durer éternellement. Les alliés finiraient par épuiser leurs munitions – alors, la créature noire les dévorerait tous.

— Nous ne pouvons pas attendre que les autres réussissent à passer, déclara Sy-wen. En ce moment même, Ragnar'k s'apprête à attaquer Tyrus et les n'ains.

— *Que veux-tu que nous fassions ?*

— La flotte a attiré la créature du seuil dehors. Puisque la voie est ouverte, je suggère que nous tentions de passer.

— *Seuls ?*

— Il faut essayer. Ici, nous ne servons à rien ; en revanche, nous pouvons faire une différence pour Tyrus et les n'ains.

Kast garda le silence. Mais Sy-wen ne doutait pas qu'il finirait par acquiescer. Son cœur était celui d'un guerrier – d'un Sanguinaire.

— *Il faut faire vite*, lâcha-t-il enfin.

— Aussi vite que le vent, approuva Sy-wen.

Kast capta un courant chaud pour prendre de l'altitude. Bientôt, Sy-wen et lui approchèrent du plafond bas des nuages. Devant eux, le versant de pierre noire crachait la fumée de ses feux intérieurs.

— *Tu es prête ?* interrogea Kast.

— Vas-y, chuchota Sy-wen en se penchant sur son cou. Ne pose pas de questions et vas-y.

Kast piqua en rabattant ses ailes contre ses flancs. Dragon et cavalière se changèrent en une flèche sombre pointée vers le cœur de

Noircastel. Ils tombèrent vers le champ de bataille en prenant de plus en plus de vitesse.

Le vent hurlait aux oreilles couvertes de Sy-wen. La jeune fille sentit vaguement des plis de peau se resserrer sur ses chevilles pour la maintenir en place.

Le monde grandit sous eux. Le port n'était plus qu'une ruine incendiée. Des rivières de ténèbres huileuses inondaient la ville. Partout, le fracas de l'acier séparait les vivants des morts. La puanteur de la chair brûlée se mélangeait à l'odeur de putréfaction qui émanait de la créature et aux relents de soufre diffusés par la montagne. Sy-wen retint son souffle, une prière prisonnière de sa poitrine.

Tandis qu'ils survolaient la masse noire ondulante, la mer'ai sentit de nouveau le bourdonnement dans son esprit, un écho du simaltra qui menaçait de remplir le vide laissé par la créature gélatineuse issue de l'œuf d'éb'ène. Cette intrusion lui arracha un hoquet. Elle était une serrure que le mal à l'œuvre ici tentait de crocheter.

— Sy-wen ?

À travers leur lien, elle se rendit compte que Kast ne sentait rien de tout cela. Pourquoi elle et pas lui ?

Puis une pensée se fit jour dans l'esprit de la mer'ai… une hypothèse qui ne tarda pas à se changer en certitude. Son sang se glaça. Elle détailla de nouveau la masse noire huileuse, les cordons ombilicaux qui la reliaient aux morts-vivants changés en marionnettes. À présent, elle savait ce qu'elle avait sous les yeux. Et elle comprenait pourquoi le Seigneur Noir avait si désespérément voulu s'emparer de Ragnar'k.

— Non, gémit-elle tandis que le dragon piquait vers cette monstruosité.

— Sy-wen ?

Kast se mit à osciller et perdre de l'élan. L'inquiétude qu'il se faisait pour sa passagère le déconcentrait.

— Ne t'arrête pas ! Fonce vers la porte ! hurla la mer'ai, du feu dans la voix.

Kast obtempéra. Ses ailes s'étendirent brusquement sur les côtés, freinant leur chute et la changeant en une courbe serrée vers la porte ouverte, à l'aplomb des ténèbres huileuses qui ondulaient en contrebas. Le monstre remarqua leur manœuvre et s'agita de plus belle sous eux.

La tête de Sy-wen lui faisait mal. Sa vision rétrécit, se limitant à l'ouverture qui béait devant eux. Au-delà du seuil brillait une lumière flamboyante. Des torches, peut-être ?

Kast redressa pour passer juste sous l'arche. Sy-wen se plaqua sur l'encolure du dragon. La masse de chair noire bouillonna en dessous d'eux, et un enchevêtrement de tentacules en jaillit pour leur barrer le chemin. Sy-wen savait qu'il leur suffirait de frôler un des appendices pour être, eux aussi, réduits en esclavage.

— *Vole*, ordonna-t-elle sur un ton pressant. *Vole comme le véritable dragon de mon cœur.*

Kast mit tout son amour dans la virtuosité de sa manœuvre. En arrivant au niveau de l'obstacle, il s'inclina sur la pointe d'une aile, puis sur l'autre, afin de se faufiler parmi les tentacules avides. Il zigzagua, esquiva et plongea à travers la menace – allant même jusqu'à effectuer un tonneau.

La créature sentait peut-être Sy-wen, mais elle était aveugle à sa monture, incapable de rivaliser avec sa rapidité ou d'anticiper ses manœuvres audacieuses. Triomphants, Kast et Sy-wen franchirent l'obstacle et s'engouffrèrent dans l'ouverture béante.

Le hall qui s'étendait au-delà était immense, aussi caverneux que la porte elle-même. Il ressemblait à un toboggan de verre fondu éclairé par un millier de torches. Mais, passé le seuil, il était désert. Sy-wen sentit que le Seigneur Noir avait vidé toute l'île pour alimenter la créature ténébreuse et fournir l'énergie nécessaire à ses derniers tours d'arcane. Plus rien ne vivait ici, hormis le funeste dessein du maître des lieux. Renonçant à tout semblant de gouvernance, celui-ci avait sacrifié ses sujets à sa cause.

Mais dans quelle intention ? Que pensait-il accomplir sous la pleine lune du milieu de l'été ?

Kast traversa l'immense hall, survolant des ponts ou plongeant sous des passerelles avec d'infimes mouvements de ses ailes.

— *Tout à l'heure, à la porte*, envoya-t-il mentalement à Sy-wen. *Tu as compris quelque chose, quelque chose que tu as eu peur de me dire.*

— La créature… Je sais ce que c'est.

— *Quoi donc ?*

— Un simaltra géant. Une version monstrueuse des petits qui nous ont possédés, Hunt et moi. J'ai reconnu son toucher, sa façon de ronger ma volonté. Ce doit être la raison pour laquelle le Seigneur Noir voulait mettre Ragnar'k hors jeu. Le rugissement du dragon est chargé d'une magie qui aurait pu endommager la créature, comme il l'a fait avec ses petits frères dans le donjon de l'Édifice.

— *Et maintenant qu'il s'est emparé de Ragnar'k, il peut retourner cette magie contre nous*, ajouta Kast après un instant de silence choqué.

— C'est ce qu'il fait en ce moment même. Ragnar'k vient de défier le seigneur Tyrus et les autres. Je ne crois pas qu'ils disposent de la magie nécessaire pour combattre un démon fait de fumée.

— *Sommes-nous mieux armés qu'eux ?*

Sy-wen garda le silence tandis qu'ils enfilaient le long couloir sinueux, pareil à la gorge de quelque Léviathan ténébreux cherchant à engloutir le monde.

— Nous n'avons peut-être pas de magie, finit par répondre la mer'ai, mais nous avons quelque chose de plus puissant.

— C'est-à-dire ?

Elle plissa les yeux.

— Les liens qui nous attachent tous les trois.

— Seront-ils assez solides pour endurer le pouvoir du Seigneur Noir ? s'enquit Kast.

Sy-wen scruta le long couloir qui s'étendait devant elle. Ce fut d'une voix faible et incertaine qu'elle répondit :

— Prie pour qu'ils le soient, mon amour. Prie très fort.

26

Er'ril glissait à travers la brume dans son harnais de corde. Le monde avait disparu autour des compagnons. Les bords de la fosse se trouvaient à une demi-lieue, impossible à distinguer dans la vapeur tourbillonnante. Seuls les membres de leur petit groupe étaient visibles, massés les uns contre les autres au bout des cordes que des marins el'phes abaissaient depuis le ventre de l'*Étincelle des Vents*.

Enveloppée dans sa cape noire, Elena se balançait à côté d'Er'ril, assez près pour que l'homme des plaines puisse la toucher en tendant le bras. Ils descendaient depuis une éternité ; cet abîme avait-il donc un fond ?

Même les sons ne leur parvenaient plus. Tandis qu'ils s'éloignaient du navire, les bruits de bataille – glapissements, rugissements et cris de douleur – s'étaient estompés en même temps que le monde, comme si le brouillard effaçait tout.

Er'ril étudia les autres, suspendus autour de lui tels les fruits mûrs d'une plante grimpante. Nul ne pipait mot. La brume était humide et étrangement tiède ; elle déposait une pellicule huileuse sur leur peau et leurs vêtements. Les compagnons empestaient le soufre et le sang brûlé.

Er'ril leva les yeux. Le vaisseau el'phique avait disparu dans ce maudit brouillard. Plus tôt, l'*Étincelle des vents* était descendue au niveau de la nappe bouillonnante. Les compagnons dûment harnachés s'étaient laissé tomber par les écoutilles ouvertes de la cale. Personne ne les avait vus faire au niveau du sol : l'illusion de Joach avait fonctionné à merveille.

Le frère d'Elena se balançait non loin de là, serrant son bâton contre lui. Le bois pétrifié était aussi blanc et scintillant que de la neige, mais marbré de veines rouges aux endroits où coulait le sang de Joach.

Les autres scrutaient la brume, paquetage sur le dos, prêts à se défendre contre une éventuelle attaque. Leurs armes brillaient dans la pénombre. Tol'chuk portait un marteau, tout comme Magnam. Harlequin Quail jouait avec une dague comme s'il s'ennuyait. Jaston, Fardale et Épine avaient tous trois opté pour une épée courte. Méric et Nee'lahn, suspendus côte à côte, n'avaient pas emporté d'autre arme que la magie qui les imprégnait.

—La lune se lève, chuchota Elena près d'Er'ril.

Elle avait parlé dans un souffle; pourtant, tous les compagnons l'entendirent. Les bruits résonnaient bizarrement dans ce nuage surnaturel.

Er'ril pivota vers la jeune femme. Celle-ci ouvrit sa cape, révélant le Journal Sanglant qu'elle y avait rangé. Le haut de la rose embossée dépassait de sa poche, aussi radieux qu'une étoile.

Les sourcils froncés, Er'ril leva de nouveau les yeux.

—Mais le soleil n'est pas encore couché, marmonna-t-il.

Elena acquiesça en refermant sa cape.

—Une lune niaise. (Elle se recroquevilla sur elle-même.) Je n'ose pas ouvrir le Grimoire avant que nous soyons sur la terre ferme.

Er'ril hocha la tête. La libération de la magie de Cho risquait d'alerter les créatures tapies dans la brume en contrebas. Mieux valait attendre d'être en lieu sûr – ou, du moins, sur la terre ferme – pour consulter l'esprit du Grimoire. Malgré la brume qui les dissimulait, les compagnons se sentaient très vulnérables dans leur position actuelle.

—Cassa revient, lança Jaston depuis le côté.

Il rengaina son épée.

Sur la gauche apparut une petite forme ailée qui montait vers eux en décrivant une spirale. D'un battement d'ailes, elle se propulsa jusqu'au maraîchin et se posa dans ses bras. Son visage était blême, et elle tremblait d'épuisement.

—Cassa? chuchota Jaston en écartant une mèche trempée de sueur qui tombait devant les yeux de la fillette.

—Ma connexion ne tient plus que par un fil, dit l'enfant d'une voix bien plus âgée que son apparence. J'ignore combien de temps je pourrai maintenir le contact.

—Qu'avez-vous découvert? s'enquit Er'ril.

La fillette tourna la tête vers lui.

—La brume se termine dans une quarantaine d'envergures. Dessous, l'atmosphère est dégagée. Je n'ai pas osé m'attarder trop longtemps.

—Qu'avez-vous vu? demanda Elena.

Tous les regards étaient braqués sur Jaston et la fillette des marais, à l'exception de celui d'Er'ril qui continuait à surveiller les alentours.

—La brume tourbillonne à environ une hauteur de château au-dessus du fond de la fosse. Dessous, la roche semble naturelle et non travaillée avec des outils. J'ai aperçu des stalagmites et des saillies qui doivent être là depuis des siècles.

— Ils ont dû creuser jusqu'au réseau souterrain qui s'étendait sous l'ancienne académie des mages chyriques, déclara Er'ril.

— Là où vivaient les gobelins des roches, marmonna Elena.

— Je n'ai pas vu de gobelins, dit Cassa d'une voix faible. Rien ne bougeait là-dessous.

— Rien ?

Er'ril se rembrunit. Personne ne les attendait en bas ? Toute cette histoire n'était-elle qu'un leurre destiné à tenir Elena éloignée de la véritable bataille qui se livrait au même moment à Noircastel ? Er'ril jeta un coup d'œil soupçonneux à la petite silhouette de Harlequin Quail, mais l'espion semblait tout aussi perplexe que lui.

— La fosse est vide, reprit Cassa, mais j'ai aperçu un tunnel qui en partait. Une lumière très étrange brillait à l'intérieur.

Er'ril fronça les sourcils. Donc, il y avait quelqu'un – ou quelque chose.

— Nous procéderons prudemment. Que chacun ouvre grand ses yeux et ses oreilles.

Les compagnons marmonnèrent leur assentiment. Harlequin ne put s'empêcher de lancer :

— Vraiment ? Et moi qui comptais y aller avec un bandeau !

Er'ril ignora le sarcasme.

Comme ils continuaient à descendre à travers le brouillard, même la vague lueur du jour s'estompa au-dessus d'eux. Ils se déplacèrent dans l'obscurité pendant un laps de temps infini jusqu'à ce que, très lentement, une lueur argentée troue la brume en dessous d'eux.

— Tenez-vous prêts, chuchota Er'ril à ses compagnons tandis qu'une brise rafraîchissante soufflait sur sa peau humide.

Puis ils émergèrent du brouillard. Le plancher d'une caverne jonchée de piliers brisés, de rochers et de stalagmites déchiquetées apparut en contrebas. Sur les bords, Er'ril distingua la marche la plus basse de l'excavation. Ils avaient bien atteint le fond de la fosse.

L'homme des plaines tendit le doigt vers un éboulis.

— On devrait...

Une secousse violente parcourut son harnais, manquant de le projeter dans le vide. Il s'accrocha à la corde de sa main libre. Les autres furent pareillement chahutés ; Elena se balança jusqu'à lui. Il voulut la saisir, mais elle repartit dans l'autre sens.

— Que se passe-t-il ? cria Jaston.

Apeurée par cette agitation, la fillette des marais s'était envolée et décrivait des cercles paniqués autour de lui.

— Quelque chose attaque nos cordes, répondit Magnam.

Comme pour confirmer la théorie du n'ain, les compagnons se mirent à dégringoler vers le sol de pierre – pas aussi vite que si leurs cordes avaient été coupées, mais beaucoup plus rapidement qu'ils étaient descendus jusque-là. Et à chaque inspiration, ils continuaient à accélérer.

—Attention aux rochers ! hurla Er'ril tandis que le sol se précipitait à leur rencontre.

Ils s'écrasèrent dessus telle une avalanche humaine. Des cris s'élevèrent tout autour d'Er'ril. L'homme des plaines réussit à amortir le plus gros de l'impact avec ses jambes, puis culbuta en avant et roula sur une épaule afin d'absorber le reste. L'instant d'après, il était debout.

Il repéra Elena quelques pas plus loin. Un peu de sang coulait de la racine de ses cheveux. Il se précipita vers elle.

—Tu n'as rien de cassé ?

La jeune femme secoua la tête.

—Juste une égratignure. Ça va. (Elle s'essuya le front et regarda autour d'elle.) Les autres…

Méric et Nee'lahn les rejoignirent en courant. Tous deux semblaient indemnes.

—Reculez ! glapit frénétiquement l'el'phe, les yeux levés. (Les cordes continuaient à s'abattre mollement depuis le ciel.) Les cordes n'ont pas été coupées ! C'est le navire qui tombe – l'*Étincelle des Vents* !

Les compagnons s'élancèrent à travers la forêt de piliers brisés et d'éboulis. Au-dessus d'eux résonnèrent un sinistre bris de planches et un claquement de voiles tourmentées par un ouragan. Le son enfla jusqu'à remplir toute la fosse.

Ils continuèrent à fuir. Épine et Fardale avaient adopté une forme à demi lupine pour aller plus vite. Er'ril vit Joach aider Jaston qui boitait, et dont le visage avait pris une teinte verdâtre. Devant eux, Tol'chuk courait, flanqué de Magnam.

Puis un monstrueux craquement résonna à leur aplomb.

—À couvert ! hurla Er'ril.

Il poussa Elena derrière un rocher, se laissant tomber à genoux et faisant basculer la jeune femme sous lui. Avant de se couvrir la tête de ses bras, il eut le temps d'entrevoir la carcasse brisée du navire qui crevait la brume, ses voiles s'agitant désespérément comme les bras d'un homme en train de dégringoler dans le vide.

Il se plaqua à terre au moment où le vaisseau el'phique s'écrasait avec un fracas assourdissant. Des morceaux de planches et autres débris fusèrent dans toutes les directions. Une énorme poulie rebondit de l'autre côté du rocher derrière lequel s'abritaient Er'ril et Elena, puis alla se briser en mille morceaux contre le mur le plus proche.

Tandis que l'écho du choc s'estompait, Er'ril se releva d'un bond et balaya la caverne du regard. Au centre de la fosse, les vestiges du fier navire aérien gisaient à demi dissimulés par un nuage de poussière de roche. De petites flammes issues de tonneaux d'huile éventrés léchaient déjà avidement le bois et la toile. La quille métallique était pareille à un bras tordu jaillissant du sol.

Les compagnons livides se redressèrent les uns après les autres. Choqués et contusionnés, ils se frayèrent lentement un chemin parmi les débris pour se regrouper. Méric semblait le plus secoué de tous.

— Si un seul d'entre nous survit à cette expédition, marmonna Er'ril en rejoignant l'el'phe, il enterrera l'équipage avec les honneurs.

— À supposer qu'il reste des corps, tempéra Tol'chuk.

L'og're s'avança, traînant le torse d'un monstre qui avait encore une aile attachée derrière une épaule. Sa tête chauve, ses oreilles pointues et son museau garni de crocs étaient familiers à tous les compagnons.

— Un skal'tum, soupira Elena.

Joach blêmit.

— Mon illusion a dû lâcher, dit-il sans cesser de soutenir Jaston.

Elena secoua la tête.

— Elle a duré assez longtemps pour nous amener jusqu'ici.

— Ou nous emprisonner ici, rectifia Harlequin Quail en fixant l'épave. On ne peut pas dire que nous ayons fait une entrée discrète.

Comme pour confirmer ses propos, des cris résonnèrent dans le brouillard au-dessus des compagnons.

Er'ril fit un pas en avant.

— Le tunnel, vite !

Et il entraîna le reste du groupe à sa suite.

Tandis qu'ils s'éloignaient rapidement de l'épave, Jaston tendit un doigt vers le haut.

— Cassa est partie reconnaître le tunnel, pour voir ce qui nous attend au bout.

Er'ril vit la fillette ailée planer vers l'entrée du passage.

— Nous savons déjà ce qui nous attend au bout, non ? marmonna Elena.

Er'ril lut la même certitude chez Méric, Fardale et Tol'chuk. Aucun d'eux ne risquait d'oublier ce tunnel.

— Nous avons décrit un cercle complet, dit l'el'phe à voix basse. Nous sommes de nouveau tous réunis en ce lieu – il ne manque que le montagnard.

Er'ril acquiesça. Du groupe originel, seul Kral était absent. Même son étalon de guerre était resté au campement.

L'homme des plaines fixa l'entrée du tunnel. Bien des lunes auparavant, au bout de ce passage, les compagnons avaient découvert la statue en cristal de De'nal. Jadis, le jeune mage avait fait partie du trio qui s'était sacrifié afin de forger le Journal Sanglant. Il avait donné son essence chyrique pour embraser la magie du Grimoire. Sa statue n'était donc plus là, mais Er'ril avait la certitude glaciale qu'une autre l'avait remplacée – une statue, non pas de cristal cette fois, mais de pierre noire marbrée de veines d'argent.

Une statue d'éb'ène. Le dernier portail du Weir.

— Un cercle complet, répéta Er'ril alors qu'ils atteignaient le seuil du tunnel et que la lueur argentée découpait leur silhouette.

La main d'Elena chercha la sienne. Ils avaient déjà suivi ce chemin. À l'époque, ils n'étaient qu'une adolescente et son protecteur. Cette fois, ils affronteraient le danger ensemble, liés par quelque chose de plus puissant que des serments et des prophéties.

Les doigts d'Elena pressèrent ceux d'Er'ril. Et dans ce petit geste, l'homme des plaines sentit tout son amour.

Plus loin, la fillette ailée disparut dans la lueur argentée.

Er'ril s'engagea dans le tunnel.

— Il est temps d'en finir.

Tapi dans sa prison ténébreuse, Mogweed observait la scène à travers les yeux de Fardale. Préoccupé par la descente dans la fosse et par la chute du vaisseau el'phique, aucun des compagnons n'avait rien remarqué.

Fardale marchait à côté d'Épine. Les deux métamorphes concentraient leurs perceptions vers l'extérieur. Ils gardaient leur corps fluide, prêt à se transformer en un clin d'œil. Et parce qu'il ne s'intéressait qu'à ce qui se passait dans le tunnel, même Fardale ne remarqua pas le changement survenu dans leur condition.

Mogweed grimaça. Désormais, aucun mur ne le retenait plus. Il pouvait contrôler à sa guise le corps qu'il partageait avec son frère. Pour le vérifier, il délaça soigneusement leur pied gauche afin de le faire trébucher sur un morceau d'ardoise. Fardale compensa ce léger déséquilibre avec son agilité coutumière et poursuivit son chemin sans s'être aperçu de rien.

Je suis libre! se rendit compte Mogweed, contenant sa jubilation à grand-peine.

En ce jour étrange où le soleil et la lune partageaient le même ciel, les murs qui séparaient les jumeaux étaient enfin tombés. Ce n'était pas vraiment le jour, et ce n'était pas vraiment la nuit. Deux astres régnaient simultanément dans les cieux, tout comme les deux frères régnaient simultanément sur ce corps.

Mais un seul d'entre eux était conscient de ce changement. Et il y avait du pouvoir dans les secrets ; Mogweed l'avait appris longtemps auparavant.

Il se rencogna dans sa cellule. Il attendrait le bon moment, celui où une dernière trahison lui permettrait de conquérir la liberté véritable.

Je serai bientôt débarrassé de toi, mon frère.

Cassa Dar gisait dans son lit à Château Drakk. Elle n'était plus que l'ombre d'elle-même. Maintenir le lien avec sa création qui se trouvait physiquement si loin dans le Nord mettait à l'épreuve son corps aussi bien que son esprit. Son visage avait blêmi ; sa peau était devenue flasque et sa respiration laborieuse. Mais, pire que tout, elle sentait sa connexion avec son propre royaume se déliter peu à peu. Son puits d'énergie élémentale serait bientôt à sec.

Jour et nuit, ses enfants venaient la nourrir, lui apporter de l'eau et du vin. Mais nul baume ne pouvait remédier à l'affaiblissement de son énergie spirituelle. En voulant faire deux choses à la fois, elle abusait de son pouvoir partagé entre ses marécages et un lieu situé un demi-monde plus loin.

Fermant les yeux, Cassa Dar se laissa dériver entre l'humidité de sa tour et la tiédeur de la fosse nimbée par le brouillard. Elle savait qu'elle risquait sa vie dans cette mission, mais le monde entier était en danger. Elle n'allait pas se contenter d'attendre la fin, recluse dans son château.

Pendant des siècles, elle s'était cachée dans ses marais en prétendant que la compagnie de ses créatures suffisait à la combler. Mais, après sa rencontre avec Jaston, elle s'était souvenue du monde qui s'étendait au-delà de ses fondrières. Alors, elle avait su qu'elle ne pourrait pas se cacher plus longtemps. Le Seigneur Noir avait réduit son peuple en esclavage et l'avait consignée dans cette tour solitaire. Si cette bataille contre le démon devait être la dernière, risque ou pas, Cassa Dar jetterait toute sa volonté et sa substance dans l'affrontement.

Dans sa chambre de Château Drakk, elle gisait aussi faible qu'un nouveau-né sur ses couvertures. Mais beaucoup plus loin au nord, elle sentait le vent sous ses ailes, des courants d'air dans ses cheveux, la flexion de muscles juvéniles et la vitalité de robustes os. Elle glissait dans un tunnel irradié par une lueur argentée – une lueur qu'elle connaissait.

Pour la première fois depuis qu'elle avait plongé dans la fosse brumeuse, sa connexion avec la fillette des marais se renforçait au lieu de faiblir. Cette radiance était celle de l'énergie élémentale pure, immaculée. L'enfant des marais volait au travers tel un poisson nageant dans un torrent limpide.

Et à travers son lien avec la fillette, Cassa Dar se gorgeait de cette énergie. Dans sa chambre, elle soupira d'aise en sentant son puits presque à sec se remplir de nouveau. Jamais elle n'avait éprouvé une telle pureté. Des larmes coulèrent sur ses joues. Elle savait ce qui l'attendait au bout du tunnel ; elle l'avait lu dans les ouvrages de sa bibliothèque. Elle se dirigeait vers la confluence des flux élémentaux, le croisement de canaux en provenance des Crocs Nord et Sud. Ça ne pouvait être que cela.

Cassa Dar était attirée par la lumière comme un papillon par une flamme. Son essence filait le long de sa connexion pour fusionner plus pleinement encore avec l'enfant des marais. Sans hésitation, elle jaillit du passage dans l'immense salle qui s'étendait au-delà. Le plafond voûté culminait très haut au-dessus de sa tête, tandis que le sol incurvé formait une vaste cuvette. C'était une caverne sphérique, creusée dans le cœur granitique des hautes terres.

En contrebas, un tourbillon argenté s'agitait dans le bassin ; deux teintes radieuses, vivaces contre la pierre noire, décrivaient une spirale jusqu'en son centre. Ce motif rappela à Cassa Dar le vortex de brouillard à l'aplomb de la fosse.

La fillette des marais survola le bassin scintillant, qui devait faire un quart de lieue de diamètre. De l'autre côté, elle distinguait des ouvertures sombres – d'autres tunnels. Elle remarqua également que les bords du bassin argenté étaient jonchés d'os blanchis, pareils à du bois flotté échoué sur une plage. Ils s'entassaient assez haut, et plus particulièrement à l'entrée du passage dont elle venait d'émerger.

Sans s'attarder sur ce spectacle macabre, Cassa Dar reporta son attention sur le bassin. Celui-ci était vide, à l'exception d'une silhouette sombre en son centre – le puits noir dans lequel se déversait le tourbillon. Percevant le danger, la fillette s'en éloigna. Elle distinguait les ailes largement étendues, la collerette de plumes, la tête levée en une attitude menaçante. C'était, sans le moindre doute, le portail de la wyverne – la dernière des quatre sculptures abominables.

Cassa Dar s'apprêtait à rebrousser chemin pour rapporter ses découvertes aux compagnons quand un mouvement attira son regard. Elle décrivit une spirale à son aplomb. Quelqu'un s'affairait près de la statue. Un homme. Il semblait chercher quelque chose avec désinvolture, mettant un genou en terre ici, se penchant pour inspecter un caillou là. Son attitude suggérait qu'il n'avait pas repéré la fillette. Cassa Dar plissa les yeux afin de focaliser sa vision.

Peut-être était-ce à cause de l'énergie pure qui s'écoulait en elle, mais elle osa s'aventurer un peu plus loin au-dessus de la cuvette radieuse pour mieux voir ce que faisait l'inconnu.

Ce fut une erreur.

Depuis les airs, elle vit le piège un instant trop tard et s'y jeta ainsi qu'une mouche dans une toile d'araignée. Captivée par le tourbillon argenté et par le danger en son centre, elle n'avait pas remarqué le tourbillon de ténèbres identique qui s'étendait sous le plafond, tel un reflet maléfique de celui d'en bas.

De ce vortex obscur jaillirent des tentacules d'énergie qui cueillirent la fillette ailée en plein vol. Celle-ci se débattit, mais plus elle s'agitait, plus ses liens se resserraient. Elle fut entraînée vers le plafond sans pouvoir remuer davantage qu'une fourmi tombée dans de la mélasse.

Cassa Dar fixa le tourbillon qui se rapprochait. Son centre, positionné à l'aplomb du portail de la wyverne, était un trou noir dans la roche, une porte conduisant elle ne savait où.

Puis elle repéra l'eau qui gouttait par l'ouverture et tombait vers la statue d'éb'ène en contrebas. Le trou devait remonter jusqu'à la surface. Mais pourquoi ? Dans quel dessein ? La fillette pouvait-elle s'échapper par ce conduit ?

Cassa Dar baissa les yeux tandis que les tentacules l'entraînaient en décrivant une spirale de plus en plus serrée. L'inconnu avait interrompu ses recherches et levé les yeux vers elle. À présent, elle distinguait son visage ravagé, le début de barbe qui dissimulait partiellement sa chair couturée de cicatrices. L'homme lui sourit. La peau de ses orbites avait brûlé autour de ses yeux. Et il tenait un bâton d'éb'ène pur.

Cassa Dar avait entendu parler de Shorkan et de la manière dont il avait brûlé en échappant à une rune d'emprisonnement. Elle sut qu'elle contemplait l'architecte du piège dans lequel elle était tombée, un piège destiné à capturer ceux qui la suivaient.

Comme pour confirmer ses soupçons, l'homme leva son bâton et l'agita dans les airs. La fillette ailée se mit à tournoyer plus vite vers le centre maléfique du vortex, où ne pouvait l'attendre que la damnation.

Cassa Dar comprit qu'elle devait rompre son lien avec l'enfant des marais, se dégager avant de partager le sort de cette dernière. Mais si elle faisait ça, elle ne pourrait pas prévenir Jaston et les autres.

Ce n'était donc pas une option.

Alors, elle fit la seule autre chose en son pouvoir. Elle déversa encore plus d'elle-même dans sa création. Shorkan croyait avoir attrapé une fillette aux talents élémentaux modestes. *Voyons comment il va réagir face à une sor'cière accomplie.*

Depuis son lit, Cassa Dar projeta la totalité de son essence, ne laissant derrière elle qu'un mince filament pour lui permettre de retrouver le chemin de son corps. En un clin d'œil, elle investit son golem, le remplissant de sa magie vénéneuse. Les tentacules noirs qui avaient saisi la fillette crépitèrent et se délitèrent au contact du poison qui suintait de sa peau.

En contrebas, le sourire satisfait de Shorkan céda la place à la confusion et à la méfiance. Le mage noir tendit son bâton vers l'enfant des marais ; les tentacules s'agitèrent et renouvelèrent leur assaut.

Mais Cassa Dar les ignora et continua à se concentrer. La fillette ailée grandit dans le piège. Quelques battements de cœur plus tard, elle était devenue une femme adulte. Sa conscience enfantine s'évanouit, remplacée par celle de Cassa Dar.

— *Maman*, appela faiblement la fillette.

Cassa Dar effleura son essence.

— *Je t'aime, ma douce. Maintenant, dors.*

Puis l'enfant des marais cessa d'être.

— Sor'cière ! siffla Shorkan depuis le fond de la cuvette. Tes tours de passe-passe élémentaux ne te suffiront pas pour t'échapper.

Sa voix parvenait distinctement à Cassa Dar. Celle-ci ne se trouvait plus qu'à une portée du centre du tourbillon. Elle sourit calmement. Elle en avait fini de fuir, fini de se cacher.

— Qui a dit que je tentais de m'échapper, mage ?

Et ouvrant la bouche, elle vomit le poison de son estomac. Son corps d'emprunt n'était pas le seul à avoir atteint la maturité. L'enfant des marais devenue femme n'était rien d'autre qu'une enveloppe. C'était au reptile qui l'habitait que Cassa Dar était reliée.

La sor'cière tomba hors du piège. Se débarrassant de sa peau comme d'une vieille mue, elle dégringola sous sa forme véritable. La vipère royale, qui avait atteint sa taille maximale, se tortilla dans les airs et atterrit sur le mage noir.

Shorkan hurla en sentant le reptile l'enserrer de ses anneaux et se dresser pour atteindre son visage scarifié. Une langue fourchue darda entre ses lèvres. Cassa Dar ouvrit grand sa gueule, révélant des crocs aussi longs que ceux d'un dragon. Du venin dégoulina depuis les sacs situés à la base du crâne du serpent – et depuis le noyau même de la sor'cière.

Cassa Dar savait qu'elle n'était pas de taille à vaincre le mage, mais elle pouvait quand même lui infliger des dégâts. Elle siffla, lui cracha son venin à la figure, puis frappa comme il esquivait instinctivement. Ses crocs se plantèrent dans le cou de Shorkan et y déversèrent tout le poison possible avant que le mage noir riposte.

Agrippée au démon, Cassa Dar le sentit tomber à genoux. Mais ce qui aurait tué un homme ordinaire en moins d'un battement de cœur ne suffit pas à avoir raison de lui. Elle l'entendit balbutier un sort.

Soudain, une douleur atroce embrasa les anneaux de la vipère. Des flammes noires jaillissaient des mains du mage – du feu incendiaire. Cassa Dar savait que quelques instants à peine la séparaient de la mort. Pourtant, elle continua à déverser son poison dans la chair de Shorkan. Celui-ci hoqueta et bascula en avant.

Tandis que la vipère royale se consumait, Cassa Dar esquissa une grimace venimeuse et s'enfuit – mais pas le long du filament qui conduisait jusqu'à son corps resté à Château Drakk. Elle savait qu'elle n'aurait pas le temps d'y retourner. Ce pont brûlait derrière elle. Au lieu de ça, elle gagna le seul endroit que son cœur connaissait bien.

Un cœur qui battait au même rythme que le sien.

Dans le tunnel, Jaston tomba à genoux. À l'instant où sa bien-aimée passa dans l'au-delà, il le sut.

—Cassa…

Les autres se précipitèrent vers lui, mais le maraîchin était sourd et aveugle à tout. L'essence de la sor'cière saturait ses perceptions. Une odeur de noctule enfla autour de lui. Le goût de ses lèvres fleurit sur la langue de Jaston, et il sentit une main effleurer sa joue.

—Cassa, qu'as-tu fait ?

—*Ce qui devait être fait.* (La sor'cière l'irradiait de tout ce qu'elle était, l'étreignant d'une façon plus intime qu'elle l'aurait jamais pu de son vivant.) *Mais n'aie crainte. Garde-moi dans ton cœur ; souviens-toi du temps que nous avons passé ensemble. Je ne serai jamais à plus d'un souffle de toi.*

—Non, gémit-il.

—*Maintenant, vas-y. Vous devez vous dépêcher.* (Des images emplirent la tête du maraîchin : un piège déjoué, un démon blessé, affaibli pour peu de temps.) *Bats-toi pour le monde, mon amour. Il est trop beau pour qu'on le laisse succomber aux ténèbres.*

—Cassa, attends !

Jaston sentit le souffle de la sor'cière sur sa joue, pareil à un baiser.

—*Je t'aime. Je t'aimerai toujours.*

Puis, telle une brise légère, elle s'évanouit.

Le maraîchin pressa un poing contre sa poitrine, sanglotant, se demandant si son cœur pourrait continuer à battre. Apparemment, oui.

Il leva la tête et regarda les autres.

—Elle nous a quittés.

Er'ril s'accroupit près de Jaston tandis que le maraîchin leur expliquait ce qu'il venait d'apprendre.

—Si Cassa a effectivement blessé Shorkan, il faut nous dépêcher, déclara l'homme des plaines. Ce sera peut-être notre seule chance. Nous ne pouvons pas gaspiller son sacrifice.

Harlequin parla depuis l'arrière du groupe.

— De toute façon, je ne pense pas que nous ayons le choix.

Le petit homme se tenait face à l'autre extrémité du tunnel. Des cris leur parvenaient toujours depuis la direction de la fosse, mais, à présent, ils étaient accompagnés par un cliquetis de griffes sur de la pierre. Si les légions skal'tum se dirigeaient vers eux, les compagnons étaient bien forcés d'avancer.

— Vite ! ordonna Er'ril.

Nee'lahn et Méric encadrèrent Jaston.

— Partez devant. Laissez-nous ralentir les monstres.

— À vous trois ? protesta Elena.

Les deux élémentaux irradiaient dans la lueur argentée. Nee'lahn jeta un coup d'œil à Méric, qui eut un sourire en coin.

— Nous suffirons, affirma-t-elle. Allez-y. Occupez-vous de la wyverne et de son protecteur.

Er'ril hocha la tête et fit un pas.

— Tol'chuk, passe devant avec Magnam et Harlequin, mais ne sors pas du tunnel avant que nous vous ayons rejoints.

L'og're grogna son assentiment et s'élança dans le tunnel.

Er'ril se tourna vers Elena.

— Le Journal Sanglant – peut-être devrions-nous le garder fermé jusqu'à ce que nous ayons détruit le portail de la wyverne.

Il vit à l'expression de la jeune femme qu'elle comprenait. Depuis quelque temps, Cho devenait agitée, difficile à contenir, surtout à proximité de son frère perdu, Chi. Si le portail de la wyverne se trouvait au bout du tunnel, Chi y était également. À la façon dont Elena plissa les yeux, Er'ril comprit qu'elle se souvenait de ce qui s'était passé quand le groupe avait affronté le portail de la manticore. Cho avait possédé Elena, prenant le contrôle d'elle et manquant la tuer du même coup.

Er'ril ne voulait pas prendre le risque que cela se reproduise. Jusqu'à ce que le dernier portail soit brisé et que Chi ait recouvré sa liberté, il ne ferait pas confiance à l'esprit du Grimoire. Cho faisait passer ses désirs et ses besoins avant toute autre chose, y compris la sécurité d'Elena. Et durant la bataille à venir, les compagnons auraient déjà fort à faire.

Elena tapota sa cape.

— Je ne l'ouvrirai qu'une fois le dernier portail brisé.

Tout en parlant, elle porta son autre main au pommeau sculpté de Coupombre. Elle commandait déjà à bien assez de magie.

Er'ril jeta un coup d'œil derrière eux. Les métamorphes flanquaient Joach. Celui-ci agrippait son bâton qui avait entièrement blanchi au contact de ses doigts nus. Er'ril se rembrunit. Le frère et la sœur portaient chacun une arme de sang. L'homme des plaines pria pour qu'ils aient la force de les contrôler.

Joach soutint le regard d'Er'ril sans broncher, mais un peu de couleur monta à ses pommettes. Tous deux n'avaient pas échangé plus de quelques mots depuis la seconde mort de Greshym. Leur confiance mutuelle en avait pris un rude coup.

Un sifflement leur fit tourner la tête. Au bout du tunnel, Tol'chuk leur faisait signe d'avancer. Magnam et Harlequin étaient accroupis près d'un tas de cailloux, leur silhouette nimbée d'un halo argenté.

Er'ril se hâta de les rejoindre. Au-delà de l'entrée du tunnel s'ouvrait une immense caverne. De l'argent tourbillonnait dans la cuvette de son plancher, tandis que sous le dôme de son plafond s'agitait un vortex noir comme de l'encre, pareil à une ombre du premier.

— Le portail de la wyverne, dit Tol'chuk en tendant un bras épais vers le centre du bassin.

Malgré la distance qui l'en séparait, Er'ril ne pouvait se méprendre à cette silhouette monstrueuse et à cette tête de rapace. Au pied de la statue, quelqu'un gisait face contre terre, sa cape formant une tache sombre sur fond argenté.

— Shorkan.

Er'ril se redressa et s'avança dans la caverne. Pour atteindre le lac scintillant, il dut traverser un rivage de granit jonché d'os blanchis.

— Elena, reste derrière nous. J'ignore si Shorkan est évanoui ou s'il fait semblant.

Ne recevant pas de réponse, il jeta un coup d'œil derrière lui. Elena se tenait figée sur le seuil du tunnel. Elle ne regardait ni le portail de la wyverne, ni le mage noir effondré, mais les ossements sur le sol.

— Elena, répéta Er'ril.

Pour toute réaction, la jeune femme écarquilla les yeux.

— Ces os... Ce sont des os de gobelins.

Er'ril remarqua enfin les tibias et les crânes entassés. À en juger par leur taille minuscule, leur museau allongé et leurs crocs pointus, Elena avait raison.

— Des gobelins des roches.

— Ceux que j'ai massacrés.

L'homme des plaines rebroussa chemin et prit le bras de sa compagne pour l'escorter à travers ce cimetière.

— Il faut avancer, dit-il, l'entraînant à l'écart de ces souvenirs pénibles.

Lorsqu'ils eurent dépassé les ossements, Elena frissonna comme pour s'éclaircir les idées. Ils s'immobilisèrent au bord du lac radieux.

— De l'argent élémental, commenta Joach. Comme la rivière qui coulait au pied du Mur du Sud, dans le désert. Ça représente une quantité d'énergie incroyable.

Er'ril fit un pas prudent.

—Les serviteurs du Seigneur Noir ont dû creuser le granit pour exposer cette source. C'est ici qu'ils ont l'intention d'accéder au cœur du monde pour le corrompre.

—À moins que nous les en empêchions, déclara Elena avec une détermination renouvelée.

Er'ril acquiesça.

—Que tout le monde reste sur ses gardes. Nous ignorons à quel point exact le poison de Cassa Dar a affecté le mage.

Fardale et Épine fondirent à l'intérieur de leur cape, se changeant en créatures à mi-chemin entre l'homme et le loup.

—Nous allons partir en éclaireurs. Si le monstre feint d'être évanoui, mieux vaut que ce soit nous qui le découvrions: c'est nous qui pouvons détaler le plus vite pour échapper à un piège éventuel.

Er'ril leur fit signe d'y aller. Il n'avait pas encore laissé retomber son bras que les deux si'lura s'étaient déjà élancés. Ils traversèrent le lac d'argent, l'épée courte à la main mais prêts à achever leur transformation en loup, si nécessaire.

—Allons-y, dit Er'ril.

Et il les suivit d'un pas vif, non sans s'être assuré qu'Elena restait à l'abri derrière les armes de tout le groupe.

Harlequin s'était placé à côté de la jeune femme, une dague dans chaque main. Le nez en l'air et les yeux plissés d'inquiétude, il fixait le plafond.

Tandis qu'ils passaient sous le reflet noir du tourbillon, Er'ril leva les yeux. Même s'il ne possédait pas de pouvoir, il sentait le mal qui irradiait de ces ténèbres bouillonnantes.

—Si le portail se trouve déjà ici, dit Elena, pourquoi les serviteurs du Seigneur Noir n'ont-ils pas encore souillé le nexus? Qu'attendent-ils?

—La lune, répondit Harlequin en désignant le plafond. Il y a un trou là-haut, juste à l'aplomb de la statue. On voit la lumière.

Er'ril avait entendu. Il fronça les sourcils. Maintenant qu'Harlequin le disait, il discernait effectivement une petite tache claire au centre du tourbillon noir. Les nuages de tempête devaient se dissiper en surface.

—Ils attendent que la pleine lune brille sur le portail du Weir, résuma Elena sur un ton anxieux. Mais pourquoi?

—Il y a du pouvoir dans le clair de lune… le pouvoir du Vide, lui rappela Harlequin. Vous vous souvenez de la façon dont nous avons été transportés depuis Val'loa jusque dans les Contrées du Couchant? Ils ont sans doute besoin de ce pouvoir pour alimenter leur corruption.

Joach leur jeta un coup d'œil par-dessus son épaule.

— Fardale a atteint Shorkan, dit-il avec un geste de son bâton.

— Attendez un instant, ordonna Er'ril.

Son groupe se trouvait à mi-chemin entre le rivage et la statue. Au centre du lac, Fardale se rapprochait du mage inerte tandis qu'Épine décrivait un cercle méfiant autour de Shorkan et de la statue. Le portail de la wyverne les surplombait telle une ténébreuse sentinelle toute en ailes, en bec et en serres.

— Voyons ce qu'ils vont découvrir.

Dans sa cellule, Mogweed tremblait et maudissait la bravoure de son frère. Il n'avait pour sa part aucun désir d'affronter seul le mage-démon.

Fardale se rapprochait de l'homme qui gisait face contre terre. Un grondement sourd – mi-humain mi-animal – montait de sa gorge, et il se tenait prêt à détaler à la première alerte. Un bâton noir s'était immobilisé à une longueur de bras de la main scarifiée du mage ; la tête capuchonnée de celui-ci était tournée vers la statue.

Fardale continua à avancer tandis qu'Épine contournait Shorkan pour l'approcher par l'autre côté.

Mogweed frémit dans les ténèbres. Il savait qu'il pouvait prendre le contrôle de leur corps à tout moment. Fardale étant concentré sur le mage, ça ne devrait pas poser de difficulté. Mais que ferait-il alors ? Il n'avait nulle part où s'enfuir.

Mogweed lutta contre sa panique grandissante. *Réfléchis*, s'exhorta-t-il fébrilement. *Il doit bien y avoir un moyen !*

Puis ce fut trop tard. Soudain, le bâton noir glissa sur le sol argenté et vint se loger très précisément dans la main de Shorkan. Celui-ci bondit sur ses pieds avec un hurlement de rage.

C'était un piège !

Fardale recula précipitamment.

— Cours ! cria-t-il à Épine, en se détournant pour faire de même.

Mais avant qu'il puisse achever son mouvement, le mage noir brandit son bâton. Des tentacules de ténèbres jaillirent du plafond, s'emparant des deux loups. Fardale fut soulevé de terre et emporté dans les airs. Mogweed sentit que la fin était proche.

Au milieu du lac argenté, les autres battirent en retraite comme d'autres tentacules s'efforçaient de les saisir.

Shorkan tendait son bâton vers le plafond. Ses lèvres continuaient à remuer, mais son bras tremblait, et il vacillait sur ses pieds. De toute évidence, son évanouissement n'était pas entièrement feint.

Tandis que le mage noir luttait pour les contrôler, les tentacules de ténèbres furent parcourus par un spasme. Coulant telle de l'huile chaude,

Fardale fondit hors de sa cape et des bretelles de son paquetage – mais surtout, hors de l'étreinte maléfique de Shorkan.

—*Épine!* lança-t-il mentalement à sa compagne. *Fais comme moi!*

Mogweed retint son souffle pendant que Fardale dégoulinait sur le sol et reprenait sa forme de loup, telle de la cire versée dans un moule. Le corps qu'ils habitaient tous les deux protesta vivement contre cet abus. Leurs capacités de métamorphose avaient des limites; leur chair ne pouvait être modelée que jusqu'à un certain point avant d'être obligée de se reposer.

Par-dessus l'épaule de Shorkan, Mogweed vit qu'Épine peinait. Elle avait réussi à échapper au piège de ténèbres mais luttait pour forcer son corps à adopter la forme familière de la louve blanche. Elle aussi semblait épuisée.

Shorkan se tourna vers elle et baissa son bâton.

—*Non!* cria Fardale en bondissant.

Il percuta le mage et le força à mettre un genou en terre, puis roula sur lui-même et se releva dans l'élan, prêt à défendre sa compagne. La fourrure de son épaule fumait à l'endroit où elle était entrée en contact avec le démon. La brûlure atteignit Mogweed, qui hurla dans sa prison silencieuse.

Fardale se ramassa sur lui-même face au mage noir, les poils hérissés, les babines retroussées.

—*Épine! Va rejoindre les autres!*

Son attaque avait permis à sa compagne d'achever sa transformation. Elle se redressa, louve au pelage blanc comme neige sur un lac d'argent gelé. Puis elle bondit, filant vers le reste du groupe tel un éclair de fourrure.

—*Dépêche-toi, Fardale!* lui jeta-t-elle au passage.

Mogweed partageait ce souhait. Mais son frère refusait de prendre le moindre risque avec la sécurité de sa compagne. Il resta où il était afin de protéger sa fuite.

Shorkan se releva et brandit son bâton.

—*Fardale, cours!* hurla mentalement Mogweed.

Il tâtonna pour prendre le contrôle de leur corps. Si son frère refusait de se montrer raisonnable, il le serait pour deux.

Comme il jaillissait de sa cellule, une rafale de feu incendiaire fusa au-dessus de son épaule. Elle venait de derrière lui. Fardale esquiva tandis que la lance de flammes noires frappait le mage en pleine poitrine et le projetait contre la statue d'éb'ène. Faisant tournoyer son bâton, Shorkan brisa l'attaque dirigée contre lui.

Joach se tenait une centaine de pas plus loin, son propre bâton pointé vers le mage. Celui-ci se remit debout, mais Joach ayant détourné son attention, il ne contrôlait plus les tentacules de ténèbres. Les capes et les paquetages des deux métamorphes, que plus rien ne retenait en l'air, tombèrent sur le sol.

Le reste des compagnons flanquait Joach. Seule Elena restait en retrait, protégée par le rempart que lui faisaient les autres. Épine les rejoignit et fit aussitôt volte-face pour ajouter ses forces aux leurs.

— Tu ne gagneras jamais, Shorkan ! lança Er'ril d'une voix forte. Nous avons plus qu'assez de magie pour te tenir en échec !

Shorkan éclata de rire.

— Ça reste à voir, mon frère ! Mais, dans tous les cas, vous arrivez trop tard. La lune est levée. Votre temps en ce monde touche à sa fin.

Il frappa le sol de son bâton. Autour du lac, les ossements s'agitèrent et cliquetèrent.

— Il est l'heure de payer pour vos propres méfaits ! clama Shorkan en brandissant son bâton très haut. D'affronter vos propres transgressions !

À partir des piles d'ossements se formèrent des constructions impossibles. Elles se redressèrent comme si elles avaient seulement été assoupies, affalées sur le rivage pour prendre un bain de soleil. Puis elles descendirent vers le lac. Certaines étaient petites et rapides comme des crabes. D'autres faisaient deux fois la taille d'un og're ; elles avaient des membres épais et brandissaient des massues surmontées par un crâne. D'autres encore couraient à quatre pattes ainsi que des chiens, mais leur gueule était pleine de minuscules fragments d'os.

La légion convergea vers les compagnons afin de les encercler. Er'ril se mit à hurler des ordres tandis que les monstres se rapprochaient.

Shorkan éclata de nouveau de rire. Il leva son bâton vers le plafond et le fit tournoyer, prêt à attaquer également depuis le haut. Les compagnons allaient se retrouver assaillis de tous les côtés.

Fardale était toujours ramassé sur lui-même. Visiblement, Shorkan l'avait oublié – ou peut-être ne le considérait-il pas comme une menace. Dans tous les cas, le métamorphe avait l'intention de lui donner tort. Et son frère ne pouvait pas le laisser faire : c'était la mort assurée.

À l'instant où Fardale bondit, Mogweed fit de même, jaillissant de sa prison pour prendre le contrôle de leur corps. Surpris, Fardale tomba en arrière dans la cellule qui venait de se libérer. Mogweed espérait que son frère mettrait la brusque transition sur le compte du coucher de soleil, qui ne devrait plus tarder de toute façon. Il lui faudrait un moment pour réaliser que sa prison n'avait plus de murs. Et d'ici là, Mogweed avait bien l'intention de se trouver très loin de cette caverne.

Mais la transition ne fut pas aussi fluide qu'il l'avait escompté. Fardale avait déjà bondi. Interrompues dans leur mouvement, ses pattes se dérobèrent sous lui avant que Mogweed puisse en prendre le contrôle. Et ses mouvements frénétiques attirèrent une attention fort malvenue.

Sheeshon se tourna vers le loup. Mogweed recula précipitamment, mais trébucha sur son propre paquetage et sa cape abandonnés par terre. Une grimace étira les lèvres pâles du mage.

— Il est temps que le toutou se fasse rosser par son maître.

Le monde n'était qu'ossements. Elena se recroquevilla sur elle-même tandis que les monstrueux constructs se traînaient vers les compagnons.

Le marteau de Tol'chuk s'abattit sur l'épaule de l'un d'eux, faisant voler son bras en éclats. Mais le membre brisé se reforma aussitôt. Joach cracha des jets de feu incendiaire, incinérant tout ce qu'il touchait. Mais, là encore, les os se reconstituèrent à partir de leurs cendres et reprirent leur configuration initiale.

Les compagnons ne s'en tiraient pas aussi bien que leurs adversaires. Magnam saignait d'une blessure à l'épaule droite, transpercée par un éclat d'os. Harlequin Quail boitait de la jambe gauche. Épine zigzaguait entre les plus grandes des créatures, emportant leurs tibias au passage et provoquant leur écroulement. Une de ses oreilles était à demi arrachée.

Er'ril recula vers Elena.

— La force seule ne nous suffira pas pour passer. Nous allons avoir besoin de ta magie.

Jusque-là, ils avaient gardé la sor'cière en réserve. Elle se redressa, les paumes ensanglantées par son feu glacial et son feu sor'cier. Elle avait vu ce que donnait le feu incendiaire de Joach ; aussi garda-t-elle le poing droit fermé et se contenta-t-elle d'ouvrir le gauche. Avec une dextérité acquise au cours de deux hivers de carnage, elle projeta des filaments de feu glacial en prenant bien garde à ne pas toucher ses compagnons.

— Tout le monde à terre ! glapit Er'ril.

Les autres obéirent, se jetant à quatre pattes ou même à plat ventre.

Elena projeta une vague de feu glacial par-dessus leur tête et tout autour d'elle, congelant les créatures d'os jusqu'à la moelle. L'air humide se condensa brusquement autour d'eux. Les monstres ralentirent et cessèrent leur attaque.

— Bien joué, Elena, la félicita Er'ril.

Harlequin Quail leva la tête et promena un regard à la ronde.

— Oui, bien joué. Nous venons de construire notre propre prison.

Elena vit que, de fait, ils étaient coincés dans un enclos de glace et d'os.

— Nous pouvons nous frayer un chemin jusqu'au portail, dit Er'ril, faisant signe à Tol'chuk d'y aller à coups de marteau.

Elena continua à déverser un filet de magie dans les créatures figées. Elle ne voulait pas que celles-ci se réveillent. Mais à travers son lien avec ces monstruosités, la jeune femme percevait une présence liée à elle, des pensées qui remontaient le long de la connexion jusqu'à son cœur. Les sourcils froncés, elle tourna son attention vers l'intérieur.

Des mots se formèrent dans sa tête – des chuchotements dans une langue antique, mais que son cœur comprenait. *Porteuse de lumière, voleuse d'esprits.* Elle savait à qui appartenaient ces voix.

—Mère d'en haut... Non, pas encore...

Les chuchotements continuaient à la remplir. Les voix se démultiplièrent. C'était celles des gobelins des roches qu'elle avait tués de sa propre main. Attirés par sa magie, ils avaient brûlé dans sa lumière. Et leurs esprits se trouvaient toujours dans cette caverne. Ils n'étaient jamais passés dans l'au-delà.

Pendant tout ce temps, Elena avait cru que le crime commis envers ces créatures simples appartenait au passé, que c'était une erreur enterrée depuis belle lurette. Elle fixa l'armée d'os, bouche bée. En réalité, ses victimes étaient toujours prisonnières et torturées – désormais utilisées de la façon la plus ignoble par le mage noir qui avait forcé leur esprit à regagner leurs propres os.

Les paroles de Shorkan lui revinrent en mémoire. « Il est l'heure de payer pour vos propres méfaits ! D'affronter vos propres transgressions ! »

Le fracas d'un marteau résonna sur sa gauche. Un hurlement de douleur lui répondit à l'intérieur d'Elena – un hurlement qui ne provenait pas d'un individu, mais d'une multitude. Même les jeunes couinaient et suppliaient pour qu'on mette fin à leur tourment.

—Ils le sentent, gémit Elena en tombant à genoux.

Er'ril l'entendit, la vit s'affaisser.

Un nouveau coup de marteau suscita d'autres cris. La souffrance des gobelins emplit le vide palpitant du cœur d'Elena.

Er'ril saisit la jeune femme par une épaule.

—Que se passe-t-il ?

—Nous sommes en train de les tuer une deuxième fois. (Elena leva les yeux vers lui.) Arrête Tol'chuk. Il faut l'arrêter !

—Pourquoi ?

—Fais-le ! cria-t-elle farouchement tandis que ses yeux se remplissaient de larmes. Si tu m'aimes, arrête-le tout de suite !

Er'ril la fixa un moment, l'air inquiet. Puis il s'éloigna d'un bond.

Elena interrompit le flux de sa magie. Elle s'enveloppa de ses bras et se balança d'avant en arrière.

—Assez, marmonna-t-elle.

Autour des compagnons, la prison d'os demeurait, mais les membres gelés commençaient à grincer et à craquer, crevant la gangue de sa magie qui s'estompait.

—Que veux-tu que nous fassions ? demanda Er'ril comme l'armée morte-vivante se réveillait.

Elena secoua la tête.

—Je n'en sais rien.

Shorkan se rapprocha de Mogweed.

—Tu seras le premier de tes compagnons à souffrir.

Mogweed tenta de détaler, mais ses pattes étaient toujours prises dans sa cape, et son paquetage coincé sous un de ses genoux. Il lutta pour forcer sa chair épuisée à reprendre une apparence humaine – sans succès. Il se concentra de plus belle. Son seul espoir de s'en sortir, c'était de libérer sa langue. Il devait dire au démon qu'ils servaient le même maître, mais son corps rechignait à lui obéir.

Le bâton se tendit vers lui.

Il sentit son frère l'aiguillonner. *Bas-toi !* semblait lui hurler Fardale.

Mais Mogweed n'était pas un guerrier. Son esprit en ébullition opta pour un autre moyen de convaincre le mage. De ses pattes à demi transformées, il saisit son paquetage et l'ouvrit brutalement. Sa main grossière fouilla à l'intérieur, cherchant le petit œuf d'éb'ène que lui avait donné le Seigneur Noir. Celui-ci était destiné à Greshym, désormais mort deux fois. Il devait sûrement contenir quelque magie noire qui aurait aidé le prisonnier à s'enfuir.

Luttant pour parler, Mogweed brandit son trophée. Le choc écarquilla les yeux de Shorkan dans son visage ravagé. Mogweed lutta contre sa chair amorphe afin de gargouiller quelques mots.

—Pour vous !

Et il fit rouler l'œuf vers le mage. Cela suffirait sûrement à prouver sa loyauté...

La réaction ne fut pas celle qu'il attendait. Shorkan hurla et battit en retraite tandis que son bâton se couvrait de flammes noires sur toute sa longueur.

—Non !

Mais les attaques précédentes avaient affaibli le démon. Ce fut son tour de trébucher.

L'œuf atteignit le mage. À l'instant où il toucha le bout de ses bottes, il explosa avec une détonation assourdissante, comme si sa coquille de pierre renfermait le tonnerre même. Le lac argenté se brisa sous les pieds de

Shorkan telle de la glace trop mince. Des craquelures partirent des talons du mage. Le sol trembla.

Mogweed se recroquevilla sur lui-même, comprenant tout à coup que le talisman n'était pas censé aider son destinataire, mais provoquer sa perte.

Des volutes de fumée jaillirent de l'œuf et s'enroulèrent autour du démon. Aux endroits où elles le touchèrent, la chair et les vêtements de Shorkan se changèrent en cristal noir. Le mage continua à reculer, mais ses jambes durcissaient déjà. Il s'écroula bruyamment tandis que la fumée continuait à le poursuivre.

Le feu de son bâton d'éb'ène mourut comme ses doigts scarifiés se changeaient en cristal. Un hurlement monta de sa gorge et s'acheva par un tintement étranglé, qui ne tarda pas à s'éteindre.

Mogweed se redressa – toujours mi-homme, mi-loup. Devant lui, une statue de cristal noir gisait sur le lac d'argent. Même s'il ne pouvait pas lire les pensées de son frère, il percevait sa confusion et son ébahissement. Et il entendait sa question muette : *Qu'as-tu fait ?*

Mogweed secoua la tête. Il n'avait pas de réponse. Levant les yeux vers le portail du Weir qui le surplombait de toute sa masse, il recula lentement. En lui, il sentit fleurir les soupçons de Fardale. *Étais-tu en train de nous sauver ou de nous trahir ?*

Er'ril leva son épée tandis que l'armée morte-vivante faisait éclater sa prison de glace et recommençait à se traîner vers les compagnons. Les autres reculèrent devant elle. Mais, malgré les protestations d'Elena, l'homme des plaines avait l'intention de se battre. Il ne la laisserait pas tomber.

Une énorme créature sortit des rangs de ses frères gelés. Elle culminait à deux fois la hauteur d'Er'ril et tenait une faux d'ossements dans chacune de ses mains griffues. Elle se dirigea vers l'homme des plaines.

Elena saisit la cape d'Er'ril.

— Ils ne sont pas démoniaques, juste victimes du mage noir.

L'homme des plaines l'ignora. Il savait que Shorkan avait dû tendre ce piège à l'intention d'Elena, sachant que cela saperait le moral de la jeune femme au moment où celle-ci avait le plus besoin d'être forte. Mais il ne pouvait pas laisser gagner son frère. Il supportait le poids de sa culpabilité depuis des siècles. Et pour Elena, il était prêt à se charger d'un fardeau plus lourd encore. Il se porta à la rencontre de la créature.

— Non, gémit Elena.

Comme s'il l'avait entendue, le monstre se figea. Un tremblement parcourut sa carcasse squelettique. Puis, tel un château de cartes, il s'écroula dans un pitoyable cliquetis. Ses os rebondirent sur le sol argenté. Ses deux faux se brisèrent sous l'impact.

Tout autour des compagnons, l'armée morte-vivante tomba en pièces. Er'ril resta seul debout au milieu de ce chaos.

— Que s'est-il passé ? s'enquit Tol'chuk.

Elena se redressa.

— Le sort qui les liait. Il… il s'est dissipé.

Er'ril jeta un coup d'œil au-delà du cimetière d'ossements. Quel nouveau tour était-ce là ? Il chercha son frère du regard. Fardale était tombé à genoux au pied de la wyverne. Devant lui gisait le mage noir, immobile sur le lac argenté.

— Il s'est passé quelque chose, dit Magnam.

Plissant les yeux, Er'ril fit signe aux autres d'avancer. Ils le rejoignirent en se frayant un chemin parmi les ossements à coups de pied. Puis l'homme des plaines les entraîna vers le centre du lac, son épée à la main. Elena le suivit, le regard toujours hanté.

Comme ils approchaient du portail du Weir, le sort de Shorkan devint évident. Le corps du mage noir s'était changé en cristal pur, aussi noir que le péché et aussi dur que de la glace.

Er'ril sentit son propre corps s'engourdir, mais il força ses jambes à avancer. Il scruta le visage de son ennemi, le visage du frère qu'il avait jadis aimé. Une expression torturée était figée sur ses traits ravagés. Er'ril soupçonnait qu'elle n'était pas due à la douleur de la cristallisation, mais aux tourments de son cœur.

— Shorkan, chuchota-t-il.

— Il s'est changé en cristal, commenta Elena. Comme De'nal.

— Se peut-il qu'il dégèle comme les monstres d'os ? demanda Magnam en tripotant son marteau d'un air menaçant.

Cette idée fit frissonner Er'ril.

— Non, répondit-il sur un ton dur. Jamais. (Il jeta un coup d'œil au n'ain.) Prête-moi ton arme.

Magnam hésita, puis obtempéra.

Er'ril hissa le marteau au-dessus de son épaule et, les sourcils froncés, toisa la forme cristalline de son frère. Il se souvint de toutes les horreurs perpétrées en son nom.

— Si tu es comme De'nal, dit-il froidement, un esprit composé de cristal, alors tu peux m'entendre. Je ne nie pas qu'une partie de toi fut jadis mon frère. Mais une partie ne fait pas un tout. Là où De'nal n'était que lumière et pureté, tu es ténèbres et corruption. Et il y a déjà bien longtemps que j'ai juré de purger le monde de ton influence maléfique.

Avant que son chagrin puisse l'affaiblir davantage, il abattit le marteau à deux mains. Le cristal se brisa en un million de fragments qui rebondirent et s'éparpillèrent dans toutes les directions.

— Et je tiens toujours mes promesses.

Puis Er'ril lâcha le marteau et se détourna. Des larmes lui montèrent aux yeux. Il les essuya d'un geste brusque. Pourquoi pleurerait-il sur ce démon ?

Comme si elle avait lu dans son cœur, Elena répondit :

— Bien que maléfique, il était tout ce qui restait de ton frère en ce monde. Tu as le droit de le pleurer.

Er'ril secoua la tête et se racla la gorge. Il laissa le métal de ses origines standi le durcir.

— Je pleurerai mon frère quand tout sera terminé. (Il pivota vers le métamorphe.) Explique-moi ce qui s'est passé.

Mogweed leva les yeux vers l'homme des plaines. Comme il aurait voulu détaler, fuir loin de sa disgrâce ! Mais il ne pouvait pas. Ces yeux couleur de tempête le clouaient à terre. Il était trop choqué pour répondre, pour inventer un mensonge intelligent.

Raconte-leur, semblait hurler Fardale en lui.

Tol'chuk s'avança à son tour et posa sa main sur l'épaule du si'lura.

— Fardale, comment nous as-tu sauvés ?

Mogweed sursauta et écarquilla les yeux. *Fardale ?* Il réprima un éclat de rire. Bien sûr – ils le prenaient tous pour son frère. Cette pensée l'aida à se ressaisir.

— Je… Fardale… Je n'ai rien fait. (De nouveau, les mensonges coulaient librement de sa langue qui se réchauffait.) Ça doit être le lac d'argent. Sa surface a craqué sous le mage, et… il s'est transformé.

Mogweed prenait bien garde à ne pas regarder Épine. Il savait qu'elle sentirait sa duplicité.

En lui, il perçut l'indignation de son frère. Il ne savait pas combien de temps son subterfuge tiendrait – avec un peu de chance, assez pour lui permettre de s'échapper avant que ses compagnons comprennent qu'il les avait trahis.

Harlequin Quail désigna le plafond.

— Que ce soit la chance ou le destin, le temps presse. La lune est levée. Elle ne tardera plus à attendre le trou.

Mogweed se tordit le cou. À travers un petit trou dans le plafond rocheux, il aperçut un ciel violet pâle. Un bout de la lune était visible sur un côté.

— Le maléfice que préparait Shorkan a peut-être péri avec lui, suggéra Magnam en bandant son épaule blessée.

Elena sortit son épée du fourreau.

— Je n'y croirais que lorsque le portail du Weir aura été détruit.

Mogweed continua à fixer le trou à leur aplomb. À en juger par la couleur du ciel, le soleil était tout près de se coucher. Lorsqu'il aurait disparu à l'horizon, Fardale serait prisonnier jusqu'au matin. Mogweed aurait le temps de planifier une stratégie, et peut-être de s'échapper. Il se penchait pour ramasser sa cape quand une secousse parcourut sa main.

Non !

Son bras se leva, et son poing se serra tout seul.

Non, pas tout seul !

Fardale savait. Comme lui, il avait découvert que les murs de sa prison ne le retenaient plus.

Mogweed serra les dents. *Je ne renoncerai pas, mon frère.* Toujours penché, dissimulant sa lutte intérieure aux autres, il déplia lentement les doigts. *Le coucher du soleil est si proche... Je dois juste tenir un petit moment.*

Il voulut se redresser, mais son corps refusa de lui obéir. Deux volontés se battaient pour le contrôler, et aucune des deux ne pouvait l'emporter sur l'autre. *Je ne renoncerai pas !*

— Fardale, qu'est-ce qui ne va pas ? demanda Elena derrière lui.

Elle avait dû remarquer qu'il tremblait. Mais Mogweed n'osait pas relâcher ses efforts, fût-ce pour lui répondre. Le soleil se coucherait d'un instant à l'autre. Il le sentait presque s'abîmer à l'horizon.

— Fardale ?

Il entendit Elena se rapprocher, mais il devait tenir. Le moindre fléchissement de sa volonté risquait...

Soudain, le corps de Mogweed s'arracha à son immobilité. Emporté par son élan, le si'lura fit un bond en arrière. Un cri de joie lui monta aux lèvres. *Libre !*

Puis il sentit une lance de feu le transpercer. Alors seulement, il entendit une voix hurler :

— Fardale, non !

Il baissa les yeux. La pointe d'une épée dépassait de sa poitrine – écarlate. Son sang se mit à dégouliner. Il tomba à genoux.

— Il a sauté en arrière, bredouilla Elena, consternée. Je n'ai pas pu écarter ma lame à temps !

Mogweed tenta de tousser pour alléger la pression sur sa poitrine. Des arceaux d'acier invisibles lui comprimaient douloureusement les côtes.

Soudain, Épine apparut devant lui.

— Fardale, non...

Mogweed parvint à secouer la tête. Il croisa le regard de la compagne de son frère. *Ce n'est pas Fardale. Le soleil s'est couché.* À présent, il comprenait pourquoi il avait été libéré si brusquement, pris par surprise et déséquilibré.

— Oh, Mogweed... (Épine jeta un coup d'œil aux autres.) C'est de nouveau Mogweed.

Elle reporta son attention sur le si'lura et lui prit la main. Des larmes lui montèrent aux autres – elle savait que les deux frères allaient succomber à cet unique coup d'épée.

Mogweed se sentait déjà partir.

Épine dut le sentir aussi. Elle se mit à parler plus vite.

— Dis-lui, dis-lui…

Ses yeux d'ambre brillaient.

Mogweed aurait pu se détourner, mais il ne le fit pas. Fardale était toujours en lui. Et ça n'avait plus d'importance. Qu'il entende les derniers mots d'amour de sa compagne. Mogweed garda son regard planté dans celui d'Épine, recevant tout ce qu'elle voulait envoyer à son jumeau tandis que sa respiration devenait laborieuse.

Quelqu'un le prit par les épaules et l'aida à s'asseoir.

Mogweed se laissa traverser par tout l'amour qui unissait Fardale et Épine. Des images se succédèrent très vite en lui, des odeurs, des souvenirs, des murmures d'absolution. C'était une lumière presque aveuglante. Mais même cette radiance finit par s'estomper comme la vision du métamorphe s'assombrissait et son corps refroidissait.

La ligne entre les deux frères se brouilla de nouveau. Mais, cette fois, il n'y eut pas de lutte. Mogweed fit face à Fardale – des jumeaux, nus l'un devant l'autre.

Je suis désolé, mon frère. Difficile de dire lequel des deux avait pensé ces mots.

Puis les ténèbres s'abattirent sur eux deux… et les engloutirent.

Sanglotant, Elena se laissa tomber à genoux sur le lac d'argent et se couvrit le visage de ses mains.

— Pourquoi ? Après tout ce qu'ils ont enduré…

Er'ril déposa le corps de Mogweed sur le sol. Coupombre était toujours plantée à travers sa poitrine. Son sang formait une mare qui s'élargissait sous lui. L'homme des plaines se tourna vers Elena et la prit dans ses bras.

— Pourquoi ? gémit-elle.

— Je ne sais pas. Mais je ne crois pas que ç'ait été un simple hasard malencontreux. Coupombre est une épée de sang. Ces armes sont réputées pour blesser trop souvent et trop facilement. Leur acier corrompu a toujours soif de sang et de mort.

Les paroles d'Er'ril ne réconfortèrent que maigrement Elena. C'était sa main qui avait tenu l'épée. Elle avait détourné son attention une fraction de seconde… Et c'était à cet instant précis que Mogweed avait bondi en arrière comme s'il voulait s'embrocher sur sa lame.

Prostrée de l'autre côté du métamorphe inerte, Épine pleurait à chaudes larmes.

Harlequin, qui se tenait à quelques pas de là, prit la parole.

— La lune est presque à l'aplomb du trou. Si nous voulons détruire le portail, nous devons faire vite.

Er'ril aida Elena à se relever.

— Je m'occupe de l'épée.

La jeune femme se dégagea en se séchant les yeux.

— Non, je vais le faire.

Elle déglutit péniblement et s'approcha du corps. Le pommeau sculpté d'une rose dégoulinait du sang du métamorphe. Épine se détourna, incapable de regarder. Elena referma sa main sur la poignée, et l'épée se retira aussi facilement qu'elle avait pénétré dans la chair de son ami pour le tuer.

Alors, le corps fondit comme si seule la présence de la lame en lui avait assuré son intégrité. Il parut se dissoudre en un flot couleur de rouille qui se répandit sur le sol argenté, se séparant en deux pour contourner les genoux d'Épine. Horrifiée, celle-ci recula.

Les deux flots se ramassèrent sur eux-mêmes et enflèrent pour former deux silhouettes distinctes recroquevillées en position fœtale. Ces silhouettes se précisèrent, devenant peu à peu reconnaissables : un homme chétif et un loup noir.

— Mogweed et Fardale. Ils sont enfin libres, dit Er'ril.

Tol'chuk secoua tristement la tête.

Épine se traîna jusqu'à son compagnon et tendit une main vers son visage. À son contact, le loup prit une grande inspiration et sursauta, comme si elle venait de le déranger en plein sommeil. Tout le monde eut un mouvement de recul – même Épine.

Le loup se redressa en vacillant.

— F-Fardale ? balbutia Épine.

Il leva la tête. Ses yeux ambrés brillèrent en réponse à la question de sa compagne. Celle-ci écarquilla les yeux. Puis elle laissa échapper un sanglot de joie et jeta ses bras autour du cou de l'animal.

— Je suppose que c'est un oui, commenta placidement Harlequin.

Sur le côté, Mogweed se redressa en se frottant les yeux.

— Qu-que s'est-il passé ?

— Tu es vivant ! s'exclamant Tol'chuk en le soulevant pour le mettre debout.

Mogweed baissa les yeux pour s'examiner. Visiblement, il était aussi surpris qu'eux tous. Il passa une main sur sa poitrine nue.

— Je suis guéri. Comment… ?

Er'ril désigna l'épée que tenait Elena.

—Coupombre a été conçue pour briser les sorts. J'imagine qu'en vous transperçant, elle a dissipé la malédiction qui vous enchaînait l'un à l'autre.

—La Racine Spirituelle a dit que nous devions prendre l'épée et partir à votre recherche, se souvint Épine.

Mogweed jeta un coup d'œil à son frère.

—Alors, l'épée était la clé depuis le début? Nous aurions pu être libres depuis belle lurette!

Elena regarda le nexus autour d'elle. Elle se souvint des gobelins des roches.

—À mon avis, ce miracle ne pouvait se produire qu'ici. Vous deviez mourir, mais de sorte que vos esprits ne puissent pas passer immédiatement dans l'au-delà. La confluence vous a gardés en sécurité jusqu'à ce que vous soyez séparés.

—Dans tous les cas, dit Mogweed en fixant son frère, nous sommes redevenus loup et homme. (Il leva un bras, et de la fourrure jaillit de sa chair nue.) En pleine possession de notre don de métamorphose.

Fardale se changea de nouveau en créature à demi humaine pour pouvoir serrer Épine dans ses bras. Puis il fit face à son jumeau.

—Mogweed...

Mogweed poussa un gros soupir et baissa la tête.

—Je sais, marmonna-t-il.

Fardale s'approcha de lui et l'étreignit.

—Tu nous as libérés.

Elena remarqua l'expression choquée de Mogweed.

Fardale se redressa, une main toujours posée sur l'épaule du petit homme.

—Merci, mon frère.

Le choc persista sur le visage de Mogweed. Elena sourit. À toujours vivre dans l'ombre de son frère, le petit homme avait dû recevoir peu de félicitations dans sa vie.

—La lune, leur rappela Harlequin Quail.

Elena se tourna vers le portail de la wyverne. L'oiseau noir était assis sur ses serres d'éb'ène, ses yeux de rubis fixes encadrés par sa collerette de plumes, ses ailes étendues comme s'il s'apprêtait à bondir dans les airs.

C'était le dernier obstacle.

Er'ril posa une main sur l'épaule d'Elena.

—Si l'épée a pu briser la malédiction qui pesait sur les jumeaux, j'imagine qu'elle parviendra également à briser le portail.

La jeune femme acquiesça. S'ils réussissaient, Chi serait libre, et le Seigneur Noir privé de sa source de magie ténébreuse. Elle s'autorisa un instant d'espoir – une étrange sensation après tous ces hivers passés à désespérer.

—Allons-y.

Même si elle brisait la lame dans sa tentative, elle ne pleurerait pas sur sa perte. Elle se souvenait de la facilité avec laquelle Coupombre s'était enfoncée dans le dos de Mogweed. Après cette nuit, elle en aurait fini avec l'épée de sang.

Ensemble, Er'ril et elle s'approchèrent prudemment de la statue. Mais celle-ci resta de pierre. Elena glissa une main, puis l'autre, le long du tranchant affûté de Coupombre. Son sang coula librement.

Elle jeta un coup d'œil à leurs compagnons par-dessus son épaule. Puis, les lèvres pincées, elle reporta son attention sur le portail. À l'aplomb de la statue, la lune était presque entièrement visible dans le trou. Il n'y avait pas un instant à perdre.

Elena saisit la poignée de Coupombre de ses deux mains ensanglantées. Aussitôt, elle sentit la connexion habituelle avec l'acier, la poussée d'assurance, la compréhension aiguë de la magie.

—Quand tu veux, dit Er'ril.

Elena sourit et plongea l'épée dans la poitrine sculptée de l'oiseau.

Ses bras étaient prêts à absorber l'impact au cas où la lame buterait ou se briserait sur la pierre. Mais Coupombre s'enfonça dans l'éb'ène comme si celle-ci n'était que fumée.

L'effet fut immédiat. L'oiseau se réveilla en hurlant. Il rejeta la tête en arrière et battit furieusement des ailes.

—Elena, la prévint Er'ril.

La jeune femme enfonça son épée jusqu'à la garde.

Liée à Coupombre, elle perçut le Weir derrière le portail, cette immensité de chaos et de folie. Mais elle s'accrocha à son arme. À travers leur connexion, elle sentit la substance élémentale de l'épée saigner dans le Weir tandis que ce puits sans fond aspirait sa magie.

Coupombre n'était plus ; pourtant, Elena continuait à presser sa garde contre la poitrine de l'oiseau de pierre. Cette arme n'était pas seulement de l'acier : c'était aussi son propre sang, un flux riche de magie – mais pas de magie élémentale. Le Weir ne voulait pas l'énergie de la sor'cière. Celle-ci lui venait de Cho, alors que le Weir était l'émanation de Chi. Les deux magies jumelles et opposées se combattaient de façon explosive.

Elena tint bon. L'acier élémental avait transpercé l'éb'ène, permettant à son sang d'accéder au Weir. La jeune femme sentait s'accumuler des forces contraires dans la poitrine de l'oiseau. C'était cette lutte féroce qui torturait la wyverne. Celle-ci continuait à hurler et à battre des ailes, mais elle ne pouvait pas prendre son envol. Elle devait attendre la lune en restant liée au nexus. Néanmoins, elle tentait de se dégager, soulevant Elena de terre.

— Elena ! glapit Er'ril.

Du coin de l'œil, la jeune femme le vit se faire renverser par une aile de pierre et glisser sur le sol argenté.

Mais elle continua à s'accrocher des deux mains, suspendue à la poignée ornée d'une rose. Elle ne faillirait pas. Et comme elle projetait toujours plus de sang dans le Weir, l'oiseau commença à se tordre dans les affres de l'agonie. Elena leva la tête vers ses yeux de rubis désormais flamboyants. Le bec crochu s'inclina vers elle, prêt à la déchiqueter.

Heureusement, Tol'chuk était là. Faisant rouler les muscles de ses épaules massives, l'og're abattit son énorme marteau sur le côté de la tête de la wyverne. Il y eut un bruit mat. L'éb'ène – un minéral d'une dureté incroyable – demeura intacte, mais le coup dévia le bec de l'oiseau.

— Vite, Elena, la pressa Harlequin. La lune arrive !

Tandis que ses compagnons la protégeaient, Elena continua à déverser sa magie et son sang dans la wyverne. Au cœur de la statue animée, la pression des forces crût jusqu'à un niveau insoutenable. Elena resta concentrée et força ses doigts à ne pas lâcher prise. Mais l'hémorragie commençait à l'affaiblir, et ses mains écarlates un peu plus tôt avaient viré au rose pâle. Elle ne tiendrait pas beaucoup plus longtemps.

La wyverne se débattit de plus belle. Ce fut au tour de Tol'chuk d'être écarté comme une mouche importune par la queue d'un cheval. Se retrouvant sans protection, Elena comprit qu'un seul choix s'offrait encore à elle. D'une dernière poussée, elle projeta les vestiges de sa magie au cœur de la pierre, donnant tout ce qu'elle avait.

Le cou tendu vers le plafond, l'oiseau poussa un gémissement aigu. Elena vit que la pleine lune s'encadrait parfaitement dans le trou. Était-il trop tard ? Une lumière argentée baignait les occupants de la caverne.

Les doigts d'Elena commencèrent à glisser. La jeune femme propulsa encore une giclée de sang à l'intérieur du monstre avant de lâcher prise. Mais à l'instant où ses mains s'ouvraient, elle sentit les forces cataclysmiques qui se livraient bataille au cœur de l'éb'ène franchir un seuil. Elle comprit que les deux énergies opposées – celle de Cho et celle de Chi – ne pouvaient être contenues plus longtemps dans ce calice.

— Reculez ! cria-t-elle d'une voix rauque, épuisée.

L'explosion la fit voler en arrière. Ses compagnons furent soufflés eux aussi et projetés dans toutes les directions. Elena sentit des éclats de pierre lui cingler le corps ainsi que de la grêle pendant une tempête. Elle retomba parmi les ossements des gobelins et roula sur elle-même.

Puis le calme revint.

Elena se redressa à quatre pattes, sonnée et ensanglantée. Ses mains étaient pâles et blanches ; sa magie avait disparu. Elle devrait régénérer dans le faisceau de clair de lune qui tombait du plafond.

Mais avant qu'elle puisse se relever, Méric et Nee'lahn déboulèrent dans la caverne depuis le tunnel. L'el'phe avait les mains levées ; des vents hurlants se déversaient de ses paumes et soulevaient les petits os à ses pieds. Puis, s'accrochant à la pierre avec leurs griffes, des skal'tum émergèrent du tunnel et se lancèrent à l'assaut des murs tels d'énormes cafards.

Nee'lahn pivota vers leurs compagnons. Ses yeux s'écarquillèrent d'horreur.

Er'ril suivit la direction de son regard. Les autres se redressaient tant bien que mal, saignant par une multitude de petites coupures. Les fragments de pierre étaient retombés en formant un motif circulaire centré sur l'ancien emplacement de la statue. De la wyverne, il ne restait qu'un nuage de poussière d'éb'ène qui scintillait au clair de lune. Même le sol argenté avait été endommagé par l'explosion.

Le dernier portail du Weir était détruit !

Puis les os de gobelins s'agitèrent autour d'Elena. Ils commencèrent à vibrer et à cliqueter. Glissant les uns vers les autres, ils se rassemblèrent rapidement. Elena se releva et battit en retraite tandis que Méric et Nee'lahn couraient à travers les ossements animés pour la rejoindre.

— Ils étaient trop nombreux, hoqueta la nyphai. Jaston... (Elle secoua la tête dans un sanglot.) Il s'est sacrifié pour nous laisser le temps de nous échapper.

Le cœur d'Elena saignait pour le maraîchin, mais son attention restait concentrée sur la situation présente. L'armée morte-vivante se réveillait une nouvelle fois. Les skal'tum continuaient à attaquer. Pourquoi ? Le portail du Weir n'était plus...

Er'ril accourut vers elle. Il saignait abondamment par une plaie sur son front.

— Il faut filer d'ici. Il y a des tunnels de l'autre côté. Nous y serons toujours plus à l'abri que dans cette caverne.

Derrière eux, les skal'tum se mirent à hurler. Le nuage de poussière bloquait la vue d'Elena, mais celle-ci se souvenait parfaitement des entrées de tunnels.

— Je dois régénérer, dit-elle en désignant le faisceau de clair de lune.

Mais comme elle s'avançait, quelque chose remua à l'intérieur du nuage de poussière. Les skal'tum glapirent de plus belle, et les ossements de gobelins cliquetèrent furieusement derrière Elena. Celle-ci se figea, le regard braqué droit devant elle. Er'ril s'en aperçut et pivota vers la partie abîmée du plancher.

Baignée par le clair de lune, une silhouette se dressa au milieu des débris. Ses bras se tendirent ; ses jambes se déplièrent. Une créature était née du cœur du portail du Weir.

Les compagnons se regroupèrent tandis que les sakl'tum observaient une distance prudente.

Au centre de la caverne se tenait une énorme silhouette noire, visiblement taillée dans de l'éb'ène. Mais ses yeux étaient deux puits flamboyants.

Elena connaissait ce type de créature. Elle avait été pourchassée à travers les marécages par un malegarde, un esprit enchâssé dans une armure d'éb'ène fondue. Toutefois, celui-ci arborait des traits familiers. Il était le reflet ténébreux de Tol'chuk.

Personne ne dit rien. Tous savaient à qui ils avaient affaire : Ly'chuk, le Parjure, la Bête Noire du Gul'gotha.

Ses paroles firent trembler la caverne.

— Je suis ressuscité.

27

Tyrus rallia ses hommes, luttant pour se faire entendre par-dessus le rugissement du dragon, les hurlements des mourants et le crépitement des flammes issues de la fosse.

Un grondement ramena l'attention du prince vers l'arche de la salle volcanique. Ragnar'k reprenait de l'altitude après sa dernière attaque. Dans sa gueule, il tenait un cheval des collines. D'un coup de tête, il projeta sa carcasse sanglante sur une phalange d'archers n'ains. Ceux-ci avaient tenté de le blesser avec leurs flèches, mais les projectiles lui passaient au travers sans lui faire le moindre mal. Comme pouvait-on tuer une créature de fumée ?

Tyrus avait déjà essayé sa magie pétrificatrice, sans résultat. Il n'avait réussi qu'à récolter une entaille dans le dos alors qu'il plongeait pour éviter une patte menaçante. Même si le dragon n'était que fumée, ses crocs et ses griffes possédaient assez de substance pour déchiqueter la chair de ses adversaires. Ça n'avait pas de sens.

Tyrus fit pivoter sa monture parmi ses hommes. Fletch était monté devant Hurl après avoir failli suivre sa jument dans la gueule du dragon. Il n'avait dû sa survie qu'à un plongeon sur le côté à la dernière seconde.

— Et maintenant ? s'enquit Blyth.

— Il recommence, marmonna Brindille de l'autre côté de Tyrus.

Le colosse tendit une de ses massues.

Au-dessus de leur tête, le dragon de fumée s'éleva vers le plafond et finit par disparaître dans l'ombre de celui-ci. C'était sa tactique habituelle : il se cachait dans le noir, puis en resurgissait pour mutiler et tuer.

— Guettez ses yeux ! rugit Wennar à quelque distance de là.

C'était le seul signe qu'une nouvelle attaque se préparait. Les yeux du dragon brûlaient d'un feu écarlate qui trouait les ténèbres. Telle avait été la dernière vision de beaucoup de guerriers n'ains avant qu'ils connussent une mort sanglante. Jusque-là, les cavaliers s'en tiraient mieux ; ils parvenaient à échapper au dragon à condition d'être assez vifs.

— La seule solution, c'est la retraite, décréta Blyth. Nous ne pouvons pas gagner.

Tyrus garda le silence. Gagner n'était pas le but ; ils devaient harceler le Seigneur Noir et ses forces. Leur sang ne servait qu'à acheter du temps.

— Ramène Brindille et les autres jusqu'à la Route Noire.

— Et les n'ains ?

— Restez dos au feu ! hurla Wennar. Servez-vous de sa lumière !

— Je crois qu'il a l'intention de rester.

— Et vous ? demanda Hurl derrière Fletch.

Tyrus posa son épée en travers de ses cuisses.

— C'est du suicide, capitaine, le pressa Blyth.

Tyrus soupira.

— Tout le monde doit mourir un jour.

Son premier maître le fixa en fronçant les sourcils.

— Ça, c'est parler en vrai pirate, monsieur. Mais même un pirate se rend compte quand les probabilités sont contre lui et qu'il vaut mieux mettre le cap vers des eaux plus calmes.

Tyrus dévisagea son ami. Il ouvrait la bouche pour protester quand Blyth écarquilla les yeux. Dans les prunelles paniquées du premier maître se reflétaient deux charbons ardents.

Tyrus bondit hors de sa selle en même temps que Blyth.

— À terre ! s'égosilla-t-il.

Il heurta le sol de pierre et roula sous sa propre monture. De l'autre côté des sabots de sa jument, il aperçut les jambes de Brindille. Soudain, les bottes du colosse décollèrent du sol et disparurent vers le haut, laissant derrière elles un rugissement outré.

Tyrus rampa hors de sa cachette et s'accroupit, l'épée à la main. Il repéra Brindille qui se débattait dans les airs, son épaule prise dans une des griffes du dragon. Mugissant sa joie, Ragnar'k remonta vers le plafond de la caverne en décrivant une longue courbe.

Brindille tenait encore une de ses massues, avec laquelle il s'acharna sur la patte de son ravisseur. Mais le ferréol se contentait de passer au travers de la fumée. Le dragon ne pouvait pas être touché.

À travers la caverne, les archers à genoux se tenaient prêts, mais aucun d'eux n'osait tirer de peur de blesser le colosse.

Sans cesser de mugir, Ragnar'k amena sa proie qui se débattait à l'aplomb de la fosse. Puis ses griffes lâchèrent Brindille. Le malheureux tomba en agitant les bras, un cri sur les lèvres.

Tyrus ne put que le regarder dégringoler, horrifié. La vibration d'une corde d'arc résonna non loin de son oreille. Jetant un coup d'œil dans sa direction, il vit Fletch encocher une deuxième flèche.

Il reporta son attention sur la scène atroce qui se jouait devant lui. Comme toujours avec Fletch, un deuxième trait ne serait pas nécessaire. Le premier s'était planté dans l'œil de Brindille, le tuant instantanément. Le colosse était déjà mort quand son corps inerte s'abîma dans le feu.

Tyrus serra le poing, et ses doigts noircirent.

— En selle, ordonna-t-il à ses hommes. Je veux que vous fichiez le camp d'ici. Tout de suite !

Blyth remonta sur le dos de sa jument et y resta assis sans broncher.

— Nous sommes des pirates, capitaine. Depuis quand suivons-nous docilement les ordres ?

Hurla tendit une main à Fletch pour le hisser de nouveau devant lui.

— Il a raison, monsieur. Nous ferions de bien piètres pirates si nous obéissions systématiquement à notre capitaine.

Tyrus les balaya du regard.

— Vous l'avez dit vous-même : restez ici, c'est la mort assurée.

Blyth haussa les épaules.

— La vie n'est trop courte que si on ne l'a pas vécue.

Secouant la tête, Tyrus saisit le pommeau de sa selle et se propulsa sur le dos de sa monture.

— Et la Mère sait que nous avons vécu, grommela-t-il.

— Pour sûr, capitaine.

— Alors, allons chasser du dragon !

Sy-wen s'accrochait à Kast, pas juste avec ses doigts mais avec tout son être. Elle se concentrait sur l'homme qu'elle aimait tandis qu'ils filaient le long du corridor de verre. Chaque fois que son attention flanchait, les sensations et les appétits de Ragnar'k grandissaient en elle.

Elle avait vécu la mort des premières victimes du dragon. Le goût du sang avait rempli sa bouche ; une joie sauvage avait coulé dans ses veines, et des hurlements d'agonie s'étaient répercutés dans sa tête. Ces pensées et ces sensations menaçaient de la rendre folle, mais la présence de Kast était pareille à une ancre au milieu du tumulte.

— *Tiens bon*, l'exhorta-t-il. *Nous ne sommes plus très loin.*

Sy-wen ferma les yeux, s'abîmant dans les perceptions plus simples et plus saines du dragon qu'elle montait. Le murmure du vent, la flexion des ailes, la douce fatigue des muscles, les battements réguliers d'un énorme cœur. Elle s'abrita en eux.

Mais comme le tonnerre à l'horizon, les cris des adversaires de Ragnar'k l'atteignaient toujours à travers son lien avec l'autre dragon. Sy-wen voulait se plaquer les mains sur les oreilles, se barricader contre ces horreurs, mais elle avait besoin de se tenir au cou de Kast tandis que celui-ci plongeait sous des passerelles, contournait des colonnes et survolait des jardins de statues.

Comme elle se recroquevillait sur le dos de sa monture, les hurlements enflèrent. Et au bout de quelques instants, Sy-wen se rendit compte que ce n'étaient pas des perceptions partagées, mais des bruits qu'elle entendait avec ses propres oreilles.

— *Nous approchons de la chambre centrale*, l'informa Kast.

— *Tu sais quoi faire ?* demanda Sy-wen.

— *Je serai prêt. Et toi ?*

Elle perçut l'inquiétude de son bien-aimé et prit une grande inspiration tremblante. Son rôle ne serait pas plus facile à jouer que celui de Kast. Se redressant sur le dos de sa monture, elle s'ouvrit à Ragnar'k.

— *Mon Lié*, appela-t-elle mentalement. *Je suis venue te rejoindre.*

Comme elle se concentrait dessus, la connexion entre dragon et cavalière se raviva instantanément.

— *Ma Liée !* s'exclama Ragnar'k.

Les sensations brutes de l'autre dragon envahirent Sy-wen.

Les doigts de la mer'ai se crispèrent. Elle ravala un hoquet horrifié. Si elle n'avait pas été récemment possédée par un simaltra, le mal à l'état pur qui émanait des pensées de Ragnar'k l'aurait submergée. Mais elle avait déjà eu affaire à de telles ténèbres. Cette fois, elle ne les laisserait pas prendre possession d'elle.

— *Viens faire couler le sang avec moi !*

Sy-wen aperçut l'extrémité du tunnel. Kast et elle avaient presque atteint la chambre. Se frayant un chemin à travers la folie qui l'habitait, elle s'adressa à Ragnar'k :

— *Je suis déjà avec toi.*

La jubilation du dragon résonna en elle – comme la mer'ai s'y attendait. Malgré sa corruption, Ragnar'k était toujours lié à elle par quelque chose de plus ancien que n'importe quelle magie. Il ne pouvait pas se refuser à elle.

Kast jaillit dans une immense caverne. Une forêt de torches piquetait le sol. Depuis son perchoir, Sy-wen vit que les flambeaux dessinaient un motif, un tourbillon centré sur une énorme fosse à feu qui devait marquer le centre de la chambre.

— Là, chuchota-t-elle à Kast. Vise le brasier du milieu. C'est là que j'ai vu Tyrus pour la dernière fois.

— *Le prince est toujours vivant?*

— Oui. Ragnar'k semble faire une fixation sur lui. Il doit sentir la magie que Tyrus irradie.

— *Alors, il faut nous dépêcher.* (Kast survola les torches à bonne altitude.) *Où est Ragnar'k?*

Sy-wen fronça les sourcils, hésitante. Elle savait que le dragon se trouvait quelque part là-dedans, mais sa présence semblait remplir toute la caverne. Difficile de le situer précisément – et dans la pénombre, la fumée qui le composait était impossible à distinguer.

Tandis qu'elle le cherchait du regard, Sy-wen avisa les restes de l'armée n'aine près de la fosse. Des hommes à cheval caracolaient parmi les soldats – Tyrus et les autres pirates.

Sy-wen n'eut pas besoin de les désigner à Kast : il avait une meilleure vue qu'elle.

— Guette Ragnar'k.

Puis ce fut comme si un nuage passait sous eux, obscurcissant leur vision de la caverne en contrebas. Des cris et des rugissements s'élevèrent tandis que les n'ains s'éparpillaient.

— *Ragnar'k*, devina Kast.

— Approche-toi de lui, chuchota Sy-wen.

Un frisson la parcourut. Ils pouvaient tout perdre dans cette tentative.

Sa connexion avec Ragnar'k flamboya.

— *Une offrande*, se réjouit le dragon. *De la viande encore chaude sur ses os!*

Il attaqua de nouveau pour montrer de quelles prouesses il était capable. Sur ce point, il restait le Ragnar'k que Sy-wen connaissait : arrogant et vantard. Mais la jeune fille ne pouvait pas le laisser faire. Elle n'était pas certaine de garder toute sa raison si Ragnar'k perpétrait un carnage juste sous son nez.

Kast perçut sa fébrilité. Repliant ses ailes, il piqua vers le nuage brumeux. Sy-wen se plaqua sur son cou. Le corps de son bien-aimé était pareil à un foyer fumant après leur long vol à travers les entrailles de la montagne.

Ils plongèrent ensemble, se laissant tomber depuis le plafond tel un rocher. Le nuage brumeux grandit sous eux. Sy-wen perçut le sursaut étonné de Ragnar'k. Trop concentré sur ses proies, celui-ci n'avait pas imaginé que Kast et sa Liée se trouvaient si près de lui.

Puis ils crevèrent le nuage. Sy-wen sentit un picotement sur sa peau.

— *Attrape-nous, mon Lié!*

Kast et elle jaillirent du linceul de fumée et retrouvèrent l'air libre.

Les n'ains s'enfuirent sur leur passage. Quelques-uns décochèrent même des flèches dans leur direction. Puis Sy-wen entendit un rugissement familier.

— Archers, cessez le feu !

C'était la voix de Wennar.

Ils survolèrent les n'ains et arrivèrent à l'aplomb de la fosse rougeoyante. La chaleur les força à dévier leur trajectoire. Kast s'inclina sur une aile pour contourner le brasier.

Sy-wen vit que le nuage brumeux flottait dans leur sillage. Les dragons n'aimaient rien tant qu'une bonne poursuite – et malegarde ou pas, Ragnar'k restait un dragon avant tout. La mer'ai sentit son cœur se gonfler d'excitation.

Mais il existait une chose que les dragons préféraient encore à la chasse.

— *Ma liée !* gémit Ragnar'k.

Sy-wen comprit son désir. Une fois lié, un dragon ne se sentait jamais complet sans son cavalier sur le dos.

— *Prouve la valeur de ton sang, mon Lié,* lui répondit Sy-wen. *Rattrape-nous... Rejoins-nous. Laisse-moi te monter de nouveau !*

Déchaîné par la magie ténébreuse qui avait fait de lui un malegarde, Ragnar'k était une créature esclave de ses désirs. Il ne pouvait pas résister à une poursuite, et encore moins à l'envie d'être réuni avec sa cavalière.

— *Il arrive,* dit Kast.

— Tiens-toi prêt. Reste près du sol.

Sy-wen risqua un coup d'œil derrière elle. Le reflet fumeux d'un dragon les suivait, telle une monstrueuse ombre vivante aux yeux de flammes. À cette vision, le sang de la mer'ai se glaça.

— *Je viens te chercher,* promit Ragnar'k.

Sy-wen s'arracha à la contemplation du dragon et se plaqua de nouveau sur le cou de Kast.

— Maintenant, chuchota-t-elle, le nez enfoui dans les écailles de son bien-aimé. Maintenant.

Acquiesçant en silence, Kast ralentit et se laissa descendre. Il survola la forêt de torches, éteignant leur flamme avec le souffle de son passage, laissant derrière lui un sillage d'obscurité.

Puis les ténèbres rattrapèrent la mer'ai et sa monture, les enveloppant et s'insinuant en eux. Depuis le début de leur périple, Kast, Sy-wen et Ragnar'k formaient un triumvirat lié par la magie, l'amour et un serment très ancien. Comme l'ombre du dragon s'abattait sur le Sanguinaire et la mer'ai, ils redevinrent un.

Sy-wen lutta contre le contact intime de la créature pervertie. Kast ne fut pas épargné. La mer'ai, qui partageait ses perceptions, sentit Ragnar'k emplir le corps qu'il habitait autrefois et se fondre de nouveau avec le Sanguinaire.

Sous l'assaut, Kast vira en direction de la fosse à feu et des soldats menacés. À travers le tumulte de sa folie, un mot atteignit le cœur de Sy-wen.

— *Maintenant.*

La jeune fille n'osa pas hésiter de peur que Ragnar'k soupçonne quelque traîtrise. Elle s'arracha un gant avec les dents tandis que Kast orientait ses ailes de façon à ralentir et tendait les pattes en avant pour se poser. N'ains, hommes et chevaux s'égaillèrent devant lui.

Lorsqu'elle entendit ses griffes crisser sur la pierre, Sy-wen agrippa les écailles de sa monture. Au contact de ses doigts nus, le monde disparut dans un tourbillon de crocs, de griffes, d'ailes et d'écailles.

L'instant d'après, la mer'ai roulait sur le sol de pierre, enveloppée par les bras de l'homme qu'elle aimait. Lorsqu'ils s'immobilisèrent, Kast se retrouva au-dessus d'elle, les yeux plantés dans les siens. Ils étaient tous deux meurtris et contusionnés ; pourtant, le Sanguinaire se pencha et donna un baiser profond à la mer'ai.

Soulagée, Sy-wen fondit dans sa chaleur. Après les délires meurtriers de Ragnar'k, le silence revenu dans sa tête était pareil à un baume sur son cœur.

— Kast, chuchota-t-elle entre ses lèvres. Tu m'es revenu.

Le Sanguinaire réagit à ces mots avec fougue, se pressant impérieusement contre elle. Il prit sa main nue, entrelaça ses doigts aux siens et serra de plus en plus fort, jusqu'à ce que la passion se mue en douleur. Sa bouche étouffa le hoquet de Sy-wen. Puis des dents éraflèrent les lèvres de la jeune fille, faisant couler son sang.

— Kast ! s'exclama-t-elle.

Le Sanguinaire se redressa, la bouche maculée du sang de sa bien-aimée. Ses yeux s'ouvrirent, et des flammes écarlates dardèrent vers Sy-wen.

— Ma Liée, siffla-t-il. Tu m'appartiens !

Tyrus se précipita depuis l'autre bout de la caverne, faisant claquer ses rênes pour exhorter sa monture à accélérer. La petite jument des collines zigzaguait entre les flambeaux plantés dans le sol.

Quelques instants plus tôt, Tyrus avait vu les deux dragons – celui de fumée et celui de chair – fusionner, puis se transformer dans un tourbillon. Il avait aussitôt compris ce que la mer'ai essayait de faire : capturer l'esprit de l'énorme créature dans son corps d'origine, et l'emprisonner à l'intérieur de Kast grâce à sa magie.

Un hurlement féminin se répercuta à travers la caverne. Visiblement, tout ne s'était pas passé comme prévu.

Kast clouait Sy-wen au sol, mais la mer'ai parvint à dégager une de ses mains et à lui griffer la figure. Le Sanguinaire se contenta de s'esclaffer.

Tyrus talonna son cheval pour couvrir au plus vite les quelques centaines de pas qui le séparaient encore d'eux.

Mais il n'était pas le seul à avoir réagi. Depuis l'autre côté de la fosse, Blyth arrivait au grand galop. Et il était plus près. Se penchant hors de sa selle, il se précipita vers le couple qui luttait à terre. Sa main tendue empoigna la tresse de guerrier du Sanguinaire. Tyrus entendit son premier maître rugir :

— Lâche-la, salopard !

Kast fut arraché à la mer'ai et projeté sur le côté.

— Non ! hurla Sy-wen, plongeant pour maintenir le contact avec son partenaire.

Il y eut une explosion ténébreuse. La mer'ai fut soufflée en arrière ; même Blyth vida les étriers tandis que l'homme redevenait dragon.

La bête aux écailles de jais apparut accroupie, découpant sa silhouette noire contre la lueur rougeoyante de la fosse. Ses griffes argentées balafrèrent le sol vitreux. Étendant le cou vers le plafond, elle ouvrit la gueule et mugit sa rage.

Blyth battit précipitamment en retraite vers Sy-wen. Tous deux se trouvaient dans l'ombre du monstre. La jument du premier maître avait disparu.

Ragnar'k baissa la tête vers eux. Ses prunelles étaient aussi incendiaires que du magma.

Blyth dégaina son épée et se releva d'un bond, poussant Sy-wen derrière lui pour la protéger.

Imbécile ! jura Tyrus en son for intérieur. Le moment était très mal choisi pour se découvrir des élans chevaleresques. Le prince pirate talonna sa monture de plus belle, mais il était toujours trop loin.

Puis une phalange d'archers conduite par Wennar apparut sur la gauche. D'un même mouvement, les n'ains mirent un genou en terre et tirèrent. Leurs flèches décrivirent un arc meurtrier avant de s'abattre sur le dragon. La plupart rebondirent sur ses écailles, mais quelques-uns se plantèrent profondément dans sa chair. Tyrus vit vibrer les plumes de leur empennage.

Ragnar'k se redressa en sursaut et étendit les ailes en poussant un nouveau cri de rage.

Les archers n'ains tinrent leur position et encochèrent une seconde flèche.

— Feu ! s'égosilla Wennar.

Les traits volèrent – mais, cette fois, le dragon était prêt. Une de ses ailes se détendit, déviant les projectiles. Ceux-ci retombèrent telles de vulgaires brindilles.

Au bout de son long cou, la tête de Ragnar'k pivota de nouveau vers Blyth et Sy-wen. Le dragon rugit, révélant ses crocs acérés. Blyth carra les épaules.

Tyrus était presque sur eux ; il arrivait sur le flanc gauche du dragon – celui qui était blessé. Pour attirer l'attention de la créature, il glapit :

— Yahhhhh !

Une aile se détendit pour le jeter à bas de sa monture. Mais Tyrus n'était déjà plus là. Il avait bondi accroupi sur sa selle, puis s'était propulsé dans les airs par-dessus l'aile du dragon, les bras tendus devant lui. Il se concentra pour mobiliser ses dernières gouttes de pouvoir. Aussitôt, le bout de ses doigts vira au noir.

Un hurlement s'éleva sous la masse du dragon.

Puis Tyrus atterrit sur le dos de Ragnar'k. Enfonçant ses mains sous les écailles épaisses pour atteindre la chair vulnérable de la créature, il libéra sa magie. Il sentit les écailles se contracter, emprisonnant ses doigts.

Cela s'avéra une chance pour lui : comme sa chair se changeait en pierre, Ragnar'k se cabra violemment. Il tenta de désarçonner Tyrus, mais le prince pirate était soudé à lui. Ballotté en tous sens, il n'en continua pas à moins à déverser son pouvoir pétrificateur dans le corps du dragon. De nouveau, il sentit son cœur se vider et son esprit se désintéresser de sa mortalité.

Ses perceptions s'estompèrent. Il entendit un rugissement alarmé, et se rendit vaguement compte que les efforts du dragon faiblissaient – comme lui. Le granit se propageait le long des ailes, du cou et des pattes griffues de la créature. Une dernière poussée de la part de Tyrus, et Ragnar'k se retrouva entièrement changé en pierre.

Tout comme son cavalier soudé à lui pour l'éternité.

Tyrus avait conscience que son pouls d'ordinaire vigoureux et régulier ne ressemblait plus qu'au frémissement anarchique d'un sac rempli de serpents. Il s'autorisa à basculer dans les ténèbres. C'était fini.

Il se sentit quitter la pierre froide et glisser dans une bienveillante tiédeur. Puis une lumière enfla autour de lui, l'enveloppant, le berçant. Quelque chose effleura ses lèvres. Il mit un moment à comprendre qu'il s'agissait d'un baiser.

Alors, il comprit qui le tenait dans ses bras. Il n'avait goûté à cette bouche qu'une seule fois, mais cela suffisait. La joie fit fondre le granit de son cœur. Un nom se forma sur ses lèvres.

—*Mycelle...*

Il ne reçut pas de réponse. Il était encore trop loin, songea-t-il vaguement.

—*Mycelle, je viens te rejoindre.*

La tiédeur lui résistait, le repoussait.

—*Non, mon amour. Tu dois rester.*

Son cœur se brisa.

—*Je n'ai aucune raison de le faire. Tu as toujours été ma lumière.*

—*Et je le resterai. Mais ton heure n'est pas encore venue.*

—*Je le veux*, dit-il avec toute l'autorité qu'il put conjurer.

La tiédeur se fit sévère.

— *Tu veux mourir comme un pirate... mais ce que je te demande est beaucoup plus difficile.* (Il y eut un long silence.) *Au lieu de mourir comme un pirate, tu dois vivre comme un prince. On a besoin de toi. Vis comme un prince. Fais-le pour moi.*

Tyrus voulut protester, mais, tout au fond de lui, il savait qu'elle avait raison. Il s'accrocha à elle un moment encore, baigné par sa lumière, s'efforçant d'en capturer un peu dans son cœur. Enfin, il lâcha prise.

—*Promets-moi*, chuchota-t-il.

— *Tu sais que c'est déjà fait.*

Puis plus rien. Il était seul.

Recroquevillé sur la petite boule de lumière qu'il avait préservée, Tyrus fit fondre la pierre autour de son cœur. Le muscle contracté battit faiblement dans sa poitrine... une fois, deux fois, et encore, de plus en plus fort, égrenant les secondes jusqu'au moment de leurs retrouvailles.

Le granit redevint chair. Tyrus se sentit glisser le long du flanc du dragon pétrifié – mais, déjà, des bras le rattrapaient.

Sa vision se rétablit brusquement. Le monde s'était assombri depuis la dernière fois qu'il l'avait contemplé. Tyrus regarda autour de lui. Fletch et Hurl le tenaient debout. Derrière eux, les flammes de la fosse s'étaient éteintes.

—Le feu est mort en même temps que le dragon, expliqua Hurl, lisant la confusion sur les traits de son capitaine.

Tyrus inspira profondément et s'attela à chasser le granit qui subsistait encore dans les recoins de son être.

Le dragon oblitérait le monde sur un côté, sculpture granitique parfaite dans les moindres détails. Il était assis sur son séant, les ailes repliées, le cou incliné et le museau au ras du sol. Tyrus était assez près de lui pour sentir la chaleur qui en émanait. C'était comme se tenir à côté d'un énorme charbon ardent tout juste sorti du feu.

—Blyth..., commença Hurl, ramenant vers lui l'attention de son capitaine. Il...

L'homme du Nord secoua la tête.

Alors, Tyrus se souvint : le dragon, son premier maître, Sy-wen. La peur fit flageoler ses jambes. Il jeta un coup d'œil à Fletch, mais l'homme des steppes refusa de soutenir son regard.

— Conduisez-moi à lui, ordonna Tyrus.

Ensemble, ils contournèrent un groupe de n'ains qui contemplaient le dragon, bouche bée, et se dirigèrent vers l'endroit où Wennar était accroupi près de Blyth. Une mare de sang s'élargissait sous eux. Au bord de celle-ci, à genoux et le visage enfoui dans ses mains, Sy-wen sanglotait.

Tyrus pressa le pas, certain que Blyth était déjà mort. Mais il le trouva encore vivant. Wennar appuyait une épaisse compresse contre son épaule gauche. Alors seulement, Tyrus remarqua que le bras de son premier maître avait disparu.

— Le dragon le lui a arraché tout net, dit Wennar comme Tyrus se laissait tomber à genoux près de lui.

Blyth lutta pour parler et ne réussit qu'à cracher un jet de sang.

Tyrus lui prit la main.

— J'aurais dû être plus rapide, marmonna-t-il. Je suis désolé.

Blyth secoua la tête.

— Les pirates ont la vie courte. Plus courte que les princes.

Tyrus fronça les sourcils.

— Je ne suis pas un prince.

— Ne dites pas ça, s'emporta Blyth. (Pour sa peine, il fut récompensé par une affreuse quinte de toux. Il haleta et reprit son souffle.) J'ai toujours su que vous étiez un prince. Il est grand temps que vous l'acceptiez.

Tyrus ne sut que répondre.

— Ne me pleurez pas. (Les doigts du premier maître se crispèrent sur ceux de son capitaine tandis qu'une lance de douleur le transperçait. Il grimaça.) J'ai eu le droit de combattre au côté d'un prince… et de l'appeler mon ami.

Malgré la douleur, une fierté évidente transparaissait dans sa voix.

Tyrus sourit tristement.

— Qui a dit que tu étais mon ami ?

Blyth lui rendit son sourire – un sourire de pirate, mais aussi d'homme. Il pressa une dernière fois la main de Tyrus. Puis la lumière s'estompa dans ses yeux, et son sourire s'évanouit. Il n'était plus.

Au bout d'un long moment, Tyrus soupira et se leva.

— Repose en paix, mon ami.

Les paroles de Mycelle lui revinrent en mémoire. « Vis comme un prince. » Il se fit une promesse. Pour elle, pour Blyth, il essaierait de son mieux.

Sy-wen était toujours prostrée tandis que le sang du pirate rampait vers ses genoux. Elle avait vu Ragnar'k plonger, saisir Blyth dans sa gueule, le soulever et le jeter à terre avec force.

Mais, pire que tout, la jubilation sauvage du dragon l'avait envahie, et la mer'ai avait eu l'impression que c'était la sienne. Son cœur avait battu plus fort, gonflé par de répugnants appétits tandis que l'homme mutilé s'écrasait à ses pieds. Une offrande.

Sy-wen sanglota de plus belle. Ensuite, elle avait vu le dragon se changer en granit. Toujours liée à Ragnar'k, elle l'avait entendu chuter dans un puits sans fond, entraînant Kast avec lui dans sa tombe minérale.

À présent, elle se balançait sur ses talons, incapable de surmonter cette tragédie. Elle avait tout perdu.

Le seigneur Tyrus lui toucha l'épaule.

— Je suis désolé, Sy-wen, dit-il. Kast nous a sauvés. Le dragon aurait détruit tous ceux qui se dressaient contre lui.

Sy-wen acquiesça.

— Je sais.

Elle leva les yeux vers Ragnar'k, ne sachant si elle devait le pleurer ou le maudire. Son énorme museau reposait presque sur le sol, comme s'il était en train de se poser pour faire une sieste. Ses yeux la fixaient. Il n'y avait plus de flammes en eux, juste du granit. Sy-wen se rendait compte que son doux géant avait été utilisé, mais elle ne trouvait pas encore la force de lui pardonner. Son chagrin était trop vif.

À quelques pas d'elle, Wennar lança :

— Que pensez-vous de ceci ? (Le général n'ain se tenait au bord de la fosse.) Le feu s'est éteint. La pierre n'est même plus tiède.

Tyrus se redressa.

— Je pense que les flammes et le dragon de fumée étaient liés par quelque magie volcanique. (Il désigna l'énorme statue du menton et tendit sa paume vers elle.) Sens : il brûle toujours. Il a dû aspirer le feu en lui. Mais la chaleur s'estompe au fur et à mesure que le granit se fige.

Wennar détailla le dragon, puis fit signe à Tyrus et à Sy-wen d'approcher.

— Venez voir ça.

Tyrus voulut aider la mer'ai à se relever, mais celle-ci secoua la tête. Elle n'avait plus la force de s'intéresser à quoi que ce soit. Même si elle vivait toujours, son cœur s'était changé en pierre avec sa monture et l'homme qu'elle aimait.

— Laissez-moi, gémit-elle.

Tyrus la releva de force. Furieuse, Sy-wen dut se retenir de le frapper. Le prince pirate la força à se tourner vers lui.

— Tu es vivante, dit-il sévèrement. Kast et Ragnar'k se sont sacrifiés pour que tu en réchappes – pour que nous en réchappions tous. Tu dois continuer.

Un sanglot s'échappa de la poitrine de la mer'ai.

— Mais comment ? Comment peut-on surmonter ça ?

— On ne peut pas. Personne ne se remet d'un chagrin pareil. Pour l'instant, contente-toi de survivre. De mettre un pied devant l'autre.

Sy-wen voulut protester, mais Tyrus la prit par les épaules et l'entraîna vers la fosse. Ses jambes étaient plombées par la douleur. Elle se sentait vraiment de pierre.

Wennar la dévisagea avec inquiétude. La mer'ai se dégagea de l'étreinte de Tyrus. Elle était encore capable de tenir debout toute seule.

— Que voulais-tu nous montrer ? s'enquit Tyrus.

Wennar désigna la fosse.

— Si le feu et le dragon étaient liés, tous deux devaient avoir été placés ici pour une raison – comme une sentinelle devant une porte, en quelque sorte.

Sy-wen baissa les yeux vers le trou. Loin en contrebas, de la roche fondue rougeoyait.

— Vous voyez ces marches ? poursuivit Wennar, indiquant les parois de la fosse d'un large mouvement de sa hache.

Sy-wen regarda, et ses yeux s'écarquillèrent. Un escalier en colimaçon descendait dans les profondeurs de l'abîme.

— Si l'ennemi a posté un démon aussi féroce pour garder ce chemin, c'est sûrement parce qu'il conduit à quelque chose d'important, déclara Wennar.

Tyrus hocha la tête.

— Le cœur de la montagne, sans doute.

— L'antre du Seigneur Noir, peut-être, suggéra Wennar en agrippant sa hache à deux mains.

Le chagrin de Sy-wen se mua en une rage flamboyante. Sa main se porta à sa ceinture et aux étourdisseurs qui y étaient accrochés. Si elle devait vivre, telle serait sa raison de continuer : la vengeance.

— Il faut descendre, dit-elle à Tyrus et à Wennar.

Les deux hommes avaient le visage dur et les prunelles pareilles à des silex.

— Bien entendu, acquiesça Tyrus. Ouvrir ce chemin nous a coûté trop de sang. Faisons en sorte que le sacrifice de nos camarades n'ait pas été vain.

Wennar organisa rapidement ses forces, laissant une partie des soldats sur place pour s'occuper des blessés. Sy-wen rebroussa chemin vers le dragon qui était toujours accroupi, fumant dans l'air humide de la caverne. Tyrus la suivit de près. Elle sentit une vague culpabilité émaner de lui.

— Quand tout sera terminé, dit-il doucement, je pourrais essayer de libérer le dragon.

Sy-wen réfléchit longuement. Comme elle aurait voulu se raccrocher à cet espoir ! Mais elle avait vu la flamme briller dans leurs yeux. Ragnar'k était trop fort. Et même si Tyrus pouvait le retransformer en créature de chair, il resterait un malegarde. Le purger de sa corruption serait quasiment impossible. Combien d'autres gens périraient encore durant leur tentative ?

— Non, répondit-elle d'une voix brisée. Ragnar'k est sorti de la pierre ; qu'il retourne à son sommeil minéral. C'est là que se trouve sa place.

— Mais pas celle de Kast, fit remarquer Tyrus.

Sy-wen s'approcha du museau du dragon. Elle tendit une main. Son bien-aimé était-il là-dedans ? La sentait-il ?

La chaleur du granit s'estompait rapidement. Sy-wen toucha la joue écailleuse du dragon. Celle-ci restait tiède, comme s'il était toujours vivant. Lorsque la mer'ai retira sa main, une vive douleur embrasa ses doigts. Surprise, elle bondit en arrière.

— Qu'y a-t-il ? s'enquit Tyrus.

Sy-wen se pencha prudemment pour examiner le dragon. De ses larges narines s'échappaient deux filets de fumée, difficiles à distinguer contre le noir du granit. La mer'ai s'était accidentellement brûlée. Elle secoua la tête et se redressa.

— Ce ne sont que les dernières traces de chaleur volcanique qui s'évaporent.

Tyrus opina.

— Préparons-nous pour la descente.

Sy-wen se détourna en agitant ses doigts. Elle s'était brûlé la même main en plongeant la fleur de Rodricko dans la fumée de la crevasse volcanique – le geste qui avait provoqué cette tragédie, mais aussi déverrouillé la porte de la fosse. Elle jeta un coup d'œil au dragon. Tout ça à cause d'une prophétie faite par une enfant… C'était le rêve de Sheeshon qui les avait tous conduits là.

Sy-wen revit le visage de la fillette, si éclatant d'espoir en ces temps sombres. Même son amour naïf pour le petit Rodricko était une lueur d'avenir, une promesse que la vie continuerait. Sy-wen toucha la poche de sa combinaison en peau de requin, dans laquelle elle avait rangé le bourgeon offert par Sheeshon. Elle sortit ce dernier. Ses pétales pourpres étaient toujours fermés sur son cœur. Elle se demanda quand ils s'ouvriraient : la fleur de Rodricko ne s'était pleinement épanouie qu'au contact de la fumée volcanique…

Au contact de la fumée volcanique! Sy-wen fit volte-face.

Tyrus remarqua son brusque mouvement.

— Sy-wen ?

La mer'ai se remémora les propres paroles du prince. La place de Kast n'était pas là. Elle revint rapidement vers le dragon. Était-il trop tard ?

— Que fais-tu ? demanda Tyrus.

— Je place ma foi dans le cadeau d'une fillette, répondit Sy-wen.

Et ignorant la brûlure, elle plongea le bourgeon dans la fumée qui s'échappait par les narines du dragon.

Une secousse d'énergie la parcourut. Elle hoqueta. Entre ses doigts, le bourgeon s'ouvrit ; ses pétales se déplièrent, révélant un cœur flamboyant.

— Qu'essaies-tu de faire ? interrogea Tyrus dans son dos.

Sy-wen se mit à trembler. Tout à coup, elle n'en était plus très sûre. Elle retira la fleur de la fumée et fit un pas en arrière. La fumée parut la suivre, comme si elle était attirée par la fleur. Sy-wen continua à reculer. Des doigts de fumée s'entrelacèrent aux siens sur la tige tandis qu'une main, puis un bras se formaient derrière eux.

Des larmes coulèrent sur les joues de Sy-wen. La mer'ai battit en retraite sans oser émettre le moindre bruit, comme si elle craignait de rompre le charme. À chacun de ses pas, elle tirait une silhouette de la fumée. Elle reculait lentement pour lui laisser le temps de prendre forme. Mais la fumée qui sortait des narines du dragon diminuait à vue d'œil. Sy-wen devinait que si elle ne parvenait pas à libérer la silhouette avant que cette fumée se tarisse, tout serait perdu. Dans son angoisse mêlée d'espoir, elle trébucha. Secouée par le brusque mouvement, la silhouette intangible se délita.

— Attention, dit Tyrus derrière Sy-wen, en lui agrippant l'épaule pour la soutenir.

Comme la fleur se stabilisait, les contours de la silhouette se précisèrent de nouveau. Tyrus aida la mer'ai à reculer en la tenant fermement. Devant eux, un homme se dessina. Sy-wen ne pouvait s'y méprendre.

— Kast, gémit-elle.

— Encore quelques pas, la pressa Tyrus. Vite. Le dragon refroidit.

Sy-wen entraîna l'apparition un peu plus loin, et, soudain, celle-ci se condensa avec une parfaite symétrie. C'était bien Kast, sculpté dans de la fumée. Les deux amants tenaient la fleur entre eux. Sy-wen ne put empêcher ses jambes de trembler. Des larmes brouillèrent la vision magnifique qui s'offrait à elle.

— Mon amour…

Mais Kast garda le silence. Il n'était, après tout, qu'une ombre.

Sy-wen savait ce qu'elle devait faire. Elle tendit sa main libre vers la joue insubstantielle du Sanguinaire.

— J'ai besoin de toi.

Dans ces quelques mots, elle déversa tout son amour.

La magie s'embrasa entre eux. Mais au lieu d'invoquer un dragon, elle changea la fumée en chair sous la paume de Sy-wen. Elle se propagea depuis les doigts de la mer'ai, insufflant substance et vie à l'ombre du Sanguinaire.

Quelques instants plus tard, Kast se tenait devant Sy-wen, blême mais indemne.

— Sy-wen, marmonna-t-il, incrédule.

La jeune fille baissa la main. Ce fut à peine si elle remarqua que le dragon tatoué sur la joue de son amant était redevenu un simple faucon des mers. Ragnar'k avait disparu. Elle étreignit l'homme auquel elle avait donné son cœur.

— Ne me laisse plus jamais.

— Plus jamais, répéta Kast.

Son contact assura à la jeune fille qu'il était bien réel. Il la prit dans ses bras et la souleva de terre. Ils s'embrassèrent, fondant l'un dans l'autre. Ils n'étaient plus que deux à présent, mais c'était bien assez pour n'importe qui.

Kast suivit Tyrus dans l'escalier en colimaçon. Sa main serrait fermement celle de Sy-wen. Les marches étaient assez larges pour qu'on puisse y tenir à quatre de front, mais la chaleur et la profondeur de l'abîme incitaient les compagnons à descendre deux par deux en restant collés à la paroi.

En tête du groupe, Tyrus parlait à voix basse avec Wennar. Derrière eux venaient deux pirates, un homme du Nord blond et un homme des steppes brun. Ils avaient fourni à Kast des habits pas tout à fait à sa taille, ainsi qu'une épée longue.

— C'était celle de mon père, avait dit Hurl au Sanguinaire en lui faisant un clin d'œil. Ou du père de quelqu'un, en tout cas.

Derrière Kast et Sy-wen s'étendait une longue colonne de soldats n'ains, échelonnés sur les marches jusqu'au bord distant de la fosse.

En se tordant le cou, Kast apercevait encore la silhouette granitique de Ragnar'k. Durant les deux hivers pendant lesquels il avait cohabité avec le dragon, la frontière entre eux avait fini par s'effacer. Kast se souvenait des appétits du monstre comme s'ils avaient été les siens. Mais il avait également perçu les véritables sentiments de Ragnar'k. L'espace de brefs instants, il avait aperçu l'éclat de son cœur assiégé – entrevu son tourment et sa lutte.

À présent, Ragnar'k était redevenu pierre, figé à jamais.

Kast se détourna avec un soupir. Il se souvint des paroles que Sy-wen avait prononcées tandis qu'ils entamaient la descente.

— Nous avons trouvé Ragnar'k endormi dans la pierre. Peut-être était-ce son destin d'y retourner, avait dit la mer'ai, des larmes plein les yeux.

Kast prit une grande inspiration et pria pour que le dragon trouve la paix.

La voix de Tyrus s'éleva vers lui, l'arrachant à ses pensées.

— Un tunnel, dit le prince pirate en tendant un doigt.

Kast se rapprocha de l'abîme. La chaleur de la lave lui brûla le visage tandis qu'il cherchait dans la direction indiquée par Tyrus. Plus bas, après avoir décrit trois autres tours complets de la fosse, l'escalier semblait s'achever à l'entrée d'un passage. Kast recula, le front couvert de sueur. Donc, les marches avaient bien une fin. Les compagnons avaient d'abord craint qu'elles s'enfoncent tout simplement dans la roche fondue.

À présent qu'ils avaient un objectif en vue, ils pressèrent l'allure. La chaleur s'intensifiait à chaque pas. L'air leur brûlait les poumons et l'odeur du soufre les étranglait. Tous haletaient et ruisselaient de sueur quand ils entamèrent la dernière circonvolution de l'escalier. Leur marche se changea en une course précipitée vers le tunnel – tout pour échapper aux profondeurs suffocantes de la fosse.

Kast soutenait Sy-wen d'un bras passé sous ses aisselles. En tant que mer'ai, créature de la fraîcheur océane, sa bien-aimée se flétrissait à vue d'œil, telle une algue échouée sur une plage en plein soleil. Kast l'entraîna précipitamment vers le tunnel, forçant Tyrus et Wennar à accélérer encore. Le temps qu'ils atteignent le seuil du passage, le Sanguinaire portait sa compagne dont les orteils traînaient sur la pierre.

Ils se jetèrent à l'aveuglette dans les ténèbres du boyau, avançant à tâtons pour faire de la place à ceux qui les suivaient. Kast vit vaguement Wennar se démener pour sortir de son paquetage une torche enduite d'huile. Puis Tyrus actionna son briquet à silex et fit jaillir des étincelles dans la pénombre.

Ils s'enfoncèrent dans l'obscurité miraculeusement fraîche après l'intense chaleur de la fosse. Le souffle encore court et les jambes tremblantes, Sy-wen réussit malgré tout à se remettre debout. Mais Kast continua à la soutenir.

De la lumière se répandit dans le passage comme la torche s'embrasait. Wennar la leva très haut et continua à avancer afin que toute la légion n'aine puisse s'engouffrer à son tour dans la fraîcheur.

Kast scruta le tunnel devant eux. Celui-ci semblait s'étirer à l'infini selon une trajectoire légèrement courbe, creusée à même la roche.

— Un tube de lave, dit Wennar sans s'arrêter pour l'examiner. J'en ai déjà vu.

Le reste de la colonne le suivit, reprenant peu à peu des forces. Outre la température supportable, l'air semblait moins chargé de soufre et de gaz toxiques, presque agréable à respirer... même si le tunnel s'enfonçait toujours plus profondément dans les entrailles de la montagne. Sa courbe s'accentua. Kast estimait qu'ils devaient être en dessous du niveau de la mer, à présent. Cette pensée ne le réconforta guère.

Comme ils poursuivaient leur marche, le Sanguinaire aperçut l'éclat d'un reflet un peu plus loin. Tyrus le remarqua aussi.

— Il y a un truc qui brille droit devant.

Ils se rapprochèrent. Dans les murs s'ouvraient de petites alcôves de la taille d'une citrouille mûre. Chacune d'elles renfermait une cuvette de pierre peu profonde, contenant un petit orbe de cristal rouge. C'étaient ces orbes qui renvoyaient la lumière de la torche.

— De la sanguine, souffla Sy-wen, stupéfaite.

Sous leurs yeux, une goutte tomba du plafond de l'alcôve la plus proche et s'écrasa sur la pierre avec un léger tintement.

— Du sang ! s'exclama Kast, horrifié.

Sy-wen se pencha pour mieux voir et secoua la tête.

— Non, pas du sang. Du moins, pas au sens où nous l'entendons. C'est de la sanguine liquide.

Elle tendit la main vers la pierre.

— Sy-wen, non !

La jeune fille toucha l'orbe apparemment ensanglanté et montra son doigt intact à ses compagnons.

— Ce sont des boules de sanguine formées à partir des sécrétions de la Terre.

— Non, pas des boules, la détrompa Tyrus quelques pas plus loin.

Il désigna le contenu de l'alcôve devant laquelle il se tenait.

Kast le rejoignit. Ici, l'orbe avait suffisamment grossi pour qu'on commence à distinguer une forme : ovale, plus pointue au sommet où ruisselaient les gouttes, plus large à la base où elle épousait le fond de la cuvette. On ne pouvait pas s'y tromper.

— Un œuf, dit Sy-wen en se couvrant la bouche.

Kast acquiesça.

— Harlequin Quail a dit qu'il avait trouvé un couloir qui en était rempli. C'est ici qu'ils doivent se former et attendre que la main du Seigneur Noir les corrompe, les transformant en éb'ène.

— Mais pourquoi dissimuler ce tunnel si diligemment ? Pourquoi le faire garder par le dragon ? demanda Tyrus.

Kast réfléchit à la question en balayant du regard le tunnel et ses centaines d'alcôves. Il se tourna vers Wennar.

— Je voudrais que vos hommes rassemblent leurs armes. Toutes – les marteaux, les épées, les haches et même les pointes de flèches.

— Pour quoi faire ? s'enquit le général n'ain.

À cet instant, un des soldats envoyés en éclaireurs dans le passage rebroussa chemin en courant.

— Il y a de la lumière plus loin ! Le tunnel se termine dans une demi-lieue !

Wennar tourna vers Kast un regard interrogateur.

Le Sanguinaire lui expliqua ce qu'il devait faire. Au terme d'une brève discussion, Wennar protesta dans sa barbe contre l'inutilité de ce délai mais ordonna à ses hommes d'obéir. Les n'ains se disposèrent sur toute la longueur du passage, un devant chaque alcôve.

— Pourquoi fais-tu ça ? voulut savoir Sy-wen.

— Parce que tout tourne autour de la sanguine depuis le début.

Quand ils eurent terminé, Kast les entraîna dans la suite du passage, qui décrivait une spirale de plus en plus serrée. Les alcôves disparurent, cédant de nouveau la place à des murs nus. Bientôt, une lumière argentée apparut devant eux, baignant l'extrémité du tunnel.

Kast ordonna à ses compagnons de rester là où ils étaient pendant qu'il irait voir seul. *Sur quoi débouche ce passage ?* Il prit une grande inspiration, carra ses épaules et s'avança.

Debout dans la lumière argentée, l'épée à la main, il scruta la caverne qui s'ouvrait devant lui. Ses yeux s'écarquillèrent, et il ravala un hoquet. *Douce Mère !*

28

La bataille faisait rage autour d'Elena, agenouillée dans l'œil du cyclone. L'armée morte-vivante s'était relevée ; Tol'chuk et Magnam la repoussaient à coups de marteau tandis que Joach faisait tournoyer son bâton et projetait des lances de feu incendiaire.

— Dépêche-toi, Elena, la pressa Er'ril.

Il montait la garde près d'elle, l'épée à la main. Harlequin se tenait de l'autre côté de la jeune femme, brandissant ses dagues étincelantes.

Du coin de l'œil, Elena vit Épine sous sa forme de loup se faire saisir par les tentacules noirs jaillis du plafond. Mais Fardale bondit, un hurlement aux lèvres, et abattit son épée courte de toutes ses forces. La lame sectionna les tentacules. Les deux métamorphes retombèrent sur le sol, où Mogweed les aida à se relever en promenant un regard inquiet à la ronde.

Derrière elle, Elena sentait le souffle des vents de Méric. L'el'phe visait tous les skal'tum qui tentaient de s'envoler et les plaquait contre les murs. Alors, Nee'lahn faisait jaillir des racines qui s'enroulaient autour de leurs jambes et de leurs ailes pour les immobiliser. En présence du lac d'énergie élémentale, leurs pouvoirs demeuraient vivaces.

Mais, malgré tous leurs efforts, les compagnons ne tarderaient pas à être submergés. Ils ne pourraient maintenir leur défense beaucoup plus longtemps. Au centre de la caverne se dressait la silhouette noire du malegarde Ly'chuk – et ils n'avaient aucun espoir de le vaincre. Ils n'étaient pas préparés à une telle bataille. Le Seigneur Noir n'aurait pas dû être là. Il était censé se trouver à l'autre bout du monde, dans les entrailles volcaniques de Noircastel.

La terreur faisait tourner la tête d'Elena. Leur seul espoir était de battre en retraite dans les tunnels pour se regrouper. Mais pour faire cela, ils avaient besoin de sa magie. Et le Seigneur Noir se tenait dans l'unique faisceau de clair de lune qui lui aurait permis de régénérer.

Autrement dit, il leur fallait une autre solution.

Les mains pâles et tremblantes, Elena lutta pour sortir le Journal Sanglant de sa cape et le posa devant elle, sur le sol argenté. La rose embossée sur la couverture brillait d'un éclat aveuglant, écho et reflet de la pleine lune.

— Nous n'avons pas beaucoup de temps, insista Er'ril.

Elena prit une grande inspiration et ouvrit le Grimoire. À l'intérieur, les pages disparurent, ouvrant une fenêtre sur un ciel nocturne densément piqueté d'étoiles et traversé par des nuées de gaz phosphorescents : le Vide. De cette autre dimension jaillit une rivière de brillance qui se déversa dans la caverne. Une forme apparut, flottant dans les airs devant Elena.

Er'ril aida la jeune femme à se relever.

L'apparition ressemblait à une statue de pierre de lune drapée de filaments radieux. Elle était aussi lumineuse que le Seigneur Noir était ténébreux. Ses yeux pareils à deux des étoiles du Vide se posèrent sur Elena.

— Cho, la salua la jeune femme.

Ce fut à peine si l'apparition remarqua sa présence. Elle pivota sur elle-même. Tous se turent sous son regard. L'armée morte-vivante se figea ; les tentacules qui grouillaient au plafond se calmèrent ; les cris des skal'tum moururent sur leurs lèvres.

Dans le silence qui suivit résonna un seul mot.

— *Chi.*

Les créatures d'os qui se tenaient entre Cho et le centre de la caverne tombèrent en morceaux. La silhouette d'éb'ène demeura immobile et rendit son regard à l'apparition.

— *Toi !* s'exclama Cho en s'avançant vers elle. *C'est toi qui retiens Chi prisonnier !*

Elena fit signe à Er'ril de ramasser le Journal Sanglant et emboîta le pas à l'esprit.

— Chi m'appartient pour toute l'éternité, répondit une voix sombre et moqueuse.

Elena jeta un coup d'œil inquiet à Er'ril. Chi était toujours prisonnier ; ils avaient brisé le portail de la wyverne, mais trop tard. Horrifiée, la jeune femme se rendit compte que le Seigneur Noir n'était pas seulement un malegarde, mais aussi un portail du Weir. Quel espoir avaient-ils de vaincre un tel ennemi ?

Sous les pieds d'éb'ène du monstre, le lac argenté avait viré au noir. La corruption du nexus avait déjà commencé. Pendant que les compagnons luttaient pour survivre, le Seigneur Noir avait lancé son assaut sur le cœur du monde.

— *Je ne le permettrai pas!* cria Chi d'une voix torturée. *Libère Chi!*

— Tu n'as aucun pouvoir ici, répliqua le Seigneur Noir. Combats-moi si tu l'oses!

Ses yeux flamboyèrent.

Soudain, Chi hurla:

— *Non!* (Se couvrant le visage de ses mains, elle rebroussa précipitamment chemin vers Elena et Er'ril.) *Arrêtez!*

Elle tomba à genoux sur le sol argenté.

— Que se passe-t-il? demanda Elena.

— *Chi hurle… Les ténèbres le déchirent…*

— Il le torture, murmura Er'ril. Le Seigneur Noir torture Chi.

L'éclat des yeux d'éb'ène redevint un simple rougeoiement.

— De toute façon, tu arrives trop tard. (Son regard se détourna négligemment de l'apparition sanglotante.) Vous arrivez tous trop tard.

Il s'avança. Là où il posait les pieds, le lac argenté virait au noir. Des traînées de ténèbres serpentaient à partir de chacune de ses empreintes.

— Je soumettrai la Terre à ma justice!

Er'ril fit un pas vers lui.

— En la corrompant?

La Bête noire focalisa son attention sur l'homme des plaines.

— Non, en la détruisant. J'arracherai le cœur encore palpitant du monde et je le broierai dans mon poing de pierre.

Elena avait capté le message envoyé par Er'ril avant que celui-ci s'éloigne. Désignant Cho, l'homme des plaines avait indiqué à sa compagne qu'elle devait régénérer. Elena s'accroupit près de l'esprit.

— J'ai besoin de ton pouvoir, chuchota-t-elle, tendant ses mains vers Cho.

L'apparition étudia ses doigts pâles et secoua la tête.

— Non.

Elena se rembrunit. Elle plongea les mains à l'intérieur de la silhouette radieuse, se concentrant pour s'approprier sa magie – mais rien ne se produisit. Ses doigts restèrent blancs.

Lorsque l'esprit reprit la parole, ce fut sur un ton plus chaleureux.

— Seule Cho peut te conférer son pouvoir.

Elena leva la tête. Les yeux qui la fixaient à présent étaient ordinaires, dépourvus de traces du Vide.

— Tante Fila.

Petit hochement de tête de l'apparition.

— Cho refuse. Elle perçoit bien mieux que toi les flux d'énergie à l'œuvre en ce lieu. L'éb'ène et le tourbillon retiennent son frère prisonnier. Il n'y a aucun espoir de le libérer, et toute tentative en ce sens ne fera qu'ajouter à ses tourments. (L'expression de tante Fila s'assombrit.) J'ai entendu ses cris résonner à travers Cho. La douleur qu'il éprouve est incommensurable. Cho ne veut pas y ajouter. Et je ne l'en blâme pas.

Elena serra ses deux poings à l'intérieur de la silhouette brumeuse.

— Mais à moins que nous l'arrêtions, ce démon compte détruire le monde ! J'ai besoin du pouvoir de Cho !

— Es-tu prête à le lui arracher, comme le Seigneur Noir l'a fait avec Chi ?

Elena laissa retomber ses bras.

— Alors, nous avons perdu ?

Le regard de tante Fila glissa sur le côté.

— Le futur n'est jamais gravé dans la pierre. Parfois s'ouvrent des chemins que nul n'avait aperçus.

Elena se tordit le cou. Elle vit Tol'chuk contourner Er'ril et, par-delà le lac argenté, fixer son jumeau ténébreux.

— Pourquoi ? demanda-t-il simplement.

— Regarde, chuchota tante Fila près d'Elena. Parfois, un seul mot suffit pour infléchir le cours du destin.

Tol'chuk fit face à son ancêtre og're.

— Pourquoi ? répéta-t-il. Pourquoi fais-tu ça ?

Il étudia la sculpture noire qui aurait aussi bien pu le représenter, allant jusqu'à porter une main à son propre visage. La similitude était remarquable, mais, à y regarder de plus près, Tol'chuk décelait de subtiles différences. La silhouette d'éb'ène était légèrement plus petite et plus large d'épaules. Elle avait des membres plus épais, comme ceux d'un véritable og're. Mais, comme Tol'chuk, elle se tenait le dos droit plutôt qu'en appui sur un poing.

Les yeux écarlates fixèrent Tol'chuk.

— Mon dernier descendant, gronda-t-il sur un ton coléreux.

Tol'chuk se renfrogna. À cause de son sang mélangé – mi-og're, mi-si'lura -, il ne pouvait pas engendrer d'enfants. La lignée de Ly'chuk prendrait donc fin à sa mort.

Tous deux se firent face, séparés par une vingtaine de pas et par plusieurs siècles : un og're de chair et un og're d'éb'ène. Malgré le danger, Tol'chuk voulait en savoir plus. La source de sa lignée maudite se tenait devant lui. Il ne pouvait s'empêcher de se demander quelle part de ce monstre il abritait en lui. Leur similitude allait-elle plus loin que la surface ? Tol'chuk devait le savoir. Aussi commença-t-il par le commencement.

— Pourquoi as-tu brisé ton serment envers la Terre ?

Ly'chuk cracha, et ses yeux flamboyèrent de plus belle.

— La Terre ne mérite pas qu'on lui fasse de promesses. (Dans ses prunelles écarlates, Tol'chuk ne lut que du mépris.) Je sais ce que tu cherches. Nous sommes plus semblables que tu ne le crois, ô toi qui marches comme un homme, acheva-t-il sur un ton railleur.

— De quelle façon ?

— Ne le devines-tu pas ?

Tol'chuk fronça les sourcils, mais ce fut de derrière lui que vint la réponse – de la bouche de son ombre fidèle, Magnam.

— Chacun de vous n'est qu'à moitié og're.

Surpris, Tol'chuk comprit soudain que son ami disait vrai. Le dos droit de Ly'chuk et quelques autres détails subtils le trahissaient.

— Tu es à moitié si'lura, comme moi ?

— Non, le détrompa Magnam en se rapprochant. Il est à moitié n'ain.

Tol'chuk écarquilla les yeux.

— Du côté de mon père, confirma froidement la silhouette d'éb'ène. Un marchand n'ain. Il a abusé d'une femelle de la tribu Toktala et lui a planté sa semence dans le ventre. Comme toi, je suis né bâtard au sein d'un peuple où le sang définit les individus. Seul mon pouvoir élémental m'a valu l'honneur et le respect des miens – ma capacité à déchiffrer, affiner et décupler les talents d'autrui.

— Ce pouvoir est un cadeau de la Terre, lui rappela Magnam. Une Terre que vous tentez désormais de détruire.

Les yeux écarlates de Ly'chuk étincelèrent.

— La Terre ne fait pas de cadeaux, répliqua-t-il farouchement. Tout a un prix dont il faut s'acquitter tôt ou tard.

Dans sa voix, Tol'chuk entendit une douleur très ancienne.

— Pourquoi dis-tu ça ?

Ly'chuk jeta un coup d'œil au reste des compagnons. Durant cette trêve, aucun d'eux n'avait bougé. Tous écoutaient, captivés par le récit du Seigneur Noir. Ly'chuk reporta son attention sur Tol'chuk.

— Comme toi, j'étais stérile – une autre malédiction héritée de mon débauché de père.

Tol'chuk fronça les sourcils, perplexe. Ly'chuk ne pouvait pas être stérile, sans quoi, sa lignée ne se serait pas perpétuée jusqu'à lui. Son ancêtre perçut sa confusion.

— Oui, j'ai fini par trouver un moyen d'y remédier. J'ai découvert une guérisseuse qui possédait des dons élémentaux et utilisé mon pouvoir pour augmenter le sien. Ainsi a-t-elle pu guérir mes entrailles et rendre sa vitalité à ma semence. Mais cela aussi a eu un prix très élevé. Les capacités de cette femme étaient trop rudimentaires. L'effort l'a consumée de l'intérieur, détruisant le don de la Terre en elle et ravageant son esprit.

— En d'autres termes, tu as violé son pouvoir afin d'engendrer des enfants, résuma Tol'chuk.

— Tel père, tel fils, commenta Magnam entre ses dents.

Le Seigneur Noir se tourna vers le n'ain en serrant le poing. Magnam fut soulevé de terre par une main invisible qui commença à l'étrangler.

— Ça n'avait rien à voir avec le crime de mon père ! rugit Ly'chuk. C'était un accident !

— Lâche-le ! tonna Tol'chuk aussi fort que son ancêtre.

Ly'chuk le foudroya du regard, puis projeta Magnam au loin. Le n'ain glissa sur le lac argenté jusqu'a la lisière de l'armée d'ossements. Fardale et Épine se portèrent à son secours.

Lorsqu'il fut évident que son ami vivait toujours, Tol'chuk reporta son attention sur le Seigneur Noir.

— Que s'est-il passé ensuite ?

— Rien. J'ai vécu dans le bonheur et l'opulence au sein de la tribu Toktala pendant tout un hiver. J'ai conçu un enfant. Le matin de sa naissance, je suis descendu à la Porte des Esprits afin de prier pour lui, de me préparer à prêter serment à la Terre. Mais...

Ly'chuk se tut. Son poing se crispa. Sous ses pieds, le sol souillé s'assombrit tandis que les ténèbres se propageaient en étoile depuis ses talons et ses orteils. Ses paroles suivantes furent aussi noires que la pierre dans laquelle il était taillé.

— *Mais la Terre savait.*

Il se tut l'espace d'un battement de cœur.

— La Terre est une maîtresse cruelle, bien plus que je l'ai jamais été. (Un bras d'éb'ène se tendit vers Nee'lahn et Méric.) Vous le savez. Vous avez tous deux éprouvé son courroux. La Pourriture qui a affecté vos arbres et votre peuple était l'œuvre de la Terre, n'est-ce pas ?

Ce fut Méric qui répondit.

— Les nyphai essayaient de changer l'ordre naturel en semant leurs arbres dans toutes les contrées. La Terre n'a fait que se défendre.

— En détruisant tout et en pervertissant impitoyablement les nyphai. Était-ce une réaction appropriée ? Combien d'autres ont souffert aux mains des spectres du Sinistre depuis lors ? (La voix de Ly'chuk se fit brûlante.) C'est une malédiction qui a continué à punir les innocents, à tourmenter les affligés.

Il fixa durement Nee'lahn. De petites flammes jaillirent de ses orbites noires. La nyphai baissa la tête.

— Elle sait que je dis vrai. (Ly'chuk eut un geste désinvolte.) La Terre distribue sa magie, mais ce n'est pas de la générosité : c'est de la tyrannie. Osez dépasser les limites qu'elle a fixées et vous serez châtiés – pas seulement sur le coup, mais à jamais. Tant que la Terre perdurera, nous ne serons pas maîtres de nos propres existences. (Sa respiration se fit lourde.) J'ai l'intention de mettre fin à cette tyrannie, de libérer le monde en pulvérisant la Pierre des Esprits et en détruisant son cœur élémental.

Des hoquets s'élevèrent, mais Tol'chuk garda le silence.

Absorbé par sa colère, sourd et aveugle aux réactions des compagnons, Ly'chuk poursuivit :

— Vous pouvez qualifier mes actes de maléfiques, mais ils sont le prix de la victoire. Beaucoup de gens sont morts afin que tous les survivants aient un avenir. Après cette nuit, l'histoire sera libérée de ses chaînes. Les peuples du monde ne courberont plus l'échine sous le joug magique de la Terre.

Tol'chuk se décida enfin à demander :

— Mais que t'a donc fait la Terre ?

Ly'chuk haletait, au bord de la folie.

— Que m'a fait la Terre ? Comme avec le Sinistre, elle a pris mon talent et elle l'a hideusement déformé. Elle a perverti mon don pour affûter les capacités élémentales d'autrui. J'ai su qu'à partir de ce moment, tous ceux que je toucherais succomberaient aux ténèbres. J'étais condamné à perpétuer ce que m'avait fait la Terre – à corrompre tous les élémentaux avec lesquels j'entrerais en contact.

— À en faire des malegardes, compléta Tol'chuk.

Des plis barrèrent le front de Ly'chuk. Il avait dû percevoir l'accusation dans la voix de son descendant.

— Et pourquoi pas ? Je fus le premier des malegardes, forgé par la Terre elle-même. Elle est à l'origine de tout le mal que j'ai perpétré.

Tol'chuk commençait à mesurer la profondeur du dérangement à l'œuvre chez son ancêtre. Des siècles de rage, d'humiliation, de tourment et peut-être même de remords, tout au fond. Mais, pour l'essentiel, Ly'chuk réfutait sa propre culpabilité. Il avait revêtu son indignation et son désir de vengeance de l'armure d'une noble cause.

— Ce jour-là, je combattis la Terre. Je voulus attaquer son cœur élémental pour retourner sa magie noire contre elle. Hélas, j'étais trop faible. Mais bien que meurtri et déchiqueté, je parvins à franchir la Porte des Esprits. Alors, la Terre fut victime de sa propre erreur. (Le Seigneur Noir éclata d'un rire amer.) Je saignai à l'intérieur de la Porte. Et mon sang de malegarde souilla tout ce qu'il touchait.

Tol'chuk comprit. La même chose était arrivée au Cœur de son peuple quand le sang de Vira'ni avait touché le cristal.

— Autour de mon corps brisé, le sang de la Terre se changea en éb'ène, m'enveloppant, m'emprisonnant m'ensevelissant. Je devins une tumeur noire à l'intérieur du corps de la Terre. Avant que ma corruption puisse se propager davantage, la Terre fut forcée de m'expulser, quelque part très loin de la Porte des Esprits.

— Au Gul'gotha.

Ly'chuk opina.

— Elle me renvoya à mes racines paternelles, dans la contrée natale des n'ains. Une fois là-bas, je projetai mon pouvoir hors de ma tombe et trouvai des mineurs dotés de capacités élémentales. Je les attirai à moi, les liai et les obligeai à me dégager. Puis j'entrepris de me constituer une armée en réduisant en esclavage le peuple de mon père. Je forgeai une légion de malegardes afin de retourner le prétendu cadeau de la Terre contre elle. Je construisis des calices au pouvoir immense, quatre statues sculptées à partir de la pierre même de ma tombe : une manticore, une wyverne, un basilic et un griffon. Puis, alors que je m'apprêtais à regagner Alaséa, une bénédiction tomba du ciel, un esprit porteur d'une énergie immense.

— Chi, marmonna Tol'chuk.

— Le Gul'gotha avait excité sa curiosité, et il s'était trop approché pour mieux le voir. Il fut capturé par les portails, réduit en esclavage aussi sûrement que n'importe quel malegarde. Cette source de pouvoir que je nommai le Weir me rendit accessibles toutes sortes de maléfices redoutables. Les limites s'évanouirent. Après avoir reçu cette bénédiction, mon premier geste fut d'ouvrir un cratère dans la croûte terrestre et de sculpter Noircastel à partir de la roche fondue de ses entrailles. Il devint la base dont j'avais besoin pour établir mon emprise sur ces contrées.

» Puis je cherchai un moyen d'atteindre de nouveau le cœur de la Terre afin de pulvériser la Pierre des Esprits. Mais, avec l'âge, la Terre était devenue méfiante. Elle avait appris à utiliser ses pantins élémentaux pour me contrer. Voilà pourquoi, au fil des siècles suivants, je cherchai les faiblesses de l'ennemi, ces endroits où les flux élémentaux issus de la Pierre des Esprits affleuraient la surface. Je voulais corrompre la Terre ainsi qu'elle m'avait corrompu.

— Et maintenant, cet ultime assaut...

— Vous m'avez rendu service en détruisant les autres portails du Weir. Leur disparition a concentré Chi dans une seule statue – une situation instable. Et « instabilité » rime avec « possibilité ». Je compris qu'il était possible d'utiliser cette pleine lune pour me transporter ici depuis Noircastel, d'exploiter l'énergie du Vide pour lier les deux endroits et les superposer. (Il désigna Elena.) La sor'cière a fait de même quand elle vous a transportés jusqu'au Lac de la Lune, dans les Contrées du Couchant.

Tol'chuk acquiesça. Tout était clair à présent. *Pas étonnant...*

— Et une fois arrivé ici ? demanda-t-il à voix haute.

— J'ai rejoint Chi à l'intérieur du dernier portail du Weir et fusionné avec lui.

— Et maintenant, tu veux te servir de vos pouvoirs combinés pour attaquer la Pierre des Esprits à travers ce lac élémental.

— La victoire est enfin à ma portée, se réjouit Ly'chuk.

Tol'chuk considéra la créature tourmentée qui se tenait devant lui. Alors, il sut que même s'ils partageaient un visage, leurs cœurs étaient aussi différents que le jour et la nuit.

— Je ne te laisserai pas faire, dit-il calmement.

Ly'chuk éclat d'un rire glacial.

— Tu n'as pas le choix. Personne ne peut plus m'atteindre. (Une menace sourde imprégna sa voix.) Plus important, personne n'ose essayer. Il existe des perspectives bien plus terribles qu'un monde gouverné par le Seigneur Noir.

Tol'chuk recula et leva un bras, faisant signe aux deux silhouettes qui étaient entrées subrepticement dans la caverne. Profitant de la conversation entre l'og're et son ancêtre, elles s'étaient rapidement positionnées derrière celui-ci.

— Je vaincrai, jubila Ly'chuk.

La vibration sèche d'une corde d'arc ponctua cette déclaration. Puis une pointe de flèche jaillit au centre de la poitrine du Seigneur Noir après s'être plantée dans son dos et l'avoir traversé de part en part.

Tol'chuk et son ancêtre fixèrent tous deux la pointe de flèche. Le métal était recouvert d'une fine couche de sanguine.

Ly'chuk leva son regard flamboyant vers Tol'chuk.

— Non !

Autour de la plaie, l'éb'ène se changea en sanguine. Comme il l'avait déjà fait avec le Cœur des og'res, le contact du cristal écarlate purifiait la pierre noire.

— Maintenant ! s'époumona Kast depuis l'autre côté de la caverne.

Une colonne de n'ains se rua à l'intérieur.

Le Seigneur Noir arracha la flèche plantée dans sa poitrine. La sanguine redevint éb'ène.

— Vous ne me vaincrez pas si facilement. Je suis de l'éb'ène vivante, pas un simple caillou.

Tol'chuk recula prudemment.

— Le nouvel âge d'Alaséa s'ouvrira sur un bain de sang – *votre* sang ! tonna Ly'chuk.

Soudain, la bataille qui s'était interrompue reprit de plus belle. Les créatures d'os se reformèrent ; les tentacules noirs s'agitèrent ; les skal'tum poussèrent des cris perçants.

Un colosse mort-vivant attaqua Tol'chuk, lui infligeant une balafre de douleur en travers de la poitrine. L'og're abattit son marteau sur l'abdomen de son agresseur, qui tomba en morceaux. Une nouvelle créature se forma à partir de ses restes, plus petite mais plus rapide, avec des pinces faites d'éclats coupants. Tol'chuk la frappa à plusieurs reprises tandis que d'autres monstres se rapprochaient.

Il promena un regard à la ronde. L'armée n'aine s'était jetée dans la mêlée, attaquant les skal'tum et les morts-vivants avec des armes scintillantes comme de la sanguine.

—Abandonnez tout espoir ! tempêta Ly'chuk derrière lui.

Posté à l'entrée du passage, Kast fit signe aux derniers n'ains de se dépêcher. Dans la caverne, les attaquants s'étaient scindés en deux forces. Wennar entraînait la première vers le mur sud afin de prêter main-forte au groupe d'Elena. Kast emboîta le pas à la deuxième en compagnie de Sy-wen, de Tyrus, de Fletch et de Hurl.

Sa colonne traversa la chambre souterraine en longeant le mur opposé. Les archers des deux factions tiraient vers la statue de pierre plantée au centre du lac argenté. Kast savait que ce devait être la Bête Noire du Gul'gotha. Le monstre déviait la plupart des projectiles d'un revers de main ou d'une rafale de feu incendiaire, mais une quantité non négligeable de traits atteignait leur cible, à l'instar de la première flèche décochée par Fletch. Malgré le poids additionnel de la sanguine, le pirate visait toujours aussi juste.

Et même si ces projectiles ne suffisaient pas à abattre le démon, ils l'occupaient, l'empêchant de tourner sa magie et son attention vers les nouveaux venus. Kast se réjouit d'avoir insisté pour que les n'ains perdent un peu de temps à oindre leurs armes de la sanguine liquide qui gouttait dans les alcôves de Noircastel.

Sy-wen dut se faire la même réflexion, car elle demanda :

—Comment as-tu deviné ?

Kast secoua la tête.

—Je l'ai su, c'est tout.

Le Seigneur Noir avait posté le dragon à l'entrée de ce passage ; il devait avoir une raison de craindre le trésor qu'abritait le tunnel. Mais Kast ne disait pas toute la vérité. Tandis qu'il observait les alcôves dégoulinantes, il avait éprouvé un picotement familier. *Ragnar'k.* Que cette idée lui vienne d'une information entraperçue dans l'esprit de son double maléfique pendant qu'ils partageaient le même corps, ou qu'elle lui soit envoyée par le dragon comme un dernier cadeau par le dragon endormi, Kast avait éprouvé un besoin impérieux de recouvrir leurs armes de sanguine.

Tout en courant dans la caverne, le Sanguinaire regretta que Ragnar'k ne puisse pas lui souffler ce qu'il devait faire maintenant. Il étudia son adversaire. Il avait du mal à imaginer l'étendue de son pouvoir. Le Seigneur Noir n'était peut-être pas encore habitué à son double statut de malegarde et de portail du Weir. Si tel était le cas, les compagnons ne pouvaient pas lui laisser le temps de s'y accoutumer.

L'esprit de Kast défaillait à la pensée de la quantité de magie qui avait dû être nécessaire pour fusionner Noircastel avec cette caverne située sous Nidiver. Était-ce la raison pour laquelle les compagnons n'avaient pas encore été réduits en cendres ? Ou y avait-il autre chose ?

Sous les pieds du monstre, le sol argenté était taché de noir, et la souillure s'élargissait. Kast resta bouche bée face à une telle corruption. Leurs efforts les plus vaillants pouvaient-ils seulement inquiéter ce démon ? Ou juste l'agacer, comme des moucherons importuns harcelant un cheval ?

D'un autre côté, les moucherons aussi pouvaient piquer.

Kast agrippa son épée plus fort. Il se souvint de tout ce qu'il avait subi, de tout ce qu'avaient subi ses proches, de tous les braves gens qui étaient morts pour les conduire là. Il ne céderait pas au désespoir, pas même quand il pousserait son dernier soupir.

Au centre de la caverne, la Bête Noire hurla :

— Vous sentez ? La Terre succombe !

Tandis que des bruits d'os brisés résonnaient autour de lui, Méric tendit les bras au-dessus de sa tête et projeta une rafale vers un skal'tum qui plongeait. La créature tenta d'esquiver, mais Méric fut plus rapide. Atteint en pleine poitrine, le skal'tum se retrouva collé au plafond.

À côté de l'el'phe, Nee'lahn fredonnait avec désespoir mais fermeté. Elle agita un bras ; un grouillement de racines jaillit de la pierre au-dessus d'elle pour emprisonner le démon.

— Un autre, dit-elle en tendant un doigt vers la gauche.

De nouveau, Méric arracha le vent à la nuit encore humide dans le sillage de la tempête et le renvoya vers leur assaillant. Le skal'tum fit une embardée… puis, soudain, la bourrasque mourut telle la flamme d'une chandelle que l'on vient de souffler.

Nee'lahn hoqueta.

— La chanson sylvestre… Elle s'est éteinte !

Contre les murs et au plafond, les racines relâchèrent soudain leurs proies. Les skal'tum retombèrent de leur cage végétale, furieux.

Un rire ténébreux parvint à Méric et à Nee'lahn.

— La Terre est presque mienne !

L'el'phe comprit ce qui venait de se passer.

— Il nous a coupé du flot de la magie élémentale !

Son cœur se serra lorsqu'il se rendit compte que les compagnons étaient perdus. Il était venu dans ces contrées pour ramener un souverain à son peuple. À présent, les deux lignées royales avaient été massacrées ; ses gens se retrouvaient éparpillés aux quatre vents ou en train de mourir dans les nuages en livrant cette ultime bataille. Et tout ça pour quoi ?

Méric tendit une main. Des doigts s'entrelacèrent aux siens. Cela le réconforta. Quoi qu'il advienne, il n'affronterait pas cette nuit seul.

Au-dessus de l'el'phe et de la nyphai, les skal'tum se rassemblèrent, prêts à se laisser tomber sur leurs proies. Et autour d'eux, leurs compagnons n'étaient pas en meilleure posture.

Joach faisait tournoyer son bâton, crachant des flots de feu incendiaire, transformant les os en cendres. Mais sa magie noire agissait comme un fanal sur les tentacules de ténèbres. Il avait d'abord projeté des illusions de lui-même pour confondre ces serpents avides, puis, tout à coup, ses jumeaux oniriques avaient disparu en même temps que son pouvoir élémental.

À présent, il ne lui restait plus qu'un tout petit peu d'énergie dans son bâton, et il préférait la garder en réserve. Mais ses illusions s'étant volatilisées, il se retrouvait seul, exposé et vulnérable.

Profitant de sa confusion, un chien d'ossements se jeta sur lui avec l'intention de le saisir à la gorge. Il fut pris de vitesse par un de ses propres alliés. Un épais ruban de ténèbres se laissa tomber autour du cou de Joach en formant une boucle. Le jeune homme se sentit soulevé de terre. Le chien d'ossements détala sous ses pieds… et ne réussit qu'à finir écrasé sous le marteau de Magnam.

Suffocant, Joach brandit son bâton et projeta un torrent de feu incendiaire sur le tentacule qui l'étranglait. Mais l'énergie ténébreuse parut renforcer le nœud coulant. La vision du jeune homme vira au noir sur les bords. Il ne pouvait plus respirer du tout.

Son corps se balança juste à temps pour lui permettre de voir la hache qui s'abattait vers son crâne. S'il avait encore eu le moindre souffle, Joach aurait hurlé. La lame siffla dans l'air au-dessus de sa tête, traçant presque une nouvelle raie dans ses cheveux. Et soudain, Joach se sentit tomber. Il heurta rudement le sol et roula sur lui-même avant de se faire piétiner par un monstre d'os.

Magnam fourra une épée dans sa main libre.

— Tiens, de l'acier ordinaire te servira mieux.

Joach acquiesça et prit l'arme.

— Merci.

Magnam grimaça, fit volte-face… et reçut une faux d'os à travers la poitrine. Empalé, il fut soulevé dans les airs tandis que son sang dégoulinait le long de la lame blanche.

Joach écarquilla des yeux horrifiés en voyant le corps sans vie du n'ain s'écraser un peu plus loin. Il brandit son épée tandis que l'assassin de Magnam se tournait vers lui.

Combien de leurs alliés allaient encore périr ?

Mogweed se cachait parmi un amas de rochers contre un mur. Il n'était pas un guerrier. Il se tenait accroupi, une dague dans une main et une épée courte dans l'autre. Personne ne pouvait l'atteindre. Pour pénétrer dans cet espace exigu, le si'lura avait dû modeler sa chair afin de se couler par une brèche trop étroite pour laisser passer une menace importante. Depuis son abri, il observait la bataille.

Épine fila devant lui, pourchassée par deux créatures d'os. Mogweed ne s'inquiéta pas pour elle. Il l'avait déjà vue utiliser cette manœuvre plusieurs fois. Au moment où elle bondirait sur un certain rocher, Fardale jaillirait de sa cachette avec deux épées courtes et trancherait les pattes des monstres. Ceux-ci s'écrouleraient, et les deux métamorphes n'auraient plus qu'à réamorcer leur piège.

Mais, cette fois, Fardale n'apparut pas au moment voulu. Épine atterrit et fit volte-face, cherchant son partenaire. Cet instant de distraction suffit aux deux créatures pour la percuter par le flanc. Des griffes acérées lui infligèrent de profondes entailles. La louve s'effondra sous le poids de ses assaillants.

Avant de comprendre ce qu'il faisait, Mogweed s'élança, bondissant par-dessus les gravats. Tout en courant, il adopta une forme semi-lupine pour aller plus vite. Il sauta par-dessus le rocher, les bras écartés pour balayer les deux créatures et les éloigner d'Épine. Sans lâcher ses armes, il roula sur lui-même, se releva dans l'élan et se mit à frapper frénétiquement.

La panique et la frayeur le rendaient presque hystérique. Des os se brisèrent autour de lui. Bientôt, il ne lui resta plus que de l'air à combattre. Haletant, Mogweed recula vers Épine. La louve blanche gisait sur le flanc, dans une mare de son propre sang. Sa respiration était humide.

Mogweed leva les yeux, cherchant du secours. Un mouvement attira son attention vers le haut. Un skal'tum plongeait sur lui, les ailes repliées, les griffes tendues en avant, la gueule ouverte en un grognement silencieux. Paralysé de terreur, Mogweed fut incapable de bouger.

Juste avant que le monstre frappe, une énorme masse sombre bondit par-dessus la tête de Mogweed, percuta le skal'tum et l'emporta avers elle. Mogweed poussa un cri étranglé et se releva, prêt à fuir.

Le skal'tum et son adversaire heurtèrent l'amas de rochers. Une lutte féroce s'ensuivit, ponctuée de grondements sourds et de claquements de mâchoires. À plusieurs reprises, Mogweed aperçut de la fourrure sombre derrière les ailes agitées du démon.

Fardale!

Mogweed s'élança. Mais il n'avait pas fait deux pas vers son frère que le skal'tum fut criblé de flèches. Les n'ains les avaient enfin rejoints.

Le démon glapit et se redressa, tentant de s'envoler. Lancée par une main sûre, une hache à la lame couverte de cristal rouge fendit son crâne en deux et l'envoya s'écraser contre le mur.

Mogweed se précipita vers son frère.

—Fardale!

Il se laissa tomber à genoux. Des traces de griffes sanglantes lacéraient l'épaule de son jumeau. Du poison rongeait déjà les bords de la plaie.

Comme Mogweed, Fardale était dans sa forme semi-lupine.

—Épine?

Sa voix était rauque d'une douleur nullement due à sa blessure.

Mogweed secoua la tête.

—Je… j'ai été pris en chasse par un autre skal'tum. Je n'ai pas pu revenir à temps. (Fardale lui agrippa le bras.) J'ai vu ce que tu as fait… Ce que tu as essayé…

Mogweed se balança d'avant en arrière, à demi étranglé par ses larmes.

—Pourquoi? croassa-t-il.

Fardale planta son regard dans le sien, et ses yeux ambrés brillèrent.

— *Tu es mon frère.*

Ses paroles silencieuses n'avaient pas de sens pour Mogweed. Fardale s'était sacrifié pour le sauver. Le cœur de Mogweed se serra.

—*Pourquoi?* répéta-t-il.

Fardale laissa échapper un soupir de loup. Sa projection télépathique faiblit.

— *Que cela te plaise ou non, nous ne faisons qu'un. Que tu le voies en toi ou non, nous sommes jumeaux.*

Mogweed secoua la tête. Autour d'eux, les combats s'intensifièrent comme les n'ains se jetaient sur les monstres avec leurs armes couleur de rubis.

— *Tu as encore beaucoup à apprendre sur toi.*

—Fardale…

—*Occupe-toi de mon fils… Ton fils…*

—Ce n'est pas mon fils.

La voix de Mogweed se brisa. Que pouvait-il bien apporter à un enfant, d'après son frère ?

Fardale lui agrippa le bras un peu plus fort.

—*Promets-moi.*

—Je ne… je ne peux pas, balbutia Mogweed.

Fardale le fixa, trop faible pour parler et même pour communiquer mentalement. Mais, dans ses yeux, Mogweed vit tout ce que son frère voulait lui dire… et, peut-être, tout ce que lui-même pouvait devenir.

Le visage baigné de larmes, il acquiesça.

Les doigts de Fardale glissèrent de son bras et retombèrent. Il était mort.

Mogweed se détourna et rampa à demi vers Épine, s'attendant qu'elle succombe elle aussi. Mais en approchant d'elle, il vit sa poitrine remuer faiblement.

La compagne de Fardale avait dû sentir sa présence. Un gémissement plein d'espoir lui échappa.

Mogweed se traîna jusqu'à elle et entra dans son champ de vision. Les yeux d'Épine brillèrent.

—*Fardale…*

Mogweed ouvrit la bouche pour la détromper, puis se rendit compte que sous sa forme semi-lupine, il était bel et bien le jumeau de son frère.

— *Tu es vivant.*

À travers le lien qui s'effilochait, Mogweed perçut le soulagement d'Épine.

Il soutint son regard.

—*Notre fils…*

Mogweed prit une grande inspiration.

—Je m'occuperai bien de lui. Il aura une vie longue et heureuse. Je te le promets.

Épine soupira, satisfaite. Mogweed se pencha vers elle et pressa sa joue contre la sienne – un loup faisant ses adieux à un autre.

Un bruit de course résonna derrière eux comme Tol'chuk les rejoignait. L'og're s'arrêta et plissa les yeux, hésitant.

Mogweed se releva. Toute sa vie, il avait été un maître menteur. D'autres avaient du talent pour la magie ou pour le maniement des armes, mais son seul don était l'habileté de sa langue. Il allait mentir une dernière fois – et ce serait son imposture la plus grandiose.

—Mogweed est mort.

Tol'chuk se couvrit le visage.

—Je suis désolé, Fardale. (Il se détourna.) Mais il faut nous dépêcher. Nous sommes loin d'en avoir fini.

Mogweed acquiesça et jeta un coup d'œil aux deux corps. Quelques instants plus tôt, il se demandait ce qu'il pourrait bien apporter au fils de Fardale. À présent, il tenait sa réponse. Il pouvait lui rendre son père.

Elena avait échoué. Cho ne les aiderait pas dans leur combat contre le Seigneur Noir. Elle se cachait quelque part, pleurant son frère et laissant à Fila le soin de guider sa nièce comme elle pouvait.

Autour d'elles, la bataille faisait rage. Il semblait qu'elle n'aurait jamais de fin, qu'il n'existait aucun moyen de la remporter. Les créatures d'os abattues se reformaient aussitôt. Les tentacules descendus du plafond régénéraient après avoir été tranchés. Et les skal'tum continuaient à envahir la caverne depuis le tunnel qui conduisait à la fosse. Du moins bénéficiaient-ils du soutien des n'ains... Mais ceux-ci n'étaient jamais que de la chair à pâtée supplémentaire pour les monstres.

Elena balaya du regard les compagnons qui lui restaient au terme de ce long périple. Ils étaient beaucoup moins nombreux que lorsqu'ils avaient atterri au fond de la fosse.

Er'ril fixa la jeune femme.

— Tu es prête à essayer ?

Elena acquiesça et se leva. Er'ril voulut lui prendre la main, mais elle se déroba. L'homme des plaines écarquilla les yeux en comprenant pourquoi. Elena examina ses paumes et ses doigts. Ceux-ci n'étaient plus blancs, mais écarlates. Et ils ne le devaient pas à sa Rose. Cho refusait de la laisser régénérer, même dans le clair de lune.

C'était tout simplement du sang... mais le Seigneur Noir ne le savait pas. Elena se souvint d'une chose que lui avait dite sa tante Mycelle autrefois : que parfois, la magie la plus puissante est celle du cœur. Tirant courage de ces paroles, elle jeta un coup d'œil à la statue d'éb'ène à travers la mêlée.

— Allons-y.

Une escorte de n'ains armés de haches leur fraya un chemin vers le centre de la chambre. Sous leurs pieds, le sol vira de l'argenté au noir comme ils approchaient de leur proie. Tol'chuk flanquait Elena et tante Fila la suivait, enveloppée de filaments lumineux.

— Je pense que nous ne devrions pas approcher davantage, déclara Er'ril.

Elena opina. Les gardes s'écartèrent devant elle.

La sor'cière fit face à Ly'chuk depuis une distance de dix pas. La statue d'éb'ène vivante semblait à peine endommagée ; sa carapace de pierre se reconstituait aussi vite que ses adversaires parvenaient à l'ébrécher. Et elle venait de développer une nouvelle défense : toute arme, enduite de sanguine ou non, fondait avant de toucher sa peau minérale. Ly'chuk était impossible à abattre. Il ne prêtait même plus attention à la bataille qui faisait rage autour de lui.

Son regard était tourné vers ses pieds. À l'endroit où il se tenait, le sol était plus foncé que noir, d'une couleur qui était l'absence de lumière. On aurait dit qu'il flottait dans le vide. Elena soupçonnait qu'une fois sa corruption accomplie, les ténèbres ouvriraient un portail vers le cœur du monde.

Elle ne pouvait pas laisser faire ça.

Tol'chuk et elle s'avancèrent sur le sol souillé. Autour d'eux, les n'ains se tinrent prêts à intervenir tandis que des escarmouches continuaient à faire rage à travers la caverne.

Ly'chuk leva les yeux et se rembrunit.

— Vous venez négocier une trêve ? M'offrir votre reddition ?

Elena leva ses deux mains écarlates et lança effrontément :

— Je vous offre une dernière chance de renoncer à votre dessein !

Le froncement de sourcils de Ly'chuk s'accentua. Puis tout son visage se détendit, et il éclata de rire.

— Tu devrais l'écouter, dit Tol'chuk.

Ly'chuk se détourna, une baleine ignorant une sardine.

— Je vais vous montrer de quoi je suis capable ! s'écria Elena.

Le Seigneur Noir lui jeta un coup d'œil par-dessus son épaule et haussa un sourcil d'éb'ène.

Elena agita les mains devant elle et marmonna entre ses dents. Sa tante Fila flotta à travers elle et remonta le long de ses bras pour aller flotter au-dessus du bout de ses doigts. Ondulant dans les airs, elle poussa un hurlement d'agonie.

Pendant que l'attention de Ly'chuk était ainsi focalisée sur le spectre, Harlequin jaillit au-dessus de la tête d'Elena, propulsé par deux des pirates de Tyrus. Avec un tintement de grelots, il culbuta à travers le spectre scintillant. Deux dagues aux lames de rubis volèrent de ses doigts et allèrent se planter dans les yeux flamboyants de la statue.

Ly'chuk hurla et se prit la tête à deux mains.

Derrière lui, Wennar projeta sa hache à deux mains. L'arme tournoya dans les airs et se planta proprement dans le dos du Seigneur Noir. Distrait par l'assaut frontal qu'il subissait, celui-ci avait suffisamment relâché sa garde pour permettre à la lame de franchir ses ténébreuses protections.

Lorsque la hache retomba, Sy-wen s'était déjà élancée. Un minuscule projectile fusa de ses doigts et, tournant à toute vitesse sur lui-même, alla se ficher dans la fente avant que l'éb'ène puisse se refermer. La mer'ai appelait cette arme vivante un étourdisseur. En effet, le petit crustacé en forme d'étoile de mer possédait un dard enduit d'un poison assez virulent pour étourdir un énorme requin des roches.

Ly'chuk trembla sur ses jambes, puis poussa un cri atroce et tomba à genoux.

— Maintenant ! glapit Er'ril.

Tout autour de la caverne, les archers décochèrent un barrage de flèches qui filèrent en dessinant des traînées écarlates. Des impacts cristallins tintèrent tandis que des plumes festonnaient la silhouette noire – sa tête, ses membres, son torse.

Avant que Ly'chuk puisse réagir à tant d'assauts différents, la pierre qui le composait se changea en sanguine étincelante.

Tol'chuk avait bondi à la première vibration de corde d'arc. À présent, il se ruait vers son ancêtre en brandissant son marteau. L'éb'ène pouvait peut-être résister à des armes ordinaires, mais la sanguine était un cristal facile à travailler avec des instruments basiques.

Tol'chuk abattit son arme sur la silhouette couleur de rubis.

Elena perçut un mouvement au-dessus d'elle. Tante Fila se posa, les yeux étincelants d'étoiles et de Vide.

— Non ! hurla Cho.

Le marteau frappa sa cible avec un tintement cristallin – la note aiguë produite par du verre qui se brise. Cette note se changea en une onde physique qui se propagea vers l'extérieur, emportant la lumière et le son avec elle. Elena éprouva une secousse ; puis une brûlure étrangement familière se répandit dans tout son corps.

La jeune femme cligna des yeux, et sa vision lui revint. Elle se tenait seule à la surface du lac souillé. Tous les autres occupants de la caverne avaient été repoussés contre les murs et le plafond. Pivotant sur elle-même, Elena vit des n'ains, des hommes, des monstres, tous cloués à la pierre et immobilisés par une force invisible. Mais laquelle ?

Un picotement parcourut Elena. La jeune femme baissa les yeux. Elle était nue. Son corps, ses membres avaient entièrement viré à l'écarlate. Des motifs plus foncés tourbillonnaient sur sa peau. Cho avait de nouveau fusionné avec elle, comme quand elle flottait à l'intérieur du Weir.

Le choc écarquilla les yeux d'Elena. La jeune femme sentit la pression familière sur ses oreilles. Elle était revenue dans le Weir, à l'intérieur du puits de l'énergie spirituelle de Chi. Elle ne savait pas si elle devait s'en réjouir ou s'en alarmer.

Elle tourna son attention vers l'endroit où le Seigneur Noir s'était tenu. Au milieu d'une nuée d'éclats cristallins gisait une silhouette pâle et nue, plus proche du squelette que d'autre chose : Ly'chuk, ou ce qu'il en restait. Puis l'horreur gagna lentement Elena. Elle pivota sur elle-même. Le lac argenté – la confluence tout entière – avait viré au noir.

Comme la jeune femme hoquetait, la pression contre ses tympans éclata telle une bulle. Des cris lui parvinrent tandis que des gens s'écrasaient sur le sol autour d'elle. Des os tombèrent en pluie. Elena s'accroupit, dissimulant à demi son corps nu, toujours écarlate de la tête aux pieds.

Étourdis, les n'ains se redressèrent en cherchant leurs armes. Mais ils n'en avaient plus besoin.

Les créatures d'os qui s'étaient écrasées contre les murs lorsque Chi avait jailli de son calice brisé demeurèrent crânes inertes et tibias brisés. La magie qui les animait s'était volatilisée, tout comme le tourbillon noir du plafond. Les skal'tum s'envolèrent en direction des tunnels.

Er'ril apparut à côté d'Elena. Il tenait une cape, mais semblait hésiter à approcher. La jeune femme passa une main dans ses cheveux, soulagée de constater qu'elle en avait toujours. Ses mèches avaient brûlé et raccourci, mais elle n'était pas chauve.

Soudain, une sensation de fraîcheur la parcourut, lui donnant la chair de poule. Une brume s'éleva de son corps et reforma la silhouette azurée de Cho. Elena baissa les yeux tandis qu'Er'ril faisait les deux derniers pas qui la séparaient d'elle. Sa peau était redevenue pâle, y compris sur ses mains. Elle s'enveloppa de la cape que lui tendait l'homme des plaines.

— Le sol est entièrement noir, constata Joach, inquiet, en fixant la créature pâle au centre de la caverne. Avons-nous réussi trop tard ?

Cho se tourna vers les compagnons.

— *C'est Chi.*

— Il est libre, n'est-ce pas ? demanda Elena.

Cho acquiesça, mais son visage habituellement stoïque frémissait de peur.

— *Il a l'intention de détruire votre monde.*

29

Tandis que les autres se rassemblaient, Er'ril prit Elena dans ses bras.

— Comment ça, « Chi a l'intention de détruire notre monde » ? demanda-t-il à la silhouette spectrale de Cho.

Elena tendit une main vers lui. Il saisit ses doigts blancs comme neige. C'était bizarre de la voir sans sa Rose ; elle paraissait aussi fragile que de la porcelaine.

Cho scruta la caverne. Son regard s'arrêta sur la silhouette pâle et squelettique à demi recroquevillée par terre. Une de ses mains, toute en os et en chair flétrie, grattait encore faiblement le sol.

— *Chi est parti accomplir le sombre dessein de cette créature.*

Er'ril dégaina son épée.

— Donc, le Seigneur Noir le contrôle toujours.

Il s'écarta d'Elena avec la ferme intention d'y mettre un terme immédiat et définitif.

— *Non*, le détrompa Cho. *Il est libre de ses entraves. Désormais, seule la folie le gouverne… Il va frapper à l'aveuglette, telle une bête sauvage et paniquée.* (L'apparition s'éleva dans les airs.) *Je dois le rejoindre et le ramener.*

Elena fit un pas vers elle.

— Peux-tu l'arrêter ?

Cho la dévisagea en silence. Puis elle répéta doucement :

— *Je dois le rejoindre.*

Dans un tourbillon de clair de lune, elle vola jusqu'au plafond, puis s'abattit telle une flèche d'argent vers le sol noir. Elle traversa celui-ci et disparut.

Er'ril revint vers Elena.

— Tu as toujours le Journal Sanglant ? demanda la jeune femme.

En guise de réponse, il tapota sa cape. Elena acquiesça et se laissa aller contre lui.

Entre-temps, Joach et les autres les avaient rejoints. Tous avaient entendu les paroles de l'esprit et arboraient une mine sombre. Tol'chuk se détacha du groupe pour se diriger vers la forme prostrée de son ancêtre. Il portait toujours son marteau.

—J'ai réussi à communiquer avec Xin, annonça Tyrus, serrant une pièce d'argent dans sa main. Le monstre noir qui gardait Noircastel a succombé. La forteresse est tombée. (Il se tourna vers Sy-wen qui se tenait près de Kast, et Nee'lahn qui se tenait près de Méric.) Hunt et les enfants ont pu regagner le *Cœur de Dragon*. Ils sont tous indemnes.

Sy-wen et Nee'lahn affichèrent un soulagement identique.

Tyrus reporta son attention sur Er'ril.

—Et j'ai envoyé des éclaireurs vers la fosse pour s'assurer que là-bas aussi, les combats ont cessé.

Er'ril opina et balaya la caverne du regard. La seule lumière provenait du faisceau de clair de lune qui filtrait par le trou du plafond, et elle était en train de s'estomper comme l'astre descendait vers l'horizon. Des torches s'allumèrent tout autour de la chambre souterraine. Les valides s'affairaient auprès des blessés et des agonisants. Plus loin, Er'ril avisa Fardale dans sa forme de loup qui pleurait la mort d'Épine et de son frère.

—On a gagné? demanda Joach à voix basse, en s'appuyant sur son bâton.

Personne ne lui répondit.

Wennar s'approcha, son armure cabossée et ensanglantée. Il ôta son casque et passa une main sur son crâne chauve.

—Le tunnel vers Noircastel a disparu.

De la main, il désigna le mur du fond. D'autres passages demeuraient, mais celui par lequel les n'ains avaient déboulé dans la caverne semblait s'être refermé.

—La magie noire qui reliait les deux endroits s'est évanouie, marmonna Er'ril. Que ce soit dû au déclin de la lune ou à la chute du Seigneur Noir, c'est fini.

—Comme notre regain de magie, déclara Méric. Sur ce lac noir, tout au moins, nous sommes de nouveau coupés de nos pouvoirs.

Er'ril fronça les sourcils.

—On devrait peut-être...

Le sol trembla, l'empêchant de terminer sa phrase. De la poussière de roche tomba en pluie du plafond.

—On devrait peut-être ficher le camp d'ici, suggéra Harlequin, scrutant la voûte au-dessus de sa tête.

Le tremblement s'estompa, mais les mines inquiètes subsistèrent.

Er'ril hocha la tête.

— Je crois que Harlequin a raison.

L'espion haussa un sourcil.

— L'homme des plaines est d'accord avec moi : ça, c'est quelque chose que vous n'entendrez pas tous les jours ! Peut-être est-ce réellement la fin du monde.

Er'ril soupira, réalisa qu'il devait mille excuses au petit homme en habit de bouffon. Mais son acte de contrition pouvait attendre un peu.

— Pour l'instant, il faut s'occuper des blessés et se tenir prêts à décamper le plus vite possible.

Des hochements de tête lui répondirent. Kast, Wennar et Tyrus partirent organiser les survivants.

Er'ril se tourna vers Elena.

— Je ne peux pas partir, dit doucement la jeune femme. Pas avant le retour de Cho.

Une autre secousse ébranla la caverne. Er'ril prit Elena dans ses bras et sentit un frisson jumeau la parcourir.

— Cho arrêtera son frère, lui assura-t-il.

— Et si elle n'y parvient pas ? chuchota Elena.

Er'ril soupira.

— Quoi qu'il arrive, nous l'affronterons ensemble.

Il crut que ces paroles réconforteraient sa bien-aimée. Au lieu de ça, Elena se dégagea et parut se barricader en elle-même. Le cœur d'Er'ril se serra.

— Elena, qu'est-ce qui ne va pas ? demanda-t-il à voix basse.

La jeune femme se contenta de fixer le sol noir, silencieuse et solitaire.

Tandis que le sol tremblait, Tol'chuk toisait la créature hâve et blême en se demandant ce qu'il faisait là. Son ancêtre ne méritait nulle pitié, nulle miséricorde, nulle dernière gentillesse. Difficile de dire qu'il avait été un og're autrefois. Sa colonne vertébrale était tordue ; ses jambes ressemblaient à de pauvres brindilles ; les os de son crâne se devinaient à travers sa peau translucide.

Pourtant, Tol'chuk s'agenouilla et posa son marteau. Des yeux qui paraissaient trop grands pour ce visage décharné suivirent son mouvement.

Ils se fixèrent un instant – le commencement et la fin d'une lignée.

De nouveau, Tol'chuk se demanda ce qu'il faisait là. Il était rassuré : même si le sang du Parjure coulait dans ses veines, son cœur lui appartenait. Il scruta le visage de son ancêtre. La rage s'était estompée dans les yeux de celui-ci. Ly'chuk ne se trouvait plus qu'à quelques battements de cœur de la mort. Même la plus virulente des corruptions ne trouvait en lui rien d'assez solide auquel se raccrocher.

Une main griffue se tendit vers Tol'chuk, mais elle était trop faible pour l'atteindre.

Même s'il n'y avait pas de supplique dans le regard du mourant, Tol'chuk prit cette main dans la sienne. Et de nouveau, il se demanda: *pourquoi?* Un seul mot. Qu'était-il venu chercher ici?

Mais les doigts frêles se crispèrent sur les siens, une chair en touchant une autre et identifiant la vie dans ses derniers instants.

Tol'chuk se rapprocha. Il n'avait pas pu adoucir l'agonie de son propre père, tué durant un absurde conflit tribal. Il se souvint du jour où, enfant, il avait vu des guerriers ramener son corps transpercé par une lance. Aigri par la perte de sa compagne et par le fardeau que représentait son bâtard de fils, son père l'avait quitté bien avant qu'on le ramène inerte et ensanglanté dans leur tanière.

Tol'chuk soupira. À présent, il comprenait ce qui l'avait amené là. Il avait besoin d'accorder son pardon, non pour soulager le cœur de son ancêtre, mais pour libérer le sien.

De nouveau, les doigts de Ly'chuk pressèrent sa main. La créature agonisante avait dû sentir sa douleur. Un chuchotement s'échappa de ses lèvres parcheminées. Tol'chuk n'aurait pas cru que son ancêtre ait encore la force de parler.

—Je… je n'ai jamais vu mon fils, hoqueta-t-il faiblement.

Tol'chuk se souvint de l'histoire qu'il lui avait racontée plus tôt. Ly'chuk avait conçu un enfant, mais c'était le jour de la naissance de celui-ci que la Terre l'avait châtié.

Les doigts du mourant s'accrochèrent à ceux de Tol'chuk avec le peu de vigueur qui leur restait.

—Vois le tien…

Depuis leurs mains jointes, une secousse traversa Tol'chuk, remontant le long de son bras et fusant jusqu'au noyau de son être. C'était une sensation à la fois brûlante et glaciale. Elle stagna quelques instants dans son bas-ventre, puis se dissipa en un nuage tiède.

Tol'chuk perçut la transformation au plus profond de ses entrailles. Il était guéri.

Il baissa les yeux vers Ly'chuk. Celui-ci ne bougeait plus, et ses yeux étaient devenus vitreux. Tol'chuk lui tint la main encore quelques instants. Sans que personne ait besoin de le lui expliquer, il savait ce qui venait d'être accompli. Il savait qu'il venait de recevoir un dernier cadeau. Quelque magie qui ait remédié à sa propre stérilité, Ly'chuk la lui avait léguée avant de mourir.

« Vois le tien… »

Tol'chuk comprit ce geste, et, l'espace d'un instant, il entrevit l'intention qui l'avait motivé. En lui faisant ce cadeau, Ly'chuk n'avait pas tenté de prolonger sa propre lignée : il avait voulu lui donner une chance d'en commencer une nouvelle – une lignée née d'un acte miséricordieux. Avec beaucoup de douceur, Tol'chuk déposa la main frêle de son ancêtre sur sa poitrine.

— Repose en paix.

Elena fixait le sol noir. Les tremblements qui parcouraient celui-ci lui disaient que tout n'était pas terminé. Du plus profond de son cœur, l'avertissement de Sisa'kofa revint hanter la jeune femme. Elle se souvint de l'ombre de la sor'cière flottant devant la Pierre des Esprits : « Tu seras confrontée à un choix crucial. Ta décision nous sauvera ou nous condamnera tous. »

— Qu'est-ce qui ne va pas ? interrogea de nouveau Er'ril.

Elena secoua la tête. Elle avait juré de garder le silence. Ce tourment n'appartenait qu'à elle.

— Dis-le-moi, je t'en prie.

La douleur dans la voix d'Er'ril lui fit lever la tête. Dans ses yeux couleur de tempête, elle lut l'amour et l'abnégation de l'homme des plaines. Il était prêt à tout sacrifier pour elle. Pouvait-elle faire moins que ça ?

— Je t'en supplie…

La voix d'Er'ril n'était qu'un chuchotement étranglé. Il se rapprocha d'elle, levant une main pour la poser sur sa joue.

Elena ferma les yeux, mais cela ne servit à rien. Le contact de son bien-aimé la brûlait. Elle entendait son souffle alourdi par la peur. Le cœur de la jeune femme se serra. Tout au fond d'elle, quelque chose se brisa. Quel besoin y avait-il de garder des secrets plus longtemps ? Elle rouvrit les yeux et laissa son angoisse transparaître librement dans ses prunelles.

— Er'ril…

Une secousse violente l'interrompit. Un pan du plafond s'écroula. Er'ril et elle sursautèrent comme un énorme morceau de roche s'écrasait sur le sol. Hommes et n'ains s'égaillèrent. Par chance, personne n'avait été blessé.

— Il faut partir, dit Er'ril en saisissant le bras d'Elena. Tout de suite !

Kast les rejoignit en courant tandis qu'une note de cor résonnait à travers la caverne. Le Sanguinaire dut hurler pour se faire entendre par-dessus le grondement.

— Wennar sonne le ralliement ! Nous sommes prêts à y aller !

Er'ril lui fit signe de reculer.

— Alors, allez-y ! Évacuez tout le monde ! On vous suit !

Comme Kast se détournait, Er'ril reporta son attention sur Elena. L'indécision de la jeune femme devait être visible, car la main d'Er'ril se crispa sur son bras.

— Cho peut nous atteindre à la surface aussi facilement qu'ici.

Joach se tenait non loin d'eux, se dandinant d'un pied sur l'autre.

— Il a raison, El.

La jeune femme regarda tour à tour les deux hommes, puis acquiesça.

Mais avant qu'ils puissent faire un seul pas, le sol se cabra sous eux, les jetant à quatre pattes. Des rochers s'écrasèrent tout autour d'eux. S'étaient-ils décidés trop tard ?

Un tourbillon argenté s'éleva du sol comme s'il avait été expulsé par la secousse. Elena s'assit sur ses talons et leva les yeux vers la silhouette familière qui se formait devant elle.

— Cho ?

— Non, c'est Fila.

L'apparition s'accroupit. Son visage était creusé par l'inquiétude, ses yeux cernés par la peur. Sous leurs pieds, les vibrations cessèrent, mais un grondement sourd persista, tel le tonnerre résonnant dans les entrailles du monde.

— Cho essaie toujours d'amadouer son frère.

— Que se passe-t-il ? demanda Er'ril.

Tante Fila secoua la tête.

— C'est une catastrophe. Chi reconnaît sa sœur, mais il délire complètement. J'ai effleuré son esprit : tout n'est que chaos et démence à l'intérieur.

— Pourquoi ? demanda Joach. Que lui est-il arrivé ?

Les lèvres de pierre de lune se pincèrent.

— Ces esprits ne sont pas comme nous. Ils étaient faits pour arpenter le Vide entre les étoiles. Mais Chi vient de passer cinq siècles prisonniers de ces maudits portails. Sa captivité l'a corrompu. Ce qu'il reste de lui… c'est moins qu'un animal, une rage primitive et incontrôlable qui a l'intention de tout faire brûler.

— Que pouvons-nous faire pour l'arrêter ? interrogea Elena, les yeux écarquillés.

Le regard de Fila se posa sur elle.

— Il y a bien un moyen.

Elena sentit un nœud glacé se former dans sa poitrine.

— De quoi s'agit-il ? demanda Er'ril.

— Cho peut fusionner avec Chi.

Joach se pencha fébrilement vers l'apparition.

— Sera-t-elle capable de le contrôler ?

Les deux hommes dévisageaient Fila avec espoir, mais le spectre n'avait d'yeux que pour Elena. Ce fut cette dernière qui répondit à la question de Joach.

— Cho a l'intention de détruire son frère… et elle-même.

Elle se souvint des fois où sa magie sauvage avait touché de l'énergie chyrique pure. Le résultat avait été aussi instantané qu'explosif.

— Leurs deux énergies sont opposées en tous points, expliqua Fila. Elles ne peuvent pas coexister au même endroit. Une fusion entre Cho et Chi provoquera une explosion magique qui les détruira tous les deux.

— Il doit y avoir un autre moyen, marmonna Elena.

Sa tante soupira et baissa encore la voix.

— La souffrance de Chi est inimaginable, et, à présent, Cho partage son agonie. Elle sait qu'il est impossible de soulager sa douleur ou d'y remédier. Elle a déjà essayé. Chi n'est pas seulement corrompu – il est brisé de toutes les façons possibles. Il ravagera notre monde, changeant notre jardin en désert, puis il tournera son attention vers d'autres dimensions. Cho sait qu'un seul chemin peut le conduire à la paix.

— Alors, qu'elle agisse avant qu'il soit trop tard, dit Er'ril.

L'urgence de ses propos fut confirmée par une nouvelle secousse suivie d'une chute de pierres.

Depuis le bout de la caverne, Kast appela :

— Er'ril !

Flanqué de Tol'chuk et de Wennar, le Sanguinaire se tenait près du tunnel qui conduisait à la fosse. Presque tous les combattants avaient vidé les lieux. Les n'ains évacuaient la chambre souterraine au pas de course, portant les blessés entre eux sur leurs boucliers qu'ils utilisaient comme des civières.

— Allez-y ! ordonna Er'ril. Regagnez la fosse !

Kast hésita visiblement, puis hocha la tête et fit signe à Wennar de le précéder dans le tunnel.

Durant cet échange, le regard de Fila n'avait pas quitté sa nièce.

— J'aimerais parler un moment avec Elena.

Er'ril carra les épaules, prêt à refuser, mais la jeune femme lui toucha le bras.

— Vas-y. Plus nous perdrons de temps à discuter, moins nous en aurons pour agir.

Er'ril la fixa durement, les mâchoires serrées comme un étau. Mais Elena tint bon. *Va-t'en*, lui criait son cœur. *Va-t'en avant que je n'aie plus la force !*

L'homme des plaines finit par céder. Il se détourna d'un mouvement coléreux qui fit voler sa cape et s'éloigna de quelques pas. Joach le suivit.

Elena déglutit et reporta son attention sur sa tante.

— Dis-moi, chuchota-t-elle, prête au pire.

Mais les paroles suivantes de l'apparition l'ébranlèrent jusqu'à la moelle.

— La Pierre des Esprits… Elle a déjà été détruite.

Elena blêmit.

— Quoi ?

— Tout est arrivé si vite, dit Fila, le regard brusquement perdu. L'éclat du cœur du monde s'est éteint, soufflé comme une bougie par un vent de tempête.

— Ainsi, le monde est condamné.

— Pas encore. De son vivant, le cristal faisait circuler l'énergie élémentale à travers le monde. Mais le sang ne s'évapore pas d'un corps dont le cœur vient de cesser de battre. L'énergie élémentale perdurera un moment. Sa puissance s'estompera au fil du temps – quelques dizaines d'années, peut-être quelques siècles – jusqu'à ce qu'elle ait tout à fait disparu.

Elena avait du mal à respirer.

— Donc, le Seigneur Noir a gagné en fin de compte ?

— Tu ne dois pas le voir de cette façon. S'il avait vaincu la Terre, il aurait remodelé le monde à son image corrompue. Il aurait fait à nos contrées la même chose qu'à Chi. (Le spectre frissonna.) Je préférerais encore que le monde soit détruit.

Elena ravala son désespoir.

— Alors, que pouvons-nous faire ? Que se passera-t-il après que Cho et Chi auront fusionné ?

Tante Fila soupira.

— L'explosion sera cataclysmique – d'une force mille fois supérieure à celle de chacun des esprits séparés. Il faudra faire quelque chose de toute cette énergie.

— Quoi ? couina faiblement Elena.

— Souviens-toi que tu es liée à Cho par le sang. Au moment de l'explosion, l'énergie déferlera sur le pont qui vous connecte par-delà les dimensions. L'espace d'un bref instant, tu contrôleras cette puissance insensée.

Elena se figea.

— Non…

— Si. Et deux possibilités s'offriront alors à toi.

Machinalement, la jeune femme se mit à secouer la tête. La prophétie de Sisa'kofa s'accomplissait.

— L'énergie aura besoin d'un calice, poursuivit tante Fila. La première possibilité sera donc de la garder pour toi.

Elena se souvint du mal qu'elle avait eu à maîtriser sa propre magie sauvage, à trouver un équilibre entre la femme et la sor'cière en elle. *Si la sor'cière devient mille fois plus forte...*

— Je ne peux pas... Je n'y arriverai pas...

Tante Fila opina.

— C'est un choix difficile. Le pouvoir consumerait ton corps. Tu deviendrais comme Chi ou Cho, une entité d'énergie spirituelle.

Elena n'imaginait même pas une telle existence.

— Quant à la deuxième possibilité, tu te tiens dessus. La Pierre des Esprits, désormais vide.

L'espoir flamboya dans le cœur de la jeune femme.

— Je pourrais redonner vie à la Terre avec cette magie ?

— Oui, mais ce serait un calice trop petit. La quantité d'énergie dont tu disposeras sera de loin supérieure à ce que contenait la Pierre autrefois. Ce serait comme un homme frappé par la foudre. Une telle décharge remodèlerait le monde. Celui que nous connaissons prendrait fin, et un autre naîtrait – aussi vivant que le nôtre, mais extrêmement différent.

— Donc, j'ai le choix entre devenir une déesse ou faire repartir notre monde de zéro.

Elena jeta un coup d'œil à Er'ril. L'homme des plaines les surveillait, le regard dur. Quelque décision qu'elle prenne, quelque chemin sur lequel elle s'engage, elle perdrait celui qui veillait si tendrement sur son cœur. Comment pouvait-elle choisir ?

Et c'était sans compter avec l'avertissement de Sisa'kofa, la prophétie qui avait traversé les siècles : « Je suis venue te dire que, quel que soit ton choix, il nous condamnera tous. »

Fila reprit la parole.

— Mais il existe peut-être un autre chemin, un moyen d'éviter tout cela.

Elena reporta son attention sur l'apparition en pierre de lune. Elle l'implora du regard.

— Le Journal Sanglant, dit sa tante. C'est le lien de Cho avec toi et avec ce monde. Sans lui, elle n'existe que dans le Vide.

— Je ne comprends pas.

— Le Grimoire est nécessaire pour maintenir Cho ici afin qu'elle puisse fusionner avec Chi. Mais, cela fait, tu pourras briser la connexion.

Ainsi, l'énergie produite par l'explosion se déversera dans le Vide plutôt qu'en toi.

— Et je n'aurai pas à faire de choix !

— Exactement. Si tu détruis le Journal Sanglant à l'instant précis où Cho et Chi fusionnent, l'énergie privée de connexion avec ce monde se dissipera dans l'immensité de l'au-delà.

Le cœur d'Elena se gonfla de soulagement. Sisa'kofa avait bien dit qu'il y aurait une alternative !

— Que dois-je faire ? demanda-t-elle vivement.

— Je t'aiderai. Je te dirai quand détruire le Grimoire, mais tu ne devras pas hésiter. Tu n'auras qu'un instant pour agir.

Elena acquiesça.

— Comment devrai-je m'y prendre ?

— Ça, c'est assez facile. Tu détiens ce pouvoir depuis le début.

Fila fit signe à sa nièce de lever les mains. Elle prit la droite entre ses deux paumes spectrales.

— Dans cette main, tu détiens le feu sor'cier.

Les doigts d'Elena virèrent à l'écarlate, sa Rose ravivée par l'énergie spirituelle de Fila.

— Et dans celle-ci, tu détiens le feu glacial, poursuivit sa tante, régénérant la main gauche de la jeune femme.

Lorsqu'elle eut terminé, l'apparition rapprocha ses deux paumes de pierre de lune, les ouvrant comme un livre entre les mains de sa nièce.

— Et entre les deux couve le feu céleste, acheva Elena. Je peux détruire le Grimoire en libérant mes deux magies simultanément.

Fila eut un hochement de tête satisfait.

— Tu dois te tenir prête, les paumes entaillées et debout au centre de la confluence. À mon signal, ne perds pas une seule seconde pour agir. Tu y arriveras ?

Elena songea à ce qui se passerait dans le cas contraire et affirma :

— Je n'échouerai pas.

Tante Fila sourit et soupira.

— Alors, prépare-toi. Cho est déjà en train d'appeler Chi. (La silhouette s'enfonça à travers le sol noir, laissant derrière elle un chuchotement plein d'amour.) Ta mère aurait été fière.

Puis elle disparut.

Er'ril et Joach rejoignirent immédiatement Elena. L'homme des plaines détailla ses mains écarlates.

— Que se passe-t-il ?

C'était trop de choses à expliquer en trop peu de temps. Elena tendit une paume marquée de motifs rouges et dit très vite :

— J'ai besoin du Journal Sanglant.

Percevant sa fébrilité, Er'ril ouvrit sa cape et en sortit le Grimoire. La rose embossée brillait toujours d'un éclat très vif, bien qu'un peu atténué par le déclin de la lune dans le ciel. Er'ril tendit l'artefact à Elena.

— Que comptes-tu en faire ? interrogea Joach.

Elena saisit sa dague de sor'cière et s'entailla profondément les deux paumes. Elle ne voulait pas prendre le moindre risque avec le débit de sa magie.

— Le Grimoire doit être détruit, expliqua-t-elle.

Joach ouvrit la bouche. Elena soutint le regard de son frère. Celui-ci secoua la tête et fit un pas en arrière. Mais la jeune femme vit combien il était blessé. Elle savait quel espoir il avait placé entre les couvertures du Journal Sanglant. Quand tout serait terminé, elle trouverait un moyen de l'aider.

Elena prit le Grimoire.

— Faites reculer tout le monde, ordonna-t-elle.

Elle ne voulait pas que quiconque soit pris dans le contrecoup magique quand elle libérerait son feu céleste.

Seule une petite poignée de gens demeurait dans la caverne. Près de l'entrée du tunnel, Elena repéra Méric et Nee'lahn, Kast et Sy-wen, Tol'chuk et Tyrus. Er'ril leur fit signe de reculer, mais lui-même s'attarda encore quelques instants.

— Elena ?

La jeune femme soutint son regard.

— Je dois le faire seule.

Elle rebroussa chemin vers le centre de la caverne. Le sol trembla de nouveau, et les vibrations remontèrent le long de ses jambes.

— Je t'aime, chuchota Er'ril.

— Moi aussi.

C'était si dur de le voir là… Le cœur d'Elena défaillit au moment où il aurait dû être le plus fort. Er'ril dut le sentir, car il battit en retraite avec Joach.

En lui, Elena ne voyait plus un chevalier, un protecteur ou un homme-lige : juste un homme qui l'aimait et qui avait peur pour elle. Le regard d'Er'ril la traversa comme pour l'imprégner de sa force et de sa volonté. Mais il savait qu'il ne pouvait pas la suivre sur ce chemin-là.

Les yeux pleins de larmes, Elena se détourna. Elle ne pouvait pas le regarder plus longtemps. D'un pas vif, elle se dirigea vers le centre de la confluence noire et se planta dans la colonne de clair de lune. Serrant le Grimoire contre sa poitrine, elle retint son souffle. Le sol trembla de nouveau, et de la poussière de roche tomba du plafond.

— Je suis prête, souffla Elena.

Comme s'il l'avait entendue, le sol s'assombrit brusquement sous ses pieds. Le phénomène partit du centre de la caverne et se propagea vers l'extérieur. Des hoquets résonnèrent du côté du tunnel.

Elena baissa les yeux. Un puits vitreux venait de s'ouvrir sous elle, une obscurité marbrée de veines écarlates. La jeune femme avait déjà contemplé une telle vision à travers la Porte des Esprits. C'était le centre du monde. Mais le cœur cristallin ne brillait plus. Illuminée par deux volutes étincelantes qui se pourchassaient autour d'elle, la pierre était sombre, vide de ce qui l'avait jadis animée.

Des mots parvinrent à Elena depuis le fond de ce puits.

— *Elena... Le moment approche.*

La jeune femme saisit le journal et invoqua sa magie, faisant fleurir la Rose de ses deux mains. Elle sentit le feu et la glace se mélanger.

En contrebas, la danse des volutes se fit frénétique. Virevoltant et tournoyant, les filaments lumineux se mélangèrent et se changèrent en un nuage éblouissant, dont la pureté évoquait une vie au-delà de l'existence.

Elena retint son souffle. Ses joues étaient baignées de larmes. Une telle beauté n'existait pas. Elle n'appartenait pas à ce monde.

Puis un éclair aveuglant détruisit tout. La secousse illumina le puits. La cape et les cheveux d'Elena se soulevèrent comme quelque chose la traversait par en dessous.

— *Maintenant!*

Ce simple mot résonna jusque dans les fibres de son être.

Hoquetant, Elena déversa toute sa magie dans le livre qu'elle tenait entre ses mains. Le feu sor'cier et le feu glacial fusionnèrent avec une violence aussi radieuse que l'explosion en contrebas. Ils déchiquetèrent le Journal Sanglant – sa couverture, ses pages... Mais liée à sa magie, Elena perçut aussitôt son erreur.

Elle fixa ses mains d'un air horrifié. Du sable tomba entre ses paumes. Du sable... Ce n'était pas le Journal Sanglant, mais une vulgaire illusion.

Elena fit volte-face en levant les yeux.

— Joach!

Au fond de la caverne, son frère tomba à genoux. Leurs regards se croisèrent une fraction de seconde – puis l'onde de choc magique frappa Elena et l'emporta.

Er'ril plongea vers Elena en hurlant. Mais, à travers toute la caverne, un monstrueux faisceau de lumière jaillit du sol. La force invisible qui l'accompagnait souleva Er'ril de terre, le projeta contre le mur et l'y maintint immobilisé.

L'espace d'un instant, la confluence redevint argentée, d'une radiance aveuglante. Une immense pression en émanait, menaçant d'arracher l'esprit de l'homme des plaines à son corps. Er'ril sentit ses amarres se tendre jusqu'au point de rupture. Une telle force ne pouvait être contenue, pas même par cette immense chambre souterraine.

Alors, quelque chose céda – pas à l'intérieur d'Er'ril, mais à l'intérieur du monde.

La pression éclata comme une bulle ; l'homme des plaines glissa le long du mur et s'écroula sur le sol avec les autres. Autour de lui, le visage de ses compagnons s'était changé en masque de peur.

Tol'chuk fut le premier à se redresser. Bouche bée, il leva la tête. Les autres suivirent la direction de son regard. Le plafond de la caverne avait disparu – il ne s'était pas effondré, mais bel et bien volatilisé. Très loin au-dessus d'eux, les étoiles brillaient dans un ciel balafré de nuages. Le visage rond et argenté de la lune était à mi-chemin de sa descente.

Méric fut le premier à rompre le silence abasourdi. D'une voix étouffée, comme si ses compagnons l'entendaient à travers de l'eau, il demanda :

— Où est Elena ?

Er'ril n'avait pas de réponse à lui faire. Le sol était redevenu noir. Elena avait disparu aussi sûrement que le plafond de la caverne. L'homme des plaines se jeta sur Joach.

— Qu'as-tu fait ? (Il avait eu l'intention d'employer un ton cinglant, mais ce fut un hurlement de rage qui sortit de sa bouche.) Qu'as-tu fait ?

Joach affronta le courroux de l'homme des plaines. Il n'avait pas le choix – il ne pouvait pas remuer les jambes. Il resta à genoux là où il était tombé, la tête basse. C'était à peine s'il voyait les autres. Son esprit était rempli du visage d'Elena quand elle s'était tournée vers lui. Puis… puis la jeune femme avait disparu. Il avait vu l'explosion la consumer en l'espace d'un battement de cœur.

Joach se couvrit le visage. Il avait tué sa sœur. Son chagrin allait au-delà des larmes.

— Qu'as-tu fait ?

Er'ril le saisit par les épaules et le releva de force. Joach fut de nouveau plaqué au mur, non par une détonation magique, mais par une simple fureur humaine. Il farfouilla à l'intérieur de sa cape et en sortit le Journal Sanglant.

— Je n'ai pas pu…

Il ne parvint pas à achever sa phrase.

Er'ril saisit le Grimoire, lâchant Joach qui s'affaissa de nouveau.

— Pour ça ? s'époumona l'homme des plaines. Tu as sacrifié ta sœur pour ça ?

Joach garda la tête baissée. Elle était trop lourde. Dans sa poitrine, son cœur changé en rocher compressait ses poumons et le clouait au col.

— Regarde ! (Er'ril ouvrit le Grimoire d'un geste brusque et l'agita devant le nez de Joach.) Tu l'as tuée pour rien !

Tout d'abord, le jeune homme effondré ne comprit pas. Puis il vit les pages du Journal Sanglant. Elles étaient couvertes de gribouillis à l'encre. Le Vide avait disparu.

— Le Grimoire est redevenu le journal de mon frère.

La phrase d'Er'ril s'acheva par un hoquet pareil à un sanglot. L'homme des plaines tomba à genoux devant Joach. Sa fureur s'était consumée, ne laissant derrière elle que du chagrin.

— La magie s'est évanouie. J'ignore ce que tu cherchais, mais tu ne le trouveras jamais.

Les deux hommes savaient ce que ça signifiait. Elena était réellement morte.

Er'ril fixa Joach, les yeux humides.

— Pourquoi ?

Joach secoua la tête. Il ne pouvait pas répondre à cette question. Il ne se l'expliquait pas lui-même. Quelque chose de ténébreux se tapissait en son cœur. Au début, c'était de l'amour, mais la douleur, le pouvoir et l'orgueil l'avaient souillé, corrompu. Ça l'avait poussé à trahir ceux qui l'aimaient vraiment pendant qu'il pourchassait un fantôme.

Joach fixa Er'ril, mais il ne le voyait plus. Il voyait Elena. En ce dernier instant, au-delà de l'angoisse et du désespoir, il avait lu dans ses yeux quelque chose qui lui faisait plus mal encore que tout le reste : de la compréhension et de l'amour.

Joach ferma ses paupières… et son cœur.

Sa sœur n'était plus.

Des cascades de lumière bouillonnaient tels des océans déchaînés, jaillissant à travers l'immensité du vide… Des étoiles virevoltaient en une danse qui défiait le temps mais le définissait également…

Elle tournoyait au milieu de ce chaos et de cette symétrie. Elle était trop grande, trop vaste. Nul ne pouvait la voir.

De petites étincelles fusaient frénétiquement autour d'un cœur minuscule… Des forces fondamentales s'agitaient à l'intérieur du noyau, se brouillant là où s'achevait l'énergie pure et où commençait la matière… Un iota se liait à un autre, et à un autre encore, formant l'amorce d'un morceau de granit…

Elle flottait au milieu de cette simplicité et de cette complexité. Elle était un grain de poussière dans la sous-strate de la vie. Personne ne savait qu'elle était là, pas même elle.

Mais tandis qu'elle louvoyait entre l'infini et l'insignifiant, un petit bout de sa conscience subsistait.

Je suis, songea-t-elle.

Du pouvoir coulait en elle, la déployant plus largement vers l'extérieur et plus profondément vers l'extérieur. Cesserait-elle jamais de flotter ? L'existence n'avait-elle pas de fin ?

Comme elle rapetissait, la matière redevenait énergie. Comme elle s'élargissait, l'énergie se changeait en matière. Elle nomma ce néant : le Vide. Et alimentée par l'énergie argentée qui scintillait en elle, elle remplit ce Vide.

Elle était née du néant, et elle y était retournée.

Tout le reste n'était que Substance.

Comme elle méditait cette nouvelle perspective, une voix lui parvint.

— *Elena.*

À son tour, elle nomma l'autre qu'elle connaissait aussi bien qu'elle-même.

— *Cho.*

Un tourbillon de clair de lune lui répondit.

— *Le moment est venu, Elena. J'arrive à ma fin. Mon existence est déjà terminée. Tu dois choisir entre toi et le monde.*

Son identité emplit les coins de sa conscience. Et ses souvenirs revinrent avec elle.

— *Non, je ne dois pas*, répliqua-t-elle. *Je ne dois pas choisir.*

L'autre commença à s'estomper.

— *Alors, le choix se fera tout seul. Tu continueras à enfler dans le Vide, à devenir l'harmonie qu'est le néant. Tu dois choisir.*

À ces mots, Elena éprouva un pincement de frayeur. Des mises en garde très anciennes résonnèrent à ses oreilles. Et un conseil. « Regarde dans ton cœur. Regarde ceux que tu aimes. Trouve ton propre chemin pour sortir des ténèbres – un chemin que tu seras la seule à voir. »

L'écho de ces pensées se répercuta en elle, et son désir devint réalité.

Elena se tenait dans une chambre à ciel ouvert. Des gens se massaient non loin d'elle. Nul ne la voyait. Elle était enveloppée d'un tourbillon destructeur de feu spectral dont les flammes couraient le long de sa silhouette. Elle flottait une portée au-dessus d'un sol noir.

Elle regarda deux hommes se battre et tomber à genoux. « Regarde dans ton cœur. » Elle nomma ces deux hommes qui étaient dans son cœur : *Joach et Er'ril.* « Regarde ceux que tu aimes. » Elle se tourna vers le reste du groupe. Elle connaissait aussi ces gens. Elle les voyait à tous les niveaux d'existence, depuis la matière solide jusqu'au néant. Entre ces deux états se trouvait une énergie argentée : leur force vitale. Certaines de ces forces, chargées d'énergie élémentale, flamboyaient plus fort que les autres. Mais toutes irradiaient une telle beauté !

L'une d'elles en particulier retint son attention.

Er'ril.

Il emplissait son cœur et sa vision. Il l'avait déjà sauvée une fois, ramenée avec ses caresses et son amour. Mais le pouvoir à l'œuvre ici était trop grand. Aujourd'hui, il ne pourrait pas la sauver.

« Trouve ton propre chemin pour sortir des ténèbres. »

Cette fois, Elena devait marcher seule. Elle regarda de nouveau les occupants de la chambre à ciel ouvert, figés dans un lieu privé de temps. Elle observa les traînées de force vitale qui serpentaient entre eux et vers l'extérieur. Elle étendit et fit vibrer un filament de sa propre énergie.

Puis elle fut loin et partout à la fois. Ce qui était sa conscience se propagea dans toutes les directions le long d'une toile d'énergie argentée. Avant, quand elle occupait son corps, elle était trop faible, trop limitée. Elle avait à peine effleuré l'immensité qui s'étendait au-delà. Mais plus maintenant.

Comme dans le Vide, elle se déploya à partir de cet unique filament et à travers la toile qui était le réseau de la vie. Elle enfla dans ses myriades de formes, de perceptions et de textures. Des voix emplirent sa tête. Des existences s'achevèrent et recommencèrent, tandis que de nouveaux bourgeons de force vitale poussaient et grandissaient le long de la toile. Elle filait à travers cette complexité, appréciant sa simplicité. Elle toisait l'énormité du réseau qui s'étendait sous elle et levait vers lui les yeux à facettes d'une fourmi.

Elle savait ce qu'elle contemplait : l'antithèse du Vide et son équivalence. Une source non exploitée. Alors, la réponse lui apparut. Elle sut quel chemin elle devait suivre.

Elle s'échappa de la toile, de la chambre à ciel ouvert et du monde – mais en semant derrière elle une traînée de sa propre énergie, un filament scintillant de feu spectral qui la reliait à ce réseau vivant.

Elle s'arrêta non loin de la lune. L'énergie continuait à couler en elle. Elle ne pouvait pas lui échapper : seulement la libérer. Elle était devenue un réservoir de magie, d'une quantité incalculable de magie. Elle avait le choix : ou bien elle la gardait pour elle et s'élevait vers l'immensité du Vide, ou bien elle la renvoyait dans le cœur creux de la Terre, alimentant ce qui était Substance pour créer un nouveau monde.

Mais, à présent, elle distinguait une troisième possibilité. « Un chemin que tu seras la seule à voir. »

Elle prit toute l'énergie que l'implosion de deux esprits avait déversée en elle et la lia aux cieux tout en maintenant sa connexion avec la toile de vie en contrebas. Elle passa un temps indéfini à la frontière du Vide et de la Substance, équilibrant les vagues de pouvoir, compensant leur flux et leur reflux. Elle agissait et réagissait instinctivement. Mais une partie d'elle comprenait ce qu'elle faisait.

L'énergie liée aux cieux répartirait son pouvoir également le long de la toile. Lorsque la longue agonie de la Terre s'achèverait, il n'y aurait plus d'élémentaux opposés aux gens ordinaires. Il n'y aurait plus de mages, de sor'cières ou de Seigneurs Noirs. Au lieu que quelques-uns surpassent la multitude, chaque être vivant recevrait sa propre magie, son propre talent unique. Le pouvoir se trouvant ainsi dilué, les dons individuels seraient moins forts qu'auparavant. Mais peut-être était-ce ce dont Ly'chuk avait rêvé : la fin du règne de la magie sur leur monde et leur destinée. Peut-être était-il temps qu'ils tracent leur propre chemin.

Elena acheva sa tâche, puis se laissa glisser le long du filament argenté. Tandis qu'elle tombait, elle prit conscience qu'elle était épuisée, vidée. Sans la tempête d'énergie en elle, son identité se précisa et lui revint pleinement. Elle leva les yeux vers le puits de magie qui palpitait dans le ciel, projetant un flux constant vers la toile en contrebas. Elle était stupéfiée par sa propre œuvre, mais, déjà, sa connaissance de celle-ci s'estompait. Sa conscience était redevenue trop limitée pour contenir l'illumination nécessaire à la création de cette nouvelle étoile.

Elle regagna le monde, la toile et la chambre à ciel ouvert tout en continuant à étudier le scintillement de l'étoile. Tant que celle-ci brillerait, tant que son puits d'énergie ne s'assécherait pas, la magie de la Terre serait également répartie en toutes choses, rendant les individus égaux entre eux. Ils recevraient des dons plus limités – celui de sculpter la glaise, de faire de bonnes pâtisseries ou de comprendre les sentiments d'autrui –, mais chacun d'eux posséderait un talent unique et personnel, qu'il pourrait choisir de développer et de chérir ou d'ignorer tout simplement.

À partir de cette nuit, tous les individus seraient égaux.

Elena regarda autour d'elle. Il n'y aurait qu'une exception. Comme elle touchait le sol de la chambre à ciel ouvert, le sort qu'elle avait préparé se déclencha. Sans se rendre compte de la manière dont elle procédait, la jeune femme se dégagea du torrent d'énergie et se réappropria pleinement sa conscience. Elle sortit du néant et émergea de nouveau dans le monde. Elle n'était plus une déesse, plus même une sor'cière – simplement une femme.

Ses perceptions du monde l'assaillirent immédiatement : la chaleur sur sa peau, l'odeur de soufre et de pluie, les exclamations surprises de ses amis, un tourbillon de lumière et de couleurs. Le monde était trop brillant. Elena hoqueta. La tête lui tourna, et elle sentit ses jambes se dérober sous elle.

Puis il fut près d'elle, la rattrapant au vol, submergeant ses perceptions.

— Er'ril, chuchota-t-elle.

Elle le dévisagea : le gris tempête de ses yeux, les angles de son visage, la larme solitaire qui coulait sur sa joue mal rasée. Il la remplissait.

— Elena !

Il sanglota son nom et la serra très fort dans ses bras.

Elena ferma les yeux et se laissa couler en lui. Elle s'abîma dans son étreinte, s'accordant le temps de se calmer. Elle était comme une cuvette d'eau agitée ; elle avait besoin de quelques instants pour que son esprit s'aplanisse et reprenne possession de l'espace de son corps.

Er'ril la tint sans rien dire.

Quand elle se sentit de nouveau prête à affronter le monde, Elena se redressa et ouvrit les yeux. Ses compagnons s'étaient rassemblés autour d'eux : Tol'chuk et Harlequin, Méric et Nee'lahn, Kast et Sy-wen, Tyrus et même Fardale sous sa forme de loup.

Le monde était toujours trop brillant. Les premiers rayons du soleil illuminaient la chambre.

— L'étoile ? dit Méric en mettant un genou à terre devant elle. C'est toi qui l'as créée ?

Elena acquiesça. *Ainsi, ce n'était pas un rêve.* Elle scruta le ciel, mais le jour s'était levé, faisant battre les étoiles en retraite. Pourtant, elle percevait son éclat au-delà de l'horizon. Elle savait qu'elle réapparaîtrait la nuit prochaine. *Une nouvelle étoile.*

— Une étoile sor'cière, dit Méric.

Les autres répétèrent ce nom, certains sur un ton amusé, d'autres avec émerveillement.

— Qu'est-ce que ça signifie ? demanda Nee'lahn.

Elena soupira. Elle n'était pas encore prête à en parler. Il lui restait une dernière chose à faire. Elle donna à Er'ril un baiser très bref qui promettait toute une vie d'intimité à suivre. Puis elle se détacha de lui et se dirigea vers l'homme solitaire qui se tenait dans l'ombre du mur. Elle resta dans la lumière pendant qu'il se cachait dans les ténèbres et refusait de la regarder en face.

— Joach, chuchota-t-elle. Tout va bien.

Elle toucha la magie encore verrouillée au fond de son cœur. L'étoile sor'cière finirait par équilibrer toute la magie du monde et par rendre les gens égaux. Néanmoins, il y aurait une exception. Ouvrant son cœur, Elena projeta ce don vers son frère. Elle sentait qu'il en aurait besoin – peut-être pas de la façon qu'il envisageait à l'origine, mais qu'il en aurait besoin quand même.

Alors, elle transmit son immortalité à Joach.

À son contact, le jeune homme tressaillit. Il leva vers elle un visage à la fois surpris et horrifié.

Elena lia la magie à la force vitale argentée de son frère. Comme la connexion s'établissait, leurs deux énergies se mélangèrent, se propageant à la toile au-delà. L'espace d'un instant scintillant, ils furent reliés à tous les autres occupants de la chambre. L'histoire, les pensées, les sentiments de chacun d'eux les envahirent. Joach hoqueta et se rejeta en arrière en se couvrant le visage de ses mains.

Puis ce fut fini. Le don avait été transmis.

Joach baissa ses mains et fixa sa sœur depuis son coin d'ombre.

— Qu-qu'as-tu fait ?

Ce qui devait être fait, pensa la jeune femme. Doucement, elle chuchota :

— Bénédiction ou malédiction…, fais-en ce que tu voudras. Mais quand le fardeau du temps pèsera trop lourdement sur tes épaules, raconte mon histoire… Raconte ma *véritable* histoire, et tu provoqueras la fin de la tienne.

Joach la fixa, horrifié et incrédule. Un rire douloureux s'échappa de sa gorge. Il se détourna d'elle.

Le regard d'Elena s'attarda sur lui. Comme elle aurait voulu lui ouvrir les bras, le réconforter ! Mais elle s'abstint. Au lieu de ça, elle fit quelque chose de très difficile : elle recula. Un peu plus tôt, elle avait été forcée de trouver son propre chemin pour sortir des ténèbres, un chemin qu'elle était la seule à voir. À présent, c'était le tour de Joach. Il était le seul à pouvoir s'engager dans cette voie.

Pivotant, Elena fit face à un monde nouveau. Elle leva ses mains pâles dans la lumière du jour. Celles-ci restèrent pures et blanches – des mains de femme plutôt que de sor'cière.

Puis elle réalisa qu'Er'ril l'observait. Elle lui sourit.

C'était là toute la magie dont elle avait besoin.

Ainsi s'achève mon récit.

À partir de ce moment, tout changea. Nous redescendîmes des hauteurs de Nidiver et pénétrâmes dans un nouveau monde, un monde forgé par un poing écarlate. Qu'advint-il ensuite de nous ? Je n'en sais rien. Je ne peux raconter que ma propre histoire.

La honte me poussa vers l'ouest, plus loin que les montagnes, plus loin que les Contrées du Couchant, en direction des terres situées au-delà de l'horizon. En route, je me rendis compte qu'Elena m'avait réellement fait don de son immortalité. Je ne vieillissais pas.

Je vécus d'innombrables vies, mais seule la première m'importa jamais. Et même si je disposais désormais d'assez d'énergie pour ressusciter Kesla, je me rendis compte que je n'en avais plus la volonté. Je n'essayai même pas. Je n'étais pas digne de son amour. Elle était mieux là où elle dormait – que ce soit dans le sable de son désert natal ou dans les tendres bras de la Mère.

Mais, au fil du temps, même ce choix me fut retiré. Mes capacités oniriques s'estompèrent, comme tous les pouvoirs élémentaux. Cela prit plusieurs générations, mais, lentement, le monde devint un endroit plus simple et probablement plus ennuyeux. Sous l'éclat de l'étoile sor'cière, les og'res se retirèrent dans leurs montagnes, les mer'ai dans leurs océans, et les el'phes s'éparpillèrent aux quatre vents. On ne les revit jamais plus.

Un jour peut-être, quand l'étoile sor'cière mourra, la magie reviendra, jaillissant des pics et s'écoulant dans les vallées. Mais l'époque actuelle appartient à l'humanité dans toute sa splendeur et sa misère. J'ai vu passer des âges dorés et des âges sombres, et j'ai continué à arpenter les routes, cherchant des réponses qui étaient en moi depuis toujours.

À présent, je relis ce que j'ai écrit au tout début, et je vois la colère qui m'animait alors. Elena ne m'a pas maudit : elle m'a juste donné l'occasion de suivre jusqu'au bout le chemin ténébreux sur lequel je m'étais engagé de moi-même. Un chemin trop long pour qu'on puisse le parcourir en l'espace d'une seule vie. Il était semé d'une multitude d'obstacles qui avaient nom culpabilité, amertume et folie – des obstacles tels qu'une vie ne m'aurait pas suffi pour les surmonter.

Mais je finis par les surmonter et par arriver dans les îles de Kell, au large de la côte occidentale. Jamais je ne pus me rapprocher davantage d'Alaséa. Je n'avais pas le cœur à fouler de nouveau ses terres, mais je ne voulais pas m'en trouver trop éloigné non plus. Aussi passai-je les siècles suivants à Kell, me déplaçant d'île en île et demeurant anonyme afin que personne ne remarque que je ne vieillissais pas.

Maintenant, je regarde la main ridée qui déplace la plume, les pattes de mouche dont je couvre laborieusement le parchemin, les cheveux gris qui tombent tels des flocons de neige sur l'encre en train de sécher. La dernière promesse d'Elena touche à son accomplissement.

Durant cet ultime instant de communion avec elle, lorsque je me trouvai brièvement lié à cette toile argentée, les histoires de tous nos compagnons se déversèrent en moi. Je les rangeai dans les coffres et les placards de ma mémoire. Je ne voulais pas les contempler en ces heures sombres. Il m'a fallu tout ce temps pour oser ouvrir ces endroits secrets dans mon cœur et affronter ces souvenirs, ces nombreuses vies.

À présent, je comprends pourquoi Elena m'a confié cette tâche. Car dans ces pages, dans l'histoire de nos compagnons d'antan, j'ai fini par me trouver. J'ai revu mon parcours, non seulement à travers le prisme teinté d'amertume de mon propre cœur, mais à travers les yeux d'un tas d'autres personnes. Et dans cet instant de clairvoyance, alors que j'achève mon récit, je peux enfin faire ce à quoi j'ai échoué pendant toutes ces années.

Je peux me pardonner.

À la lumière de ces histoires, je me rendis compte que je n'étais ni meilleur ni pire que les autres. Chacun de nous a eu ses moments d'ignominie et d'honneur, de lâcheté et de bravoure – même Elena.

C'est cet éclair de lucidité qui a fini par briser le sort d'immortalité. Elena avait lié la magie à la culpabilité de mon cœur. Toutes deux se sont dissipées en même temps.

Je suis enfin libre de trouver refuge auprès de la Mère, comme toutes les créatures bonnes en ce monde.

En ce moment même, je sens une présence autour de moi. Pas celle de la Mère – non, c'est plus intime que ça. Malgré l'absence de tourbillon de lumière ou de silhouette en pierre de lune, je sais que quelqu'un se tient près de moi. Je peux presque sentir son souffle sur ma joue.

Dans la pièce vide, je chuchote son nom.

— Elena…

Et même si nulles paroles ne me répondent, une chaleur dans mon cœur me dit que j'ai été entendu. Au début de mon récit, j'ai décrit la sor'cière de beaucoup de façons : je l'ai traitée de cabotine et de prophétesse, de fossoyeuse et de messie, d'héroïne et de scélérate. Mais, durant tous ces siècles, jamais je ne l'ai décrite de la façon dont mon cœur la connaissait le mieux – comme ma sœur.

— Qu'êtes-vous devenus, Er'ril et toi ? (Parce que je n'en ai jamais eu l'occasion avant, je lui demande :) Avez-vous eu une vie longue et heureuse ?

Cette fois, un murmure ténu me parvient à travers les siècles, triste et joyeux en même temps.

— *Nous avons vécu… C'est tout ce qu'on peut demander.*

Incapable de me contenir plus longtemps, je me mets à pleurer. Mes larmes tombent sur le parchemin. Mon cœur se brise et les morceaux se recollent pour former quelque chose de nouveau, immaculé et plein d'amour.

Et bien que pas une ombre ne bouge, je sens une main se tendre vers moi. Je ne peux plus attendre. C'est la fin de tout, de ma vie, de mon récit, de ma place dans le monde d'Alaséa.

Aussi, souffrez que je pose ma plume. J'ai une main à prendre.

L'ULTIME QUESTION DE VOTRE SCOLARITÉ

Pourquoi les Parchemins Kelvish ont-ils été proscrits ?

– Rédigez votre réponse à l'encre ci-dessous, et scellez-la avec l'empreinte de votre paume.
– Ne brisez pas le sceau qui protège les pages suivantes avant d'avoir montré votre réponse à votre surveillant assigné.

POSTFACE

par Jir'rob Sordun, D.F.S., M. d'A.,
directeur des études universitaires – U.D.B.

Bienvenue, nouveaux érudits du Marché Commun !

C'est avec grand plaisir que je félicite ceux d'entre vous qui lisent actuellement ces pages. Vous avez réussi le dernier test et reçu l'étole écarlate des diplômés. Comme vous en avez sûrement conscience, tous vos camarades étudiants ne se tiennent pas près de vous. Beaucoup d'entre eux n'ont suivi ce long chemin que pour trébucher à la fin. Ils n'ont pas répondu correctement à l'ultime question.

Pourquoi les Parchemins Kelvish ont-ils été proscrits ?

Bien entendu, l'étole que vous portez confirme l'exactitude de vos propres réponses, mais il est tout aussi important de savoir ce qu'ont écrit les autres. Il vous reste une dernière leçon à apprendre de ceux qui ont fini pendus aux potences d'Au'tree.

Car, voyez-vous, l'erreur la plus commune chez vos infortunés camarades consiste à accorder trop de foi à l'auteur des Parchemins, le prétendu frère d'Elena Morin'stal. Ils ont répondu à la dernière question en supposant que sa théorie était valide, que la magie reviendrait un jour dans le monde quand mourrait l'étoile sor'cière. C'est de toute évidence une absurdité, le signe indubitable d'un esprit faible. Ces malheureux se sont laissé duper et influencer par le poison insidieux que dispense l'auteur.

Ce n'est donc pas la bonne réponse. Le véritable danger posé par les Parchemins réside dans le dernier acte supposé d'Elena Morin'stal, qui aurait redistribué toute la magie du monde sous formes de dons spéciaux accordés à chaque individu de chaque peuple – afin, comme elle le dit, que tous deviennent égaux.

Telle est l'ultime et séduisante imposture de l'auteur.

Assurément, il est cruel de donner de telles illusions à un manant qui s'échine à labourer ou à pelleter du crottin : lui faire croire qu'il est l'égal des oligarques du Marché Commun ! Et les esclaves des terres d'Ee'when ?

Imaginez qu'ils se prennent pour les égaux de leurs maîtres ! De telles chimères doivent être étouffées dans l'œuf, pulvérisées sous le talon de l'érudition. Elles ne pourraient conduire qu'à l'agitation, au conflit – en deux mots, au désordre civil.

Cela ne doit pas se produire. Le Marché Commun est un fanal pour tous les peuples. Notre système de castes doit être préservé à tout prix, et la hiérarchie de notre noblesse perpétuée. Rien ne doit venir troubler la beauté et la structure de notre oligarchie.

L'ordre et la discipline prévaudront.

Ainsi, vous les nouveaux gardiens du Marché Commun, dépositaires de l'histoire et de la justice, aurez un rôle crucial à jouer durant les décennies à venir. Festoyez ce soir ; puis ôtez et rangez votre étole. Il y a beaucoup à faire. Vous êtes nés en une époque plus sombre que la mienne. Le fardeau de votre responsabilité envers le bien-être du Marché Commun pèsera donc plus lourd sur vos épaules.

Car il est une raison pour laquelle vos camarades ont été pendus après avoir donné de fausses réponses. C'est la conséquence d'une découverte que nos savants en éthérologie ont faite à l'aide de leurs nombreux télescopes, une découverte que nous gardons secrète depuis deux générations. Je vais vous la révéler à titre de conclusion à vos leçons et d'avertissement final. Réfléchissez-y bien, et mesurez l'importance de votre érudition et de votre diligence durant les jours sombres à venir.

Voici ce que vous devez savoir et taire.

Alors même que vous lisez ces mots, l'étoile sor'cière s'éteint.

CPI
Aubin Imprimeur

Achevé d'imprimer en juillet 2009
N° d'impression L 73135
Dépôt légal, juillet 2009
Imprimé en France
35294327-1